NARRATIVA

498

Sebastian Fleming

LA CUPOLA DEL MONDO

Romanzo

TRADUZIONE DI
PAOLO SCOPACASA

EDITRICE NORD

Titolo originale
Die Kuppel des Himmels

ISBN 978-88-429-2006-9

Per essere informato sulle novità
del Gruppo editoriale Mauri Spagnol visita:
www.illibraio.it
www.infinitestorie.it

LA CUPOLA DEL MONDO

«Non vi si pensa quanto sangue costa»

Dante Alighieri, *La Divina Commedia,*
Paradiso XXIX, v. 91

PROLOGO

Firenze, Anno Domini 1564

Il cavallo sbuffava, ma le nuvole di vapore del suo fiato erano subito assorbite dal freddo di febbraio. Davanti al cavaliere, Firenze giaceva sotto una spessa coltre di neve, ma lui non aveva tempo di apprezzarne la bellezza. Mentre avanzava, fu scosso da un attacco di tosse convulsa e sputò, rabbioso. Era un messaggero di morte, l'unica cosa davvero orribile che Dio avesse creato.

Viaggiare da soli da Roma a Firenze era assai pericoloso. Era quasi un miracolo che nessuno gli avesse teso un'imboscata: sì, c'erano stati alcuni ragazzacci che, pieni di boria, gli si erano parati di fronte e avevano provato a derubarlo. Ma era stata sufficiente una pesante imprecazione per scacciarli.

Come una mosca su un foglio di carta bianca, l'uomo vestito di nero solcava il paesaggio innevato alle porte della città, a cavallo di un morello. Si diresse verso l'imponente Porta di San Pietro Gattolini, la quale, coi suoi alti e poderosi battenti di legno di quercia, gli sembrò un orso con le fauci spalancate, pronto a inghiottire chiunque gli si avvicinasse. Frenò solo un poco il cavallo e procedette a un passo sufficientemente lento per non travolgere i contadini e i carri che si ammassavano davanti alla porta della città. Le guardie, che solitamente angariavano ogni forestiero, non osarono fermarlo. I suoi occhi accesi e furenti li intimidirono, inducendoli a posare lo sguardo altrove, pur di non incrociarli. Ma lui non ci fece quasi caso, affrettandosi a proseguire.

Mentre gli zoccoli del cavallo riempivano l'aria gelida di un sordo rumore cadenzato, l'uomo si accinse ad attraversare il ponte sull'Arno e fu quasi travolto dall'odore di urina, pungente e dolciastro nel contempo. Sapeva che veniva dalle casupole dei conciatori, allineate lungo il ponte: per il loro lavoro, quegli uomini facevano un uso massiccio di quel liquido disgustoso. D'un tratto, davanti a una costruzione, apparve un uomo che si apprestava a scaricare alcune pelli da un carro trainato da buoi. A causa del fondo ghiacciato, il conciatore mosse qualche passo incerto, poi inciampò e cadde. Il cavaliere riuscì a scartare di lato giusto in tempo, evitando che gli zoccoli lo calpestassero ma, invece di ringraziarlo, il conciatore gli gridò dietro una sequela d'improperi. Lui avrebbe voluto fare dietrofront e dargli una bella lezione, ma non aveva tempo. Messer Daniele da Volterra lo aveva scongiurato di affrettarsi, affermando che ogni minuto era prezioso.

Davanti al Duomo con la sua possente cupola – che veniva definita la « meraviglia di Firenze » –, alcuni giovani ed esuberanti apprendisti scultori avevano eretto enormi statue di neve. Nella luce cupa del tardo pomeriggio invernale, il cavaliere scorse addirittura una copia del David di Michelangelo. Quella vista gli strinse il cuore: chissà se il suo venerabile maestro era ancora in vita...

Finalmente Ascanio Romano raggiunse Borgo Santa Croce. Era deserto. Con quel gelo, nessuno usciva di casa, a meno che non vi fosse costretto. D'un tratto, vide una specie di grosso fagotto di stoffa nera avanzare lungo la strada e trasse un sospiro di sollievo. Era un prete.

« Reverendo, sapete dove abita messer Giorgio Vasari? »

« Laggiù, figliolo », rispose l'altro, indicando una casetta.

Raggiunto l'edificio, Ascanio saltò giù dal cavallo, legò l'animale a un anello di ferro e bussò.

Un servitore aprì la porta e fissò il visitatore a bocca aperta.

« Portami subito da messer Vasari! » esclamò Ascanio, in un tono reso fin troppo brusco dall'impazienza.

Il servitore però rimase immobile, limitandosi a scrutare con le sopracciglia alzate quel forestiero dall'aspetto trasandato. Le due giornate a cavallo avevano lasciato il segno. « Chi devo annunciare? » chiese.

Ascanio andò su tutte le furie. Non aveva fatto quella tirata per poi perder tempo con le fisime di un servitore! Con una spinta vigorosa, spalancò la porta, colpendo l'uomo alla testa col massiccio battente di legno.

Dal piano nobile giungevano il suono di un liuto e numerose voci allegre. Ascanio si precipitò lungo le scale, svoltò in un corridoio e si ritrovò subito in una sala che gli sembrò la versione terrena del paradiso: dopo le giornate trascorse all'addiaccio, il calore del fuoco che crepitava nel camino gli parve quasi ultraterreno. Si guardò in giro e, per un attimo, credette di sognare. Sulle pareti illuminate dalle candele, c'erano magnifici affreschi, che raccontavano in forma allegorica la storia dell'arte. Attorno a un tavolo massiccio, erano seduti alcuni uomini e una donna, probabilmente la padrona di casa: il suo abito accollato era troppo pudico per essere quello di una cortigiana. Una profumata varietà di verdure stufate e carni arrostite era a disposizione della piccola compagnia. Affamato com'era, Ascanio inspirò profondamente l'aroma di cibo. C'erano boccali dorati colmi di vino e brocche di terracotta piene d'acqua.

Tutti gli occhi erano puntati su un uomo, il cui ventre tondo e il cui naso rosso rivelavano l'inclinazione per il buon cibo e il buon vino. Dalla voluttuosa scintilla che gli illuminava gli occhi porcini, era facile intuire che stesse raccontando una storiella licenziosa. Quando notò il nuovo arrivato, l'uomo s'interruppe, con le narici dilatate e le labbra protese, assumendo ancora di più le sembianze di un maiale.

Lo sguardo di Ascanio si appuntò allora sull'affresco alle spalle della tavolata, in cui era raffigurata una coppia... la stessa che lui aveva davanti a sé. Sebbene il suo viso fosse ormai segnato dall'età, il padrone di casa aveva mantenuto una fluente chioma ricciuta. Indossava una raffinata giacca bordata di pelliccia ed era seduto a capotavola, con la consorte alla sua destra. Quando l'uomo sollevò la mano, la luce delle candele giocò sull'oro dei suoi anelli. I due cantori smisero all'istante di pizzicare il liuto e sulla sala calò il silenzio.

Ormai tutti gli sguardi erano rivolti verso il forestiero e traboccavano di curiosità.

Ascanio era così stanco che le gambe lo reggevano a malapena. Si sentì sopraffare da una profonda stanchezza. Avrebbe voluto trovare un letto e dormire, ma prima doveva portare a termine la propria missione. «Messere, siete voi il pittore e architetto Giorgio Vasari? » chiese con respiro affannoso, rivolgendosi all'uomo con la giacca di pelliccia.

L'altro annuì.

« Mi manda messer Daniele da Volterra. Vi porge i suoi umilissimi omaggi e vi esorta a recarvi a Roma il più presto possibile, senza indugi né tentennamenti, perché il nostro maestro, Michelangelo Buonarroti, è in punto di morte. »

Vasari si alzò di scatto. « No! Michelangelo no! Prendi me, Signore, ma non lui, non lui! »

Perplessità, dolore e spavento si diffusero sui volti dei presenti. Il buon umore si era dileguato all'istante.

« Parto subito! » dichiarò Vasari.

La moglie tentò di dissuaderlo: stava calando la notte e sarebbe stato meglio attendere l'alba prima di mettersi in viaggio. Erano obiezioni ragionevoli, ma lui le respinse con vigore. Lanciando un'occhiata ad Ascanio, diede disposizione affinché gli fossero offerti vitto e alloggio per il tempo necessario a rimettersi in forze e seguirlo a Roma. « Per il momento, basterà che mi accompagni il mio fedele Giuseppe! » concluse. Poi uscì di corsa dalla stanza, chiamando il servitore.

La moglie di Vasari lanciò al consorte uno sguardo preoccupato; poi sospirò e, ricordandosi dei suoi doveri di padrona di casa, offrì ad Ascanio un posto a tavola, del vino e del cibo.

Ascanio intuì quanto le fosse costato quel gesto: lui era un messaggero di morte, e la morte non era gradita a nessuno. *Maledizione! Quando finirà?* pensò.

Col terrore che gli scorreva nelle vene, Giorgio Vasari viaggiò per tutta la notte, per tutto il giorno e per tutta la notte successiva, in pena per la vita dell'uomo che lui venerava più di ogni altra cosa al mondo. Michelangelo aveva oltre trent'anni più di lui – ne aveva quasi novanta –, ma Vasari non dubitava che il Divino gli sarebbe sopravvissuto. Nessuno credeva che Michelangelo potesse morire.

L'architetto non pensava ai pericoli celati dall'oscurità, ai banditi che si nascondevano tra i cespugli e ai grassatori che si dedicavano al loro violento mestiere nelle zone di montagna. Pensava soltanto a lui, al suo maestro, cui era convinto di dovere ogni cosa.

In un piccolo borgo, Vasari e Giuseppe cambiarono i cavalli e si rimisero in viaggio all'istante. All'ora di pranzo raggiunsero lo Stato Pontificio. Il vento si era intensificato, ma i due uomini cavalcavano così rapidamente che quasi non se ne accorsero. Si avvicinarono a un boschetto e Vasari gridò: «Ci fermiamo un momento, devo fare un goccio d'acqua!»

Quando uscì dalla boscaglia e mise il piede nella staffa, sentì lo stomaco di Giuseppe brontolare, come un animale pericoloso e furibondo. Tuttavia non tollerava l'idea di fare una sosta più lunga per mangiare qualcosa. Il pensiero che il Divino potesse morire perché lui, Giorgio Vasari, si era dovuto riempire lo stomaco e quindi non era arrivato in tempo a Roma lo spronava a proseguire senza esitazioni. E nemmeno il cavallo più veloce che era riuscito a ottenere, in cambio di una bella somma di denaro, poteva stare al passo con la paura che gli infiammava il cuore.

Roma, Anno Domini 1564, primi di febbraio

Nel tardo pomeriggio, raggiunsero finalmente la Città Eterna e si diressero al galoppo verso la misera casa del Divino, nel caotico quartiere chiamato Macello dei Corvi, tra il Foro di Traiano e il Quirinale. Nessuno capiva perché Michelangelo si ostinasse a vivere da decenni in tali ristrettezze e in una zona così malfamata. Una cosa era certa: non erano i soldi che gli mancavano. Era piuttosto la voglia di spenderli.

Quando Vasari saltò giù dal cavallo, si sentì travolgere dalla paura. Mentre si dirigeva alla porta, continuava a pregare: *Oh, Signore, fa' che io non sia arrivato troppo tardi. Noi tutti non siamo nulla senza di lui!* D'un tratto, però, scoppiò a ridere. Che timore stupido e meschino era quello! Dio non poteva chiamare a sé Michelangelo, non prima che lui avesse finito la cupola della basilica di San Pietro! Nessun altro era in grado di completare la casa del Signore. Nessun altro! Neppure un folle avrebbe licenziato un architetto con la casa costruita a metà. E l'Onnipotente era tutt'altro che stolto.

Impaziente, Vasari picchiò sulla porta finché non giunse ad aprirgli Francesco, il fedele servitore di Michelangelo. «Finalmente! Messer Giorgio, è una benedizione che voi siate qui.»

Vasari dovette controllarsi per evitare di prendere il servitore per le spalle e scuoterlo. «Il maestro è ancora in vita?»

«Ma sì, ma sì. Il padrone è alla basilica di San Pietro.»

«Come? Cosa? Alla basilica? Con questo freddo?» sbraitò Vasari, pur sapendo che il servitore non aveva colpa di quel comportamento. Se Michelangelo si metteva in testa qualcosa, nessuno al mondo riusciva a fargli cambiare idea, neppure il papa. Tutti temevano la sua *terribilità*. «Non è gravemente malato?»

«Lo era. Volevamo già chiamare il prete, ma lui si è alzato di scatto, come se l'avesse morso una tarantola, ha imprecato contro Arnoldo di Maffeo, dal quale aveva appena ricevuto una lettera, e si è precipitato a San Pietro. Messer Daniele non è riuscito a trattenere il maestro e perciò gli è corso dietro.»

Mentre rimontava in sella, Vasari ordinò a Francesco di sfamare il suo servitore. «E non risparmiare sul vino!» aggiunse spudoratamente Giuseppe.

Vasari però non aveva tempo per sgridarlo. Spronò vigorosamente il cavallo già stanco, facendogli sanguinare il fianco. E non degnò neppure di uno sguardo la Colonna di Traiano, che si fermava ad ammirare ogni volta che si trovava a Roma.

Era sempre più angosciato. Che cosa poteva aver scritto Arnoldo di Maffeo, quel ladro insolente, nella sua lettera a Michelangelo? Cosa aveva sconvolto l'architetto responsabile di San Pietro al punto da indurlo a correre alla basilica, pur essendo in fin di vita? Naturalmente non c'era nulla che Arnoldo padroneggiasse meglio dell'arte dell'intrigo. Quella serpe! Vasari lo odiava dal profondo dell'anima. Da esperto architetto qual era, sapeva bene che tipo fosse Arnoldo. Era uno di quegli artigiani fannulloni più zelanti con la lingua che con le braccia e più abili ad allungare le mani che a usarle per lavorare. Oh, i pigri erano sempre i più furbi!

Dopo lunghe battaglie con la commissione edilizia – nella quale Arnoldo godeva di notevoli protezioni – alla fine Michelangelo era riuscito a cacciarlo dal cantiere, dimostrando che il costruttore aveva rubato materiali buoni, sostituendoli con materiali scadenti. Di sicuro non si era comportato diversamente dagli altri costruttori, ma Michelangelo lo aveva preso di mira perché era il peggiore di tutti. Il piano del Divino era semplice: se avesse sconfitto Arnoldo di Maffeo, gli altri si sarebbero intimoriti, divenendo più docili e affidabili.

Gli zoccoli del cavallo alzarono schizzi di fango mentre Vasari attraversava la piazza in cui si trovava la casa di Michelangelo. Ai suoi occhi, il grigiore del crepuscolo ben si accordava con la desolazione di quel luogo. Da lì, l'uomo imboccò una delle grandi strade di Roma che, per tradizione, il papa percorreva dopo essere stato eletto e che portava al Laterano.

Vasari rivolse una breve preghiera di ringraziamento a coloro che avevano progettato e costruito quella strada: attraversando i vicoli dei rioni Regola e Parione avrebbe impiegato il doppio del tempo per raggiungere San Pietro. Infine passò dal Circo Agonale, non lontano dal Tevere. A quel punto, gli si pararono davanti ponte Sant'Angelo e i possenti bastioni del castello. Lui attraversò il ponte, spazzato da folate di vento e bagnato da una pioggia sottile. Il freddo gli penetrava nelle ossa come una serie di pugnalate, ma Vasari non se ne curava. Perché davanti a lui, finalmente, era apparsa la basilica di San Pietro.

Il suo sguardo si posò sull'edificio a due piani. Sulla sinistra c'era un colonnato, con la Loggia delle benedizioni del papa, che conduceva al Palazzo Vaticano. Dopo aver superato la grande fontana, Vasari saltò giù dal cavallo, lo legò frettolosamente a un anello di ferro attaccato al muro, attraversò di corsa la piazzetta deserta e varcò rapidamente il portale centrale, accedendo al cortile interno dell'antica basilica, cinto da un ampio chiostro. Come sempre, quel luogo lo ammaliò e lui si concesse un attimo di pausa, giusto il tempo di riprendere fiato. Alla sua destra si ergeva la grandiosa facciata del palazzo pontificio mentre, a sinistra, si trovavano gli alloggi dei sacerdoti. Sopra i portali della basilica, spiccavano mirabili affreschi, ma soprattutto il magnifico mosaico della Navicella, un'opera di Giotto, che raffigurava gli apostoli impauriti a bordo di una barca che solcava le acque del lago di Tiberiade. Vasari aveva ammirato spesso il sublime mosaico, ma quel giorno sembrava che esso volesse metterlo in guardia. Dopo due giorni di cavalcata infernale, era particolarmente sensibile agli ammonimenti sui pericoli dei viaggi.

Passò davanti alla Porta Santa, che ovviamente era chiusa, proseguì di fretta sotto le arcate del chiostro, attraversando la Porta Ravenniana, per accedere alle rovine della basilica che, come un vecchio decrepito, si appoggiava alla possente crociera del nuovo edificio in costruzione. Le raffiche di vento s'insinuavano nell'edificio attraverso le finestre frantumate e gli squarci nei muri. Inoltre la cupola non era ancora stata realizzata, quindi pioveva all'interno. La struttura del timpano, che nascondeva il coro occidentale, sembrava quasi rannicchiata in atteggiamento reverenziale tra i possenti pilastri. Era lì che sorgeva l'altare sulla tomba di Pietro. E fu davanti al *tegurio*, come veniva definita la cappella eretta a protezione della tomba dell'apostolo, che Vasari trovò Michelangelo.

Benché fosse dritto come un fuso e, all'apparenza, saldo come una roccia, il maestro era come perso nello spazio enorme e deserto della basilica in costruzione, sotto la pioggia gelida, senza nemmeno un berretto. Sopra i pantaloni e la camicia bianca, portava soltanto un lungo tabarro logoro. *Come un Mosè straccione*, pensò Vasari. Accanto a lui c'era Daniele da Volterra, che gli stava parlando tutto infervorato. Vasari non riusciva a udire le sue parole, ma era evidente che si stava prodigando per convincere Michelangelo a tornare a casa. Il Divino però non gli dava retta. Pareva alterato e inquieto.

Vasari si avvicinò.

« Dove sono? » gridò in quell'istante Michelangelo, con voce tremante di rabbia. « Dov'è quella gentaglia che il venerabilissimo pontefice stipendia nella sua sovrumana bontà? Non c'è anima viva in cantiere! Oh, maledetti costruttori! Tutti fannulloni e furfanti! Farabutti! Quel miserabile Arnoldo di Maffeo non voleva vedermi? Non mi ha mandato a chiamare? Dov'è quel disgraziato? »

Vasari stava per salutare Michelangelo quando, come dal nulla, apparvero tre figure. Nelle loro mani luccicavano dei pugnali.

Spaventato, Daniele arretrò di qualche passo e mormorò: «Sicari?»

Michelangelo invece non si lasciò intimidire. Anzi si diresse verso gli uomini armati, agitando le braccia. «Andate al diavolo! Che cosa ci fate nel mio cantiere? Questa è la casa di Dio, non quella di Satana! Vi scaccerò, proprio come ha fatto Gesù coi mercanti nel tempio. Vi mostrerò cos'è l'umiltà!»

Vasari sfoderò la spada per proteggere l'anziano maestro, ma si fermò quando un prete uscì dal *tegurio*. Col suo viso regolare, la bella fronte alta, i capelli ricci neri e la barba ben curata, ispirava fiducia. Aveva l'aria di un uomo laborioso e accorto, «normale», nel senso migliore del termine. Non dava l'impressione di dedicarsi a speculazioni metafisiche. «È il cantiere di Dio, non il vostro, Michelangelo!» disse il prete a bassa voce, ma in tono deciso.

«Ah, la Santa Inquisizione! Volete forse accendere un fuoco, così possiamo scaldarci, con questo tempaccio?» lo apostrofò Michelangelo.

«Voi state profanando questa antica dimora di Dio! La state facendo diventare un tempio eretico», replicò l'inquisitore.

«Allora anche il venerabilissimo papa Pio IV è un eretico e soltanto tu conosci la verità... È così, Santori? Vai dal Santo Padre. Perché non glielo dici in faccia che è un eretico e che il suo posto non è la cattedra di San Pietro, ma il rogo? Avanti, va' a dirglielo!»

Vasari prese a tremare. Nella sua ira, Michelangelo aveva abbandonato ogni prudenza. Inimicarsi Giulio Antonio Santori era un atto di eccezionale gravità. Tutti sapevano che era il più zelante membro dell'Inquisizione e che la sua sete di vendetta superava persino il suo amore per Dio. Quell'uomo non dimenticava e non perdonava nulla, anche se di rado manifestava apertamente il suo odio.

«È una vergogna», mormorò Santori. «Ma so bene che il papa non osa toccarvi. E il motivo di tale benevolenza quale sarebbe, secondo voi?»

« Il motivo è che Sua Santità Pio IV s'intende di arte e di architettura e conosce il linguaggio di Dio, imbecille che non sei altro », sbuffò Michelangelo.

« Soltanto per questo affronto vi meritereste il rogo », affermò Santori con calma. Ma poi, in tono trionfale, come se stesse chiosando un'argomentazione logica, aggiunse: « Tuttavia, anche se il papa vi protegge, non vi può far scudo ». E fece un cenno ai tre sicari.

Daniele sembrava incapace di muoversi. Vasari fece per accorrere in aiuto del suo maestro, ma due uomini gli sbarrarono il passo e lo tennero a bada, mentre il terzo si avvicinò rapidamente a Michelangelo e lo pugnalò. Con fredda efficienza, senza rendersi conto che stava per uccidere uno dei geni più luminosi mai apparsi al mondo. Con la cieca ottusità tipica delle marionette malvagie del potere.

Michelangelo di Lodovico di Leonardo Buonarroti Simoni crollò a terra.

Santori si girò e, con un'espressione impassibile, lasciò la basilica, seguito dai suoi sgherri.

Pur essendo fuori di sé per la disperazione, Vasari aveva notato che il prete non aveva fatto il segno della croce, negando a Michelangelo la benedizione che non si negava neppure al peggior criminale, di fronte alla morte. Quanto odio bruciava nel cuore di Santori...

Finalmente Daniele si riscosse e s'inginocchiò accanto al maestro, imitato da Vasari. Ma entrambi sapevano che non c'era più nulla da fare.

Michelangelo si portò una mano alla ferita. Nel suo sguardo si mescolarono stupore e sfinimento. « Sangue! Hanno veramente avuto l'ardire di... L'Inquisizione ha osato davvero farmi questo? Ora nessuno è più al sicuro... Neppure il papa! *Soprattutto* il papa! »

Daniele si tolse rapidamente la camicia che portava sotto il farsetto, la fece a brandelli e fasciò alla meno peggio le ferite di Michelangelo. Poi lo avvolsero nel cappotto caldo di Vasari. Le labbra del Divino si muovevano leggermente, ma era poco più di un tremore. Giorgio accostò l'orecchio alla bocca del maestro e credette di sentire un nome: Bramante. Ma non avrebbe potuto giurare di aver sentito bene. Si chiese per quale motivo proprio in quel momento Michelangelo dovesse pensare a Bramante, al quale lo legava una lunga inimicizia. Non poté chiederglielo, perché il ferito era svenuto per lo sfinimento. Temendo che in groppa a un cavallo potesse perdere troppo sangue, Daniele e Vasari presero il maestro per le gambe e le ascelle e lo trasportarono così fino a casa, recitando preghiere di supplica.

Quando ebbero deposto Michelangelo sul suo giaciglio con l'aiuto di uno sbalordito Francesco, Giorgio Vasari e Daniele da Volterra si guardarono con le lacrime agli occhi. Per entrambi era come se incombesse la fine del mondo. Ma Michelangelo respirava ancora. Dunque c'era speranza, il mondo non era ancora crollato.

PARTE PRIMA

IN CERCA DELLA PERFEZIONE

«Scrivi dunque in un libro tutte queste cose
che hai udito, e riponile in un luogo nascosto;
le insegnerai a quei sapienti del tuo popolo
il cui animo tu sai essere in grado di cogliere
e di saper conservare questi segreti.»

Quarto Libro di Esdra, Quinta Visione, XII, 37-38

1

Ravenna, Anno Domini 1492

Durante il giorno cavalcava come un forsennato, ma la sera gli piaceva riposare nella massima comodità. Mangiava e beveva a volontà, e scaricava la pressione del funicolo spermatico con prostitute o anche giovinetti dediti al meretricio, a seconda di chi capitava, come se fosse Dioniso in persona, scontroso, le guance rosse, la punta del naso violacea, e un uccello enorme. L'architetto Donato d'Angelo, detto il Bramante, avrebbe sverginato anche il cielo, se non fosse stato così in alto. Alcuni lo ritenevano molto dotato, altri niente più che una bestia famelica, e le due valutazioni non erano necessariamente in contraddizione tra loro.

Lo specchio da viaggio di Murano gli mostrò un uomo sui quarantacinque, tarchiato, che ricordava un toro per la forza animale che emanava, con un collo possente, ma corto, e una grossa testa dalla quale spioveva una frangia brizzolata.

Partito da Milano, Bramante attraversò il territorio collinoso della Lombardia e il Nord dell'Emilia Romagna, col suo ridente paesaggio di campi e vigneti, costantemente immerso nel profumo della lavanda e del rosmarino. Un viaggio lungo più di un'intera settimana, per raggiungere infine un tardo pomeriggio la città portuale di Ravenna.

A Milano c'era arrivato più di quindici anni prima, come apprendista pittore ma con progetti ambiziosi e un'ancora più grande considerazione di sé e del proprio talento. E una volta lì, sotto la protezione del duca, aveva scoperto l'amore per l'architettura, a tal punto che ben presto pennello e colori si erano rivelati insufficienti a soddisfare il suo impulso creativo. Aveva intenzione di dare al mondo ben altro: edifici possenti, palazzi nobiliari, cattedrali. E la fortuna era bendisposta nei suoi confronti. Il costruttore Giovanni Antonio Amadeo lo aveva preso sotto la sua ala e lo aveva introdotto nella sua arte istruendolo al meglio, mentre il duca continuava a sostenerlo sia sul piano dell'entusiasmo sia su quello del mantenimento. Non aveva una moglie, ma non gli importava; del resto riguardo al matrimonio poteva anche fare a meno di sprecar pensieri: per lui le case della borghesia milanese erano inaccessibili. In compenso, taverne e bordelli gli aprivano sempre volentieri le porte. Bramante, il gaudente architetto! I sollazzi dunque non gli mancavano, e tantomeno era privo di amicizie importanti, dato che a Milano viveva da qualche anno anche il fiorentino Leonardo da Vinci, con cui intratteneva rapporti frequenti e cordiali. La corte milanese era un'isola che faceva molto parlare di sé, nel contesto alquanto monotono della vita borghese della città.

Tuttavia Bramante non aveva ancora realizzato un'opera che fosse abbastanza imponente da soddisfare la grande ambizione che lo animava. Il suo talento non era ripagato da una fama adeguata, che restava piuttosto scarsa, e che diventava addirittura minuscola se messa a confronto col prestigio di cui godeva Leonardo. Per di più, ormai aveva raggiunto un'età in cui altri si erano già realizzati, tanto nella vita quanto nelle opere compiute. Era quindi una certa urgenza esistenziale a spronarlo nella sua missione segreta a Ravenna, l'antica città portuale sull'Adriatico che un tempo era stata l'ultima capitale dell'Impero romano. Era lì che voleva finalmente conquistare la tanto agognata gloria.

La città lo affascinava, anche perché era avvolta da una vera e propria nebbia di antiche storie mitologiche. Fin dall'epoca paleocristiana, tra Milano e Ravenna perdurava un acuto contrasto. Milano era ritenuta la capitale dell'Occidente, Ravenna la testa di ponte dell'Oriente, tramite la quale da Bisanzio era giunta in Italia l'eresia ariana. Bramante aveva saputo, in confidenza, che a Ravenna esisteva ancora una cappella con un Cristo nudo, del quale si vedeva - e si poteva dunque ammirare, sul piano artistico - addirittura il pene. Così sperava di riuscire a ispezionare personalmente sia l'antico battistero sia l'uccello del Cristo. Pur non serbando nessuna simpatia per l'eresia, né d'altra parte per l'ortodossia, la rappresentazione di quei genitali suscitava in lui la classica, profonda curiosità dell'intenditore.

Cavalcando per gli stretti vicoli di Ravenna, Bramante si guardò attorno diverse volte, preoccupato di essere seguito; ma dall'abbigliamento degli altri dedusse infine di essere l'unico forestiero in circolazione. Nella luce ocra del tardo pomeriggio, tutto appariva perfettamente pacifico e armonioso. Per un attimo pensò di sedersi a riposare su una panchina nella piazza del mercato, ma il brontolio dello stomaco e l'idea di un pasto opulento lo indussero a proseguire. Chiese indicazioni per la locanda Dal possente Hiram, gestita da un certo Girolamo, e finalmente la raggiunse: un edificio a due piani che disponeva anche di una stalla. Affidò il suo marrone a un anziano stalliere ed entrò.

La locanda gli parve semplice ma pulita. Sopra l'ingresso c'era un rosone, e la luce che lasciava filtrare produceva un disegno variopinto sul pavimento. Dato che normalmente i rosoni si trovavano soltanto nelle chiese, Bramante ne rimase meravigliato. Non era grande, ma era comunque magnifico. Il locandiere, un ometto vivace, rimase in silenzio per diversi secondi a osservare il nuovo arrivato che si guardava attorno incuriosito; infine si schiarì la gola.

«Bello», borbottò Bramante con tono di approvazione, poi distolse lo sguardo dalla vetrata.

«Come posso aiutarvi, messere?» chiese il locandiere, squadrando il forestiero con diffidenza.

«Sono Donato Bramante. Il mio arrivo era annunciato.»

L'espressione dell'uomo rimase impassibile. «E che cosa vi porta a Ravenna?»

Bramante sapeva di dover dare una risposta ben precisa. «La ricerca della pietra che i costruttori hanno scartato», disse, cercando di nascondere un sorriso.

«E come potrebbe essere ritrovata, dopo così tanto tempo?» chiese quello.

«Soltanto tramite l'amore», replicò Bramante, sforzandosi di conferire al suo volto un'espressione seria affinché il suo interlocutore non cogliesse affatto la sfilza d'immagini fisiche

che gli attraversarono il cervello alla parola amore. Ci riuscì discretamente.

Il locandiere si sciolse all'istante. Chinò il capo e, assumendo un tono reverenziale, disse: « Girolamo di Leone. Al vostro servizio, maestro ».

Un *marrano*, constatò Bramante. Un ebreo battezzato.

Il convertito prese il suo bagaglio, chiamò il fattorino e gli ordinò di portarlo nella stanza che era già stata preparata per lui al primo piano. Poi accompagnò l'ospite in una sala attigua, lo fece accomodare a un tavolo e gli chiese delle fatiche del viaggio. Agli altri tavoli, alcuni uomini stavano già cenando. Quando gli penetrò nel naso l'untuoso profumo che si alzava dai piatti e dalle scodelle, Bramante si lasciò sfuggire un gemito voluttuoso. Girolamo gli fece capire che gli uomini presenti non costituivano nessun pericolo e subito, vedendolo esausto e affamato, gli fece portare un pasto abbondante: pasta con le seppie, poi un bollito misto, grasso e fumante, e infine anguilla affumicata. Una giovane donna formosa, con riccioli neri che sgorgavano da un foulard a pois, servì al nuovo ospite un robusto vino bianco locale, cui Bramante fece debitamente onore.

Circa a metà della cena, il locandiere si chinò verso di lui con fare cospiratorio. « Messere, siete atteso a mezzanotte nella chiesa di San Vitale », sussurrò.

Bramante s'infilò in bocca tre pezzi di fegato del bollito fumante e li masticò senza badare minimamente a contenere il gusto e l'appetito. Quanto al rischio di scottarsi la lingua e il palato, in gioventù aveva imparato una cosa che non solo non aveva mai più scordato ma era anche diventata una sorta di abitudine: aspettare che il cibo si raffreddasse significava lasciar vantaggio agli altri e restare a bocca asciutta. Avendo attraversato dal basso verso l'alto quasi tutti gli strati della società, conosceva gli uomini. E li disprezzava. Nessuno era migliore perché viveva meglio di tanti altri e nessuno era peggiore perché viveva peggio. Tuttavia non era vero neppure il contrario, a differenza di quanto proclamava a Firenze un certo Savonarola. No: la povertà non era una virtù, e la ricchezza non andava considerata un vizio. L'uomo povero non era migliore o più gradito a Dio per il solo fatto di essere povero. E il ricco, sebbene riempiendosi lo stomaco avesse talora l'impressione di stare in paradiso, in realtà pure lui dimorava in una assai terrena valle di lacrime. Perciò, per Bramante, « umiltà » era e restava una parola sconosciuta. Non riteneva sensato - non concepiva affatto, in realtà - che si potesse ottenere qualcosa tramite una rinuncia; pensieri simili non rientravano nel suo temperamento. Per possedere qualcosa bisognava prendersela, pensava con convinzione. Era inevitabile rendersene conto, prima o poi, al più tardi al momento della dipartita, e la questione non era la povertà o la ricchezza, e tantomeno lo era la giustizia... Ma tutto questo si avvicinava molto di più alla filosofia che all'architettura, e lui di filosofia non si voleva occupare. A che serviva? Gli riempiva forse lo stomaco? Gli metteva forse una donna procace dentro il letto? Si riteneva un fedele cavaliere della fortuna, ecco tutto, e in quanto tale temeva la sfortuna come il diavolo teme l'acqua santa. Occuparsi di filosofia portava sfortuna e causava infelicità; lo aveva osservato spesso.

« Questa chiesa che dite, dista molto da qui? » chiese con la bocca piena al locandiere. Il grasso liquefatto della pietanza gli colò dagli angoli della bocca, facendo luccicare la barba ispida e il mento e lasciando macchie scure sulla camicia bianca.

Girolamo scosse il capo. « È a due vicoli da qui, non potete sbagliare. »

Bramante ruttò sonoramente, poi strizzò l'occhio all'albergatore con aria cospiratoria. « Potete procurarmi una ragazza? Una bella in carne, voi mi capite. » Vagò con lo sguardo nella stanza, sollevò le grosse mani, fece un sorriso macchiato di bollito e aggiunse: « Bisogna tenerle impegnate ».

« È meglio che riposiate. Sarà già abbastanza faticoso », disse Girolamo senza batter ciglio.

Si squadrarono brevemente a vicenda, poi Bramante borbottò: « Forse avete ragione. Qualche ora di sonno mi farà sicuramente bene, anche se potrò riposare a sufficienza quando sarò morto e i maledetti vermi faranno baldoria col mio corpo ».

Guardò con aria malinconica la scodella e pensò che in fondo il suo organismo in quel preciso momento stava assimilando quella pietanza a base di carne giusto per loro, per i vermi, i veri padroni del mondo, altro che gli uomini. Poi rialzò gli occhi con un'ultima speranza, ma li distolse subito quando incrociò lo sguardo irremovibile di Girolamo. *Che razza di sfortuna,* pensò Bramante. Proprio adesso che era ormai giunto a destinazione dopo un viaggio lungo e faticoso, e dopo che si era sempre imbattuto in locandieri disposti a esaudire *ogni* sua necessità, proprio adesso doveva capitargliene uno che ambiva a essere un modello di virtù! Emise un breve sospiro rassegnato, poi pregò il presunto asceta di svegliarlo poco prima di mezzanotte.

Ansimando e sbuffando fece la rampa di scale che conduceva al piano superiore, dove c'era la sua stanza. Un po' sorpreso di sé, ripensò all'avventura in cui si era imbarcato. Chissà, forse davvero – e finalmente! – poteva aprirgli le porte della fama e della gloria. Della Storia.

In realtà non sapeva ancora se dietro tutta quella situazione si nascondesse una faccenda seria oppure una burla. Qualche giorno prima, in una riunione di corte, Leonardo lo aveva preso in disparte e gli aveva sussurrato: «Se volete essere annoverato tra gli architetti di Dio ed essere iniziato agli ultimi segreti dell'arte, fatevi trovare alla locanda Dal possente Hiram, a Ravenna, tra due giorni. Tutto il resto verrete a saperlo dal locandiere stesso, tal Girolamo. Potete fidarvi di lui, è uno di noi».

Era stato lo stesso Leonardo a istruirlo brevemente su ciò che avrebbe dovuto rispondere quando gli fosse stato chiesto cosa cercava. Bramante ovviamente aveva fatto pressione sul famoso collega per saperne di più, ma quello si era limitato a sussurrargli: «Non iscoprire se libertà t'è cara, che 'l volto mio è carcere d'amore».

Bramante non si lambiccò il cervello sulle misteriose parole di Leonardo. Aveva rinunciato presto, fin dagli inizi della loro conoscenza, a cercare di risolvere i continui indovinelli di Leonardo. Figlio di un notaio di Vinci, una cittadina di montagna, Leonardo era un tipo strano davvero. Sempre elegantissimo nel vestire, e circondato da uno stuolo di giovanotti uno più bello dell'altro. Amava fare sfoggio del suo aspetto esteriore quanto una dama di corte; nessuno l'aveva mai visto non lavato o anche soltanto con le unghie sporche. Bramante, al contrario, non ricordava neppure quando se le fosse pulite l'ultima volta. Più o meno di recente – una settimana, due settimane prima? – si era lavato per bene e tanto bastava perché si considerasse ancora una persona sufficientemente pulita. E comunque, a mettere il corpo a contatto con l'acqua troppo spesso si correvano seri rischi per la salute.

La stanza era il primo alloggio pulito che avesse trovato in una locanda da quando aveva lasciato Milano. Anche il letto sembrava pulito, tanto che Bramante nutrì la speranza di essere risparmiato dai morsi delle cimici. Con una certa fatica si sfilò gli stivali dai grossi polpacci e dai piedi gonfi, poi, esausto e ancora vestito, si lasciò cadere sul giaciglio. Non sentì neppure lo scricchiolio angoscioso che fece il cassone ricoperto di paglia all'impatto col suo corpo massiccio: dormiva già. Sprofondò in un sonno profondo, russando beato come un tricheco.

Roma, Anno Domini 1492

Nello stesso momento, nella canonica dell'arciprete attigua a San Pietro, chiuso nella sua stanza, il cardinale Giacomo Catalano poteva finalmente sciacquar via dalla faccia il trucco sbiancante con cui si schiariva la carnagione bruna. Poco prima si era sfilato gli stivali e si era tolto il farsetto e le brache. Aveva sempre trovato estraniante quell'abbigliamento secolare, che per di più era ormai ricoperto da una tale coltre di sudiciume e di polvere da renderne irriconoscibili i colori originari. Si pose di fronte allo specchio e si rasò con cura, poi fece un bagno rinfrescante. Infine, direttamente sul corpo nudo, indossò la tonaca monastica pulita ed emise un profondo sospiro: di nuovo a casa, finalmente.

Sentire la lana grezza della tonaca sulla pelle lo faceva stare bene. Non avrebbe scambiato quel tessuto con nient'altro, neppure con damaschi o broccati finissimi. L'ampiezza della tonaca, che non stringeva il corpo come le brache, gli dava una sensazione di libertà fisica. Purtroppo, il suo compito al servizio del Signore prevedeva che di frequente si calasse nei panni civili di un uomo qualsiasi, per mescolarsi tra la gente. Ah, quella conchiglia, che metteva così in rilievo le doti virili! Il cardinale Giacomo Catalano la viveva come una prova atroce: tali vanità dovevano essere celate, altro che esibite. Più erano compiaciuti gli sguardi delle donne che si posavano su di lui, più Dio sfidava la sua virtù. E non poteva sottrarsi in nessun modo a quella fiera delle vanità, al contrario: per ottenere risultati concreti nel suo lavoro al servizio del Signore, spesso doveva persino sfruttarne consapevolmente l'effetto sul genere femminile. Sì, riusciva a resistere alle tentazioni, ma non era affatto semplice; non doveva mai abbassare la guardia, perché le donne rappresentavano un serio e costante pericolo per la sua virtù. I loro sguardi lo colpivano direttamente al cuore, come una stoccata, e poi le labbra socchiuse, i generosi décolleté che svelavano più di quanto coprivano, perlomeno all'immaginazione, e le curve dei fianchi, talora persino certi odori, tutto ciò annebbiava i sensi, sussurrava la promessa di un frutto paradisiaco...

Sognava di vivere in contemplazione e raccoglimento, lontano da quell'esistenza troppo terrena, così piena di carnalità e cupidigia, e di inganni, di malvagità, di tribolazioni. Ma aveva scelto l'ordine sbagliato. O meglio: così aveva deciso la Provvidenza. E il fatto spiacevole di essere inviato di continuo nel mondo profano, per compiere delicate missioni, il cardinale Giacomo Catalano lo attribuiva ai suoi peccati, lo interpretava come una penitenza. Quanto maggiore era il rischio per il corpo e per l'anima, tanto più ampio e completo sarebbe stato il perdono che avrebbe ottenuto un giorno. O almeno così sperava. Tuttavia, considerata la gravità della sua colpa, l'assoluzione non sarebbe mai stata di portata sufficiente.

Era una giornata particolare. Fino a quel momento, Francesco Todeschini Piccolomini si era sempre limitato a impartirgli ordini per le sue missioni segrete. Era la prima volta che il cardinale lo invitava a un incontro segreto nella cripta dell'antica basilica, dopo aver ottenuto da lui il voto di silenzio.

Era al servizio dell'Arciconfraternita già da tre anni, e quella sera sarebbe stato accolto tra le sue file.

S'incamminò, in preda a un misto di eccitazione e commozione solenne. Aveva la sensazione tangibile che quella notte avrebbe cambiato la sua vita. Girava e rigirava un anello d'oro con una pietra nera che portava all'anulare sinistro, e si accorse di avere le mani sudate.

Il giovane predicatore Jaume el Català - ovvero, come si faceva ormai chiamare in italiano, Giacomo il Catalano - uscì dalla canonica ed entrò nel cortile della sacra basilica da un ingresso secondario. Sfiorò con lo sguardo la pigna di bronzo che si ergeva al centro del cortile. Mentre il lato rivolto alla luna risplendeva caldo e brillante come la luce di Dio, l'altro lato era avvolto dall'ombra e appariva come una sagoma indistinta e vibrante, appena distinguibile. Pensò che luce e oscurità erano inseparabili, e che non sempre i guerrieri di Dio potevano scegliere da che parte combattere, se da quella del giorno o da quella della notte. L'Onnipotente non poteva semplicemente ritirare le sue schiere dall'oscurità; doveva mandare la sua luce anche laggiù, perché anche lì i suoi guerrieri non potevano mancare. Doveva mandare i suoi soldati segreti anche all'inferno. Giacomo era pronto. L'inferno non lo spaventava, per lui era onnipresente. Procedette a passo deciso lungo le mura, verso i cinque ingressi dell'antica basilica.

2

Ravenna, Anno Domini 1492

« Messere, è ora! »

Controvoglia, Bramante si rese conto che qualcuno lo stava scuotendo vigorosamente per le spalle. Gli sembrava di essersi appena coricato, ma quando strizzò le palpebre e aprì gli occhi si accorse che fuori era calata l'oscurità.

Accanto al suo letto c'era un servitore con una lampada a petrolio. Bramante impiegò qualche istante a togliersi di dosso il sonno. Poi si ricordò del suo appuntamento notturno e si alzò di scatto; ma se ne pentì subito: tutto si mise a girare e dovette reggersi alla parete per non perdere l'equilibrio.

Dopo che si fu infilato gli stivali tra gemiti e lamenti, il servitore lo accompagnò in silenzio all'ingresso posteriore della locanda e lo fece uscire. Bramante sputò per terra cercando di togliersi il tremendo sapore che aveva in bocca, certamente dovuto all'anguilla affumicata. Perché non si era sciacquato la bocca con un goccio d'acqua o di vino? Biascicò un'imprecazione.

Nel frattempo le nuvole si erano addensate coprendo le stelle e oscurando la luna. E aveva cominciato a piovigginare; oppure si trattava dell'umidità dell'Adriatico, trasportata dal vento.

S'incamminò nella direzione indicata dal locandiere e dopo qualche minuto appena si ritrovò di fronte all'antica cupola, che si ergeva buia e minacciosa. Della chiesa di San Vitale, Bramante non sapeva granché, solo che era stata costruita più di mille anni prima e che riuniva elementi stilistici dell'architettura occidentale e orientale. Nell'oscurità, poteva intuire soltanto le dimensioni della cupola, che sovrastava tutto quanto.

Bramante apparteneva a quel genere di uomini che, riponendo una fiducia sconfinata nelle proprie forze, non si lasciavano impressionare praticamente da nulla. Nondimeno, in quel momento provò una leggera sensazione d'insicurezza, un tipo di emozione che non aveva più provato da quando era ragazzo. Si richiamò all'ordine, raddrizzò le spalle e, seguendo le istruzioni, entrò nella chiesa da una porticina sul lato occidentale dell'edificio. Sulla parete accanto alla porta c'era un piccolo emblema di pietra; a causa del buio, più che vederne davvero la forma dovette intuirla. Poi lo tastò con le dita, e si meravigliò: ricordava vagamente una rosa. Ma forse era solo una sua impressione; del resto la pietra era logora e rovinata dalle intemperie, dunque poteva essere qualunque altra cosa.

All'interno, la chiesa era in gran parte immersa nelle tenebre. Solo sull'altare, nel coro, c'erano tre grossi ceri bianchi, alti due cubiti, che diffondevano valorosamente la loro luce tremante nell'oscurità di quello spazio enorme. Nonostante la scarsa illuminazione, Bramante fu conquistato. La forza di quello stile costruttivo, l'armonia proiettata verso l'alto, verso le volte particolarmente elevate, lo lasciarono senza fiato. Notò subito che, a differenza di quanto avveniva nelle cattedrali gotiche, non c'era un orientamento esclusivo verso il cielo, ma il sopra e il sotto erano tutt'uno. Non c'era tensione, c'era soltanto l'essere, nella completezza e nell'equilibrio, l'armonia del cosmo tradotta in architettura; o forse era l'armonia di un uomo molto corpulento e insaziabile, come a volte Bramante immaginava il cosmo, per ragioni facilmente intuibili.

L'architetto si trovava in un edificio a pianta centrale. Sapeva che era una costruzione particolare: la maggior parte delle chiese dell'Occidente erano basiliche con lunghe navate, perché tale forma ben si adattava al rito latino. Tra le poche eccezioni figuravano San Vitale, appunto, e la chiesa di Carlo Magno ad Aquisgrana, oltre naturalmente ai piccoli battisteri e alle cappelle sepolcrali.

Molti cardinali, così come tanti vescovi e anche molti semplici sacerdoti, vedevano nella struttura rotonda l'opera del diavolo. Per l'architetto Bramante l'edificio a pianta centrale era senza dubbio antico, sotto ogni aspetto, ma era anche un simbolo dell'ordine del mondo, cristiano o pagano che fosse. Era così entusiasta di quel tipo di architettura che si era persino adoperato insieme col rivale Giovanni Antonio Amadeo affinché il nuovo Duomo di Pavia fosse progettato in quel modo. Adesso, dentro la chiesa di San Vitale, pensò che a ben guardare non si trattava nemmeno – o comunque non solo – di un tipo di architettura, ma di un modo di essere, di un modo di vivere e di credere. Ancora una volta si propose di andare al più presto a Roma per visitare il Pantheon, una struttura che doveva rivelarsi magnifica per l'imponenza, e che era coronata da una delle più grandi cupole portanti.

Rivolse lo sguardo all'abside del coro orientale, dove un Cristo imberbe e circondato da angeli lo guardava dall'alto in basso. Sotto il Kyrios, sulla sinistra, si trovava l'imperatore bizantino Giustiniano, provvisto di aureola, in mezzo ai suoi consiglieri, e accanto era presente sua moglie, che a quanto pareva prima del matrimonio era una prostituta, come Maria Maddalena. Tuttavia anche lei, come il consorte, era dotata di un nimbo. Una scelta ardita, pensò Bramante, e con un sorriso salace si chiese a quale delle prostitute di Milano avrebbe conferito un'aureola. Ma ben presto il sorriso lasciò il posto a un'espressione di rinuncia e rammarico. Per un istante sentì una forte pressione ai lombi, ma poi fu riconquistato dalla bellezza della chiesa.

Il suo sguardo si stava ancora beando nel verde, nell'oro e nel blu del coro illuminato dalle candele, quando con la coda dell'occhio notò che diverse ombre si stavano avvicinando. Ancora prima che potesse riconoscerle, quelle sagome si lanciarono su di lui. Non riuscì a capire quanti uomini lo stessero aggredendo, in ogni caso erano abbastanza per gettare senza fatica la sua vigorosa corporatura sui mosaici artistici che coprivano il pavimento della chiesa. Bramante non era né lento né debole, ma non poté impedire in nessun modo che gli venissero legate le mani dietro la schiena con una cinghia di cuoio affilata, e che venisse bendato. Poi due robusti giovanotti lo presero per le braccia, lo rimisero in piedi e lo spinsero in avanti senza troppi complimenti. Lui, rassegnato, non oppose resistenza: sarebbe stato inutile. Ma tenne i sensi in allarme, pronti a cogliere un'eventuale possibilità di reazione.

Era caduto in una trappola? Forse il committente di quegli

uomini era un concorrente invidioso. Amadeo si sarebbe lasciato trasportare dall'odio fino al punto di ordinare un omicidio? Per quel che poteva saperne, tutto era possibile. Le persone non rinunciavano a guadagnare vantaggio sugli altri, quali che fossero i costi. Del resto lui stesso, a ben guardare, non rappresentava un'eccezione in tal senso.

Mentre avanzava incespicando, si lambiccava il cervello. Se davvero qualcuno voleva toglierlo di mezzo, quel piano era semplice e allo stesso tempo geniale: farlo fuori a Milano avrebbe suscitato troppo scalpore, mentre attirarlo lontano e assassinarlo in terra straniera era un metodo a dir poco sicuro. Tuttavia, rispetto a quell'ipotesi c'era qualcosa - giusto una sensazione - che non quadrava del tutto. Perché darsi tanta pena per farlo fuori? Avrebbero potuto assassinarlo senza tante storie lungo il viaggio, scaricando la colpa su una qualche banda di briganti. Perché quell'aggressione era avvenuta soltanto a Ravenna?

I pensieri si accavallavano l'uno sull'altro, e la paura cresceva, perché la congiuntura poteva rivelarsi anche peggio di così: stava forse per essere sacrificato nel corso di un rito raccapricciante? I fanatici sanguinari non mancavano di certo. D'altra parte, che diavolo ci si poteva aspettare da una religione che nel momento più alto e sacro della liturgia faceva recitare le parole: « Questo è il mio corpo » e « Questo è il mio sangue »? Cosa c'era da aspettarsi, se non violenza, da una religione che invita la comunità a mangiare il corpo di un crocifisso e a buttar giù il boccone con un bel sorso di sangue?

Bramante giurò a se stesso due cose: se fosse uscito vivo da quella situazione avrebbe innanzitutto scambiato due parole chiare con messer Leonardo, e, in secondo luogo, avrebbe messo in pratica il proposito di cercare, studiare, misurare e descrivere le opere architettoniche e artistiche degli antichi. Prima però sarebbe dovuto fuggire da quell'abisso della fede.

Mentre gli sgherri continuavano a spingerlo in avanti, cercò con tutte le forze di liberare le mani dai legacci. Ma i tentativi risultarono vani e anche dolorosi, perché la sottile cinghia di cuoio gli scavava sempre più a fondo la carne dei polsi.

Roma, Anno Domini 1492

Il tetto del portico dell'antica chiesa di San Pietro poggiava su dodici arcate, come i dodici apostoli. Le colonne del portico erano di una semplicità sublime. Data l'oscurità, Giacomo non distingueva gli affreschi sopra l'ingresso della basilica, ma non era necessario, quelle immagini le aveva dentro di sé: Gesù Cristo, la madre di Dio, papa Gregorio Magno, gli evangelisti e i ventiquattro anziani dell'Apocalisse, con accanto le raffigurazioni simboliche delle città di Gerusalemme e Betlemme. Il dibattito in corso da qualche tempo sul valore artistico di quelle rappresentazioni suscitava l'ira del giovane. Era convinto che non spettasse agli uomini giudicare le rappresentazioni della fede, e tantomeno farne una pedante critica estetica. Lui le trovava veritiere e ciò era più che sufficiente. Gli affreschi erano un oggetto di verità, non di vanità artistica. Gli artisti! Nella loro temerarietà si ergevano sempre di più a signori del loro tempo, ma nel migliore dei casi non erano altro che mascalzoni vanitosi e pieni di sé, se non addirittura eretici!

Agli occhi di Giacomo, gli uomini avevano perso l'umiltà. E quando l'uomo s'insuperbiva diventava infelice, roso dall'invidia, e malvagio. L'eresia stava risollevando la sua riprovevole testa ovunque. In Francia (e lui era appena ritornato da Narbonne) erano i valdesi, in Boemia gli ussiti. Evidentemente, bruciare l'eretico Jan Hus a Costanza, una settantina di anni prima, non era servito a molto. I suoi seguaci non volevano saperne di abbandonare la loro sacrilega caparbietà.

Immaginò di baciare la Bolla dell'indulgenza di Bonifacio VIII, che era conservata sotto forma di piastra di bronzo accanto al portale. Il papa l'aveva emessa nell'Anno Santo 1300, poco prima della sua morte. Con essa reclamava un potere spirituale e secolare illimitato per il vicario di Cristo, un potere cui tutti i sovrani dovevano assoggettarsi. *È proprio questo lo scopo, l'istituzione del dominio di Dio in terra,* pensò Giacomo. Era quello l'unico motivo per cui da tre anni correva affannosamente da una parte all'altra dell'Europa, per conto dei devoti della curia. Era quello l'unico motivo per cui a quella tarda ora stava spingendo il pesante legno di quercia della Porta Ravenniana, che si aprì con un leggero scricchiolio.

L'interno della chiesa era in penombra, rischiarato soltanto da alcune candele e lampade votive. Nella navata centrale, luminosi spicchi di chiaro di luna filtravano dal cleristorio e si posavano sul pavimento di marmo impreziosito da pregiati intarsi. Le quattro navate laterali erano immerse nell'oscurità. Giacomo aggirò un quadrone di pietra che giaceva in mezzo alla chiesa, essendosi staccato da una parete qualche settimana prima. Non lo si poteva negare: la casa di Dio diventava sempre più pericolante. Urgevano riparazioni, se si voleva evitare che i fedeli rimanessero uccisi sotto una pioggia di mattoni e pietre durante il raccoglimento e la penitenza. E non serviva un'intelligenza particolarmente acuta per capire che si trattava di un rischio paradossale e scandaloso per un santuario il cui scopo doveva essere la salvezza dell'anima dei pellegrini, non certo la loro prematura dipartita.

Arricciò il naso, sentendo un vago profumo d'incenso. Nutriva una spiccata avversione per tutti gli odori che dovevano la propria esistenza al fuoco. Certo, nella battaglia per la fede non intendeva escludere a priori nessun mezzo, ma non era tra coloro che chiedevano un autodafé alla leggera. Conosceva troppo bene l'odore della carne umana bruciata. Non era più riuscito a toglierselo dalle narici da quando, all'età di dodici anni, aveva vagato per le strade e i vicoli della cittadina in cui era nato, Tortosa, sede vescovile della Catalogna, immersa in un incubo che sembrava non aver mai fine: i roghi purificatori voluti dagli ortodossi avevano continuato a divampare ovunque per giorni, accompagnati dalle urla di dolore dei *marranos*, gli ebrei battezzati a forza. Se l'odore della carne bruciata gli era rimasto nelle narici, quelle urla gli riecheggiavano ancora nelle orecchie, anche se ormai erano passati dieci anni. Non avrebbe mai dimenticato le ottave ascendenti della sofferenza.

Si era ritrovato solo all'improvviso, separato per sempre dal padre, dalla madre, dai suoi fratelli. Aveva vagato per giorni per la città, nutrendosi di rifiuti e riposando dove capitava. Alla fine, senza un piano, seguendo soltanto l'istinto, era salito da clandestino sulla prima nave in partenza senza la minima idea di dove fosse diretta; ma lo avrebbe comunque portato lontano dalla città della morte – lontano dal luogo della sua colpa – e tanto bastava. Per il resto, che fosse lo Spirito Santo a decidere della sua vita, lui non era in grado.

La Provvidenza lo aveva fatto capitare su una nave diretta a Ostia. Un fratello predicatore, suo compagno di viaggio, si era impietosito e lo aveva introdotto nel suo convento, a Roma. Lì lo avevano chiamato «il Catalano». Poi, visto che era un ragazzo dotato, avevano deciso d'istruirlo, di farne un guerriero della fede, un'arma affilata del Signore. A lui il nome che gli era stato assegnato era piaciuto subito, perché racchiudeva, invisibile agli altri, la sua intera vita fino a quel momento, passato e presente.

Giacomo si passò la mano sulla fronte, per scacciare le visioni che lo tormentavano. A volte si svegliava nel mezzo della notte, destato dalle sue stesse urla. Per tormentarlo, la memoria si serviva di spaventose immagini oniriche, carne che si staccava dalle ossa liquefacendosi, grasso umano che colava sibilando nelle lingue di fuoco. Quando succedeva, Giacomo andava nella cappella più vicina, si gettava sul pavimento gelido davanti all'altare per raffreddare il corpo febbricitante, allargava le braccia per divenire egli stesso la croce che venerava e implorava l'Altissimo: «*Mea culpa, mea culpa, mea maxima culpa*... Signore perdona i miei peccati e liberami dal male...»

Nessuno avrebbe potuto immaginare che quel giovane gentile e di così bell'aspetto fosse vittima di tali tormenti. I più lo vedevano come un Adone rinato, snello e di giuste proporzioni. Si distingueva in particolare per i lineamenti delicati, per il bel viso non ancora guastato dalla vita, anche se i motivi non mancavano. I grandi occhi neri sotto la fronte alta infondevano fiducia e inducevano a vedere in lui una persona affidabile e generosa. Quanto alle donne, tutte, sia le fanciulle sia quelle più mature, non potevano che augurarsi di avere a che fare con un ecclesiastico come lui: le prime per romanticismo, le seconde per esperienza.

Nel frattempo, Giacomo aveva raggiunto il grandioso ciborio dell'altar maggiore. Alcuni gradini sulla destra e sulla sinistra conducevano al coro, e da lì si raggiungeva l'abside, al culmine del quale si trovava la Cattedra di Pietro, il trono del papa. S'inginocchiò davanti alla reliquia, si fece il segno della croce, recitò un padrenostro, poi la professione di fede e infine si fece di nuovo il segno della croce. Quindi seguì con lo sguardo le quattro colonne che s'innalzavano dall'altare fino a sostenere una travatura coronata da un timpano e da una cupola. Alzò gli occhi verso il fregio, soffermandosi sulla rappresentazione di Pietro, inchiodato al legno grezzo, il capo chino. Giacomo lo capiva fin troppo bene. Per rispetto nei confronti del Signore, per la consapevolezza dei suoi peccati e del suo tradimento, l'apostolo non aveva voluto essere inchiodato alla croce nello stesso modo del figlio di Dio, ma aveva insistito perché fosse accresciuto il suo tormento. Così la testa di Pietro era rivolta verso il crocifisso sull'altare, ma anche oltre, verso la *Confessio*, un'inferriata incassata in un arco a tutto sesto, sotto la mensa. L'inferriata sbarrava l'accesso a un pozzo che conduceva in profondità; laggiù era sepolto Pietro in persona, la pietra sulla quale era stata letteralmente edificata la Chiesa, come aveva annunciato Gesù. La tomba del primo vicario di Cristo in terra era l'unico motivo per cui la più importante chiesa della cristianità si trovava proprio in quel luogo.

Giacomo si alzò, girò attorno alla scalinata di destra e trovò aperta la porta sul lato, oltre la quale una rampa di gradini conduceva in un sotterraneo. Come gli era stato ordinato, scese lentamente nell'oscurità, procedendo a tentoni. Era come entrare in un'altra epoca, come tornare indietro fino ai secoli bui, quando i cristiani venivano perseguitati e sottoposti a una morte atroce.

A poco a poco, mentre i suoi occhi si abituavano sempre di più alle tenebre, dalle profondità cominciarono a emergere mormorii e tracce di luce. A ogni passo la luce gialla e calda delle candele si faceva più penetrante. Sembrava gli venisse incontro, come se intendesse accoglierlo e accompagnarlo per l'ultimo tratto della rampa. Cominciò a distinguere i gradini, e infine, quando fece l'ultimo, ed entrò in una cripta dal soffitto basso, il cuore prese a battergli all'impazzata, perché il pavimento su cui adesso poggiava i piedi era lo stesso che era stato calpestato dai primi cristiani, ed era anche lo stesso sul quale, più di mille anni prima, l'imperatore Costantino aveva ordinato la costruzione della basilica. Con la massima deferenza che poté assumere, Giacomo alzò lo sguardo.

3

Ravenna, Anno Domini 1492

Gli sgherri avevano costretto Bramante in ginocchio. Uno gli sbottonò il farsetto, un altro diede un brusco strattone alla stoffa tirandola da dietro e poi fissandola in modo che l'indumento divenisse un'ulteriore pastoia stretta sull'incavo dei gomiti. Qualcuno gli strappò anche la camicia, e quando si ritrovò rannicchiato a terra, a torso nudo, una domanda gli attraversò la mente: non era così che i condannati a morte venivano preparati alla decapitazione?

D'un tratto sentì dei passi. Ascoltò con la massima concentrazione. Sembrava che attorno a lui si stesse radunando un gruppo di persone. Quattro o cinque, tale fu la sua valutazione, ma potevano essere anche di più. L'eco delle suole faceva pensare che fossero persone distinte, perché indossavano stivali o comunque scarpe coi tacchi. Poi sentì la voce di un uomo che subito dopo aver salutato i propri « fratelli » si rivolse a lui.

« Ti chiedo, Donato, qual è il tuo mestiere? »

Bramante non aveva mai sentito quella voce. Era morbida e suadente; la voce di un uomo colto, abituato a parlare, non necessariamente a comandare, ma comunque a tenere discorsi di fronte a un ampio uditorio.

« Chi lo vuole sapere? » replicò Bramante con tono sgarbato. Sentendosi umiliato, il suo orgoglio superò la paura e si ribellò.

« Tu devi soltanto dare risposte, non fare domande », ribatté lo sconosciuto con la massima calma.

Bramante era deciso a giocarsi il tutto per tutto. « E se rifiutassi di rispondere? »

« In tal caso per te sarebbe la fine », disse l'altro mantenendo un tono del tutto sobrio. Poi tacque, lasciando che la frase facesse effetto.

Bramante non sapeva cosa pensare, né quanto facessero

sul serio quegli uomini. Il silenzio, angoscioso, si protrasse a lungo.

Infine lo sconosciuto riprese la parola, il tono leggermente più conciliante. « È stato un brutto inizio. Ricominciamo da capo: qual è il tuo mestiere? »

« Pittore e architetto. »

« Sei disposto a portare l'amore nel mondo? »

Bramante non capiva la domanda; o meglio, non riusciva a spiegarsi come quella potesse essere una domanda. Non aveva mai avuto niente in contrario al gioioso gioco dell'animale con quattro braccia, quattro gambe e due schiene. Prima che potesse rispondere, però, lo sconosciuto gli lanciò un avvertimento.

« Rifletti bene sulla domanda. Non stiamo parlando dell'unione sessuale, ma dell'unione dell'anima con Dio. »

Ah, ecco, pensò lui. Diede comunque una risposta affermativa: che l'anima si unisse pure a Dio, male non poteva fare. Purché ciò non escludesse l'altro amore.

Pian piano cominciò a nutrire speranza. Il tutto somigliava sempre meno a un rito sacrificale e sempre di più a una cerimonia di ammissione. Era il caso di restare vigile, naturalmente; ma ormai era anche curioso di scoprire cosa sarebbe successo.

« Sei disposto a imparare dagli anziani, per migliorare il mondo tramite la tua arte? »

Ecco, così suonava già meglio, e soprattutto più concreto. « Sì, lo sono. »

« Sei disposto a onorare Hiram? »

« Sì, lo sono. »

« E anche Pitagora? »

« Sì. »

« E anche Platone? »

« Sì. »

« E anche Vitruvio? »

« Sì. »

« Sei disposto a rinunciare allo stile gotico e alla filosofia scolastica? »

« Al primo con piacere, e alla seconda probabilmente anche, se sapessi cos'è », rispose Bramante, sorridendo come per scusarsi.

« Dunque ascolta! Non sono i papi, i cardinali e i principi a migliorare il mondo e a nobilitare le anime, ma solo noi filosofi, artisti e architetti che apparteniamo all'antica confraternita. Abbiamo un debito nei confronti del veggente Giovanni, il quale scrisse: 'Misurò ancora il muro d'essa; ed era di centoquarantaquattro cubiti, a misura di uomo, che era quella dell'angelo. E la fabbrica del suo muro era di diaspro; e la città era d'oro puro, simile a vetro puro'.

« Dio padre, il massimo architetto, creò la città, che è il mondo, secondo le leggi dell'amore e della saggezza celata. Pose l'uomo al centro del mondo, perché da lì potesse osservare meglio tutto ciò che esiste sulla Terra. Dio disse all'uomo: 'Non ti ho fatto né celeste né terreno, né mortale né immortale, perché di te stesso quasi libero e sovrano artefice ti plasmassi e ti scolpissi nella forma che avresti prescelto. Tu potrai degenerare nelle cose inferiori che sono i bruti; tu potrai, secondo il tuo volere, rigenerarti nelle cose superiori che sono divine'.

« Perciò ti chiedo, Donato, vuoi apprendere la misura degli angeli, per costruire la città d'oro, per erigere il tempio dell'Altissimo, secondo la Sua misura, la misura di Dio? Vuoi tu diventare membro della nostra confraternita, dei *Fedeli d'Amore,* vuoi tu divenire fratello di Giovanni il Veggente, un fedele compagno e un instancabile lavoratore? »

Bramante era sorpreso, e anche tentato. Ma la sua diffidenza non era ancora del tutto superata. Le ultime parole, in particolare, gli erano sembrate così blasfeme che avrebbero potuto farlo finire sul rogo. Poi, riflettendo, pensò a Leonardo, che gli aveva chiesto se voleva entrare a far parte dell'alleanza degli architetti ed essere iniziato ai misteri della costruzione. Il punto era: se avesse rifiutato per codardia, quella porta si sarebbe chiusa per sempre. C'era qualcosa di più allettante dell'essere iniziato all'architettura di Dio? Decise di correre il rischio.

« Sì, lo voglio », rispose con voce decisa. E subito, con suo grande orrore, sentì la punta di una spada, o forse di un pugnale, che gli penetrava lentamente nel petto. La sua era stata dunque la risposta sbagliata? Dietro quel rituale si nascondeva in realtà una trappola? Il suo cuore, che la lama era prossima a raggiungere, era sul punto di scoppiare. Poi, d'un tratto, la pressione venne meno. Sentì ancora un dolore acuto, ma si rese conto che era causato dal ritrarsi dell'arma, spada o pugnale che fosse, dalla piccola ferita. Gli avevano fatto soltanto un graffio. Bramante fu sopraffatto dalla strana sensazione che le persone attorno a lui stessero sorridendo, come se la tensione presente fino a un attimo prima avesse ceduto il passo a un'amichevole rilassatezza.

La cinghia di cuoio che gli stringeva i polsi gli aveva intorpidito le mani, tanto che per qualche istante non si accorse nemmeno che qualcuno l'aveva sciolta. Gli infilarono di nuovo camicia e farsetto e diverse braccia lo aiutarono a rimettersi in piedi. Bramante percepì chiaramente la presenza di qualcuno molto vicino a lui. L'alito dell'uomo gli sfiorava il viso. Trovò insolito che non puzzasse. Gli tolsero la benda dagli occhi e vide un giovane dai capelli biondo rossicci divisi sulla fronte, con lunghi riccioli che gli ricadevano sulle spalle. La bellezza del suo viso, con gli occhi a mandorla azzurri e la bocca dalla straordinaria sensualità, con denti dalle forme regolari e di un bianco raggiante, era solo leggermente diminuita dal naso sottile e appuntito. Il giovane lo superava in altezza di mezza testa. Indossava un'ampia camicia bianca, che si gonfiava sopra un paio di pantaloni neri. «Dunque, fratello, sei ammesso, e il sangue del tuo cuore suggellerà la nostra alleanza nell'amore», disse, e lo abbracciò.

Paralizzato dalla sorpresa, Bramante si guardò attorno: davanti a lui c'erano quattro uomini che conosceva, e che gli stavano sorridendo. Erano Leonardo da Vinci, Francesco di Giorgio, un architetto di Siena, il suo concorrente Amadeo e Giuliano da Sangallo, di Firenze. Il giovane sconosciuto si presentò come Giovanni Pico della Mirandola, e subito gli porse i saluti dei fratelli che non avevano potuto presenziare. Il poeta Cristoforo Landino e il filosofo Marsilio Ficino erano troppo anziani per affrontare il lungo viaggio, e il cardinale Giovanni de' Medici troppo giovane: sarebbe stato necessario avvisare il padre, ma Lorenzo de' Medici non doveva assolutamente scoprire che il suo secondogenito apparteneva ai Fedeli.

Per un attimo, Bramante fece ammenda in silenzio nei confronti di Leonardo e Amadeo. Poi, con fare solenne, Pico gli consegnò un libro con gli angoli ricoperti d'oro. Il nuovo confratello aveva tra le mani la Divina Commedia di Dante coi commenti di Landino.

« Il fratello Dante ha nascosto in questo poema l'intero sapere di cui dispone la nostra confraternita a proposito della costruzione del mondo. E il fratello Landino l'ha commentato in modo eccellente. Prendilo, conservalo e leggilo, cercando i segreti, le parole nascoste dietro le parole, i significati che si celano dietro i significati. Ma prendi a cuore anche l'avvertimento del divino: 'Un punto vidi che raggiava lume / acuto sì, che 'l viso ch'elli affoca / chiuder conviensi per lo forte acume'. »

« Ho una fame bestiale! » esclamò Leonardo da Vinci, interrompendo il confratello. « Siate comprensivo, messer Giovanni, e lasciate che continuiamo a filosofare sui segreti del mondo davanti a un piatto di selvaggina e a un bicchiere di vino. »

« Ah, Leonardo, voi per me rimanete un enigma: a volte così distante e rapito, poi di nuovo pienamente nella realtà! »

« Il mio intelletto s'innalza fino alle più alte sfere, ma purtroppo si dimentica di comunicarlo allo stomaco », disse Leonardo.

Pico sorrise, gli altri scoppiarono a ridere.

« Che cosa significa questo? » chiese Bramante indicando le lettere impresse nella rilegatura di pelle, sul dorso del libro.

« F.S.K.I.P.F.T. » rispose Pico citandole. « Per tutti coloro che non appartengono alla nostra confraternita, questa sigla indica le virtù. *Fides, Spes, Caritas, Justitia, Prudentia, Fortitudo, Temperantia,* ovvero fede, speranza, carità, giustizia, prudenza, fortezza e temperanza. »

« E per noi? »

« Per noi ha anche un significato più profondo, perché le parole sono quelle che sono, ma sono anche qualcos'altro, qualcosa di più, nascondono un significato molto più profondo: *Fidei Sanctae Kadosh Imperialis Principatus Frater Templarius.* »

« Perdonatemi, ma non capisco il latino. »

« Indica il rango d'onore di Dante nell'Ordine dei templari. »

Bramante mostrò uno stupore evidente. « Dante era un templare? »

« Aprite il libro che tenete in mano: Purgatorio, canto ventisette, versi da sedici a diciannove. »

Bramante sfogliò il libro, trovò il passo indicato e lesse: « In su le man commesse mi protesi, / guardando il foco e imaginando forte / umani corpi già veduti accesi ». Alimentata dal poeta, la sua fantasia gli presentò un rogo, sul quale alcune persone si contorcevano per la terribile sofferenza. La voce di Pico gli giunse all'orecchio come se provenisse da lontano.

« Secondo voi, a chi pensa Dante in questo passaggio? All'ultimo Gran Maestro dei cavalieri templari, Jacques de Molay, che fu bruciato sul rogo a Parigi nel 1314: '... e imaginando forte / umani corpi già veduti accesi'. »

« Quando l'Ordine fu vietato e il papa e il re mandarono al rogo il Gran Maestro, Dante aveva poco più di cinquant'anni », spiegò Leonardo.

« Non per niente, l'ultimo verso di questo canto dice: 'per ch'io te sovra te corono e mitrio' », citò a memoria Pico. « Il papa traditore e il re subdolo avevano fallito, e da loro Dante non poteva più aspettarsi altro che malignità e tradimento. Quanti templari, ma anche quanti Fedeli furono uccisi in quell'epoca! Pensate al grande poeta Guido Cavalcanti, amico di Dante, o al tedesco Meister Eckhart, o a Marguerite Porete, che salì sul rogo prima di Jacques de Molay a Parigi. »

Sangallo, che fino a quel momento era rimasto in silenzio, prese la parola: « Tutto questo si ritrova nella sua opera, ma soltanto in linguaggio cifrato, perché egli non solo doveva mantenere segreto il suo rapporto con l'Ordine, ma anche farlo dimenticare ».

« Sì, sì, ora però andiamo alla svelta dal possente Girolamo, il mio stomaco non consente ulteriori dilazioni! » insisté Leonardo.

Tuttavia Bramante, sopraffatto da ciò che aveva appena appreso, non si mosse. « Voglio saperne di più. Vi prego, non tacete, continuate a parlare! » implorò.

« Più tardi, amico mio », promise Pico. « Per il momento fermiamoci qui. E racchiudi ciò che hai udito nelle profondità del tuo cuore, non lasciarlo mai fuoriuscire da lì, perché ogni parola che proferirai con un estraneo significherà morte certa per te. Ricordati: il volto mio è carcere d'amore.»

Tutte le suppliche e le resistenze furono vane. Gli uomini affiancarono semplicemente il nuovo confratello e s'incamminarono verso la locanda di Girolamo.

Durante il tragitto, Bramante venne a sapere che il rito di ammissione della confraternita si teneva sempre lì, perché Dante amava quella chiesa a pianta centrale e inoltre era proprio a Ravenna che si trovava la sua tomba. Si capiva che era una chiesa della confraternita dalla rosa di pietra posta a lato dell'ingresso, sebbene i Fedeli l'avessero nascosta sotto macerie opportunamente piazzate.

Mentre camminavano lungo le strade di Ravenna, parlarono della base della loro nuova architettura: essa consisteva nella misura degli angeli, adottata dall'architetto Hiram a Gerusalemme per erigere il tempio su incarico di re Salomone. Tale misura si sarebbe potuta trovare in antiche strutture e opere d'arte: si celava nelle loro proporzioni; di ciò erano tutti convinti. Di più: per loro ogni cosa - il mondo intero - consisteva in proporzioni e prospettiva. Ciò valeva per gli edifici, ma ancora di più per la costruzione dello Stato. Gli uomini decisero di raccogliere del denaro, e con quello Bramante avrebbe avuto l'incarico di misurare tutti gli edifici antichi e le rovine da Roma a Napoli. Prima, però, avrebbe dovuto studiare a fondo il poema di Dante sulla costruzione del mondo, sotto la guida di Leonardo, e anche teorici dell'architettura come Vitruvio e Alberti, che egli in parte già conosceva. Così attrezzato, avrebbe quindi potuto mettersi al lavoro.

Arrivati alla locanda Dal possente Hiram, i Fedeli si dedicarono soltanto allo squisito pasto che Girolamo servì loro. Nessuno fece parola di ciò che era stato discusso a San Vitale. Bramante si ripromise di chiedere conto a Leonardo dei molti nuovi nomi. Se li aveva già sentiti, nella maggior parte dei casi associava ai loro detentori soltanto un'immagine incompleta. I confratelli non sembravano più nemmeno le stesse persone: avevano messo da parte qualunque pensiero elevato e assecondavano soltanto le loro voglie. I musicisti suonavano e le ragazze che Bramante aveva fatto venire si avvicinarono alla compagnia con sorrisi incantevoli, e c'erano anche due giovinetti che Leonardo aveva portato con sé da Milano.

« Dove diavolo è il conte? » sbottò all'improvviso Bramante, guardandosi attorno.

Leonardo gli diede spiegazione della sua assenza. « Devi sapere, amico mio, che a messer Giovanni Pico della Mirandola basta soggiornare in una città forestiera per qualche ora e sicuramente, quando riparte, si lascia dietro un'innamorata, la quale lo aspetterà finché lui non ritornerà sul posto e andrà a trovarla. È nato con la camicia, il nostro conte. Le donne lo amano, chissà perché. »

« Maledizione, se quel satanasso è bravo a usare l'uccello anche solo la metà di quanto è bravo a parlare, be' allora si può ben capirlo il perché », disse Bramante, e prese in braccio una ragazza formosa che aveva in mano una ciotola di ciliegie. La giovane prese una manciata di frutti, se li infilò in bocca e cominciò a masticarli rumorosamente, sputando i semi e lasciando che il succo le colasse dagli angoli della bocca fino ai seni scoperti dal corsetto aperto. Un succo rosso e gocciolante come il sangue. « Lasciane qualcuna anche per me », la esortò lui con allegria. Le prese il mento, attirò a sé la bocca e la baciò con irruenza. Le sue labbra erano morbide, e i frutti di una dolcezza incomparabile.

4

Roma, Anno Domini 1492

Giacomo contò undici uomini in abito monastico, tutti radunati attorno a un piccolo altare sul quale ardevano tre grossi ceri bianchi, puri e luminosi come il fuoco nei loro cuori. Tra loro c'erano domenicani, ma anche francescani coi loro sai marroni, e agostiniani, riconoscibili dalle mantelline abbottonate sul davanti, benedettini, con le grosse cinture e la croce sul petto, e infine camaldolesi, inconfondibili per le ampie vesti bianche.

Il prolungamento del vano che conduceva alla tomba di Pietro, scendendo verticalmente in profondità, era costituito da un muro con scritte rosse. Guardando giù, gli occhi si posavano su una cassa di pietra scolpita in modo grezzo, che si trovava dieci cubiti più in basso. Al suo interno giacevano i resti mortali del primo apostolo. Quella misera bara giustificava le rivendicazioni di potere dei papi da ormai trenta generazioni. Ciascuno di quegli undici uomini conosceva a memoria le parole della nomina pronunciate dal Signore: « E io ti dico: tu sei Pietro e su questa pietra edificherò la mia chiesa, e le porte degli inferi non prevarranno contro di essa. A te darò le chiavi del regno dei cieli ». Ciascuno di loro avrebbe accettato il martirio, piuttosto che tradire quelle parole. Lo avevano giurato, e non c'era nessun motivo di dubitare della serietà del loro giuramento.

Giacomo lo sapeva, e sapeva anche che ormai il loro cristianesimo era fuori moda, che i preti, i vescovi, gli stessi cardinali e persino i papi non soltanto peccavano, ma nella loro brama di piacere, lusso, potere e ricchezza non si fermavano neppure di fronte al peccato mortale, e talvolta pareva addirittura che cercassero di superarsi l'un l'altro per la grandezza dei misfatti compiuti. Quegli undici uomini odiavano dal profondo del cuore il nuovo interesse per i pagani, la nuova passione per l'antichità che si era diffusa come un'epidemia negli ultimi decenni, colpendo senza distinzioni ecclesiastici, teologi, filosofi e principi. Era anche per tale motivo che si chiamavano *Archiconfraternita de Perfecti in Segreto*. Si sentivano dei crociati, e perseguivano la fede perfetta.

Una volta al mese, poco prima di mezzanotte s'infilavano le tonache monastiche - per cancellare tutte le differenze di rango visibili nell'abbigliamento - e dagli ingressi laterali entravano in segreto nell'antica basilica, la venerabile chiesa fatta erigere sul *Mons Vaticanus* da Costantino il Grande a indicare che da quel momento il cristianesimo regnava sul mondo.

I guerrieri della fede si erano coperti il capo e il viso con cappucci che avevano soltanto fessure per la bocca e gli occhi. Nella cripta illuminata dai tre ceri, le loro figure assumevano un aspetto inquietante, vagamente spettrale. Era toccato per lo più a Giacomo eseguire gli incarichi - quasi sempre pericolosi - stabiliti dalla confraternita; ora, finalmente, sarebbe stato ammesso al suo interno. Era senza dubbio il momento culminante della sua vita. Doveva essere quello il sapore della beatitudine: dolceamaro, una felicità così intensa da intimorire per le sue dimensioni.

Quando Giacomo avanzò all'interno della cripta, il priore dell'Arciconfraternita, Francesco Todeschini Piccolomini, diede il segnale. Gli uomini si tolsero i cappucci e s'inginocchiarono per pregare. Giacomo guardò i loro volti: visi onesti di uomini colmi di fede. Il priore intonò la professione di fede: «*Credo in unum Deum, patrem omnipotentem, factorem caeli et terrae visibilium omnium et invisibilium*».

«Amen», dissero gli uomini in coro.

Il cardinale Piccolomini si alzò e tutti seguirono il suo esempio. «Miei cari fratelli, siamo in tempi malvagi. Chiunque può offendere la nostra madre Chiesa, farle un affronto o rubare le sue terre, come il re di Napoli. Ma questo lo sapete tutti, e ricordate anche l'omicidio del nostro caro fratello Pedro Albaruez, per mano di eretici.

«Abbiamo tuttavia un giovane uomo degno di prendere il suo posto. Fratello Giacomo, detto il Catalano, dell'Ordine di San Domenico; spagnolo come fratello Pedro, tuttavia non è questo ciò che importa. Egli è senza dubbio uomo di fede, sebbene sia ancora in giovane età.

«Ti abbiamo osservato a lungo, Giacomo, e ti abbiamo affidato compiti difficili. Tu li hai eseguiti tutti in modo esemplare. Perciò ora vogliamo darti il benvenuto quale membro della nostra confraternita. Inginocchiati, figlio di Dio!»

Nel porsi in ginocchio, Giacomo sentì il cuore riempirsi di gioia e orgoglio, e si sentì attraversare da un brivido sacro.

«Giura che non tradirai mai il Signore tuo Dio e i tuoi fratelli; che anche tu, come Gesù, e Pietro, e Paolo, e tutti gli altri martiri che sono il vanto della fede cristiana, anche tu, Giacomo, al tradimento preferirai il martirio, e giura che nel momento del massimo bisogno ricorderai con limpidezza le parole di Gesù Cristo nell'orto degli ulivi: 'Padre, se vuoi, allontana da me questo calice! Tuttavia non sia fatta la mia, ma la tua volontà'. Giuralo. Giura fedeltà e riservatezza in nome del Signore.»

«Lo giuro.»

«Giura che eseguirai tutti gli incarichi della nostra confraternita in modo incondizionato e con l'amore nel cuore.»

«Lo giuro, come è vero Dio.»

Gli uomini confermarono il suo giuramento mormorando un amen. Poi il priore presentò a Giacomo gli altri membri della confraternita: Roberto da Lecce, da Aquino, e da Padova Pietro Barosi, da Napoli Oliviero Carafa, uno per uno, nome e provenienza. Alcuni li conosceva già di persona, e comunque tra loro non c'era nessuno di cui non avesse già sentito parlare: cardinali, vescovi, arcipreti e arciabati, tutti uomini rispettabili e venerabili, e ognuno gli diede un bacio fraterno. Adesso Giacomo era uno di loro. Per sempre. Se fosse mai diventato infedele, se si fosse rivelato un traditore o anche se avesse semplicemente desiderato abbandonarli, sarebbe stato ucciso. Soltanto la morte poteva porre termine alla sua condizione di membro della confraternita, in un modo o nell'altro.

I membri dell'Arciconfraternita celebrarono insieme l'eucarestia, e infine il rituale di ammissione si concluse col lavaggio dei piedi, secondo la buona e antica usanza: il nuovo membro lo eseguì verso ciascuno dei suoi nuovi confratelli.

Una volta discusse le novità e il come procedere, Giacomo

ricevette un incarico estremamente pericoloso: si trattava di combattere una confraternita segreta che praticava il male, nemici della fede, nuovi pagani.

«Come si chiamano questi eretici, priore?» chiese lui, già concentrato sul nuovo incarico.

«Non conosciamo il loro nome, e del resto sappiamo ben poco su tale confraternita, soltanto ciò che confessori responsabili e a noi vicini ci hanno riferito. Questi eretici pretendono di sapere più del necessario, richiamandosi all'architetto biblico Hiram. Si occupano di astrologia e alchimia, e vogliono cambiare il mondo tramite l'architettura. L'autore pagano Vitruvio fa parte dei loro nuovi profeti, come il pagano greco Platone e il principe dei maghi, l'egiziano Ermete Trismegisto. Fanno comunella persino con gli ebrei, leggono i loro libri eretici, come la cabala. S'infiltrano nell'ordine ecclesiastico e in questo sacrilegio degno di essere punito con la morte vengono appoggiati da sovrani secolari e addirittura da principi della Chiesa, da uomini che avrebbero piuttosto il dovere di proteggerla, la Santa Chiesa!»

Un mormorio interruppe l'appassionato discorso del priore. Sdegno e risentimento divampavano negli occhi degli uomini.

«A Pavia vogliono costruire un duomo come un tempio idolatrico, una rotonda pagana!» esclamò indignato lo scarno Roberto da Lecce.

Premettendo, come giustificazione, di non intendersi affatto di architettura, Giacomo chiese che cosa ci fosse di riprovevole in un edificio di quel genere, a pianta centrale. Oliviero Carafa gli spiegò che la basilica era creata su misura per il rito latino, per la santa messa. La comunità si raccoglie nella navata, dietro il sacerdote, il quale, voltando le spalle alla comunità, si rivolge a Dio. È così che riesce a essere mediatore tra Dio e gli uomini; il sacerdote è inferiore a Dio, certamente, e tuttavia è qualcosa di più rispetto all'uomo, perché tramite la sua esistenza improntata alla castità coltiva il rapporto col sacro.

«O almeno così dovrebbe essere», intervenne Pietro Barosi con un tono amaro.

«La rotonda invece è uno spazio in cui si alimenta la superstizione, in cui si radunano uomini presuntuosi che si ritengono il centro del mondo, in cui non ci s'inchina più davanti a Dio e ai suoi sacerdoti!» disse Carafa infervorandosi. «È uno spazio che non prevede umiltà verso l'Assoluto, al contrario, accoglie uomini aperti a ogni orientamento, accessibili a qualsiasi cosa, uomini che hanno perso la direzione!»

«Per questo io dico che la chiesa che hanno cominciato a costruire a Pavia appartiene al demonio», proseguì il priore. «Ovunque cercano di trasformare le case di Dio in templi pagani. La cattedrale della cristianità, la casa di San Pietro nella quale umilmente ci troviamo, dovrebbe essere restaurata, ma non è consigliabile farlo ora. Come possiamo infatti sapere che uno di questi eretici non trasformerà la nostra sacra basilica in una arena del demonio? Ne sarebbero capaci!

«Il loro capo è un giovane conte: Giovanni Pico della Mirandola. Ha scritto novecento tesi, nelle quali vuole sostituire il cristianesimo col paganesimo e la cabala. Sostiene che nel cristianesimo c'è posto per tutto ciò; ebbene, miei cari fratelli, se il cristianesimo fosse ampliato in maniera così indiscriminata, ben presto diverrebbe simile a un sacco stracolmo e destinato a scoppiare. Ed è proprio questo l'obiettivo di questi indegni! Perciò il Santo Padre ha giustamente condannato il conte, scomunicandolo in quanto eretico. Ma a cosa può servire, una scomunica, se costui è protetto da potenti come Lorenzo de' Medici?»

«Non potrà comunque proteggerlo dall'ira di Dio!» esclamò Roberto da Lecce.

«Sii uno strumento di Dio, Giacomo!» disse il priore guardando fisso negli occhi il giovane domenicano.

L'incarico di Giacomo prevedeva che egli carpisse la fiducia del conte Giovanni Pico della Mirandola, possibilmente diventandone il segretario. In tal modo avrebbe dapprima potuto scoprire di più sulla società segreta degli eretici, e poi, cogliendo un momento favorevole, ucciderne il fondatore. Incarico di estrema delicatezza, da portare a termine con grande abilità e massima prudenza, perché il decesso del giovane filosofo, già famosissimo in tutta Europa, non doveva in nessun modo apparire come un omicidio. In particolare, la responsabilità dell'atto non doveva in nessun modo ricadere sulla Chiesa.

Non consentirono a Giacomo di riposare. Sarebbe dovuto partire prima dell'alba.

Milano, Anno Domini 1494

«Smaltiscila un'altra volta, la tua sbornia!»

Donato Bramante trasalì e si drizzò sul letto, ancora insonnolito. Si passò la mano sulla testa calva e ruttò. «Che ore sono?»

«Mezzogiorno, ma non ha importanza», rispose brusco Leonardo. Con uno sguardo gelido, privo di qualunque pietà, contemplava le miserevoli condizioni in cui versava Bramante, il cui corpo era velato soltanto in parte da una lunga camicia non molto pulita. Scarpe, brache, farsetto, mantello e cinturone erano sparsi sul pavimento.

Bramante cercò di scrutare il visitatore inatteso, ma i suoi occhi gonfi furono colpiti da un raggio di luce che lo fece trasalire. Sollevò un lembo della coperta, biascicò qualcosa d'incomprensibile e infine si mise a strisciare bocconi sul materasso, sotto il pesante damasco, come un enorme scarafaggio.

«Che cosa stai cercando?»

«Una donna!»

«Qui non c'è nessuna donna!» replicò Leonardo con tono caustico.

«Nessuna donna?» Visibilmente deluso, l'architetto riemerse e si grattò la testa. «Quindi non ce n'era una qui con me? Strano, avrei potuto giurare... Dunque l'ho soltanto sognato? Ah, che sogno! Buon Dio, mandami una femmina così nella realtà e...»

Leonardo alzò una mano con gesto imperioso. «Taci!»

Il velluto nero del suo guanto s'intonava al meglio coi capelli, che sembravano fatti di fili d'argento; o perlomeno quella fu l'impressione che ne ricavò Bramante quando finalmente strizzò le palpebre per guardarlo. «Ah, la mia testa», si lamentò, cercando di muovere il meno possibile il pesante cranio.

Leonardo da Vinci gli parlò con la massima impazienza, senza curarsi affatto delle sue condizioni. Disse di aver ricevuto notizie sconvolgenti da Firenze: il poeta Angelo Poliziano, a quanto pare, era morto in preda a una pazzia furiosa, i Medici erano fuggiti dal predicatore fanatico Savonarola e dai suoi seguaci e il conte Mirandola, colpito dalla febbre, era confinato a letto. Non ci si poteva aspettare nessun aiuto da Giuliano da Sangallo, che si trovava a Roma e quindi non poteva intervenire. Quanto a Landino, era troppo anziano e viveva nella sua tenuta, e lo stesso valeva per Ficino. E Giovanni de' Medici non solo era troppo giovane per un simile compito, ma era anche dovuto fuggire travestito da monaco per salvarsi la vita. Insomma sembrava che a parte Pico nessun altro dei Fedeli d'Amore si trovasse nella città sull'Arno. Perciò era necessario che uno dei fratelli si mettesse subito in viaggio per andare a verificare quali fossero le condizioni del loro priore e, eventualmente, prestargli aiuto.

Bramante, che si era affezionato al conte, non esitò un attimo. Prese una caraffa posata accanto al letto e si versò direttamente in bocca un sorso del vino rimasto, poi si scosse e chiamò il suo servitore. «Giorgio, mascalzone, miserevole bastardo, tira fuori le mie attrezzature da viaggio e sella il mio cavallo, devo partire!» sbraitò. S'infilò in fretta le brache, il farsetto e uno stivale, e intanto vagava per la stanza in cerca del secondo. Quando Giorgio si presentò, gli diede brevi istruzioni per il periodo della sua assenza. Poi, saltellando su un piede solo, continuò a cercare il secondo stivale. Alla fine si stese prono, fece scivolare lo sguardo sul pavimento e lo trovò sotto il letto. Tuttavia le sue braccia non erano lunghe abbastanza e la sua pancia era troppo grossa perché lo potesse raggiungere, così fu Giorgio a doversi infilare là sotto, e quando l'esile servitore riuscì finalmente ad afferrare lo stivale lui glielo strappò di mano e lo usò per assestargli un vigoroso colpo sulla schiena perché ci aveva messo più tempo del necessario.

Congedandosi, Bramante fece un cenno del capo a Leonardo, il quale, come sempre, era agghindato di tutto punto. Solo i lunghi capelli, che di solito gli ricadevano elegantemente sulle spalle, erano scompigliati, come se avesse fatto il gesto di strapparseli, cosa che non corrispondeva alla sua natura.

Con fare risoluto, Bramante prese il borsellino, scelse con attenzione due pugnali e una spada, montò sul suo morello e lo spronò da subito con più forza di quanto non volesse. Nel tragitto da Milano a Firenze rimise i piedi a terra solo per cambiare il cavallo, in più occasioni, e ogni volta spronava il malcapitato animale fino allo stremo completo. Ciò che aveva appreso da Leonardo lo rendeva profondamente inquieto. Venendo meno alle sue abitudini di viaggio, non si diede il tempo di riposare e di farsi una mangiata, e tantomeno si concesse una puttana. D'altra parte, le circostanze non l'avrebbero favorito in tal senso, perché appena fuori Milano già cominciava la guerra. E come se non bastasse, alle consuete atrocità - incendi, torture, stupri e quant'altro - si aggiungeva una malattia nuova portata dai francesi e che, secondo i pressanti ammonimenti da lui ricevuti, veniva diffusa con l'uccello e quindi passava da uomo a donna e da donna a uomo, consegnando le vittime alla pazzia e a una morte atroce. Erano luoghi e tempi duri, di privazione. E il conte era delicato, perciò a Bramante non restava che affrettarsi il più possibile.

Quando raggiunse il Granducato di Toscana, l'olezzo bestiale della guerra gli arrivò addosso come una pioggia fetida. Merda e sangue, devastazione, case saccheggiate, cadaveri sparsi, drappelli di mercenari dai quali era preferibile stare alla larga. Tutto lo induceva solo a spingere ancora di più il cavallo. Fu sopraffatto da una sensazione di mestizia che gli era sconosciuta. Era triste come il tempo novembrino che aveva attorno, con le sue nebbie, i suoi gelidi piovaschi, il suo grigiore. Dalla strada vedeva gli accampamenti dei mercenari. I miseri fuochi davanti alle tende bruciavano senza fiamma, anziché divampare, perché gli sterpi erano umidi.

5

Firenze, Anno Domini 1494

Dopo tre giorni trascorsi cavalcando a ritmo serrato, quasi senza dormire, Bramante raggiunse finalmente l'Arno. Freddo e umidità gli avevano ormai raggiunto le ossa ed era pressoché certo di essersi procurato gotta e reumatismi. Il fiume trasportava il cadavere di una vacca, così gonfio che rischiava di scoppiare. Quella vista lo rese, se possibile, ancora più malinconico.

D'un tratto, mentre era ancora sotto l'incantesimo di Saturno, si trovò davanti le mura della città.

La porta era sorvegliata, ma con trascuratezza. Le alte mura, tuttavia, col loro colore grigio scuro e umide com'erano, fungevano di per sé da deterrente. In ogni caso, le guardie non davano l'impressione di essere intenzionate a opporre resistenza in caso di attacco.

A Bramante, la vita in città, sulle strade e nelle piazze, apparve cambiata. Era in qualche modo disordinata, come se si fosse perso il ritmo quotidiano, come se non vigesse più nessun potere o autorità. *Come il mondo abbandonato da Dio*, pensò, spaventandosi subito del pensiero. Persone chine, avvolte nei loro stracci, simili ad avvoltoi, proponevano oggetti da barattare sottratti a chissà chi, con ogni probabilità frutto dei saccheggi nelle case dei seguaci dei Medici. In un vicolo, un tavolo graffiato e mancante di una gamba sbarrava il passaggio; Bramante lo spostò con un calcio, senza togliere il piede dalla staffa. Escrementi, rifiuti e cocci di ogni genere ricoprivano il selciato come una seconda pelle sfigurata dalle pustole. A parte le misere prostitute, nessuna donna osava uscire. Vedere uomini distinti era una speranza vana: quella era l'ora della gentaglia.

L'animo di Bramante era sprofondato in un cupo abbattimento. Senza curarsi delle grida della gente, guidò il cavallo direttamente verso il Duomo, nelle cui vicinanze abitava Giovanni Pico della Mirandola.

Raggiunta la piccola casa del conte, smontò badando a tenere i pugnali a portata di mano e legò il cavallo a uno dei tre anelli di ferro attaccati al muro. Poi prese la spada dalla guaina della sella e se la infilò nel cinturone. Quando bussò, la porta si aprì subito: era soltanto accostata. E poiché nessuno gli venne incontro, decise che era il caso di entrare.

«Signor conte! Pico!» Chiamò diverse volte ad alta voce, senza ricevere risposta. Non c'era anima viva, né nel vestibolo né in cucina, anche se il focolare era acceso. Dove diavolo si era cacciato il domestico? Dov'era il segretario? Pico aveva sempre lodato quel giovane come modello di affidabilità! Dov'era finito l'oggetto dei suoi elogi sperticati?

Si scervellò, ma non ci fu verso di ricordare il nome del segretario. Con un brutto presentimento, si lanciò su per i gradini di pietra che conducevano allo studiolo. Ancora una volta bussò, e dato che nessuno lo invitò a entrare spinse la porta di quercia riccamente intarsiata. Lo studio di Pico appariva tetro, perché i numerosi libri sugli scaffali e il grosso armadio di ebano sulla sinistra lo facevano sembrare più piccolo di quanto fosse in realtà. Bramante sentì l'odore pungente e acre del vomito.

Il padrone di casa era seduto alla scrivania. La testa era poggiata sul piano, come se si fosse addormentato leggendo.

«Fratello Giovanni...»

Il conte non si mosse.

«Fratello Giovanni!» chiamò più forte Bramante. Poi, aggirando la massa color rosa pallido sul pavimento, raggiunse la scrivania e toccò la spalla dell'amico. Il corpo del conte si afflosciò, scivolò dalla sedia e finì a terra. Senza vita, come una marionetta: gambe, tronco, braccia, testa, un pezzo dietro l'altro. Bramante si chinò su di lui e lo guardò inorridito negli occhi freddi e immobili. No, quegli occhi non potevano appartenere a Pico: mancavano dell'ironia, dell'amichevole sarcasmo, del calore umano... Come ultima speranza, prese una penna dalla scrivania e la pose davanti alla bocca dell'erudito. Non si mossero nemmeno le piume più fini.

Un violento singhiozzo scosse il suo corpo massiccio. Giovanni Pico della Mirandola non respirava più. Bramante non poteva crederci. Restò a lungo immobile a fissare il corpo esanime. Infine, riuscendo con grande fatica a superare lo shock, e reprimendo la rabbia e il dolore quel tanto che bastava per tornare lucido, si mise a esaminare il cadavere. Non trovò tracce esteriori di violenza. Una malattia? Forse un avvelenamento? Il colore del vomito faceva propendere per quest'ultima ipotesi, ma di certo lui non era un medico.

Gli chiuse gli occhi, mettendo nel gesto la più grande tenerezza di cui fu capace; poi, tra le lacrime, recitò un padrenostro. Bramante era stimato anche per la sua straordinaria memoria, e tuttavia ricordare per intero le parole della preghiera non gli venne affatto facile. Si sforzò comunque, perché riteneva che nei confronti di quell'uomo straordinario fosse il minimo. Sembrava che Pico fosse morto in solitudine, senza nessuno che potesse consolarlo, senza un prete ad assisterlo. Quanto era triste tutto ciò; proprio lui, così amato da così tante persone, era crepato come un cane.

Dopo un po', l'architetto si asciugò le lacrime e uscì in cerca di un medico. Ci volle parecchio perché ne trovasse uno che, grazie a una miscela di denaro ed esplicite minacce, fosse disposto a seguirlo fino a casa del conte Pico della Mirandola.

Mentre il medico esaminava il morto, Bramante ispezionò la scrivania. E non poté trattenere un fugace sorriso, ancorché malinconico, quando trovò un piccolo disegno che mostrava Pico nei panni di re Salomone e lui in quelli del suo architetto Hiram. Lo aveva fatto lui stesso, per il conte, un anno prima. Giovanni aveva accettato il disegno con un sorriso compiaciuto, citando la Bibbia: « Allora Salomone mandò a dire a Hiram: tu sai che mio padre Davide non ha potuto edificare un tempio al nome dell'Eterno, il suo Dio, a motivo delle guerre mosse contro di lui... Ora io intendo costruire un tempio al nome dell'Eterno, il mio Dio, secondo quanto l'Eterno promise a mio padre Davide, quando gli disse: 'Tuo figlio, che io metterò sul tuo trono al posto tuo, sarà lui che edificherà un tempio' ». Poi aveva fatto una risata bonaria, e anche un po' beffarda.

Bramante non aveva mai dimenticato quelle parole. Il suo

sguardo fu attratto da un'incisione su rame che rappresentava Gerusalemme con un tempio rotondo e dotato di una cupola.

«Messere», lo chiamò il medico. «Il morto aveva in mano questo.»

Gli porse un anello d'oro, sul quale era incastonata una pietra nera, anch'essa bordata d'oro. Affascinato, l'architetto guardò l'anello alla luce e scoprì un monogramma. Abile com'era, trovò un meccanismo miniaturizzato nascosto e riuscì ad aprirlo.

Dentro il minuscolo scomparto che si palesò, c'era un foglietto piegato fino a diventare minuscolo anch'esso. Bramante lo estrasse e lo aprì con tutta la cautela di cui erano capaci le sue grosse dita. La carta brulicava di piccolissimi segni; non ne riconobbe la natura, e tantomeno avrebbe saputo decifrarli. Tuttavia, sapendo che Pico aveva studiato la cabala in lingua originale, presunse che si trattasse di ebraico. A occhio nudo era comunque difficile, se non impossibile, riuscire a distinguere le forme sul frammento di pergamena. Il suo prezioso berillo era rimasto a casa, sul tavolo da lavoro. Imprecò tra sé, ma del resto come avrebbe potuto immaginare di averne bisogno?

Ripose la minuscola pergamena nel suo contenitore, chiuse l'anello e se lo mise in tasca. Se ne sarebbe occupato in seguito. Riflettendo, mormorò: «La prima morte è stata quella di Angelo Poliziano, adesso Giovanni, e non finirà qui...»

«Come, scusi?» chiese il medico.

Bramante lo guardò con occhi vacui. Dopo qualche istante ritornò in sé e borbottò: «Di che cosa è morto?»

«Una febbre, oppure...»

«Oppure?»

«Veleno.»

«Perbacco! Quindi è proprio così!»

«Non necessariamente.»

«Non potete determinare l'esatta causa del decesso?»

«In un altro momento, forse, non ora. Buon uomo, i francesi sono in città, e Savonarola, che adesso comanda sotto la loro protezione, proibisce le autopsie.»

Il medico si profuse in svariate spiegazioni, infarcite di latino. Bramante capì soltanto che non avrebbe trovato nessuno disposto a condurre un'autopsia per constatare la causa della morte. In quella città, un tempo così fiera, sembrava che tutti temessero il sinistro predicatore Savonarola. E la chiamavano libertà. Liberi dal giogo dei Medici, si erano rifugiati nella tirannia di quel presunto modello di virtù. La gente non sapeva cosa farsene della libertà, rifletté cupo Bramante. Poi mise da parte i suoi foschi pensieri e si concentrò su ciò che gli stava davanti. «Come posso provvedere alla sua sepoltura?»

«Andate da Federico, il falegname. Abita a Santa Croce, di fronte alla chiesa dei francescani. Conosce tutti i preti e i cimiteri. Se c'è qualcuno che vi può aiutare è proprio lui. Portategli i miei saluti. E non lesinate sul pagamento, se volete un lavoro dignitoso e rispettoso, perché sarebbe il morto a scontare la vostra avarizia.»

Bramante congedò il medico e andò in cerca dell'impresa di pompe funebri. Una volta in strada si accorse che pioveva, e tuttavia non era il clima freddo e umido a farlo rabbrividire e stringere nelle spalle, ma il gelo che si stava diffondendo dentro di lui. All'improvviso sentì emergere una paura, quella di morire in solitudine, proprio come il suo amico Giovanni, il beniamino degli dei e delle donne. Gli dei erano infedeli. Lo erano anche le donne? Per scoprire qualcosa di più sulla morte del conte occorreva trovare il segretario, il quale però sembrava essere svanito nel nulla.

Giacomo il Catalano, che per due anni aveva lavorato per Pico dietro la maschera del segretario Sebastiano, aveva appena lasciato la città, quando si accorse di aver smarrito il suo anello. Girò subito il cavallo e tornò indietro al galoppo, ma arrivò tardi e non gli rimase che assistere senza poter intervenire: un uomo imponente, visibilmente nervoso e col quale senza dubbio non ci sarebbe stato da scherzare in una zuffa, stava entrando nella casa del conte insieme con un medico. Giacomo aspettò con impazienza. Perché i due uomini si trattenevano così a lungo nella casa? Erano forse riusciti a salvare la vita a Pico? Si rimproverò di non avere aspettato il sopraggiungere della morte della sua vittima, e la consapevolezza dei motivi di quella negligenza accresceva ulteriormente la rabbia per il suo errore: per la prima volta, dei banali sentimenti gli avevano reso difficile l'esecuzione di un incarico.

Dopo un bel po', quando finalmente lo sconosciuto e il medico uscirono dalla casa e scomparvero nella pioggia fitta e sottile, rientrò nello studiolo col cuore palpitante. Grazie a Dio il conte era morto, cosa che lo sollevò dallo spiacevole compito d'intervenire ancora. Trovarsi nella stessa stanza col cadavere dell'eretico lo metteva a disagio, ma doveva trovare a tutti i costi l'anello. Tastò gli abiti del defunto, cercò sul pavimento, rovistò tra gli oggetti sparsi sulla scrivania, senza risultato. Quasi non osava pensarlo, ma l'unica spiegazione plausibile era che lo avesse preso lo sconosciuto.

Nel medesimo istante in cui tale sospetto gli attraversò la mente, giunse al suo orecchio un suono di passi e di voci. Era in trappola. E s'infuriò, perché in quanto segretario del conte non aveva con sé nessun'arma all'infuori di un piccolo coltello. Cercare un nascondiglio era inutile: conosceva quella stanza quanto bastava per sapere che non c'erano anfratti o nicchie o porticine segrete. C'erano solo la scrivania, le sedie, gli scaffali e l'armadio nero, che era zeppo di rari manoscritti e utensili di scrittura come penne, inchiostri e fogli di pergamena.

I passi scricchiolavano sull'assito fuori della stanza. Una manciata di secondi e gli uomini - probabilmente gli stessi di prima - si sarebbero trovati di fronte a lui. L'unica cosa che restava da fare era attaccarli subito, al loro ingresso nello studio, mirando alla gola e puntando sul fatto che fossero troppo sorpresi per difendersi. Non provava né timore né rammarico; era abituato a intendere la propria vita come se fosse l'ultimo respiro concesso a un condannato. Rivolse una piccola preghiera al cielo, ma d'un tratto cambiò idea e seguendo un'ispirazione fulminea aprì la finestra e si arrampicò sul cornicione. Il vento e la pioggia gli sferzarono il viso come se qualcuno gli avesse tirato addosso uno straccio bagnato. Forse sarebbe riuscito a fuggire!

«Ecco il farabutto!»

La voce era di un uomo alle sue spalle, ma non si arrischiò a voltarsi, aveva già abbastanza da fare per non scivolare dal cornicione umido.

« Fermati, canaglia! » urlò ancora l'uomo. « Tanto ti prendo, sai? »

Un gemito rivelò a Giacomo che lo sconosciuto era uscito dalla finestra a sua volta. Posò i piedi sul muro largo un cubito che separava il cortile sul retro della casa di Pico da quello del vicino e per un attimo si chiese se fosse il caso di saltare nel terreno confinante; respinse subito l'ipotesi: se i compagni del suo inseguitore lo stavano osservando dalla finestra, potevano correre alla casa vicina e sbarrargli la strada. Meglio saltare nel cortile di fronte, che apparteneva a una terza abitazione, più lontana, per raggiungere la quale dalla casa di Pico bisognava fare il giro dell'intero isolato, il che gli avrebbe fornito il tempo utile per non farsi acciuffare. Ma per arrivarci era necessario affrontare l'intera lunghezza di quel muro stretto e ricoperto di muschio umido, cosa che rendeva l'operazione un'impresa alquanto ardita. Senza alternative, Giacomo il Catalano mise il proprio destino nelle mani di Dio e avanzò con cautela, un passo alla volta. Quando ebbe raggiunto l'estremità opposta del muro, ringraziò il creatore di non essere scivolato e con sollievo si calò fino a sentire i piedi sicuri sul terreno fangoso del cortile.

Lo attraversò di corsa, spalancò la porta posteriore della casa e si precipitò nel corridoio. A destra c'era la scala che conduceva al piano nobile, a sinistra le camere dei domestici e altri locali di servizio. Attraverso una porta aperta vide alcuni saccheggiatori impegnati ad arraffare qualunque cosa. Anche loro lo videro, e si bloccarono un istante, intimoriti, per poi riprendere subito visto che l'intruso non si curava affatto della loro presenza.

D'un tratto Giacomo si sentì afferrare per le spalle da dietro. Due mani possenti. Il suo inseguitore era più veloce di quanto pensasse. Dunque adesso doveva combattere. E se l'uomo avesse visto il suo volto, avrebbe dovuto ucciderlo.

6

Firenze, Anno Domini 1494

Con un balzo deciso, Bramante era riuscito ad afferrare per le spalle il presunto assassino di Pico. Lo sconosciuto sembrava gracile, quasi effeminato, e tuttavia era sorprendentemente forte. Un angelo, un angelo della morte, fu il pensiero di Bramante, che ansimava e sentiva il sangue pulsare forte nelle vene. All'improvviso, con un movimento repentino, l'uomo si sottrasse alla presa. Lui sfoderò il pugnale.

« Voltati, farabutto, altrimenti t'infilzo da dietro! » gridò furente. Un istante dopo ricevette un vigoroso colpo sulla tempia, poi un secondo in rapida successione, sull'orecchio. Vacillò e capì che al terzo pugno sarebbe finito a terra. Un complice! Fece rapidamente un passo indietro col pugnale proteso per mettere distanza tra sé e l'aggressore. I colpi arrivavano di lato, ecco perché non si era accorto della presenza di un secondo uomo. Allibito, si trovò a fissare un volto coperto da una barba ispida e lercia che incorniciava un sorriso sdentato. *Un maledetto saccheggiatore*, pensò guardando lo straccione, sollevato e irritato allo stesso tempo.

Per un breve istante il corridoio s'illuminò, e subito dopo la porta principale si chiuse. Bramante aveva le orecchie infuocate e sentiva una collera smodata montargli nel petto e nelle mani. Per colpa di una canaglia qualsiasi stava rischiando di perdere l'assassino di Pico!

« Lascia qui tutti i soldi che hai e taglia la corda », grugnì il saccheggiatore. Il pomo di Adamo ballonzolava nella sua gola scarna offrendo uno spettacolo ripugnante. Con quelle parole, accompagnate da un ghigno compiaciuto, aveva firmato la sua condanna a morte. Bramante alzò la spada e gli trafisse il cuore, levandogli all'istante dalla faccia il suo ghigno schifoso; poi ruotò il polso ed estrasse la lama con un movimento altrettanto rapido, lasciando che il predone si afflosciasse con occhi vacui. Guardò la spada nella penombra, e trovò bizzarro che il sangue sull'acciaio fosse di un colore grigio sporco.

Un urlo squarciò il silenzio. Una donna informe uscì da una delle stanze di servizio e avanzò barcollando e strillando. « Che cosa ti aveva fatto? Che cosa ti aveva fatto? » ripeteva in modo isterico.

« Togliti dai piedi o infilzo anche te! » gridò a sua volta Bramante puntando la spada.

La donna si fermò e fissò la spada, poi si lasciò cadere in ginocchio e seppellì sotto il suo corpo grasso l'uomo steso a terra. « Cretino! Come ti viene in mente d'immischiarti quando i signori litigano tra loro, eh? Pezzo di cretino! »

Bramante si precipitò in strada. Troppo tardi: ciò che vide fu soltanto la coda di un cavallo svanire dietro l'angolo. Ormai lo aveva perso. Furibondo, senza fiato, rosso in faccia come il fuoco, sputò per terra e cacciò un urlo. L'assassino del conte, chiunque fosse quel maledetto, gli era letteralmente sfuggito dalle mani.

D'un tratto gli balenò nella mente un pensiero: forse era addirittura consigliabile interrompere l'inseguimento. A giudicare dallo scompiglio sulla scrivania, l'assassino cercava qualcosa che evidentemente non aveva trovato, altrimenti se la sarebbe svignata prima e lui non avrebbe potuto sorprenderlo. E poteva anche essere che a quel punto il mascalzone stesse giusto pensando di attirarlo lontano dall'abitazione di Pico per poi poterci tornare e proseguire indisturbato la sua ricerca.

Poi, un'illuminazione. Infilò la mano in tasca, prese l'anello e lo scrutò a lungo con un sorriso amaro. Ecco cosa stava cercando l'uomo in fuga! Che altro se no? Placato e compiaciuto, lo lanciò in aria e lo riprese. Quell'anello lo avrebbe portato fino all'assassino!

Tornato dentro la casa, la donna alzò lo sguardo e gli lanciò un'occhiata carica di odio. « Voi signori avete sempre il coltello facile! Magari il mio Flavio non era un uomo particolarmente buono, ma era il migliore che avevo trovato. Adesso chi me lo trova un altro, tu? »

« Io? Che c'entro io? » replicò Bramante con freddezza. « Ha aiutato un assassino a fuggire. Smettila di lamentarti. Sai descrivermi la faccia di quel tizio?»

«Voi siete tutti assassini! Perché dovrei aiutarvi?» sbuffò la donna asciugandosi le lacrime con un lembo della sua veste bucherellata.

«Perché tuo marito ha rovinato tutto! E anche perché in cambio avrai uno scudo.»

La donna piegò la testa da un lato e ci pensò un istante, poi alzò una mano e sfregò i polpastrelli del pollice e dell'indice. «Volete dire uno scudo intero?» Bramante rispose gettandole direttamente la moneta. Con una destrezza sorprendente, lei l'afferrò e la morse. «State cercando un bell'uomo», dichiarò dopo essersi accertata dell'autenticità della moneta.

«Bello? Sono bello anch'io», replicò l'architetto impaziente.

«Voi? Perdonatemi, ma soltanto in cambio di molto denaro potrei definirvi bello! Quello che cercate era giovane, e aveva capelli castani lucenti, e occhi come il cielo in autunno. E anche il viso abbronzato. Era bello come un angelo.»

Bramante trasalì. Aveva pensato la stessa cosa inseguendo l'assassino: un angelo, un angelo della morte. «Nient'altro?» le chiese sbraitando.

La donna scosse la testa, e subito chiuse il pugno attorno alla moneta, decisa a non cedere la sua ricompensa. Bramante rimase deluso. La donna non gli aveva raccontato molto, ma del resto aveva visto l'assassino soltanto per un breve istante. Inoltre aveva perso il marito per mano sua. Le gettò un secondo scudo, poi fece per andarsene, ma si bloccò di colpo.

Dietro la porta dell'ingresso c'era un libro coi bordi rivestiti d'oro. Quando era rientrato nella casa, il libro era scivolato tra la porta e la parete. Bramante lo sollevò e tolse la polvere passandoci la manica. Lo conosceva, quel libro: un'edizione della Divina Commedia coi commenti di Landino, anche lui ne possedeva un esemplare. Eppure c'era qualcosa di diverso...

Ah, ecco: rispetto al suo, il libro che aveva in mano sembrava spesso il doppio. Lo sfogliò fino all'ultimo verso del poema e trovò conferma della sua supposizione. All'interno della rilegatura in pelle era stata inserita una seconda opera, voluminosa quanto il poema di Dante, ma scritta in caratteri che non sapeva decifrare. Ritenne si trattasse di ebraico; o quantomeno, aveva già visto segni simili usati dagli ebrei.

Sotto una grafia dorata era rappresentato un tempio rotondo, incorniciato a destra e a sinistra da altari con fuochi sacrificali. Nelle pagine successive seguivano raffigurazioni con rombi, cerchi, linee di collegamento e caratteri sconosciuti. Pur non sapendo interpretare affatto quelle figure, Bramante si fece l'idea - ne era pressoché certo - che vi si nascondesse un segreto; e trovò assai seccante il fatto che per lui non fossero intelligibili, perché lo attraevano quasi magicamente, senza che ne sapesse dire il motivo. Poi trovò un'immagine che lo toccava da vicino in maniera diversa.

La terra era collegata al cielo da un'enorme scala, sulla quale gli uomini salivano per raggiungere Gesù, che li attendeva in paradiso. Fin lì era un'immagine consolante. Tuttavia l'ascesa sembrava pericolosa, perché diavoli alati e neri, rappresentati come ombre, afferravano gli uomini e li strappavano brutalmente dalla scala. I volti dei demoni non si distinguevano, ma la loro postura rivelava un atteggiamento di trionfo per aver fatto prigioniere quelle povere anime.

Ciò che Bramante aveva di fronte era una raffigurazione della scala di Giacobbe, che consentiva l'ascesa degli uomini a Dio. Ogni tempio, come gli aveva spiegato Pico di recente, era uno strumento per ascendere a Dio; perciò, quando l'architetto iniziava l'opera, saliva sulla scala di Giacobbe. Per questo stesso motivo, essa era anche un simbolo e un segno segreto dell'architettura divina. Chi non costruiva con tutto il cuore e con tutto l'impegno, e non era disposto, se necessario, a mettere in gioco la propria vita, faceva meglio a limitarsi alle capanne; non doveva nemmeno provarci, a diventare un architetto del mondo. Costruire era come fare la guerra: si poteva vincere, o perdere tutto. Morire o trionfare. E come nella guerra, e come anche nell'amore, nel costruire erano ammessi tutti i mezzi. Erano in gioco denaro, molto denaro, e fama, e la vittoria su concorrenti agguerriti, altrettanto decisi e pronti a tutto. Infine, l'eternità.

Il libro conteneva i segreti della costruzione? Della vita? Addirittura quelli della vita eterna? Bramante decise di cercare un ebreo che glielo traducesse. Forse nell'antico codice avrebbe trovato anche il sapere, ormai perduto, che consentiva di realizzare il miracolo di una cupola portante delle dimensioni di quella che copriva il Pantheon a Roma!

Per lui era fuori da qualunque dubbio: l'assassino di Pico aveva perso non solo l'anello ma anche il libro. Era successo probabilmente quando si era liberato dalla sua presa. E quel volume apparteneva al conte, non a lui. Uscì dalla casa, raggiunse il cavallo e lo ripose con cura in una delle bisacce. Poi montò in sella.

Oltre al proposito di ritrovare l'assassino del suo amico – proposito che aveva la forza e la determinazione di un giuramento –, mentre cavalcava per le strade di Firenze, in preda a una miscela di rabbia e cordoglio, maturò un'altra decisione: sarebbe andato a Roma per esaudire le ultime volontà di Pico e misurare gli edifici degli antichi, in cerca della chiave dell'architettura divina.

7

Roma, Anno Domini 1505

«Sbrigati, Michelangelo! Giulio è la persona più impaziente che io conosca! E la sua impazienza sa esprimersi soltanto in un modo: con l'ira! La vecchiaia non l'ha reso più benevolo o paziente, al contrario. Tutto deve essere fatto alla svelta! Presto! Presto! Domani potrebbe essere già troppo tardi. Al diavolo l'impazienza!»

Giuliano da Sangallo spinse bruscamente il suo pupillo fuori dalla porta, poi partì spedito. Il giovane scarno lo seguì controvoglia, chiedendosi se il papa meritasse tutta quella fretta.

«La vuoi smettere di perder tempo, Michelangelo? Muoviti!» lo aggredì Sangallo con la sua faccia da carpa, congestionata per la rabbia.

Il giovane scultore temette che al suo paterno amico venisse un colpo apoplettico. Godeva senz'altro del favore del papa, ma allo stesso tempo lo temeva. «Va bene, va bene», borbottò tra sé, accelerando il passo in misura quasi impercettibile e passandosi il dorso della mano sul grosso naso. «Lo faccio per te, per pura amicizia.»

Non c'era dubbio che Michelangelo dovesse ringraziare il suo conterraneo fiorentino, l'architetto Giuliano da Sangallo, se finalmente il papa lo aveva notato. Ne era consapevole. Ma dopo averlo convocato a Roma, addirittura accollandosi le spese del viaggio, Giulio II lo aveva mortificato facendolo aspettare per cinque lunghe settimane. Michelangelo stava già valutando l'ipotesi di tornarsene a casa, quando finalmente il Santo Padre l'aveva mandato a chiamare.

Così adesso lo scultore oscillava tra l'eccitazione e la collera. Da una parte quell'udienza poteva significare l'inizio della sua carriera a Roma, dall'altra il papa lo aveva derubato di svariate settimane di lavoro, ormai irrecuperabili. Per quanto fosse ancora giovane, Michelangelo credeva fermamente nel proprio talento. E poiché aveva rinunciato alla felicità e all'amore per dedicarsi completamente alla sua vocazione, era poco propenso a provare rispetto per i potenti del mondo, in particolare dopo aver conosciuto di persona alcuni illustri personaggi della sua città. Tra questi figurava Piero, ex signore di Firenze, da tutti soprannominato in modo beffardo « il fatuo », il quale, come se non bastasse, era morto di recente affogando in un lercio rigagnolo lontano dalla sua città; oppure il cardinale Giovanni de' Medici, che nel frattempo si era trasferito a Roma. Al pensiero che un giorno Giovanni potesse diventare papa, Michelangelo storse le labbra in un sorriso sprezzante. In ogni caso non prevedeva seriamente che ciò potesse avvenire: al giovane cardinale non avevano fatto mancare niente fin dalla culla, ma di certo gli mancava la capacità d'imporsi, caratteristica necessaria per chi ambisse davvero al soglio pontificio. Ai suoi occhi, Giovanni de' Medici era un bravo ragazzo con qualche passione voyeuristica, ecco tutto. Secondo il suo modo di vedere le cose, la personalità del secondogenito di Lorenzo si esauriva lì.

No, il giovane scultore non aveva motivo di dubitare della propria nobiltà. I conti di Canossa, dai quali riteneva di discendere, erano più antichi dei Medici, che provenivano dal ceto dei farmacisti, e di certo anche dei della Rovere, che in realtà erano contadini liguri. Da bambino, papa Giulio II accudiva le pecore.

In ogni caso, per Michelangelo essere un artista era più importante che avere origini aristocratiche. La sua Pietà, un'opera che eclissava tutto ciò che era mai stato creato fino a quel momento, non era forse nella basilica di San Pietro? Il suo David, davanti al Palazzo della Signoria, non adornava forse la piazza principale della Repubblica di Firenze? La fiducia nelle proprie capacità non gli mancava. Sarebbe diventato un principe delle arti ancora più grande di Leonardo da Vinci, che sprecava il proprio tempo con cinedi e fantasticherie metafisiche.

Dopo due vani tentativi di stabilirsi a Roma, Michelangelo adesso ci provava per la terza volta, sullo slancio del successo del David. Probabilmente ci sarebbe riuscito; anzi, doveva riuscirci. Da quando Giuliano della Rovere si era insediato sulla Cattedra di San Pietro col nome di Giulio II, per uno che volesse contare davvero nell'arte era indispensabile lavorare a Roma. E chi, se non lui, aveva la stoffa per diventare una sorta di messia dell'arte?

Così, a mezzogiorno delle idi di marzo, Michelangelo salì sul terrazzo del palazzo papale. La primavera si faceva ancora attendere e un vento freddo di nord-est penetrava nei vestiti, nei suoi e in quelli del suo accompagnatore.

«Guarda, il cardinale Alidosi», disse Sangallo, e indicò un ometto che si era occupato con discrezione e gentilezza di Michelangelo fin dal suo arrivo a Roma. Era accanto al gigantesco papa e gli parlava con insistenza. I due erano attorniati da cinque cardinali e tre vescovi che Michelangelo non conosceva, pronti a intervenire nel discorso non appena ne avessero avuto l'opportunità. Tuttavia il papa sembrava non degnarli nemmeno di uno sguardo.

D'un tratto Michelangelo ebbe la sensazione di essere osservato. Pose lo sguardo oltre il gruppo dei principi della chiesa e un po' più in là vide un monaco con l'abito dei frati predicatori; aveva all'incirca la sua età e lo fissava apertamente con due occhi grandi e neri, sostenendo il suo sguardo. A Michelangelo quel viso dalla carnagione olivastra piacque d'istinto, e quegli occhi espressivi lo ammaliarono. *Che monaco grazioso*, pensò. Nondimeno, dopo un po' lo sguardo del giovane religioso, che continuava a fissarlo, lo mise a disagio, anche se non avrebbe saputo definire la natura, e tantomeno il motivo profondo, di quel senso di oppressione. Era disorientato per l'interesse del domenicano verso la sua persona, o piuttosto era irritato per il proprio interesse nei confronti del frate predicatore?

Nonostante l'abito monacale, il fisico giovane e forte dello sconosciuto emanava una vistosa sensualità. Ciò che Michelangelo percepiva era l'aura della sua carne, la tensione di muscoli e tendini. Si sentiva inspiegabilmente attratto; aveva un forte desiderio di dipingerlo o di scolpirlo. Il domenicano appariva estremamente virile, eppure al contempo era affinato da tratti femminei che conferivano alla sua figura un che di fanciullesco ed etereo. *Un angelo,* pensò. *Ma serio e freddo come un angelo della morte.*

Sconcertato, il suo sguardo fuggì dal terrazzo al Palazzo Belvedere, sul pendio della collina. Sulla destra c'era un gruppo di muratori; lavoravano a una sorta di corridoio che avrebbe collegato il Palazzo Vaticano al Palazzetto, in modo che il papa invece che attraversare il cortile e affrontare le fastidiose scale potesse raggiungere il piccolo palazzo direttamente dai suoi appartamenti, camminando in piano. Michelangelo sapeva che l'incarico era stato assegnato a Bramante, che si occupava di tutti i progetti edili importanti nella città di Roma. A Sangallo restavano solo quelli che il grande architetto disdegnava. Anche quelli comunque erano sufficienti per arricchirsi, sempre che venissero gestiti nel modo giusto, cosa che di certo sapeva fare Sangallo, che maneggiava con sapienza tutti i trucchi e le astuzie del mestiere. Michelangelo si chinò verso di lui e, bisbigliando, s'informò sul monaco.

« È il cardinale Giacomo Catalano, arciprete di San Pietro; un uomo importante », spiegò Sangallo.

Michelangelo stentava a crederci. « Un cardinale con un semplice abito da monaco? Si è mai vista una cosa del genere? »

« È una sua mania. »

« È piuttosto giovane! »

« Pio III l'ha nominato cardinale nel suo breve pontificato. E Giulio lo ha preso in simpatia, anche se è il capo degli zelanti. Fai attenzione, Michelangelo, quell'uomo è un fanatico. »

« Il fanatismo gli si addice », commentò lo scultore tra sé, osservando al contempo che Alidosi sussurrava qualcosa all'orecchio del pontefice, i cui vigorosi capelli bianchi brillavano sotto lo zucchetto rosso. Con un movimento agile, il vicario di Cristo si voltò e squadrò Michelangelo, poi gli andò incontro a lunghi passi, seguito dallo stesso Alidosi. I cortigiani si sforzarono disperatamente di stare al passo, offrendo peraltro uno spettacolo esilarante con le loro vesti svolazzanti.

Lo scultore stava per inchinarsi, ma papa Giulio II gli prese subito la mano. Appariva sorprendentemente giovane nei movimenti e nei gesti, e Michelangelo, che certo non poteva essere definito un uomo basso di statura, dovette alzare gli occhi per guardarlo in faccia.

« Benvenuto, vecchio amico », disse Giulio rivolgendosi a Sangallo, poi diresse l'attenzione verso il giovane artista. « Ah, messer Michelangelo. È bello che finalmente tu ci faccia visita. Hai già trovato un alloggio a Roma? »

Finalmente... già trovato... pensò irritato lo scultore. Ma rispose con grande moderazione, secondo le sue abitudini. « Sì, Santo Padre, abito dietro la chiesa di Santa Caterina. »

« Ah, molto vicino a noi, quindi. »

« Dal Passetto vi basterebbe fare un salto per raggiungere il mio umile laboratorio. »

« E spezzarci entrambe le gambe? Molte grazie, signor scultore, ma forse ci faremo costruire un piccolo ponte levatoio per poterti venire a trovare più facilmente. »

Michelangelo abbassò lo sguardo. L'idea che Sua Santità potesse comparire d'un tratto nel suo laboratorio, senza preavviso, come se fosse caduto dal cielo, non gli garbava affatto. Comunque aveva imparato la lezione e in futuro avrebbe tenuto a freno lo spirito, dato che quel papa era capace di dare attuazione pratica anche allo scherzo più assurdo, se era in vena di farlo e se la cosa stimolava la sua fantasia. Si ricompose pensando alla sua Pietà, che era a pochi passi dal palazzo papale, nella cappella di Santa Petronilla in San Pietro. Sapeva che il cardinale Alidosi aveva mostrato la scultura al vicario di Cristo.

Quando rialzò lo sguardo, l'espressione del papa era cambiata. Scrutava il giovane scultore con gli occhi socchiusi e uno sguardo indagatore. « Come sei messo in quanto a commesse? »

« Mi sono tenuto libero per voi, Santo Padre. »

Sul volto energico di Giulio II comparve un sorriso soddisfatto. « Non lo avrai fatto invano. » Gli pose una mano sulla spalla in segno di benevolenza e proseguì: « Mio giovane amico, gli uomini capiscono soltanto ciò che vedono. Perciò dobbiamo illustrare la fede, la chiesa vittoriosa e tutto ciò che conta per noi, affinché gli uomini lo percepiscano e tramite tale percezione lo possano anche capire. Molti uomini non sanno leggere, ma tutti possono guardare quadri e sculture, che parlano direttamente al cuore».

Michelangelo sbirciò con la coda dell'occhio il monaco, il quale osservava gli avvenimenti con uno sguardo impenetrabile, che non consentiva di trarre conclusioni sui suoi pensieri o sentimenti.

«E perciò, messer Michelangelo, ci costruirai un mausoleo!» esclamò il papa allargando le braccia. «Ma deve essere finito alla svelta, chissà quanto tempo ci rimane ancora.»

«Un mausoleo?» fece Michelangelo sorpreso. «Ma voi siete in forze come nessun altro. Sopravvivrete a tutti noi!»

«Forse sì, forse no. L'opera della Provvidenza è imperscrutabile. Ma se noi dovessimo sopravviverti, Michelangelo, non potremo più avere un mausoleo realizzato da te. E quando un giorno saremo morti anche noi, un pasticcione qualsiasi rabbercerà un orribile mausoleo o uno spaventoso sarcofago di pessimo gusto. No, in un modo o nell'altro, la morte, che sia la nostra o la tua, sarebbe un cattivo affare per noi. Vogliamo quindi vederti costruire la nostra estrema dimora mentre siamo ancora in vita. E alla svelta.»

«Molto saggio, guardare dove si andrà a finire mentre si è ancora in vita», intervenne solerte uno dei vescovi, annuendo in modo così convinto che il movimento della testa sembrava quello di un picchio.

«In ogni caso si andrà a finire in cielo. O forse ne dubiti?» gli chiese Giulio II, che aborriva l'adulazione, quantomeno quella che gli risultava evidente, perché offendeva la sua intelligenza.

Sul viso del vescovo spuntarono chiazze paonazze. «No, no, naturalmente no, Vostra Santità! Voi prenderete posto alla destra di Dio, accanto ai vostri fratelli che vi hanno preceduto in questa carica!»

«Dunque dovrei sedere accanto a quel Borgia, a quella bestia incestuosa e peccaminosa?» Il volto di Giulio era infuocato per la collera, le guance stavano già assumendo una pericolosa tinta violacea. Mosso da una certa pena verso il maldestro vescovo, che adesso si stava disperatamente lambiccando il cervello con gli occhi rivolti al cielo per trovare la risposta giusta, il cardinale Alidosi fece per intervenire; ma Michelangelo lo precedette: «Giammai, Vostra Santità. Alessandro VI brucerà all'inferno come Bonifacio VIII. Così almeno dice Dante. Non voi, che naturalmente prenderete posto accanto al vostro caro zio».

Tutti a Roma sapevano che Giulio II venerava profondamente suo zio, il quale, a sua volta pontefice col nome di Sisto IV, aveva fatto erigere la Cappella Sistina, che da lui prendeva appunto il nome, e nominato cardinale il ventottenne morto di fame Giuliano della Rovere.

I lineamenti del papa si ammorbidirono visibilmente. «Mi fa piacere che tu abbia nominato nostro zio. Il nostro mausoleo, infatti, dovrà far riferimento al suo; non già imitandolo, ma proseguendo sulla sua strada, e raggiungendo un livello qualitativo senza precedenti, proprio come il nostro pontificato prende le mosse dal suo. Dovrà destare la sensazione che Sisto abbia avviato qualcosa di grande, che poi noi abbiamo portato a compimento.»

«E che si leva al cielo, in onore della cristianità e della famiglia della Rovere», aggiunse Michelangelo.

«Cerchi di adularci, giovanotto?» chiese il papa in tono brusco.

Lo scultore sostenne lo sguardo indagatore del pontefice. «No, perché adulare gli uomini significa offendere Dio. Perdonate se le mie parole hanno potuto dare una tale impressione, ma ho soltanto espresso l'idea artistica che sta alla base del vostro mausoleo, Santo Padre.»

Dopo qualche istante, i lineamenti di Giulio II si ammorbidirono e il suo viso assunse di nuovo un colorito sano. «Noi stessi non avremmo potuto dirlo meglio. Affrettati dunque, giovane amico, aspettiamo che tu ci sottoponga un progetto.»

Michelangelo s'inchinò per il commiato; il papa gli porse la mano con l'anello del pescatore e lui lo baciò secondo l'usanza.

Ma prima che lo scultore potesse allontanarsi di gran lena, Sangallo prese la parola. «Vostra Santità ha un'idea precisa sulla grandezza del mausoleo, sullo stile o sui motivi delle sculture?»

Tanto il papa quanto l'artista guardarono meravigliati l'architetto.

« Tu pensi, Michelangelo, di avere bisogno di altre istruzioni da parte nostra? » chiese Giulio.

« No », replicò l'interpellato con tono deciso. « È impossibile che io mi distacchi dal vostro intendere, Santo Padre, perché farò in modo che il mausoleo rispecchi la vostra vera grandezza. »

Qualche ora più tardi, a notte già inoltrata, Michelangelo era ancora seduto al grande tavolo di legno nella sua stanza bislunga a disegnare bozzetti a lume di candela. Non che dubitasse di riuscire a mantenere la promessa fatta al papa, e di realizzare qualcosa di eccellente, ma l'oggetto gli dava filo da torcere, non voleva saperne di essere semplice. Dal suo stilo di piombo nascevano l'uno dopo l'altro mausolei di forma circolare, ma tutti sembravano soltanto misere imitazioni del tempietto di Bramante. Qualcosa gli diceva che non stava procedendo nella maniera giusta. Le forme scaturivano da altre forme, da pure configurazioni, non da contenuti. C'era qualcosa che non quadrava, una sorta di dissonanza che Michelangelo percepiva in modo quasi tangibile, e tuttavia non riusciva ancora a individuare l'errore.

Si appoggiò allo schienale, allungando le membra tese. I suoi schizzi erano senza vita, le sue idee rimanevano stranamente generiche, esangui, astratte. Per anni aveva rimosso il ricordo del passato, del suo amore, dei suoi amici. Lentamente si faceva strada in lui la consapevolezza che quei sentimenti dolorosi facevano parte della sua opera creativa, erano il tributo che doveva pagare all'arte. Senza sofferenza non esistevano pensieri e progetti artistici; ogni opera doveva essere estorta a Dio tra dolori e rinunce.

8

Firenze, Anno Domini 1491

Tutto era iniziato da un vecchio fauno, nel giardino di Lorenzo il Magnifico. Lì il signore di Firenze esponeva statue antiche e, dietro suo incarico, l'anziano scultore Bertoldo avviava giovani di talento all'arte della scultura. Il quindicenne Michelangelo frequentava quotidianamente quel luogo di apprendistato, e Lorenzo de' Medici gli pagava addirittura un piccolo stipendio. Per il ragazzo, quella era l'anticamera del paradiso.

Una mattina, Michelangelo entrò nel giardino e trovò il più anziano degli apprendisti, Pietro Torrigiani, un bel ragazzo che però mostrava già qualche segno di dissolutezza, davanti a un blocco di marmo. Gli strumenti, martello, scalpello e i vari ferri, erano allineati con cura a destra della pietra. Michelangelo si avvicinò e guardò Pietro rifinire col brunitoio le curve del naso della sua scultura. A giudicare dal modello che aveva di fronte, si stava dando un gran daffare per creare la testa di un Saturno.

Michelangelo scrutò il modello mediocre realizzato dal compagno più anziano e ne considerò l'ancora più scarsa esecuzione in marmo con un sorriso beffardo. Poi guardò il proprio blocco di marmo e restò fermo un istante, concentrandosi in silenzio, come se ascoltasse una voce infinitamente sottile. D'un tratto gli si accese un lampo negli occhi. Afferrò deciso il martello e lo scalpello appuntito e cominciò a picchiare sulla pietra con una foga tale da far schizzare le schegge ovunque. Alcune sfiorarono anche la mano di Pietro, il quale interruppe il suo lavoro e per un istante restò a osservare il ragazzo lavorare come un matto con lo scalpello. Poi, a voce alta, disse: « Ah, Giolo, senza un modello non ne verrà fuori mai nulla! Quel buon marmo è sprecato nelle mani di un principiante come te! »

« Magari aspettiamo a decidere quale marmo sarà sprecato, alla fine », bofonchiò Michelangelo per tutta risposta, senza smettere di lavorare.

Di fronte a quella mancanza di rispetto da parte del novellino, che pur avendo iniziato l'apprendistato solo da pochi giorni si permetteva già di deriderlo, Pietro Torrigiani restò sconcertato per qualche istante. « Venite qui tutti », gridò poi rivolto agli altri.

Gli allievi scultori interruppero il lavoro e si affollarono attorno ai due concorrenti. Richiamato dalle risate e dagli schiamazzi, si avvicinò anche l'anziano Bertoldo, camminando faticosamente e ansimando, per capire il motivo di quel piccolo assembramento.

« Questo cacasotto ha osato sfidarmi », annunciò il bel Pietro. « Costituiamo una giuria: tu, Francesco, tu, Jacopo, tu, Andrea e tu, Giovanni, vi dichiarate disponibili! E voi, venerabile Bertoldo, assumetene per favore la presidenza. Chi tra quattro giorni a quest'ora non avrà finito la propria scultura o avrà creato l'opera più imperfetta, si metterà in mezzo al giardino e si gonfierà e canterà come un gallo per mezz'ora, come punizione per la propria superbia. »

I quattro giorni trascorsero in un batter d'occhio. Pietro si piazzò davanti alla testa del suo Saturno, pregustando raggiante la vittoria, enormemente fiero della propria opera. Michelangelo stava ancora lavorando, quando Bertoldo gli posò amichevolmente la mano sul braccio. « Il tempo è scaduto, figliolo. »

Michelangelo lasciò cadere la pietra pomice e fece un passo indietro. Nel giardino scoppiò una risata corale, col fragore di un uragano. Nessuno degli apprendisti riuscì a contenersi, e nemmeno lo stesso Bertoldo. D'altra parte, ciò che avevano di fronte era davvero comico: era la testa di un vecchio fauno che, con la bocca aperta, derideva suo padre, il Saturno scolpito da Pietro. Non solo: a ciò si aggiungeva qualcosa di meravigliosamente sfrontato e perfetto.

« Quello sei tu, Pietro! Il vecchio fauno screanzato sei tu! » esclamò uno degli apprendisti, per poi scoppiare di nuovo in una fragorosa risata. Gli sguardi degli altri si spostarono sorpresi da Pietro al fauno e viceversa. Effettivamente, nell'immagine del fauno scarmigliato, Michelangelo aveva realizzato un ritratto di Pietro da vecchio.

«Un secondo Donatello», mormorò Bertoldo, scuotendo la testa con un sorriso trasognato.

«Gallo! Gallo! Gallo!» gridarono gli apprendisti, spanciandosi dalle risate e indicando Pietro.

Questi era così fumante di rabbia che gonfiarsi d'aria quasi fino a farsi uscire gli occhi non gli riuscì nemmeno difficile, e cantò con tale veemenza che dovettero sentirlo da molto lontano.

In quel momento, Lorenzo de' Medici entrò nel giardino, accompagnato dai suoi figli. Michelangelo lo guardò con timore reverenziale. Era la prima volta che lo vedeva, e ne rimase colpito: era brutto e affascinante allo stesso tempo. Il mecenate indossava una veste in broccato d'oro. I suoi lineamenti sembravano scolpiti, ma ciò che più incuriosiva del suo volto era il naso, il quale, sostanzialmente privo di setto, sporgeva quel tanto che bastava per aprire due piccole narici. Un perfido scherzo della natura: il dorso era così schiacciato che a Lorenzo, com'era risaputo, mancava del tutto l'olfatto. I capelli, neri e ribelli, gli ricadevano sulla fronte bassa, e gli occhi sottili quasi scomparivano sotto le folte sopracciglia. In quegli occhi Michelangelo vide curiosità e attenzione. Tutte le caratteristiche del viso sembravano infine convergere nella poderosa bocca e nel mento possente che essa sovrastava, a completare un quadro bizzarro dai lineamenti grossolani, tuttavia in contraddizione con l'acuta intelligenza e la sensibilità artistica di Lorenzo.

Conversando allegramente coi figli, il Magnifico avanzò verso gli scultori, attraversando il giardino.

«Quello più grande è Piero, e quello con l'abito religioso è Giovanni», sussurrò uno degli apprendisti, indicando un ragazzo della stessa età di Michelangelo, col naso all'insù. Accanto a lui camminava una ragazza con un vestito azzurro e le maniche rosse con gli spacchi. E un bambino molto grazioso con occhi scuri e riccioli neri saltellava allegramente attorno al padre e ai fratelli.

Pietro Torrigiani dava le spalle all'ingresso, così, a differenza degli altri, non si accorse dei visitatori. Continuava a cantare come un gallo, con lealtà e rabbia in pari misura. Lorenzo e i suoi figli si fermarono, guardando meravigliati la ridicola esibizione del giovane. Bertoldo rivolse loro un cenno accompagnato da un sorriso indulgente, come a dire che la cosa aveva comunque una sua logica.

Michelangelo sapeva che il papa aveva di recente nominato cardinale Giovanni de' Medici. E aveva già visto una volta Piero, il figlio maggiore, col suo bel viso e i capelli castani lucenti, e anche Giuliano, il più piccolo. Non conosceva invece la ragazza.

Con un saluto amichevole, Lorenzo andò incontro a Bertoldo e ai giovani apprendisti scultori. Nel frattempo anche Pietro Torrigiani si era accorto dell'importante visita. Impallidì e ammutolì all'istante.

Chi non conosceva Lorenzo poteva aspettarsi che dalla sua bocca poderosa risuonasse la voce di un leone. Non era così; il capo dei Medici disponeva soltanto di una vocina roca. Parlava sempre troppo sottovoce. « Messer Bertoldo, vi prego di svelare a me e ai miei figli se qui formate scultori o galli. »

« Scultori, signore, ma quello là si è messo nei guai da solo, con le sue vanterie », rispose Bertoldo con un sorriso compiaciuto, e spiegò l'origine dell'esibizione di Pietro.

Lorenzo si girò verso lo sfortunato. « Giovanotto, se la tua punizione è cantare come un gallo, perché non prosegui? »

Pietro cambiò di nuovo colore, diventando di un rosso violaceo, e riprese a fare il gallo.

« Gli manca solo il letame sotto i piedi », esclamò la figlia di Lorenzo.

« Non si è meritato di essere deriso da te, questo non fa parte della sua punizione! » la rimproverò il padre. La ragazza abbassò gli occhi per la vergogna, e Michelangelo poté osservarla indisturbato. Era leggermente più bassa di lui, e anche un po' più giovane, tredicenne forse, quattordicenne al massimo. D'un tratto alzò lo sguardo e nei suoi occhi scuri balenò una certa presunzione. Gli sorrise, ma forse si stava anche prendendo gioco di lui, non riusciva a capirlo, perché la sua figura elegante, e gli occhi raggianti, e le sue labbra carnose e incantevoli, lo disorientavano.

Pur essendo giovane, la figlia di Lorenzo sembrava consapevole dell'effetto che produceva su di lui. Evidentemente, confondere il giovane scultore la divertiva. Michelangelo si schiarì la voce, come se volesse dire qualcosa. Sì, ma che cosa dire? Allora si schiarì la voce un'altra volta, guadagnando soltanto uno sguardo beffardo da parte della ragazza.

Nel frattempo Lorenzo il Magnifico stava esaminando il fauno ridente. La sua voce smorzata raggiunse l'orecchio dell'apprendista scultore come se provenisse da lontano. « Vieni qui, Michelangelo. »

Il ragazzo sentì una mano ferma posarsi sulla nuca e spingerlo avanti.

« Non senti quello che dice il venerabile Lorenzo? » lo apostrofò Bertoldo.

Michelangelo raggiunse incespicando la sua opera, poi guardò alternativamente il fauno e il suo osservatore.

« Dovresti sapere che i vecchi non hanno mai tutti i denti, ne manca sempre qualcuno », disse Lorenzo inclinando la testa di lato.

Quella critica fece arrossire il ragazzo. Fino a un attimo prima era così fiero della sua vittoria e del suo lavoro! Un fauno con la bocca aperta, che mostrava i denti, che rideva. Una figura del genere non era mai stata realizzata da nessun artista prima di allora, nemmeno dagli antichi maestri. Tuttavia l'orgoglio che aveva provato per aver avuto quell'idea lo aveva reso negligente. In collera con se stesso, pensò che Lorenzo avesse ragione. Era stato presuntuoso, superbo, troppo compiaciuto, e aveva fatto un pasticcio! Abbassò lo sguardo per la vergogna. « La vostra critica è giusta, signore », disse coraggiosamente. « Ora dovrei essere io a cantare, perché prima ho fatto il galletto. »

Mantenendo un'espressione impassibile, Lorenzo si rivolse a Bertoldo. « È meglio che i tuoi allievi ritornino a esercitarsi nella scultura. A fare i galli sono già bravissimi, ci ha pensato la natura. »

Lorenzo e i suoi figli si voltarono per andarsene. Prima di

unirsi a loro, la fanciulla regalò a Michelangelo un sorriso amichevole. « Il tuo fauno è piaciuto a mio padre », gli sussurrò.

« Ma così non può andar bene », borbottò lui senza guardarla. Prese uno scalpello e mise mano ai denti del fauno.

La ragazza scrollò le spalle e corse dietro al padre e ai fratelli, con un'irruenza forse un po' eccessiva rispetto a quanto si conveniva a una Medici.

Appena i signori furono usciti dal giardino, Bertoldo si avvicinò a Michelangelo e lo informò che per la sera successiva era atteso a cena a casa di Lorenzo il Magnifico.

9

Firenze, Anno Domini 1491

Coraggioso e fiero, nel tardo pomeriggio del giorno successivo Michelangelo lasciò la casa del padre portando sotto braccio la testa del fauno e si diresse verso il Duomo, per poi proseguire fino a via Larga, dove si trovava l'imponente Palazzo dei Medici. Se doveva fare quella visita di cortesia a Lorenzo, non voleva presentarsi senza la scultura criticata, che nel frattempo aveva ritoccato. Niente gli sembrava più importante che dimostrare al mecenate di aver capito la sua critica e di averla tenuta in considerazione.

Poco dopo raggiunse il palazzo di Lorenzo il Magnifico. A destra e a sinistra del portone ardevano due grandi torce inserite nei supporti di ferro, lanciando in aria scintille dorate.

Michelangelo fece un respiro profondo e tenne ancora più stretta la testa del fauno. Poi attraversò deciso il mirabile ingresso e salì le scale verso il piano nobile. Accanto alla Sala grande si trovava una sala più piccola, nella quale il padrone di casa era solito pranzare con la famiglia e gli ospiti.

Lo sguardo del giovane scultore scivolò su quasi venti persone sedute su sedie di ebano riccamente decorate e con l'imbottitura rossa, attorno a un lungo tavolo di mogano scuro. Lo splendore degli abiti dei commensali superava qualsiasi cosa Michelangelo avesse mai visto; era un tripudio di colori magnifici e stoffe pregiate ornate da pellicce, nastri e merletti vari. Ovunque guardasse, vedeva scintillare monili d'oro e pietre preziose. Si sentì sprofondare. Col suo vestito della domenica – un paio di pantaloni neri, una semplice camicia bianca e un farsetto – si sentì un miserabile. *Coi ricavi della vendita di uno qualsiasi di questi abiti un uomo povero potrebbe mantenere se stesso e tutta la famiglia finché campa,* pensò con arroganza per compensare il disagio.

Nondimeno, il suo sguardo era quello dell'artista, e in tale veste non poteva che restare ammaliato da tutto quello sfarzo. Le donne indossavano vesti di prezioso broccato con spacchi sulle maniche e sui fianchi, che lasciavano intravedere lucenti damaschi. Michelangelo vide diademi brillanti e retine scintillanti che ornavano i capelli delle signore, e stupendi anelli e bracciali e splendide collane. E se quei monili testimoniavano la straordinaria bravura degli orafi fiorentini, allo stesso modo affermavano la ricchezza delle prime famiglie della città.

A capo della tavola sontuosamente imbandita sedeva Lorenzo de' Medici; quando vide il giovane scultore si alzò con un sorriso affabile. Le conversazioni cessarono, e gli sguardi, sorpresi o divertiti, seguirono il padrone di casa che, fatto curioso, si era alzato appositamente per salutare un ragazzo miseramente vestito.

« Ah, il figlio del rispettabile Lodovico ci fa l'onore della sua presenza. Vieni e concedici il piacere di averti come ospite permanente alla nostra tavola, da oggi in poi », disse Lorenzo.

Michelangelo restò senza fiato. Pensò di aver sentito male, e comunque, sperando di non urtare nessuno dei presenti, preferì non rispondere niente, perché con ogni probabilità il nodo che sentiva in gola gli avrebbe concesso a malapena un suono incomprensibile.

« Hai portato la testa del fauno? E per quale motivo? Be', fammi vedere. »

Lorenzo prese la scultura con entrambe le mani. Due uomini che erano seduti vicino a lui, abbigliati in modo decisamente più semplice rispetto al resto dei commensali, fecero spazio sul tavolo spostando in fretta, ma con cautela, cristalli e stoviglie dorate. Lorenzo posò il fauno e lo studiò con la testa inclinata di lato.

Michelangelo rimase immobile, come impietrito. Nella luce delle candele e delle lampade a petrolio, la sala risplendeva di tutti i colori del mondo.

Con un'espressione impassibile, Lorenzo si rivolse a un uomo che, a giudicare dall'abbigliamento, non poteva che essere un erudito. « Voi che ne pensate di questo fauno, Agnolo? »

« Così non me l'ero mai immaginato, ma la scultura corrisponde a tutto ciò che so di lui», replicò l'interpellato, un uomo dal naso adunco e i capelli lunghi fino alle spalle ma sistemati con cura dietro le orecchie a sventola. Era il più famoso poeta della città, Angelo Poliziano, e insegnava ai figli di Lorenzo.

«Un fauno vecchio come presto saremo anche noi, Agnolo. Prima vecchi, poi terra direttamente», sospirò Lorenzo.

Prima che il padre potesse aggiungere altri commenti malinconici, la giovane figlia si alzò e gli si avvicinò. Diede un'occhiata al fauno, poi si rivolse a Michelangelo. «Che cosa dovrebbe essere? Un'insegna per barbieri e spaccadenti? Vuoi diventare barbiere, anziché scultore?» lo prese in giro, e un sorriso malizioso le illuminò i grandi occhi azzurri che aveva ereditato dalla madre, Clarice Orsini. La ragazza era quindi fiorentina e romana in parti uguali. Una miscela pericolosa!

«Contessina, questa scultura rispecchia la natura», la istruì gentilmente il padre.

Dunque si chiama Contessina, pensò Michelangelo.

«Può essere, padre, ma se la natura non è bella, non la voglio vedere. A me piacciono di più i fauni spavaldi, certo non questo vecchio malconcio col suo ghigno triste e sdentato.»

Michelangelo ribolliva di rabbia. «Con permesso, non è forse compito dell'arte imitare la natura, esserle simile in tutto?» chiese alla fanciulla con un tono involontariamente brusco. Avrebbe fatto meglio a tacere, la presuntuosa, piuttosto che formulare giudizi che spettavano soltanto a uomini eruditi! Che cosa poteva saperne dell'arte, una ragazza come lei?

Contessina non parve minimamente impressionata dalle sue parole. Al contrario: a malapena la sua espressione riusciva a celare il divertimento che le procurava quella schermaglia.

«Guardati dalla lingua tagliente di mia sorella, Michelangelo», disse ad alta voce Giovanni de' Medici dall'altro capo del tavolo.

Contessina non fece caso al fratello e ribatté senza tentennamenti. «Assolutamente no, pregiatissimo spaccadenti. L'arte deve creare bellezza e sicuramente è bello soltanto ciò che è naturale; d'altro canto, non tutto ciò che è naturale è bello. Perciò dovete prestare particolare attenzione alla scelta del vostro soggetto. Non sprecate il vostro giovane talento con vecchi fauni. Questo sì che sarebbe innaturale! »

Michelangelo restò senza parole. Il viso di Contessina s'illuminò in un grande sorriso. In virtù del suo trionfo su di lui, naturalmente. Ma visto che la vittoria le procurava un sorriso così celestiale, una derisione così serafica, il giovane scultore si augurò di soccombere ancora e persino di essere, da lì in avanti, costantemente oggetto del suo scherno.

Lorenzo intanto sorrideva compiaciuto. Evidentemente gli piaceva che i suoi figli intervenissero nella competizione intellettuale, che era poi il vero scopo della tavolata, e facessero bella figura tra i suoi ospiti, tutti uomini eruditi e di grande esperienza, e donne intelligenti. Si rivolse al poeta Poliziano: « Che cosa pensate di questa disputa tra i giovani? »

« Hanno entrambi ragione e torto allo stesso tempo. Da un lato l'arte deve rendere omaggio alla bellezza, dall'altro non deve contraddire la natura. »

« Voi volete sottrarvi alla questione con un paradosso », s'inserì un uomo seduto al lato opposto del tavolo. Era vestito in modo semplice, quasi quanto Michelangelo, ma era un po' più anziano, e aveva un viso benevolo.

« Quello è Cristoforo Landino, forse il più intelligente tra tutti, qui », sussurrò Piero.

Coi suoi lineamenti fini, la testa sottile, quasi fragile, e i capelli che sembravano di velluto bianco e grigio, Landino sprizzava nobiltà intellettuale da tutti i pori. Michelangelo si accorse di trattenere involontariamente il fiato, per non perdersi nulla della replica del poeta. Sentiva che quella disputa lo riguardava direttamente.

« Assolutamente no, stimato Cristoforo, perché l'arte deve superare la natura, anzi, deve addirittura creare una seconda natura, *natura naturans*, la natura celeste, *natura caelestis*, e non della terra », proclamò Poliziano col tono di uno abituato a tenere discorsi in pubblico.

« E ciò che ci rende capaci di farlo è la bellezza? » s'intromise Michelangelo, senza essere interrogato, anche se i concetti di *natura caelestis* e *natura naturans* non gli dicevano nulla.

Poliziano lo guardò con un sorriso indulgente. «Sì, ragazzo mio, ma non dimenticare la *natura terrena.*»

D'un tratto Michelangelo capì, e le parole fluirono dalla sua bocca: «Solo se padroneggiamo perfettamente l'imitazione della natura siamo liberi di creare la bellezza, riconoscendo la quale c'innalziamo al di sopra della natura, fino all'arte. È più o meno così, messere?»

«Sì, perché l'arte non è altro che la memoria dell'armonia divina, ma nulla conduce a essa, se non lo studio della natura. *Per aspera ad astra,* alle stelle si giunge tra molte asprezze!»

Il poeta strizzò un occhio soddisfatto, e Lorenzo gli diede una pacca sulla spalla in segno di riconoscimento. «L'insegnante perfetto. Agnolo, credo che tu abbia aperto gli occhi al nostro giovane scultore.»

Contessina, però, non si dava ancora per vinta. «Messer Spaccadenti, quando avrete portato a termine lo studio della natura fatemelo sapere, poi potremo occuparci della bellezza», disse guardando Michelangelo negli occhi.

«Musica!» comandò Lorenzo. «Vogliamo continuare a banchettare? E tu, giovane Buonarroti, siediti tra i miei figli Piero e Giovanni, c'è un posto libero.» Michelangelo stava per ottemperare all'invito, quando il padrone di casa lo trattenne. «Guardati da Piero, se ti sussurra porcherie all'orecchio», disse sottovoce. «E non riferire ciò che senti a Giovanni, che è cardinale.» Poi lo lasciò andare.

Due liutisti cominciarono a suonare, mentre un flautista e due trombonisti soffiavano con tale zelo nei loro strumenti da far temere che potessero scoppiare da un momento all'altro. Finalmente Michelangelo poté sottrarsi all'attenzione dei commensali e prendere il posto che gli era stato assegnato.

La pavana, coi suoi energici accordi, portò serenità nei cuori dei presenti. Michelangelo guardò Contessina, che adesso era seduta all'altra estremità del tavolo, tra i genitori. Dopo la breve melodia da ballo, un liutista suonò un madrigale, cantando con sentimento i versi di Angelo Poliziano:

Volta la ninfa al suon delle parole,
lampeggiò d'un sì dolce e vago riso,
che i monti avre' fatto ir, restare il sole:
ché ben parve s'aprissi un paradiso.

Michelangelo non fece in tempo a sedersi tra i due figli di Lorenzo che Giovanni gli diede di gomito. «Sai anche disegnare?» chiese sottovoce.

Lui annuì.

«Come si deve? Voglio dire, dal vero?»

«Come desiderate, eminenza.»

«Bene, bene, molto bene. A me piacciono le figure. E lascia perdere l'eminenza. È solo per il popolo e per quei babbei a Roma!»

Piero, che aveva sentito la conversazione sussurrata, scoppiò a ridere. «A mio fratello piacciono soprattutto i disegni che riproducono la natura più prosperosa. Quindi non offendere Dio trascurando, omettendo o addirittura rimpicciolendo qualche dettaglio che l'Altissimo ha donato con amore alle donne. Tutto deve essere visibile nelle sue proporzioni autentiche o persino in proporzioni leggermente maggiori», disse tra una risata e l'altra.

Michelangelo lanciò un'occhiata sbalordita al primogenito dei Medici. Di certo lo aveva frainteso.

Piero si meravigliò di tanta ingenuità. «Capisci? Per mio fratello, il cardinale, la vergine in chiesa è già più che sufficiente; al di fuori delle sacre mura, la verginità è solo un impedimento.»

«E a te, Piero, che cosa piace?» chiese Michelangelo, cercando di abbandonare l'argomento scabroso.

«Be', sai, io non ho bisogno della via indiretta della pittura. Io amo i corpi succulenti, il sesso; ciò che Dio ci ha donato senza insegnarci come farne giusto uso. Perciò dobbiamo sperimentarlo da noi. Mi capisci, vero? Tutti i *modi* e le *conjunctiones*, finché finalmente non arriviamo alla conoscenza. Ci vuole molto tempo e un'esperienza ancora maggiore. Perciò non possiamo infiacchirci.»

«Mi spiace, ma non capisco il latino», disse Michelangelo cauto.

«Perdonami, *in vulgo* significa le posizioni e le congiunzioni: dall'alto, dal basso, da dietro, dal davanti, dal fianco destro, da quello sinistro... Ah, adoro la molteplicità di Dio!» Pose una mano sul proprio sesso. «È pazzesco quante cose si possono fare con questo piccolo arnese!»

Michelangelo stava ancora digerendo la risposta di Piero, quando Giovanni gli diede di gomito un'altra volta, con un sorriso allusivo. «Allora mi fai le figure, vero? Rigorosamente fedeli alla natura di Dio! Si deve vedere tutto per bene, come nelle Sacre Scritture!»

Piero diede un'energica pacca sulla schiena al giovane scultore. «Hai capito? Mio fratello ti finanzia gli studi, e in cambio vuole soltanto i risultati!»

«Niente sconcezze a tavola!» La voce di Lorenzo risuonò all'improvviso e a un volume insolito. Non aveva perso di vista neppure per un istante i giovani all'estremità opposta del tavolo.

Non gli sfugge nulla, pensò Michelangelo pieno di ammirazione, riproponendosi di imparare da lui. Piero abbassò umilmente lo sguardo. «No, padre, naturalmente no. Parlavamo soltanto di natura e arte!»

«Spero soltanto che tu non confonda la natura con certe sconce rappresentazioni!» disse Lorenzo, lanciando una breve occhiata al figlio a indicare che non si lasciava prendere in giro. Poi, come se niente fosse, si rivolse con aria gentile e rilassata agli ospiti alla sua sinistra, mentre Clarice riprendeva a chiacchierare con quelli alla sua destra. Contessina lanciò un'occhiata maliziosa ai suoi fratelli, nascondendo un sorriso beffardo dietro la mano. Soltanto il piccolo Giuliano, che era seduto alla sinistra della madre, era rimasto indifferente alla schermaglia, impegnato com'era a gareggiare in smorfie con l'anziano Buffaldo, il buffone di corte.

Con raccapriccio, Michelangelo si ritrovò nel piatto dei gamberetti. «E questi come si mangiano?»

«Ti faccio vedere», lo tranquillizzò Piero. «Devi rompere i gusci, così, guarda.» Prese il crostaceo in mano e lo spezzò lasciando che l'olio gli colasse tra le dita. Poi chiuse gli occhi con un'espressione voluttuosa, infilò in bocca la carne rosa e masticò con un sorriso rapito. « Dopo aver mangiato mezzo chilo di gamberetti potrei accoppiarmi con tutte le novizie di un convento. Così, l'una dopo l'altra, te l'assicuro! »

« E quelle sono particolarmente affamate », aggiunse sua eminenza Giovanni de' Medici.

« Ascolta, giovane Buonarroti! » Michelangelo si voltò verso destra per vedere chi gli aveva rivolto la parola. « Vieni da me domani, ho qualcosa per te », gli disse Landino.

« Di che cosa si tratta? » chiese lui pieno di curiosità.

« Una cosa di cui avrai bisogno più di qualsiasi altra, nella tua vita. »

Coi suoi lineamenti affilati, e gli occhi lucenti alla fiamma delle candele, gli parve un mago dei tempi antichi. Ma prima che potesse chiedere delucidazioni, Landino si era già immerso nella conversazione con Angelo Poliziano. Michelangelo non sapeva cosa pensare. Guardò prima Giovanni, poi Piero con aria interrogativa. Gli sguardi dei due fratelli esprimevano soltanto rispetto, sebbene non fosse un sentimento consono alle discipline in cui normalmente si distinguevano.

« Ci devi andare », gli consigliò Piero. « Cristoforo non esagera mai. »

« E non riceve chiunque. Soltanto papà e Contessina. Nemmeno io posso andare a fargli visita », si lamentò Giovanni. « Eppure sono cardinale », aggiunse con un'espressione imbronciata, sporgendo il labbro inferiore e strabuzzando gli occhi.

10

Firenze, Anno Domini 1491

La sera successiva, subito dopo la lezione di Bertoldo, ancora sudato e impolverato al termine di una giornata da apprendista scultore, Michelangelo si mise in cammino verso il palazzo dei Medici. Con la pelle ricoperta da uno strato sottile di polvere di marmo, sembrava piuttosto un apprendista panettiere pieno di farina. Al palazzo, un servitore gli indicò subito la strada per lo studio del filologo. Lui tirò il fiato e allo stesso tempo divenne inquieto: era atteso!

Davanti alla porta di quercia lucidata che conduceva alle stanze del poeta, Michelangelo si passò la mano tra i capelli e fece per bussare, ma gli giunse all'orecchio la voce adirata di Contessina e si fermò così, con la mano a mezz'aria.

«No, no e poi no!» la sentì gridare. «Un amore più puro non esiste, non è mai esistito e non esisterà mai nemmeno in futuro!»

Poi sentì la voce profonda e morbida di Landino che le rispondeva, ma non riusciva a capire cosa stesse dicendo. Sopraffatto dalla curiosità, appoggiò l'orecchio alla porta.

«Doveva metterli al centro del paradiso, invece di punirli! All'inferno! Si è mai sentita una cosa del genere?» s'infervorò Contessina, ma ancora una volta a Michelangelo sfuggì la replica di Landino. Non valeva la pena origliare, se si trattava di sentire solo una parte della discussione. Così bussò.

«Avanti», disse Landino con la sua bella voce baritonale.

La stanza in cui Michelangelo entrò era in penombra. Le pareti erano coperte da alte librerie gremite di codici e incunaboli. Granelli di polvere danzavano nei raggi di luce che filtravano dalle piccole finestre traforate. Gli penetrò nel naso un lieve odore di pelle antica e carta ammuffita. Davanti alle finestre c'era lo scriviritto più ampio che lui avesse mai visto. In mezzo alla stanza c'era un tavolo antico, il cui piano riportava evidenti segni di maltrattamento, con quattro semplici sedie di legno. Lì erano seduti Contessina e, al lato opposto, Landino. Tra l'uno e l'altra, un libro aperto.

Quando Michelangelo entrò, lo sguardo amichevole di Landino gli diede il benvenuto. Contessina invece non lo guardò nemmeno e proseguì il suo appassionato sfogo. « Questo Dante che ha messo Francesca e Paolo all'inferno mi piacerebbe immergerlo almeno cinque volte nella prima fossa di liquame a portata di mano », disse, lanciando poi un'occhiata al nuovo arrivato. « Voi cosa ne pensate, Spaccadenti? È giusto che i due amanti vengano tormentati nel secondo girone dell'inferno? »

Michelangelo abbassò lo sguardo, perché non aveva la benché minima idea di cosa stessero parlando. Si sentiva come a piedi nudi su una graticola.

« Mia cara Contessina, prima di coinvolgerlo nella nostra piccola discussione, dovremmo salutare il nostro ospite », disse Landino interrompendo la sua allieva.

La ragazza contrasse il viso in una smorfia risentita, che agli occhi di Michelangelo le conferiva un fascino ulteriore. « Sì, grazie a Dio siete arrivato, messer Spaccadenti! Ora siete stato salutato, avete ricevuto il nostro benvenuto e siete stato accolto calorosamente. Perdonatemi se non ho fatto suonare la fanfara, vogliate accettare le mie buone intenzioni in questo senso », disse con la sua consueta modalità beffarda. Poi, più perentoria, aggiunse: « Ora però rispondete, se non volete fare la figura dell'imbranato! Dante ha fatto bene a mettere i due amanti all'inferno oppure il grande poeta si è sbagliato? »

Mentre parlava, si era alzata e aveva mosso qualche passo verso di lui, e adesso lo stava scrutando con uno sguardo rigoroso ed esigente. Sottrarsi a quello sguardo era impossibile. La graticola sotto i piedi di Michelangelo ardeva sempre di più. Solo una cosa avrebbe voluto in quel momento: andarsene via da lì, non importava dove, purché si allontanasse da quella situazione così umiliante. Aveva sì imparato a leggere e scrivere, ma il suo sapere letterario si fermava lì, perché dopo l'apprendimento dei fondamentali aveva dedicato il suo tempo a intagliare e disegnare, e in seguito a dipingere e scolpire. Fino a quel momento, ai libri non aveva mai dedicato neppure un'ora. Anche perché di fatto costavano troppo.

Lentamente, un sorriso malizioso si formò sul viso di Contessina, come se gli stesse leggendo negli occhi quei pensieri, e infine scoppiò in una fragorosa risata. « Non la conoscete, vero? Non conoscete la Divina Commedia di Dante! È così, vero? Non la conoscete affatto! »

Che provasse piacere per aver scoperto nel suo quasi coetaneo un'imbarazzante lacuna era evidente: lo derideva con aria trionfante.

« Perdonatemi, madonna, ma non conosco il latino », replicò lui mortificato.

Lei rise ancora. « Dio, quanto siete stupido! Non è scritta in latino, ma in buon toscano. » Poi tacque e scrutò Michelangelo con aria pensosa. Per la prima volta da quando si erano conosciuti, il suo viso assunse un'espressione tranquilla. Lui non l'aveva mai vista così. Mise lo sguardo a terra; la sua intera figura si trasformò nella personificazione dell'umiltà. *Mio Dio, quanto è bella,* pensò soltanto, e quel pensiero gli procurò quasi un dolore fisico.

Contessina si passò la mano delicata sulla fronte e chinò leggermente il capo. « Perdonatemi, ho dimenticato che noi fin da piccoli abbiamo frequentato uomini intelligenti come messer Cristoforo, messer Marsilio e messer Agnolo », disse sottovoce. « Non è merito nostro, lo dobbiamo alla generosità del nostro caro padre. »

La ragazza accennò un inchino, e il dolce rossore che accarezzò le sue guance incantò Michelangelo, che timidamente aveva rialzato lo sguardo. *Un angelo, come in un dipinto di Giotto, che è il più bravo di tutti. Eppure, in confronto a Dio, che ha dato forma a questa fanciulla, persino Giotto era un incapace...* « Spetta a me, madonna, scusarmi per la mia incultura. Perdonatemi, perdonatemi », balbettò.

« La mia cultura mi è stata donata, perciò, vi prego, lasciate che io possa condividerla con voi », replicò Contessina.

« Accetterei volentieri il dono, ma è troppo grande per me. Vi sarei per sempre debitore. »

« Sarebbe così spiacevole? Comunque vi sbagliate. Soltanto

se condivido questo dono mi apparterrà completamente. Soltanto allora non l'avrò soltanto ricevuto, ma anche meritato.»

Michelangelo non sapeva come rispondere. Fu sopraffatto da sentimenti contrastanti: per quanto volesse sfuggire alla sua impegnativa presenza, non avrebbe voluto farne a meno neppure per un istante.

Landino si avvicinò a uno degli scaffali, prese un libro dalla rilegatura pregiata e lo aprì. «Guarda, questa è la Divina Commedia di Dante, coi miei commenti», disse passando l'indice sulle righe del frontespizio, che era adornato da un artistico intreccio di rose nere. Poi chiuse delicatamente la copertina e passò il libro al giovane Buonarroti. «Tienilo. In questo libro troverai tutto ciò che ti servirà nella vita.»

«Non nella Bibbia?»

«Sì, anche lì, naturalmente», rispose Landino, con un sorriso di difficile interpretazione.

Michelangelo scrutò il libro da ogni angolazione, poi passò le dita sulle lettere in rilievo sul dorso. «*F.S.K.I.P.F.T.* Che cosa significa?»

«Sono le iniziali delle virtù: *Fides, Spes, Caritas, Justitia, Prudentia, Fortitudo, Temperantia...*»

«... fede, speranza, carità, giustizia, prudenza, fortezza e temperanza», tradusse Contessina.

Michelangelo aprì il volume e rimase senza fiato alla vista delle numerose illustrazioni artistiche. Cominciò a intuire quanto fosse prezioso quel dono.

«È davvero soltanto un libro o è l'occhio della Medusa? Quantomeno sembra che abbia pietrificato voi», lo prese in giro Contessina, per la prima volta bonariamente, strappandolo ai suoi pensieri. Poi si congedò, dicendo di dover andare a cambiarsi per la cena. «Un po' d'acqua e una camicia pulita farebbero bene anche a voi, mio caro Spaccadenti», aggiunse ridendo mentre si allontanava.

Michelangelo la seguì con lo sguardo, con aria malinconica. D'un tratto si fece più buio, e la stanza, che appena entrato gli era sembrata il *Sancta Sanctorum*, adesso gli appariva triste e deprimente.

Landino si schiarì la gola. «Giovane amico, è una creatura

divina, certo, e credo anche che tu le piaccia, ma non lasciarci il cuore: è una Medici», disse sottovoce.

Michelangelo si sentì smascherato e avvampò di vergogna. L'orgoglio gli suggeriva di protestare e negare, ma sapeva che l'uomo aveva ragione. Si propose di esercitare maggiore prudenza in futuro, incontrando Contessina in pubblico; ma ormai, il suo cuore era trafitto.

«Nella stanza attigua c'è un lavabo e la signora Landino ha sicuramente una camicia pulita per te», disse il precettore. Poi aggiunse: «Se vuoi, puoi partecipare anche tu alla nostra lettura quotidiana di Dante. Lasciatelo dire, il grande poema parla anche di te».

Per Michelangelo ebbe inizio il periodo più felice ed eccitante della sua vita. Lorenzo de' Medici aveva concordato con suo padre che alloggiasse nel Palazzo dei Medici, per partecipare alle lezioni di Landino.

Di giorno imparava la scultura con Bertoldo, nel tardo pomeriggio andava da Landino e studiava Dante con lui e Contessina. A volte lei lo stuzzicava coi suoi sorrisi maliziosi, ma subito dopo lo aggrediva verbalmente o nascondeva i propri sentimenti facendosi beffe di lui.

E quasi tutte le domeniche pomeriggio aveva l'opportunità di disegnare dal vero, perché di regola, e proprio nel giorno del Signore, Piero lo trascinava in un bordello in modo che potesse realizzare le «figure» per Giovanni. Il primogenito dei Medici lasciava Michelangelo in un capanno con le finestre e gli mandava una giovane bella e prosperosa; qualche ora più tardi, tornava a prenderlo.

Ormai lui non faceva più caso all'ambiente equivoco, alle risate e ai gemiti che risuonavano nei corridoi; appena cominciava a disegnare e a immergersi nello studio del corpo umano dimenticava tutto ciò che gli stava attorno. Le donne nude suscitavano in lui soltanto l'interesse professionale del pittore, nessun desiderio fisico inficiava la sua concentrazione. In seguito Piero ingaggiò anche un uomo, in modo che Michelangelo potesse disegnare anche le diverse posizioni. Deliziato, Giovanni raccoglieva i disegni e li incollava sulle pagine di un libro, cui aveva anche dato un titolo, scritto a caratteri grossi sulla copertina: *I modi*. I semplici studi di nudo invece furono raccolti in un secondo libro, il cui titolo non poteva che essere *Ignudi*.

11

Firenze, Anno Domini 1492

Una sera, qualche mese più tardi, Michelangelo vide con la coda dell'occhio che Contessina, come molte altre sere, si scusava con la madre e si alzava da tavola. Senza farsi notare, la ragazza gli fece l'occhiolino e alzò brevemente la mano destra, come se volesse soltanto allungare il braccio. I bottoni dorati del suo abito di velluto rosso riflettevano la luce delle candele. Tra la cantilena delle canzoni, il vociare, le risate e l'allegro sbatacchiare di scodelle e piatti, nessuno dei commensali notò quei segnali segreti. Michelangelo però li vide bene, e li seppe interpretare: secondo piano, ala destra del palazzo.

Col cuore trepidante, lasciò passare qualche minuto, poi si alzò con un'espressione afflitta, come se fosse tormentato da un fastidioso malessere allo stomaco e all'intestino.

Piero de' Medici, che conosceva già abbastanza quel tipo di afflizioni, gli lanciò un'occhiata compassionevole. « È un vero miracolo che tu non sia ancora morto di fame, povero ragazzo. Il nutrimento lascia il tuo corpo non appena l'hai assunto. Devi andare dal medico, amico mio. Nelle tue interiora si nasconde un drago spaventoso! »

Quando Michelangelo uscì dalla sala, imboccando l'arioso corridoio, se qualcuno lo avesse visto sarebbe stato testimone di una guarigione miracolosa: il ragazzo che fino a un attimo prima stava piegato con la mano sul ventre e l'espressione sofferente adesso stava salendo di corsa l'ampia scalinata con un largo sorriso sulle labbra. Girò a destra e corse incontro a Contessina, che lo attendeva in una nicchia buia davanti allo studio del padre.

« Finalmente », sospirò la ragazza. « Finalmente! » Gli porse le mani sottili, che lui prese tra le sue e baciò con devozione. Le dita erano ornate da anelli d'oro guarniti con perle, rubini, lapislazzuli, corniole e altre pietre preziose.

Con un sorriso tenero, e tenendo la mano destra di Contessina sulle labbra, Michelangelo contò gli anelli. «Questo è per ricordare, questo è da regalare, questo è per pensare, questo è per l'amore... »

Lei si tolse un anello con una perla e glielo mise sul palmo della mano, per poi chiudergliela a pugno. «Questo è per l'amore. Perché io resti sempre accanto a te! Non perdere la rima, mio caro Spaccadenti! » Poi scoppiò a ridere, come se fosse tutto soltanto uno scherzo.

Non sapendo che cosa pensare, Michelangelo allungò la mano, porgendole l'anello.

Contessina la respinse dolcemente e scosse la testa, coi riccioli che le ricadevano sul viso. «Mio padre mi ha dato il permesso! » disse poi. «Domattina posso andare a vedere i quadri di Masaccio nella cappella Brancacci, accompagnata dalla mia balia e da uno dei domestici. » Batté forte le mani per la gioia, e subito trasalirono entrambi per l'eco che si produsse nell'ampio corridoio rivestito di marmo.

Appena Michelangelo entrò nella chiesa, il freddo lo avvolse come una seconda pelle. I suoi passi echeggiarono tra gli alti muri dell'edificio. Nella cappella di Felice Brancacci s'imbatté in alcuni apprendisti scultori del giardino dei Medici, che si esercitavano nel disegno. Tra loro c'era anche Pietro Torrigiani; alzò lo sguardo dal suo cartoncino e lanciò un'occhiata a Michelangelo con un sorriso perfido. «Ah, gli dei si abbassano al livello del volgo», lo schernì.

«Tu comunque non diventerai uno scultore e non sai nemmeno disegnare», replicò Michelangelo.

Il sorriso di Pietro si trasformò in una smorfia. Si alzò di scatto, come se la stizza gli avesse irrigidito il corpo e non potesse più stare seduto. Michelangelo sentì dei passi alle proprie spalle e si girò. Contessina, affiancata dalla balia e da un giovane domestico piuttosto robusto, gli stava andando incontro. Il suo volto era celato da un velo color zafferano che le ricadeva sulle spalle, ma l'avrebbe riconosciuta tra mille. Aveva una mantellina rosa con ricami di stelle dorate, indossata sopra un semplice abito bianco.

«Messer Michelangelo, sareste così gentile da voler commentare per me i quadri di Masaccio?» gli chiese sollevando con grazia il velo e sforzandosi di sembrare rilassata.

Prima che lui potesse rispondere, Pietro era già al suo fianco e lo spintonò con forza, tanto da farlo quasi cadere. «Fareste meglio ad affidarvi a me, madonna. Credo che qui nessuno possa competere con me quanto a sapere ed esperienza», disse, sottolineando la parola esperienza con un sorriso ambiguo. Poi si guardò attorno con aria minacciosa per impedire a chiunque di contraddirlo, e constatò soddisfatto che gli altri apprendisti si erano immersi nuovamente nei loro disegni. Poi squadrò Contessina con uno sguardo spudorato.

Cerca di essere seducente, l'ignobile, pensò Michelangelo, che intanto aveva ripreso l'equilibrio e osservava la scena con crescente disagio. Si costrinse ad aspettare, perché non poteva rischiare di dar luogo a pettegolezzi su Contessina con un comportamento troppo esplicito.

«Voi non siete il signor gallo di qualche tempo fa?» chiese la ragazza con un sorriso ingenuo a Pietro, il cui volto si fece subito rosso fuoco. «Mi ricordo ancora quanto eravate bravo a cantare! È vero, nessuno può competere con voi, quanto a presunzione, signor galletto.»

«E voi, allora?» gridò Pietro sopraffatto dall'ira. Indicò il dipinto di Masaccio che rappresentava la cacciata di Adamo ed Eva dal Paradiso. «Voi appartenete allo stesso genere di quella meretrice!»

«Chiedile scusa, figlio d'un cane!» gridò Michelangelo fuori di sé, afferrando per il camicione il compagno più vecchio e più alto di lui.

«Figlio d'un cane, hai detto?» ringhiò Pietro.

«Sì, certo, figlio di un...»

Michelangelo non riuscì a ripetere la parola cane. Sentì uno sgradevole scricchiolio pericolosamente vicino alle orecchie, ma interno, poi un fuoco in mezzo al viso, che divampò subito nel cervello. Come un due più due, collegò quel suono di rottura col dolore: Pietro gli aveva spaccato il setto nasale con un pugno. Cadde sul pavimento della chiesa col sangue che gli grondava sul viso.

« E io non saprei disegnare? Bene, penso che adesso ti ricorderai della mia mano per tutta la vita! » gridò Pietro incombendo sull'avversario, fuori di sé dalla rabbia.

Michelangelo si sentì fluttuare, poi piombò nell'oscurità.

Quando riaprì gli occhi, vide il volto preoccupato di Contessina. All'inizio credette di trovarsi in paradiso, o quantomeno in un sogno bellissimo, ma il dolore lancinante alla testa lo riportò senza indugio alla realtà. Emise un gemito, non solo per la ferita pulsante sul viso, ma anche per la felicità. Un sommesso mormorio gli suggeriva che nella stanza in cui si trovava erano presenti altre persone, ma per lui contava solo lei. Contessina lo amava, ormai lo sapeva. Era un amore profondo e sincero, proprio come il suo nei suoi confronti.

« Potete lasciarci soli per un momento? » chiese gentilmente la fanciulla, ma col tono da figlia di Lorenzo il Magnifico, ovvero abituato a comandare. Un domestico, la balia e il medico, un uomo calvo sulla cinquantina con un grosso doppio mento, lasciarono la stanza. Michelangelo, che non riusciva a smettere di guardare Contessina, si accorse che due delle stelle dorate della sua mantellina erano tinte di rosso, così come il rosa delicato della stoffa mostrava macchie più scure. Era il suo sangue? Lei aveva cercato di prenderlo al volo, affinché non andasse a sbattere contro il duro pavimento della chiesa?

« Il medico ti ha steccato il naso », disse Contessina quando la porta si chiuse. « Prossimamente non potrai ficcarlo ovunque, perché dovrai essere più cauto. » Gli prese delicatamente la mano, che era posata sulla coperta di velluto ambrato guarnita di merletti. « Ah, mio cavaliere, quel farabutto aveva ragione, ti ha segnato a vita: la cartilagine non si raddrizzerà più. Ti resterà il naso tozzo e schiacciato. »

« Questo ti turba? » chiese Michelangelo guardandola.

« No, come potrebbe? »

«Allora non turba nemmeno me, anzi, d'ora in avanti porterò il mio naso rotto come un'onorificenza!»

Nelle settimane successive, i due innamorati trovarono sempre nuovi pretesti per potersi incontrare in appuntamenti segreti. Finché, un giorno, tutto cambiò.

Era tardo pomeriggio quando Michelangelo entrò nel Duomo di Firenze, per aspettare l'arrivo di Contessina. Nei giorni precedenti avevano studiato Vitruvio con Landino. Lei gli aveva tradotto dal latino ciò che l'architetto romano aveva scritto a proposito di templi rotondi, cupole e volte. Secondo Vitruvio, la costruzione delle case di Dio doveva essere perfetta come il cosmo, e non esisteva nulla che fosse perfetto quanto il cerchio. Michelangelo si sentiva attratto da quell'idea; ormai era convinto che la vera forma della chiesa dovesse corrispondere a un edificio a pianta centrale, con una cupola che simboleggiasse il cielo. E Landino, osservando che Dante aveva disposto in ordine concentrico i nove cieli del Paradiso, rafforzò la sua convinzione.

Il giorno prima, Michelangelo aveva spiegato a Contessina che la cupola del Brunelleschi coronava un duomo certamente bello, ma purtroppo imperfetto: affinché fosse perfetto, la pianta non avrebbe dovuto assumere la forma di una croce latina, ma piuttosto quella di una croce greca.

«Guarda qui», aveva detto, disegnando una croce greca su un foglio di carta. «Se congiungo le estremità dei bracci della croce ottengo un cerchio, che è il simbolo della perfezione. In una rotonda, infatti, la luce non scompare nella navata, come in una buca oscura, ma filtra da ogni direzione verso il centro, così l'intero spazio sembra sospeso nel vuoto.»

Ma per Contessina quella era una spiegazione troppo teorica, perciò lui le aveva promesso di illustrarle le proprie idee sul posto.

Così adesso era sotto l'alta cupola bianca del Duomo di Firenze e la aspettava. Quando finalmente il possente portone di bronzo si aprì e la ragazza entrò nella chiesa, avvolta da un'aura di luce solare, lui le andò incontro pieno di gioia.

Contessina però sembrava turbata. E appena lui le fu davanti sbottò: « È finita. Mi devo sposare ».

« Sposare? Con chi? »

« Un conte, un tale Ridolfi. »

« Non può essere, non è... » mormorò Michelangelo esterrefatto.

Contessina lo guardò col viso rigato dalle lacrime. « Che cosa ci eravamo messi in testa, mio caro? Che mio padre ti potesse mai accettare come genero? Presto o tardi doveva finire così! »

« Invece mi accetterà, dovrà farlo! » replicò Michelangelo. « Gli parlerò io. »

Lei lo guardò triste. « Vuoi renderci ancora più infelici di quanto già non siamo? »

« Ma perché? Forse non provengo anch'io da una famiglia nobile? Sono forse nessuno io? »

« Per il mondo non sei nessuno, amore mio, anche se per me sei tutto », disse Contessina dolcemente, stringendosi a lui. « Ma mio padre si mostrerebbe irremovibile. Sono stata promessa a quel conte e per niente al mondo verrebbe meno alla sua parola. Ti caccerebbe, e io non voglio che ti succeda qualcosa, sarebbe la cosa peggiore. »

Michelangelo emise un brontolio disperato. Sapeva che aveva ragione lei.

« Perché mio padre dovrebbe farmi sposare uno scultore? » proseguì Contessina sottovoce, come per convincere se stessa. « Certo, lui ama l'arte, ma in quanto capo dei Medici pone al di sopra dell'arte il dovere di accrescere lo status della famiglia. La nostra vita dipende dal nostro prestigio, capisci? Se esso crolla, i nostri numerosi nemici si avventeranno su di noi. Dobbiamo continuare a incutere timore e rispetto, altrimenti siamo spacciati. »

Michelangelo avrebbe voluto contraddirla, ma gli mancò la voce. Contessina gli prese la mano e la baciò. Lui si spaventò, perché non l'aveva mai fatto prima.

« È stato un bel sogno, mio caro Spaccadenti e spezzacuori. Prima o poi, il Signore mette la parola fine anche alla storia più bella. Forse dobbiamo essere contenti di ciò che abbiamo potuto avere.»

Michelangelo avrebbe preferito tapparsi le orecchie, per non dover sentire ciò che sarebbe inevitabilmente seguito.

«Adesso che sono stata promessa in sposa, non dobbiamo più vederci», disse Contessina con voce tremante. Si voltò e fece qualche passo, ma poi si girò di nuovo e lo guardò. Soltanto in quel momento lui si accorse che indossava un abito nero, e che non portava gioielli. «Hai ragione, Michelangelo», disse con calma, mentre nei suoi occhi brillavano le lacrime. «Questa cupola avrebbe meritato una struttura rotonda, perfetta come la volta celeste. Se tu dovessi mai costruire, crea l'edificio più perfetto del mondo, fallo per il nostro amore, perché per me esso è un pezzo del paradiso.»

Con quelle parole, si voltò e corse fuori dal Duomo, come se fosse spinta dalla paura che l'amore potesse ancora vincere sulla ragione, e che la inducesse a opporsi alla volontà del padre e a fuggire col suo amato. Il pesante portone del Duomo si richiuse alle sue spalle con un tonfo sordo.

Michelangelo restò immobile nella penombra della cattedrale, frastornato. Nella sua disperazione alzò lo sguardo, come se da lassù si aspettasse un aiuto, o quantomeno un consiglio. Invece fu assalito dalla sensazione che l'intera cupola stesse per crollargli addosso, seppellendo tutto quanto nella polvere.

«Se tu dovessi mai costruire», aveva detto Contessina. Prima di allora non gli era mai venuto in mente di poter diventare architetto. Si era sempre visto come uno scultore. Qualche volta dipingeva, ma fare l'architetto? Continuò a fissare la cupola bianca, attonito, quasi sorpreso che non fosse crollata davvero. Giurò a se stesso e al suo amore perduto che un giorno avrebbe costruito il tempio dell'amore. Sarebbe stato perfetto: si sarebbe innalzato verso la volta celeste sopra una croce greca. Che succedesse quello che doveva succedere! Sarebbe stata la più grande costruzione mai vista al mondo. Perché anche l'amore nel cuore di Michelangelo era più grande di qualsiasi cosa fosse mai esistita e potesse mai esistere sulla terra.

Da quel giorno non vide più Contessina. Proseguì da solo lo studio di Dante con Landino. La figlia di Lorenzo non partecipava più neppure alle cene; conduceva una vita molto ritirata, in preparazione alle nozze. Poi, una sera, Michelangelo ricevette una lettera.

Caro Spaccadenti,

questa notte la balia ti porterà da me. Fidati di lei e seguila, ma non parlarne con nessuno. Che il silenzio sia il nostro rifugio. Tu sai chi ha scritto queste righe: una che ancora se la prende con Dante e fino all'ultimo dei suoi giorni non potrà mai perdonargli di aver messo Francesca e Paolo all'inferno, mentre meritano il paradiso. Non si dovrebbe trattare l'amore con maggior cura? Ma loro, almeno, anche se all'inferno, sono insieme.

Ma ecco, il dubbio si agita nel mio cuore. Il luogo dove possono stare insieme, può mai essere veramente l'inferno? E se fossero in paradiso, ma separati, quel paradiso non sarebbe forse infernale per loro? Vieni, vieni da me presto, mio amato Spaccadenti!

Rilesse quelle righe molte volte. Contessina voleva vederlo. Che cosa aveva in mente? Avrebbe tentato di convincerlo a fuggire con lei? A sposarla in segreto? Si mise a camminare avanti e indietro nella sua stanza, in preda all'inquietudine. Poco prima di mezzanotte, sentì finalmente bussare alla porta. La balia di Contessina si portò l'indice sinistro alle labbra, con fare cospiratorio. Nella mano destra teneva una piccola candela di sego. Lui la seguì col cuore in gola, attraversando il mondo nascosto di quella parte del palazzo che non conosceva e che non gli restò impressa nella mente. Percorsero corridoi e scalinate infinite, avvolte dall'oscurità, piccole scale tortuose, a volte di due o tre gradini soltanto, o scale a chiocciola. Alla fine la balia aprì una porta, lo spinse delicatamente all'interno e la richiuse alle sue spalle senza fare rumore.

Lo sguardo di Michelangelo si posò su un tavolino, con alcune candele che tremolavano ancora nella corrente d'aria. Dietro il tavolino c'era un grosso letto di quercia, con montanti torniti e intagliati che reggevano un baldacchino di velluto rosso. Contessina era seduta sul letto, avvolta soltanto da veli di seta. Attraverso il finissimo tessuto, Michelangelo vide che tremava dalla testa ai piedi. Percepì la sua paura, e il suo desiderio. Ma lui d'un tratto fu sopraffatto da un desiderio diverso, quello di giacere morto tra le sue braccia, in un anelito di eternità.

« Visto che sarò costretta a sposare questo Ridolfi, voglio almeno che tu sia il mio primo uomo », sussurrò Contessina. Un « ti prego » quasi impercettibile completò quel proposito formulato sottovoce, e tuttavia quasi con tracotanza. Poi la giovane sollevò le braccia e i veli scivolarono lungo il suo corpo. Nella stanza si diffuse un lieve profumo di cannella e legno di sandalo.

Michelangelo fece un passo indietro e abbassò gli occhi, perché non osava guardarla. La nudità delle prostitute che disegnava per Giovanni era qualcosa di diverso, gli era indifferente, era soltanto un altro tipo di abbigliamento. Ma non voleva vedere Contessina in quel modo. Lei non era una puttana, ma una dea. La sua dea! Non era un semplice recipiente per il suo seme. Aveva le vertigini. Che cosa gli stava chiedendo? Voleva che profanasse il loro amore comportandosi come un qualsiasi cagnaccio di strada? Voleva che lui la montasse come un caprone? Alzò le mani in segno di rifiuto e girò la testa. Voleva dire qualcosa, ma emise soltanto un rantolo e uscì dalla stanza barcollando. Intontito, vagò per i corridoi del palazzo per quella che gli parve un'eternità.

All'improvviso sentì un forte rumore. Degli uomini entrarono nel palazzo, nei corridoi echeggiava il suono degli stivali. Gli giunsero all'orecchio dei singhiozzi e si accesero le torce. Sentiva l'odore e il crepitio del fuoco. Il legno scoppiettava bruciando e nell'aria risuonava l'eco di travi che si spezzavano. Michelangelo aveva soltanto un pensiero: Contessina!

La sua voce interiore lo tormentava di rimproveri, accuse terribili e contraddittorie. Come aveva potuto rifiutare alla fanciulla amata l'addio e la sua ultima richiesta? D'altra parte, avrebbe potuto profanare il loro amore? Gli crebbe un nodo in gola. Cercò di ritrovare la strada per la stanza di Contessina, disperato, ma si perse irrimediabilmente e alla fine si ritrovò sulla grande scalinata esterna.

Lì incontrò Pico della Mirandola, che scendeva le scale barcollando, lo sguardo perso nel vuoto, i capelli arruffati. Aveva i vestiti in disordine, il mantello di traverso su una spalla, la camicia semiaperta che gli penzolava fuori delle brache; nessuno l'aveva mai visto in quello stato.

D'un tratto il conte si fermò e si guardò attorno, come se cercasse qualcuno. Sebbene Michelangelo gli stesse di fronte, sembrava non se ne fosse neanche accorto. « Così si realizza la profezia della cabala », balbettò. « L'anno 1492 sarà l'anno del declino, come i saggi ebrei del libro di Giobbe avevano calcolato. »

Michelangelo non capiva cosa stesse dicendo; salì di qualche gradino, andandogli incontro.

« È morto! » annunciò Pico della Mirandola con lo sguardo vacuo e l'espressione impietrita. « Lorenzo il Magnifico ha cessato di vivere. Che Dio abbia pietà della sua povera anima. Che Dio abbia pietà di noi! Con la sua morte, che ormai a lui non può più nuocere, iniziano le nostre sofferenze! » Poi cadde in ginocchio e lasciò cadere il busto in avanti. Pianse senza freni, come un bambino, e allargò le braccia, come se cercasse un appiglio.

Inorridito, Michelangelo guardava quell'uomo disperato, che singhiozzava rannicchiato sui gradini. Lorenzo de' Medici aveva protetto il filosofo, che era stato bandito dal papa e perseguitato dall'Inquisizione. D'un tratto Michelangelo capì che la reazione violenta di Pico non esprimeva il timore per la propria vita o il dolore per la scomparsa di un uomo stimato: era la consapevolezza dei cambiamenti che avrebbero presto investito il loro mondo riparato, della tempesta che si sarebbe abbattuta su di loro. Lorenzo era una sorta di scudo che li aveva protetti. Adesso, privati del proprio patrono, cosa ne sarebbe stato di tutti loro?

Michelangelo sentì dei passi alle spalle e si voltò. In cima alla scalinata comparve Contessina. Non vide lacrime nei suoi occhi vacui. Se ne stava lì immobile come una statua, con un'espressione impassibile. Ma poi, per un istante, qualcosa balenò nel suo sguardo: un rimprovero.

12

Roma, Anno Domini 1505

Dopo tutti quegli anni, non aveva ancora dimenticato lo sguardo di Contessina. Non c'era riuscito. Temeva i momenti in cui era sopraffatto dal ricordo di lei e dei propri compagni. Molti dei Fedeli erano già morti da tempo: Landino, il filosofo Ficino, il poeta Poliziano e l'amico Pico della Mirandola. Contessina nel frattempo era diventata la Contessa Ridolfi, più volte madre e rispettabile consorte. Nessuno lo sapeva, ma nel creare la sua Pietà, Michelangelo aveva riversato tutto il proprio dolore nel volto della madre di Dio. Per lui, quell'opera era il mausoleo del suo amore perduto. In quale altro modo quell'amore avrebbe potuto ispirarlo nell'attività creativa?

Appallottolò anche l'ultimo bozzetto appena cominciato per il mausoleo del papa, quando qualcuno bussò con vigore alla porta. Si alzò brontolando per aprire, ma Giuliano da Sangallo era già entrato.

« Non tieni nemmeno chiusa la porta di casa! » esclamò il visitatore. Poi, più pacato, aggiunse: « Sono veramente preoccupato per te, amico mio ».

« E perché mai? » chiese Michelangelo allibito.

L'architetto si tolse l'ampio berretto, lo gettò con noncuranza su uno sgabello e prese a camminare avanti e indietro nella camera. Stringeva le labbra per la tensione, facendo così sollevare leggermente la carne avvizzita delle guance. « Perché, perché, perché! » Alzò le braccia al cielo. « Non ci arrivi? Giochi con la tua vita, Michelangelo. Giulio è collerico. Se non soddisfi le sue attese, la tua carriera a Roma sarà finita! Anche se, a voler ben guardare, non è nemmeno iniziata... » Poi alzò di nuovo il tono così come aveva esordito entrando. « Un uomo intelligente si premunisce! » E infine, mentre il suo colorito virava al rosso e i peli della barba vibravano minacciosamente, concluse in modo energico: «Merda!»

Michelangelo gli pose accanto una sedia; Sangallo vi si lasciò cadere, esausto. «Se il tuo progetto dovesse offendere il papa, perché il mausoleo è troppo piccolo o perché gli ricorda Borgia o Dio sa chi e che cosa, la mancanza di commesse papali sarà il male minore che ti possa capitare, mio caro Davide», riprese a voce un po' più bassa. «Devi sapere che il nostro Santo Padre è un grande odiatore agli occhi di Dio.»

Sentendosi paragonato a Davide, il fanciullo della Bibbia che sconfisse Golia, e di cui lui stesso, l'anno prima, aveva creato una statua per i fiorentini, Michelangelo non poté fare a meno di ridere. «Non credo, mio caro amico preoccupato, che a Sua Santità farebbe piacere sentire che lo paragoni a quell'ingenuo di Golia.»

«Ah, vai al diavolo! E non parlarmi come se io fossi un cortigiano, maledizione! Piuttosto, dimmi che cosa pensi di fare.»

«Disegnare», replicò brusco Michelangelo, arrabbiato più con se stesso che col suo amico, perché tutto ciò che aveva progettato fino a quel momento non aveva nulla che funzionasse davvero.

«Sì, ma che cosa vuoi disegnare?» sbraitò Sangallo, che per lo sdegno riusciva a stento a restare seduto.

«Il progetto del mausoleo», replicò Michelangelo in modo tranquillo. «Guarda, è molto semplice: sarà il monumento più grande e più bello che il mondo abbia mai visto. Non potrà non piacergli, è un'eventualità che possiamo escludere del tutto.»

Di fronte a quella ostentazione di sicurezza, Sangallo, disperato, perse colore fino a impallidire. «Come fai a esserne così convinto?»

Michelangelo rispose col tono di uno che enuncia una logica incontestabile. «Dato che sarà il più grande e il più bello, non potrà non piacergli.»

Sangallo squadrò il suo giovane pupillo con gli occhi socchiusi. No, non lo stava prendendo in giro, la sua espressione era estremamente seria, e le sue parole non esprimevano superbia o presunzione, solo la certezza delle proprie capacità.

Lo scultore si sedette di nuovo al tavolo e, mentre il suo stilo di piombo volava già sulla carta, espresse le proprie convinzioni. «Per l'arte è la fine, se si riduce soltanto a una questione di gusti, se Tizio, Caio e Sempronio pensano di potersi permettere di giudicarla. L'arte non può preoccuparsi di piacere al popolo e neppure ai potenti, deve ambire unicamente a piacere a se stessa. Perché chi potrebbe stabilire parametri più elevati per l'arte, se non l'arte stessa?»

Sangallo rifletté un momento; poi, con un tono quasi piatto, disse: «Quindi, che Dio ci dia sempre signori che s'intendono d'arte».

«Amen», fece Michelangelo, sfruttando l'opportunità per sfogare su qualcun altro la rabbia che nutriva nei confronti di se stesso. «Sotto il dominio dei porci, il mondo diventa un porcile. E chi, mio caro amico, ha bisogno di un David accanto alla stalla? No, avremo sempre signori che s'intendono d'arte, perché tramite l'arte possiamo parlare con Dio e Lui può parlare con noi. Le misure dell'arte sono le misure di Dio.»

«Finché crediamo in Dio», disse l'architetto, e si spaventò per l'arditezza e le conseguenze delle sue parole.

Michelangelo lasciò cadere lo stilo di piombo. Non si era mai spinto così in là nei suoi pensieri. Per lui un mondo senza la fede nell'Altissimo era inconcepibile, o meglio: doveva corrispondere all'inferno di Dante. Gli ci volle un po' di tempo per trovare l'uscita da quel labirinto di paura. Sangallo intanto si era appoggiato allo schienale, lasciando che la tensione si scaricasse piano sulla gamba accavallata, che dondolava inquieta.

«Se non crediamo più in Dio, non ci sarà più arte. Il diavolo non è un mecenate», disse Michelangelo sottovoce.

Nel lungo e opprimente silenzio che seguì, i due uomini furono sopraffatti da un brivido di freddo, come se si vergognassero per aver espresso in modo avventato qualcosa di empio. In quell'inquietante silenzio, persino il piede di Sangallo si fermò. Avevano intravisto un mondo senza misura, solo per un momento, ma fu sufficiente per turbare entrambi. Per la durata di un battito di ciglia, i demoni erano usciti dall'inferno e avevano lasciato intuire ai due uomini in che modo avrebbero aggredito le persone, violentato le donne, ucciso i bambini e appeso gli uomini per i testicoli.

D'un tratto Michelangelo si alzò. Ci fu un lampo nei suoi occhi, mentre con grande esuberanza baciava sulla bocca l'amico barbuto. Sapeva che cosa doveva disegnare: il mausoleo del papa doveva rappresentare l'alleanza tra il Cielo e la Terra contro l'inferno. In questo consisteva l'amore: nella fedeltà a tale alleanza! Finalmente aveva trovato l'idea che cercava così disperatamente. Un sorriso raggiante gli illuminò il viso. «Nella mia mente, il mausoleo è finito.»

«Non peccare!»

«No, davvero, me lo vedo davanti, chiaro e nitido, proprio come vedo te, amico mio.»

«Me lo vuoi descrivere?»

«Più tardi, Giuliano. Ma tu sarai il primo a vederlo, hai la mia parola.»

Sangallo guardò con ammirazione il suo pupillo, perché sentiva che le sue parole non erano vanterie. Quando si alzò, era pervaso da un senso di soddisfazione. «Vieni con me!» esclamò prendendo Michelangelo per un braccio e trascinandolo con sé. «Calore, abbiamo bisogno di calore, adesso!»

Attraversarono il rione Borgo, superarono la porta del muro di protezione che cingeva quel quartiere e il Vaticano e s'incamminarono in direzione di Trastevere.

Dopo una buona mezz'ora arrivarono nella cittadella delle puttane e si fermarono davanti a un edificio di tre piani ben illuminato, dal quale provenivano musica e risate. Stavano per entrare, quando una donna robusta buttò fuori un uomo ubriaco, che incespicò e cadde a terra malamente.

«Non ti fare mai più vedere qui se non sei ben fornito», lo apostrofò la donna.

«Che c'è, Petronilla? Non ti ha soddisfatto?» chiese Sangallo.

«Intendevo ben fornito di grana. Se non ha soldi, che si sfoghi con le vacche e le capre al Colosseo. Nessun uomo fa colpo su di me per il suo uccello, ormai. Quello che conta sono le monete sonanti!»

Sangallo rise e fece strada a Michelangelo nel famoso bordello di Petronilla da Pecorino.

Se la casa di tolleranza sembrava, già da fuori, un palazzo signorile, gli interni lasciarono Michelangelo senza parole. A Firenze non aveva mai visto tanto sfarzo, tanto lusso e tanta disinvoltura dentro una casa di piacere. Quel tempio romano della lussuria non aveva nulla a che spartire coi miseri bordelli in cui lo portava Piero nella sua città, dove gli spazi erano allestiti esclusivamente in funzione dell'atto che vi si doveva compiere. Lì invece si ritrovò in un salone di estrema eleganza. L'unica impressione che se ne poteva ricavare era che i signori che frequentavano quel luogo desiderassero innanzitutto essere intrattenuti.

A Sangallo non sfuggì la sorpresa di Michelangelo, e gli sussurrò: « Amico mio, devi capire che a Roma molti uomini con un alto reddito sono preti, ovvero gente che deve rinunciare a farsi una famiglia. Questo, più che un mercato dell'amore a pagamento, è il loro salotto. Petronilla e le sue cortigiane danno ai loro clienti l'illusione di un rapporto personale, di un ambiente in cui riposarsi circondati da amici, addirittura di una famiglia ». E con un sorriso eloquente aggiunse: « E poi, che cosa sarebbe una società senza le donne, che non solo nobilitano qualsiasi incontro, ma anche gli uomini stessi? »

Ecco dunque come stanno le cose, pensò Michelangelo. A Firenze gli uomini sposati andavano in cerca di svago, a Roma gli ecclesiastici cercavano una sorta di surrogato della famiglia. Nella città sull'Arno, gli uomini, sposati con donne colte, volevano soddisfare le proprie fantasie sessuali al di fuori dei propri palazzi e delle proprie case; sul Tevere, invece, i ricchi erano interessati a trovare interlocutrici colte, che però fossero anche disponibili per le prestazioni dell'amore fisico.

« Naturalmente anche a Roma esistono normali case di piacere, per gli uomini del popolo. Ma per noi quelle sono fuori discussione. Qui, mio giovane amico, ci riposiamo e appaghiamo i nostri bisogni. Qui conversiamo, stringiamo alleanze, facciamo politica e acquisiamo commesse. Chi non è benvenuto nelle case delle grandi cortigiane, non è benvoluto a Roma.»

Le parole di Sangallo non facevano che confermare ciò che di fatto era sotto gli occhi del suo giovane amico. Preziose tappezzerie rivestivano le pareti delle sale di diverse dimensioni che si trovavano al piano nobile. Alle stanze del piano superiore si giungeva tramite un'invitante scalinata esterna. Michelangelo pensò alle baracche in cui aveva realizzato i disegni per Giovanni de' Medici, immerso nel puzzo di sudore rancido e di sperma rappreso.

In un bordello fiorentino, le cose andavano come al mercato vecchio: contavano soltanto gli affari. Pagavi e ricevevi la merce. Da quando i nobili erano stati cacciati, oltre cento anni prima, Firenze era diventata una città di borghesi e soprattutto di commercianti. Da tempo le esigenze del bilancio avevano soppiantato quelle dello stile. In quel momento, Michelangelo capì che Piero de' Medici non aveva avuto la benché minima possibilità, e dentro di sé gli fece le sue scuse. Piero aveva pagato per il vano tentativo di suo padre di imporre stile e grandezza a una città di semplici commercianti.

Quando già stava per sprofondare nella rabbia per l'infelice condizione in cui versava la sua città natale, due graziose ragazze accolsero allegramente sia lui sia l'architetto. «Ah, messer Giuliano!» lo salutò una delle due con fare civettuolo. «Chi ci avete portato?»

«Un Dio dalle sembianze umane», rispose Sangallo ridendo.

«Amore?» chiese l'altra, protendendo le labbra in un bacio.

A differenza delle loro colleghe fiorentine, quelle serve di Venere conoscevano la mitologia, constatò Michelangelo. Rimase favorevolmente sorpreso anche del fatto che si astenessero dall'accogliere gli ospiti tastandone gli attributi virili. Le puttane di Firenze lo facevano d'abitudine, forse per rassicurare i loro clienti di avere letteralmente in mano la situazione.

Piacevolmente inebriato dai numerosi e allettanti stimoli, decise di lasciarsi semplicemente trasportare. *Povero Piero, una cosa del genere non l'hai mai provata*, pensò ancora una volta. *Povera Firenze!*

Con le loro incantevoli accompagnatrici, i due uomini entrarono nella prima sala del piano nobile. Belle donne in abiti raffinati sedevano su poltrone tornite e rivestite con preziose stoffe, e conducevano conversazioni galanti con uomini di ogni età. Ovunque si rideva e si scherzava, tra una civetteria e l'altra. La luce delle candele si specchiava nei calici da vino a forma di tulipano, che venivano rabboccati con solerzia usando caraffe tondeggianti. Alle pareti delle sale erano appesi arazzi lavorati con arte, sotto ai quali si succedevano lunghi tavoli ornati di fiori e imbanditi con prelibatezze di ogni genere per i gaudenti ospiti. Tra i piatti con carne, pesce e pollame c'erano saliere e scodelle di spezie, ciotole d'argento con verdure di ogni genere, ceste ricche di frutta, canestri di pane tostato e piatti dorati con marzapane e datteri. No, a nessuno sarebbe venuto in mente di trovarsi in un bordello.

Ai bisbigli e alle risate che facevano da sottofondo alle argute conversazioni si mescolava il suono dei liuti e dei flauti. Un giovane di bell'aspetto, con una voce da tenore un po' roca, cantava una canzone sull'amore e la nostalgia:

Non ho potuto stanotte dormire:
mill'anni me parea che fusse giorno,
per poter via con le bestie venire,
con ell'e insieme col tuo viso addorno...

Gradevolmente sorpreso, Michelangelo diede di gomito a Sangallo. « Un saluto da casa mia », disse, e vedendo lo sguardo interrogativo dell'architetto si affrettò a chiarire: « Questa canzone è di Lorenzo de' Medici, i versi sono quelli della Nencia da Barberino ».

A Sangallo vennero gli occhi lucidi. « Ah, al diavolo il Magnifico. Come gli è venuto in mente di farci un tale brutto tiro, di morire così presto? Se li è portati dietro tutti nella tomba: Poliziano, Pico, Piero, tutti brav'uomini e amabili giovani. Piero non era certo malvagio, ma era comunque irruente, e troppo giovane per quel compito. »

Una delle due ragazze notò la lacrima che scorreva sulla sua guancia irsuta; si protese verso di lui e la asciugò con un bacio. Poi spostò le labbra vicino all'orecchio, e sussurrò: « Potete correre quanto volete, ma il vento che soffiava ieri nei campi oggi non lo potete più raggiungere. Date una spinta alla ruota della fortuna, se volete che giri per voi».

Sangallo si schiarì la voce per nascondere la commozione e strinse forte a sé la ragazza, come se il suo vecchio corpo potesse trarre forza dalla giovinezza di lei. «Hai ragione, bella mia.»

13

Roma, Anno Domini 1505

Nella seconda sala, su un'ampia poltrona piazzata al centro, troneggiava un gigante dalle fattezze quadrate, con una corona di capelli grigi che spuntava dal cranio lucente. Dalle sue braccia possenti, rilassate sui braccioli, s'irradiava una forza sopita, ma pericolosa. Era completamente immerso in un bagordo con due prosperose dee, una seduta in grembo e l'altra ai suoi piedi. La vista di quell'omone goffo che si sbaciucchiava con le sue compagne di giochi non era priva di una certa comicità. Nondimeno, e contro ogni aspettativa, a quell'uomo non sfuggiva nulla, tantomeno l'arrivo dei due artisti. «Ah, Giuliano! E chi è il giovane corvo al vostro fianco?» grugnì.

«Messer Michelangelo, venerabile Donato.»

«State scherzando!»

«Perché?»

«Questo mingherlino? Me lo immaginavo davvero diverso, il creatore del David! Più anziano, più ponderoso... Non un uccellino così gracile. Be', non importa! Si sa che le vie del Signore sono imperscrutabili.» Bramante si schiarì la voce, si guardò attorno con beffarda solennità e proclamò: «Mie care, avete di fronte uno scultore di considerevole talento. Fategli onore!»

La bella che aveva in grembo lanciò uno strillo, perché lui l'aveva pizzicata per gioco; si alzò gemendo dalla poltrona, prese un bicchiere di vino rosso e lo porse a Michelangelo.

Poi anche Sangallo ne ricevette un bicchiere, e un terzo venne versato per lo stesso Bramante, che nel prenderlo fece un ampio sorriso e chiese: «Ditemi, Giuliano, che ne pensa vostra moglie del fatto che consumate tutto qui e non vi rimane nulla per provvedere ai bisogni di casa vostra?»

«Messer Donato, la mia situazione funziona nel migliore

dei modi. Quello che resta per mia moglie è più che sufficiente», replicò Sangallo.

L'architetto del papa sollevò il bicchiere. «Non mi riferivo ai soldi, Giuliano. Salute!»

«Nemmeno io mi riferivo ai soldi, messer Donato. Salute!»

Bramante, che aveva già cominciato a svuotare il bicchiere a grandi sorsate, si strozzò dal ridere. «Ottima risposta, amico mio», disse infine con due rivoli rossastri che colavano dagli angoli della bocca. Poi lanciò un'occhiata penetrante a Michelangelo. «E voi, mio giovane amico? Anche voi avete una moglie da mantenere, come il nostro bravo Giuliano?»

«Dio me ne guardi!»

Sangallo diede una pacca sulla spalla al suo pupillo. «Questo poveretto ha già sulle spalle abbastanza, con la famiglia avida che si ritrova. Ve lo assicuro, è una banda di veri fiorentini fannulloni!»

Risentito, Michelangelo si allontanò dall'amico che rideva e gli lanciò un'occhiataccia. «Lascia stare la mia famiglia, Giuliano, se hai cara la vita!»

Bramante si mise sul chi vive, si portò l'indice alle labbra e squadrò il giovane corrugando la fronte. «Calma, giovane dal sangue caldo, calma! Onora il maestro più anziano e lascia perdere queste minacce futili, che poi non si addicono alla nostra genia di artisti. O forse tu sei nobile?»

«Sì, a differenza di voi, io lo sono», rispose deciso Michelangelo, ripensando alla minaccia velata che aveva colto nel tono usato da Bramante nel suo intervento pacificatore.

Subentrò un silenzio avvelenato. A prescindere dalle intenzioni di Michelangelo, l'architetto non poteva fare a meno d'interpretare le sue parole come una sfida, tanto più che erano state proferite apertamente, di fronte a tutti i presenti. Il suo sguardo, fisso, divenne perforante quanto una lancia.

Lo scultore cominciò ad avere la sensazione di essersi cacciato in una lotta di potere. In un bordello? Che situazione ridicola! D'altra parte Lorenzo gli aveva insegnato che nulla era casuale, nulla era troppo piccolo o insignificante, era *sempre* una questione di potere. Soltanto in quel momento si rese conto di quanta saggezza e sapienza doveva al suo mecenate, che era stato il suo vero insegnante.

Senza distogliere lo sguardo, Bramante curvò lentamente gli angoli della bocca all'ingiù. « Ah, perdonatemi, avevo dimenticato », esclamò poi con una risata beffarda. « Voi siete il Conte Stoltopisello, il Barone del Martello e dello Scalpello. Stimatissime madonne e nobilissimi messeri, permettetemi di presentarvi il Cavaliere dell'Uccello Pendente! »

« Calma, Michelangelo, calma! » disse Sangallo a mezza voce, afferrando il polso destro dell'amico.

La situazione minacciava di aggravarsi. D'un tratto la musica cessò, le conversazioni s'interruppero e si diffuse un insidioso silenzio. Tutti aspettavano di vedere come Michelangelo avrebbe reagito all'offesa. Lui liberò il braccio dalla presa di Sangallo con uno strattone. Le vene della fronte gli si gonfiarono, sporgendo bluastre dalle tempie. « La mia famiglia discende dai conti di Canossa! »

L'atmosfera si raggelò all'istante. Bramante sorrideva, ma era un sorriso carico di una rabbia feroce che impastava le labbra, e che da un momento all'altro si sarebbe manifestata nella risposta più adeguata. Che arrivò con un ghigno sghembo e una riverenza, e la spudorata finta di essere spaventato. « Perdonatemi, messere, se non ho riconosciuto il nobilissimo conte di Canossa nello straccione che ho davanti. Eppure me ne sarei dovuto accorgere subito: portate gli stessi vestiti del capostipite del vostro casato. È un miracolo che non si siano ridotti a brandelli, quando li avete spolverati per non dovervi presentare qui nudo. »

« Volete prendermi in giro per la mia povertà? » replicò Michelangelo con aria fosca. Niente nella sua espressione e nella sua postura faceva ritenere che fosse disposto a lasciar correre.

« Assolutamente no, messer Michelangelo, semmai per la vostra ricchezza in quanto a presunzione. Siete una vera croce e per questo incroceremo le spade. La mia nobiltà non è inferiore alla vostra. Io sono discendente di Hiram. »

Michelangelo stava per accettare la sfida, quando all'improvviso dagli occhi di Bramante scomparvero del tutto sia la rabbia che la provocazione, lasciando il posto a uno splendore quasi infantile. Meravigliato, Michelangelo si voltò.

Sulla porta c'era una giovane donna di belle fattezze, né magra né prosperosa. Indossava un vestito blu e un soprabito rosso con gli spacchi nelle maniche. Alla luce delle candele, i ricci che le incorniciavano il viso tondeggiante si erano tinti di un color rame scuro. Il riflesso delle fiamme fece guizzare un luccichio umido nei suoi occhi azzurri, conferendo loro un aspetto celestiale, nel quale si univano sapienza e malinconia. La carnagione eburnea, la pelle delicata come porcellana cinese, le davano un aspetto nobile, in parte sminuito da un impertinente naso all'insù. Lasciava perplessi a guardarla, perché non si riusciva a decidere se si avesse a che fare con un essere etereo, non interamente di questo mondo, o con una giovane donna intrepida e coi piedi per terra. Oh sì, era bella, indubbiamente, tuttavia non al punto da lasciare impressionati, non lui almeno, non Michelangelo.

Bramante, al contrario, sembrava completamente conquistato. Aveva occhi solo per lei. La baruffa col giovane scultore, e del resto lo scultore stesso, sembravano del tutto dimenticati. «Imperia, finalmente!» disse a bassa voce, come se l'avesse aspettata con trepidazione. Le due cortigiane con cui aveva ingannato il tempo si alzarono e andarono in cerca di nuovi cavalieri. Mentre si dirigeva verso la giovane donna, Bramante si voltò verso i tre musicisti nell'angolo e ringhiò: «Perché avete smesso di suonare?»

Quelli ripresero a maltrattare i loro strumenti, con sfrenatezza e allegria, come se volessero far dimenticare lo sgradevole dissidio suonando un salterello.

Michelangelo si sentì tirare la manica. Si ritrovò faccia a faccia con Petronilla, la quale sorridendo, ma con un tono inequivocabile, gli sussurrò: «Vedete di scomparire da casa mia. E non fatevi venire in mente di farvi vedere qui un'altra volta».

Detto questo si allontanò. Sangallo alzò le spalle con aria rammaricata, come a dire: «Io c'ho provato a trattenerti». Nessuno poteva nulla contro Petronilla. Nel suo palazzo, la principessa era lei. Persino i cardinali si rimettevano alle sue decisioni.

Michelangelo girò sui tacchi e si precipitò giù dalle scale. Che cosa era andato a fare in quel posto? Gli stava bene. Come poteva sprecare il poco tempo che Dio gli donava in quel luogo di vanità? Da parecchio tempo, ormai, era profondamente convinto di dover fare le cose in fretta nella vita, perché non avrebbe raggiunto un'età avanzata. Presto, o comunque in un futuro non molto lontano, la morte se lo sarebbe portato via. Considerata la sua salute precaria, sarebbe stato un miracolo se fosse arrivato ai quarant'anni. Si ritrovò in strada con un gusto amaro in bocca, e si diresse nel cuore dell'oscurità.

Aveva appena raggiunto il lato opposto della strada, quando sentì una voce alle proprie spalle: « Aspettate! Messer Michelangelo, aspettate! »

Si fermò e si voltò. Conosceva quella voce: apparteneva al giovane tenore che poco prima cantava i versi della *Nencia da Barberino*. Era da solo, nel freddo della notte, davanti al palazzo illuminato dalle torce. Un paio di occhi sconsolati sovrastavano un naso importante, che sfociava in una bocca piccola ma con labbra piuttosto carnose. Le guance erano arrossate: forse aveva bevuto o aveva la febbre; oppure si era semplicemente truccato, cosa che i cinedi amavano fare.

« Portatemi con voi. Non voglio esservi di peso, ma solo servirvi onestamente. »

« Perché vuoi servire proprio me? »

« Non lo so. Me lo dice il mio genio. »

Michelangelo lo squadrò con aria beffarda. « Ah, il tuo genio. E il tuo genio ti ha detto anche che da me ti verranno soltanto i calli e il ventre gonfio per la fame? »

« Ho visto la vostra Pietà. »

« Non cercare di adularmi, farabutto! »

« Non voglio denaro! Prendetemi con voi, nutritemi, e non ve ne pentirete! »

Michelangelo ci pensò su, ma non riusciva a decifrare quel bel ragazzo. « Come ti chiami? »

« Francesco, ma mi chiamano il Francesino, perché sono sopravvissuto al mal francese. »

« E io come ti dovrei chiamare? »

« Francesino, se volete. Così potrò ricordarmi sempre che

Dio mi ha mandato il mal francese affinché io rinunciassi a condurre una vita dissoluta! »

« E che cosa ti ha portato a questo ravvedimento? »

« La vostra Pietà, maestro! »

Michelangelo trasalì; abbassò lo sguardo e rifletté per un istante. Se ciò che diceva era vero, quel giovane era più avanti di lui: quantomeno aveva cambiato vita. Non poteva mostrarsi indifferente a una cosa del genere. « Vieni, Francesco », disse laconico, poi si voltò e prese a camminare lungo la strada. Si meravigliò un po' di se stesso. Era probabile che quello fosse un tipo scaltro, che gli avesse raccontato un'enorme frottola e lo stesse prendendo in giro. D'altra parte, che cosa rischiava? In effetti aveva bisogno di un servitore.

Il giovane lo raggiunse rapidamente e tacque per il resto del tragitto.

14

Roma, Anno Domini 1505

Il sole di aprile bruciava su Roma come il fuoco del demonio arde l'inferno. Che razza di estate sarebbe arrivata, se già la primavera offriva temperature così micidiali? Le imposte erano state chiuse, per tenere il calore fuori della sala. Così la temperatura era sopportabile, anche se l'ombra che avvolgeva tutto quanto come un velo grigio induceva una certa sonnolenza in molti dei presenti, peraltro favorita anche dalle appassionate, ma prolisse, elucubrazioni dell'architetto fra' Giovanni Giocondo.

Persino il cardinale Catalano faticava a tenere a bada la sonnolenza. Eppure era stato lui a insistere affinché il confratello e famoso architetto, che all'epoca era al servizio del re di Francia per la costruzione della cattedrale di Notre-Dame de Paris, venisse a Roma per verificare lo stato dei lavori della basilica di San Pietro.

Il monaco architetto, un uomo alto ed esile, dai lineamenti aristocratici, esponeva le sue conclusioni alla commissione in modo persuasivo e dettagliato. La commissione era costituita da imprenditori edili come Baccio Bigio ed ecclesiastici della Fabbrica di San Pietro. A parere di fra' Giocondo, la basilica di San Pietro era una rovina che necessitava di restauri immediati, se si voleva evitarne il crollo. « Tra non molto pioverà sull'Altare di Pietro », esclamò con la voce tremante per l'indignazione. « E quando l'acqua avrà trovato la sua strada, non ci vorrà molto perché le pareti rovinate comincino a sgretolarsi. È una vergogna! I fedeli possono affidarsi soltanto alla protezione di Dio e non più alla sicurezza dell'edificio. »

Fece a malapena in tempo a finire, che un sacerdote della basilica si precipitò nella sala con la mozzetta svolazzante.

« Presto, eminenza, venite con me! C'è stato un incidente, un incidente terribile! »

L'uomo era cadaverico e aveva il terrore stampato in volto. Il cardinale Catalano si alzò e seguì il prete, e anche gli altri presenti, l'uno dopo l'altro, si tirarono su e si unirono a loro. Quando raggiunsero il cortile della basilica dovettero farsi strada attraverso un assembramento di curiosi. Giacomo, che pur essendo cardinale portava un semplice saio da domenicano, spingeva bruscamente da parte chiunque gli sbarrasse la strada.

Al centro del cortile si era formato un gruppo di persone che discuteva animatamente. Giacomo trasalì: una di esse, un uomo emaciato e d'età imprecisata, indossava soltanto un perizoma. Era sudicio, ed era salito sulla sua amata pigna di bronzo! Gli occhi castani dell'uomo erano rivolti al cielo e brillavano; la sua voce, per quanto simile al verso di una capra, aveva un'insistenza che costringeva le molte persone lì radunate ad ascoltarla.

« Perciò mi appello a voi grandi, tu, papa, e voi cardinali, tornate indietro! » s'infervorò l'uomo. « Tornate indietro e fate penitenza! Disprezzate le figure fatte coi colori e con la pietra, rinunciate ai piaceri della carne. Siate poveri come Cristo. Altrimenti l'intera basilica crollerà sulle vostre teste come oggi è crollata la cappella! Si aprirà una crepa nel soffitto, una crepa che attraverserà i muri e i pavimenti e infine spaccherà l'intera terra. E dalla voragine emergeranno gli angeli sterminatori del demonio, per colpirvi, per fustigarvi, per squartarvi. E non ci sarà più pace, perché gli uomini si avventeranno gli uni sugli altri, e ciascuno si appellerà a Dio, ma avrà nel cuore solo il demonio. No, non ci sarà più pace né tranquillità. I figli uccideranno i padri e giaceranno con le proprie madri. Le madri mangeranno i propri figli e allatteranno i loro amanti... »

Disgustato, Giacomo rivolse l'attenzione altrove. Un predicatore popolare. Ce n'erano fin troppi. Viaggiavano per tutta Italia, parlando fino a entrare in trance. E molti tra quelli che li ascoltavano, come d'altra parte essi stessi, ritenevano profezie le sciocchezze che sgorgavano dalla bocca di quei sudici predicatori itineranti. Di quando in quando qualcuno andava troppo oltre e si riusciva a metterlo sul rogo, ma non era un grande rimedio, perché ben presto un altro si sentiva chiamato a prenderne il posto. Per Giacomo, la loro ostentata devozione era solo una strampalata forma di vanità, ma li riteneva comunque una piaga. Non appena la folla si fosse dispersa avrebbe dato disposizione di catturare quell'uomo e di espellerlo dalla città con una buona dose di legnate, e con la minaccia di morte se mai si fosse azzardato a tornare.

Proseguì a passo svelto verso la basilica e ben presto giunse nella navata di sinistra, davanti alla cappella di San Gregorio, che non era soltanto l'ultima dimora del suo amico Francesco Todeschini Piccolomini, papa Pio III, e di suo zio Pio II: vi era conservata anche la testa di sant'Andrea, nel tabernacolo dell'altar maggiore.

Il soffitto, dal quale evidentemente si era staccata la chiave di volta, era crollato, seppellendo alcuni pellegrini sotto le pesanti pietre. Sgomento, il cardinale guardò la montagna di macerie da cui spuntavano braccia, gambe, piedi e teste ricoperte di polvere. Persino il sangue che sgorgava era ricoperto da uno strato di polvere. L'odore pungente della malta secca gli penetrò nel naso, facendolo starnutire.

Cadde in ginocchio e cominciò a pregare ad alta voce. Non poteva fare altro, dato che c'erano già abbastanza soccorritori impegnati a trarre in salvo le sfortunate vittime. Forse c'era ancora speranza che qualcuno fosse sopravvissuto. Recitò una coinvolgente preghiera d'intercessione, alla quale si unirono sempre più voci. La preghiera corale s'innalzò fino al cleristorio della basilica.

D'un tratto, le persone alle sue spalle ammutolirono l'una dopo l'altra. Gli giunsero all'orecchio un suono di passi e un borbottio. Si voltò. I pellegrini si erano fatti da parte, aprendo un passaggio attraverso il quale Giulio II stava avanzando verso la cappella. Il sole, che filtrava all'interno della chiesa dalle finestre del cleristorio, si posò sul suo viso preoccupato, facendo risplendere i capelli bianchi che spuntavano dal pileolo. Restando in ginocchio, Giacomo si voltò con l'intero corpo verso il pontefice.

« Alzati, figlio mio », disse Giulio. E dopo che il suo sguardo ebbe rilevato l'intera portata della tragedia, con un tono piatto aggiunse: « Che disgrazia ».

I soccorritori avevano rimosso le pietre. Due uomini e tre donne erano distesi sul pavimento della cappella col cranio e le ossa fracassate. Non era sopravvissuto nessuno.

Il papa s'inginocchiò davanti a loro e tutti i presenti seguirono il suo esempio. Con voce ferma, Giulio II assolse dai loro peccati i pellegrini rimasti uccisi e li benedisse. Poi si alzò. « Che cosa ne dici, arciprete? » chiese a Giacomo.

« Un brutto incidente. E non sarà l'ultimo, se non agiamo », replicò il cardinale. « Ho pregato fra' Giocondo di eseguire una perizia. »

Giulio salutò cortesemente il monaco e gli chiese di fargli rapporto. Il monaco architetto esaudì la richiesta con la sua consueta prolissità – come Giacomo constatò con rammarico – che esigeva una pazienza infinita. E se c'era una cosa di cui Giulio non disponeva, era proprio la longanimità. Si fece dapprima inquieto, poi risentito e infine interruppe il monaco, che era ancora fermo ai preamboli. « Grazie, amico mio. Metti tutto quanto per iscritto. » Poi lanciò un'occhiata fulminante a Giacomo. « Mio caro arciprete, in futuro potremmo risparmiare spese e fatica mettendoci d'accordo meglio. Noi avevamo già incaricato il nostro nuovo architetto, messer Donato, di eseguire una perizia. »

A un suo cenno, Bramante si fece avanti. Giacomo faticò a dissimulare lo spavento: era l'uomo con cui anni prima aveva lottato a casa di Pico della Mirandola! Indirizzò in silenzio una preghiera alla Vergine Maria affinché non venisse riconosciuto.

« Sarebbe un piacere per me conoscervi, vostra eminenza, se l'occasione non fosse così triste », disse il nuovo architetto con un inchino.

« Vero », rispose il cardinale. Gradualmente, la paura cedette il passo al sollievo. A quanto sembrava, Bramante non sospettava nulla.

« Bando ai convenevoli. Che cosa hai scoperto? » lo incalzò Giulio.

« Be', Santo Padre, la basilica di San Pietro è pericolante. »

« Questo è evidente », intervenne fra' Giocondo.

I due architetti si guardarono in cagnesco. *Ah, questi artisti vanitosi,* pensò Giacomo. *Non tollerano nessuno accanto.*

« Non è ciò che risulta evidente che deve essere riparato », ribatté Bramante.

« Mio caro Donato, questo è banale, lo sapete », disse il raffinato monaco, parando il colpo.

Il papa sollevò una mano con pazienza ostentata. « Basta. Non abbiamo tempo per discussioni dettagliate come questa. Il Santo Padre deve difendere le proprietà di San Pietro, che sono minacciate da lupi feroci. Fra' Giocondo, consegnaci la tua perizia, e tu, Donato, prepara un piano che stabilisca la portata e la successione dei lavori di restauro. E non intaccare eccessivamente le nostre casse, che dopo la cattiva amministrazione di quel Borgia sono ormai vuote. »

Date le disposizioni, Giulio si voltò e uscì dalla basilica di San Pietro passando tra due ali di persone inginocchiate.

PARTE SECONDA

LA FESTA DEGLI DEI

«Né a Roma, né in Italia,
né sulla Terra sorgerà mai nulla
che possa superare questa nuova costruzione
in quanto a splendore, sfarzo o dimensioni.»

Egidio da Viterbo

15

Roma, Anno Domini 1505

Una falce di luna si specchiava nelle acque tranquille del Tevere. Bramante si avvolse nel suo mantello e s'incamminò verso Trastevere.

Per vie traverse, era finalmente riuscito a concordare un incontro segreto col medico ed erudito ebreo Bonet de Lattes, un uomo noto per la sua timidezza, oltre che per la sua saggezza. A Bramante era stato comunicato di farsi trovare alla sinagoga di Porta Portese il 20 ottobre, poco dopo mezzanotte, se davvero ci teneva a quell'incontro, che naturalmente sarebbe dovuto rimanere un segreto. Il caso volle che l'appuntamento coincidesse col giorno del suo compleanno. Non poteva che essere un buon segno, in tempi così incerti! Poiché aveva cenato con un vescovo, per dirigersi a Trastevere attraversò il rione Borgo.

Mentre percorreva i vicoli bui e per lo più desolati che durante il giorno brulicavano di attività, uno strano umore s'impossessò di lui. Aveva sessantuno anni e non aveva ancora portato a compimento la grande opera alla quale si riteneva destinato. I Fedeli erano morti o disseminati ai quattro venti, l'alleanza non esisteva praticamente più e i resti mortali del suo amico Pico della Mirandola riposavano ormai già da dieci anni nel convento dei domenicani di San Marco a Firenze. Anche la sua ricerca dell'assassino, che aveva condotto a tratti con zelo e a tratti con trascuratezza, era rimasta senza esito. Almeno fino a quel momento.

Quindi, entrambi i suoi giuramenti, quello di vendicarsi e quello di costruire, nello spirito di Pico, un edificio che mettesse in ombra tutto ciò che era stato creato fino ad allora, non erano ancora stati mantenuti. Se la morte aveva impedito al giovane conte, nonché grande studioso, di raccogliere in una meravigliosa esposizione tutto il sapere dell'umanità, Bramante voleva, per così dire, scrivere quel libro nella pietra, creare un edificio che rappresentasse l'architettura della fede umana, perché il sapere era soltanto una parte della fede. A volte si svegliava nel mezzo della notte, e il timore che la morte potesse prevenire anche quel suo intento quasi gli toglieva il fiato.

Nella sinagoga di Porta Portese si radunavano i più antichi casati degli ebrei di Trastevere. In quell'angolo della città, Bonet sembrava sentirsi al sicuro, perché quel quartiere non aveva molto in comune col resto di Roma: era un universo a sé stante, con leggi proprie e propri patroni. Incontrollabile, arcaico e insubordinato.

Bramante non si era mai sentito a proprio agio nella zona che stava attraversando. Nel tragitto passò accanto a rovine e terreni disabitati, in cui da sempre trovava rifugio gentaglia poco raccomandabile. Perciò si era armato di tutto punto. Non aveva paura. Che cosa poteva l'uomo contro il verdetto delle Parche, se persino gli dei si piegavano al loro volere? Per lui, tutto ciò che doveva accadere era già scritto in cielo; anche che la sua vita doveva essere dedicata interamente all'architettura. E se in cielo era deciso che quel giorno il filo della sua vita sarebbe stato reciso dal fuso del tempo onnipotente, non c'era nessun luogo al mondo che potesse preservarlo da tale decisione e nessuna forza che potesse impedirla. Alla morte non si poteva sfuggire, perciò darsi alla macchia non serviva a niente. Di quando in quando, però, anche la morte era codarda o pigra, e si lasciava andare al ghiribizzo di portarsi via il primo che capitava a tiro. In tali casi, tuttavia, se la si affrontava con decisione poteva succedere che si sbalordisse, e che se la svignasse a mani vuote.

Le case erano accovacciate sotto il manto dell'oscurità, come briganti in agguato. Solo qua e là, tra le misere costruzioni di poveri artigiani o piccoli commercianti, e tra le varie casette i cui proprietari svolgevano Dio solo sa quale attività secondaria, si ergeva come una guardia una torre gentilizia. Bramante passò accanto alla torre del Conte di Anguillara e a quella dei Pierleoni. Poi giunse finalmente davanti alla cupa sinagoga.

La luna ottobrina si era nascosta dietro una nuvola. Bramante era sudato e ansante. Gli facevano male i piedi, non avvezzi a lunghe marce e, per di più, troppo delicati per il suo corpo possente. Aprì appena la porta della sinagoga e s'infilò all'interno.

Gli giunse all'orecchio il canto smorzato di un basso. Le pareti sembravano vibrare a quel suono, come se le sillabe cantate facessero danzare le pietre. Bramante attribuì quella strana impressione ai suoi nervi sovreccitati. Non capiva il significato della canzone, perché il cantante utilizzava quella lingua dal suono così misterioso, estraneo ed esotico che lui riteneva essere la lingua del Vecchio Testamento. Pur non capendo nulla, non riuscendo neppure a distinguere le singole parole nel flusso di accentazioni, seguì il suono di quella voce. Lo condusse in un lungo corridoio e poi a una porta aperta. C'era profumo di mirra e incenso. Bramante entrò nella sala, che il candelabro a sette braccia non illuminava del tutto.

«... *schma jisrael adonai elohenu adonai echad...*»

Un uomo slanciato, coi capelli rossicci e la barba ramata, gli dava le spalle. Non dimostrava la sua età e indossava una calzamaglia, brache con gli spacchi e un farsetto. Il suo abbigliamento si distingueva da quello di Bramante soltanto perché l'uomo portava una sorta di cuffia in testa, che all'architetto ricordava il pileolo del papa.

Quando si accorse della sua presenza, il cantante ammutolì. «Copritevi il capo!» disse in tono severo. «Siete in presenza dell'Altissimo! Rispettatelo, anche se non è la vostra fede.»

Bramante si tolse il farsetto e se lo sistemò sulla testa come appendendolo, lasciando che i lembi gli ricadessero sulle spalle. «Messer Bonet de Lattes?» chiese così conciato, ignorando lo sguardo divertito negli occhi infossati dell'altro.

«E chi altri? Seguitemi.»

A giudicare dall'accento, l'ebreo doveva venire dalla Francia. Senza ulteriori spiegazioni, prese una lampada a petrolio, uscì dalla sala della preghiera e, percorrendo un lungo corridoio, condusse Bramante in una stanzetta. Con l'aiuto della lampada accese altre lampade a petrolio e alcune candele, e ben presto la stanza fu illuminata.

«Ora potete togliervi la kippah», disse il rabbino. Attese

che Bramante si sfilasse il farsetto dalla testa e lo indossasse di nuovo ammodo e poi chiese: «In che cosa posso esservi utile?»

L'architetto si tolse l'anello, che aveva fatto allargare da un gioielliere perché si adattasse alla circonferenza del suo grosso anulare, e lo pose sul tavolo.

Lo sguardo di Bonet si fissò per qualche istante sul gioiello. Poi prese a esaminarlo con attenzione sollevandolo alla luce, e riconobbe il monogramma sulla pietra blu. Gli spuntò un sorriso sulle labbra. «Chi ve l'ha dato?»

«Un morto.»

«Sapete a chi apparteneva?»

«Al suo assassino.»

Bonet trasalì. «Chi è il morto?»

«Il conte Giovanni Pico della Mirandola.»

«*Princeps Concordiae!*» Dal petto dell'ebreo proruppe un gemito. «E voi conoscete il suo assassino?»

«Spero che questo anello mi conduca fino a quel farabutto. Voglio finalmente tagliargli la gola per ciò che ha fatto al conte. Che cosa significa il monogramma?»

«È un anello che viene tramandato di padre in figlio. Se i figli sono più di uno, viene tramandato al figlio cui il padre affida la responsabilità del mantenimento della stirpe. Esso attesta la provenienza della famiglia dai giorni felici nella Terra di Israele, *Eretz Israel*; prima della diaspora, insomma. In questo caso, la famiglia discende dalla stirpe di Levi.»

«Quell'uomo si chiama dunque Levi?»

«Forse sì e forse no. Questo non c'entra. Si tratta di qualcosa di completamente diverso. Sapete che cosa contraddistingue la stirpe di Levi dalle altre undici tribù di Israele?»

Bramante scosse la testa. Non conosceva gli ebrei, non se n'era mai interessato e non aveva nessuna intenzione di cominciare in quel momento, per tutti i diavoli! A quanto sembrava, occuparsene era costato la vita a Pico. Era stato forse assassinato dagli ebrei, pur difendendo la loro causa? Sembrava un controsenso, certo, ma d'altra parte avevano crocifisso anche il Salvatore, il loro Messia. Chi poteva mai capirli?

Tuttavia Bonet, che era evidentemente colpito dall'anello, non gli lasciò il tempo di riflettere e riprese a parlare. «Dio aveva dato terre a tutte le tribù di Israele, a quelle di Dan e di Simeone, a quelle di Manasse e di Giuda e così via, ma non alla tribù di Levi, che doveva ricevere i tributi del tempio. Così i suoi figli divennero *cohanim*, sacerdoti.»

«Quindi il proprietario dell'anello discende da una famiglia di sacerdoti?»

«O quantomeno è orgoglioso della sua appartenenza ai leviti.» Bramante prese l'anello, aprì il piccolo meccanismo e lo riconsegnò al rabbino, che sorrise compiaciuto, come se non si aspettasse nulla di diverso, ed estrasse il frammento di pergamena dal ricettacolo. «Probabilmente una benedizione familiare, come di consueto. Così dovremmo scoprire subito il nome del clan del proprietario.»

Bramante provò un brivido di piacere: finalmente avrebbe scoperto chi aveva il suo amico sulla coscienza.

Bonet spiegò con cura il frammento di pergamena, poi lo distese sul tavolo con altrettanta prudenza usando i bordi delle mani. «Gradevole, come una seconda pelle», disse compiaciuto. «Pelle di capra.»

Prese un berillo pesante e ben molato per ingrandire la grafia e cominciò a decifrare la miniatura. Scrisse alcune parole su un pezzo di carta, per poi cancellarle e annotarne altre, oppure correggerle. Bramante camminava avanti e indietro, perché da fermo non riusciva a trattenere l'inquietudine. Di quando in quando Bonet consultava libri, o tamburellava col dito medio sul tavolo, riflettendo, per poi immergersi di nuovo nel testo. Il tempo sembrava dilatarsi; Bramante si sentiva come se la curiosità lo avesse messo alla ruota. Inoltre aveva l'impressione che l'ebreo si fosse del tutto dimenticato di lui.

Dopo un'eternità, Bonet ripiegò con cura la minuscola pergamena, la ripose nell'anello, lo chiuse e lo consegnò a Bramante. «Perdonatemi, ma non riesco veramente a capire che cosa ci sia scritto.»

L'architetto si sentì sopraffare dalla delusione.

«Il messaggio è redatto in arabo, questo è sicuro», proseguì Bonet. «Riesco a tradurlo, ma non lo capisco.»

«In che senso non lo capite?»

«Voglio dire che il senso di quelle parole mi è precluso.»

«Che cosa c'è scritto?» chiese Bramante impaziente.

«Più o meno questo», disse l'erudito prendendo il suo foglio. «Osserva tramite me il cosmo, come giace davanti ai tuoi occhi... ma si potrebbe tradurre anche: le finestre della tua anima... e comprendi esattamente la sua bellezza: è un corpo indenne e nulla sarà mai più vecchio di lui, eppure è nel fiore della sua forza, è giovane e fiorisce di continuo. Vedi anche i sette mondi distesi, il cui ordine è regolato in modo eternamente valido e che nei loro diversi corsi costituiscono l'eone; tutto... è ora divenuto piena luce, che riceve dall'alto una forza luminosa dalla potenza dell'azione di Dio, il creatore di tutto ciò che è buono e di tutti gli ordini dei sette... mondi, od ordinamenti, forse anche eoni, presumo.»

«Me li potete dare?» chiese Bramante indicando gli appunti dell'uomo.

Senza rispondere, Bonet prese un nuovo foglio di carta e trascrisse i suoi sgorbi in modo leggibile. Poi lo passò a Bramante, che lo piegò e lo fece sparire nella tasca del farsetto.

«Che cosa significa tutto questo?» chiese l'architetto scuotendo la testa.

«Come dicevo, non lo so. Davvero. Ritengo sia un testo antico, che io però non conosco.»

«La cabala?» Bramante non conosceva il libro dei segreti del mondo, ma l'aveva sentito nominare da Pico. Ne citò il titolo come si getta un sasso nell'acqua per vedere quali onde produce.

«No! Assolutamente no!» replicò deciso Bonet, respingendo l'ipotesi. «Questo testo non ha niente a che vedere con la cabala. Forse proviene da antichi eretici cristiani? Gnostici? Mani? Valentino? Mi spiace, gli errori dei cristiani non sono il mio campo!»

«Una cosa insolita per un ebreo, vero?»

«Insolita e inquietante, *mon ami*. Anello e pergamena non sembrano appaiati, ma chi lo sa? Anche Gesù era un ebreo, e poi si è arrivati a questo...»

Con «questo» intende di certo il cristianesimo, pensò Bramante, leggermente divertito. Il rabbino però rinunciò a completare il suo pericoloso pensiero, perché avrebbe potuto finire per descrivere la chiesa come un'empietà.

Bramante prese un foglio di carta, con un pennino vi disegnò l'anello da quattro angolazioni e lo consegnò allo studioso. « Potreste comunque chiedere informazioni nelle comunità ebraiche, per sapere se qualcuno conosce quest'anello? »

Bonet lo guardò male.

« Per favore. »

Il rabbino lottava visibilmente con se stesso.

« Fatelo per il *Princeps Concordiae,* che nutriva un grande rispetto per il vostro popolo! La sua morte non può restare impunita. Mosè non diceva forse: 'Occhio per occhio, dente per dente'? »

« Sì, ma Mosè diceva anche: 'Non uccidere'. E il Signore dice: 'Mia è la vendetta, io ricompenserò'... » Bonet de Lattes s'interruppe; infine, con riluttanza, prese i disegni. « E va bene. Ma ci potrà volere del tempo. »

Sul viso di Bramante balenò un sorriso di sollievo. Poi tirò fuori il libro e lo posò sul tavolo. « Ho qui anche un'altra cosa. Purtroppo anche questa è molto misteriosa. »

La vista della copertina divertì l'ebreo. « La Divina Commedia di Dante, commentata dal buon Landino. Che cosa c'è di misterioso in questo, a parte il fatto che il poema è intriso di misteri? »

« Date un'occhiata alla parte posteriore. Nella rilegatura è stato inserito un secondo volume! »

Bonet sfogliò le pagine e diede un'occhiata curiosa alla grafia. Il suo interesse si spense alla stessa velocità con cui si era acceso. « Questo è un mistero soltanto per chi non sa leggere. È uno dei molti commenti alla cabala, niente di particolare », disse annoiato, quasi offeso.

Bramante cercò rapidamente la pagina in cui si trovava il disegno con numerosi cerchi, linee e parole e mise il libro sotto il naso del rabbino.

« Fa un certo effetto, se non si capisce l'ebraico, vero? » chiese Bonet con un ghigno beffardo. « È l'Etz Chaim, l'albero della vita della cabala, che ci presenta le realtà della creazione, come sono definite nel Sefer Yetzirah. Per gli ebrei questa figura rappresenta una sorta di equivalente dell'annunciazione, dell'ultima cena e della crocifissione. Questo schema spiega l'essenza e la via della creazione. Ciò che vedete qui sono le porte della luce.»

«Ah», fece Bramante asciutto. Poi indicò con aria interrogativa le tre colonne, che in apparenza rappresentavano la base o le fondamenta della creazione.

«A destra e a sinistra del Tempio di Salomone e alla base dell'albero della vita ci sono le colonne Yakin e Boaz. Boaz significa 'in Dio è la forza', e Yakin promette 'benevolenza'. Ciò significa che Dio erigerà le colonne della misericordia. Esse si trovano interamente nel mondo dell'azione, *Assia.*»

«E che cosa significa questo cerchio all'interno del quadrato?»

«Quello che voi definite 'quadrato' simboleggia i quattro arcangeli.»

«Ma che cosa c'è lì in mezzo?»

«La bellezza.»

«La bellezza?»

«Sì, o il vicario.»

Bramante impallidì. «Al centro c'è il vicario?»

«Sì. Egli appartiene interamente al mondo della creazione, *Briah.*»

Bramante avrebbe voluto prendere il rabbino per le spalle e scuoterlo, ma riuscì a trattenersi. «Ne siete certo? Siete davvero sicuro che al centro si trovi il vicario?»

«Non c'è nulla di più certo.»

«Non c'è nulla di più certo», ripeté Bramante pensieroso, fissando l'illustrazione. «E queste colonne appartengono al Tempio di Re Salomone, eretto da Hiram? Yakin e Boaz?»

«È naturale, come potrebbe essere altrimenti?»

«Quindi si può interpretare l'albero della vita anche come la pianta del tempio perfetto, giusto?»

Bonet evidentemente non capiva l'entusiasmo dell'architetto, soprattutto perché, come nell'antica tradizione, pensava tramite le parole, non per immagini; tramite edifici di lettere, non di pietra e di cemento. Si limitò a scrollare le spalle. «Potete interpretarlo come volete.»

Bramante non si preoccupò più dell'ebreo. Lo sentiva in ogni fibra del suo corpo: aveva davanti a sé il progetto divino, ciò che i Fedeli d'Amore, primo tra tutti Pico, avevano sempre cercato. Era meravigliato, anzi, non riusciva quasi a crederci! Dio era un gran mattacchione. Il segreto era spudoratamente sotto gli occhi di tutti eppure nessuno, prima di lui, lo aveva scoperto. Nemmeno Pico, che possedeva il libro e sicuramente l'aveva studiato; ma il filosofo non aveva lo sguardo dell'architetto.

Tutto quadrava! Bramante si sentì mancare il terreno sotto i piedi. Davanti a lui c'era la pianta dell'edificio perfetto, il disegno di Dio, sulla base del quale l'architetto biblico di nome Hiram aveva eretto il tempio di Gerusalemme per conto di re Salomone.

Sul piano spirituale, tutte le religioni discendevano dal Vecchio Testamento: l'ebraismo, il cristianesimo, l'islam. Così gli aveva insegnato Pico, e lui aveva concluso che le rivelazioni di tutte le religioni possedevano fondamentalmente lo stesso valore di verità. Per l'architettura, però, ciò significava che tutti i templi di tutte le religioni discendevano da quel tempio, senza che nessuna chiesa, nessuna moschea o sinagoga fosse riuscita a raggiungere la perfezione del Tempio di Salomone. La conoscenza della costruzione perfetta era rimasta nascosta.

Come Bramante aveva appreso da Pico, erano stati i templari a portare in Occidente, dalle crociate, quelle conoscenze mistiche. Dopo la distruzione dell'ordine dei monaci guerrieri, i Fedeli d'Amore riuscirono a conservare quel sapere, anche se in modo frammentario, perché una parte andò perduta nella confusione delle persecuzioni e del terrore. Inoltre mancava la chiave di volta, l'elemento decisivo, senza il quale era impossibile ordinare e applicare tali conoscenze.

Ora quell'elemento decisivo era sotto i suoi occhi.

« La bellezza o il vicario... Significa anche che la bellezza è il vicario di Dio », balbettò Bramante, ansimando.

Bonet lo guardò preoccupato. « Non vi sentite bene? Avete bisogno di un bicchiere d'acqua? Sedetevi, per l'amor di Dio! »

Sul viso dell'architetto però si diffuse una gioia irrefrenabile. « No, no, va tutto bene. In confronto a Hiram, io sono un ragazzino! Ditemi, potete tradurmi il libro? »

« Costerà del tempo. »

« E quanto costerà questo tempo? »

16

Roma, Anno Domini 1505

Bramante lasciò la sinagoga felice come non era più stato da tempo, e anche alleggerito di cinque fiorini d'oro. Nelle sue vene scorreva una nuova energia, quasi giovanile. Di lì a sei mesi, grazie alla traduzione di Bonet, avrebbe conosciuto il progetto di Dio, ne era convinto. A differenza di Bonet, e anche di Pico, lui aveva riconosciuto nell'Etz Chaim un bozzetto architettonico nel quale pianta e sezione verticale si rispecchiavano l'una nell'altra. Era camuffato perché costituito da due rappresentazioni in una. Inoltre, l'albero della vita ricordava a Bramante la chiave segreta utilizzata dai costruttori tedeschi di cattedrali, il cosiddetto *Achtort*, un cerchio con inscritti due quadrati ruotati di quarantacinque gradi, che formavano una stella ottagonale. Aveva conosciuto alcuni degli architetti tedeschi a Milano, quando erano stati chiamati per collaborare alla costruzione del Duomo.

Prospettiva e proporzione s'incontravano, non mancava nulla: l'albero della vita indicava la forma e anche la misura, racchiusa nella chiave della costruzione. Bramante sarebbe riuscito anche a risolvere l'ultimo grande enigma: in che modo si potesse realizzare una grande cupola portante, come quella posta dai romani sul Pantheon, oltre tredici secoli prima; una cupola che non si incrinasse e non si spezzasse, né facesse crollare sotto il proprio peso le pareti e le colonne che la sostenevano. Da allora, dai tempi dell'imperatore Adriano, a nessuno era più riuscito nulla di simile.

Mentre attraversava la città alle prime luci dell'alba per raggiungere il piccolo palazzo in cui abitava e lavorava, i pensieri si affollavano nella sua mente. C'era anche un altro aspetto che lo induceva a pensare di essere in possesso di una chiave, di un progetto di costruzione rivoluzionario: il *sopra*. Quello dell'albero della vita era un disegno bidimensionale, ma in una vista tridimensionale quel *sopra* poteva essere inteso come *dall'alto*. E il fatto che la luce fosse, appunto, *sopra*, corrispondeva al presupposto di base da cui partiva ogni architetto. Lui costruiva con quella luce. In architettura tutto era incentrato sulla luce, perché, a differenza di quanto credevano gli stupidi, gli spazi non si costruivano con le pietre, ma con la luce, appunto. Bonet infatti aveva chiamato il disegno anche « le porte della luce », la luce con la quale l'architetto voleva costruire e creare spazi.

Bramante sentiva che fino ad allora gli era mancato quel sapere cui stava finalmente accedendo. Era stato il fato a portarlo dal rabbino. Aveva dovuto attendere quell'incontro per poter infine iniziare la sua grande opera, la buona e vera architettura. A quel punto non restava che trovare l'incarico adatto al quale applicare le sue nuove conoscenze. Si strinse addosso il mantello, e pensò: *Parche, che cosa avete in serbo per me?*

Dopo che ebbe attraversato il fiume sul Ponte Cestio, poi l'Isola Tiberina e il Ponte dei Quattro Capi, due figuri con gli abiti laceri e le spade sguainate gli sbarrarono la strada.

« Molla il denaro, vecchio, e potrai conservare la vita », sbraitò il più piccolo, che portava un paio di pantaloni logori. Le camicie di entrambi avevano perso il loro candore da tempo immemorabile: erano così sporche che apparivano rigide come un'armatura.

Bramante si riscosse dai suoi pensieri. Aveva attraversato illeso gli angoli più pericolosi di Trastevere ed ecco che adesso, ormai entrato nella città vera e propria, rischiava di finire ammazzato per mano di due lerci briganti. E tuttavia, ciò che lo indignava di più era che avessero osato strapparlo ai suoi pensieri. « Andate al diavolo. Non ho più nulla! »

« Allora dacci l'anello! » disse il più alto, in tono quasi bonario, come se si trattasse di una trattativa, tirandosi la barbetta caprina con la mano sinistra.

« L'anello? Mai! » sbuffò l'architetto furente.

I due rapinatori si guardarono sbalorditi. « Ma ci devi pur dare qualcosa! » insistette il più piccolo, puntando minacciosamente la spada alla gola di Bramante.

« Vi posso dare la morte! » ruggì lui arretrando. Estrasse la sua arma e prese a colpire i due furfanti con la foga di una bestia inferocita. Quelli si difesero a fatica, e alla fine, giusto un attimo prima di soccombere sotto la gragnola di fendenti, si convinsero di avere a che fare con un folle e se la diedero a gambe.

Ancora una volta, Bramante aveva avuto ragione. Non valeva la pena essere codardi: alla morte bisognava opporsi con coraggio. *Evidentemente non è ancora arrivato il mio momento,* pensò. Aveva ancora un compito da svolgere. Ma l'urgenza del momento era un'altra; era fuori di sé, doveva placarsi, placare lo spirito vitale che gli si agitava nelle vene. Così, invece di dirigersi verso casa, s'incamminò verso il bordello di Petronilla.

Donato Bramante si risvegliò con un senso di benessere. Si guardò svagato il ventre bianco, il cui arco massiccio spuntava dal mare del suo letto come un'isola. Possedeva un giaciglio molto ampio, perché a volte ci si divertivano anche in tre o quattro e a nessuno doveva mancare lo spazio per dare sfogo alla propria lussuria. I raggi del sole giocavano a nascondino nella sua barba ispida. Si sentiva come rinato; si stiracchiò, emettendo sonori brontolii.

Uno sguardo a sinistra gli rivelò che non aveva sognato: accanto a lui era distesa Imperia, nuda e bella come Dio l'aveva fatta. Con crescente piacere, lasciò scivolare il suo sguardo lungo le curve slanciate dei suoi polpacci, si soffermò sul fondoschiena ben tornito e poi seguì le linee ardite del dorso, per immergersi infine nello sguardo della donna.

Imperia, che si era svegliata prima di lui, gli sorrise con una malizia contagiosa e lo raggiunse con la mano. « Vogliamo fare una cavalcata? Sento che il campanile del paradiso ha voglia di suonar le sue campane... »

Bramante sentì l'eccitazione ridestarsi immediatamente. Fece le fusa come un gattone, perché gli sembrava di percepire ogni singola goccia che alimentava di buon sangue caldo i corpi cavernosi del suo membro. « Che cosa potrebbe impedirci di fare una cavalcata? » le sussurrò, e lei gli strinse così forte la radice dell'uccello da fargli mandare un gemito di dolore, estasiandolo allo stesso tempo. « C'è forse un modo più bello di iniziare la giornata? »

Imperia sorrise, come una maga pronta a offrirgli l'estrema beatitudine, e lui stava per iniziare a darsi da fare, quando il suo servitore entrò nella stanza.

« Signore, avete visite. Non sono riuscito a sbarazzarmi di lui. »

Quelle parole arrivarono su Bramante come un acquazzone gelido. « Quale farabutto osa infastidire persone rispettabili a quest'ora del mattino? » ringhiò.

« Un ebreo. E chi, sennò? » rispose il servitore con tono sprezzante.

« Come hai detto, imbecille? Un ebreo? »

Saltò giù dal letto col membro ancora in erezione, si gettò il mantello attorno al corpo nudo e si precipitò fuori dalla stanza col volto rosso per l'eccitazione.

Bonet de Lattes era in piedi nel vestibolo, in spalla una bisaccia grigia di pelle di lupo.

« Messer Bonet! » esclamò Bramante precipitandosi pieno di entusiasmo verso il visitatore, pronto ad abbracciarlo. Si fermò giusto all'ultimo istante, perché in effetti un abbraccio sarebbe stato inopportuno. Dopotutto si conoscevano a malapena. Invitò l'ospite a seguirlo nel suo studio.

Una volta lì, Bonet tirò fuori due libri dalla bisaccia, con movimenti di una lentezza insopportabile per Bramante, e li depositò con cura davanti a lui, sulla scrivania. « Voilà, il vostro libro, e la mia traduzione rilegata. »

L'architetto era fuori di sé dalla gioia. Era entrato in possesso del testo tanto agognato anche più rapidamente del previsto. « Avete mantenuto la parola! » esclamò.

Bonet non vide necessità di rispondere a quella constatazione. Era ovvio che fosse così.

« Avete notato qualcosa di particolare durante la traduzione? » chiese Bramante curioso.

L'ebreo fece soltanto un vago movimento con la mano. « No, come già supponevo, si tratta soltanto di un libro dozzinale sulla cabala. Fin qui niente di straordinario. Non è nemmeno particolarmente ben scritto o conciso. La sola stranezza è che vi sono contenute riflessioni sull'architettura, che in realtà non ci si aspetterebbe di trovare in un commento alla cabala.» Indicò un titolo all'interno del libro e aggiunse: «Da questa pagina in poi, in particolare, troverete riflessioni e calcoli sulla costruzione delle cupole. Io naturalmente non so valutare quanto siano originali. L'intero volume sembra un po'... come dire... sconclusionato. Però forse voi lo troverete utile».

L'ebreo fece un lieve inchino, come se volesse scusarsi per non aver trovato nulla di spettacolare. «Ah, quasi dimenticavo: alla fine troverete una lista di chi ha consegnato questo libro a chi e quando. Se diamo credito a questo elenco, il volume è passato di mano parecchie volte.»

Bramante rizzò le orecchie. «Nell'elenco c'è il nome di Pico?»

«Sì.»

«E da chi ha avuto il libro il *Princeps Concordiae*?»

«Da Landino. A giudicare dall'elenco, questo libro deve essere molto antico.»

«Quanto?»

«Duemila anni, perché il primo nome è...»

«Lasciatemi indovinare!» lo interruppe eccitato l'architetto. «Hiram?»

«Esatto. Francamente, però, a giudicare dalle sue condizioni, il libro non può essere così antico.»

«Potrebbe trattarsi di una trascrizione.»

«Sì, naturalmente...» disse scettico il rabbino. «Va però considerato un aspetto importante: la cabala non è così antica. E un commento dovrebbe essere cronologicamente successivo alla materia di cui tratta, non viceversa.»

«E se invece non fosse un commento alla cabala?»

Bonet de Lattes scrollò le spalle. «Allora non so cos'altro potrebbe essere. A me sembra tutto quanto uno scherzo. Qualcuno vuole prendere in giro la gente.»

«Che cosa ve lo fa pensare?»

«Perché sembra tutto scollegato, e di fatto è una raccolta di idee strampalate e in alcuni casi banali.»

Bramante scosse il capo. Dunque Pico sarebbe morto per uno scherzo? Quell'idea non gli voleva entrare in testa. Come pittore e architetto sapeva che tutto dipendeva dalla prospettiva. Dal punto di vista della cabala tutto ciò poteva anche non avere senso, ma dal punto di vista dell'architettura forse sì. «Ditemi, messer Bonet, nell'elenco figura anche Dante?»

Il rabbino verificò e poi annuì.

All'architetto batteva forte il cuore. «E Giovanni il Veggente?»

Ancora una volta l'ebreo consultò la lista. «Qui non si parla di un veggente.»

L'architetto insistette: «Eppure deve esserci».

«C'è un Giovanni, ma è Giovanni soltanto, senza soprannome.»

Bramante rimase brevemente interdetto, poi si batté la testa. Ma certo! Giovanni non si era mai chiamato «il Veggente», l'appellativo gli era stato attribuito solo in seguito.

Voleva ringraziare il rabbino, ma questi si schermì. «I ringraziamenti non servono, dopotutto avete pagato per il mio lavoro, ma se dovessi mai avere bisogno del vostro aiuto, per qualsiasi motivo, mi rivolgerò a voi. In tal caso farò affidamento sulla vostra assistenza, senza se e senza ma.»

«Potete starne certo», promise Bramante con grande serietà. Un tipo strano, quel Bonet de Lattes. Era schietto e aperto, quasi brusco nelle sue osservazioni, salvo ammantarle talora di un alone di mistero. Comunque c'erano cose cui pensare ben più importanti del rabbino. Indicò il proprio anulare sinistro. «Siete riuscito a scoprire qualcosa sul proprietario dell'anello?»

Lo studioso assunse un'espressione pensierosa. Poi accarezzò quasi con tenerezza quello che ai suoi occhi era un commento mediocre alla cabala e infine, a voce bassa e con una certa esitazione, rispose: «Non molto. Fa pensare a un lavoro sefardita. Ma questo per voi non fa differenza, perché gli ebrei spagnoli che non erano disposti a convertirsi al cattolicesimo furono cacciati dalla Spagna nel 1492 e ora sono sparsi per tutta l'Europa».

«L'uomo che cerco, quindi, è un sefardita?»

«O un marrano, un ebreo costretto a battezzarsi.»

«Ma in ogni caso è di origine spagnola?»

«Così è. Sempre che qualcuno non abbia rubato l'anello al suo legittimo proprietario.»

«L'ipotesi che sia stato il segretario ad assassinare Pico mi sembra la più probabile. Perciò non credo che si tratti di un ladro o di un rapinatore omicida. Il segretario deve essere un sefardita o un marrano!»

«Se l'anello non vi aiuta, cercate il movente», consigliò Bonet.

«Per quali motivi uccidono, gli ebrei?»

«Gli ebrei non uccidono. E se lo fanno, lo fanno per gli stessi motivi che spingono le altre persone a uccidere: amore, odio, paura, disperazione, ira, vanità o avidità. Per quanto riguarda *monsieur* Pico della Mirandola, tuttavia, non vedo nessun movente per un ebreo. Al contrario, egli era un amico della nostra fede. Gira voce che il segretario potrebbe averlo avvelenato perché deluso del conte, in quanto questi si era avvicinato a Savonarola.»

Bramante sospirò e fece un gesto sprezzante. «Temo di aver reso un cattivo servizio a Pico per l'eternità! Capite, allora inventai questa sciocchezza soltanto per procurargli una degna sepoltura a Firenze, in un momento difficile. I domenicani di San Marco erano tutti seguaci di Savonarola, così li ho indotti a credere che il conte fosse uno di loro, anche se non era vero. Da allora tutti quanti non fanno che ripetere a pappagallo questa menzogna. Ma che cosa avrei dovuto fare?» Si passò una mano sulla fronte. La perdita dell'amico gli procurava ancora un dolore profondo. «Sapete quanto erano fanatici quei monaci? Non hanno dato asilo nemmeno al cardinale Giovanni de' Medici, sebbene stesse fuggendo per salvarsi la vita, perché era figlio di Lorenzo. Ve lo immaginate? Gli hanno chiuso in faccia il portone del monastero e poi l'hanno sprangato, mentre dietro di lui la plebe inferocita chiedeva il suo sangue!»

Bonet de Lattes fece un sorriso amaro e lo fissò negli occhi. «Pensate che quest'anno comparirà il Messia, o forse è già tra noi e non lo riconosciamo ancora.» Salutò con un cenno del capo e si voltò per andarsene. Bramante seguì lo strano ebreo con lo sguardo, fino alla porta.

Quando finalmente rimase solo, non c'era più nulla che lo trattenesse. Si lasciò cadere su una delle sedie accanto al tavolo e per prima cosa studiò il lungo e impressionante elenco. Molti dei nomi gli erano familiari, per esempio Vitruvio, Cavalcanti e Alberti, ciascuno dei quali era stato priore della confraternita. Poi, col cuore palpitante, aprì la pagina 132.

Nello stesso momento sentì battere sulla schiena due piccoli pugni.

« Per uno stupido libro ti sei già dimenticato di me, farabutto! Che offesa, che umiliazione! »

Si voltò e vide un lampo negli occhi di Imperia, che subito gli saltò in braccio. Ma la sedia prese a vacillare e si rovesciò, e Bramante finì disteso sulla schiena. Imperia si sedette su di lui a cavalcioni e continuò a tempestarlo di pugni.

« Risparmiami, Imperia, questo è insopportabile », gemette.

« E allora? » replicò lei senza lasciarsi impressionare. « Sai quanto ti divertiresti se ti strappassero la pelle, la conciassero e ne facessero una pergamena? E corpulento come sei non ne verrebbe fuori un maneggevole libro in ottavo, ma un grosso volume in folio! »

Prima che potesse piovergli addosso un'altra cascata di colpi, Bramante si raddrizzò parzialmente e le strinse le braccia come una morsa di legno. « Va bene, Imperia, va bene! Mi dispiace. Ma questo libro non è un pio breviario, le sue pagine custodiscono il più grande segreto del mondo. »

« E che cosa potrebbe mai essere? » chiese lei arricciando il naso. « È forse più grande di me? »

« No, naturalmente no », rispose Bramante ridendo. « È il *secondo* più grande segreto del mondo, dopo di te! »

Imperia si calmò e sul suo viso si dipinse una certa curiosità, così l'architetto allentò la presa. Lei balzò in piedi di scatto, afferrò la spada che lui aveva posato su una cassa panca e gliela puntò alla gola. « Dimmelo, o andrai all'inferno! »

Bramante allargò le braccia, come se volesse arrendersi. « Ti svelerò tutto quanto, mia amata. »

« Comincia. »

« Va bene, ma per spiegartelo devo disegnare una cosa. »

Imperia allontanò un po' la lama, ma tenendola pur sempre puntata.

Bramante si alzò lamentandosi, si sedette di nuovo alla scrivania e prese un foglio di carta e uno stilo di piombo. « Guarda qui, mia cara. Conosci la cupola del Pantheon? »

Imperia annuì. Mise da parte la spada e gli si sedette accanto; la curiosità e la concentrazione le tinsero le gote di rosa.

« Ancora oggi nessuno sa come sia stata costruita. Finora nessuno è riuscito a erigere una volta portante come questa », spiegò l'architetto.

« Ho sentito che anche il Duomo di Firenze ha una cupola enorme. Almeno così dicono i fiorentini », obiettò la donna.

« Ah, sono tutti bugiardi. E se non lo sono è perché non sanno come stanno veramente le cose. Quella volpe di Brunelleschi l'ha spacciata per una cupola realizzata nello stile degli antichi, ma lo è solo esteriormente, all'interno è una normale cupola gotica. È stata costruita con un'intelaiatura, quindi non è portante. »

« Non capisco », disse Imperia poggiandogli la guancia sulla spalla.

« Adesso ti faccio vedere. » Si mise a disegnare un grande arco. Ma d'un tratto lanciò un grido, per un improvviso dolore lancinante al polso. Si guardò la mano, che lentamente divenne rossa e gonfia, e il gonfiore luccicava come se fosse stato frizionato con olio d'oliva.

« Che cos'hai? » chiese Imperia preoccupata.

Lui sapeva di cosa si trattava, e si rattristò. Conosceva quella malattia insidiosa. Come avrebbe potuto disegnare con una mano malata? E senza disegnare, come avrebbe potuto essere un architetto? Mandò un sospiro.

« Che c'è? Che succede? » chiese Imperia, e prese amorevolmente tra le mani delicate il grosso viso dell'uomo.

« La gotta », mormorò lui.

Lo sguardo di Imperia esprimeva una tale compassione che Bramante dimenticò subito la terribile malattia. Per quell'espressione negli occhi della donna era disposto ad accettare volentieri il dolore. « Sono un uomo anziano », sospirò.

« Tu anziano? Pensa al papa, quello sì che è anziano! »

« Siamo praticamente coetanei », disse Bramante.

Imperia non diede a vedere la propria sorpresa. « E allora? Che vuol dire? »

« Vieni a vivere qui con me », le disse. La compassione della donna l'aveva reso audace.

« Mai! Che Dio me ne sia testimone, Donato, io ti amo. Ma non sacrificherò la mia libertà per nessun uomo. Né io né te abbiamo tempo da perdere. Tu perché devi costruire il più grande edificio del mondo, e io perché devo guadagnare abbastanza denaro per avere di che vivere quando sarò vecchia e per mantenere mia figlia. »

« Tutto ciò che mi appartiene... »

Imperia gli chiuse la bocca con la mano. « Non mi hai ascoltato. Da te non voglio denaro. » Si avvicinò ancora di più a lui e gli parlò piano all'orecchio, procurandogli un brivido di piacere col suo respiro. « Tu sei quello che amo. »

Bramante fece per abbracciarla, ma lei lo respinse, posò il mento sulle mani e disse: « E adesso spiegami finalmente cosa diavolo hanno di così speciale questo Pantheon e la sua cupola! »

17

Roma, Anno Domini 1505

Pochi giorni dopo, un messo del papa si presentò da Bramante e gli comunicò che Giulio II desiderava vederlo subito. Durante il tragitto per il Vaticano, l'architetto pensò incessantemente a quale potesse essere il motivo.

Il papa lo ricevette nella Stanza della Segnatura, che fungeva da biblioteca e studio. Quando Bramante entrò nella sala, Giulio era chino su un grande disegno, che era disteso su un imponente tavolo di legno. Accanto a lui c'era il giovane e insolente scultore di Firenze, che con la sua arroganza aveva già fatto arrabbiare Bramante al bordello di Petronilla. All'altro lato del tavolo c'erano Sangallo e fra' Giacomo, l'arciprete di San Pietro. Prima di allora, Bramante l'aveva visto di sfuggita soltanto due o tre volte, provando un'istantanea avversione nei suoi confronti. A volte gli sembrava di avere già incontrato il domenicano anche in un'altra occasione, in passato, ma non riusciva a ricordare né il luogo né il momento di quell'incontro. Qualcosa tuttavia gli diceva che, a dispetto del suo viso d'angelo, era meglio esercitare prudenza.

Quando l'architetto entrò, Giulio alzò lo sguardo dal disegno. I suoi lineamenti erano rilassati, e dai suoi occhi traspariva una gioia infantile e ingenua, di cui quasi nessuno avrebbe creduto capace un papa così bellicoso. Bramante però lo conosceva bene. Sapeva che Giuliano della Rovere, pur invecchiando e pur essendo divenuto pontefice, aveva conservato la capacità di gioire apertamente e senza riserve per determinate cose, soprattutto per ciò che aveva a che fare con l'arte.

Salvo che in quel caso, purtroppo, a colmare di gioia Giulio II non era un suo progetto ma quello del giovane fiorentino. Il favore del papa poteva essere tanto grande quanto rapido, talora, a venir meno senza preavviso. La sua capacità di gioire aveva infatti un rovescio della medaglia: Giulio giocava con gli artisti come un bambino coi soldatini di legno, ovvero li gettava sbadatamente in un angolo non appena se ne fosse stancato o fosse stato attratto da altri che promettevano una gioia maggiore. Perciò, Bramante doveva stare in guardia: sembrava che un altro architetto più giovane fosse pronto a prendere il suo posto nel cuore del pontefice.

Proprio adesso che divento vecchio e gottoso, pensò con una punta di autocommiserazione. Aveva nascosto la mano gonfia e arrossata in un guanto di pelle di capra. Nessuno doveva sapere del suo acciacco. Quella comunque non era l'unica manifestazione della vecchiaia, e la cosa lo spaventava. Talvolta non aveva neanche più voglia di lottare per ottenere incarichi, di scalzare i rivali mettendo in campo tutta la sua eloquenza ed esperienza. Sempre più spesso, negli ultimi tempi, era tormentato dalla noia. Non aveva già ottenuto tutto ciò che un architetto potesse desiderare? Aveva costruito i due corridoi che collegavano i palazzi Vaticani al Belvedere. Inoltre dirigeva il più grande intervento urbanistico in corso a Roma: stava facendo demolire una casa dopo l'altra nei tortuosi quartieri lungo il Tevere per fare spazio a un'ampia strada che collegasse il Vaticano e il Laterano, e che avrebbe dovuto chiamarsi Via Giulia, dal nome del suo committente, il papa stesso. A ciò si aggiungeva la costruzione del tempio di San Pietro in Montorio, nel luogo in cui, secondo la tradizione, Pietro era stato crocifisso. Veniva chiamato il Tempietto, per via delle dimensioni, ed era un edificio a pianta centrale sovrastato da una cupola, in puro stile antico. Erano mille anni che a Roma non veniva costruito nulla di così pagano. Poteva andarne fiero, perché era stato il primo architetto del suo tempo ad applicare, anche se in piccolo, i principi della buona architettura, così come erano stati tramandati da Vitruvio e riscoperti da Leon Battista Alberti. Nessuno sapeva che aveva segretamente dedicato il Tempietto di San Pietro alla memoria del suo amico Pico della Mirandola, inserendo una ciocca di capelli del filosofo nella base dell'altare. Chi era Pietro in confronto al divino Pico?

Il suo amico era ormai morto da oltre dieci anni, ma di anno in anno Bramante ne sentiva sempre di più la mancanza, così come gli mancavano gli incontri della confraternita, che con la scomparsa di Pico aveva cessato di esistere. A volte lui e Sangallo bevevano un bicchiere di vino insieme, la sera, e facevano rivivere nella memoria i giorni dei Fedeli, chiamandosi scherzosamente fratelli. E Leonardo? Era a Milano e riempiva uno scatolone dopo l'altro con disegni e progetti di una città ideale, secondo i principi della buona architettura. Ma rimaneva tutto sulla carta, come gran parte del suo lavoro.

Sì, Bramante aveva realizzato davvero molte cose, ma il Tempietto non era un tempio. Fino a quel momento, nella sua vita tutto si era esaurito in qualcosa di provvisorio, che doveva condurre ad altro; la grande opera che doveva dargli l'eternità si faceva ancora attendere. Se la morte l'avesse sorpreso quel giorno, la sua vita sarebbe rimasta incompiuta. Doveva affrettarsi. Ma ora, proprio mentre sentiva venir meno le forze, quel maledetto Michelangelo si era messo in mezzo!

Tenne a freno l'ira con tutta l'autodisciplina di cui era capace. Sapeva fin troppo bene di non dover mostrare debolezza o malumore, perché al papa non piaceva né l'una né l'altra cosa, e in caso contrario si sarebbe alienato il cuore del suo protettore e committente. Era riuscito a tenere a bada l'architetto fiorentino Sangallo, che aveva goduto il favore del papa prima di lui; ma con quel concorrente più giovane sarebbe stato ben diverso. Quella che si profilava era una lotta all'ultimo sangue, Bramante se ne rese conto in quel momento. Rispetto a Giuliano da Sangallo, che aveva modeste ambizioni, quel giovane era fatto di tutt'altra pasta. E un po' gli somigliava, doveva ammettere, soprattutto per la forza irrefrenabile e la temerarietà delle sue pretese. Ma poteva essercene soltanto uno! Chi non comprendeva quella semplice verità, faceva meglio a starsene a casa.

D'un tratto ricordò che qualcuno gli aveva riferito che il cardinale Catalano detestava la Pietà di Michelangelo nella basilica di San Pietro. Be', quello poteva essere un inizio! Pensò di superare l'avversione che provava verso di lui e di chiedergli l'assoluzione; per i preti, la confessione equivaleva più o meno a ciò che il denaro rappresentava per le puttane.

«Donato, vieni qui e guarda che cosa straordinaria ha realizzato il nostro giovane amico», disse Giulio con voce stentorea, e gli fece segno di raggiungerlo, con impazienza. Il papa era così: aveva sempre fretta. Per realizzare tutto ciò che si era proposto, avrebbe avuto bisogno di tre vite.

Anche Michelangelo, a quel punto, alzò la testa e vide Bramante; ma restò impassibile. L'architetto si avvicinò al papa e contemplò la sanguigna.

«Sarà il mausoleo più grande e più bello che sia mai stato costruito!» annunciò Giulio con l'entusiasmo negli occhi.

«E che sarà mai costruito in futuro!» aggiunse Michelangelo, senza nessuna modestia.

Bramante diede un'occhiata al disegno e riconobbe l'attacco. Anche se non erano indicate tutte le misure, il suo occhio esperto era in grado di desumere le dimensioni dell'edificio dai rapporti tra i vari elementi che lo costituivano. Ciò che aveva davanti era un edificio che superava di gran lunga le dimensioni di una tomba o di una memoria.

Nella forma, il progetto di Michelangelo gli ricordava l'antico mausoleo di Augusto, che aveva scoperto e misurato durante le sue perlustrazioni delle antichità romane. Ma il monumento sepolcrale per Giulio II superava quello di Augusto di due piani e sembrava anche decisamente più ampio e più lungo. Quello era il progetto di un architetto, non di uno scultore!

Bramante si sentiva dilaniato tra una violenta collera e una profonda ammirazione. Quell'impertinente giovanotto di Firenze aveva sfruttato la commissione del mausoleo per intromettersi nel suo dominio! Ma tranne lui, nessuno lo capiva. «Be', è grande, molto grande», cominciò con la massima cautela. «E dove dovrebbe essere costruito?»

Mettere in dubbio la forma dell'opera proprio nel momento in cui il papa si era innamorato del progetto sarebbe stato estremamente sciocco, e Bramante era tutt'altro che stupido.

«A San Pietro, naturalmente!» esclamò Giulio con aria di rimprovero, perché l'architetto aveva chiesto la cosa più ovvia. «Anche se fra' Giacomo non ne sembra esattamente entusiasta.» Giulio tollerava la vicinanza del giovane domenicano perché non era un adulatore, al contrario, esprimeva la propria opinione anche quando non era gradita al pontefice.

Impassibile, Giacomo disse: « Vostra Santità, celebrare nel vostro mausoleo Mosè e Paolo, l'antico e il nuovo legislatore, non fa che glorificare la fede. Ma perché tutti questi ornamenti pagani qui sotto? Tutte queste viziose dee della vittoria e queste figure nude ai loro piedi e sui pilastri? La gente deve venire in chiesa per celebrare le funzioni religiose, non per masturbarsi ».

Bramante dovette trattenere una risata. Anche se era inutile, non era male che il piccolo monaco seminasse zizzania contro il mausoleo. Gli sarebbe stato più facile allearsi con lui. Ai suoi occhi, fra' Giacomo era un ortodosso di straordinaria coerenza e non sarebbe stato difficile servirsi di lui, sapendo su quali tasti battere. A Bramante non dispiacevano gli uomini di principi, per quanto dogmatici e caparbi, purché la loro coerenza si associasse all'intelligenza. Disprezzava soltanto gli stupidi, con o senza principi.

Negli occhi di Michelangelo balenò una scintilla di rabbia; Bramante sperò che il giovane si lasciasse trasportare e commettesse un errore.

« Non vi capisco proprio, fra' Giacomo », disse lo scultore, che in maniera evidente faticava a contenersi. « Aprite gli occhi e guardate ciò che avete veramente davanti, non ciò che volete vedere. Per una volta, andate al di là delle vostre vedute ristrette e guardate la magnifica varietà di Dio! Allora anche voi capirete il senso: le Vittorie illustrano la vittoria del Santo Padre sulla mancanza di fede. Ai loro piedi giacciono le province, rappresentate dalle figure nude e dai prigionieri che vedete incatenati qui, ai pilastri. E poiché questa vittoria è senza tempo, non posso agghindare i vinti in base alla moda di una determinata epoca. Qualsiasi altra soluzione sminuirebbe la maestà del vicario di Cristo, perché le sue vittorie sarebbero successi temporanei, anziché trionfi eterni! Inoltre, Paolo e Mosè si ergono sopra questa vittoria attuale e sopra il paganesimo, sovrastati infine dalla Vergine Maria e dal papa. Il messaggio è chiarissimo. »

« Sì, è chiarissimo, e mi ricorda le tesi sconclusionate di un certo Pico della Mirandola, che voleva immettere nel cristianesimo ogni genere di cosa», replicò il domenicano in tono brusco.

Bramante trasalì, senza darlo a vedere. Prese inconsapevolmente le parti di Michelangelo, ma lo spagnolo aveva ragione: volendo, si poteva leggere quel progetto come una realizzazione concreta delle tesi di Pico. Comunque la questione non era il ricordo di Pico, bensì la lotta concorrenziale, che doveva essere combattuta con tutti i mezzi. Sentiva la forza del talento del suo avversario e il pericolo che, di conseguenza, egli rappresentava.

«Io conoscevo Pico, credetemi. Le sue idee sono contenute in questo progetto soltanto nella misura in cui corrispondono ai pensieri di ogni buon cristiano. Nel disegno non c'è nulla di più di questo», replicò Michelangelo, con una condiscendenza che dimostrava quanto prendesse sul serio l'antagonista, del quale si sforzava di contrastare le argomentazioni con questo trucco retorico.

«E tu che ne pensi, Donato?» chiese Giulio.

«Be', di sicuro si può discutere sulla configurazione delle immagini. Ciò che mi appare più importante, tuttavia, è dove debba essere costruito il mausoleo. La basilica di San Pietro è piena di memorie. Con tutta la buona volontà, non si troverà posto per una struttura così grande. Permettetemi di parlare in termini esclusivamente pratici, Santo Padre: perché il vostro mausoleo possa essere davvero collocato in San Pietro, si dovrebbero dimezzare le dimensioni del progetto. E del resto non possiamo certo costruirlo in un altro luogo! Questo ce lo impone l'amore che proviamo per voi!»

Bramante si congratulò silenziosamente con se stesso, perché l'occhiata colma d'odio che Michelangelo gli lanciò gli dimostrò che aveva colpito nel segno. Come lui, anche lo scultore sapeva benissimo che una riduzione avrebbe distrutto quel progetto, perfetto nelle sue dimensioni.

«Che cosa possiamo fare?» chiese il papa perplesso a tutti i presenti.

«È molto semplice», sbottò Michelangelo. «Papa Niccolò V voleva ampliare la basilica con un nuovo coro occidentale. La costruzione fu avviata, le fondamenta sono già state posate e i muri arrivano già all'altezza dei fianchi. Se portiamo a termine l'opera del sant'uomo, avremo abbastanza spazio per il vostro mausoleo.»

L'audacia di Michelangelo impressionava Bramante nella stessa misura in cui la sua sconcertante arroganza lo mandava su tutte le furie. Pochi minuti prima si stava parlando di un monumento funebre delle dimensioni di un piccolo tempio, che avrebbe occupato almeno lo stesso spazio del suo Tempietto; ora il fiorentino cercava già di mettere le mani sull'ampliamento della basilica di San Pietro. Dove si sarebbe arrivati, di quel passo? Quel giovane non si dilungava certo in preamboli, e affrontava tutto quanto con una velocità sorprendente. Bramante non ebbe neppure bisogno di guardare il suo committente per sapere che, dopo la proposta di Michelangelo, al papa brillavano gli occhi. Un'idea così grandiosa e imperiale non poteva che piacergli. Sul volto di Giacomo, invece, era dipinto l'orrore.

«Mio caro Donato, sappiamo di averti sommerso con numerosi incarichi, ma desideriamo che tu verifichi le possibilità di ampliamento del coro e ci presenti una proposta sulla migliore collocazione per il mausoleo all'interno di San Pietro, in modo da dargli il massimo risalto, così com'è nel progetto. Non deve essere modificato in nulla! Vogliamo che sia esattamente così. *Nihil esse innovandum aut mutandum!*» L'atteggiamento del pontefice lasciava intendere che considerava chiusa la discussione.

Ma Bramante ribolliva per la rabbia. Sapeva di commettere un errore ignorando l'ultima parola del papa, e tuttavia non si trattenne. «Ancora una domanda per messer Michelangelo.»

«Se è proprio necessario», brontolò Giulio sdegnato.

L'architetto si rivolse allo scultore: «A prima vista vedo una quarantina di figure, in grandezza naturale, penso. Le realizzerete tutte di vostro pugno?»

«Naturalmente!» tuonò il pontefice. «Verranno scolpite tutte personalmente da Michelangelo. Non sarà ammesso nessun altro!»

Presentendo il proprio trionfo, Bramante represse un sorriso. Forse non era stato un errore, dopotutto. «Avete lavorato per un anno al vostro David, a Firenze. Prendendo a riferimento questo tempo, poiché tutte le figure del mausoleo devono essere di una qualità pari a quella del David, sarete impegnato per i prossimi quarant'anni soltanto per realizzare le sculture.»

Michelangelo raddrizzò le spalle. «Tra cinque anni il mausoleo s'innalzerà in San Pietro, costruito di mio pugno. E ciascuna delle sculture supererà il David in quanto a bellezza.»

«Perdonatemi se sono un povero vecchio ingenuo, ma come pensate di riuscirci?»

«Ora basta!» gridò il papa. «Che cosa c'importa come ci riuscirà? Noi non siamo un contabile! Ha detto che ci riesce e, poiché dubito che osi mentire al papa, ci riuscirà. Tu preoccupati del tuo incarico, Donato. È già più che sufficiente.»

Con quelle parole, Giulio uscì a precipizio dalla sala.

Il sogghigno di Michelangelo bruciava come acido muriatico sulla pelle di Bramante. Non avrebbe mai perdonato al suo concorrente quella sconfitta, mai! Lui, il primo architetto del suo tempo, sarebbe dovuto diventare il manovale di uno scultore? E per di più di quel ragazzo? L'ira divampava nelle vene, ma si dominò. Nulla, nemmeno una ruga, rivelava la collera profonda o ciò che pensava. Non era ancora detta l'ultima parola. Il mausoleo non era ancora stato costruito e lui, Donato Bramante, avrebbe fatto tutto il possibile per fare in modo che non avvenisse mai.

Prima di uscire dalla Stanza della Segnatura, sussurrò all'orecchio di Giacomo: «Posso chiedervi di confessarmi, domani?»

«Venite nel coro nord della basilica, ai vespri.»

18

Roma, Anno Domini 1505

«Hai umiliato Bramante, Michelangelo, e lui sicuramente medita vendetta», disse Sangallo, mentre lasciavano insieme il Palazzo Vaticano.

L'architetto fiorentino si offrì di mediare, di appianare i contrasti. Ma Michelangelo lo derise. Cosa gli importava di quel porco marchigiano? Lo sapeva anche lui che doveva stare in guardia. No, Bramante non lo preoccupava granché. I suoi pensieri ruotavano più che altro attorno al giovane domenicano. Lo rattristava che il monaco fosse un oppositore del suo progetto, perché quell'uomo gli piaceva. Di più: ne desiderava la presenza. Tra sé lo chiamava «il cardinale faccia d'angelo».

Arrivato a casa, chiese a Francesco di portargli in laboratorio del vino allungato e un po' di pane, e poi di non disturbarlo più. Pur avendo vinto su tutta la linea, Michelangelo non sentiva l'esigenza di festeggiare. Bevve soltanto un po' di vino e si dimenticò del pane. Assorto nei suoi pensieri, prese un foglio di carta e vi lasciò scivolare sopra lo stilo. Sorpreso, si rese conto che i tratti assumevano sempre più la forma dei lineamenti di fra' Giacomo.

La ragion meco si lamenta e dole,
parte ch'i' spero amando essere felice;
con forti esempli e con vere parole
la mie vergogna mi rammenta e dice.

Michelangelo aveva sussurrato quelle parole tra sé, e fu sorpreso di constatare che sembravano una strofa di una poesia. Mentre annotava le parole accanto al disegno, sentì un rumore e alzò lo sguardo.

Francesco era sulla porta; alzò le spalle a mo' di scusa e disse: « C'è un signore che vi vuole parlare e non vuole saperne di andarsene ».

Poco dopo, il cardinale col viso d'angelo era in mezzo alla stanza. Prima di alzarsi per salutare il suo ospite, Michelangelo voltò rapidamente il foglio col suo ritratto.

« Vostra eminenza », disse con un inchino, e fece per baciargli la mano, ma il cardinale rifiutò con un cenno.

« Tralasciate pure l'eminenza, non me ne importa nulla. Scusatemi se vi disturbo, ma dobbiamo parlare. »

« Vi prego, accomodatevi. » Giacomo si sedette sulla poltroncina sul lato frontale del tavolo di legno, e lo fece con una tale grazia che Michelangelo ebbe una fitta dolorosa, di quelle che soltanto la vista della bellezza gli procurava. « Posso offrirvi qualcosa? »

« Da mangiare? No. Da bere? Nemmeno. La vostra conversione alla vera fede? Sì, quella sì! »

« Ah, ma io credo fermamente e profondamente, come nessun altro! » assicurò Michelangelo con voce roca.

« Se veramente credete in Dio l'Onnipotente, in nostro Signore Gesù e nello Spirito Santo, allora fate un progetto più umile per il mausoleo di Giulio », disse Giacomo chinandosi verso Michelangelo, e fulminandolo con lo sguardo. « Lasciate perdere tutte quelle cose pagane! »

Com'è bello quando è in collera, pensò Michelangelo abbassando lo sguardo, spaventato. L'ultima volta che aveva provato qualcosa di simile per una persona era stato quando si era innamorato di Contessina. Si era forse innamorato pazzamente anche di quell'uomo? Il pensiero lo disorientava. Ma d'altronde, aveva davvero importanza la distinzione tra uomini e donne? Non erano gli esseri umani in sé a emozionarlo, o meglio: la bellezza in sé? Cogliere la bellezza o crearla, per lui non faceva differenza. Era come se toccasse Dio nella preghiera. E d'altra parte non era solo col raccoglimento e le lodi che si creava Dio?

Michelangelo alzò la testa e guardò fisso Giacomo. Curioso ed estasiato allo stesso tempo, lo osservava con lo sguardo professionale di un artista che aveva trovato il proprio motivo. « Vorrei dipingervi... Posso? »

Giacomo premette i palmi delle mani contro il tavolo e spinse bruscamente indietro la poltrona. « No! A quale scopo? » Ma subito si ricompose, e assunse di nuovo l'espressione decisa del padre spirituale che intende riportare un peccatore sul giusto cammino della fede.

Michelangelo pensò che neppure il rigore deturpava i suoi bei lineamenti; li rendeva soltanto più plastici.

« Per quanto riguarda il mausoleo, siete disposto a rinunciare alla vostra superbia? »

Quanto è bello, pensò ancora Michelangelo. *E quanto è ossessionato!* Era diviso tra sentimenti contrastanti: poteva tentare di liberare il domenicano da quelle gelide scintille di fanatismo che gli trafiggevano il cuore come una lama damascata? O forse così facendo gli avrebbe sottratto parte della sua grandezza? Soltanto gli spagnoli potevano essere così belli e così crudeli allo stesso tempo! « Perdonatemi, fratello, ma non stiamo parlando di Dio o della fede, bensì dell'arte », disse infine.

« Ma l'arte non è forse un'opera di Dio? » chiese Giacomo con l'inaccessibilità tipica dei guerrieri della fede.

Michelangelo sorrise e scosse il capo. « Sì, naturalmente, ma anche l'uomo è un'opera di Dio, e quando ha mal di denti non lo mandiamo dal prete, ma dallo spaccadenti. » Nel pronunciare quell'ultima parola sentì il sangue andargli alla testa. Era così che l'aveva chiamato Contessina. Da allora non aveva più utilizzato quella parola, preferendo il termine barbiere, o cerusico. Perché quel ricordo era tornato proprio in quel momento, a confonderlo del tutto?

Giacomo lo strappò ai suoi pensieri. « Sapete che cosa dice il Libro del Siracide? 'Chi non è perspicace non può essere istruito, ma c'è anche una perspicacia che riempie di amarezza'. Guardatevi dunque da questa perspicacia che vorrebbe superare persino lo Spirito Santo! »

« Ma non è affatto ciò che voglio io! » sospirò Michelangelo. « Perché mi fraintendete così? Se l'arte è creata da Dio, allora per onorarlo al meglio dobbiamo sforzarci di esercitarla nel modo migliore possibile. »

Indispettito, Giacomo alzò le mani e le lasciò ricadere sul tavolo. Michelangelo restò col fiato sospeso. La mano destra del suo ospite era posata sul foglio del ritratto.

« A che pro queste ciance sull'abilità artistica? » disse il religioso in tono brusco e girando involontariamente il foglio. « È naturale che dovete svolgere bene il vostro mestiere. Qui non stiamo parlando delle vostre capacità artigianali, ma di un'opera eretica che volete erigere nella basilica di San Pietro, confondendo e fuorviando le persone... le persone che... » Aveva visto il disegno, e ci aveva messo qualche istante, ma infine si era reso conto che quel ritratto era proprio lui. Con una crescente confusione, lesse i versi scritti accanto:

La ragion meco si lamenta e dole,
parte ch'i' spero amando essere felice;
con forti esempli e con vere parole
la mie vergogna mi rammenta e dice.

« L'avete scritto voi?» domandò infine Giacomo.

Michelangelo arrossì; avrebbe voluto sprofondare per la vergogna. « Non è nient'altro che un gioco di parole e segni, privo di qualsiasi significato... »

Furente, il domenicano strappò il foglio e lo gettò ai piedi dello scultore. « Questo non è un gioco. È un'oscenità! E per di più è contro natura! State attento, state attento, Michelangelo Buonarroti! L'inferno protende le sue possenti zampe verso di voi! » Era impallidito. « Siete un figlio del peccato », aggiunse con le labbra esangui, poi si alzò di scatto e uscì in fretta dalla stanza.

« Rimanete, fra' Giacomo, rimanete... » disse Michelangelo intontito, mentre lo guardava allontanarsi. Dopo qualche istante s'inginocchiò con le lacrime agli occhi, raccolse da terra i frammenti di carta e ricompose il foglio. Poi scrisse ancora:

Che ne riporterà dal vivo sole
altro che morte? E non come fenice.
Ma poco giova, ché chi cader vuole,
non basta l'altru' man pront' e vittrice.

I' conosco e' mie danni, e 'l vero intendo;

dall'altra banda albergo un altro core,
che più m'uccide dove più m'arrendo.

In mezzo di duo mort'è 'l mie signore:
questa non voglio e questa non comprendo:
così sospeso, el corpo e l'alma muore.

Subito dopo aver apposto il punto al termine dell'ultima frase, lasciò il laboratorio. Doveva uscire, aveva bisogno d'aria. In strada, un cane si mise ad abbaiare rabbiosamente; lui si avvicinò gli diede una violenta pedata. Poi vagò senza meta per il Borgo. Per un attimo prese in considerazione l'idea di far visita alla sua Pietà, nella basilica, ma poi vi rinunciò. Un ragazzo di strada, così giovane da apparire ancora candido, offriva i suoi servizi davanti a San Pietro; gli si avvicinò di soppiatto. Si chiese se fosse il caso di portarselo a casa. Lo struggente desiderio di sentire il calore di un corpo umano lo fece tremare. D'un tratto rivide davanti a sé Contessina, proprio come allora, seduta sul suo letto, coperta soltanto di veli. E come allora sentì il suo sguardo gelido posarsi su di lui, dall'alto dello scalone esterno. Col suo rifiuto, dentro di lei qualcosa si era spezzato, ma questo lui lo aveva capito solo nel corso del tempo; aveva tradito la purezza della fanciulla, forse l'aveva addirittura uccisa. Scosse la testa. Il ragazzo capì e si mise in cerca di un altro cliente. Non dovette cercare a lungo, perché ben presto gli si avvicinò un corpulento francese; Michelangelo riconobbe facilmente la nazionalità per via dell'abbigliamento. Il grassone sussurrò qualcosa al giovane, che come un attore abbandonò subito l'espressione innocente e fece una risata maliziosa. Michelangelo intuiva come sarebbe andata a finire. Nelle sue visite ai bordelli di Firenze, le puttane che disegnava per Giovanni de' Medici gli avevano svelato che preferivano stare alla larga dai clienti francesi. I tedeschi erano gentili, gli inglesi arguti, ma i francesi avevano spesso desideri stravaganti, il che comportava impegno e a volte anche duro lavoro. Provò compassione per il ragazzo. Perché non l'aveva portato con sé per dargli da mangiare e da bere, e infine anche del denaro, senza chiedergli nulla in cambio?

Ma no, non poteva. Perché non aveva denaro da regalare. Giulio II l'aveva retribuito bene per il progetto, e sicuramente gli avrebbe corrisposto un onorario favoloso per il mausoleo, eppure... Non sapeva spiegarselo, ma spendere denaro gli faceva male fisicamente. Non voleva mai più essere povero; la povertà lo aveva costretto a lasciare Contessina, perché non poteva chiederla in sposa. Perciò aveva bisogno di denaro, molto denaro, affinché la sua famiglia, lui compreso, potesse riacquistare il rango di un tempo. E dunque doveva guadagnare il più possibile, senza poi spendere denaro inutilmente. Ma gli affiorò alla mente una domanda, alla quale peraltro non concesse risposta; avrebbe pagato per Giacomo? Se fosse stato il grazioso domenicano, a offrirsi a lui, anziché quel ragazzo, cosa avrebbe fatto?

Mentre tornava a casa dopo l'udienza dal papa, Bramante, tra un accesso d'ira e l'altro, ci mise un po' a ritrovare la calma. Michelangelo l'aveva ferito nell'orgoglio, una ferita profonda. Naturalmente non aveva potuto attaccare il giovane scultore in maniera diretta, non davanti a Giulio. Se lo avesse fatto avrebbe ottenuto l'opposto di ciò che si proponeva. Considerò anche l'ipotesi di assoldare un sicario per mandarlo all'altro mondo, ma lasciò perdere in fretta. Per quanto fosse in collera, non poteva certo far uccidere uno scultore con un talento del genere. Sarebbe stata una nefandezza, una gigantesca infamia che Bramante non voleva avere sulla coscienza. Dovevano esserci altri modi. Ma quali?

Rosso in viso, camminava col passo più svelto che i suoi piedi e la sua statura potevano consentire. E ansimava sonoramente, perché il suo cuore si contraeva a un ritmo spasmodico. Nondimeno, ciò che più lo preoccupava era la mente, perché rischiava di sfuggire al suo controllo. Le case gli facevano le smorfie, e sentiva echeggiare l'umiliazione in ogni angolo della città.

Quando finalmente arrivò a casa, immerse la testa più volte in un tino pieno d'acqua fredda, che il servo Giorgio gli aveva preparato. Sbuffando e ansimando, finalmente ritornò in sé.

Poi si rimise in cammino per andare da Imperia. La sua amante non era soltanto bella, ma anche intelligente; insieme sarebbero senz'altro riusciti a escogitare un'astuzia per sbarazzarsi di Michelangelo.

Non avendola trovata a casa, dettò una breve lettera al suo servitore - Bramante sapeva leggere, ma non scrivere - e infine, per consolarsi, cercò di fare della notte il giorno con tre donne di mestiere.

Si era appena appisolato, alle prime luci dell'alba, quando degli strilli infernali lo strapparono dal sonno. Strizzò gli occhi, e quando capì cosa stava succedendo sorrise divertito. Strillando e imprecando, le sue tre compagne di giochi si stavano rapidamente rivestendo, cercando al tempo stesso di proteggersi da una scopa che si abbatteva senza pietà sui loro corpi. Il tutto accompagnato dalle peggiori contumelie in romanesco.

«C'è fetore di puttane, qui!» gridava Imperia, mentre le compagne notturne dell'architetto, parecchio scombussolate, uscivano precipitosamente dalla sua stanza da letto.

Prima ancora che il padrone di casa potesse dire qualcosa, gli si riversò addosso un vero e proprio getto d'acqua. Boccheggiò, temendo di affogare tra le lenzuola. «Fermati, fermati!» protestò con voce roca. «Anche tu lo fai!»

«No, invece!» lo contraddisse lei furente, puntando i pugni sui fianchi.

Ecco, adesso fa la parte della romana. «Vuoi darmi a intendere di essere una monaca?»

Prima ancora che finisse la frase, lei lo afferrò saldamente per un orecchio e lo sollevò. «Ascoltami bene, mio caro. Io lo faccio per guadagnarmi da vivere, tu invece ci spendi i tuoi soldi. È una cosa completamente diversa!» Bramante dovette darle ragione; in effetti non ci aveva mai pensato in quei termini. Imperia però non aveva ancora finito. «Pensi che lo farei, se mia madre fosse stata una principessa anziché una cortigiana? Ma ti dico un'altra cosa, caprone inetto che non sei altro!» Puntò l'indice verso l'esterno. «A differenza di quelle là, io non vado con chiunque mi sventoli davanti il borsellino. Io mi scelgo la mia clientela. Devi per forza ficcare quel tuo dannato affare ovunque? Finirai per farci prendere il male francese! » Strabuzzò gli occhi. « Ah, gli uomini! »

In quei casi, ovvero quando s'infuriava come un uragano, Bramante l'amava più che mai. Amava la sua forza, la sua intelligenza, la sua passione, la sua intransigenza. Era davvero una principessa, e faceva di lui un re.

« Che cosa volevi da me, esattamente? » chiese Imperia con un tono un po' più dolce, lasciandosi cadere accanto a lui, sul letto bagnato, e abbracciandolo.

Bramante le raccontò quanto era avvenuto all'udienza in Vaticano e ancora una volta si sentì sopraffare dalla collera nei confronti di Michelangelo.

« Santo cielo, mio povero orsacchiotto gigante. È tutt'altro che una bella notizia », disse Imperia massaggiandogli dolcemente l'orecchio, ancora dolorante dopo il trattamento che lei stessa gli aveva inflitto. Poi si raddrizzò di scatto. « Dobbiamo riflettere. E ci servono degli alleati. »

« A chi pensi? »

« Qual è la seconda cosa più importante nell'arte? »

« L'idea. »

« Ma non dipende dal numero uno, l'artista? »

« Allora anche l'abilità artigianale dipende da lui. Forse la comprensione del committente? »

Imperia strabuzzò lentamente gli occhi, il che le conferiva l'inimitabile aria di una persona in preda a un estremo tormento interiore. « Mi deludi, Donato. Ti voglio aiutare: che cosa rincorri più di qualsiasi altra cosa al mondo? »

Il sorriso dell'architetto era fin troppo allusivo.

« No, non rispondermi le donne », lo minacciò lei.

Lui tornò serio. « La fama? »

« Bugiardo. »

Bramante sorrise. Finalmente aveva capito dove voleva arrivare. « Il denaro! »

« Esatto. L'arte costa, e la grande arte costa parecchio. »

« Almeno quella che viene ritenuta tale », obiettò lui.

Imperia fece un cenno sprezzante con la mano, come a indicare di non soffermarsi sui dettagli. « Chi finanzia il papa? »

« Il banchiere Agostino Chigi di Siena », rispose da bravo l'architetto.

« Fammelo conoscere. »

Bramante la guardò spaventato. Lei gli posò la mano sull'avambraccio per placarlo. « Non te ne pentirai. »

« No, mai », rispose lui deciso.

Istintivamente fu sopraffatto dal timore di perderla. Conosceva Agostino, e sapeva che non era uomo avvezzo a dividere nulla con nessuno.

19

Roma Anno Domini 1505

All'ora dei vespri, la moltitudine dei penitenti si riversò nella basilica di San Pietro e negli altri sei santuari di Roma, come un'impetuosa marea. Il timore di subire la condanna alla pena eterna nel Giudizio Universale li spingeva alla confessione, al raccoglimento, al pentimento e all'acquisto di indulgenze. Prima della notte romana, che avrebbe trascinato la carne debole a compiere altri misfatti, cercavano di ottenere la remissione delle loro mancanze, passate e future; il ciclo della Città Eterna era una continua alternanza di colpa ed espiazione. La devozione dei fedeli era tale da creare una cappa di vapore nella navata centrale di San Pietro, e nelle varie cappelle.

Mentre percorreva la navata laterale destra, diretto verso il braccio nord della basilica, il cardinale Giacomo Catalano percepì la comicità involontaria di quell'afflusso in massa per la remissione dei peccati. In San Pietro venivano celebrate diverse messe contemporaneamente. Le varie preghiere e i vari canti si sovrapponevano, risalendo in un'incessante cacofonia fino alla travatura del soffitto. *Forse l'eresia è nata anche perché le persone hanno abbracciato la fede in momenti diversi e dunque non hanno iniziato il Kyrie tutti nello stesso momento*, pensò. Forse era quello il motivo per cui i ritmi non concordavano. Era profondamente convinto che la fede comportasse armonia. Omofonia, non polifonia. Sincronia. E affinché si creasse quella consonanza erano necessari i sacerdoti. Erano loro i veri maestri di cappella della fede.

Ma in fondo, lui, Giacomo, che cosa ne sapeva? La visita a casa dello scultore l'aveva disorientato al punto di sentir vacillare le sue certezze. Era abituato al fatto che le donne gli facessero gli occhi dolci, e talora offerte per nulla velate; ma che un uomo lo guardasse con gli occhi di un innamorato era un fatto del tutto nuovo, non gli era mai capitato. In più occasioni la sua castità era stata seriamente minacciata, ma sempre per via di una donna. Diverse volte aveva dovuto condurre una strenua lotta con se stesso per resistere all'attrattiva degli sguardi eccitanti, dei seni frementi, degli odori femminei. Ma non nutriva quel genere d'interesse per gli uomini. Al contrario, la sola idea lo disgustava.

Nondimeno, il pensiero di Michelangelo si era insinuato nelle sue membra come un'infezione ostinata. Giacomo sentiva di aver conosciuto un uomo straordinario, di grande talento, cosa che non poteva affermare di sé. E anche indifeso, come lui poteva comprendere fin troppo bene, sapendo come ci si sentisse a essere lontani dalla patria e abbandonati. Se lui aveva trovato nella fede la propria ancora nella tempesta della vita, Michelangelo allo stesso modo si appoggiava all'arte. E come lui difendeva la religione, l'artista combatteva per la bellezza. Pian piano comprese che il fiorentino non aveva mire sul suo corpo, ma sulla sua anima. La qual cosa gli pesava ancora di più.

Quando raggiunse il confessionale, chiuse gli occhi per un istante e si costrinse a ritrovare la tranquillità. Poi, mentre attendeva l'architetto del papa, lasciò vagare lo sguardo qua e là nella basilica. Dalle finestre del cleristorio filtrava la luce della sera, fluttuando verso il chiarore delle candele per poi fondersi in una magica penombra.

A quell'ora, quando la luce proveniente dall'esterno si faceva più tenue e il chiarore delle candele all'interno della chiesa diventava più intenso, quel luogo era per lui il più bello della terra. La luce della sera e la luce artificiale si fondevano come gli amanti nel Cantico dei Cantici: «Chi è colei che appare come l'alba, bella come la luna, pura come il sole, tremenda come un esercito a bandiere spiegate?» recitò sottovoce. Solo in quei momenti era sopraffatto dalla sensazione che Dio dimorasse lì, e lo percepiva, con la massima intensità. Ciò non faceva che confermare che bisognava avere cura della Sua dimora. Giacomo sentiva la presenza dell'Onnipotente, ne avvertiva il sapore, l'odore, gli sembrava di abbracciarlo. Era avvinto dal desiderio di sbarazzarsi del proprio corpo, e proprio allora, per quanto potesse sembrare assurdo, proprio nel momento in cui cominciava a mettere da parte la propria fisicità, gli sembrava di percepire davvero, materialmente, l'essenza di Dio. Non era sufficiente, però. Perché anche se la sua anima saliva sulle sue spalle, alla fine essa non osava staccarsi dalla clavicola, dalla corporeità, per ascendere nell'etere. Una volta era stato sopraffatto addirittura dalla sensazione frivola di voler danzare. Aveva sentito dire che nel lontano Oriente, nei territori soggetti al dominio del sultano, i mistici musulmani danzavano per avvicinarsi a Dio. Giravano sempre più rapidamente su se stessi, come se così facendo potessero *svitarsi* dalla propria fisicità e ascendere all'Onnipotente. L'idea di provarci, almeno una volta, lo allettava; ciò che lo tratteneva era il timore di perdersi in riti pagani.

Giacomo non temeva le insidie delle donne, e tantomeno quelle degli uomini; però temeva i tranelli del misticismo. Lo odiava profondamente, perché intuiva di esservi predisposto. Era così che si manifestava la sua maledetta eredità ebraica, che lui cercava di dimenticare? O forse il fatto di avere sostituito il desiderio fisico con gli orgasmi dello spirito era comunque un'espressione della sua natura profondamente peccaminosa?

Sentì una voce bassa alle sue spalle, che lo fece trasalire. «Grazie di avere accettato di confessarmi, fra' Giacomo, o devo chiamarvi eminenza?»

Per qualche motivo non aveva previsto che Bramante si presentasse davvero. Non l'aveva visto entrare dall'ingresso principale, perciò era possibile che fosse nella basilica già da prima di lui, e che nel frattempo lo avesse osservato. Gli aveva letto nel pensiero? L'idea lo metteva a disagio. Cercò di dominarsi e si voltò. «Preferisco fra' Giacomo», rispose, e lo guardò per un lungo istante: aveva un atteggiamento servile, cosa che non gli si addiceva affatto. *Architetto, tu vuoi qualcosa da me.* «Prego», disse infine, indicando il confessionale. Stabilì di essere molto cauto, perché quell'uomo era un nemico. Apparteneva ai Fedeli d'Amore. Il vantaggio era che neanche poteva sospettare che lui lo sapesse.

Bramante s'infilò a fatica dentro quel baracchino di legno che si presumeva fosse direttamente allacciato con Dio. Doveva essere l'estremità inferiore della grazia. Il domenicano si sedette di fronte a lui, ma non potevano vedersi per via del buio e perché un fitto reticolo di legno impediva la vista. Giacomo recitò il padrenostro, e non gli sfuggì che l'architetto non conosceva nemmeno la preghiera più semplice. Perciò, dopo un freddo « Amen », gli chiese in modo severo quando si fosse confessato l'ultima volta.

« Non sprechiamo il nostro tempo prezioso con queste cose. »

« Quando sarete all'inferno avrete modo di chiedervi se confessarsi sarebbe stato uno spreco di tempo. »

« Non pensate che ci voglia più di una confessione per proteggere la casa dell'apostolo Pietro dalle sculture pagane? »

Ipocrita, pensò Giacomo. « Non vi preme forse di più soppiantare un pericoloso concorrente? »

Bramante dovette trattenere un moto di stizza. « Che importanza hanno le mie motivazioni, quando si tratta d'impedire un sacrilegio? »

« Nessuna, se non si finisce per generare un'empietà ancora maggiore! » L'arciprete si sentiva a disagio. Sarebbe stato stupido rinunciare all'appoggio di quello scaltro furfante, ma d'altra parte non poteva farsi abbindolare e neppure sfruttare. A ogni modo, e per quanto detestasse quella situazione, non aveva scelta: doveva lasciarsi invischiare nel gioco più antico della politica, il maledetto « chi usa chi ». Non vedeva il ghigno di Bramante, ma forse proprio per questo lo percepiva ancora più chiaramente.

« Fra' Giacomo, nessuno di noi vuole che quel colosso di marmo con le sue sculture nude venga piazzato qui dentro. Immaginate i numerosi corpi di uomini poco o per nulla vestiti che si contorcono provocatoriamente attorno ai pilastri. Secondo voi, quanto tempo ci vorrà perché San Pietro si trasformi in una meta di pellegrinaggio per tutti coloro che sono nati nel segno del dio Urano? »

Giacomo percepiva che il ghigno dell'architetto era sul punto di sfociare in una risata beffarda e cominciò a sudare. Lo trovava un individuo sgradevole, e voleva mettere fine il più in fretta possibile a quella situazione. «È decisamente possibile. Che cosa possiamo fare per impedirlo?»

«Se argomentiamo contro il mausoleo, non facciamo che promuoverne la costruzione. Giulio è intelligente, ma non è colto. Come me, anche lui ha origini modeste. E come me, è costantemente preoccupato che un qualche erudito, uno di questi sentenziosi *umanisti*, lo prenda in giro avvalendosi della propria istruzione.»

Giacomo emise un lamento sommesso. Bramante conosceva davvero bene il papa.

«Ma io ho dato un'occhiata al coro occidentale», proseguì l'architetto. «Perché non sfruttiamo l'ampliamento per eseguire le riparazioni necessarie della basilica e fare le migliorie per le quali finora non c'è mai stato denaro?»

Con quelle parole, Bramante leggeva nel cuore dell'arciprete, perché San Pietro era ormai pericolante; alcuni muri erano a tal punto fuori piombo che facevano pensare più a un arco che a una parete. Curvi come pioppi nella tempesta, e potevano crollare da un momento all'altro.

«Che cosa posso fare io in questo senso?» chiese Giacomo con prudenza.

«Se vogliamo costruire il coro occidentale e annetterlo al duomo, potete fare due cose: tacete quando io elogio il mausoleo, e appoggiatemi quando dico che è necessario eseguire delle riparazioni alle opere murarie. In tal modo guadagneremo tempo prezioso, finché quel proposito non si sarà esaurito da sé, perché lo spirito del nostro stimato pontefice si sarà innamorato di un altro progetto.»

«Che certezza ho che voi pensate veramente ciò che dite?»

«Avete la scelta: potete aiutarmi, oppure lasciar perdere. Che Dio sia con voi, mio devoto fratello.»

Con quelle parole, Bramante uscì gemendo dal confessionale. Il domenicano invece rimase al suo posto di confessore, tentennante. Non sapeva cosa pensare dell'offerta di quel pagano. Poi un impulso improvviso lo spinse a seguirlo. Guardò in giro camminando a passo sostenuto lungo le navate, ma non lo scorse. Aprì i pesanti battenti bronzei della Porta Romana e uscì nel cortile interno. Quando individuò la sagoma tarchiata dell'architetto, nella penombra, accanto alla pigna di bronzo, accelerò il passo e lo chiamò. Bramante si fermò e si voltò. Giacomo avrebbe voluto mettersi a correre, ma la dignità dell'ordine glielo impediva.

Quando ebbe finalmente colmato la distanza di cinquanta piedi che lo separava dal corpulento architetto, aveva preso una decisione. « Sono d'accordo. Ma se m'ingannate ve ne pentirete amaramente. Molto amaramente. In confronto a me, il demonio sarebbe misericordioso. »

Giacomo pronunciò l'ultima frase con grande tranquillità e con un tono distaccato, ma ebbe comunque l'impressione che di fronte a quella minaccia Bramante trasalisse. Erano soli, al centro del chiostro della basilica di San Pietro, nel quale giungeva la luce che filtrava dalle finestre della Canonica, ovvero la residenza dell'arciprete, e dal Palazzo Vaticano. L'architetto fece un ampio sorriso e pose la mano sull'avambraccio sinistro del domenicano, che aveva le braccia conserte e infilate nelle maniche del saio alla maniera dei monaci. « Naturalmente a me sta a cuore soltanto il bene della Chiesa », disse, senza nemmeno sforzarsi di nascondere la propria ipocrisia.

Giacomo restò senza fiato. Non per la sfacciataggine del suo interlocutore, ma perché quello che portava al dito era l'anello di suo padre! Sentì il cuore diventare incandescente, come stretto da cinghie di cuoio infuocate. Pur non sapendolo con certezza, aveva il sospetto che fosse stato proprio lui, Bramante, a trovare l'anello accanto al cadavere di Pico della Mirandola. Nondimeno, vederlo sul ditone peloso di quel pagano taurino lo ferì nel profondo del cuore. Deglutì a stento. « Dove avete trovato questo anello? » chiese con voce roca e col tono più casuale possibile.

« Me lo ha dato un uomo che era in viaggio per il paradiso. Ma il suo proprietario non era il morente, bensì colui che l'aveva assassinato. Ma... voi sapete forse chi era? » chiese con un accenno di speranza nella voce. « Lo cerco da così tanto tempo, quel figlio d'un cane! »

Giacomo si affrettò a negare. « Come vi viene in mente che io possa conoscere un assassino? »

Bramante annuì rassegnato, ma poi fece una risata amara.

« Riflettete su dove vivete e poi ditemi come riuscite a stare alla larga dagli assassini. Io non ci riesco. Ma forse voi siete l'unico innocente in Vaticano. Voi e il papa, naturalmente. » Con quelle parole si lasciò alle spalle il domenicano.

Assorto nei suoi pensieri, Giacomo lo seguì con lo sguardo finché non ebbe attraversato la Porta, scomparendo alla sua vista. Poi si voltò lentamente e ritornò dentro San Pietro. Lo spettacolo familiare dell'antica basilica che tanto amava lo tranquillizzò un po'. Fissò lo sguardo sul tabernacolo coronato da un arco a tutto sesto, che poggiava su due preziose colonne. In base a quanto aveva desunto dalle loro carte, i Fedeli d'Amore credevano che le colonne simboleggiassero Boaz e Yakin. Che stupidaggine, mormorò tra sé. Poi guardò i quattro evangelisti affrescati sul fronte della chiesa e si soffermò sulla rappresentazione dell'apostolo Giovanni. In principio era il verbo e il verbo si fece carne. Giacomo si sorprese a desiderare che il verbo fosse rimasto verbo: a che scopo aveva dovuto farsi carne? Dio avrebbe risparmiato alle anime tutta la sofferenza che il corpo causava.

D'un tratto fu sopraffatto da uno struggimento, che in breve divenne così forte da risultare irresistibile: doveva riavere il suo anello, a qualsiasi costo! Provò l'assurda speranza di poter ritrovare in tal modo la pace interiore. Doveva rientrare in possesso dell'anello, anche se fosse stato necessario tagliare il dito su cui si trovava, separandolo dalla mano carnosa dell'architetto morto ammazzato. Il pensiero lo spaventò, perché si rese conto che avrebbe potuto farlo veramente. La follia si stava forse impossessando di lui? Ebbe la sensazione di cadere in un vortice e cercò disperatamente un appiglio. Con gli occhi lucidi di febbre, si chiese che male ci fosse a uccidere un uomo: non avrebbe recato alcun danno all'anima, l'avrebbe semplicemente liberata dalla carne superflua, come lo scultore liberava le statue dalla pietra. Il verbo poteva ritornare verbo, se superava la carne. L'apostolo Giovanni aveva semplicemente dimenticato di menzionare il *ritorno*. I pensieri di Giacomo presero a volteggiare sempre più veloci, come i dervisci danzanti dell'Oriente.

Strano personaggio, il giovane arciprete, pensò Bramante mentre percorreva a grandi passi il rione Borgo. Attraversò la piazza Rusticucci e passò accanto alla chiesa di Santa Caterina, nei pressi della quale Michelangelo aveva il suo laboratorio, come Bramante stesso aveva appreso nel frattempo. In preda a un'improvvisa collera, fece una smorfia e sputò per terra.

Si trovava a metà del ponte che collegava il rione Borgo col rione Ponte, quando cominciò a scendere una leggera ma fredda pioviggine, che gli strappò un vigoroso « Merda ». Una volta raggiunta la piazza Agonale avrebbe girato subito a destra, dirigendosi verso il cantiere della chiesa tedesca di Santa Maria dell'Anima, i cui intensi lavori di ricostruzione erano in corso da cinque anni. Dietro la chiesa e l'ospizio dei pellegrini tedeschi sorgeva il suo modesto palazzo.

Poco alla volta, la pioggia fine sospinta dal vento del Nord gli penetrò nei vestiti. Accelerò il passo, perché non voleva prendersi anche un raffreddore, in aggiunta ai fastidi che già aveva. E come gli era già successo altre volte in giornate piovose, notò che a Roma c'era una strabiliante interazione tra il tempo, le persone e l'architettura. Così come le persone apparivano grigie e malaticce, in quel clima mesto, anche l'intonaco delle case gli pareva freddo, umido e sofferente; i muri sembravano curvi e depressi, esattamente come le persone. Negli ultimi tempi, a volte gli si piazzava dentro la sensazione di essere diventato persino più vecchio del mondo.

20

Roma, Anno Domini 1505

Quando Bramante entrò finalmente nel suo studio, i pensieri tetri si dissolsero nel nulla, come se non fossero stati altro che una nuvola di polvere, perché sulla sua poltrona troneggiava Imperia, splendida come una regina e con indosso un abito blu che rivelava un abbondante décolleté, dentro cui diversi uomini facoltosi sarebbero sprofondati volentieri. Avrebbe voluto gettarsi ai piedi della sua amata, ma l'espressione di lei tradiva noia e insofferenza. *Il fatto di avermi aspettato deve averla messa di malumore*, pensò. Non conosceva nessuna donna che fosse in grado di stare con se stessa. Al diavolo! Era un'altra delle cose che amava delle donne!

«Stavo per andarmene, Donato», gli comunicò lei con tono di rimprovero, aspettando le sue scuse e la sua estrema contrizione. Bramante non ci fece caso e prese subito a riferirle dell'incontro col domenicano, e a esporle l'idea di dilatare *sine die* le riparazioni di San Pietro, anche sul piano dei costi, almeno finché il mausoleo non fosse stato dimenticato. Imperia lo ascoltò con attenzione, poi gli chiese di tacere, perché aveva la sensazione che quell'idea ne nascondesse una ancora più grande, e voleva riflettere con calma sull'intera faccenda.

La cosa lo fece ridere di cuore. «Già, potrei abbattere l'intera basilica e costruirne una nuova!» scherzò con esuberanza, posandole una mano sulla nuca.

Imperia non condivise la sua ilarità, al contrario, gli spostò la mano e parlò con grande serietà. «Sì, esatto! È proprio quello che devi fare. È questa l'opera che ti attende.»

Bramante la fissò senza parole, come se avesse perso il senno. D'un tratto fu assalito da una paura folle. «Taci!» tuonò. Poi, sottovoce, e con tono affettuoso, aggiunse: «Se qualcuno ti sente finiamo entrambi al rogo, mia focosa amante».

«Se il tuo cuore non è più infuocato di quanto lo sarebbero gli sterpi sotto i tuoi piedi, allora sparisci, perché hai già perso la battaglia contro Michelangelo Buonarroti!» esclamò Imperia. «Sei un architetto o un ciabattino?»

Bramante si chiese che male avrebbe mai potuto fargli un autodafé, in confronto al modo in cui quella donna gli diceva il fatto suo.

Imperia gli fece un sorriso enigmatico e compiaciuto. «Voglio del vino!»

«Giorgio! Vino!» gridò Bramante.

Di lì a poco, il servitore pose sulla scrivania due coppe del miglior rosso toscano e uscì dallo studio. L'architetto si sentiva dilaniato interiormente. I suoi pensieri erano un campo di battaglia nel quale si scontravano la passione per l'architettura e l'amore per la vita. Perché l'idea di Imperia nascondeva rischi mortali.

Milleduecento anni prima, l'imperatore Costantino aveva fatto erigere la basilica sulla tomba dell'apostolo Pietro quale segno della sua conversione al cristianesimo e per sottolineare che da quel momento in poi quella nuova fede era la religione dell'Impero romano. Da allora, appoggiandosi alla struttura statale dell'Impero, il cristianesimo si era diffuso nel mondo. Bramante ricordava il racconto dell'inizio della costruzione fatto da Jacopo da Varagine. L'imperatore aveva fatto costruire la basilica sul luogo di sepoltura di Pietro, mettendo mano lui stesso agli attrezzi: «L'ottavo giorno, l'Imperatore venne alla basilica di San Pietro e confessò pubblicamente i suoi peccati, con grandi lagnanze. Poi prese una zappa e assestò il primo colpo nella terra, nel punto in cui doveva sorgere la sua chiesa; e portò via da lì, sulle proprie spalle, dodici ceste piene di terra».

E adesso arrivava lui, il figlio di un contadino di Monte Asdrualdo, a demolire l'opera di un imperatore per erigere qualcosa di ancora più grande e bello? Quale presunzione!

D'altra parte, su Costantino aveva un vantaggio: era vivo. E una volta morto avrebbe avuto un posto nella memoria eterna dell'umanità: chiunque fosse entrato nella chiesa più importante della cristianità si sarebbe sentito ricordare che era stato lui, Donato di Pascuccio di Antonio, detto «il Bramante», a costruire il tempio dei templi. Fece un profondo sospiro. Come Dio aveva creato il mondo, lui avrebbe creato la Sua casa!

In quel momento vide davanti a sé il libro dell'alleanza dei Fedeli d'Amore, aperto alla pagina dell'Etz Chaim. Il cerchio al centro simboleggiava la bellezza o il vicario, gli aveva spiegato Bonet de Lattes. Allora aveva creduto che la bellezza fosse il vicario di Dio. Che errore gravido di conseguenze!

Il significato era molto più concreto, pratico, tangibile. Sopra il vicario si ergeva la bellezza. E il vicario altri non era che il vicario di Cristo, cioè Pietro. Quanto alla bellezza, indicava sia la cupola sia il cielo stesso, ed entrambi non erano che un attributo di Dio. All'improvviso, quel pensiero gli sembrò così semplice e così incredibile da non riuscire più a capire come avesse fatto, allora, a lasciarsi sfuggire tale significato.

Avrebbe costruito la sua chiesa sopra la tomba del vicario, come collegamento al cielo e a Dio. Nel disegno dell'Etz Chaim, il vicario era attorniato da quattro colonne, che formavano un quadrato ed erano pensate per sostenere una cupola, una cupola che allo stesso tempo avrebbe rappresentato il cielo. Volendo, le colonne potevano anche essere interpretate come quattro arcangeli, perché, come insegnava Dante, erano proprio gli angeli che, in quanto aiutanti di Dio, sostenevano il paradiso. Era tutto collegato. Entrambe le interpretazioni erano chiare: quattro arcangeli sostenevano il cielo, come un baldacchino sull'estrema dimora del primo vicario di Cristo; oppure quattro possenti colonne innalzavano la più grande cupola del mondo sopra il centro della chiesa di Dio.

Fino a pochi giorni prima, Bramante si era lambiccato su quel libro, leggendolo pagina per pagina, intuendo alcune cose e cercando d'interpretarne altre, ma in realtà senza capire veramente nulla, perché aveva cercato d'interpretare il testo alla maniera dei filosofi. Ebbene, quello che aveva davanti non era un'opera filosofica, bensì il «libro degli architetti», adesso lo aveva capito. E dato che lui era un architetto, aveva la facoltà di leggerlo nella giusta maniera. Liberato da un peso opprimente, scoppiò in una fragorosa risata che lo scosse in tutto il corpo e gli fece venire le lacrime agli occhi.

«Che ti succede, mio ghiottone? Tutto a posto?» chiese Imperia preoccupata.

«Ma sì, ma sì», rispose lui raggiante, abbracciandola forte e sollevandola da terra con uno slancio da capogiro.

Lei prese a sgambettare e protestò: «Mettimi giù, maledetto!»

Ma lui non ci pensava nemmeno. «Che imbecille sono stato!» esclamava di continuo, girando su se stesso e facendo volteggiare anche lei. «Avevo la soluzione sotto il naso e non la vedevo. Avrei dovuto semplicemente leggere in senso letterale il libro tradotto dall'ebreo e capire il contenuto per quello che era, anziché spaccarmi la testa cercando un significato simbolico.»

«Bene, adesso che l'hai capito puoi anche lasciarmi andare!» disse Imperia senza fiato.

Bramante aveva attribuito al testo significati di tutti i tipi, mentre avrebbe dovuto restare fedele alla sua idea iniziale a proposito delle quattro colonne e della cupola e riconoscere il semplice riferimento al vicario di Cristo, che era sepolto sotto la basilica di San Pietro. Così come Roma era la nuova Gerusalemme, la basilica di San Pietro sarebbe divenuta il nuovo Tempio di Salomone. Poteva sembrare temerario, ma d'altra parte l'*hybris* non cominciava forse già col primo vagito lanciato in questo mondo di sudiciume e sangue? La presunzione iniziava con l'Io. Tutto il resto era conseguente a questa primissima realtà della vita. Gli uomini – quasi tutti – passavano il proprio tempo sulla terra nel tentativo di fare un passo indietro rispetto alla mostruosa arroganza del primo vagito, come se volessero scusarsene. Be', non lui. Non Bramante!

Se in quel momento avesse fatto un passo indietro, non sarebbe forse equivalso a rinnegare i molti anni che aveva trascorso a costruire, a misurare le antiche rovine e a studiarne l'architettura? Non avrebbe disonorato se stesso? Nel momento in cui gli veniva offerta l'immortalità, poteva decidere di lasciarsela sfuggire, certo, oppure poteva aggrapparsi alle sue fuggevoli sottane senza più mollarle finché essa non lo avesse innalzato alla memoria eterna. Gli antichi romani costruivano le proprie tombe ai margini delle strade per costringere i passanti e i viaggiatori a pensare a loro. Ecco, più o meno in modo analogo, ma immensamente più grandioso, lui avrebbe costretto i posteri a non dimenticarlo immortalandosi nella chiesa più importante di tutto l'Occidente!

In quanto confratello dei Fedeli, successore di Dante e compagno di Pico della Mirandola, aveva il dovere di avviare quell'opera della buona architettura, per esaudire le ultime volontà di tutti quegli uomini. Era ciò che aveva giurato nell'antica chiesa di San Vitale a Ravenna, molti anni prima. Anche se la confraternita non esisteva più, i suoi ideali continuavano a vivere in lui. Non cimentarsi in quell'impresa avrebbe significato tradire sia il grande poeta sia il suo amico filosofo morto ammazzato.

Non poteva sapere se avrebbe mai trovato e punito l'assassino, ma quella questione non era nulla in confronto alla portata dell'incarico che gli si era prospettato all'improvviso. Nella sua mente l'idea era chiarissima, e gli appariva al contempo temeraria e irresistibile. Gli girava la testa. Prese la coppa di vino e la svuotò d'un fiato.

Imperia lo guardò con occhi brillanti e un sorriso vagamente beffardo e provocatorio. «Allora, hai intenzione di arrischiarti in quest'impresa, oppure non ne hai il coraggio?»

«Meretrice!» imprecò lui. In quel momento l'amava e la odiava come nessun'altra persona al mondo.

«Potrei anche proporre l'idea al nostro angioletto scultore», disse Imperia con un tono impertinente, inarcando le sopracciglia.

Bramante impallidì. «Se lo fai ti ammazzo!» gli sfuggì.

«Ma che dici! Tanto moriremo comunque troppo presto, dunque perché dovresti prenderti anche questa briga?»

Bramante non l'ascoltava nemmeno, i suoi pensieri erano già tornati al progetto. Quell'idea poteva essere soltanto divina o diabolica.

Gli sembrava di vedersi davanti alla basilica di San Pietro, ridotta a un ripostiglio della fede: pericolante, buia, del tutto scombinata per il susseguirsi di ampliamenti e ristrutturazioni, irrimediabilmente sovraccarica di reliquie, defunti venerabili e ciarpame sacro d'ogni genere che richiedeva la consacrazione per essere adorato e custodito. Volendone considerare soltanto il valore artistico, di sicuro quella roba non meritava molta attenzione. Bramante era consapevole che, portando avanti quel piano, sarebbe entrato in concorrenza con Hiram. Gli si prospettava addirittura la possibilità di superarlo. Che altro avrebbe potuto desiderare? A quel pensiero sentì una sensazione di beatitudine diffondersi piacevolmente in tutto il corpo. Quell'opera l'avrebbe innalzato al rango del più grande architetto del mondo; anzi, di più: sarebbe diventato l'archetipo di tutti gli architetti, la quintessenza del mestiere!

Sapeva che se avesse colto quell'opportunità avrebbe dovuto affrontare una serie di battaglie, che sarebbero terminate soltanto alla sua morte. L'opera lo avrebbe tenuto impegnato fino all'ultimo, e avrebbe anche potuto rovinare o accorciare i suoi ultimi anni, oppure diventare motivo d'infamia, anziché di gloria. Accedere all'eternità era una cosa, ma con quale prestigio era tutta un'altra storia. Nessuno aveva in pugno il giudizio dei posteri.

Maledizione! Voleva provarci, anche a costo della vita! Il premio compensava abbondantemente lo sforzo. No, non avrebbe più potuto farne a meno. Quel compito ormai dominava i suoi pensieri e persino le sue membra.

Prese Imperia per le spalle e la guardò fisso negli occhi con un'ammirazione sfrenata. «Tu sai come fare di un uomo un grande, Imperia!»

Lei emise un lieve sospiro e si liberò dalla sua energica presa. «Lo so. Ma dobbiamo operare con intelligenza se vogliamo raggiungere l'obiettivo. Perché dal momento in cui sfodererai questa proposta, avrai soltanto nemici.»

«Quelli ce li ho comunque!»

«Non t'illudere, amico mio. La cosa andrà oltre qualsiasi livello tu possa conoscere al momento. L'invidia è la più forte di tutte le passioni. Avvelenerà l'anima persino ai tuoi migliori amici.»

«Nulla si ottiene gratis.»

«Vero, ogni cosa ha un suo prezzo. Per avere poco basta un piccolo sforzo, ma per ottenere il massimo bisogna dare tutto. Presentami Chigi!» lo esortò di nuovo. «Dobbiamo assolutamente averlo come alleato! Non ti puoi permettere nemmeno il suo scetticismo, figuriamoci la sua inimicizia. »

« Ho lavorato per lui. Mi stima. Posso parlargliene io », obiettò Bramante.

Imperia contrasse la bocca in una smorfia beffarda, ma i suoi occhi assunsero un'espressione compassionevole. « Non nel modo in cui gliene parlerò io. E puoi star certo che è l'unica maniera che lo indurrà a unirsi al coro. »

Ogni fibra di Bramante si ribellava all'idea. Amava Imperia. Se non poteva convincerla a lasciare il suo mestiere, almeno non voleva essere costretto a cederla ad Agostino Chigi.

Lei gli accarezzò amorevolmente il viso. « Ah, mio caro Donato, anch'io ti amo, ma non c'è altra strada. Dovrai decidere quanto vale per te questo progetto! »

Con quelle parole, la donna uscì dallo studio e, come se fosse la cosa più naturale del mondo, cominciò a salire le scale che conducevano alla camera da letto. Lui la seguì con lo sguardo, pensieroso. Imperia aveva ragione: Chigi non si sarebbe imbarcato in quella rischiosa impresa se fosse stato lui a chiederglielo. Bisognava conquistare il timido banchiere in un'altra maniera, come soltanto lei sapeva fare. Ancora una volta, Bramante era sbalordito dall'intelligenza di quella giovane donna, alla quale non voleva rinunciare. E tuttavia sembrava fosse necessario sacrificarla sull'altare della sua grande opera. Per ottenere il massimo bisogna dare tutto, aveva detto lei stessa. Lui era davvero disposto a dare tutto? Anche lei? Colei che presumibilmente avrebbe rappresentato il suo ultimo amore?

La seguì in camera da letto, ma col cuore che si lacerava per il dispiacere. Si amarono in modo impetuoso, selvaggio, come se fosse il loro ultimo addio.

Due giorni dopo, nel pomeriggio, Bramante s'incamminò verso casa di Imperia. Quella stessa mattina, Agostino Chigi lo aveva invitato a una festa che si sarebbe tenuta in serata. Era l'occasione che aspettavano. Tuttavia Bramante non si era ancora deciso. Continuava a tormentarsi, sembrava avvilito, un cane bastonato. Giungeva con grande sforzo a una decisione, per poi respingerla e, poco dopo, riprenderla in considerazione. Girava in tondo, così tanto che cominciò a temere di perdere il senno. L'indecisione non era mai stata una sua caratteristica, anzi, riscontrarla negli altri lo irritava. Era sempre stato un uomo d'azione.

Quando finalmente raggiunse il palazzo di Imperia, non lontano dalla basilica di San Pietro - aveva sprecato più di un'ora tornando più volte sui propri passi –, di fronte al sontuoso edificio fu sopraffatto ancora una volta dallo stupore. Sopra il grande portone a due battenti sorgeva un porticato che poggiava su quattro colonne e sul cui architrave erano dipinti strumenti come liuti, flauti e violini. Il fregio diffondeva allegria. Bramante sollevò la mano per tirare la catena del campanello, ma si fermò col pugno a mezz'aria. Il suo sguardo si posò sulla basilica di San Pietro, col suo tetto svettante; lì davanti, come torri di guardia, si ergevano i due campanili di Santa Maria in Turri, che con la Loggia delle benedizioni costituivano l'ingresso dell'atrio.

« Per tutti i diavoli », mormorò tirando la catenella. « E sia! »

21

Roma, Anno Domini 1505

Il suono argentino del campanello gli sembrò una risatina beffarda. Un uomo muscoloso aprì la porta del palazzo di Imperia e lo accompagnò nel vestibolo. Aveva un anello d'oro all'orecchio sinistro, il che fece pensare a Bramante che fosse un mercenario, o comunque uno esperto nel maneggiare le armi. E pensò pure che Imperia aveva fatto una buona scelta ad assumerlo, perché poteva renderle servizi preziosi come lacchè e come guardia del corpo.

L'uomo si presentò come Ascanio, poi con un cenno fermò il visitatore che stava per presentarsi a sua volta. « Non ce n'è bisogno, messer Donato », disse, facendogli così capire di conoscerlo già. Bramante non era sicuro che la cosa gli piacesse.

Davanti a lui, una lunga scalinata esterna saliva al piano nobile. Alle pareti, tappezzate con pregiati damaschi, erano appesi candelabri dorati. *Imperia deve essere molto ricca*, pensò l'architetto. Quell'edificio avrebbe fatto onore anche a un cardinale.

Gli giunsero all'orecchio le risate cristalline e spensierate di una fanciulla e di una giovane donna. Poco dopo, sbucando da una porta a metà circa della scalinata, comparvero Imperia e la figlia di dieci anni. Sembrava stessero giocando ad acchiappino, perché Imperia correva e la piccola cercava di raggiungerla, cosa che le riuscì, infine, qualche gradino più giù. Si abbracciarono ridendo, poi la ragazzina prese Imperia sottobraccio e cominciarono a scendere insieme, allegre ed esuberanti come due amiche. Imperia guardò gioiosa Bramante. Lui non l'aveva mai vista così libera, felice e rilassata, neppure nei loro momenti più belli. La malinconia che normalmente le velava gli occhi era scomparsa, l'allegria che la animava era genuina e limpida. La cortigiana più desiderata di Roma sembrava una casta vergine, come se fosse la sorella maggiore della ragazzina. Si sarebbero potute scambiare per due fanciulle di buona famiglia.

«Ah, Donato!» lo salutò amichevolmente Imperia. «Ecco, questa è mia figlia Lucrezia.»

La ragazzina lo scrutò curiosa coi suoi grandi occhi grigio-azzurri. La spontaneità del suo sguardo gli svelò che Imperia non aveva mai presentato alla figlia nessuno dei suoi amici o benefattori, e l'onore e la fiducia che la sua amata gli stava dimostrando lo commossero. Giurò a se stesso di non abusarne mai.

Lucrezia gli rivolse la parola. «Peccato che io debba ritornare, altrimenti potreste raccontarmi una storia.»

«Lucrezia ama le storie più di ogni altra cosa. Storie, storie, vuole sempre nuove storie», spiegò la madre con orgoglio.

«Voi avete l'aria di uno che conosce molte storie», disse la ragazzina.

«Come ti viene in mente, bambina mia?» chiese Bramante sgranando gli occhi e fingendosi meravigliato.

«Perché siete già piuttosto vecchio.»

Quelle parole gli diedero una stretta al cuore. Era davvero vecchio, anzi vecchissimo, rispetto a lei. Ma Lucrezia non gli lasciò il tempo di riflettere, perché proseguì con la sua voce squillante: «Deve essere molto bello essere vecchi e conoscere tante storie».

Gli sfuggì involontariamente una risata. Certo, l'esperienza aveva molto peso e offriva senz'altro occasioni per essere contenti e rilassati. Per esempio non c'era bisogno di ripetere una seconda volta le tante sciocchezze già commesse. Ma quel privilegio si acquistava a caro prezzo, pagandolo col venir meno delle forze, e comunque non significava che non si potessero commettere nuove stupidaggini. Ogni età aveva le proprie idiozie.

Imperia redarguì la figlia con un sorriso: «Mio piccolo angelo, temo che tu abbia reso pensieroso il mio ospite».

«No, no», contestò Bramante. «O forse sì. Ma solo perché hai detto una cosa molto intelligente, piccola. Dimmi, chi è il tuo precettore? Deve essere un uomo dotato di un'intelligenza straordinaria.»

« La mamma dice sempre che gli uomini non sono intelligenti, così sono state le monache del convento di Campo Marzio a prendermi sotto la loro ala », rispose Lucrezia con un'espressione devota.

L'architetto diede una rapida occhiata a Imperia e si accorse che quella frase la metteva un po' in imbarazzo, ma allo stesso tempo la divertiva. « Una scelta eccellente », disse con tono gentile.

« Aspettami di sopra, Donato », lo pregò Imperia. « Voglio salutare mia figlia. »

Il servitore accompagnò Bramante su per le scale, lo fece accomodare in uno studiolo magnificamente arredato e gli versò un bicchiere di vino. Le pareti della stanza erano coperte da tappezzerie di seta intessute d'oro, e a terra c'erano preziosi tappeti orientali. Su armadi e tavolini erano poggiati vasi di porcellana di diverse misure, decorati con motivi cinesi, e su una cassapanca ornata con ricchi intagli troneggiava un meraviglioso liuto. Uno scaffale ospitava diversi libri; Bramante stava per alzarsi per osservarli più da vicino, quando Imperia entrò nello studio, che evidentemente fungeva anche da salotto.

Sembrava un po' confusa, e triste. Una lacrima le brillò sulla guancia, ma lei la tolse subito col dorso della mano. Il consueto velo di malinconia era calato di nuovo davanti ai suoi occhi. « Perdonami, Donato. Lucrezia e io siamo insieme troppo di rado: una volta alla settimana, per un paio d'ore soltanto. »

« Trasferitevi da me, io... »

« No! » lo interruppe lei. « No », ripeté dopo aver bevuto un sorso di vino. « Io devo essere una cattiva madre, per poter essere una buona madre. Tu lo capisci questo? Hai figli, Donato? » Non si aspettava una risposta, e lui lo capì. Poi evidentemente riprese il controllo di sé, perché lo guardò come sempre, in maniera gentile, affettuosa, e con un certo distacco. « Hai preso una decisione? »

« Perché mi vuoi aiutare? »

« Voglio aiutare soprattutto me stessa. Come puoi immaginare, i rischi del mio mestiere sono elevati: un papa austero, un amante geloso, il male francese, gli intrighi diabolici di una concorrente... Tutto questo potrebbe mettere rapidamente fine alla mia ricchezza. E allora che cosa ne sarebbe di mia figlia? Io non avevo neanche tre anni più di Lucrezia quando mia madre mi avviò al mestiere, cui si dedicava a sua volta. Voglio risparmiare a mia figlia questo destino! È un semplice calcolo: tu hai bisogno di un potente alleato, io di un amante che sia abbastanza ricco da permettersi una mantenuta, in modo da poter garantire un futuro a mia figlia.»

«Ma io ti amo, Imperia», esclamò disperato Bramante, come se si stesse ribellando contro la falsità e l'ingiustizia del mondo, che peraltro conosceva assai bene e aveva imparato a sfruttare.

Lei fece un'espressione stanca e rassegnata. «Né io né te siamo nati ricchi. Perciò non possiamo permetterci il lusso di vivere il nostro amore.»

«Ma io...»

Imperia gli posò la mano sulla bocca e lo guardò negli occhi. Il suo sorriso adesso rivelava una tristezza insopportabile. «Donato, tu mi prometti sicurezza, e allo stesso tempo stai per lanciarti nella più grande avventura della tua vita. Come si conciliano queste due cose? Se fossi sola accetterei, ma devo pensare a mia figlia. Questo è il mio compito davanti a Dio!»

Bramante allargò le braccia. «Rinuncio al progetto! A tutta questa vanità!» Ma lui stesso si rese conto di quanto fossero poco credibili le sue parole.

«Pensi di riuscirci? E se veramente lo facessi, potresti mai perdonare me e Lucrezia per questa rinuncia? Odieresti la mia bambina. E io questo non lo voglio, Donato. Voglio che mia figlia sia amata e rispettata, non odiata. E per quanto riguarda la vanità, non deridere questo buon peccato, perché è quello che ci dà da vivere!»

A malincuore, sentì che aveva ragione. «Quindi la tua intenzione sarebbe di lavorare esclusivamente per lui?»

«È la maniera più sicura. Purché sia ricco a sufficienza.»

«Non dubitare, è il più ricco di tutti», replicò Bramante con una risata amara. Il dolore gli si piazzò dentro con un ghigno beffardo, come se gli ballasse una tarantella sul cuore. Doveva rinunciare al suo amore solo perché Imperia non voleva che la figlia ereditasse il suo mestiere. Si sentì tradito dalla vita. «Il re dei banchieri e l'imperatrice delle cortigiane, che bella coppia», disse in tono di scherno. Si sentiva inerme, e anche irritato dalle sue stesse rimostranze infantili, ma non riusciva a tener testa all'angoscia, a quella desolante sensazione d'inutilità. Stava reagendo in modo ingiusto e sgradevole, se ne rendeva conto, e si percepiva come un povero vecchio ferito e gottoso. E soprattutto abbandonato. *Mundus canis!* Aveva imparato quell'espressione da Leonardo, che non sapeva il latino, anche se faceva sempre finta di saperlo; aveva addirittura messo insieme un dizionario italiano-latino, una delle sue tante idee bislacche... «Se in nessun modo posso impedire che accada, che almeno mi rechi un vantaggio», disse infine con un tono freddo e senza guardarla. «Ho un invito da messer Agostino per questa sera.»

Imperia si sforzò a sua volta di assumere un tono impersonale. «Vienimi a prendere fra tre ore con una carrozza a tre cavalli. Voglio arrivare come un'imperatrice.»

Michelangelo stava per sigillare una lettera indirizzata al padre, quando Francesco accompagnò nel suo laboratorio un ospite importante. Con una berretta rossa e una mozzetta di seta altrettanto rossa sul mantello di broccato dello stesso colore, il cardinale Francesco Alidosi si fermò davanti allo scultore. Aveva un viso scarno, un naso sottile e adunco e un sorriso benevolo nei grandi occhi espressivi. «Maestro, mi manda il papa», esordì.

Michelangelo lo pregò di accomodarsi e si scusò del fatto che nel laboratorio disponesse soltanto di semplici sedie di legno. In realtà, era così anche nel resto della casa.

«Il Signore ama la semplicità», rispose il cardinale con voce suadente. Pronunciate da quell'uomo, noto in tutta Roma per i suoi gusti raffinati, quelle parole avevano un che d'involontariamente comico. Tuttavia fu solo un'impressione passeggera, perché Alidosi si sedette con grazia sublime, come se invece che una semplice sedia fosse la poltrona più preziosa del mondo, con una sontuosa imbottitura e una spalliera ricca d'intagli artistici. Rivelò allo scultore di essersi recato da lui in qualità di tesoriere del Santo Padre, il quale non vedeva l'ora che Michelangelo iniziasse i lavori per il mausoleo, e quindi gli inviava un acconto per l'acquisto del marmo necessario, il relativo trasporto e la realizzazione delle prime sculture. Detto ciò, gli porse una cambiale emessa sulla Banca Bardi.

A Michelangelo bastò dare un'occhiata alla consistente somma per capire di godere della massima stima presso il pontefice. L'importo superava di gran lunga ogni sua aspettativa: quello che il papa considerava un acconto ammontava a milleseicento ducati! Con una gestione oculata ci si potevano costruire due mausolei e alla fine averne ancora a sufficienza per vivere in modo ragionevole. Ma si guardò bene dal far trapelare la gioia e la soddisfazione. «Stimatissima eminenza, vi prego di riferire al nostro amato Santo Padre che non lo deluderò e che, avendo ricevuto l'acconto, mi metto subito al lavoro. Vogliate riferirgli anche che lo prego di scusarmi per la mia temporanea assenza: andrò a scegliere personalmente il marmo nelle cave.»

Parlò con un tono molto rilassato, come se quella somma esorbitante fosse la cosa più naturale del mondo. Né quella piccola insolenza gli costò uno sforzo particolare, perché nel profondo dell'anima si riteneva assolutamente degno di quel compenso. Sottolineò soltanto la parola «acconto», al che il cardinale accennò un sorriso.

Quando il tesoriere del papa si congedò, dopo una breve conversazione senza importanza, Michelangelo spiegò la lettera indirizzata al padre, prese la penna e aggiunse una frase: «Padre, vi prego di cercare un buon podere nei pressi di Firenze e di acquistarlo a mio nome. Riceverete il denaro necessario dalla Banca Bardi di Firenze, alla quale invio una cambiale di seicento ducati».

Poi ci rifletté e concluse che con seicento ducati avrebbe potuto acquistare soltanto una piccola tenuta, non un podere. Però, negoziando abilmente, e facendo economia, al podere ci sarebbe potuto arrivare comunque; cancellò con foga la parola «seicento» e la sostituì con «mille».

A Firenze lo avevano sempre guardato dall'alto in basso perché era povero. Aveva perso il suo grande amore perché era povero. Non era stato trattato come si conveniva al suo rango di discendente del conte di Canossa, perché era povero. Perciò aveva un obiettivo preciso: uscire dalla povertà, diventare ricco. Si sarebbe ripreso tutto ciò che era stato sottratto ai suoi antenati. E anche di più. Molto di più!

22

Roma, Anno Domini 1505

Normalmente, a Roma ci si spostava a piedi. Di tanto in tanto si vedeva qualcuno a cavallo, talora con andatura sostenuta, ma più che altro si trattava di latori di messaggi urgenti, oppure di viaggiatori di passaggio o in procinto di lasciare la città. Quanto agli ecclesiastici, quelli che potevano permetterselo si facevano trasportare su una portantina. La carrozza invece veniva usata, all'occasione, dalle persone veramente ricche. Ma non se ne servivano semplicemente per spostarsi da un luogo all'altro: ogni volta mettevano in scena un'uscita degna di trasformarsi in un evento, o meglio, in una ostentazione della propria ricchezza - sì, di questo in fondo si trattava -, di una sfacciata esibizione del proprio prestigio verso il popolo esterrefatto. Lo sfarzo fungeva da portabandiera del potere. D'altra parte, senza un'insegna visibile, anche il miglior esercito si ritrovava in pericolo.

Perciò, come di regola, i romani guardarono a bocca aperta la grande carrozza che percorreva sobbalzando le strade fangose, diretta al rione Borgo, per poi attraversare il ponte presso Castel Sant'Angelo, la piazza Agonale e svoltare infine a destra nel primo vicolo. In quella preziosa vettura di legno dorato poteva viaggiare soltanto una persona davvero speciale. Il papa? Il cardinale Riario? Oppure poteva trattarsi dell'ambasciatore francese, o del legato dell'imperatore, o forse - perché no? - lì dentro c'era una qualche celebrità davvero misteriosa, come l'imperatore della Cina o il Prete Gianni, che sovrastava un regno misterioso in Oriente, secondo le leggende che circolavano di nascosto... In fondo, chi avrebbe potuto negarlo con certezza? Il mondo era fatto di meraviglie, bastava guardare con attenzione. E non era forse anche pieno di eretici, maghi, astrologhi e alchimisti che si dedicavano instancabilmente alle loro opere proibite? Certo che lo era, ma esprimere ad alta voce questi pensieri non era consigliabile.

Di quando in quando, dalla carrozza si sporgeva una dama dal sorriso benevolo; un prezioso velo di seta, così fine da sembrare fatto di ali di farfalla, le ricadeva morbido sulle spalle, coprendole in parte il décolleté. Portava una collana con diamanti incastonati nell'oro, nei quali si specchiava la luce delle torce fissate alla parte anteriore e posteriore della vettura, e tra i capelli splendeva una grossa perla. La dama indossava un vestito bianco con nastri neri, e un soprabito azzurrino. Dagli spacchi nelle maniche si vedeva che la fodera era della stessa tonalità dorata dei passamano.

Nell'angusto vicolo, la sontuosa carrozza ci passava a malapena. Bramante, che aveva speso una fortuna per usufruirne, temeva già che si fermasse in una posizione tale da impedirgli di aprire la portiera, data la vicinanza dei muri, suscitando l'ilarità degli altri ospiti. Imperia non sembrava preoccuparsene, e lui pensò che nel caso avrebbe preteso che il suo accompagnatore, ovvero lui stesso, facesse semplicemente abbattere i muri inopportuni. Era o non era il più grande architetto di Roma? Ma il caso non si diede; il cocchiere fermò abilmente la carrozza davanti all'ingresso del cortile, in modo che la portiera si aprisse senza problemi. Tuttavia questo comportava che l'accesso all'edificio che faceva da banca e residenza di Agostino Chigi rimanesse sbarrato per tutti gli altri ospiti, i quali dovettero attendere con pazienza finché Imperia non fu scesa ed entrata nel Cortile dei Chigi. Per la sua abilità, il cocchiere si guadagnò il caldo sorriso della bella signora e un'abbondante mancia da parte dell'architetto.

Quando anche Bramante, faticosamente, scese dalla carrozza, il suo sguardo si posò sulla piccola fila di ospiti che si era formata nel frattempo. Non capiva ciò che bisbigliavano, ma a giudicare dal tono non doveva essere nulla di cui rallegrarsi. D'altra parte, che cosa avrebbero potuto dire una baronessa o un vescovo, costretti ad aspettare a causa di una cortigiana?

Bramante conosceva quel genere di persone: insolenti, nient'altro. Credevano di avere il diritto di considerarsi migliori in virtù dei propri nobili natali. In realtà, tutta quella messinscena di cui era protagonista non gli piaceva affatto. Poi ebbe un pensiero consolante: al momento della loro morte, quelle persone sarebbero state dimenticate in fretta, mentre di lui si sarebbe continuato a parlare anche dopo cento anni e forse persino dopo mille. In quel momento sentì ancora una volta di amare Imperia, per il suo coraggio e la sua volontà inflessibile. Era proprio quello a legarli l'uno all'altra: l'irrinunciabile proposito di fare strada, nonostante le circostanze avverse da cui erano partiti. Il mondo cominciava da loro!

La affiancò e le porse il braccio. Alle loro spalle, la carrozza ripartì liberando il passaggio per gli altri ospiti. Bramante e Imperia attraversarono il lungo cortile illuminato dalle torce. All'ingresso della casa c'era un gruppo di musicisti che suonava arie di Tromboncino. Ascoltando la frottola, Bramante ricordò il testo: «Se ora mostrar non posso, il fuoco della mia amara pena...» *Che profondità,* pensò.

Al piano terra si trovavano le stalle e i locali commerciali dell'impero bancario di Chigi. Entrarono in una sala dai soffitti a volta, dalla quale una stretta scalinata conduceva al piano nobile, adibito a residenza del banchiere. Era noto che Agostino Chigi disponeva di spazi limitati, che in realtà non erano adatti alle feste, ma la splendida compagnia compensava abbondantemente. Lì erano riuniti i nomi più importanti di Roma, le personalità di maggiore spicco di clero, politica, diplomazia, aristocrazia, scienza, letteratura e arte. Inoltre, ad allietare i sensi degli ospiti, c'erano musicisti eccellenti, pietanze selezionate e grandi vini.

Bramante aveva saputo che Chigi non si sarebbe accontentato a lungo di quei locali. Come gli avevano riferito i suoi informatori, il banchiere aveva acquistato un terreno a Trastevere, con un antico palazzo che intendeva far ampliare al più presto. Con rincrescimento di Bramante, Chigi aveva affidato la progettazione e l'esecuzione dei lavori a un giovane e sconosciuto architetto di Siena, la sua città natale. L'indesiderato concorrente si chiamava Baldassarre Peruzzi. Ormai, quando una commessa importante non veniva offerta in primo luogo a lui, Bramante prendeva la cosa come un'offesa e allo stesso tempo come un campanello d'allarme. In generale era lui che decideva se accettare un incarico oppure passarlo ai vari Sangallo. Sul mercato edilizio della città eterna, la sua era indubbiamente una posizione di dominio; se l'era conquistata lottando duramente, con tutti i mezzi a sua disposizione.

Non appena l'architetto entrò nella prima sala del piano nobile con Imperia, il grassoccio cardinale de' Medici gli fu subito addosso con un sorriso cortese che faceva dimenticare il viso gonfio. «Donato, speravo di vedervi qui!»

Bramante e Giovanni de' Medici erano legati dalla loro segreta appartenenza ai Fedeli, anche se di fatto la confraternita ormai non esisteva più.

«Vostra eminenza», disse l'architetto accennando un inchino.

Intanto, il cardinale si era già rivolto a Imperia. «Saluti a voi, madonna Imperia.»

Ogni volta che vedeva il figlio del grande Lorenzo, Bramante ne restava stupito. Brutto come il padre, anche se in maniera diversa, ne aveva ereditato il fascino travolgente. Bastavano poche parole a far dimenticare la sua corporatura tozza. E dire che non aveva neppure trent'anni!

«Perdonatemi, madonna, non ho intenzione di annoiarvi, il che sarebbe un peccato e mi procurerebbe le maledizioni e i ceffoni degli angeli, ma vorrei parlare di architettura col caro Donato.»

E di che altro, pensò l'architetto. Il cardinale abitava in un palazzo davvero spazioso, ma piuttosto scomodo, nel rione Sant'Eustachio, vicino a piazza Navona. Pensava costantemente a progetti di ristrutturazione, ma gli mancava il denaro per realizzarli. Da quando la sua famiglia era stata cacciata da Firenze, il capo del casato dei Medici era costantemente a rischio di bancarotta. In quanto cardinale, era costretto a svolgere funzioni di rappresentanza e dare grandi feste, sebbene gli mancassero i mezzi finanziari per tale scopo. Per riportare la famiglia all'antico splendore, e per riportarla innanzitutto a Firenze, non poteva fare a meno di agire con l'intenzione costante di ampliare il proprio potere. Un mezzo irrinunciabile a tale scopo era l'ostentazione di grande sfarzo, ovvero dare feste principesche, delle quali si parlasse a lungo e alle quali tutti desiderassero essere invitati, praticare un dispendioso mecenatismo e adulare costantemente il popolo con opere di bene, affinché i cuori dei romani rimanessero ben disposti nei suoi confronti. Era un vero circolo vizioso: ciò che lo rovinava doveva servire a evitare la sua rovina, e allo stesso tempo, per quanto potesse sembrare paradossale, se non avesse continuato a rovinarsi sarebbe stato già rovinato. Quante volte, per poter organizzare una cena, aveva dovuto dare in pegno le stoviglie d'argento che i suoi ospiti avrebbero dovuto usare?

In ogni caso, a Bramante Giovanni piaceva. Anche perché, nonostante la sua pericolosa situazione, non perdeva mai il buon umore. Il cardinale Giovanni de' Medici era di carattere allegro e al contempo era colto e interessato all'arte e alla letteratura come pochi altri, tra i suoi colleghi. Perciò finiva sempre che l'architetto si lasciava coinvolgere in un'inutile discussione sulla ristrutturazione del palazzo. Sentiva che quelle conversazioni davano all'ecclesiastico in eterne ristrettezze economiche l'illusione di essersi finalmente attivato a quel riguardo. Inoltre il cardinale era l'amico più intimo del nipote preferito del papa, Galeotto della Rovere. L'architetto non doveva dimenticarlo: per ottenere voce in capitolo a corte, bisognava servirsi di parecchie voci.

« Oh, non ve ne preoccupate », sussurrò Imperia a entrambi, e si fece strada nella sala quasi stracolma. Bramante la seguì con lo sguardo per un attimo, con aria mesta, poi si rivolse al cardinale con aria affabile e disponibile.

Ci volle parecchio tempo prima che potesse finalmente sottrarsi alla conversazione. Dopo aver scambiato convenevoli vuoti, ma importanti, con molte persone che non riuscì a evitare - dopotutto la visibilità era alla base del suo mestiere, che richiedeva un'impressionante onnipresenza -, raggiunse finalmente la seconda sala, che era adibita alle danze.

Imperia non aveva perso tempo: stava ballando una pavana con Agostino Chigi. Bramante si sentì trafiggere dalla gelosia. Non aveva nemmeno potuto presentargliela. Aveva fatto da sola, era riuscita a fare conoscenza col ricco banchiere senza il suo aiuto!

L'uomo era ritenuto un marito esemplare. Bramante, che

spendeva moltissimo denaro ogni mese per essere informato su tutto ciò che accadeva a Roma, comprese le tresche, non aveva mai sentito neppure insinuare che se la spassasse con altre donne. Il suo sguardo si posò su Margherita Saracini, la moglie di Chigi, seduta su una larga poltrona imbottita a osservare la danza, impassibile. Si avvicinò a lei. « Madonna, posso sedermi accanto a voi? »

La donna alzò lo sguardo e, con la mano leggermente tremante, gli indicò lo sgabello che aveva accanto. Poltrona e sgabello erano le uniche possibilità di sedersi in tutta la sala. Di fronte, su una pedana, c'erano i musicisti: flauto, violino, liuto, viola da gamba, tamburello e trombone.

« È bravo a ballare », disse lei con ammirazione riferendosi al marito.

« Ricordo che anche voi siete una magnifica ballerina, madonna », la lusingò Bramante.

« Lo ero, amico mio, lo ero », ribatté lei, scrutandolo con uno sguardo indagatore. Poi gli fece cenno di avvicinarsi. « Giuratemi di non dirlo a nessuno, vecchio amico mio. »

« Lo giuro sulla mia vita! »

« Sono malata. E anche parecchio. » Bramante voleva obiettare qualcosa, ma lei non si lasciò interrompere. « A volte faccio fatica a stare in piedi, e mi muovo così lentamente che mi sembra di addormentarmi. Non riesco a camminare in modo svelto, o ad afferrare le cose come si dovrebbe. Ho la sensazione di essere paralizzata, come un maggiolino in un barattolo di miele denso. »

« Che cosa dicono i medici? »

La donna emise un lieve sospiro. « Alcuni pensano che la miscela degli umori non abbia le proporzioni giuste, dicono che ho troppa atrabile. Vorrebbero sottopormi continuamente a salassi. Altri invece pensano che io abbia troppo poco sangue. Secondo loro dovrei nutrirmi soltanto di interiora, soprattutto di fegato. »

« E voi che cosa pensate, madonna Margherita? » chiese Bramante con turbamento sincero.

« Penso che si sbaglino tutti. » Gli posò una mano sull'avambraccio, ma senza guardarlo. Lui percepì quanto le stesse costando l'apparente leggerezza con cui proseguì. «Siamo alla fine, amico mio. La vita mi sta abbandonando lentamente. Sto morendo a stadi, un pezzo alla volta.» Gli fece un sorriso malinconico. «Ma ho avuto una bella vita, non trovate? Che anni mozzafiato, quando siamo venuti a Roma e Agostino è riuscito a ottenere dal Santo Padre il monopolio per l'estrazione dell'allume.» Unì i palmi delle mani con un gesto dolce. «E ogni sera pregavamo che funzionasse. Avevamo investito tutti i nostri soldi e accumulato debiti per convincere l'intera curia, compreso il papa e Cesare Borgia, che con noi il monopolio sarebbe stato nelle mani migliori. E Dio è stato magnanimo con noi. L'abbiamo ottenuto e poi è andata sempre meglio. Non c'è nessuna grande città in cui la nostra banca non abbia una filiale: Venezia, Parigi, Londra, addirittura Costantinopoli. Lamentarmi significherebbe offendere Dio, che mi ha donato una bella vita e un uomo magnifico. No, devo solo ringraziarlo.»

Bramante lanciò un'occhiata a Imperia e Agostino, che stavano ballando un'allegra gagliarda. *Che ingiustizia*, pensò.

Lei seguì il suo sguardo e capì che cosa stava pensando. «Mio marito non mi ha mai tradita e mi ha sempre trattata con amore. Voglio che sia felice.» Poi fece un sorriso scaltro. «Non ci crederete, messer Donato, ma sono stata io. Sono stata io a sceglierla per lui. Volevo che fosse la migliore a consolarlo», disse col tono di chi confessa una marachella. «Posso chiedervi una cortesia, amico mio?» Lui annuì. «Porgetemi il braccio e accompagnatemi ai miei appartamenti. Sento che la malattia ritorna e non voglio che se ne accorgano tutti.»

Con la perfetta formalità di un cavaliere, Bramante si alzò, le rivolse un profondo inchino e le offrì il braccio. Lei gli si aggrappò con decisione e si tirò su dalla poltrona. Da quella stretta, l'architetto capì che la donna era dolorante, anche se non lo dava a vedere: il suo viso esprimeva gentilezza e superiorità. Lentamente, come se stessero danzando, s'incamminarono verso l'uscita, che conduceva alla cucina e poi, tramite una scala stretta, al piano superiore. Era lì che si trovavano le camere da letto della famiglia. Margherita non avrebbe potuto farsi accompagnare da un servitore senza dare nell'occhio. «Vi ringrazio, amico mio.»

« Tocca a me ringraziarvi, madonna. Siete la donna più coraggiosa che io conosca. »

« Caro Donato, non siate così solenne, non sono ancora morta. »

Nel frattempo erano usciti dalla sala e si erano fermati davanti alla stretta e ripida scalinata. Margherita guardò in alto e sul suo viso si dipinse un'espressione sempre più sfiduciata.

« Posso prendervi in braccio? » chiese Bramante.

« Per me sarebbe un onore essere presa in braccio da voi. »

Lui la sollevò con fare deciso e la portò al piano superiore. La trovò molto leggera. Quando arrivarono di sopra, la consegnò alla sua cameriera personale.

« Vi ringrazio, mio cavaliere », gli sussurrò Margherita.

Bramante fece un inchino di commiato, poi ritornò nella sala. Una tempesta di sentimenti gli infuriava nel petto. Era stata lei a scegliere l'amante del marito. E per tutto il tempo che le restava da vivere, Agostino avrebbe gestito la faccenda con discrezione. Sempre che Imperia lo appagasse. Che domande! Su questo non c'era dubbio.

Si guardò attorno, cercandoli, ma non li vide. In quel momento sentì qualcuno toccargli un braccio da dietro e si voltò.

« Non aspettarmi », disse sottovoce Imperia. E subito scomparve, come in una favola, o come se si fosse trasformata, sul modello delle Metamorfosi di Ovidio; solo che il ruolo di Zeus non spettava a lui, ma a Chigi. Di rado l'architetto si era sentito così solo. Gli vennero in mente le righe di un sonetto che aveva scritto molti anni prima, a Milano:

Non più spiace al nocchier nebbia alla stella
Che l'assicura in mar tra sì larghe onde,
Ch'a me la finta larva che nasconde
La onesta bocca, sopra l'altra bella.

Non ricordava la causa di quel moto poetico, né avrebbe mai creduto che quei versi si sarebbero realizzati in modo così doloroso. Uscì in strada.

Da lontano, un raggio di luce si affacciò su Roma come una fessura sottile nel grigio sporco dell'alba. Bramante non sperava affatto che il sole potesse scacciare i fantasmi della notte. Al contrario, la perdita dell'oscurità li avrebbe indotti a scatenare tutte le loro furie su di lui, con violenza ancora maggiore. Senza quiete, senza guardarsi attorno e anche senza pensare, corse per le strade della città, mentre albeggiava.

Aveva paura di andare a casa, ma allo stesso tempo non aveva nemmeno voglia di entrare in una casa di piacere per dimenticare la solitudine con vino, donne e canti. Sapeva che era stupido prendere la decisione di Imperia come uno sgarbo nei suoi confronti, eppure fece proprio la cosa più sciocca: attribuì un valore personale a quella decisione. Si sentiva offeso, oltraggiato, umiliato, schernito, respinto, trascurato. Nel suo cuore sfilava un'intera colonna di ferite, e l'insegna che la connotava era quella del rancore.

Continuò a camminare stordito per i vicoli assonnati e d'un tratto si ritrovò davanti alla chiesa di un convento. Gli sembrava di ricordare che in quel convento vivevano le monache del secondo ordine francescano, seguaci di santa Chiara. Nonostante il campanile, la basilica romana aveva un aspetto possente e fortificato, come se volesse sfidare il passare del tempo. L'architetto spinse dolcemente la pesante porta di legno di quercia. La navata della chiesa brillava alla luce delle candele. Gli occhi di Bramante vagarono per le alte pareti seguendo la lunga fila di piccole finestre collocate fin sotto il soffitto, che somigliavano a feritoie per difendersi da attacchi nemici.

Un dettaglio catturò la sua attenzione. Dal cornicione di ciascuna finestra partiva un arco di pietra che si opponeva coraggiosamente alla trave che gli si gettava contro, conferendo vitalità alla muratura morta. Gli sembrava che senza le audaci strombature che contrastavano con successo la forza del cielo e del destino, la basilica sarebbe dovuta crollare sotto il peso dell'universo. In architettura non bastava edificare, non era sufficiente deviare le forze, ma bisognava anche contrapporre una forza all'altra.

D'un tratto gli giunsero all'orecchio dei sussurri. Si voltò a destra e, nella prima cappella, vide una ragazzina inginocchiata di fronte a una croce, davanti alla quale si trovava una *fenestella* bordata di mosaici. Si avvicinò in silenzio. La ragazzina indossava una mantellina grigia, e gli sembrava di conoscerla. La osservò meglio e infine riconobbe Lucrezia, la figlia di Imperia. Per qualche istante restò a guardare in silenzio la sagoma inginocchiata, e un po' alla volta i sentimenti ostili che provava nei confronti di Imperia si trasferirono sulla figlia. Fu sopraffatto dall'odio. E dall'idea di vendicarsi. Perché non avrebbe dovuto sedurla, annientando così la speranza per la quale Imperia lo aveva lasciato? Perché non avrebbe dovuto prendere dalla figlia ciò che la madre gli negava a causa sua? Perché non avrebbe dovuto ridurla a una puttana, quella innocente bambina, per vendicarsi del tradimento? Certo, sarebbe stata una crudeltà, ma al diavolo! La vita non aveva riguardo per nessuno. Se non ci si prendeva qualcosa, la si lasciava semplicemente a un altro, e l'inferno arrivava comunque troppo presto. Bisognava crearsi una scorta di ricordi con cui riscaldarsi nella fredda eternità.

« Beata Vergine Maria, tu che siedi in cielo alla destra di tuo figlio, proteggi la mia buona madre. Amen. » La voce della ragazzina era squillante, innocente e pura. Come l'inizio della vita.

Bramante si vergognò dei suoi pensieri. Che cosa c'entrava Lucrezia con le condizioni del mondo? L'aveva forse creata lei Roma? Aveva inventato la città? Era forse la consulente di Dio? *Tutti noi abbiamo avuto le sue stesse speranze. Non siamo stati forse tutti bambini indifesi, il germe della speranza? Sicuro che lo siamo stati, ma poi questa vita miserevole ci ha rovinato e abbrutito,* pensò con amarezza. *Che cosa ci ha fatto diventare? Animali, che inseguono per tutto il santo giorno l'appagamento dei loro istinti.* Represse un conato di vomito. *Nasciamo uomini, per poi ridurci come bestie.*

All'improvviso provò pietà nei confronti di se stesso, perché non rappresentava certo un'eccezione. Il ricordo del bambino che era stato un tempo lo colmò d'amore paterno per la ragazzina immersa nella preghiera. D'un tratto temette che in quel momento Pico avesse guardato giù dal paradiso e avesse sentito i suoi pensieri, diventando testimone della sua empietà. Si vergognò davanti all'amico scomparso, davanti alla ragazzina e davanti a se stesso, al punto che, senza nemmeno volerlo, per la prima volta dopo svariati decenni si fece il segno della croce. Voleva andarsene di soppiatto, ma lei lo notò.

«Messer Donato!»

Guardò la ragazzina inginocchiata, che si voltò verso di lui con un movimento rotatorio che non sarebbe mai riuscito a riprodurre sulla carta in tutta la sua perfezione. Lo sguardo che gli rivolse gli penetrò nelle ossa. A più di sessant'anni, un'età in cui quasi tutti gli uomini che aveva conosciuto erano già morti, per la prima volta nella sua vita Bramante vide la purezza. Chiese perdono tra sé, e giurò con ardore, come se ne andasse della salvezza della sua stessa anima, di proteggere la ragazzina in caso di qualunque necessità.

«Mia madre mi aveva detto che siete buono, ma non sapevo che foste anche devoto. Venite.»

Lucrezia lo invitò a raggiungerla porgendogli la manina; a lui parve un angelo che volesse tirarlo fuori dalla palude. Arrossì, e fu riconoscente per la penombra. Si lasciò alle spalle tutti i pensieri e s'inginocchiò accanto a lei. «Preghiamo per tua madre», sentì uscire dalla propria bocca.

Dopo che Lucrezia lo ebbe salutato per poi tornare nel convento da una porta secondaria, Bramante restò in ginocchio ancora un po' di tempo davanti alla *fenestella*, nella quale era conservata una preziosa reliquia: la testa di Giovanni Battista. Quando finalmente si rimise in piedi, i raggi del sole penetravano già dalle tre alte finestre sopra l'ingresso della basilica, facendo brillare l'oro dell'abside. Non aveva mai visto una luce come quella. Forse era più di una luce, era un'illuminazione. Si voltò ancora una volta verso la cappella. Sì, era un'illuminazione. Ma perché qui? Perché Giovanni? Perché lui era il Battista di colui che avrebbe costruito la nuova chiesa? Era stata l'età o la ragazzina a fare in modo che Bramante fosse vinto dal personaggio più buono del cristianesimo? Confuso, uscì dalla chiesa. Nella testa gli risuonava un *Te Deum* con l'insistenza di una canzonaccia.

Arrivato a casa trovò ad attenderlo un tizio malandato, di nome Paolo, che faceva la spia per suo conto.

« Signore, lo scultore col naso storto è partito. »

« Come è partito? Per dove? »

« Per Carrara. Resterà lì per qualche mese, per selezionare il marmo per il mausoleo del papa. È così diffidente che vuole addirittura controllare di persona l'estrazione e il trasporto della pietra. »

Bramante trattenne un grido. Riusciva a malapena a contenere la felicità. « Da chi hai saputo tutto questo? » chiese con tono aggressivo alla spia.

« Dal suo servitore, Francesco. »

L'architetto alzò brevemente gli occhi al soffitto: *Grazie, mio Signore.* « Eccoti uno scudo. Prendilo e sparisci. E guai a te se hai sentito male. » Voleva sbarazzarsi dell'uomo al più presto per mettere in ordine i pensieri, e anche per abbandonarsi liberamente alla gioia.

« Se così fosse potreste gettare le mie orecchie in pasto ai cani! » esclamò l'uomo, felicissimo dell'eccezionale guadagno e uscendo al volo, prima che il signore si pentisse di essere stato così generoso.

L'architetto si mise a saltare e danzare come un selvaggio, cantando *Deus lo volt! Deus lo volt!* in tutte le melodie che gli venivano in mente. Era l'antico motto dei crociati: Dio lo vuole. Tutto quadrava alla perfezione. Alla fine si lasciò cadere su una poltrona, senza fiato. Non aveva dubbi: lui e Dio sarebbero andati molto d'accordo. L'Onnipotente era un tipo cinico, spiritoso e non privo d'arguzia. Nella fase decisiva, al presuntuoso fiorentino cosa veniva in mente? Di andare a selezionare il marmo a Carrara, lasciandogli campo libero a Roma! Ma si poteva essere più stupidi di così? E lui, Bramante, avrebbe saputo sfruttare al meglio il periodo di assenza del concorrente. Il detto « lontano dagli occhi, lontano dal cuore » a Roma era una regola più ferrea che in qualsiasi altra città. Che Michelangelo si divertisse pure tra le fredde montagne, in compagnia del signore e della signora Spaccapietre! Lui, intanto, avrebbe lavorato il terreno a proprio favore nella città eterna, costruendo il tempio della Gerusalemme in terra, il tempio più grande e più bello del mondo! Perché Dio lo voleva. Aveva visto quella promessa negli occhi di Lucrezia. Sì, Dio lo voleva!

23

Roma, Anno Domini 1505

Coi capelli arruffati e la barbetta in disordine, Agostino Chigi era in piedi accanto alla finestra e guardava il campanile di Santa Maria in Turri, la chiesa che si trovava nell'atrio della basilica di San Pietro.

Imperia era seduta sul letto, avvolta in una vestaglia di seta, e riempì un calice di vino rosso. « La tua casa è proprio tra San Pietro e il nostro palazzo sul Monte Giordano. »

« Calza a pennello: prima peccare, poi confessarsi. »

« E sulla strada del ritorno pentirsi. »

« Di cosa? »

« Della confessione. »

Mentre beveva il vino a piccoli sorsi, Chigi riferì a Imperia dell'avanzamento dei lavori di ristrutturazione del piccolo palazzo che aveva acquistato, non lontano dal fiume, tra il rione Borgo e Trastevere. « Un giovane di Siena, la mia città, lo sta ampliando per me. Si chiama Baldassarre Peruzzi. Che ne pensi? »

« Lo conosco. »

Lui le lanciò un'occhiata diffidente, incapace di tenere nascosta la gelosia che gli montava dentro. « Lo conosci? »

Lei lo fulminò con lo sguardo. « Ti ho detto che nella mia vita non c'è più nessun altro uomo. Io mantengo la mia parola. » Poi, con tono più pacato, aggiunse: « Lo conosco perché me l'ha presentato Donato ». Gli prese il calice di mano e bevve. « A proposito, perché non hai affidato a lui l'incarico? »

Il banchiere le spiegò che Bramante aveva già abbastanza da fare e che bisognava dare un'opportunità anche ai giovani talenti, soprattutto quando si trattava di conterranei.

L'aveva smascherato: era geloso, sì, come un pazzo. Se c'era una cosa al mondo che Agostino Chigi non era in grado di fare, era condividere qualsiasi cosa. Imperia gli fece una carezza sul collo, poi prese a massaggiarlo col pollice e l'indice, e lo vide chiudere gli occhi deliziato. «Sostieni le idee di Donato per l'ampliamento della basilica di San Pietro.»

Lui sgranò gli occhi. L'istinto gli suggeriva di essere vigile: Imperia non lo stava pregando, la sua era piuttosto un'esortazione diretta. «Ti ho promesso che garantirò il sostentamento di tua figlia.»

Lei annuì. «Sì, e di questo ti sono riconoscente. Ma aiuta Donato. Il papa deve accelerare l'ampliamento della prima chiesa della cristianità. Non si può permettere che risulti troppo piccola.»

«Perché?»

«Perché è iniziata una nuova epoca e la basilica di San Pietro è una sorta di Arca di Noè. Deve essere in grado di tenere il mare, Agostino.»

Dentro di sé, il banchiere s'inchinò di fronte alla saggezza della cortigiana. Apprezzava le donne intelligenti. Margherita lo era senz'altro, tanto che nei suoi affari aveva sempre fornito un'acuta capacità di giudizio. Quanto a Imperia, difficilmente l'avvenenza del suo corpo l'avrebbe fatto uscire di senno, se non avesse avuto anche una mente altrettanto affascinante.

Bussarono alla porta, strappandolo ai suoi pensieri. «Signore, è arrivata l'ora», disse ad alta voce il servitore al di là della porta chiusa. Imperia lo guardò con un'espressione implorante e anche un po' disperata. Lui era restio a lasciarla.

«Vai, lo dobbiamo a tua moglie.»

Avevano concordato di essere discreti nei loro incontri, e soprattutto che lui avrebbe continuato a dormire a casa. Per evitare che perdessero di vista il passare del tempo, avevano dato istruzione al servitore di bussare alla porta a un'ora prestabilita.

Chigi svuotò il calice, poi si vestì.

«Aiuta Donato, ne varrà la pena per te. San Pietro può diventare un'arca per tutti noi», gli ricordò lei.

Nella notte romana, il banchiere si diresse di gran lena verso casa sua, sull'altra sponda del fiume Tevere. Andò a letto e restò sveglio a lungo a riflettere su ciò che Imperia gli aveva detto a proposito della basilica di San Pietro. Sentiva che l'amante non gli aveva rivelato tutto ciò che sapeva. Si propose di parlarne con la moglie. Quando si trattava di donne, era meglio chiedere consiglio a una donna. Ma non sarebbe arrivato a farlo: Imperia gli avrebbe svelato prima del previsto l'intero piano di Bramante.

Chigi si era appena addormentato, quando sentì bussare forte alla porta di casa. Aprì gli occhi e i colpi cessarono, ma subentrò un altro rumore, di concitazione, che faceva pensare a un'aggressione.

Il servitore entrò nella camera da letto senza nemmeno bussare. «Signore, il Santo Padre...» balbettò in preda all'agitazione.

Agostino Chigi si mise a sedere. «Il Santo Padre cosa?» Non riusciva a credere che fosse vero ciò che stava già supponendo.

«Vi aspetta nel vostro ufficio!»

«Perché non l'hai accompagnato nella sala grande, imbecille?»

«Ha insistito. Ha detto di non essere venuto per mangiare, ma per motivi d'affari.»

Accanto al banchiere, la moglie si era svegliata a sua volta. «Devo venire anch'io?»

«No, cara, dormi, hai bisogno di guarire», le disse in un bisbiglio amorevole. Come lei, anche lui sapeva che il suo era un male incurabile, e sapeva anche che lei sapeva che lui lo sapeva. A dispetto dell'oscurità, percepì il sorriso riconoscente della moglie, perché si erano giurati l'un l'altra di non abbandonare mai la speranza. Se Dio esisteva, era sempre possibile un miracolo. Le baciò teneramente la fronte, poi si alzò e si vestì.

Giulio II attendeva impaziente in mezzo all'ufficio, seduto su una vecchia poltrona con un rivestimento di pelle già un po' consunto. Per un'impresa internazionale, quell'ufficio si presentava piccolo e sorprendentemente sobrio. Alle pareti c'erano scaffali con libri contabili. Poi c'erano gli scrivimpiedi per i tre scrivani stipendiati da Chigi, una poltrona coi braccioli per lui e quattro sgabelli per gli ospiti.

Il banchiere fece per baciare i piedi al papa, secondo l'usanza, ma Giulio II gli fece cenno di lasciar perdere. «Siediti e ascolta!» gli ordinò con tono burbero.

Chigi si sedette su uno sgabello di legno e il papa cominciò a dissertare. Sebbene parlasse con pacatezza, i suoi occhi erano accesi dal fuoco della passione, così tanto che Agostino Chigi ne rimase sbalordito. Della Rovere aveva trascorso la vita intera nell'attesa di quella carica. Non aveva mai dubitato del fatto che un giorno la tiara avrebbe coronato il suo capo. Anche nei momenti più difficili, quando Rodrigo Borgia e Ascanio Sforza lo avevano messo fuori gioco, quando Rodrigo era salito sulla Cattedra di Pietro col nome di Alessandro VI e lui aveva dovuto sopportare l'asprezza dell'esilio per molti anni, la fede nella missione dei della Rovere non l'aveva mai abbandonato. E infine aveva raggiunto il suo scopo. Ma ormai era un uomo anziano, non avrebbe più potuto mettere in pratica tutto ciò che si era proposto. Sebbene tutti lo considerassero un guerriero, non c'era nulla che lui desiderasse più della pace.

«Ma deve essere la pace di Dio, altrimenti non serve a nulla, altrimenti non è pace. Da molti anni i veneziani fanno irruzione nello Stato Pontificio e ci rapinano, una città dopo l'altra. Se concludiamo un trattato di pace con loro, lo prenderanno per una debolezza e attaccheranno le nostre terre con ancor maggiore ferocia. Soltanto la pace di Dio è duratura. Perciò dobbiamo rimettere in salute lo Stato Pontificio, ricordare con durezza ai vassalli insubordinati quali sono i loro obblighi feudali e rammentare ai re di Francia e Inghilterra che sono servi di Cristo e dunque anche servi del vicario di Cristo, perché la loro sovranità deriva da Dio, quindi anche da noi e tramite noi. Unirli, per condurli a Gerusalemme, sarà il secondo compito importante.

«Sì, è necessaria una nuova crociata. Quando l'Europa sarà pacificata e la Terra Santa liberata, cioè quando la pace di Dio regnerà sulla terra, Roma diverrà la seconda Gerusalemme, la città della salvezza. E questa salvezza deve saltare all'occhio. Questa città santissima deve educare il cuore e la mente degli uomini tramite le opere dell'architettura e dell'arte, ovvero la glorificazione di Dio, che essi percepiranno attraverso i sensi. Quando verranno in pellegrinaggio a Roma resteranno sconvolti, e depurati, purificati. Ma il regno di Cristo possiede un centro, che è al tempo stesso fulcro spirituale e baluardo del potere: la basilica di San Pietro. Da Cristo e tramite Pietro abbiamo ricevuto l'incarico di essere il governatore di Dio in terra. È questo che la basilica di San Pietro deve annunciare, in quanto punto centrale del nuovo regno. E poiché gli anni che ci restano da vivere non saranno sufficienti per tutto ciò, nostro nipote Galeotto proseguirà il nostro lavoro.»

Il papa fece una breve pausa e lasciò che le sue parole facessero effetto sul banchiere. Galeotto della Rovere era stato di recente nominato cardinale dallo zio. Chigi intuiva dove il discorso sarebbe andato a parare, o quantomeno quale sarebbe stata la sua posizione all'interno del quadro che il pontefice stava dipingendo.

«Perciò il mausoleo dedicato a nostro zio e a noi, che il giovane scultore ha iniziato, diventerà un garante del trionfo della Chiesa. E proprio per questo deve essere collocato al centro della basilica. Dunque, dovendo far posto, la basilica deve essere ampliata. Poi la faremo anche riparare. Solo che, mio caro figliolo, Borgia ha lasciato le casse vuote. Per tutti questi motivi, abbiamo bisogno di denaro!»

«Voi sapete che la mia banca è sempre a vostra disposizione!» disse Chigi annuendo lievemente.

Giulio II fece un sorriso ambiguo e si alzò, poi pose la mano destra sulla spalla del banchiere per impedirgli di alzarsi a sua volta. «Vogliamo di più, Agostino. Perciò siamo venuti da te. In Vaticano anche i muri hanno le orecchie. Nessuno all'infuori di noi e te dovrà mai sapere ciò che stiamo per dirti. Tu sorveglierai le nostre finanze. Manda all'amministrazione apostolica un commissario di tua fiducia, che noi travestiremo da monaco, in modo che possa tenere d'occhio la gestione finanziaria. I preti non sanno maneggiare i soldi: o sono devoti o sono avidi e nessuna delle due cose è vantaggiosa. Metti le tue conoscenze al nostro servizio.»

Chigi era sorpreso, ma poi riconobbe che il papa era consapevole dei suoi due talloni d'Achille: l'età avanzata e le difficoltà finanziarie. E su quest'ultimo fronte lui poteva senza dubbio inserirsi, a vantaggio del papa, naturalmente, ma an-

che raccogliendo il proprio tornaconto. Per esempio garantendosi il recupero dei crediti e l'afflusso continuo degli interessi.
«Sono vostro devotissimo servitore, Santo Padre.»
Il pontefice benedisse il banchiere e uscì dall'ufficio.

Colonnata, Anno Domini 1505

Alle spalle dei due cavalieri, le acque del Tirreno s'increspavano sempre di più nel crepuscolo, agitate dal sopraggiungere di una tempesta. Sarebbe stato più sicuro trascorrere la notte a Carrara, ma Michelangelo si era messo in testa di raggiungere Colonnata quel giorno stesso. Più salivano lungo i pendii dell'Appennino, più il cielo si oscurava. La coltre di nuvole inghiottì la luce delle stelle. Quando i due viaggiatori raggiunsero finalmente la strada montana che s'inerpicava fino al piccolo paese, il paesaggio pieno di crepacci delle Alpi Apuane era già piombato nell'oscura voragine della notte. Non si vedeva a un palmo dal naso, il che significava correre costantemente il rischio di uscire dal sentiero e precipitare nell'abisso. Il vento s'insinuava tra i pini come un ladro e fischiava tra gli scogli. Anche se a sud stava già arrivando la primavera, sulle montagne faceva ancora parecchio freddo. Si stava avvicinando la mezzanotte, l'ora in cui, secondo una credenza diffusa, tutte le creature che temevano la luce di Dio si accingevano alle loro scorrerie, complice l'oscurità.

«Signore, che facciamo se incontriamo un mago o una strega?» chiese Francesco.

«In tal caso ricorreremo alla preghiera e alle lame delle nostre spade!»

La risposta di Michelangelo non dissipò i timori del servitore. «Una preghiera?»

«Sì, una preghiera. Non sei forse un buon cristiano? Quando un uomo esaurisce tutte le proprie possibilità, non gli resta che sperare in colui che tutto può.»

Francesco gemette, ma tacque. Entrambi non vedevano l'ora di arrivare a destinazione.

«Lo senti?» chiese lo scultore, entusiasta. Si era alzato in piedi sulle staffe e guardava dall'alto il servitore, che si era invece come accovacciato in groppa al cavallo.

«Che cosa, signore?» chiese Francesco senza capire.

Lo scultore puntò il naso verso l'alto e inspirò con gusto l'aria fredda, come se fosse aromatizzata alle spezie. «La pietra!»

«Quale pietra?»

«Il marmo. La mia balia era la moglie di uno scalpellino. La sua mammella era sempre coperta da uno strato sottile di polvere di marmo, perciò non potrò mai dimenticarne l'odore e persino il sapore. Lo sento subito, appena mi giunge al naso e sulla lingua.»

Dalle piccole case di pietra di Colonnata, abbarbicate sulle rocce, non filtrava nessuna luce, né di lampade a olio né di candele. Più che vederle se ne intuivano i contorni. Sembrava che gli abitanti stessero già tutti dormendo. Quasi tutti, in quel piccolo borgo di montagna, vivevano del duro e pericoloso lavoro di estrazione del marmo. Non c'era niente di più insidioso. Gli uomini erano esposti al potere mortale di quella pietra diabolica: col tempo, la polvere che si sollevava quando il marmo veniva staccato dalle pareti rocciose occludeva le vie respiratorie, e poco alla volta i loro volti assumevano una colorazione tra il grigio e il giallastro, finché non morivano vittime di una tosse incessante. Coloro che invece si occupavano del trasporto dei blocchi di pietra a valle, con la lizza, una speciale slitta di legno, o un carro trainato da buoi, correvano il rischio di restare schiacciati o uccisi sotto l'imprevedibile peso delle pietre. Era sufficiente che si strappasse una corda di canapa, che si spezzasse uno dei pattini di legno della slitta o una ruota del carro, perché la violenza del gigante di pietra imperversasse come il destino cieco. Il cimitero, che costeggiarono, occupava uno spazio relativamente grande rispetto al paese, e testimoniava in assoluto silenzio il numero di morti accidentali degli abitanti, di gran lunga superiore alle morti naturali.

Michelangelo fermò il cavallo e smontò di sella. Francesco fece altrettanto, ma appena mise il piede a terra lanciò un grido. Lo scultore si voltò sorpreso, e vide che il suo servitore stava saltellando sulla gamba sinistra tenendo l'altro piede tra le mani e continuando a lamentarsi rumorosamente. « Così sveglierai anche i morti! » lo rimproverò.

« Mi si era addormentato il piede e quando sono sceso da cavallo ho sentito un dolore lancinante fin dentro le ossa! »

Michelangelo aprì la porta della piccola chiesa parrocchiale di pietra; seguito da Francesco, percorse la piccola navata e raggiunse il disadorno altare, sul quale la fiamma di un unico cero vacillava nella corrente d'aria che attraversava la casa di Dio. Sarebbe rimasta sicuramente accesa fino alle lodi del mattino seguente.

Si pose in ginocchio, chinò il capo, giunse le mani e sussurrò: « Signore, abbi pietà di tutti gli uomini buoni che hanno trovato la morte su questa montagna e benedici il nostro progetto, perché il suo unico scopo è tessere le tue lodi ». Recitò un padrenostro, si fece il segno della croce e si alzò.

D'un tratto, la porta della chiesa si aprì. All'ingresso comparve un giovanotto con la faccia imbrattata di sangue; gli occhi gli uscivano quasi dalle orbite, i vestiti a brandelli gli pendevano dal corpo martoriato. Una specie di apparizione prodigiosa. Fissò i due uomini, poi sputò sul pavimento della chiesa e se ne andò via.

« Una bella accoglienza », disse Michelangelo con tono asciutto. « Spero che qui non siano tutti così! »

Francesco alzò meccanicamente le spalle. Uscirono dalla chiesa girando al largo dallo sputo, come se da esso potessero all'improvviso emergere fasci di serpenti velenosi.

Ebbero l'impressione che il paese fosse poco accogliente, addirittura ostile. Un po' perplessi, seguirono la strada collinare che si snodava tra le case di pietra, finché non s'imbatterono in una casupola sghemba dalla quale filtrava una luce. Sopra la porta era appesa un'insegna, ed era probabile che recasse una scritta, ma nell'oscurità risultava impossibile stabilirlo con certezza. Michelangelo bussò vigorosamente.

« Chi è? » chiese una voce roca maschile.

« Michelangelo Buonarroti, scultore incaricato dal Santo Padre! »

L'uomo dietro la porta si schiarì la voce. « Il Santo Padre, eh? E io come faccio a sapere che dite la verità? »

« Non potete saperlo, potete soltanto credermi. »

« Credere? Io credo solo che il mondo è pieno di truffatori e che il giorno in cui Dio lo creò non era il suo giorno migliore. Ah, ma che ve lo dico a fare? Entrate. Dopotutto io gestisco un'osteria, non un convento di suore. »

Poco dopo erano seduti nella misera trattoria, dove c'erano soltanto alcuni tavoli e sedie di legno, di epoca biblica. L'oste era un uomo scarno e d'età indefinibile, poteva avere appena superato i trent'anni o essere già vicino ai cinquanta; portò loro una zuppa di fagioli e un vino rosso aspro e forte. Nel locale c'era odore di vino e sudore stantio.

Lo scultore indicò il posto accanto al suo, ma l'oste preferì restare in piedi. Era insolitamente di poche parole per uno del suo mestiere, tanto che per scoprire dove abitava il maestro scalpellino Fritz il Rosso Michelangelo dovette spendere un'energia considerevole. « In chiesa abbiamo incontrato un ragazzo col viso insanguinato », disse poi.

L'oste impallidì e si fece il segno della croce. « Era Giovanni Masciotto. »

« Non fatevi cavare di bocca ogni parola! »

« È meglio non parlarne! » si difese l'uomo.

A Michelangelo scappò la pazienza. Allungò la mano verso il cinturone posato sul tavolo, sfoderò la spada e gliela puntò alla gola. « Vediamo se adesso vi va di parlarne. »

« Era il figlio del tagliapietre Gasparro. »

« In che senso *era*? »

« È proprio questo il punto. È morto. »

Michelangelo e Francesco si guardarono allibiti. « E come fate a sapere che era proprio lui? » chiese lo scultore.

« Perché voi non siete stati i primi a vederlo. Non è normale! »

Michelangelo non poté trattenere un sorriso. Allontanò la scodella di zuppa di fagioli, ancora mezza piena. « Come può essere morto se l'ho appena visto? »

« Rispondete da voi a questa domanda. Parlare dei morti porta sfortuna. Non dirò neppure una parola di più, potete pure sgozzarmi! »

« Allora spiegatemi almeno com'è morto. »

«Vi mostro il vostro alloggio per la notte», disse l'oste, e si voltò verso la scala.

L'alloggio non meritava di essere definito tale: consisteva in una minuscola baracca nel sottotetto dell'osteria.

«Signore, abbiamo visto un fantasma?» chiese Francesco dopo che l'oste fu uscito chiudendosi la porta alle spalle e lasciando i due a condividere, per necessità, l'unico letto nella stanza.

«Niente è impossibile a Dio, ma a me sembrava che i suoi movimenti fossero molto terreni, se ho interpretato bene le contrazioni muscolari che s'intravedevano sotto la sua pelle. I fantasmi non hanno bisogno di forza muscolare per muoversi. Quel giovanotto mi sembrava più che altro confuso. Bisognerebbe trovarlo, prima che muoia veramente.»

«Volete dire che quell'essere era vivo?»

«Come lo siamo noi due!»

Francesco si fece il segno della croce. «Se Dio vuole!»

Michelangelo si voltò su un fianco, dando le spalle al suo servitore. Restarono distesi l'uno accanto all'altro su quella paglia alquanto sospetta. Avevano steso i loro mantelli sulle coperte bucherellate della locanda, ma gelavano comunque, perché un vento freddo soffiava dalle fessure. Lo scultore chiuse gli occhi e si scaldò l'animo nella gioiosa attesa del marmo che avrebbe visto nel giro di poche ore. Se non fosse stato così buio, si sarebbe subito messo in cammino. La pioggia gocciolava leggera sul tetto e si sentivano gli ululati dei lupi, pericolosi e malinconici allo stesso tempo. «Hanno fame», mormorò nel dormiveglia, sbadigliando.

«Meno male che siamo qui e non là fuori nella selva», replicò Francesco, che era ancora ben sveglio. Ma non ricevette risposta. Poi aggiunse: «Signore, dicono che qui ci sono i lupi mannari».

«Non sono forse ovunque? I lupi mannari e i fantasmi popolano il lato oscuro del nostro intelletto. Ora dormi, Francesco, presto dovremo alzarci», brontolò Michelangelo, prima di scivolare definitivamente nel sogno di un mondo pieno di marmo. Un mondo bianco, immacolato. Si diceva che nell'antica Grecia ci fosse una città di scultori, Aphrodisias. Ah, quanto gli sarebbe piaciuto esserci stato!

24

Colonnata, Anno Domini 1505

Il sole era appena sorto quando Michelangelo svegliò il suo servitore, senza pietà. «In piedi! La giornata corre, sbrighiamoci a raggiungerla!» Non avevano dormito più di tre o quattro ore.

Scesero alla svelta nella saletta al piano inferiore. Per colazione c'erano pane e lardo; da bere acqua calda con un po' di miele.

Mentre Francesco stava ancora trangugiando il pasto, Michelangelo si alzò da tavola, scambiò qualche parola con l'oste e uscì di corsa dalla porta. Il servitore seguì il padrone con l'ultimo boccone ancora da masticare.

Poco prima di raggiungere una casa relativamente grande, in fondo al paese, Michelangelo si mise a ridosso di un albero e si slacciò le brache. «Fallo anche tu, poi non avremo più tempo», ordinò al servitore, che obbedì con evidente riluttanza. Mentre urinava, lo scultore lasciò scivolare lo sguardo dal campanile grigio scuro, che era fortificato come la torre di una fortezza, con tanto di merlature, alle montagne, che vedeva per la prima volta alla luce del giorno. Quella vista lo scosse, perché l'imperscrutabilità dei pendii scoscesi preannunciava un altro mondo, quello della grande madre che partoriva dal ventre durissimo la magnifica pietra. Ebbe un lampo di genio, che proveniva dal cervello di un architetto, non da quello di uno scultore: vide le linee di forza, le vie delle forze che spingevano le cime verso il cielo, nonostante le linee di faglia che divenivano valli. Michelangelo si prese la testa tra le mani. D'un tratto si rendeva conto di saper vedere le forze, e che non avrebbe più potuto prescindere da tale capacità. Le forze combattevano contro il carico eterno del mondo, e quindi contro quella immane, misteriosa, onnipresente forza contraria che tendeva a schiacciare ogni cosa. Quale immensa opera era la creazione del mondo! Nel dare forma e colore a ogni cosa, Dio aveva unito in modo stretto l'abilità massima del pittore, dello scultore e dell'architetto.

Fu in quel momento che Michelangelo scoprì il segreto dell'architettura. Era al contempo nascosto e palese. Se il mistero della scultura consisteva nella capacità di scoprire la figura sotto la pietra superflua per poi liberarla, e quello della pittura nel ricreare, tramite il contrasto tra ombra e luce, il mondo tridimensionale su un supporto bidimensionale, il segreto dell'architettura consisteva unicamente nel riconoscere le linee di forza. Il resto - forma e statica - veniva di conseguenza. Ma la vita non era forse un insieme di forze? E l'arte dell'architettura non consisteva forse nel rendere visibili tali forze? E dove si nascondeva il mistero della forza? Semplice: nel movimento. Il movimento risvegliava ogni cosa, perché la legge fondamentale della vita si manifestava nel cambiamento.

Michelangelo cadde in ginocchio, alzò le mani al cielo e ringraziò Dio. Osservando la montagna avvolta nella nebbia aveva riconosciuto la verità della vita, che era poi la legge fondamentale dell'arte: la danza delle forze creava il gioco della vita. D'un tratto capì che cosa lui stesso aveva creato col progetto del mausoleo per il papa: un edificio che era un'allegoria del mondo. Sebbene fosse pensato per un morto, sarebbe stato costruito per i vivi. Lo scultore si alzò, senza riuscire a staccare lo sguardo dalle montagne. Era come un'assuefazione, come se non ne avesse mai abbastanza di quella vista. Sotto gli alberi, sotto le piante e la terra, cresceva la pietra sacra, l'inizio e la fine di tutto. Caverne nelle pareti, avvallamenti in cui la montagna che si protendeva verso l'alto raccoglieva nuova energia. I contorni sfumati dalla nebbia, dagli alberi e dalle sterpaglie rafforzavano in lui la sensazione di essere di fronte alla grande madre, l'alfa e l'omega di tutte le cose. Al centro, la montagna era concava come una vulva.

Michelangelo provò un'eccitazione straordinaria. I suoi sensi gli svelarono che lì avrebbe trovato le pietre per l'eternità. Proprio dietro il paese, più vicino di quanto immaginasse, le rocce marmoree s'innalzavano verso il cielo. Le vette erano avvolte nella nebbia, che si sollevava lentamente, ma che ancora incombeva sul paese. Faceva freddo, un freddo umido, un clima che faceva penetrare la gotta nel corpo e la morte lenta fin dentro le ossa.

« C'è la neve, lassù? » chiese Francesco sbalordito.

Michelangelo sorrise. « No, quello che vedi risplendere non è ghiaccio. È lui, è il marmo, che ci dà il benvenuto col suo velato, polveroso biancore. Con quale pudicizia nasconde il suo reale splendore, il suo limpido candore interno, come una donna virtuosa copre il proprio corpo davanti all'amato! Nelle famiglie rispettabili accade spesso che le figlie più belle si nascondano dietro i veli e gli abiti sgraziati di un'anziana, ed è soltanto dai movimenti che puoi riconoscerle. »

Così dicendo, e senza poter staccare fino all'ultimo lo sguardo da quel seducente panorama, giunsero davanti alla casa in cui, secondo l'oste, abitava lo scalpellino Fritz il Rosso. Michelangelo bussò deciso alla porta, e un attimo dopo si trovarono davanti un uomo tarchiato, coi capelli rossi arruffati e una barba stravagante, che nella luce del mattino sembrava fatta di spire di rame ritorto. Nei suoi occhi ci fu un lampo non particolarmente gentile.

« Siete voi Fritz il Rosso? » chiese Michelangelo.

« Chi lo vuole sapere? » ribatté quello con tono ostile.

« Michelangelo Buonarroti, scultore incaricato dal Santo Padre! »

Per tutta risposta, l'uomo gli chiuse la porta in faccia con violenza.

Francesco fischiò tra i denti. « Ah, non dev'essere molto innamorato del nostro buon Giulio. »

Michelangelo non si lasciò scoraggiare e bussò ancora alla porta. Il Rosso la aprì di nuovo, ma ora aveva in mano un martello enorme.

« Che cosa avete contro il papa? » chiese Michelangelo con tono severo.

Lo scalpellino sollevò minacciosamente l'attrezzo. Sotto la camicia grossolana s'intravedeva la possente muscolatura che aveva acquisito nel lavoro quotidiano. « Contro il papa nulla! Io ce l'ho coi suoi scultori, che pagano con le indulgenze invece che col denaro. Come faccio a sfamare i miei figli con delle promesse, eh?»

Sul viso di Michelangelo spuntò un sorriso. «Io pago in contanti e in anticipo.»

Il Rosso lasciò cadere il martello, afferrò l'esterrefatto scultore per il colletto, lo trascinò dentro e chiuse la porta in faccia a Francesco. Prima che quest'ultimo potesse pensare al da farsi, la porta si riaprì ancora e un ragazzo in tutto somigliante al Rosso - stessi capelli arruffati e stessa barba ispida sulle guance e sul mento, solo un po' più giovane - lo afferrò bruscamente per un braccio e trascinò anche lui dentro casa.

«Non dovete dirlo troppo forte, che avete con voi il denaro. I tagliapietre sono tutti onesti, ma ci sono un paio di mascalzoni in paese, come l'oste, che mantengono rapporti con gente losca rintanata chissà dove.»

«Mi hanno detto che voi siete il migliore!»

«Chi ve l'ha detto?»

«Francesco Granacci.»

Finalmente l'espressione del Rosso si rasserenò. «Siete fiorentino?»

«Sì.»

«E allora perché tutte quelle ciance sul papa? Dovevate dirlo subito! Venite, fate colazione con noi, poi parleremo di tutto il resto.»

Michelangelo disse che avevano già mangiato, ma fu inutile. Entrarono in una grande sala, il cui soffitto troppo basso però conferiva all'ambiente un vago senso di caverna. Alla finestra era seduta una ragazza sui quattordici anni; ricamava senza mai spostare gli occhi dal suo lavoro e non diceva una parola. Era come se non fosse presente, ma a Michelangelo non sfuggì lo sguardo rapido e tuttavia pieno di tenerezza che le rivolse il padrone di casa. Poi Fritz si rivolse di nuovo a loro e li invitò a sedersi al grande tavolo grezzo. Se quella perdita di tempo era per lo scultore una tortura, per Francesco era invece l'insperata possibilità di concludere la colazione lasciata a metà nella locanda. Fritz rise, indicando il giovane. «È difficile credere che abbiate già messo qualcosa sotto i denti, stamane, a giudicare da come ci sta dando dentro il vostro servitore!»

Un'ora dopo, finalmente, partirono. La moglie dello scalpellino aveva dato loro del pane farcito con sottili fette di lardo, qualche pomodoro e due bottiglie di vino. Salirono sulla montagna in cinque: Michelangelo, Francesco, Fritz il Rosso e i suoi figli Guido e Matteo. Lo scultore taceva. Parlare poco era nella sua natura. In compenso, Francesco si rivelò genuinamente loquace coi due giovani. « Come mai tuo padre ha quello strano nome? »

Matteo rise. « Fritz? È un nome tedesco. I nostri antenati sono venuti dal Nord. »

« È una tradizione di famiglia. Il nipote primogenito si chiamerà Fritz a sua volta », aggiunse Guido.

« Ringraziamo la madre di Dio che questa maledizione del nipote, di doversi chiamare Fritz, ci ha risparmiato », disse Matteo facendosi il segno della croce.

Poi Francesco raccontò dell'apparizione notturna nella chiesa, e notò che i figli di Fritz si scambiarono un rapido sguardo, ma non di spavento, come si sarebbe aspettato. Nei loro occhi c'era soltanto un odio profondo e pericoloso.

« Sii sincero: secondo te, quello che avete incontrato era un fantasma o era vivo? » gli chiese Matteo.

« Messer Michelangelo è sicuro che il ragazzo fosse vivo come me e voi. »

« Allora è vero. Quel porco è ancora vivo », ringhiò Guido.

« Che c'è? Che cos'ha fatto? »

« Ha abusato di nostra sorella. »

« Anna era la più allegra di tutti noi. »

« Da allora non parla più. »

« È una cosa che ti spezza il cuore! »

« Nostro padre l'ha inseguito sulle montagne, per costringerlo a rendere conto di ciò che aveva fatto. Per la paura, quel bastardo è caduto giù da un dirupo. »

« Nessuno sopravvive a un volo del genere. »

« A meno che non sia protetto dal diavolo. »

Poi i due fratelli tacquero, ma la faccenda continuò a occupare i loro pensieri con un'irruenza ancora maggiore, come si deduceva dalle loro espressioni cupe. Francesco non avrebbe voluto essere al posto di quel ragazzo, se mai fosse finito tra le loro grinfie.

Poco meno di un'ora dopo, Michelangelo stava guardando una vallata dall'alto, come se fosse sul terrazzo del Palazzo della Signoria a Firenze.

« Da qui in poi si fa difficile. Seguitemi senza rimanere indietro », gridò Fritz.

Non aveva esagerato. La discesa sugli stretti sentieri aggrappati alle pareti scoscese durò un'altra mezz'ora. Francesco, che non era esente dalle vertigini, recitava un padrenostro dopo l'altro, alternando di quando in quando una preghiera di supplica alla Vergine Maria e un *confiteor*.

« Il vostro servitore è molto musicale », scherzò Fritz.

« Tutto questo non fa per lui, eppure è qui ugualmente, quindi non deridetelo », lo rimproverò lo scultore.

Procedendo in discesa, a ogni passo sentivano l'aria farsi sempre più umida, perché i raggi del sole ancora non raggiungevano la vallata. Quando arrivarono a fondovalle, Michelangelo non riuscì più a trattenersi ed esaminò la roccia.

« Quante pietre vi servono? » chiese lo scalpellino.

« Sessanta. »

« Sessanta? » ripeté sorpreso e convinto di aver sentito male. « Ma è il lavoro di un anno intero! »

« Allora procuratevi altri operai. Dovete finire entro sei mesi! »

« Costerà caro. »

« Non sono soldi vostri. »

« Va bene, radunerò gli operai di Colonnata e di Misiglia. »

Chiarita la quantità, cominciarono a scegliere le pietre. Michelangelo le guardava e le confrontava, e prima di mettere un segno in un determinato punto si consultava con Fritz, soprattutto a proposito delle venature, determinanti per capire se il blocco si sarebbe incrinato dopo essere stato staccato, diventando quindi inservibile.

Matteo si avvicinò ai due uomini. « Padre, Guido e io vorremmo dare un'occhiata in giro. Francesco dice che il bastardo è ancora vivo. »

Fritz annuì con aria cupa. Poi, mentre i figli si stavano già incamminando, li richiamò indietro e mise il proprio coltello in mano a Matteo. «Siate prudenti e restate sempre insieme. Se quel porco è ancora sulla faccia della terra, a insudiciare la bellezza della creazione del Signore, significa che è in combutta col diavolo!»

Roma, Anno Domini 1505

Bramante aveva trascorso gli ultimi giorni in un repentino alternarsi d'impulsi creativi impetuosi e avvilimenti abissali. Non faceva che prendere in mano lo stilo di piombo per disegnare, ma ogni volta doveva metterlo giù quasi subito perché temeva di poterlo usare per squarciarsi le vene dei polsi, tanta era la rabbia e la disperazione. Nelle rare fasi in cui ritrovava la tranquillità, entrambe le cose gli sembravano ridicole. Essersi innamorato alla sua età con una passione che non aveva mai provato neppure da ragazzo, tanto da rischiare di impazzire, non gli sembrava meno comico dell'idea di riuscire a completare un progetto architettonico immenso nei pochi anni che ancora gli restavano. A volte si ubriacava fino a perdere conoscenza, oppure si consegnava inerme al dolce oblio prodotto dalle arti delle prostitute.

Una mattina, mentre strisciava fuori dal letto in preda ai postumi di una sbornia, il suo sguardo cadde su una sagoma seduta sulla poltrona accanto al suo letto; la sagoma indossava una calzamaglia nera, aveva le gambe accavallate e il piede destro, quello sollevato da terra, dondolava leggermente. *È il diavolo, è arrivato il momento, è venuto a prendermi!* Si sporse in avanti e cadde pesantemente a terra. Emise un gemito lagnoso, poi provò a pregare.

La sagoma si alzò e l'architetto si trovò a fissare un paio di gambe magre, le cui forme erano sottolineate dalla calzamaglia aderente. Per la testa annebbiata gli passò la bislacca idea che potevano essere le zampe di un grosso ragno. Le parole gli uscirono dalle labbra come se sputasse ovatta: «Signore, per favore, per favore...»

Due mani lo afferrarono e lo sollevarono. « Alzati, Donato. Alzati! »

Conosceva quella voce. E quando finalmente alzò lo sguardo scoprì che anche gli occhi e il resto del viso allungato dell'uomo gli erano familiari. Abbassò le palpebre ed emise un altro gemito, ma adesso di sollievo.

Agostino Chigi lo stava reggendo per le ascelle. « Torna in te, amico mio! » Poi, arricciando il naso, espresse una constatazione: « Hai bisogno di farti un bagno ».

Bramante ruttò e un sapore acido gli pervase la bocca asciutta. « Perdonatemi, onorato Agostino, perdonatemi. »

Il banchiere lo lasciò andare. L'architetto sgranò gli occhi e mosse i muscoli del viso, ansimando.

Chigi, che evidentemente non voleva trattenersi nella camera da letto di Bramante più a lungo del necessario, arrivò subito al dunque. « Imperia mi ha raccontato che vuoi costruire una nuova basilica di San Pietro a gloria di Dio, perché secondo te è tempo di farlo. »

« È tempo di farlo! »

« Allora fallo! Hai il mio appoggio. Ma la cosa susciterà un gran clamore, dobbiamo essere saggi e preparati. »

« E voi che cosa ci guadagnate? »

« Buona domanda. Finalmente ricominci a ragionare! Il finanziamento. Sarà il più grande affare della mia vita », rispose il banchiere con un sorriso compiaciuto. Sembrava che avesse già fatto i conti del credito e degli interessi, considerando anche le garanzie che si sarebbe fatto intestare e che avrebbe utilizzato in modo proficuo. Si voltò per andarsene, ma si fermò sulla soglia e abbassò lo sguardo. « Ti saluta Imperia. »

Bramante trattenne un'amara risata.

« Non dimenticheremo il tuo contributo alla nostra felicità, mio caro Donato. Ti sei guadagnato un amico », disse Chigi, l'uomo più ricco del mondo, tanto abile negli affari quanto generoso. Poi lasciò l'abitazione di Bramante.

Le cose dunque stavano procedendo al meglio per l'architetto! Tranne il fatto che l'amore continuava a tormentarlo pesantemente. Rimase seduto sul letto a lungo, immobile, a riflettere sulle ultime parole di Chigi, che non voleva accettare; all'improvviso si alzò di scatto, come se l'avesse morso una tarantola, e sbraitò: «Giorgio, scalda l'acqua e preparami un bagno con lavanda e rosmarino».

Il banchiere aveva ragione: aveva davvero bisogno urgente di fare un bagno. Poco più tardi entrò nel tino fumante e profumato e chiuse gli occhi. La lavanda lo calmò, mentre il rosmarino stimolò la sua fiacca circolazione del sangue e - come sperava - scacciò la gotta, che era tornata a farsi sentire. Il vapore disegnava figure nell'aria che parevano colonne e cupole. Sì, voleva agire in base alle leggi della buona architettura. Che cosa lo tratteneva, l'età? La paura di non portare a termine la basilica? Quello non contava affatto!

Bramante si mise a sedere nel tino e si tolse l'acqua dal viso con la mano. Completare il lavoro non era la cosa più importante, quello che contava davvero era iniziare! Solo una cosa era importante: iniziare in modo tale che nessuno, anche dopo la sua morte, potesse più modificare nulla. L'unica cosa su cui doveva riflettere davvero a fondo, per poi compiere i passi necessari di conseguenza, era come mettere tutti di fronte al fatto compiuto.

Uscì dal tino con un grido di gioia, s'infilò pantaloni, camicia, farsetto e stivali senza nemmeno asciugarsi e uscì alla svelta diretto al Pantheon. Non sentiva nemmeno la brezza ancora fredda della primavera che gli penetrava sotto i vestiti. Si fermò sotto la possente cupola dell'antico tempio, ormai trasformato in una chiesa cristiana, e guardò in alto, verso i cassettoni, che sembravano prendersi vicendevolmente a braccetto. Il cuore della sua costruzione - il cuore della fede - doveva essere una struttura a pianta centrale, sovrastata da una cupola; simile al Pantheon, ma molto, molto più grande. A confronto con la sua basilica di San Pietro, il Pantheon sarebbe sembrato una cuccia per cani!

Sulla strada del ritorno pensò al Libro dell'architetto. Arrivato a casa lo tirò fuori e lo aprì alla pagina con l'Etz Chaim, l'albero della vita coi quattro arcangeli al centro, sui quali poggiava il mondo. Gli arcangeli reggevano il collegamento del cielo con la terra e quello della terra col cielo, perché erano messaggeri costantemente in viaggio tra le due realtà. Nell'immaginazione di Bramante, il gigantesco edificio non nasceva dall'esterno, bensì dall'interno, dal centro dell'energia, come gioco aggraziato degli angeli col paradiso. Sarebbero stati loro, gli angeli, a sorreggere la cupola celeste.

Per lui la decisione era presa: quella che avrebbe eretto sopra il quadrato sarebbe stata la più grande cupola mai costruita. Tale era il presupposto di partenza essenziale; poi avrebbe aggiunto altre parti della chiesa, e così sarebbe nato il nuovo tempio della nuova Gerusalemme.

Bramante aveva la sensazione di perdere il senno. I pensieri si susseguivano come se lui non avesse niente a che vedere con essi: conducevano un'esistenza propria, del tutto autonoma; il suo cervello ne era soltanto il contenitore organico, un involucro. Dovette sedersi. Era preoccupato per il proprio cuore, che minacciava di scoppiare, perché ormai, a quel punto, la nuova basilica della cristianità riusciva a vedersela davanti.

Cominciò a fare calcoli e schizzi, utilizzando quella chiave delle proporzioni che era l'Etz Chaim per determinare quanto dovessero essere robusti i pilastri per poter sorreggere una cupola così grande senza spezzarsi. A quel punto si trattava di mettere tutti davanti al fatto compiuto prima che l'odiato scultore tornasse da Carrara. E non solo per lui, ma anche per l'insignificante posterità!

25

Colonnata, Anno Domini 1505

La mattina dopo, di buon'ora, Michelangelo e Francesco salirono sulla montagna per scegliere le pietre, accompagnati soltanto da Matteo. I corvi volavano in cerchio sopra la cava, come se aspettassero gli uomini al varco. Matteo imprecò sottovoce. Lo considerava un cattivo presagio, ma Michelangelo disse che con ogni probabilità ciò significava semplicemente che nella cava doveva esserci una carogna: una lepre, una volpe, forse un lupo.

Nel frattempo, Fritz e Guido si erano messi in cammino per ingaggiare un certo numero di scalpellini e facchini. Fritz intendeva organizzare il trasporto dalla montagna al porto di Carrara; da lì in poi, se ne sarebbe dovuto occupare Michelangelo. I blocchi di marmo sarebbero stati portati a valle tramite lizzatura e carri trainati da buoi, quindi caricati su navi dirette a Ostia e una volta lì sarebbero stati trasferiti su imbarcazioni fluviali per essere trasportati fino a Roma risalendo il Tevere. Per il trasporto, Michelangelo aveva concluso un contratto con un armatore di Lavagna.

Esaminò con pedanteria le venature della pietra sul fondo della cava, che somigliava a un imbuto rovesciato. Gli ricordava la rappresentazione dell'inferno di Botticelli contenuta nell'edizione della Divina Commedia che a suo tempo gli era stata regalata da Landino, e che leggeva quasi quotidianamente. Dopo un esame approfondito, disegnò un rettangolo immaginario sulla parete di roccia, a rappresentare le dimensioni del blocco da staccare. «Questo!» disse indicando il punto.

Mentre Francesco e Matteo segnavano conficcando dei ferri il blocco che sarebbe stato estratto in seguito, lo scultore si arrampicò su un piccolo contrafforte con la tracolla contenente i suoi strumenti da disegno. Dopo aver osservato la roccia con attenzione spanna per spanna, accarezzò il marmo con la mano e le sue labbra si stesero in un sorriso rapito. La pietra era immacolata; nemmeno una venatura che indicasse la presenza di corpi estranei o crepe. Era il marmo più bello che lui avesse mai visto. Con quello avrebbe scolpito innanzitutto il Mosè, figura cardine del mausoleo! Stava pensando che avrebbe potuto iniziare a modellare il blocco sul posto, appena fosse stato staccato dalla roccia, quando un rumore indefinito lo strappò dalle sue riflessioni.

Circa dodici piedi più in basso, su un minuscolo balcone di roccia, c'era Giovanni, il ragazzo dello sputo sul pavimento della chiesa. Sotto lo sguardo dello scultore, arretrò involontariamente fino al bordo dello spuntone. Era seminudo, coi capelli arruffati che andavano in tutte le direzioni e un sudiciume talmente incrostato che gli copriva la faccia come una specie di maschera informe. Il suo sguardo era diventato se possibile ancora più confuso, come se fosse inseguito dalle vendicative Erinni che dimoravano nel suo cuore. Il giovane se ne stava chino, stringendosi nelle spalle, la mano destra nella piega del gomito sinistro. Con l'altra si copriva l'occhio sinistro, mentre il destro, dilatato per lo spavento, fissava lo scultore. Il labbro inferiore sporgeva leggermente. Michelangelo non aveva mai visto un'espressione di terrore più completa di quella; rispecchiava tanto l'orrore per le proprie azioni quanto la paura delle ineluttabili conseguenze.

Con movimenti lenti, come se stesse cercando di non spaventare un uccello impaurito, prese il blocco da disegno e lo stilo di piombo. E cominciò a disegnare. Il silenzio era perfetto, interrotto soltanto dallo sporadico gracchiare dei corvi. A Michelangelo non interessava come il ragazzo fosse finito lì, cosa ci fosse venuto a fare e perché fosse rimasto immobile in quella posizione, come paralizzato, se si eccettuavano le labbra tremanti. Non gli interessava neppure a quale coincidenza dovesse quell'immagine. Si limitava semplicemente a disegnare.

Quando ebbe finito lo schizzo, chiese dolcemente: « Che c'è, figlio mio? » Il ragazzo tacque, ma era chiaro che aveva capito. Finalmente, dopo una piccola eternità, le sue labbra si mossero; ma non uscì nessun suono, solo silenzio. Parlava in silenzio. Gridava aiuto, ma in modo silenzioso.

« Ti capisco. Sei pentito per ciò che hai fatto. »

« È colpa di Dio », sussurrò Giovanni.

« Dio? » ripeté lo scultore, rabbrividendo.

« Dio è il diavolo! » gracchiò il ragazzo, adesso a voce più alta.

Cos'altro avrebbe dovuto sentire? A Michelangelo si strinse il cuore. Certo, la cosa più facile era ritenere che il giovane fosse semplicemente confuso. Ma gli antichi greci, che di sicuro per certe cose non erano degli sprovveduti, non credevano forse che dalla bocca dei folli, come da un oracolo, uscisse la verità?

« Come ha potuto mettere Anna da sola al ruscello, quella mattina? Era così bella. Così bella nella luce del mattino! Come ha potuto entrare dentro di me sotto forma di montone? » disse Giovanni con la voce roca.

« Chi? »

« Dio! »

« Figlio mio, sicuramente intendi dire il diavolo. »

Giovanni scosse la testa. « Il diavolo non può essere così bello e così puro. È Dio che mi ha tentato! »

In quel momento, Matteo e Francesco salirono sul contrafforte su cui stava Michelangelo. Quando il fratello della ragazza disonorata vide il colpevole, estrasse subito il coltello e cominciò a scendere per raggiungerlo.

« No, no! Non farlo, Matteo! » gridò Michelangelo.

Giovanni si limitò a fissare il fratello di Anna, senza muoversi. Più Matteo gli si avvicinava, più il suo sguardo s'inteneriva ed esprimeva comprensione. *Sottomesso e felice come un cane,* pensò Michelangelo, e abbassò lo sguardo perché non sopportava di assistere a ciò che stava per succedere. Era un semplice coltello da contadino, corto ma di lama robusta, quello con cui Matteo tagliò la gola al suo coetaneo. Uno zampillo di sangue si riversò sul marmo bianco, tingendolo di rosso. Ma per il marmo non era un problema: la macchia si sarebbe potuta togliere con la mola.

Michelangelo scosse la testa. « Tu e Giovanni finirete entrambi nel nono girone dell'inferno, quello descritto da Dante! »

« Signore, questo non spetta né a me né a voi valutarlo. Dipende soltanto dal giudizio di Dio. » Con fare distaccato, Matteo si chinò sul corpo ancora scosso dagli spasmi mortali, strappò lo straccio che copriva le vergogne di Giovanni, gli tagliò il pene col coltello e lo gettò nella valle. Michelangelo impietrì, Francesco si mise a vomitare. Il giovane tagliapietre tornò su e con la mano ancora insanguinata porse la bottiglia di vino al servitore. Francesco ebbe un altro conato di vomito, poi prese la bottiglia, trangugiò un lungo sorso di vino, riprese fiato e buttò giù un'altra bella sorsata. Pian piano riprese colore. « E la sua famiglia? » chiese.

« Sanno che adesso il mondo è di nuovo in equilibrio. Queste sono le nostre leggi. »

« Che ne sarà del suo cadavere? »

Matteo si limitò a indicare i corvi con un cenno del capo, poi si rivolse a Michelangelo: « Non preoccupatevi, signore. Lo porterò da qualche altra parte, non vi disturberà mentre lavorate ». Tornò dalla sua vittima e se la caricò in spalla quasi con delicatezza. « Ah, Vanni, perché hai fatto quel che hai fatto? » mormorò con le lacrime agli occhi. « Eri il mio migliore amico, eri quasi come un fratello! »

Durante la notte Michelangelo fu tormentato da incubi spaventosi: angeli che suonavano i tromboni della vendetta, san Bartolomeo con un coltello nella mano destra, simile a quello usato da Matteo e sporco di sangue gocciolante; con la sinistra il santo teneva la pelle di un uomo scuoiato, e il viso dell'uomo era quello dello scultore. Tutto il mondo era già immerso nel giudizio finale. Nel sogno, Michelangelo vide tutti gli uomini protendersi verso il cielo. Quasi tutti, però, divennero vittime dei demoni che li trascinavano all'inferno. Gridò così forte, nel sonno, da far svegliare tutti di soprassalto.

Il primo a raggiungerlo fu Francesco, che dormiva nella stanza accanto. « Che vi succede, signore? » chiese chinandosi su di lui preoccupato.

Svegliato dal suo stesso grido, Michelangelo si guardò attorno confuso, poi si calmò. «Niente, niente», balbettò.

«Ma voi state sudando.» Francesco gli asciugò il sudore con un panno e gli posò una mano sulla fronte. «E siete anche bollente!»

Sulla soglia della stanza comparve la possente sagoma dello scalpellino. Dovette stringersi nelle spalle e chinare il capo per non sbatterlo.

«Il signore brucia di febbre!» gli disse Francesco con la voce intrisa di paura.

«Dico a mia moglie di preparare degli impacchi freddi», decise Fritz, e scese subito per dare le disposizioni del caso.

Trascorse una settimana, durante la quale Michelangelo riuscì a tenere nello stomaco soltanto pane secco e vino spumante. Anna si occupava di lui in modo commovente, ma senza proferir parola e senza sorridere. Lo scultore si sentiva debole e dolorante in ogni fibra del corpo. Spesso si svegliava gridando, tormentato dalle immagini spaventose che gli apparivano in sogno. C'era da temere per la sua vita. Avevano consultato un medico di Carrara, che aveva consigliato di sottoporre il malato a ripetuti e intensi salassi. A Fritz l'idea non garbava, così mandò a chiamare la vecchia Annunziata, una donnetta striminzita, esperta in tutto ciò che riguardava il corpo umano. Consigliò di proteggere il malato dalle correnti d'aria, di tenerlo al caldo e di farlo sudare parecchio, in modo da cacciare lo spirito malvagio che albergava dentro di lui, e che gli provocava quei brutti sogni. Una volta al giorno avrebbe dovuto bere vino rosso caldo mescolato a grappa, uova e miele, con l'aggiunta di erbe essiccate, calendola, salvia e camomilla. Oltre a questo, ogni giorno avrebbe dovuto bere almeno due litri di un infuso di melissa, iperico e cacciafebbre.

Michelangelo, coricato in un letto allestito per lui nel grande soggiorno, ormai temeva il sonno in quanto portatore di incubi. Faceva di tutto per tenere aperti gli occhi, che diventavano sempre più vitrei e grandi, sprecando così le ultime forze.

Francesco e l'intera famiglia dello scalpellino abbandonarono ogni speranza; erano già sul punto di mandare a chiamare il parroco, quando Anna, con un'espressione impassibile, si sedette accanto al malato e prese a cantargli semplici arie. Erano canzoni da contadini e scalpellini, che parlavano di campi e di lupi, di pietra bianca e dura, di parroci avidi e contadini scaltri, ma soprattutto parlavano dell'amore. Michelangelo portò con sé nel sonno le immagini delle canzoni, che come piccoli cavalieri coraggiosi scacciarono le brutte facce del male. Con sorpresa e sollievo da parte di tutti, ritrovò gradualmente la tranquillità. E forse anche le erbe, intanto, cominciavano a fare effetto.

Due settimane dopo si alzò dal letto, chiese un brodo di carne e annunciò di voler andare in chiesa. Dopo aver ascoltato la messa, volle riprendere subito il suo lavoro. Desiderava ardentemente anche dipingere un ritratto di Anna, ma la ragazza non lo permise. Lui avrebbe disegnato con molto piacere quell'innocenza, ma lei era appunto troppo pura e innocente per consentirlo. Provò a insistere, pur con delicatezza; infine rinunciò e s'immerse del tutto nel suo lavoro. Come gli faceva bene stare di nuovo alla cava!

Tuttavia, c'era un interrogativo che ancora lo tormentava: per quale motivo Giovanni aveva creduto che fosse stato Dio a tentarlo e non il diavolo? Per quanto ci riflettesse, non riusciva a capire cosa mai avesse dato al giovane quell'idea. E sentiva di non poter liquidare il tutto come le ciance di un pazzo. « È colpa di Dio. » Quella frase s'infilò nei suoi pensieri come una spina nella carne.

Roma, Anno Domini 1505

Da due giorni e due notti, schiacciando solo di rado un pisolino agitato perché il cervello non gli dava requie, Bramante stava disegnando schizzi su grosse pergamene con stili di piombo e sanguigne. Anche quando gli si chiudevano gli occhi, non riusciva a tenerli chiusi. Spesso era tormentato dalla gotta. A volte, quando tracciava una linea a mano libera o col righello, gridava per il dolore. Di quando in quando si vedeva costretto a portare in appoggio alla mano gottosa la mano sinistra, quella sana, per riuscire a mantenere la linea dritta, per quanto possibile. In tal modo era riuscito a progettare metà della zona del quadrato col coro occidentale, e metà del transetto.

Si appoggiò allo schienale della sedia e osservò per qualche istante il disegno incompleto. Pensò di lasciarlo esattamente così: incompiuto. Non furono motivi di tempo a indurlo a quella decisione, bensì la forza persuasiva che offriva quello schizzo realizzato soltanto a metà: chiedeva a gran voce di essere ultimato, e non soltanto sulla carta, ma come fabbricato, nel mondo reale. Cos'altro avrebbe potuto suscitare in Giulio II, con altrettanta forza, il desiderio di sostenere - di far proprio - il progetto?

Mentre sviluppava quel pensiero con gioia intima e appagamento profondo, approdò a un tratto a un'ulteriore intuizione. Lasciato così com'era, incompiuto, quel progetto aveva anche un effetto secondario decisamente vantaggioso, perché lasciava in sospeso la questione della vecchia basilica. Se l'architetto avesse portato a termine l'altra metà del progetto allo stesso modo, avrebbe rivelato le sue intenzioni. Così, invece, avrebbe potuto argomentare a lungo che il nuovo edificio a pianta centrale sarebbe sfociato nella pianta longitudinale dell'antica basilica. E mentre la discussione a tal proposito continuava, lui sarebbe andato avanti come gli pareva, mettendo infine tutti davanti al fatto compiuto.

La cosa più importante era che quel frammento di progetto evocasse un'idea di grandezza. *I topi si prendono col formaggio e il papa con le idee imperiali*, si disse Bramante. Avvolse la pergamena e s'incamminò verso il Palazzo Vaticano.

Fece la strada con passo spedito, quasi correndo, portando sottobraccio il grosso rotolo lungo due cubiti. Quando arrivò davanti alla basilica, il suo sguardo abbracciò trionfante gli antichi muri fatiscenti. Per lui, appartenevano già alla Storia.

Neppure per un istante provò rammarico per l'antica costruzione. E dire che nella sua storia millenaria aveva visto di tutto: devozione, incoronazioni, saccheggi e guerre, santi e demoni, amore divino e amore umano, e persino il maleodorante cadavere di un papa, strappato dalla tomba e vestito coi paramenti sacerdotali per giudicarne peccati e virtù. Tutto ciò non aveva importanza: la vecchia basilica era ormai solo un rudere cadente, e soprattutto era mal costruita! Bramante ne era convinto: chi avesse voluto farsi un'idea di come un cristianesimo stantio avesse soffocato la serenità e la bellezza del mondo antico, doveva semplicemente dare un'occhiata a quel mostro decrepito, cui mancava la grazia delle forme e la leggerezza - l'umorismo? - della vita. Era un'architettura della coscienza sporca e dell'inibizione, non della serenità.

Inoltre, nel folle disordine delle proporzioni e degli stili, non corrispondeva in alcun modo alle regole della buona architettura. Sempre che si potesse parlare di proporzioni e stili. D'un tratto Bramante si sentì come un giovane cavaliere destinato ad abbattere l'antico drago di pietra. Uno sciocco paragone, se ne rendeva conto, ma lo fece ridere così forte che gli vennero le lacrime agli occhi e i passanti si girarono a guardarlo. Era probabile che lo stessero prendendo per un pazzo, per l'ennesimo invasato pieno di religione mal digerita, ma non c'era verso, non gli riusciva di darsi un contegno. Del resto, neanche ci provava. Il cavaliere Donato Bramante era in sella a un enorme destriero, quello della superbia. Ne era consapevole e si godeva la situazione. Da tempo non si era sentito così giovane e pieno di energia. Da tempo non si sentiva così bene!

Tutto ciò che stava pianificando aveva ben poco a che fare col buon Dio cristiano. Era piuttosto legato a un ritorno dei grandiosi tempi antichi, sotto un nuovo Giulio, non Cesare, ma della Rovere, altrettanto bellicoso, energico e intelligente. Il secondo Giulio avrebbe reinstaurato l'Impero romano, cacciando i musulmani da Bisanzio e Gerusalemme. Il genio di Giulio Cesare era tornato nella persona di questo papa, anche se era anziano e si doveva affrettare. I piani di Giulio conducevano una gara spietata conto la sua età, nell'arena del tempo. Ma non c'era mai stato un vicario di Cristo che avesse fatto onore più di Giuliano della Rovere al titolo di *Pontifex maximus*, ovvero il più grande costruttore di ponti. Di fatto, egli stava creando un ponte tra l'antichità e il presente, superando l'oscurità del Medioevo e l'epoca gotica.

Bramante e Giulio II, architetto e sovrano, come Hiram e re

Salomone, una coppia su cui poggiava la storia dell'umanità. Lui, Bramante, avrebbe creato il tempio per il ritorno del sovrano del mondo, il Cesare Giulio. L'architetto, figlio di un contadino di Monte Asdrualdo, nei pressi di Urbino, aveva già l'impressione di toccare con mano l'eternità che lo attendeva. Se fosse riuscito a suscitare nel papa anche solo una piccolissima parte del suo entusiasmo, il progetto sarebbe stato suo. Si esortò con rigore a mantenere la mente lucida. Non poteva permettersi errori. Non doveva mostrare impazienza!

Il papa lo aspettava già nella Stanza della Segnatura. Con lui c'erano l'eremita agostiniano Egidio da Viterbo, l'arciprete della basilica di San Pietro, fra' Giacomo, l'architetto Giuliano da Sangallo e, con grande gioia di Bramante, il banchiere Agostino Chigi. L'architetto gli aveva mandato un messaggio e lui era venuto davvero.

«Figlio mio, siamo davvero di buon umore, eh?» disse il papa.

«Oh sì», rispose Bramante, ancora col fiato corto. «Perdonatemi se, vecchio e peccaminoso come sono, mi viene da esser contento. Vorrei danzare, e poi ringraziare Dio in ginocchio, in silenzio e in tutta umiltà.» Sollevò il rotolo del progetto in aria, come un trofeo. «Perché ho qui la soluzione di tutti i problemi legati alla costruzione del mausoleo!»

Mentre Giulio si guardava attorno con aria interrogativa, Bramante sfruttò l'occasione per strizzare l'occhio a fra' Giacomo, con fare cospiratorio.

«E allora mostracela, finalmente», lo esortò il pontefice. «Oppure vuoi prenderci in giro?»

Con le mani tremanti per l'eccitazione, l'architetto distese il progetto sul grande tavolo. Giulio II si chinò leggermente per osservarlo, e l'entusiasmo che subito s'impadronì di lui sembrava quasi si potesse toccare con la mano. «È eseguito soltanto per metà, ma non fa nulla, non è affatto importante, riconosciamo tutto chiaramente: è il progetto di una chiesa. Donato, ti sei dimenticato che ne abbiamo già una?»

Bramante esultò senza darlo a vedere: Giulio era andato subito al dunque. S'inchinò cortesemente davanti al papa e poi si rivolse a fra' Giacomo: « Eminenza, San Pietro è pericolante, vero? »

« Sì », rispose il domenicano, in modo più forzato che spontaneo, in ogni caso con chiare riserve. Diffidava di Bramante.

« Si staccano pietre dai muri e in alcuni punti piove addirittura dentro, non è così? » continuò imperterrito l'architetto, ben sapendo che quella era comunque la realtà della situazione, e infatti Giacomo non poté che annuire. « Certo, tutto questo si può riparare, ma l'aspetto più preoccupante è che alcune pareti non sono più a piombo. In questo caso, delle piccole riparazioni non sono sufficienti. »

Giulio II sorrise. « E dunque hai pensato di costruire un'altra chiesa, così, come se niente fosse? »

« Santo Padre, la nuova Gerusalemme ha bisogno di un nuovo tempio! » annunciò l'architetto con ardore.

« Un nuovo tempio per la nuova Gerusalemme », ripeté il papa pensoso.

Che il papa intendesse fare di Roma una nuova Gerusalemme Bramante l'aveva saputo da Agostino Chigi. Perciò, con uno sguardo innocente, aveva consapevolmente inserito nella discussione quel concetto fondamentale, che racchiudeva gli obiettivi del Santo Padre.

« E perché non limitarsi alle riparazioni, signor architetto? » chiese fra' Giacomo aggrottando le sopracciglia.

Bramante avrebbe voluto abbracciarlo per quella domanda! Sebbene non fosse l'intenzione dell'arciprete, gli faceva gioco. « Il mausoleo ci impone un ampliamento. Come messer Michelangelo ha giustamente proposto, una soluzione potrebbe essere proseguire l'ampliamento del coro occidentale, già avviato sotto Niccolò V. Così facendo, tuttavia, avremmo problemi di statica », spiegò con solerzia.

« Vuoi dire che l'ampliamento potrebbe far vacillare la vecchia basilica di San Pietro? » chiese il papa, e Bramante si affrettò ad annuire. Allora si rivolse all'architetto Giuliano da Sangallo: « Che ne pensi? »

« È possibile », replicò l'interpellato, dondolando la testa con fare pensieroso.

Vecchia volpe, si tiene aperte tutte le porte, pensò Bramante.

« Mi fa piacere che tu sia qui, Agostino », disse il papa guardando Chigi. « Una domanda ipotetica: si potrebbe finanziare una cosa del genere? »

« Qualsiasi cosa sensata si può finanziare », rispose sorridendo il banchiere.

« Ma non è sensato! » esclamò Giacomo con inconsueta veemenza. Nei suoi occhi guizzò un lampo di rabbia e gli s'infuocarono le guance. « La basilica di San Pietro è la memoria della cristianità scritta nella pietra, intramontabile! »

« È proprio questo il vantaggio del mio progetto, caro fratello », spiegò Bramante al domenicano, con una gentilezza tale da dare l'impressione di avere a cuore soltanto il suo benessere. « Sopra la tomba del principe degli apostoli si ergerà la cupola celeste, a rappresentare le mani protettive di Dio. »

Agostino Chigi gli venne in aiuto citando a memoria: « In principio Dio creò il cielo e la terra. Ora la terra era informe e deserta, e le tenebre ricoprivano l'abisso e lo spirito di Dio aleggiava sulle acque. Dio disse: 'Sia la luce!' E la luce fu. Vedendo che la luce era cosa buona, Dio separò la luce dalle tenebre e chiamò la luce giorno e le tenebre notte. E fu sera e fu mattina: primo giorno ».

Una sorprendente conoscenza della Bibbia, pensò Bramante. E con tono appassionato aggiunse: « Infatti il possente quadrato, con le finestre nella trabeazione e quelle della cupola, garantirà la presenza della luce di Dio nella chiesa. Caro buon Santo Padre, l'eterna oscurità di San Pietro avrà termine! »

Chi si sarebbe azzardato a contraddirlo? Ciò che era uscito dalla bocca di Bramante sembrava una promessa, di più, una visione divina. E le visioni di Dio non si mettevano in dubbio.

« Un nuovo tempio », disse Giulio pensieroso, guardando l'eremita agostiniano.

Egidio ricambiò lo sguardo, s'inginocchiò davanti al papa e allargò le braccia. « Permettetemi di parlare, Santo Padre. Lo vedo chiaramente davanti ai miei occhi! »

Bramante sperava nel sostegno dell'eremita agostiniano. Stando a ciò che aveva sentito dire su di lui, Egidio da Viterbo era un grande predicatore e una delle menti più sagge e colte non soltanto del suo ordine ma della Chiesa in generale. La sua grande eloquenza avrebbe dato al progetto la spinta desiderata oppure l'avrebbe sepolto sotto una cascata di frasi distruttive. Il suo destino era sulle labbra dell'uomo inginocchiato adesso davanti al pontefice.

Giulio II annuì. «Dunque, mio saggio amico?»

Egidio alzò le braccia al cielo e fece riverberare la sua voce di predicatore esperto nella sala. «Così parla il Signore degli eserciti: riflettete bene al vostro comportamento! Salite sul monte, portate legname, ricostruite la mia casa. In essa mi compiacerò e manifesterò la mia gloria. Facevate assegnamento sul molto e venne il poco: ciò che portavate in casa io lo disperdevo. Perché la mia casa è in rovina, mentre ognuno di voi si dà premura per la propria casa. Perciò su di voi i cieli hanno chiuso la rugiada e anche la terra ha diminuito il suo prodotto. Ho chiamato la siccità sulla terra e sui monti, sul grano e sul vino nuovo, sull'olio e su quanto la terra produce, sugli uomini e sugli animali, su ogni prodotto delle mani.» Fece una pausa, lasciò cadere le braccia e si alzò. «Sì, Santo Padre, io sono d'accordo con quest'uomo. Ricostruiamo la casa del Signore che è in rovina! Poi Dio benedirà tutte le nostre imprese, come promette il profeta Aggeo.»

Calò il silenzio, nessuno osava proferir parola. Bramante ebbe la sensazione che lo Spirito Santo fosse tra loro, e si chiese persino se non fosse sul punto di diventare devoto, adesso, in tarda età, dopo un'intera vita dissoluta. Ma pensò più lucidamente un'altra cosa: *Questo Egidio è un uomo pericoloso, le sue parole possiedono la forza di un'intera armata.*

Dopo un attimo infinito, nel quale si sarebbe sentita cadere a terra anche una piuma, finalmente Giulio si schiarì la voce e sussurrò: «Ben detto, figlio mio. Roma, in quanto centro di un nuovo *Imperium Romanum* e nuova Gerusalemme, ha bisogno di un nuovo tempio».

In quel momento Bramante capì che il papa era entusiasta. L'idea di un nuovo tempio lo affascinava, e non poteva essere diversamente visto che conteneva tutto ciò che egli apprezzava: era un'idea grandiosa e degna di un Cesare. Sì, stava già cominciando a diventare la *sua* idea.

«Il progetto è di grande bellezza!» disse Sangallo.

«E a questo nuovo tempio annetteremo semplicemente quello vecchio», concluse Bramante, sforzandosi di assumere un tono pacato, mentre dentro di sé fremeva per il trionfo. «Passato e futuro del cristianesimo, insieme!»

«Quindi il nostro presente! Perché noi siamo cristiani, perciò lo siamo nell'oggi, che per noi è passato e futuro insieme.» Con tali parole, l'erudito Egidio concluse la discussione.

Neppure Giacomo poteva obiettare qualcosa. Soltanto Sangallo fece una smorfia. Bramante conosceva abbastanza bene il suo vecchio confratello, dai tempi dei Fedeli, per sapere che era a disagio: un'idea così audace rovinata dal compromesso dell'annessione all'antica basilica! Ma per il momento non poteva permettersi una guerra col potente domenicano. Ah, il buon vecchio Sangallo! Il suo talento avrebbe potuto senz'altro fargli concorrenza, se fosse stato accompagnato da una mente astuta; ma Giuliano era troppo bonario, o troppo ingenuo, a seconda di come lo si volesse definire.

Il papa li guardò brevemente uno per uno e infine disse: «Lasciatemi solo. Voglio riflettere». Evidentemente non vedeva l'ora di liberarsi dei suoi ospiti. Bramante fece finta di prendere il progetto per portarlo con sé. «Questo resta qui!» lo aggredì Giulio. «E adesso tutti fuori!»

Giacomo aspettò Bramante sulla scala, e con un lampo di rabbia nello sguardo gli chiese come pensasse, in quel modo, d'impedire la costruzione del mausoleo pagano. L'architetto esibì un sorriso eloquente e rispose con la massima tranquillità: «Proprio in questo modo. Fidatevi, lasciate che me ne occupi io. Gran parte dell'antica basilica di San Pietro verrà mantenuta e il mausoleo dello scultore non vi verrà mai costruito. Quel progetto è morto oggi, fra' Giacomo. Avete la mia parola».

26

Colonnata, Anno Domini 1505

Michelangelo non si concedeva riposo. Di giorno cercava le pietre migliori alla cava, di sera continuava a lavorare ai progetti per il mausoleo del papa e infine, prima di addormentarsi, leggeva l'edizione di Landino della Divina Commedia di Dante. A volte si chiedeva che cosa lo entusiasmasse così tanto di quel libro, da indurlo a rileggerlo di continuo.

Lo capì una mattina, in un modo terribile, quando una pietra fu mandata a valle con la lizzatura e la fune si spezzò. Il pesante blocco di pietra scivolò dalla slitta come un pattino d'osso sul ghiaccio, saltò uno sperone roccioso, cambiando così la traiettoria, e colpì Matteo, che si trovava a valle per badare al caricamento del pezzo su un carro trainato da buoi. Successe tutto così in fretta che il giovane non poté nemmeno gridare. Il fragore causato dalla pietra fece scappare i buoi come cavalli, con un vigore e una velocità superiori ai limiti della loro natura.

« È stato Dio a schiacciarlo », commentò asciutto un operaio. Altri gemettero o distolsero lo sguardo. Michelangelo raggiunse di corsa Matteo, che lo guardava fisso con gli occhi sgranati. Avrebbe dovuto strabuzzarli per il dolore, eppure giaceva completamente rilassato, come se il basso ventre fracassato e rimasto imprigionato sotto la pietra non appartenesse al suo corpo. *Dev'essere proprio così,* pensò Michelangelo, ricordando le sue dissezioni del corpo umano: i funicoli nervosi che trasmettevano il dolore dovevano essere stati recisi.

« È come vi ho detto, maestro », sussurrò il giovane. « Il mondo deve ritrovare l'equilibrio. È stato Dio a tagliare la fune. Ora tutto ritornerà in ordine. Tutti i debiti sono saldati: Giovanni ha pagato con la vita per mia sorella, e adesso la mia colpa nei suoi confronti è espiata a sua volta. Nessuno ha più debiti nei confronti di nessun altro. »

Lo scultore s'inginocchiò accanto a Matteo. Era come se avesse la gola serrata, non riusciva a proferire parola. Poi, all'improvviso, negli occhi del giovane ci fu una fiammata di paura. « L'inferno? » chiese con voce fioca, esalando l'ultimo respiro. « L'infer... » La bocca restò aperta, il respiro si esaurì e gli occhi si raffreddarono come sotto un invisibile strato di ghiaccio. Era la morte, adesso, a guardare Michelangelo; lo faceva attraverso gli occhi pietrificati del ragazzo, con aria interrogativa.

Rattristato, lo scultore pensò che nel libro di Dante c'era tutto quanto, colpa e innocenza, e l'ingiustizia della punizione dell'innocenza divenuta colpevole, la mancanza di opportunità dell'uomo nel mondo, e la cosa più incomprensibile che ci fosse sulla terra: la clemenza. La Divina Commedia poteva indurre un uomo a dubitare di Dio, ma anche a credere in lui. Michelangelo lo sentiva: era quello il motivo profondo per cui non riusciva a staccarsi da quel poema, il motivo che lo spingeva a rileggerlo di continuo.

La vista del giovane sepolto sotto il blocco di pietra, l'immagine del marmo bianco e del sangue rosso, della pietra e dell'anima, lo turbò a tal punto da imprimersi nella sua memoria con lo stesso effetto di un disegno della Divina Commedia. Pietra e anima: lo scultore si trovava costantemente davanti a questo dilemma. Come poteva dar vita alla materia morta? Come far scorrere il sangue nelle vene delle sue sculture?

Fritz s'inginocchiò accanto a lui. Con la mano sinistra stropicciò il proprio berretto, con la destra chiuse le palpebre del figlio, lasciandovi un sottile strato di polvere bianca. « Non è giusto, quando i figli se ne vanno prima dei padri », disse con voce piatta, prima di piombare in un lungo silenzio. Niente lacrime, nessun lamento. Michelangelo osservò lo scalpellino muto e immobile, arreso al dolore che conduceva la sua campagna di distruzione dentro di lui.

Accadde anche qualcos'altro che commosse lo scultore. Sulla tomba del fratello, Anna ritrovò la vita. Dai suoi occhi sgorgarono le lacrime, come se si fosse spezzato un incantesimo. Se mai avesse dovuto creare un'altra volta la sua Pietà, avrebbe dato alla Vergine Maria il viso di quella ragazza di Colonnata.

Mentre erano nel grande cimitero del paesino, e la bara di Matteo veniva calata nel terreno roccioso, prese Anna tra le braccia, pieno di compassione. Lei gli piantò dolorosamente le unghie nei fianchi, ma accettò l'abbraccio. «Il sole continua a splendere durante il giorno e di notte continuano a brillare le stelle, e tu diventi sempre più bella, ogni giorno che passa», le sussurrò all'orecchio. «Vivi, perché sulla terra non c'è giustizia.»

«Mai?» chiese lei pianissimo, volgendo verso di lui il viso rigato dalle lacrime.

Michelangelo non aveva ancora sentito la sua voce, se non sotto forma di canto quando era infermo a letto; gli arrivò dritta al cuore. «Solo nel giudizio universale.»

«E allora ci sarà giustizia?» sussurrò lei.

Che cosa poteva saperne lui? «Spero di sì.»

Ecco perché continuava a rileggere l'opera di Dante: perché voleva sapere se nel giorno del giudizio sarebbe stata esercitata veramente la giustizia. La speranza era grande quanto il dubbio.

La vita riprese il suo normale corso. Michelangelo non si occupò più di Anna, ma prese atto con sollievo del fatto che aveva ricominciato a parlare e gradualmente stava ritornando alla vita. Quanto a lui, era spronato da un'inspiegabile inquietudine.

Una mattina uscì di casa prima del solito. La ragazza era già fuori e osservava due lucherini che si disputavano una mandorla. D'un tratto prese a ridacchiare come solo le ragazze sanno fare, divertita e trattenuta, sfrenata e moderata allo stesso tempo, libera e contenta. Non si sarebbe mai stancato di vederla gioire, ma si richiamò all'ordine e s'incamminò verso le cave.

Aveva fretta, perché voleva tornare a Roma prima del capodanno, per iniziare la costruzione del mausoleo. Di notte lavorava allo schizzo di un uomo seduto per la scultura di Mosè, e si stupiva che il volto del profeta biblico assumesse tratti sempre più somiglianti a quelli di Fritz il Rosso. Non molto più tardi, cominciò a modellare il blocco di marmo che aveva scelto per il Mosè. Era la stessa pietra davanti alla quale Matteo aveva ucciso l'infelice Giovanni, la stessa pietra che poi aveva ucciso l'uccisore.

Dopo la scelta delle pietre, Michelangelo doveva sorvegliare anche il taglio del marmo. Per staccare i blocchi dalla roccia, gli operai conficcavano cunei di legno nella montagna e li bagnavano regolarmente. Le tensioni create dall'espansione del legno facevano letteralmente saltar via il blocco dalla roccia. Lo scultore controllava se nel procedimento si generavano crepe o incrinature: portare a Roma una pietra rovinata, che in seguito si sarebbe rivelata inutilizzabile, sarebbe stato un puro spreco di denaro. E un uomo come Michelangelo, che odiava le spese in generale, non poteva immaginarsi nulla di peggio che spendere denaro per nulla. Spinse vigorosamente al ribasso i salari degli operai alla cava e anche i prezzi del trasporto via terra e via mare. Sapeva di dover badare alle sue pietre come se fossero bambini piccoli. Fino all'arrivo a Roma, ogni tappa del viaggio rappresentava un pericolo.

Roma, Anno Domini 1505

Quando il sole del tardo pomeriggio spandeva dall'orizzonte occidentale i suoi lunghi raggi dolci sopra il Foro romano, gli allevatori e il loro bestiame tornavano a casa. Non sapevano che quello un tempo era il centro del mondo; loro lo chiamavano semplicemente Campo Vaccino.

Tuttavia quel luogo desolato non rimaneva disabitato a lungo; puntualmente, al calare dell'oscurità, nell'intera zona tra il Foro e il Colosseo s'insediava gente losca di ogni genere: assassini, ladri, bari, prostitute e ragazzi di strada. I più si accampavano attorno a un grande falò, che apriva un varco di luce nella notte ammantata da una coltre di nuvole. Si avvicinò un uomo avvolto in un mantello nero, con un largo berretto disadorno calato sulla fronte. Dall'orlo del mantello sporgeva la punta di una spada. Chi si azzardava a frequentare quella zona dopo il tramonto faceva bene a portare un'arma. Così abbigliato, Giacomo il Catalano sembrava un nobile spagnolo, certo non un domenicano.

« Ah, quello fa proprio per me », disse una vecchia sdentata fissandolo con un ghigno spudorato.

« Hai già consumato abbastanza uomini nella tua vita! Per te non ne è rimasto neanche uno », l'apostrofò un robusto furfante, alzandosi. Diede di gomito al suo vicino, che si alzò a sua volta, e insieme si avvicinarono a Giacomo. Sebbene fossero accampati a cielo aperto, c'era puzza di acquavite scadente, sudore vecchio e urina. La vecchia si mise a raschiarsi la tigna dalle mani, facendo smorfie ripugnanti. Con la coda dell'occhio, il cardinale vide un groviglio di persone che si divertiva senza pudore davanti a tutti. I loro versi di piacere gli ricordavano l'acuto squittire dei maialini.

« È l'ascensione del povero diavolo... » disse quello robusto con voce roca, dando di gomito al compagno con un ghigno. « Non prendetevela, signore. »

Giacomo rinunciò a rimproverare l'uomo; del resto a cosa poteva servire con uno che di mestiere si occupava di omicidi su commissione? Tutte quelle persone sparse attorno al fuoco vivevano già all'inferno sulla terra. Per loro non c'era redenzione; sarebbero semplicemente passati da un inferno all'altro. S'incamminò con passo risoluto verso il Colosseo ed entrò dall'ingresso principale, seguito dai due bravi.

Quel luogo, un tempo così fiero, che ospitava giochi e scontri violenti, ovvero la più romana di tutte le religioni di Roma, quel santuario dei pagani, come lo considerava il domenicano con disprezzo, era divenuto una sorta di cava di pietra, dove chiunque volesse costruire andava a prendere marmo e colonne per il proprio edificio. *Gli sta bene,* pensò sprezzante Giacomo. Tuttavia la rovina, parte della quale s'innalzava ancora alta nel cielo, coi suoi possenti quattro piani, appariva tuttora fiera e tracotante e rappresentava ancora una spina nel fianco della Roma cristiana. Era anche per questo motivo che il Catalano, in quanto direttore della corporazione edile della basilica, insisteva affinché il materiale per la ristrutturazione di San Pietro venisse prelevato dalla carne di pietra del monumento pagano.

Si fermò sotto quella che un tempo era la tribuna dell'imperatore e guardò l'arena buia. Sembrava un abisso funesto, nel quale sera dopo sera era stato versato sangue umano e animale per l'intrattenimento dei romani. Tutto ciò era rimasto profondamente impresso nella memoria degli abitanti della città, che amavano ancora gli spettacoli cruenti, come le esecuzioni pubbliche, più di ogni altra cosa. Per questo motivo anche la rappresentazione annuale della passione riusciva molto naturale; ogni anno Cristo moriva di nuovo a Roma, al Colosseo, con la partecipazione del popolo.

« Come possiamo servirvi, questa volta, vostra eminenza? » chiese l'uomo robusto con la voce roca. Quello più piccolo, col cranio quadrangolare, taceva.

« Conoscete l'architetto Bramante? » iniziò Giacomo.

« Non possiamo dire di conoscerlo, ma l'abbiamo già visto. È un vero toro! » Gli occhi grigi, quasi nascosti dalle folte sopracciglia, s'illuminarono in segno di riconoscimento.

« All'anulare destro porta un anello d'oro con un'incastonatura nera che racchiude una pietra blu », proseguì Giacomo.

Il sicario robusto annuì, a indicare di aver capito, l'altro non mostrò nessuna reazione.

« Toglietegli l'anello. Non m'importa come, staccate pure il dito dalla mano, se necessario. »

« L'anello è già vostro, signore. »

« Non uccidetelo, però », li ammonì Giacomo. L'idea di accollarsi la morte del grande architetto, che purtroppo era un pagano, ancora lo spaventava.

Aveva parlato di Bramante coi fratelli dell'Arciconfraternita. Come lui, anche l'architetto voleva impedire che il progetto pagano di Michelangelo giungesse a compimento. Il cardinale non aveva niente da obiettare all'ampliamento e al risanamento della basilica, né alla costruzione di una cupola; l'unica cosa che non voleva era che la pianta longitudinale fosse rimpiazzata da una struttura a pianta centrale, cancellando la memoria degli ultimi milleduecento anni e facendo sorgere un secondo Pantheon, cosa che per il domenicano avrebbe rappresentato un'insidiosa vittoria postuma del paganesimo. Giacomo non si fidava di Bramante, e i membri dell'Arciconfraternita avevano deciso di tenere d'occhio l'architetto, anche perché, dopotutto, aveva fatto parte dei Fedeli d'Amore.

I membri dell'Arciconfraternita avrebbero quasi preferito ritornare al pontificato di papa Borgia. Com'erano semplici le cose ai tempi di Alessandro VI! Perlomeno allora i fronti erano chiari: sulla Cattedra di Pietro sedeva l'Anticristo. Le cose erano cambiate. Per quanto detestassero Giulio II per la sua predilezione per l'antichità, concordavano con lui sul fatto che lo Stato Pontificio dovesse essere ampliato e consolidato. Non era accettabile che potenze come i napoletani o i veneziani attaccassero il Regno e s'impossessassero di città pontificie, e nemmeno che grandi potenze come l'imperatore, il re di Francia e il re di Spagna combattessero in Italia per disputarsi il predominio in Occidente. A tutti interessava soltanto il potere, a nessuno Cristo, per quanto ciascuno si dichiarasse re indubbiamente cattolico o persino il sovrano più cristiano di tutti gli altri. Il re tedesco e l'imperatore romano Massimiliano sognavano addirittura di essere imperatore e papa allo stesso tempo. L'idea di un folle!

I detentori del potere secolare avevano scrupolosamente dimenticato di non essere altro che feudatari del vicario di Cristo. A questo proposito, i membri dell'Arciconfraternita erano dello stesso parere del papa. Anche a loro piaceva l'idea di liberare la Terra Santa e Bisanzio tramite una nuova crociata. Dopotutto era passata una sola generazione da quando il sultano Maometto II aveva travolto Costantinopoli con le sue orde musulmane, dando il colpo di grazia all'Impero romano d'oriente, in passato così fiero, ma già da tempo assai vacillante. Il ricordo della giornata più amara, durante la quale la sorella della basilica di San Pietro, la basilica di Santa Sofia, era stata saccheggiata e incendiata, era ancora vivissimo; i più attempati lo conservavano per esperienza diretta, mentre ai giovani era stato trasmesso nei racconti spaventosi dei più anziani.

Nel complesso, l'Arciconfraternita aveva un rapporto ambiguo con Giulio II: i fratelli disprezzavano le voglie pagane del papa guerriero, ma concordavano sui suoi obiettivi di politica ecclesiastica. Il dilemma li logorava. Non potevano essere del tutto favorevoli a lui e neppure del tutto contro di lui. E le cose stavano allo stesso modo per quanto riguardava il favorito del papa, l'architetto Donato Bramante. In sostanza lo detestavano, ma forse potevano sfruttarlo per i loro scopi.

A Giacomo premeva soprattutto l'anello, ma quella era una faccenda privata, della quale i confratelli non dovevano sapere nulla. Il monile era l'unica cosa che gli fosse rimasta del padre, che lui stesso aveva tradito. Ma erano tempi difficili, e lui era ancora un bambino. Ah, se avesse potuto confessarsi! Ma con chi? Aveva fatto la cosa giusta e la cosa sbagliata allo stesso tempo: aveva commesso un grosso peccato, per evitare di commetterne un altro di pari entità. Come sarebbe mai potuto uscire da quel circolo vizioso? Dio lo metteva alla prova in modo crudele. Istintivamente, sentiva che non lo attendeva il perdono, ma la dannazione eterna.

« Tornerò tra due giorni, e voglio che mi consegniate l'anello. »

27

Roma, Anno Domini 1505

Bramante aveva steso sul tavolo una grande pergamena e vi stava disegnando la sua visione della nuova basilica di San Pietro. Ci lavorava già da una settimana, senza sosta, in preda a una sorta di esaltazione. S'interrompeva di continuo, sfogliava la traduzione del Libro dell'architetto e riprendeva i suoi calcoli. Quanto potevano essere alti i pilastri del quadrato? E soprattutto, quale superficie massima poteva coprire una cupola, senza crollare? In altre parole: che dimensioni avrebbe assunto la sua volta celeste? Immaginarla piccola era escluso in partenza, ma a che diametro doveva puntare? Settanta piedi o centoventi? O forse duecento?

Rifece i calcoli, mise i numeri in proporzione e constatò che avrebbe avuto bisogno di un quadrato enorme, con segmenti giganteschi, per contenere le forze della cupola, e comunque restava il dubbio che la cupola non potesse deviare le spaventose forze al proprio interno, col rischio di scoppiare. La cupola del Pantheon misurava quasi centocinquanta piedi. Quella del Duomo di Firenze arrivava a dimensioni analoghe, aveva un doppio guscio e una curvatura inferiore; ma era dotata di numerosi puntoni, ovvero in sostanza era analoga a una cupola gotica. Quindi non contava. Anche se dai suoi calcoli risultava qualcosa di diverso, lo stuzzicava l'idea di usare la larghezza dell'ansa del Tevere nei pressi di San Pietro, dove si trovava Castel Sant'Angelo, come misura per il diametro della cupola della nuova basilica. Si lasciò cadere sulla sedia facendo scricchiolare di brutto il legno secco, incrociò le braccia dietro la testa e così rimase, a riflettere.

Di sicuro c'erano un po' di persone invidiose pronte a controllare i calcoli e a dimostrare che il progetto non era attuabile. Decise di partire dalle dimensioni della cupola del Pantheon.

Posare una cupola del genere, con la sua semplice eleganza, come volta celeste sulla nuova basilica gli avrebbe procurato un onore sufficiente. Mentre disegnava gli venne un'idea vaga, che gradualmente s'impadronì di lui. Alla fine mise da parte il disegno, perché sentiva di dover andare in Vaticano. Vi trascorse tre giorni, impegnato in rilevamenti. Sebbene fosse esperto nella misurazione, stava provando un nuovo metodo, utilizzando una bussola magnetica per calcolare le distanze sulla base di proporzioni matematiche.

A stimolare particolarmente il suo interesse era il terreno sottostante al braccio sud della basilica, dove si trovavano le due famose cappelle di Santa Maria della Febbre e di Santa Petronilla. Davanti a Santa Maria della Febbre sorgeva un antichissimo obelisco, sulla cui sommità era posta una sfera di bronzo con le ceneri di Giulio Cesare. Un tempo ornava il Circo dell'imperatore Nerone, che adesso era ricoperto di terriccio e macerie. L'obelisco aveva fatto venire a Bramante un'idea audace, così audace che lasciava senza parole persino lui. I rilevamenti erano volti a stabilire se potesse funzionare. Era ancora troppo presto per inchinarsi davanti alla propria genialità; prima doveva verificare la visione con misurazioni precise.

Controllò la posizione della tomba di San Pietro e del monumento funerario dello zio di Giulio, papa Sisto IV. Non gli restava che trasferire sul disegno i dati acquisiti. Il progetto quadrava, come se fosse opera di Dio. Gli occhi dell'architetto s'illuminarono. Pur nella sua semplicità, l'idea era elegante e grandiosa. In una sola parola, geniale. Nel disegno intravedeva già la forma della nuova basilica di San Pietro, ed era la più bella che avesse mai visto in vita sua. Voleva vederla nella realtà. *Doveva* vederla nella realtà. Niente e nessuno doveva osare impedirglielo!

« Messer Donato, messer Donato! » lo chiamò sottovoce qualcuno.

L'architetto alzò lo sguardo dal suo disegno. Davanti a lui c'era il cameriere personale del papa. Fece notare la propria presenza con l'ammirevole riservatezza di un domestico di alto livello: con fermezza, ma senza invadenza.

« Sì? »

«Sua Santità vi attende nei suoi appartamenti privati, dopo la compieta.»

«Riferisci al Santo Padre che per me sarà un onore.»

Appena rimase solo, Bramante chiamò il suo servitore. «Giorgio, dannato mascalzone, dove sei finito?» Lo chiamò ancora, imprecando, poi si girò e se lo trovò davanti, impassibile. «E dillo che sei dietro di me, no? Preparami un bagno, ma non risparmiare sulla lavanda e sulle rose. E chiama il barbiere. Questa lanugine deve sparire!» Col pollice e l'indice prese la barba folta che gli era cresciuta durante la settimana. Da quando aveva cominciato a perdere i capelli sembrava che sulla faccia i peli spuntassero più facilmente, come per compensazione, e non solo sul mento e sulle guance ma anche, e abbondanti, dal naso e dalle orecchie.

Giulio II l'aveva fatto attendere una settimana. Certo, il papa non poteva occuparsi esclusivamente di quel progetto architettonico, aveva anche altre preoccupazioni. A ogni modo Bramante aveva sfruttato bene l'attesa. In quei giorni sembrava che la dea Fortuna girasse la sua ruota soltanto per lui, dunque sarebbe stato stupido non sfruttare la situazione. E pensò che in fin dei conti era un miracolo che il vecchio del Vaticano trovasse il tempo e la forza di occuparsi di arte e architettura, nonostante tutti i suoi progetti politici. Il Santo Padre era comunque abbastanza saggio da sapere che le due cose andavano di pari passo: il potere e l'architettura del potere. Non soltanto i grandi condottieri, ma anche gli architetti avrebbero fatto di Roma la capitale del mondo e la nuova Gerusalemme. Gli uni non potevano fare a meno degli altri.

Decise che dopo il bagno avrebbe fatto una cena semplice e poi si sarebbe messo in cammino. Era il giorno in cui sarebbe stata presa la decisione. La sua idea era stata elaborata a fondo e per di più era divina, o semplicemente irresistibile. Diede istruzioni al suo servitore di preparare un abbondante banchetto a mezzanotte per festeggiare, invitando, oltre ai musicisti, tre o quattro donne tra quelle che gli piacevano di più. Pensava che per quell'ora sarebbe stato di ritorno dall'udienza. E una volta convinto Giulio del suo progetto, cosa di cui non dubitava, cosa restava da fare se non lasciarsi andare ai bagordi?

Dio, da quanto tempo non penetrava la carne calda di una donna! Lui vecchio? Sciocchezze! Non riusciva nemmeno più a capire perché mai avesse trascorso le ultime settimane in preda alla tristezza e alla disperazione, allo scetticismo e alla debolezza. Era come se fosse stato stregato, come se fosse un altro. La perdita di Imperia lo aveva ferito profondamente, d'accordo, ma non era forse così che andava il mondo? Le donne andavano e venivano, niente era costante, tranne il cambiamento. Generazioni sempre nuove si sarebbero date alle stesse contorsioni, tanto ridicole quanto dispensatrici di piacere.

Dopo il bagno e lo spuntino (fatto più di bevande che di cibo solido) si mise una camicia bianca damascata e un paio di brache rosse, con spacchi che lasciavano intravedere la fodera nera. Infine indossò un farsetto di velluto dello stesso colore delle brache e, a completamento della tenuta, si pose sulla testa un imponente cappello piumato. Nel suo stato d'animo allegro, attribuibile anche al Nero d'Avola siciliano che aveva bevuto a cena, non si rese conto di essere vestito forse in modo troppo appariscente per ciò che lo attendeva. Ma la sua idea era più forte di tutte le magie del mondo, più seducente delle donne, più inebriante del vino e più irresistibile del cibo più raffinato. S'inchinò davanti alla propria immagine riflessa nello specchio, con profonda e sincera ammirazione. Poi uscì di casa.

D'un tratto, camminando spedito, rivide nella mente Pico. Immaginò d'inginocchiarsi davanti a lui, perché era arrivato il momento in cui avrebbe esaudito le sue ultime volontà, conquistando Roma e il mondo. Spinto dal proposito di realizzare ciò che un tempo aveva promesso a San Vitale e in seguito giurato sul cadavere dell'amico filosofo, aumentò ancora di più il passo verso il Vaticano lungo vicoli e strade ammantati dall'oscurità.

Giunto davanti alla basilica di San Pietro, si fermò e disse ad alta voce: « Tra non molto, misero ammasso di pietre, dovrai cedere il posto alla vera architettura! »

Quando entrò nella piccola sala di lettura del papa nella Torre dei Borgia, ad aspettarlo non c'era soltanto Giulio II ma anche il cardinale Catalano, Egidio da Viterbo e Giuliano da Sangallo. Agostino Chigi si era scusato di non poter essere presente, perché sua moglie non stava bene.

« La povera Margherita Saracini! Soffre così tanto, eppure è sempre allegra. È un esempio per tutti noi, ci esorta a sopportare le prove cui il Signore ci sottopone », disse il papa pensieroso. Poi pronunciò le parole liberatrici: « Caro Donato, abbiamo deciso di rischiare la ricostruzione di San Pietro. Esponici dunque il tuo piano in maggiore dettaglio ».

Bramante si lasciò sfuggire un sospiro di sollievo. Poi srotolò velocemente il progetto, consapevole che la struttura a pianta centrale sarebbe risultata evidente. « Santo Padre, è tanto semplice quanto coerente. Questo è il punto in cui costruiremo il tempio, e guardate: qui, a nord, sorgerebbe il vostro mausoleo, e andando verso sud, precisamente qui, ci sarebbe la memoria dell'apostolo Pietro, e poi, continuando in linea retta, qui, il monumento funerario del vostro caro zio, papa Sisto IV. »

Gli occhi di Giulio cominciarono a illuminarsi. Poi fece un sorriso scaltro. « Ma vedo ancora qualcosa, sulla stessa linea. »

« Sì, spostiamo l'ingresso principale dal lato est al lato sud », spiegò Bramante. « In questo modo, l'obelisco con le ceneri di Giulio Cesare apre la linea di collegamento tra il monumento funerario di vostro zio, la tomba di Pietro e il vostro mausoleo. Immaginate, Santo Padre: partiamo dalle grandi gesta di Giulio Cesare, prima dell'avvento di Cristo e della sua Chiesa, entriamo nella basilica e c'inchiniamo davanti al grande Sisto, poi c'inginocchiamo davanti a Pietro, il principe degli apostoli, per soffermarci infine presso di voi, Vostra Santità. Per la gloria della Chiesa. E per la gloria dei della Rovere! »

Si fece silenzio. Tutti osservavano il disegno.

« Quindi mettete il papa al di sopra di Pietro? » commentò caustico Giacomo.

« In che modo? »

« Perché la linea che parte da Giulio Cesare e, passando per Pietro, arriva fino al Santo Padre può anche essere ritenuta ascendente. »

Bramante capì che in quelle parole era in agguato un'accusa di eresia. Egidio da Viterbo si avvicinò al domenicano e gli pose un braccio sulla spalla per placarlo, poi si mise a spiegare in modo prolisso che nella Chiesa la linea retta non doveva essere considerata una linea ascendente, ma come un'espressione di contemporaneità, una sorta di *tableau*.

Tuttavia, l'osservazione aveva reso pensieroso il papa.

Giacomo, che non si era lasciato fuorviare dalla lezione di Egidio, proseguì con sottile ironia: «Se capisco bene il vostro disegno, non utilizzereste le fondamenta e il muro del coro occidentale già fatti erigere da Niccolò V e Pio II, ma spostereste semplicemente la chiesa verso est, dico bene?» Bramante annuì. Lui continuò con un'espressione di assoluta innocenza, come se si stesse semplicemente informando. «Se volete mantenere questa costellazione, e se il principe degli apostoli deve giacere direttamente al centro, sotto la lanterna della cupola, significa che dovrete spostare la tomba dell'apostolo Pietro, giusto?»

«È così?» domandò il papa con tono brusco.

Bramante capì che Giacomo il Catalano aveva individuato l'unico punto debole del suo progetto ed era andato a pescare proprio quello. «È vero, dovremmo traslare la salma del principe degli apostoli.»

«L'idea di messer Donato di non ampliare la chiesa nella direzione del coro occidentale e dei muri esistenti è saggia, perché ciò comporterebbe soltanto costi e disagi», gli venne in aiuto Sangallo.

«E perché?» volle sapere il papa.

«Perché in quell'area il terreno è stato rialzato e potrebbero generarsi degli smottamenti. Se volessimo utilizzare le fondamenta per una costruzione così grande, dovremmo rafforzare il pendio.»

Giulio non era ancora convinto. «Ma sarebbe possibile?»

«Be', tante cose sono possibili.»

«È possibile?»

Bramante riusciva a malapena a contenere la propria ira. Ciance religiose e grettezza rischiavano di annullare la sua idea divina. Non doveva succedere! «Santo Padre, lasciate che l'idea maturi dentro di voi. Immaginate che il tempio che voi, un Cesare di gran lunga più grande, farete costruire avrà per così dire nell'atrio il maestoso monumento del primo Giulio.

Quel possente obelisco scuoterà le anime dei cristiani, rendendoli ancora più ricettivi nei confronti della grandezza di Cristo, che li attende all'interno della basilica! Non preoccupatevi per la tomba del nostro amato apostolo, non sarà danneggiata.» Sollevò le braccia in un gesto implorante. «La sposterò con le mie mani! Se Pietro fosse tra noi, sarebbe il primo a dare il proprio consenso, perché si tratta della grandezza della Chiesa che Cristo ha fondato su di lui, su Pietro stesso.»

Egidio si mostrò d'accordo citando il Vangelo: «Tu sei Pietro e su questa pietra edificherò la mia chiesa, e le porte degli inferi non prevarranno contro di essa. A te darò le chiavi del regno dei cieli e tutto ciò che legherai sulla terra sarà legato nei cieli e tutto ciò che scioglierai sulla terra sarà sciolto nei cieli».

«Ma non sta scritto che si possa spostare a piacimento quella pietra», disse a gran voce Giacomo con l'indice alzato. «Usare violenza sulla tomba del principe degli apostoli per vanità è un grave peccato! E saranno in tanti a vederla in questo modo!»

«Che cosa vedranno, figlio mio?» chiese il papa con tono indagatore.

«Che Pietro deve cedere per amore del Cesare pagano!»

«Il nostro figliolo Giacomo ha ragione», decise Giulio II. Poi alzò la voce e annunciò: «Vogliamo che la nuova costruzione venga eretta, ma la posizione dell'antica basilica non deve essere toccata. L'apostolo Pietro resta dov'è. La sacra sepoltura del primo papa non deve essere toccata. Preparaci un progetto che tenga conto di questo, Donato. Per quanto riguarda l'obelisco, regolati come ti pare. Ma ricordati: preferiremo sempre le cose cristiane a quelle pagane, la religione della magnificenza e della devozione agli ornamenti, la verità all'ostentazione dell'esteriorità».

Bramante avrebbe voluto replicare, ma si trattenne. Sebbene il suo piano fosse naufragato, aveva ancora buone probabilità di vittoria. Anzi, aveva già vinto: aveva appena ricevuto ufficialmente l'incarico dal papa.

«Dato che ormai l'ampliamento e il restauro di San Pietro è deciso, vogliamo organizzare una piccola gara delle idee?» propose Giacomo.

« A chi pensi? » chiese il papa.

« A fra' Giocondo. »

« Il monaco architetto? Ma non è in Francia? »

« No, è appena ritornato a Venezia. »

Bramante dovette riconoscere che il domenicano si era preparato a fondo.

« Bella idea, figlio mio! E anche tu, Giuliano, pensaci su! » disse il papa, con ciò chiudendo l'udienza. « Per la Casa di Pietro abbiamo bisogno del consiglio di tutti i bravi maestri dell'architettura. »

Se un attimo prima Bramante era sicuro di avere l'incarico, adesso si ritrovava a dover lottare per ottenerlo. Decise di mettersi d'accordo con Giuliano da Sangallo. Non dovevano farsi mettere l'uno contro l'altro. L'arciprete, che lui aveva cercato di usare a proprio vantaggio, gli aveva appena giocato un brutto tiro. La cosa non doveva ripetersi. Si sentiva sfidato. Volevano che combattesse? Bene, lo avrebbe fatto. La basilica di San Pietro era il suo progetto, era il compito che la vita aveva riservato a lui e a nessun altro!

Le tenebre che aveva nel cuore si riversarono sul rione Regola, che stava attraversando maledicendo ad alta voce l'inopportuno domenicano. Alla sua età, il tempo diventava di giorno in giorno sempre più prezioso, anche più dell'oro. Mentre dalla via dei Banchi Nuovi s'infilava in un vicolo che conduceva direttamente alla sua palazzina vicino alla chiesa tedesca, portando sotto braccio il disegno arrotolato in una pelle di capra, una sagoma robusta balzò fuori dall'ingresso di una casa e gli sbarrò la strada con una spada in mano. Bramante si voltò di scatto e scoprì un secondo furfante, di una spanna più basso del suo complice ma anche lui armato. Era in trappola.

Che peccato! Che beffa del destino! Proprio adesso, quando stava per raggiungere la vetta e doveva lottare per arrivarci, la sorte gli si opponeva in modo così grossolano! In preda alla vanità e al buon umore, aveva pensato al cappello piumato, ma non alla spada.

« Non ho tempo. Vi darò tutto il denaro che volete, ma lasciatemi andare », li pregò, nella speranza di potersi comprare la libertà. Ma capì subito di aver commesso un errore, perché davanti a simile gentaglia non si doveva mostrare nessuna debolezza.

«I tuoi soldi non c'interessano», disse il più alto con voce roca. L'architetto si appoggiò di schiena alla parete di una casa, per non essere infilzato dalle spalle. «Tranquillo, vecchio, non ti faremo nulla. Vogliamo soltanto l'anello che porti al dito. Parola d'onore!»

«Su quale onore pensi di poter dare la tua parola?» ringhiò Bramante.

Il portavoce sputò per terra. «Basta con le chiacchiere. O ci dai l'anello spontaneamente o morirai! Per noi, che ce lo dia un uomo vivo o un cadavere non fa differenza.»

L'architetto notò che il secondo non aveva detto neppure una parola. Forse era muto. Si mosse tastoni lungo la parete, nella disperata speranza di trovare un ingresso aperto alle proprie spalle. Ed ecco, all'improvviso il muro non c'era più! Fece un passo indietro e andò a sbattere contro una porta di legno. Si girò con la massima velocità che gli riuscì e la spinse; ma la porta non si mosse.

La delusione si diffuse nelle sue vene come piombo fuso. Potevano gli dei essere così crudeli? Farlo arrivare così vicino al raggiungimento del più grande obiettivo della sua vita, e poi darlo in pasto a due sgangherati banditi! La dea Fortuna? Una volgare meretrice! Aveva dato una spinta possente alla sua ruota, e adesso, all'improvviso, per dispetto, o solo per noia, l'aveva fermata.

Un paio di mani vigorose lo afferrarono da dietro e lo gettarono a terra. A causa della pendenza, il fodero di pelle di capra col disegno della nuova basilica di San Pietro rotolò qualche passo più in là, fino al margine opposto della strada. Mentre il muto s'inginocchiava sulle braccia di Bramante, bloccandogli il busto, il suo compagno tirò fuori un coltellino ricurvo, con una lama ampia e robusta. L'architetto sentì una forte nausea montargli nel petto. Quei due erano feccia della peggior specie: si sarebbero presi l'anello tagliando il dito, e per un bel pezzo non avrebbe più potuto dipingere e disegnare, forse mai più, sempre che lo avessero lasciato in vita. Gridò aiuto come un ossesso, sapendo tuttavia che era inutile, perché nessuno voleva cacciarsi nei guai. Come si faceva a sapere chi combatteva con chi? Poi magari finiva che ci si ritrovava con una lama tra le costole, oppure si poteva provocare l'ira di un potente, cosa non meno pericolosa.

Seguendo un'intuizione tanto improvvisa quanto disperata, Bramante tirò su un grumo di catarro e lo sputò nell'occhio dell'uomo accovacciato su di lui. Per la sorpresa, quello allentò appena la presa, giusto per un attimo, ma sufficiente: l'architetto riuscì a sollevarsi e si buttò di lato liberando il braccio sinistro, e sull'impeto della reazione ficcò con forza il pollice nell'occhio del muto. Si udì un suono viscoso, come se avesse sfondato il guscio di un uovo. Il muto si alzò di scatto strillando come un animale, poi si portò le mani sull'orbita sfondata e prese a correre in tondo lanciando urla disumane. Bramante non perse tempo: afferrò la mano dell'altro bandito, quella che teneva il coltello, la torse fino a puntargli la lama al collo e spinse con tutta la forza che aveva in corpo. Il sangue sprizzò sul suo farsetto di velluto, sulle maniche, sul colletto della camicia bianca, sulla faccia. Il bandito strabuzzò gli occhi, forse più incredulo che terrorizzato, poi si afflosciò, restando ad annaspare in un lago di sangue.

Il muto intanto agitava la spada alla cieca. Un fendente colpì Bramante al fianco, attraversò le costole e solo di un soffio mancò il cuore. Nonostante la ferita, l'architetto si chinò per raccogliere la spada del morto, ma fu colpito di nuovo. E tuttavia non sentì nessun dolore e nessuna paura, soltanto un'ira incontenibile e devastante. Strappò la spada dalla mano dell'aggressore e si avventò su di lui in preda a un'esaltazione folle, urlandogli di continuo di svelare chi era il bastardo che li aveva mandati, e dimenticando del tutto che con ogni probabilità il farabutto non poteva parlare. E i suoni disperati, i versi animaleschi di paura e angoscia che la natura, nella sua crudeltà, aveva messo a disposizione dell'uomo come unica forma di espressione, non facevano che alimentare ulteriormente in Bramante l'accesso di follia, perché li interpretava come un rifiuto.

A un tratto si sentì soltanto stanco e intorpidito. Lasciò cadere la lama d'acciaio insanguinata e guardò per terra. Era in una pozza di sangue. Il bandito muto era già morto da un pezzo; di lui non restava che un fagotto di carne fatta a pezzi. Bramante barcollava. Alle sue spalle c'era l'altro, quello robusto, morto anche lui, eppure i suoi occhi lo guardavano, grandi e freddi come quelli di un pesce, ancora strabuzzati e pieni di terrore, come se l'anima, lasciando il corpo per fuggire chissà dove, fosse passata proprio dalle pupille.

Lo sguardo dell'architetto cadde sul rotolo del disegno. Frugò nelle proprie tasche e trovò una sanguigna, poi si sedette a terra, perché tutto cominciava a girare. Svolse il rotolo e prese il disegno con le dita rosse e bagnate, lasciandovi innumerevoli impronte di sangue. Disegnò sul progetto della basilica di San Pietro il volto del più robusto dei due, perché voleva chiedere informazioni su di lui, ovunque fosse possibile. Se sapevano dell'anello, se lo avevano aggredito solo per quello, allora di sicuro erano stati incaricati dall'assassino di Pico, ovvero dall'uomo che lui chiamava semplicemente « il segretario ». Finalmente qualcosa si muoveva. L'assassino gli stava dando la caccia. O meglio, dava la caccia all'anello.

Bramante sentì venir meno la facoltà di pensare chiaramente. Vedeva tutto annebbiato. Si guardò e pensò che non poteva presentarsi alla festa preparata a casa sua conciato in quel modo. Che cosa avrebbero detto le puttane? « Bramante si è lasciato sforacchiare », l'avrebbero deriso. D'un tratto quell'idea lo fece ridere di gusto. Bramante si è lasciato sforacchiare... si è lasciato sforacchiare... Ebbe la sensazione di abbracciare la follia del mondo. Si è lasciato sforacchiare...

28

Roma, Anno Domini 1505

Un cavaliere di ritorno da un banchetto aveva riconosciuto Bramante e informato Agostino Chigi, la cui abitazione si trovava non lontano dal luogo dell'aggressione. Il banchiere mandò un paio di energumeni, sotto la direzione di un anziano servitore. Portarono via i cadaveri dei bravi e li gettarono senza esitazione nel Tevere. Non riuscirono però ad avvicinarsi all'architetto, il quale, seduto sulla strada, e scambiando i servitori del banchiere per nuovi aggressori, continuava ad agitare con foga la spada.

Gli uomini si consultarono e infine, nonostante la tarda ora, mandarono a chiamare Imperia. Quando la donna vide Bramante seduto in una pozza di sangue, intento ad affettare l'aria agitando la spada come un folle e lanciando occhiate furibonde tutt'attorno, quasi le si spezzò il cuore.

« Donato, mio caro! Sono io! » Lui volse l'orecchio nella direzione da cui gli era sembrato di sentire la voce della sua amata, come se fosse diventato cieco. « Sono la tua Imperia, amico mio. »

« Imperia? » Sul suo volto insanguinato si dipinse un sorriso franco. Lei sciolse i cordoncini del suo abito di broccato blu e, come se fosse la cosa più naturale del mondo, si strappò la manica della sottoveste. Poi si accovacciò accanto a lui e usò quel pezzo di stoffa per asciugargli il sangue sul viso. Lui la guardò meravigliato e felice. « Sono in paradiso? »

« Pensi che il paradiso assomigli al rione Regola? Guardati un po' in giro! » Imperia si mise il braccio di lui attorno al collo, tenendogli la mano. Così, con un po' di fatica e con l'aiuto dei servitori di Chigi, riuscì a far rimettere in piedi il pesante architetto. « Su, andiamo a casa. »

« A casa », mormorò Bramante.

Uno degli uomini raccolse il disegno. A testimonianza dell'aggressione restavano soltanto il sangue, che pian piano si stava seccando, assumendo il colore della terra, e la sanguigna rotta di Bramante. A nessuno importava che due assassini avessero perso la vita. I loro cadaveri sarebbero stati ritrovati sull'isola tiberina o alla Ripa Grande, sempre che non venissero notati prima dai pescatori lungo il Tevere.

Quando raggiunsero l'abitazione di Bramante, Imperia, un po' indispettita, mandò via i musicisti e le prostitute che stavano aspettando l'architetto, e che nel frattempo, annoiati, si erano messi a sonnecchiare. Pagò i compensi pattuiti, perché non dipendeva certo da loro se la festa era saltata. Poi lavò Bramante con l'acqua che il suo servitore aveva scaldato leggermente e si occupò delle sue ferite. Giorgio lo aiutò a mettersi a letto e Imperia si sedette accanto a lui. Gli accarezzò la fronte e gli cantò teneramente, a mezza voce, un'antica ninna nanna romana. Quel suono materno lo tranquillizzò, a tal punto che poco dopo prese a russare di gusto, con un'espressione rilassata. Prima di lasciarlo, Imperia ordinò a Giorgio d'informarla quando si fosse svegliato.

Bramante dormì per un giorno intero e si svegliò soltanto la mattina del giorno successivo. Si sfregò gli occhi e chiese un pollo arrosto.

Mentre si puliva le dita unte in un panno, Imperia entrò nella sua stanza da letto. Lui brindò alla sua salute con un bicchiere di vino bianco e se lo gustò fino all'ultima goccia.

« Ah, guarda chi è resuscitato dal mondo dei morti! » lo salutò lei beffarda.

« Soltanto io, spero. »

« Sì, i bravi sono finiti in pasto ai pesci. »

Bramante rivoltò le coperte. Era disteso sul letto con la sua camicia bianca, come un Adone invecchiato.

Imperia sorrise. « Purtroppo devo rifiutare il tuo invito. Sono fedele ad Agostino. Ma mi siederò accanto a te. »

Mentre lei gli cambiava le fasciature, l'architetto gli raccontò la storia della morte di Pico, dell'anello e del libro. Quando ebbe finito, lei lo guardò preoccupata. « Ti mando una guardia del corpo. Uno di voi due morirà, o tu o il segretario! »

Poco dopo che lei se ne fu andata, arrivò Giuliano da Sangallo, fatto chiamare dallo stesso Bramante. Sentì che la compassione di Sangallo era autentica, anche se non aveva sempre trattato con gentilezza il vecchio compagno della confraternita, anzi, spesso gli aveva riservato una certa ruvidezza. Sangallo tuttavia non covava rancore. Apparteneva a quella rara specie di uomini capaci di vivere in armonia con se stessi e con la propria esistenza. Sentendo ciò che era capitato a Bramante, scosse il capo. « Noi non siamo principi, politici, cardinali o vescovi, e nemmeno furfanti, quindi chi può volere attentare alla tua vita? »

« L'assassino di Pico, è evidente! »

In quel momento si aprì la porta ed entrò un visitatore inatteso. Era un uomo di aspetto temerario, con un anello d'oro appeso al lobo sinistro e vestito dalla testa ai piedi di pelle marrone. Il volto era incorniciato da riccioli neri incolti, e negli occhi azzurri sembrava essersi insediato per sempre un sorriso beffardo.

Bramante si raddrizzò e apostrofò l'intruso. « Che cos'è la mia casa, la piazza del mercato? Chi diavolo siete? Che cosa volete da me? » In realtà si ricordava vagamente di quell'uomo, ma non riusciva ancora a collocarlo con esattezza. Aveva soltanto l'impressione che non fosse legato a qualcosa di sgradevole.

Con la mano destra, l'uomo si tolse il cappello piumato e lo usò per tracciare tre ellissi nell'aria, inchinandosi al contempo con estrema eleganza; poi si presentò con voce tonante, come se parlasse a una folla di almeno mille persone dalla Loggia delle benedizioni della basilica di San Pietro. « Ascanio Romano, insegnante di scherma, schermidore per ogni evenienza, ma soltanto dalla parte dei buoni e sempre disposto a incrociare le spade coi malvagi. Mi manda madonna Imperia e posso garantire che preferirei morire, piuttosto che deludere la nobile dama. »

« Se vi manda madonna Imperia, allora siete più che benvenuto, amico mio! Ma vi prego, abbassate un poco la voce », disse Bramante, tenendosi la testa e ricordando finalmente che era stato appunto lui, Ascanio, ad aprirgli la porta del palazzo di Imperia, una volta.

« Allora mi cerco un posto in anticamera. Chiamatemi, se avete bisogno di me », gridò lo schermidore, sforzandosi invano di assecondare il desiderio del padrone di casa.

Bramante lanciò a Sangallo un'occhiata che esprimeva rassegnazione per il proprio destino. Di quel passo, il suo angelo custode avrebbe fatto cadere le mura di Gerico! « Chiedete a Giorgio di assegnarvi un posto e di darvi qualcosa da mangiare. »

Dopo un inchino non meno elaborato di quello sfoggiato all'arrivo, la nuova guardia del corpo di Bramante lasciò la stanza.

L'architetto lo seguì con lo sguardo, sorridendo. « Deve essere stato in servizio a lungo in Francia », commentò alludendo all'inchino. E si sentì pervadere da un caldo sentimento di riconoscenza nei confronti di Imperia. Poteva esserci una prova d'amore più grande di quella? Si sedette sul bordo del letto e si ancorò con le mani perché gli girava ancora leggermente la testa. Dalla lunga camicia bianca penzolavano le gambe arcuate e pelose, coi grandi piedi piatti. Si rivolse di nuovo al suo ospite. « Giuliano, vecchio amico mio, ho bisogno del tuo aiuto e dei tuoi servizi. Sei disposto a impegnarti per gli obiettivi della nostra confraternita? »

I baffoni da tricheco di Sangallo cominciarono a tremare, e nei suoi occhi si fece strada la commozione. « La nostra buona confraternita, quante volte ci penso... » sospirò.

Bramante continuò con voce calda. « La nuova basilica di San Pietro deve diventare il tempio dei Fedeli d'Amore! Ecco il mio piano: tu presenti un progetto per la ricostruzione della basilica, elaborato secondo lo schema della pianta centrale. Fra' Giocondo porterà sicuramente il disegno di una pianta longitudinale, gotico e noioso quanto lui stesso. Quando la controversia su queste due versioni raggiungerà il culmine, io presenterò una proposta con un quadrato possente, lasciando però aperta la questione della pianta centrale o longitudinale. Perché a questa domanda risponderemo in modo pratico, in fase di costruzione. »

A Sangallo s'illuminarono gli occhi. « Donato, vecchio furfante, vuoi semplicemente mettere tutti davanti al fatto compiuto?»

«Conosci forse un'altra definizione dell'architettura, oltre a 'fatto compiuto'? Dovremmo forse litigare con dei profani, magari addirittura con dei teologi, sull'arte dell'architettura? Ti prego, Giuliano! Quelli devono solo pagare, il resto è affidato a noi!»

Lo sguardo di Sangallo esprimeva ammirazione, sia per la sfrontatezza che per la coerenza del piano. Entrambe le caratteristiche, sfacciataggine e mancanza di riguardo, non rientravano nella sua natura, ed era proprio per tale motivo che sarebbe sempre stato il secondo e mai il primo. Ma vi si era rassegnato da tempo.

Bramante sollevò la mano destra dolorante, che era rossa e gonfia. «Purtroppo ti devo chiedere un altro favore, amico mio, ma non farne parola con nessuno.»

Sangallo riconobbe la malattia incurabile. «La gotta!»

«Sì, mi riesce sempre più difficile disegnare. Presto non ne sarò più capace, ma nessuno deve venire a saperlo, altrimenti i miei nemici sfrutterebbero la cosa contro di me. Un architetto che non riesce più a disegnare!»

«Come se disegnare un progetto di proprio pugno fosse la cosa importante», obiettò Sangallo. «È solo un procedimento tecnico, ma chi lo capisce?» Si resse il mento con la mano e rifletté per un istante. Dato il suo temperamento pratico, stava già cercando una soluzione al problema, e trovò subito un'elegante via d'uscita. «Prendi mio nipote Antonio come apprendista, fallo diventare un architetto! È un eccellente disegnatore, metterà la tua idea sulla carta e custodirà il tuo segreto.»

Bramante si alzò e abbracciò l'amico, sollevato e commosso al contempo.

Poco prima del calare dell'oscurità, Bramante si recò al Colosseo, portando con sé il ritratto dell'assassino. Aveva copiato su un foglio pulito lo schizzo che aveva fatto sul progetto subito dopo l'aggressione. Ascanio lo seguiva, tenendosi a distanza per non dare nell'occhio. L'architetto era ancora un po' pallido, ma di nuovo pieno di combattività. Forse era giunta l'ora di mettere le mani sull'assassino di Pico! Sì, gli avrebbe fatto la pelle a quel maledetto, e all'idea si sentiva eccitato come un ragazzino prima della comunione, anche se si trattava piuttosto di una messa da requiem.

Per prima cosa girarono per le rovine delle Terme di Caracalla, che ricordavano delle caverne abbandonate ed erano ormai divenute un rifugio per tutti coloro che non avevano un alloggio o dovevano nascondersi. Le logge, nelle quali crescevano incontrollati alberi e sterpaglie, sembravano abissi infernali. Le volte a botte erano in gran parte crollate e soltanto gli ampi archi che collegavano i pilastri d'angolo offrivano riparo da pioggia e neve. Comunque a Roma regnava ancora l'estate, e nessuno voleva pensare alle stagioni fredde e umide.

Donne scarne e coi volti segnati, ladri dallo sguardo furbo e loschi figuri di ogni genere scuotevano tutti la testa, chi con vigore chi con disinvoltura, quando Bramante mostrava loro il disegno. Sotto gli ultimi raggi del sole, il ritratto era ancora ben visibile, ma nessuno riconosceva l'uomo o voleva identificarlo. Soltanto quando l'architetto offrì uno scudo a un giovane baro, assicurandolo che l'uomo del ritratto e il suo muto compare erano già da tempo all'altro mondo, questi gli consigliò di andare a chiedere nei pressi dell'Arco di Tito, non lontano dal Colosseo, dove aveva visto l'uomo un paio di volte. Senza ringraziare, Bramante mise il denaro in mano al giovane e si diresse di gran lena verso l'Arco di Tito, seguito da Ascanio.

Alcune sagome che si stagliavano scure contro il cielo notturno stavano accendendo un fuoco. Due uomini tarchiati, con un sorriso gioioso stampato in viso, stavano facendo rotolare una botte di vino o di acquavite. Bramante mise il disegno davanti agli occhi di una donna vestita di stracci, ma quella si limitò a farsi il segno della croce e gli voltò le spalle senza proferir parola. Allora si arrampicò su un quadrone di granito coperto di muschio, che si era staccato dall'arco chissà quando negli ultimi mille anni. Mostrò il ritratto e parlò ad alta voce: «Ascoltatemi! L'uomo in questo disegno è morto, e anche il compare muto che era con lui! Non avete nulla da temere, ma potete guadagnarvi qualcosa: io cerco i loro mandanti. Qualcuno di voi conosce quest'uomo? »

Il fuoco trasse energia dal legno, lanciando spavaldo le proprie fiamme gialle verso il cielo. Il suo chiarore faceva sembrare i poveri diavoli che si erano radunati in quel luogo più pericolosi di quanto non fossero davvero, ma anche più miserevoli. Se la vita degli uomini era nelle mani di Dio, quei disgraziati stavano in bilico sulla punta delle sue dita. Nessuno diceva nulla. Nessuno prendeva in considerazione l'uomo col disegno in mano, come se fosse fatto d'aria.

Pieno di rabbia e delusione, Bramante stava già per prendere la strada del ritorno, quando Ascanio lo trattenne per una manica. « Non abbiate tanta fretta, messer Donato. Questa gente sa qualcosa », gli sussurrò con un sorriso soddisfatto. « L'indifferenza di coloro che non sanno nulla somiglia a quella di coloro che non vogliono sapere nulla, ma non sono la stessa cosa. »

« Se hai qualcosa da dire, dillo! » lo incalzò impaziente l'architetto.

« È semplice: i primi sono completamente apatici nella loro indifferenza, gli altri invece sono nervosi. E quelli vicini al fuoco hanno fatto fatica a dominare la loro agitazione. »

« Per quale motivo? I bravi sono morti! »

« Ma non il loro mandante. »

« Vuoi dire che hanno più paura del mandante che di quei tipacci? »

Ascanio annuì. L'eccitazione della caccia gli faceva muovere le alette del naso come una vela al vento. « Verrà qui, ne sono sicuro. »

« Ma perché? »

« Avete ancora l'anello? » chiese Ascanio con un sorriso consapevole.

Bramante ringraziò il destino per la fine intelligenza della sua guardia del corpo. Si cercarono un nascondiglio tra i cespugli, dietro le rovine, e rimasero di guardia per tutta la notte. Invano. La notte successiva tornarono ad appostarsi nello stesso nascondiglio. Nulla. Tuttavia Bramante continuava a fidarsi di Ascanio, perché la sicurezza dell'uomo vinceva sempre sui suoi dubbi ricorrenti.

La terza notte, un uomo vestito elegantemente entrò nella piazza. Sembrava uno spagnolo. Bramante capì subito che era quello che cercava; vide la sagoma vestita di nero nel chiarore abbagliante della luna e la prima cosa che gli venne in mente fu: ecco l'angelo della morte. Lo stesso pensiero che aveva avuto allora, a Firenze, dentro la casa adiacente a quella di Pico. Uscì dal nascondiglio tra i cespugli e si avvicinò al fuoco.

Un tizio massiccio fece notare all'uomo vestito di nero la presenza dell'architetto. «Signore, c'è un tizio che vi vuole parlare. A proposito, Alfaron e Bruno sono morti.»

L'uomo si voltò verso Bramante. La luce del fuoco modellò i tratti severi del suo volto. Eccolo dunque, l'assassino che oltre un decennio prima aveva ucciso col veleno il conte Pico della Mirandola.

«Cardinale Giacomo Catalano!» sfuggì a Bramante. «Voi, eminenza? Siete voi il segretario che ha ucciso il mio amico?»

«Sì, sono io! Prima o poi dovevate arrivarci. Ma non vi servirà a nulla, perché nessuno oserà credervi.»

I due uomini si misurarono per alcuni istanti con silenziosa ostilità, poi il cardinale indicò la mano destra dell'architetto. «Avete qualcosa che mi appartiene.»

«Anche voi!»

«E che cosa sarebbe?» chiese con freddezza il cardinale.

«La vostra vita.»

Giacomo non fece in tempo a estrarre la spada che Ascanio, rapido come un felino, affiancò l'architetto con la sua già sguainata.

«Che cosa vi aveva fatto il *Princeps Concordiae* per avvelenarlo?» chiese Bramante amareggiato.

«Pico della Mirandola era malvagio, era un eretico, un tentatore.»

«Era l'uomo più intelligente che io abbia mai conosciuto nella mia lunga vita.»

«In questo non vedo nessuna contraddizione con ciò che ho appena detto. Al contrario, era proprio la sua intelligenza a renderlo così pericoloso. Con la sua morte, la vostra alleanza eretica si è dissolta. E adesso ridatemi l'anello!»

«Che cos'ha di così particolare?»

« Questo non lo scoprirete mai! »

L'architetto dondolò la testa mentre rifletteva, poi sguainò a sua volta la spada.

« Prima datemi la vostra vita, poi seppellirò l'anello con voi. Lo giuro su tutti gli dei di Roma. » Giurando sugli dei pagani, Bramante mirava solo a provocare Giacomo. « Finirete in pasto ai pesci. Sarà un bagno di sangue che guarirà la mia anima. » Guardò estasiato la fredda lama della sua spada, invidiandola, perché la mortale opera di annientamento nelle viscere di quell'assassino avrebbe voluto compierla a mani nude. Ah, quanto gli sarebbe piaciuto rovistare nelle sue interiora fino a strappargli il cuore, per poi scoppiarlo dentro il pugno!

D'un tratto, uno degli uomini radunati attorno al fuoco si frappose tra l'architetto e il cardinale con le braccia alzate, pregandoli di risolvere la loro disputa altrove. Non avevano bisogno di grane, da quelle parti. Bramante e Giacomo fissarono sorpresi il paciere, uno straccione al pari degli altri, il quale aveva comunque le sue ragioni: se uno dei due contendenti fosse rimasto ucciso, la colpa sarebbe stata scaricata in automatico sulle persone che stavano lì abitualmente. Dal punto di vista delle autorità, erano i capri espiatori ideali; nessuno avrebbe attribuito la responsabilità dell'assassinio del cardinale all'architetto del papa. Giacomo squadrò prima Bramante, poi il suo accompagnatore e poi di nuovo Bramante, e sul suo viso spuntò un sorriso storto. « I due bravi avevano istruzione di risparmiarvi la vita. Ma non mi sento più tenuto a serbarvi tale riguardo. »

Bramante sputò.

Il cardinale ignorò il disprezzo e si rivolse ad Ascanio con voce penetrante: « Tu pensaci bene. Vuoi davvero aiutare un eretico? Se ti metti contro di me, finirai male ».

La guardia del corpo di Bramante piegò la bocca in una smorfia e sollevò di più la spada. « La stoccata che mi spedirà all'altro mondo è già scritta in cielo. Neppure voi, pur essendo cardinale, potete far nulla per cambiare questo fatto. La morte non possiamo né cercarla né sfuggirla, è lei che ci trova. »

« E cosa ti rende così sicuro che non ti troverà sul rogo? » Giacomo voleva intimidirlo, ma Ascanio si limitò a sorridere, senza replicare nulla. Allora si rivolse di nuovo all'architetto. «Siete un uomo morto, Donato! E anche tu, messer assassino, in un modo o nell'altro.»

Il cardinale rinfoderò la spada e scomparve nell'oscurità. L'architetto fece per lanciarsi all'inseguimento, perché non intendeva lasciarselo sfuggire, ma si ritrovò con la sua grossa pancia per terra. Nello stesso istante, il pugno di Ascanio colpì la faccia del paciere, che aveva fatto lo sgambetto a Bramante. L'uomo vacillò, poi, a bassa voce ma con tono fermo, disse: «Perdonatemi, gentile signore, ma, come ho già detto, non qui!»

L'architetto si alzò gemendo, pronto a sfogare la propria ira sullo straccione. Ma Ascanio lo trattenne. «Quest'uomo ha ragione, messer Donato!»

Bramante rinfoderò la spada. Almeno adesso sapeva chi era l'assassino del conte. La strada della vendetta era spianata, poteva darsi tutto il tempo necessario. Innanzitutto voleva costruire la basilica, per dimostrare che i Fedeli erano ancora in vita, anche se il loro capo era stato assassinato. Rimuginando in silenzio, escogitò il piano della sua opera di distruzione: per prima cosa avrebbe ucciso il cardinale, poi l'uomo. Ma doveva stare particolarmente attento, perché una cosa era certa: il domenicano non aveva parlato a vanvera, avrebbe cercato il modo di mettere in pratica la sua minaccia. Tollerare che esistessero persone al corrente della sua responsabilità per la morte del conte Giovanni Pico della Mirandola, il più grande filosofo del suo tempo, era un'idea che Giacomo il Catalano non avrebbe neanche preso in considerazione.

29

Carrara, Anno Domini 1505

La pioggia si abbatteva senza pietà sulla superficie del marmo e sulle schiene degli scaricatori e dei marinai, tirando a lucido le assi della caracca che dondolava nelle acque del porto sferzate dal vento. Con lo scafo di legno solcato profondamente dal mare, la nave non nascondeva la propria età. Naturalmente, Michelangelo aveva scelto l'armatore che aveva chiesto il prezzo più basso per il trasporto. Si era prefissato una spesa e aveva fatto in modo di starci dentro; l'ammontare dell'estrazione e del trasporto non superava i cinquecentocinquanta ducati.

Coi restanti mille ducati dell'acconto del papa, il padre di Michelangelo aveva acquistato una bella tenuta. Questa doveva costituire il nucleo originario dell'impero di terreni e fabbricati che Michelangelo pensava di fondare, per riconquistare la giusta posizione sociale per sé e per la propria famiglia. Non aveva mai dimenticato il motivo per cui si era dovuto separare da Contessina, né il dolore per il declassamento subito.

Perciò si era accontentato di quella vecchia e malandata caracca. Sebbene si avvicinasse mezzogiorno, sotto la spessa coltre di nuvoloni neri era ancora buio. Da giorni non vedevano la luce del sole. Le grosse pietre venivano caricate con l'ausilio di una gru di travi, dal cui braccio orientabile pendeva un argano nel quale confluivano le gomene. Mentre gli operai calavano prudentemente il prezioso carico nel ventre della trealberi, la gru, che somigliava a un albero spoglio, oscillava leggermente sotto il peso dei quadroni di pietra. Sul piazzale di carico era rimasto soltanto l'ultimo quadrone, un blocco enorme. Lentamente, gli operai sollevarono il colosso per mezzo dell'argano. Quanto più in alto lo issavano, tanto più si facevano preoccupanti gli scricchiolii e le oscillazioni della gru. Dal castello di poppa, il timoniere osservava le procedure di carico con un'espressione impassibile. Il capitano, al contrario, accanto all'albero maestro, ringhiava. «Piano! Piano, figli di un cane! Se la pietra scivola fuori dalle funi, spaccherà il dritto e l'assito! Piano, ho detto! Non vi preoccupate, tornerete dalle vostre donne per tempo!»

Librandosi in aria come fosse trasportato da uno spirito, il blocco di pietra arrivò sulla nave. Dovevano impedire che cominciasse a dondolare, perché in tal caso sarebbe stato fuori controllo. Michelangelo salì a bordo percorrendo una passerella consumata e raggiunse il capitano, un uomo dai capelli rossi, ben piazzato e con un gran naso bluastro. Lo scultore guardava estasiato le quattordici pietre, una più bella dell'altra. Formavano il primo carico per Roma, con approdo e cambio d'imbarcazione ad Anzio. Intendeva accompagnarle fino a destinazione, e le avrebbe usate per scolpire le dee della vittoria, cosa che un occhio esperto avrebbe già potuto intuire, perché erano già state modellate in parte alla cava. L'ultimo pezzo era il colosso dal quale voleva ricavare il Mosè. Lentamente, il marmo già preparato veniva calato sulla nave, seguito dallo sguardo amorevole dell'artista.

Michelangelo non vedeva un quadrone di marmo, bensì la figura finita che ben presto avrebbe liberato dalla pietra. Il primo legislatore. Di più: il primo uomo che avesse veramente incontrato Dio, sul Monte Sinai. Uomo e Dio, che situazione mozzafiato. E poteva, Mosé, essere rimasto lo stesso uomo che era prima? Certo che no. Ed era così che Michelangelo voleva crearlo: seduto, con la quiete di un uomo che ha già vissuto tutto e non dubita più e non teme più nulla; un uomo che si è lasciato alle spalle la grande e logorante paura umana della morte, perché Dio vive in lui. Un uomo che aveva vissuto ciò che i mistici avevano inseguito per secoli, dedicandovi tutta la propria vita: trovarsi davanti a Dio in persona, guardarlo, unirsi a lui. Che cosa aveva risposto Dio, quando Mosè gli aveva chiesto chi era? Io sono colui che sono. Lo scultore avrebbe risvegliato Mosè proprio così, come colui che è. Sorrise: non era così che i filosofi e i teologi definivano l'essenza o la sostanza? Essere ciò che si è. Non vedeva l'ora di arrivare a Roma e di poter finalmente iniziare. A volte si scopriva a muovere le mani come se impugnassero martello e scalpello, come se stesse scolpendo una figura fatta di aria.

« L'avremmo dovuta mettere sul fondo, perché è la più grossa », brontolò il capitano.

« Perché le altre pietre la schiacciassero e magari restasse incrinata? No, quella diventerà una scultura senza eguali al mondo. »

Il marinaio sputò e restò in silenzio.

Francesco, terrorizzato dall'idea di finire in mare, si fece portare a bordo da un robusto operaio. Niente al mondo avrebbe potuto convincerlo a percorrere sulle sue gambe la stretta passerella traballante. Michelangelo riteneva particolarmente meritevole il fatto che il suo servitore, oltre a restare con lui nonostante le retribuzioni saltuarie, sopportasse tutti quei disagi. In fin dei conti, Francesco era l'uomo più coraggioso che conoscesse, perché superava costantemente le proprie paure.

« È il caso di rimandare la partenza a domani, messer Michelangelo. Oggi c'imbatteremmo in una bella tempesta », disse il capitano pensieroso, guardando il muro di nuvoloni neri che si stava formando verso il largo. « Sono le tempeste autunnali. »

« Domani mi direte dopodomani e dopodomani forse... ah, lasciamo perdere. Ma la nave è sicura almeno in porto? »

« Questo non lo sa nessuno. Ma noi sì, noi almeno siamo al sicuro. »

« Solo con Dio si è al sicuro. Basta, prendiamo il largo, io devo tornare a Roma, non posso più aspettare! »

Il capitano brontolò un'imprecazione incomprensibile, poi gridò: « Prepararsi a salpare! »

« Va bene, capitano », rispose il nostromo dal molo, e insieme coi marinai che avevano aiutato a caricare le pietre da terra tornò sulla nave. Un ragazzo sui sedici anni ritirò la passerella; passandogli accanto, il nostromo gli fece una carezza bonaria sui capelli arruffati.

« Mollare gli ormeggi, per tutti i diavoli! » ordinò il capitano.

« Mollare gli ormeggi! » gli fece eco il nostromo. Due uomini sciolsero i nodi delle cime. Venti marinai disposti lungo il parapetto allontanarono la nave dal molo utilizzando lunghe pertiche. La trealberi si girò lentamente verso il mare. Il capitano fece spiegare la piccola vela a tarchia e il vento la gonfiò subito. Lentamente, la caracca si mise in movimento. Il timoniere dovette andare di bolina per fare in modo che la vela prendesse il vento.

«Spiegare la vela latina», ordinò il capitano. La vela triangolare dell'albero di mezzana, che venne issata nel cielo scuro dietro l'albero maestro, prendeva meglio il vento trasversale. Il capitano non osava ancora spiegare le grandi vele quadre. Prima voleva vedere com'erano le condizioni in mare aperto. Navigavano verso una parete buia di pioggia battente, come se fossero diretti all'inferno. Ed era mezzogiorno. Francesco era verdognolo; si rannicchiò vicino al castello di poppa, ai piedi della scala che conduceva al ponte, e si mise a pregare incessantemente.

«Non morirai», gli disse freddo lo scultore.

«E voi come lo sapete?»

Michelangelo indicò il cielo. «Perché è scritto lassù.»

«Ah, e voi lo sapete leggere», replicò scettico Francesco.

Avevano caricato le pietre sulla punta estrema della costa ligure e stavano attraversando il Tirreno in direzione di Ostia. A causa della tempesta, e data la scarsa visibilità, il capitano spinse la caracca più al largo rispetto alla rotta solita; il rischio concreto, che intendeva evitare, era quello di finire contro qualche scoglio in prossimità della costa. Il vento era così forte che decise di rinunciare ancora alle vele quadre. Aveva sorvegliato personalmente il carico delle pietre e il loro ancoraggio. Se anche un solo blocco di marmo si fosse spostato sarebbe stata la fine; il peso della pietra avrebbe fatto ribaltare la nave oppure sfondato le assi di legno, producendo comunque lo stesso risultato: sarebbero finiti in fondo al mare.

Michelangelo sapeva che era stato irragionevole respingere il consiglio dell'esperto marinaio, ma la pazienza lo aveva abbandonato. Aveva brutti presentimenti che lo spingevano a rientrare a Roma. La tempesta, intanto, si faceva sempre più impetuosa. Lo scultore raggiunse il capitano sul ballatoio.

L'uomo tuttavia sembrava più tranquillo, perché ormai la decisione era stata presa ed erano nelle mani di Dio. « Terzarolare la vela latina! » ordinò.

Il mondo sprofondò nell'oscurità. Non si distingueva più tra cielo, orizzonte e acqua. Si muovevano in un grigio scuro indistinguibile, costituito esclusivamente da una fine umidità. E come se il tutto non fosse già abbastanza spaventoso, la tempesta intonò un ululato che fece raggelare ogni uomo presente a bordo.

« Sono le anime dei dannati, messer Michelangelo. Dei peccatori che hanno perso la vita qua fuori. Non hanno trovato redenzione, quei poveracci, e da allora strillano come se fossero sulla graticola. E adesso ditemi che ne pensate, rimpiangete la vostra decisione? »

« No! E per quanto riguarda quelle anime, le includo nelle mie preghiere », rispose asciutto l'artista.

Il capitano lo guardò esterrefatto. Un osso duro!

Le onde intanto continuavano a sballottare la nave come un giocattolo, e parevano aumentare. Michelangelo si accorse che l'esperto marinaio accanto a lui si era fatto pallido.

« Il mare è mosso », disse il capitano.

« E quindi? »

« E quindi siamo nelle mani di Dio. A volte le onde arrivano da prua, a volte da tribordo e a volte da babordo, perché il vento cambia continuamente direzione. È terribile. Non posso prendere nessuna rotta, perché ogni rotta potrebbe essere quella sbagliata. »

Non fece in tempo a finire l'ultima parola che un'onda si rovesciò su di loro. La nave sobbalzava come in preda alle convulsioni, e a volte s'impennava per poi precipitare nel cavo dell'onda.

Francesco era squassato e stordito dai conati, ma ormai dalla bocca gli usciva solo schiuma di bile; quel che aveva nello stomaco lo aveva già riversato tutto sull'assito, che tuttavia era lindo, perché l'acqua lo ripuliva di continuo.

A un tratto, nonostante il fragore della tempesta, si udì uno schianto e tutti trasalirono; seguì uno scricchiolio, poi un rumore stridente. La nave s'inclinò da un lato.

«Il marmo!» gridò il capitano lanciandosi giù dalle scale per raggiungere la stiva. Michelangelo lo seguì con la stessa foga. La nave intanto s'inclinava sempre di più verso babordo. Due corde si erano spezzate, e il blocco che dovevano fissare scivolava sempre di più verso il lato sinistro della nave.

«Chi ci tiene alla propria vita venga da me!» gridò il capitano dalla stiva. Arrivarono in fretta quattro marinai. «Prendete delle assi! E sbrigatevi! La prossima onda da tribordo ci farà rovesciare!»

I marinai si armarono di assi di legno da usare come leve per spingere la pietra verso l'alto, sulla superficie inclinata costituita dai blocchi di marmo sottostanti. Anche Michelangelo si diede da fare. A quel punto, solo la fortuna poteva aiutarli. Non doveva arrivare nessuna onda da tribordo e le altre pietre non dovevano muoversi; diversamente, la nave si sarebbe capovolta. La pietra in questione era proprio il blocco da cui lo scultore intendeva ricavare il Mosè. Gli uomini lo spinsero con tutte le loro forze e riuscirono a muoverlo leggermente, ma riposizionarlo nel punto d'equilibrio in cui si trovava all'inizio pareva un'impresa impossibile. Quantomeno, riuscirono a impedire che continuasse a scivolare verso babordo.

«Tenete questa pietra diabolica in questa posizione», ordinò il capitano.

Michelangelo fece una smorfia di risentimento: non era la pietra a essere diabolica, ma la fune che si era spezzata. Chissà quanto era vecchia e quanti carichi aveva già trattenuto. Ma che cosa poteva pretendere? Aveva affittato quella carretta proprio in considerazione del prezzo imbattibile.

Il capitano uscì dalla stiva e chiamò altri marinai, compreso il nostromo. Insieme, riuscirono un po' alla volta a spostare la pietra, poi usarono dei cunei di legno per fissarla. Non restava che legarla di nuovo saldamente con le corde, ma un'onda li investì da tribordo con tutta la sua forza, spezzando i cunei come ramoscelli; la pietra riprese a muoversi. Nella concitazione che seguì, tuttavia, il capitano dimostrò una presenza di spirito fenomenale: puntò un'asse di legno contro la pietra e pose l'altra estremità sullo spigolo superiore della stiva. Due marinai seguirono il suo esempio. Le assi scricchiolarono di brutto, ma resistettero. Poi, usando delle travi come avevano fatto prima, riportarono il marmo nella posizione originaria e riuscirono anche a fissarlo e a legarlo.

Risolta l'emergenza, pur essendo esausti nessuno di loro si fermò un solo istante a riprendere fiato: la battaglia contro la furia della tempesta non era ancora vinta. Il nocchiere uscì dalla stiva giusto in tempo per raggiungere il timone e scansare l'isola di Gorgona.

Il capitano fissò Michelangelo con un'espressione di pietra. « Se avessi perso anche un solo uomo vi avrei ammazzato », gli sussurrò.

« Provarci avrebbe significato morte sicura per voi », replicò lo scultore con tutta calma.

L'isola s'intravedeva a malapena, e il rimbombo della tempesta sovrastava anche il rumore delle onde che si frangevano contro gli scogli.

Finalmente, nella notte, dopo ore di lotta e di paura, la burrasca s'acquietò. L'equipaggio poté trarre un sospiro e rifocillarsi. Michelangelo bevve del vino e mangiò un po' di formaggio col pane secco; Francesco invece, ancora scombussolato e spaurito, rinunciò a qualunque cosa. Poi trovarono un po' di tranquillità nella loro cabina, nel ventre del castello di poppa. Lo scultore si addormentò subito, dopo una breve preghiera. Il servitore al contrario rimase sveglio a lungo, a rendere grazie alla madre di Dio e a recitare salmi penitenziali, finché il sonno non ebbe la meglio anche su di lui.

La mattina dopo non si poteva certo dire che fosse una bella giornata di sole, ma in confronto alla tempesta del giorno prima la pioggerella in corso pareva un tempo meraviglioso. Del minaccioso muro di nuvole dense e nere non c'era più traccia, e pazienza se non si vedeva il sole: se ne poteva comunque intuire la presenza nella luce diffusa. Oltre alla vela latina e alla vela a tarchia, il capitano aveva fatto issare le vele quadre dell'albero di trinchetto e dell'albero maestro. La nave prese velocità, sfrecciando sulle onde morbide. Michelangelo si unì di nuovo a lui sul ponte.

« Se il tempo non peggiora, domattina saremo a Ostia », disse il capitano senza distogliere lo sguardo dal mare. Non si aspettava una risposta, e del resto neanche lo scultore era in vena di fare conversazione. Tuttavia, in quei momenti di silenzio i due uomini erano vicini, perché entrambi percepivano come un dono il fatto di non dover parlare di continuo. Entrambi odiavano il costante chiacchiericcio che distruggeva la quiete del mondo. Le persone tendevano a parlare comunque, anche se non avevano nulla da comunicare. Parlavano per noia, per pettegolezzi, per mancanza di discrezione oppure, ancora peggio, per paura. Se un mago avesse offerto a Michelangelo di dare una voce alle sue sculture, lui avrebbe rifiutato con piglio deciso e forse persino sgarbato: le sue opere parlavano, sì, ma un linguaggio per il quale la voce, soprattutto quella del chiacchiericcio, non era affatto necessaria.

« Ma il marmo assorbe l'acqua? » chiese dopo parecchio tempo il capitano.

« L'assorbe fino a saturarsi. »

« Allora se continua a piovere così può darsi che dovremo separarci da uno dei blocchi, perché il carico diventerebbe troppo pesante. »

« Preferirei mandare voi in pasto ai pesci piuttosto che gettare in mare una delle mie pietre », rispose cupo lo scultore. Difficilmente avrebbe potuto dare seguito a quella minaccia, ma di sicuro avrebbe fatto tutto quanto era in suo potere. Il capitano, poco propenso a mettere alla prova il passeggero, pregò che la pioggia si placasse. A suo modo di vedere, l'uomo che aveva accanto era principalmente un irragionevole invasato.

Il giorno successivo, verso mezzogiorno, il porto di Ostia comparve davanti a loro. Poco dopo iniziavano già le operazioni di carico delle pietre sulle imbarcazioni che avrebbero risalito il Tevere. Ne furono necessarie cinque: quattro barche trasportavano tre pietre ciascuna, l'ultima fu riservata al blocco del Mosè.

A tarda sera, la piccola flotta carica di marmo approdò nel porto romano di Ripetta. I marinai e i trasportatori si rifiutarono di scaricare le barche durante la notte e le ormeggiarono saldamente a riva. Michelangelo era fuori di sé dalla rabbia, ma non poteva farci nulla. Decise di trascorrere la notte con le sue pietre, per fare la guardia. Mandò Francesco a prendere un piccolo spuntino, e dopo che si furono rifocillati il servitore poté mettersi in cammino verso casa, mentre Michelangelo rimase a camminare avanti e indietro sulla sponda del fiume.

La notizia del suo arrivo fece il giro di Roma più in fretta di quanto sospettasse. Il cardinale Catalano e Donato Bramante vennero a sapere del ritorno di Michelangelo quasi nello stesso momento.

Roma, Anno Domini 1505

Quando il mattino gelido arrivò di soppiatto nella città addormentata, scacciando la gradevole notte, cinque sagome mascherate marciarono verso il porto. Esausto e intirizzito com'era, Michelangelo si accorse di loro quando gli erano ormai quasi a un passo. Sguainò la spada, ma uno dei loschi figuri gliela fece cadere con un colpo della propria. Nessuno aveva insegnato allo scultore a tirare di scherma. Senza dire nulla, lo afferrarono con forza, gli legarono le braccia dietro la schiena e lo imbavagliarono. Quindi levarono l'ancora alle barche e perforarono le fiancate, poi si dileguarono con la stessa velocità con cui erano comparsi.

Michelangelo, furente, si dimenava e strattonava le corde che gli solcavano dolorosamente la pelle. Il bavaglio gli impediva di chiamare aiuto, ma provò lo stesso a urlare, finendo quasi soffocato, e intanto fissava sgomento le imbarcazioni che andavano alla deriva sul fiume, col suo amato marmo. Si rotolò faticosamente sull'addome, poi, spostando l'intero peso del corpo sulla testa e le spalle, riuscì a piegare le gambe una per volta e a mettersi accovacciato, e infine, malfermo, ad alzarsi.

Corse all'ufficio doganale, nei pressi dell'entrata del porto. Lì un uomo stava accendendo una candela guardando dalla finestra, verso i moli. Michelangelo cercò di farsi notare. Spiccò un salto, ma cadde duramente sulle pietre. Lanciò un'imprecazione e lottò per rimettersi in piedi, ma scalciando in modo isterico, senza risultato. A quel punto il doganiere uscì dall'ufficio. Era un tizio basso e pingue, con una barbetta ispida sul doppio mento; si stiracchiò e si sfregò gli occhi, e solo allora si accorse che c'era un uomo a terra. Lo prese per le ascelle e lo aiutò a rialzarsi, poi rimase qualche istante a fissarlo allibito, prima che si decidesse a levargli il bavaglio.

Lo scultore provò disgusto per le dita sporche che l'uomo gli aveva infilato in bocca, ma ora finalmente poteva di nuovo parlare! «Slegami!» gli intimò con voce roca. «Sono stato aggredito!» E mentre il doganiere cercava goffamente di avere la meglio sulle pastoie, lui guardò di nuovo il Tevere. Le barche cominciavano ad affondare! Gli vennero le lacrime agli occhi. «Presto, vai a chiamare i marinai!»

Il pingue ometto si mise a correre più veloce che poteva. Michelangelo vide una piccola barca, sciolse l'ormeggio e si mise a remare senza risparmio, raggiungendo l'imbarcazione con la pietra del Mosè. Rifletté febbrilmente sul da farsi, poi cominciò a svuotarla dall'acqua che stava imbarcando. Poco dopo accorsero i proprietari delle imbarcazioni, letteralmente saltati giù dal letto, come si poteva evincere dal modo in cui erano vestiti. Ciò che stava per affondare irrimediabilmente nelle acque verdognole del fiume era in pratica la loro stessa sussistenza. Si lanciarono su altre imbarcazioni o direttamente nell'acqua fredda e remarono e nuotarono fino alle barche sabotate. Intanto il porto si riempì di operai, che subito si attivarono nelle operazioni di salvataggio. Due delle barche, ciascuna con tre blocchi di pietra, furono ricondotte nel porto; ma altre due affondarono in mezzo al Tevere. Nel tardo pomeriggio, con molte difficoltà, riuscirono a sollevare dalle acque piatte del fiume le pietre che erano a bordo delle barche. All'ora di cena, il marmo del Mosè, che era stato portato in salvo a sua volta, e altri dieci blocchi destinati alle dee della vittoria erano al sicuro nel porto. Nel conto finale, Michelangelo aveva perso quattro quadroni di marmo. Sarebbe potuta andare molto peggio! Decise che a sostenere la perdita finanziaria doveva essere il papa, senza considerare affatto che gran parte della somma già elargita se n'era andata per i suoi scopi privati. Sì, Michelangelo sentiva di avere la coscienza pulita, di avere amministrato bene il denaro, e il fatto che il materiale fosse giunto indenne fino a Roma lo testimoniava senza tema di smentita. Non era colpa sua se le autorità pontificie non avevano ancora cacciato dalla città certi brutti ceffi, come quelli che lo avevano aggredito. Certo, bisognava ammettere che rispetto ai tempi dello sciagurato Borgia la città era diventata molto più sicura, e tuttavia l'increscioso episodio c'era stato, e se ne sarebbe lamentato col papa il giorno stesso, sporgendo denuncia. Chi aveva compiuto un gesto simile, violando massi già scolpiti - lo aveva fatto anche per evitare di trasportare pietra superflua nel faticoso tragitto, e anche di questo bisognava che gli si rendesse merito - chi si era macchiato di una tale nefandezza nei confronti dell'arte andava preso e punito a ogni costo, perché rappresentava esattamente ciò che una città come Roma non avrebbe mai potuto tollerare.

30

Roma, Anno Domini 1505

Per Bramante stava iniziando il periodo più affascinante della sua vita. Aveva l'impressione che fossero tornati i giorni dei Fedeli. Grazie alla sua guardia del corpo e a una certa prudenza nel muoversi, non subì persecuzioni o attacchi da parte del cardinale. Ricalcolava spesso le proporzioni e le lunghezze e faceva eseguire i disegni ad Antonio, il nipote di Sangallo, finché un giorno non fu convocato dal papa.

Come entrò nella Stanza della Segnatura, incrociò lo sguardo trionfante dell'arciprete di San Pietro. Non prometteva nulla di buono. Quasi con arroganza gli tese la mano su cui portava l'anello; lo sguardo trionfante di Giacomo svanì subito, lasciando il campo a un piglio cupo e rugginoso. Bramante fece un sorriso scaltro, poi si chinò fino a terra per baciare i piedi al papa, il quale tuttavia fermò quel gesto di devozione, ritenendo che da parte del suo architetto fosse del tutto superfluo. Gli porse la mano con l'anello del pescatore, poteva essere sufficiente. Poi l'architetto salutò con un amichevole cenno del capo Giuliano da Sangallo, che teneva in mano una cartella nera e indossava un mantello verde prato, che soltanto il velluto rendeva sopportabile. Bramante si chiese se quel vecchio dongiovanni avesse una nuova amante. Poi si rivolse a Michelangelo. « Ah, messer Michelangelo, ho appreso con sgomento della terribile aggressione. Grazie a Dio siete ancora vivo! » Lanciò un'occhiata fugace a Giacomo, giusto per fargli capire che sapeva bene chi stava dietro quell'imboscata. Il cardinale ricambiò lo sguardo con freddezza, restando del tutto impassibile. Lo riteneva un ipocrita, e almeno in quel caso aveva ragione, come Bramante dovette riconoscere con se stesso.

In ogni caso, la solidarietà mostrata allo scultore, con uno slancio forse un po' eccessivo, ebbe un effetto del tutto imprevisto: Michelangelo gli rivolse un lungo sguardo penetrante, come se lo ritenesse il mandante degli aggressori. « Apprezzo la vostra compassione, ma il Santo Padre ha sanato la mia perdita e mi ha consolato con una generosità che un pover'uomo come me non avrebbe neppure osato sperare. »

« Con un'abbondante donazione dal tesoro della Chiesa, vero, fratello Alidosi? » aggiunse Giacomo con un sorriso compiaciuto. Evidentemente voleva rifarsi su Bramante pungolandone l'invidia. L'elegante cardinale Alidosi trasalì, perché non apprezzava affatto che il collega, abbigliato col semplice saio da domenicano, si rivolgesse a lui con quell'appellativo confidenziale, « fratello ».

Bramante si morse il labbro e poi disse: « Sapete, fra' Giacomo, quel denaro è investito in modo eccellente, perché accrescerà il tesoro della Chiesa ».

« Basta, non siamo bottegai al mercato! » sbottò impaziente il papa, dando poi la parola all'arciprete di San Pietro. Il cardinale Giacomo Catalano distese una pianta sul pesante tavolo di legno. A Bramante bastò un solo sguardo per capire che poteva essere soltanto il progetto di fra' Giocondo. Il monaco architetto lo aveva inviato da Venezia; mostrava una chiesa rettangolare a cinque navate, con un arco in corrispondenza del coro. Giulio II studiò il progetto senza particolare entusiasmo.

« E questo che cosa sarebbe, un vecchio afflitto dalla gotta che dolorante stringe la testa tra le spalle? » chiese in tono derisorio Bramante.

« Questo progetto lascia inviolata la nostra basilica e propone semplicemente di cingerla con nuove costruzioni. È geniale », spiegò l'arciprete.

Bramante scoppiò a ridere. « Ho sentito bene? Volete nascondere la basilica in una sacca di calce? »

Il caustico sarcasmo di quelle parole fece trasalire Giacomo. Pur presiedendo il cantiere di San Pietro da molti anni, in materia di architettura era rimasto un profano, e tuttavia gli fu chiaro immediatamente che per la proposta del suo confratello una definizione come quella, « sacca di calce », rischiava di essere letale. Giulio non degnò il progetto di una parola e invitò Giuliano da Sangallo a presentare il proprio.

La tensione di Bramante cresceva sempre di più. Sapeva già che cosa sarebbe successo, perché conosceva il progetto di Sangallo. Tuttavia la reazione del papa avrebbe definito la sua strategia. Per lui ciò che contava era costruire un tempio antico di un'altezza vertiginosa. Che alla base fosse rannicchiata una pianta longitudinale o no, alla fin fine gli era indifferente.

Il progetto di Sangallo era in netto contrasto con la proposta del monaco architetto. Aveva disegnato un edificio a pianta centrale che si ergeva sopra una croce greca, quindi un quadrato con quattro possenti pilastri agli angoli, che s'innalzavano nel cielo come colonne della terra per la cupola celeste. Gli sguardi di Bramante e Michelangelo s'incrociarono. Di rado erano stati vicini come in quel momento. Ciascuno leggeva negli occhi dell'altro l'ammirazione per il progetto di Sangallo, la cui radicalità esprimeva un grande rispetto per la buona architettura degli antichi.

«Santo Padre, questo tempio accoglierà in modo ideale il vostro mausoleo», esclamò estasiato Michelangelo.

Giulio II però tenne ancora per sé la propria opinione e invitò l'arciprete a pronunciarsi.

Giacomo era fuori di sé per l'indignazione. «Questa è un'eresia! Badate a ciò che fate, Sangallo! Volete costruire un tempio pagano nel cuore della cristianità!» Si gettò ai piedi del papa e proseguì con un tono quasi implorante: «Vostra Santità, se il vostro volere è che la nostra buona vecchia basilica costruita da Costantino e consacrata dal santo pontefice Silvestro sia rasa al suolo, e che al suo posto venga innalzato un tempio a indicare la vittoria del paganesimo sul cristianesimo, se il vostro volere è davvero questo, allora non voglio e non posso contraddirvi. Ma in tal caso chiedo umilmente di essere dispensato dal mio incarico e di essere mandato lontano, in missione in Oriente, oppure presso i malati di peste e di colera, per guarirli. Preferisco morire al servizio di Cristo che essere testimone di questa empietà!»

Poiché il cardinale era considerato uno che non parlava mai a vanvera, quello sfogo tolse la parola a tutti i presenti e la sala piombò in un silenzio imbarazzato. Il papa porse la mano a Giacomo e lo aiutò a risollevarsi. «La proposta di Giuliano è interessante, ma purtroppo oltrepassa il segno. Noi vogliamo un luogo dignitoso per il nostro mausoleo e lo vogliamo presto. L'idea di fra' Giocondo di circondare l'antica basilica con una nuova costruzione ci sembra buona, ma dal punto di vista architettonico il progetto non ci convince. Tu conosci il tuo compito, onorevole Donato? »

« Certamente, Santo Padre », rispose Bramante, riuscendo a fatica a nascondere un sorriso trionfante e inchinandosi.

Poi estrasse dal mantello un astuccio di legno con delle matite, prese il progetto che era spiegato sul tavolo, lo ripose rovesciato davanti alla luce e ricalcò sul retro i bracci del quadrato. Ottenuto uno schizzo di base, continuò a disegnare su quello. Tutti lo guardavano allibiti. Lui pregava insistentemente di non essere assalito dalla gotta. Sentiva già un certo dolore alla mano destra, che aveva coperto con un guanto bianco di pelle di capra, come del resto aveva iniziato a fare sempre più spesso negli ultimi tempi; ma strinse i denti e continuò stoicamente a disegnare. Con tratti rapidi collegò i pilastri disegnando un quadrato, una crociera perfetta, poi li circondò di possenti archi e tre deambulatori, che sboccavano in una navata a est.

« Maestosità e dignità », disse infine. « Qui la tomba di Pietro, sopra la quale si erge la cupola celeste; un obiettivo, il centro del mondo, la santa maestà, cui gli uomini si avvicinano tramite la dignitosa basilica. »

Il papa annuì benevolmente, sul volto del domenicano era evidente lo stupore e Sangallo sogghignava divertito come un ragazzino. L'architetto si godette il trionfo, almeno fino al momento in cui anche Michelangelo elogiò la sua idea: la cosa lo rese diffidente. E infatti non dovette aspettare molto perché si manifestasse l'altra faccia di quella lode: lo scultore chiese di poter partecipare ai lavori di progettazione. Non che il grande Bramante avesse bisogno del suo aiuto, spiegò Michelangelo, ma forse avrebbe potuto assisterlo quando si trattava d'includere nel progetto il posizionamento del mausoleo per il Santo Padre.

Bramante aveva dato per scontato che con la nuova costruzione Michelangelo sarebbe stato fuori gioco. Invece sembrava che, col pretesto del mausoleo, lo scultore stesse cercando d'influenzare la progettazione della nuova basilica di San Pietro. Lui, Donato Bramante, primo architetto del papa, doveva lasciarsi mettere davanti uno scultore, anzi, ancora peggio, diventare servitore e assistente di quello sfacciato fiorentino? No, non poteva accettarlo. Digrignando i denti, stava riflettendo su come obiettare, quando papa Giulio II prese di nuovo la parola: « E così sia! Donato, rinnova la basilica. Michelangelo sarà coinvolto nella progettazione, perché sa meglio di chiunque altro qual è il posto giusto per il mio mausoleo. Sbrigati dunque, mio caro Donato! A Pasqua del prossimo anno voglio posare la prima pietra! »

Qualche settimana dopo, un Bramante irritato stava facendo ritorno a tarda notte, protetto da Ascanio, da una cena a casa di Agostino Chigi. Aveva accettato l'invito soltanto per non stizzire il banchiere, e per vedere Imperia. Tuttavia con lei aveva potuto scambiare soltanto qualche parola, sempre sotto gli sguardi diffidenti di Chigi. Di tanto in tanto, camminando, imprecava. Il tempo passava senza medicare le ferite d'amore. Non lo ammetteva volentieri, ma era così: la mancanza della sua amata Imperia si faceva sentire ogni giorno un po' di più.

Avevano appena lasciato via dei Banchi, quando un uomo comparve davanti a loro. Era vestito di pelle nera dalla testa ai piedi e all'orecchio portava un anello d'argento scintillante.

« Giuseppe di Avignone », bisbigliò Ascanio con tono deferente. Aveva già sguainato la spada e raggiunto Bramante con passo rapido.

« Ah, Ascanio Romano! Dunque dovremo combattere, messere? »

La guardia del corpo annuì. « Giuseppe di Avignone è il migliore schermidore che io conosca », spiegò all'architetto.

« Prima o poi doveva capitare che ci dovessimo affrontare », disse l'aggressore con una certa malinconia. S'inchinarono entrambi, poi iniziò il duello. Bramante riusciva a malapena a seguire i colpi, data la velocità con cui i due maestri di scherma incrociavano le spade. E nonostante la posta in gioco, ovvero la vita stessa, in quella rapida successione di assalti e di parate, di affondi e schivate, e finte, e stoccate, c'era qualcosa d'innegabilmente spettacolare e affascinante. Alla fine, con un abile sforzo, Giuseppe riuscì a far cadere l'arma di mano all'avversario. Con presenza di spirito, Bramante gettò alla guardia del corpo la propria spada; Ascanio l'afferrò fulmineo ed eseguì una parata, poi subito un affondo che trovò la resistenza della lama di Giuseppe, ma in un punto a lui favorevole: la spostò di lato e affondò la sua nel petto dell'avversario. Quando ritrasse la spada, il francese si portò una mano sul cuore, guardando esterrefatto il sangue che colava tra le dita. «*Mon coeur...*» sussurrò, e cadde a terra senza vita.

«Peccato, era un brav'uomo. Ma prima o poi tocca a tutti quanti», disse Ascanio.

«Allora vedi di ritirarti per tempo», gli consigliò l'architetto, turbato.

Ascanio fece una risata amara e scambiò la spada con Bramante. «E di che cosa dovrei vivere?»

«Resta con me e non te ne pentirai!»

«Finché avrete nemici così decisi avrete bisogno dei miei servigi. Il cardinale deve davvero odiarvi molto per assoldare un uomo come Giuseppe di Avignone. E deve avergli promesso una montagna di soldi.»

«Non meno di quanto io odi lui! Salvo che io non ho tempo di occuparmi di complotti omicidi, devo costruire il tempio dei templi. Che cos'è un piccolo cardinale, in confronto?» *Però è giunto il momento di dargli una bella batosta, al domenicano,* pensò nel contempo, indispettito. Credeva forse che Donato Bramante si sarebbe lasciato fermare?

Giulio II aveva invitato Bramante a mangiare e a bere un bicchiere di vino con lui, perché voleva discutere del suo nuovo progetto. Desiderava una strada ampia che collegasse la basilica di San Pietro con quella Laterana, sede episcopale di Roma, retta dal papa stesso. Molte erano le processioni che andavano da San Pietro a San Giovanni in Laterano, e ogni volta la gente doveva penare perché i vicoli stretti e disordinati dei rioni Ponte, Regola, Sant'Angelo e Sant'Eustachio non si confacevano

vano per niente al devoto raccoglimento e alla preghiera. Bramante aveva proposto di far correre la nuova strada lungo il Tevere, per poi deviare verso il Campidoglio, ma lasciandolo sulla sinistra e raggiungendo il Laterano con un rettilineo. La strada doveva chiamarsi Via Giulia, prendendo appunto il nome dal suo fondatore, Giulio II. Per realizzare tale progetto, aveva spiegato l'architetto, sarebbe stato necessario abbattere molte case. Con sua grande sorpresa, scoprì che ciò rientrava assolutamente nelle intenzioni del papa. Eliminando quel labirinto urbano, infatti, avrebbe allo stesso tempo bonificato anche la palude dalla quale la nobiltà ribelle di Roma traeva la propria capacità di resistenza. Con quelle modifiche urbanistiche, Giulio II perseguiva fin dall'inizio due obiettivi: rappresentanza e ampliamento del proprio potere.

Parlarono anche del progetto di San Pietro. Il papa ricordò di nuovo a Bramante che Michelangelo doveva essere coinvolto nella progettazione; l'architetto promise che avrebbe dato seguito a quella richiesta al momento giusto, ma sfruttò anche l'occasione per comunicare al vicario di Cristo il suo sospetto che dietro l'attentato allo scultore fiorentino ci fosse il cardinale Catalano.

«Come ti viene in mente?» chiese Giulio indignato.

«Il mio servitore ha preso uno degli uomini che erano della partita e quello ha indicato il cardinale come mandante.»

La collera formò una ruga in mezzo alla fronte del capo della Chiesa. Alzò l'indice destro con fare minaccioso. «Ti rendi conto di quanto sia ridicola quest'accusa? Tuttavia parleremo con l'arciprete. Non deve esporsi a sospetti di nessun tipo, che recano danno alla dignità del sacerdote. Se il tuo servitore incontra ancora uno di questi tizi, digli di portarlo a Castel Sant'Angelo, in modo che riceva la punizione che gli spetta.»

Dopo il pasto, come sempre molto moderato, il pontefice raccomandò a Bramante di costruire per prima cosa il coro occidentale nel quale sarebbe stato collocato il mausoleo. Dato che litigare col papa era un'impresa senza speranze, Bramante si limitò ad annuire e prese congedo.

31

Roma, Anno Domini 1505, novembre

Avvolto nel suo mantello, Bramante lasciò il Palazzo Vaticano. Ascanio, che lo aveva aspettato fuori, notò subito l'umore cupo del suo padrone e si unì a lui in silenzio. Sebbene fosse novembre e sulla Città Eterna fosse calata l'oscurità, soffiava un vento caldo. Dentro gli edifici non riscaldati da un buon focolare faceva più freddo che fuori, per via dell'umidità. Bramante si gustava quel tepore come se fosse il caldo respiro di una persona amata; ma sul Ponte Sant'Angelo, la nostalgia lo colpì come un fulmine. Gli mancava Imperia. E si meravigliò di se stesso, perché non si trattava di un desiderio di natura sessuale. Gli mancava sentire la sua voce, la sua risata, vederla. Fu assalito da una profonda tristezza, perché non poteva andare da lei. Faceva parte dell'accordo: aveva sacrificato il suo amore, affinché il potente Chigi lo aiutasse a realizzare l'opera che sognava. Ma era poi così importante per lui? Sì. Tutta la sua vita confluiva in quell'incarico.

Pensò brevemente di andare in un bordello, o a trovare un amico. Poi s'impose di tornare a casa. In compagnia di altre persone si sarebbe sentito ancora più solo, perché Imperia non sarebbe comunque stata presente. Disse ad Ascanio che poteva andare a dormire, dato che non aveva intenzione di uscire di nuovo.

Nella sua camera, Bramante accese un paio di candele su un candelabro che poi sistemò accanto al letto. Si tolse gli stivali, il lungo mantello nero e la calzamaglia. Rimasto solo con la camicia bianca che gli arrivava alle ginocchia, si fermò a guardare il letto con aria malinconica. Il ricordo di ciò che lui e Imperia vi avevano fatto e discusso fece balenare un sorriso voluttuoso sulle sue labbra. Gli pareva di sentirla ancora ridere e scherzare. Sentiva la sua voce sussurrargli tenerezze all'orecchio, e la vedeva anche, distesa, nuda, calda, i seni sodi, le mani aggraziate eppure forti in cerca del suo membro... Si strofinò la faccia e la testa con entrambi i palmi, come se volesse togliersi quelle immagini dalla pelle; poi prese il candelabro e scese nello studio.

Sulla scrivania c'era il progetto della nuova basilica di San Pietro, al quale durante il giorno lavorava Antonio da Sangallo. Accanto c'erano gli schizzi che aveva tracciato sbrigativamente sul retro del progetto di Sangallo durante l'udienza, di cui l'amico aveva fatto una bella copia e un'elaborazione. Di nuovo la domanda cruciale gli attraversò il cervello: valeva davvero la pena sacrificare l'amore per quell'idea? Meravigliato di se stesso, prese una Bibbia da una piccola libreria sulla parete posteriore. Era una traduzione della Sacra Scrittura in italiano. Bramante non possedeva molti libri, e alcuni li teneva sotto chiave. Sapeva lui perché.

Tornò in camera con la Bibbia e il candelabro, sistemò i cuscini e si sedette sul letto. Poi aprì il libro alla pagina del Cantico dei Cantici, Vecchio Testamento. Non l'aveva mai letto. Ricordava soltanto che uomini molto diversi tra loro, come Leonardo, Pico, Ficino o Poliziano, avevano parlato con entusiasmo di quel libro all'interno del libro dei libri. L'unica cosa certa era che il testo trattava dell'amore, poi cominciavano i dissidi: alcuni ritenevano che parlasse dell'amore dell'uomo nei confronti di Dio, altri vi vedevano una rappresentazione di Dio e della Chiesa, per altri ancora si trattava della Chiesa e dell'uomo. Alcuni però mettevano da parte tutte quelle speculazioni e affermavano, piuttosto arditamente, che il Cantico dei Cantici parlasse in realtà dell'amore tra un uomo e una donna.

Bramante continuò a leggere fino all'alba. Non voleva fermarsi e comunque non ci sarebbe riuscito, sentiva che le parole si spandevano dentro di lui anche oltre la mente e l'anima, raggiungevano le sue membra, i suoi sensi bisognosi. Per due volte dovette accendere nuove candele, ma ciò non lo infastidiva. Non sentiva nessuna stanchezza, e a tratti, quando leggeva ad alta voce, il cuore gli batteva forte nel petto.

Tu mi hai rapito il cuore, sorella mia, mia sposa;
tu mi hai rapito il cuore con un solo tuo sguardo,

con una perla sola della tua collana!
Quanto è soave il tuo amore, sorella mia, mia sposa,
quanto più inebriante del vino è il tuo amore,
e il profumo dei tuoi unguenti, più di ogni balsamo.
Giardino chiuso tu sei,
sorella mia, mia sposa,
sorgente chiusa, fontana sigillata.
I tuoi germogli sono un paradiso di melagrane,
con i frutti più squisiti,
alberi di cipro e nardo...

Chiuse gli occhi e si appoggiò ai cuscini. Dopo un po' riprese a leggere.

Il tuo ombelico è una coppa rotonda
che non manca mai di vino aromatico...
La tua statura è slanciata come una palma
e i tuoi seni sembrano grappoli...

La mattina si alzò, si vestì e uscì di casa. Niente poteva trattenerlo. Gli sembrava strano, ma non riusciva a resistere. Ascanio aveva il sonno leggero, evidentemente, perché l'aveva sentito e adesso lo stava seguendo a breve distanza. Bramante entrò nella chiesa di San Silvestro in Capite, e il suo sguardo si posò subito su Lucrezia, che ancora una volta stava pregando davanti alla reliquia di San Giovanni. Ascanio si fermò vicino all'ingresso. Bramante s'inginocchiò pochi passi dietro la ragazzina e cominciò a pregare, all'inizio in modo stentato, poi con maggiore facilità. Dagli occhi gli sgorgavano lacrime di commozione, perché aveva la sensazione che Dio lo ascoltasse. Quando alzò lo sguardo, vide che la figlia di Imperia si era seduta su una panca e lo stava guardando.

«Perdonatemi, messer Donato, se vi ho osservato!» disse lei sottovoce, arrossendo.

«Non ti preoccupare. E chiamami semplicemente Donato», replicò lui dolcemente, alzandosi e poi sedendosi accanto a lei.

«O siete molto religioso o non pregate da tanto tempo.»

L'architetto si stupì di quanto la ragazzina conoscesse l'animo umano. « La tua seconda ipotesi corrisponde a verità », ammise.

Lei gli accarezzò i capelli in un gesto di conforto. « Non è grave. Si dice che in paradiso provochi più gioia un peccatore pentito che mille giusti. »

Tacquero entrambi, e gli fece bene restare in silenzio con lei, avvertendo la sua presenza. Sentiva che cominciava ad amarla, non come Imperia, non come una donna, ma come la figlia che non aveva mai avuto.

« Sulla porta c'è un giovane che ci osserva da un sacco di tempo », sussurrò Lucrezia.

« È la mia guardia del corpo. »

« Siete in pericolo? »

« Con lui al mio fianco no. Posso tornare qui? »

« Volentieri. È bello parlare con voi, Donato. »

« Ti prego, dammi del tu. »

Lucrezia gli fece un sorriso. « È bello parlare con te. » Poi scomparve come una brezza primaverile.

Bramante prese l'abitudine di andare ogni giorno nella chiesa del convento per la preghiera del mattino; poi restava ancora una mezz'oretta, a conversare con Lucrezia. Si raccontavano storie, oppure aneddoti divertenti ridendo di gusto, pur senza schiamazzi data la sacralità del luogo. A volte lei gli chiedeva consiglio, quando litigava con una coetanea.

Un giorno, quando stava per congedarsi da lei, si ritrovò davanti Imperia. Si sentì in imbarazzo, come se fosse stato colto con le mani nel sacco. Ma soprattutto temeva che le sue conversazioni quasi quotidiane con Lucrezia, che ormai erano divenute così importanti per lui, potessero essere troncate all'improvviso. Si era abbandonato all'illusione che la ragazzina fosse effettivamente sua figlia. D'un tratto capì una cosa profonda: i figli erano uno strumento contro la paura dell'eternità, una paura che ultimamente lo assaliva sempre più spesso. Aveva familiarizzato molto con Lucrezia, e temeva che Imperia potesse fraintendere la situazione. La ragazzina baciò la madre, si congedò col sorriso più innocente del mondo e li lasciò soli.

«Sai, parlo così volentieri con lei. Non è come pensi, io non ho una figlia e mi sarebbe tanto piaciuto averne una», balbettò Bramante.

«Ti è venuto in mente davvero presto», lo schernì Imperia, con un tono più aspro del solito.

«Lo so anch'io che è troppo tardi. Ho messo tutta la mia ambizione nel lavoro, ho subordinato tutto alla professione, ma ora non so più se ho fatto la cosa giusta.»

«Che c'entra mia figlia coi rimproveri che fai a te stesso?»

Bramante abbassò lo sguardo. «Nulla.»

Imperia lo scrutò con occhio indagatore. «Saresti pronto ad aiutarla, se mi succedesse qualcosa?»

«Ma sì, naturalmente.»

«E per te sarebbe sempre tua figlia e mai una donna?»

«Mi ha insegnato a pregare. Non la vedrei mai come una donna, ma sempre come figlia. Lo giuro su Dio», dichiarò Bramante, e la guardò, ma il suo sguardo rimbalzò sull'inavvicinabilità di Imperia. Così si voltò per andarsene, con le spalle cadenti. Forse era stato soltanto un sogno.

«Donato», lo chiamò Imperia. La sua voce adesso era calda. Lui non fece in tempo a voltarsi che lei gli si gettò al collo, e lo abbracciò con tale vigore che l'avrebbe schiacciato, se non fosse stato un uomo così robusto. «Lo so da tempo che v'incontrate. Lucrezia me l'ha raccontato», gli sussurrò lei teneramente all'orecchio. «Perdonami se ho dovuto metterti alla prova.»

Lui non capiva più il mondo. «Io ti amo, Imperia.»

«Lo so.»

«È pazzesco, ma per me è come se fosse nostra figlia.»

«Non dimenticartelo mai. Sono felice che tu la veda così. Lei deve restare onesta e diventare felice.»

«Ma tu non sei felice con Agostino?»

«Non me la passo male con lui», rispose lei evasiva. Gli diede un bacio lungo e appassionato, poi si allontanò in fretta, come una ragazzina spaventata dal suo primo bacio. Bramante la seguì a lungo con lo sguardo. Seppure in un modo alquanto strano, era diventato padre, aveva superato la propria finitezza. Quel giorno stesso fece testamento, designando Lucrezia come sua erede universale.

Niente superava un pranzo a casa di Giuliano da Sangallo, che come sempre era un ospite cortese. Era seduto a capo di un tavolo rettangolare lungo dodici cubiti. La gradevole allegria della piccola sala era già sufficiente a sollevare il morale dei convitati. Gli ospiti e il padrone di casa, che indossava una camicia bianca di lino sotto un leggero mantello nero, sembravano appena usciti dagli affreschi alle pareti, che raffiguravano antiche divinità distese a banchettare. Gli immortali venivano mostrati senza censure, mentre scherzavano e si amavano. Sangallo e i suoi numerosi amici artisti avevano dipinto sulle pareti quei ritratti sconvenienti con spavalderia, dopo uno di quei pasti opulenti. Il vino aveva tinto di rosso le guance di Sangallo e la fronte gli grondava di sudore. Si sbellicava dalle risa per una battuta pesante e somigliava più che mai al dio del vino Dioniso, personificazione dei piaceri corporei, il quale, col suo volto da caprone, guardava gli ospiti dalla parete accanto alla porta.

Solo uno, tra gli invitati, masticava svogliatamente e aveva un'espressione cupa. Le brocche di buon vino e le zuppiere fumanti che riempivano il tavolo di legno di pino impressionavano ben poco Michelangelo. Aveva allungato il vino con l'acqua e mangiato soltanto un po' di pasta con carne di pollo. Col suo umore fosco e gli abiti logori, nella scherzosa compagnia degli amici e compagni di Sangallo sembrava più che altro un intruso.

« Lo so che la malinconia è un segno di genio artistico... » gli gridò il padrone di casa con la bocca piena dall'altra parte del tavolo, lasciando cadere un po' di pasta dalla bocca.

« Allora, a giudicare dalla vostra gaiezza, voi dovreste essere l'uomo di minor talento sulla faccia della terra », lo interruppe il giovane architetto Baldassarre Peruzzi, che era appena giunto a Roma da Siena e aveva ricevuto da Agostino Chigi il lucroso compito di ampliare un palazzo sull'altra sponda del Tevere. Gli occhi del mattacchione guizzarono sopra il grosso naso per spostarsi con un lampo di malizia su Michelangelo. «E di conseguenza voi, messer Michelangelo, dovreste essere un creatore ancora più grande di Dio visto che, a quanto si dice, all'Altissimo non manca il senso dell'umorismo. *Un bel saluto a tutti i signori a questo tavolo, / ché il piede caprino non l'ha solo il diavolo.*»

I convitati risero e Baldassarre proseguì:

Gli angeli lo devono ben celare,
se sospetti non voglion destare.
Anche Dio lo conosce benissimo,
non a caso è chiamato l'Altissimo.
Dicono che non c'è fumo senz'arrosto
e senza piede caprino per il piacere non c'è posto.
No, davvero, io immagino sempre Dio un po' come il nostro Giuliano! Conosce tutti i piaceri e non rinuncia a nessuno!

Sulla fronte di Michelangelo comparve una profonda ruga per la collera. Non gli piaceva per niente sentire bestemmiare. «E voi potete fare il buffone anche senza trucco e senza maschera!» apostrofò il giovane architetto.

Peruzzi rimase senza parole. Col suo scherzo aveva offeso sia Dio sia Michelangelo, e ciascuna di quelle offese era di per sé imperdonabile. Tuttavia la brusca reazione dello scultore non l'aveva intimidito proseguì con allegria:

Perché Dio fa rima solo con mio?
Perché figlio solo con cipiglio e coniglio?
Ma a questo punto comincio a balbettare
Ché le mie rime al rogo mi posson portare.
La prospettiva di finire bruciato
Pur la migliore poesia ha guastato.

«È tutto qui quello che avete imparato da messer Donato?» chiese Michelangelo col viso contratto, sapendo che il giovane di Siena era vicino a Bramante.

«Dipingere, costruire e poetare a imitazione della natura: sì, è questo che sto imparando presso messer Donato.»

Nessuno poteva prendersela con Peruzzi quando rideva col suo fascino fanciullesco e l'allegria gli si diffondeva su tutto il viso; nessuno tranne Michelangelo, che si mise a istruirlo con tono sgarbato. «Sarebbe meglio se imparaste a dipingere, costruire e poetare secondo il volere di Dio. E se non doveste sapere nulla del creatore di tutte le cose, cimentatevi con un sonetto e incontrerete Dio.»

«Che cosa ti angustia, amico mio?» chiese Sangallo all'irritabile scultore, cercando di placarlo.

Lui non si fece pregare e attaccò subito un lamento con un tono tremolante e commovente, quasi fosse il profeta Geremia in persona. Disse che aveva urgente bisogno di denaro, perché il papa lo teneva a stecchetto e i costi stavano salendo alle stelle. Gli armatori avevano alzato i prezzi, perché i ripetuti attacchi alle sue pietre mettevano in pericolo le imbarcazioni e la vita dei marinai. «Un demonio mi perseguita!» disse infine cupo, concludendo la litania, pensando - ma solo pensando - che quel demonio si chiamava Donato Bramante.

«Può essere, Angiolo. Ma Giulio non ti ha pagato poco!» disse Sangallo scuotendo il testone coi lunghi riccioli neri, inframmezzati dalle prime ciocche grigie. Il fatto che lo scultore avesse ricevuto un acconto di entità straordinaria per il mausoleo, sufficiente per finanziare l'intera opera, non era più un segreto, la voce era stata diffusa da una parte interessata. E ciò aveva prodotto frotte d'invidiosi.

«So cosa si dice in giro. Ma credetemi, commisurato ai costi era troppo poco. Sarò costretto a chiedere altro denaro al Santo Padre!»

Sangallo cercò invano di dissuadere l'amico da quell'intento. Sapeva che Giulio II era irritato dalle continue richieste finanziarie dell'artista. Anche perché non aveva ancora visto una singola statua, neppure i blocchi di marmo modellati. Michelangelo liquidava tutte le sue richieste con vari pretesti. Sangallo presentiva l'arrivo di uno scontro. «Angiolo, lascia perdere, non tirare troppo la corda.»

Michelangelo si sentiva incompreso. Rispose al consiglio dell'amico paterno con una risata amara, poi si guardò attorno con aria cupa, come se si aspettasse che i presenti organizzassero subito una colletta per lui. Infine si alzò di scatto, furente. «Non mi fissate così! Sono un pover'uomo, la miseria mi consuma. Come posso creare opere d'arte in queste condizioni? Voi vi riempite la pancia e parlate dell'immagine del povero Lazzaro mentre vi cola il grasso dagli angoli della bocca!»

Ne aveva abbastanza di quella combriccola, tutta gente troppo soddisfatta di sé. Certo che aveva ricevuto molto denaro, ma per lui era troppo poco. Viveva forse nello spreco? Il suo arredamento consisteva soltanto in un letto stretto, un vecchio tavolo e due sedie di legno, senza imbottitura. Non andava al bordello e mangiava pane bigio con verdure e insalata come i poveri artigiani, di rado un po' di carne e un goccio di vino bianco, che allungava con l'acqua, e al cui confronto l'aceto era di una dolcezza insospettabile. Quell'opera doveva rendergli almeno tre tenute, maledizione! Comunque non meno di due. Sfacchinava tutto il santo giorno, dalla mattina presto alla sera tardi, e con un rigore che nessun pagamento avrebbe potuto compensare. Era colpa sua se doveva fare quasi tutto da solo, perché non c'era nessuno di cui si potesse fidare?

Non sopportava più quei volti borghesi, noiosi, appagati, per i quali tutto era leggero e facile, troppo facile. Si girò di scatto e si avviò verso l'uscita.

32

Roma, Anno Domini 1506, gennaio

Nella sala da pranzo di Sangallo si udì un suono di passi frettolosi provenienti dalle scale. Poco dopo si affacciò alla porta un araldo del papa, riconoscibile dal soprabito grigio con lo stemma giallo della tiara pontificia su chiavi incrociate.

« Messer Giuliano, il Santo Padre ordina che vi rechiate senza indugio, più velocemente che potete, al colle Oppio, alla vigna di Felice de Fredi, dove è stata fatta una scoperta di estrema importanza, che richiede una vostra perizia. » Poi guardò Michelangelo. « E a voi, messere, Sua Santità ordina altrettanto! » L'uomo era visibilmente soddisfatto di potersi risparmiare un viaggio.

« Riferite a Sua Santità che siamo già in cammino », fu la stringata risposta di Sangallo.

I due uomini si accordarono brevemente con uno scambio di sguardi, poi, seguiti da tutti i convitati, lasciarono la sala, si fecero consegnare i mantelli dai domestici e s'incamminarono in direzione del Foro Romano avanzando faticosamente in una densa poltiglia di acqua, sporcizia e sterco. Il freddo umido penetrava nei vestiti e faceva sembrare la temperatura ancora più bassa di quanto non fosse in realtà. Il vento gelido era fastidioso, ma se non altro non pioveva. Poi la cappa di nuvole grigie si squarciò e fece capolino un azzurro tenue, come se un pittore avesse punteggiato amorevolmente il cielo, coprendolo poi con uno strato di vernice brillante. Il sole proiettava la sua luce benefica sulle numerose torri gentilizie della nobiltà romana dei quartieri che attraversarono.

Spinti dalla curiosità, Michelangelo e Sangallo avanzavano a grandi passi. Ogni ritrovamento di oggetti antichi doveva essere segnalato al papa, e se Giulio II aveva chiesto la loro presenza con tale sollecitudine c'era da aspettarsi di trovare qualcosa di davvero significativo. Sulla sinistra s'innalzava il Campidoglio, con l'imponente palazzo del Senato, il governo della città di Roma, che però dipendeva completamente dalla curia. Procedettero in discesa. Davanti a loro si apriva il Foro Boario, con le sue sparute rovine, l'antico mercato del pesce dei romani. Verso sinistra si aprivano dei campi, col verde opaco dell'erba che spuntava dal grigio del pantano. Nonostante il tempo, alcuni allevatori avevano portato lì capre e pecore, nella speranza che trovassero cibo a sufficienza. Indossavano pantaloni di lino lunghi fino al ginocchio, che si congiungevano con spessi calzettoni, e quasi tutti erano avvolti in grossolani mantelli di pelle di pecora.

Dopo che Michelangelo e Sangallo si furono lasciati alle spalle l'Arco di Settimio Severo con le sue forme squadrate, e anche la Curia Iulia e la Basilica Emilia, si trovarono davanti il colonnato del tempio di Antonino Pio e Faustina. Nella cella del tempio era stata compressa la chiesa di San Lorenzo in Miranda. A Michelangelo piaceva quel colonnato antistante alla chiesa, con la sua spensieratezza corinzia. Scelsero il sentiero che passava tra San Lorenzo e il Tempio di Romolo. Dietro la rotonda, la basilica dei Santi Cosma e Damiano dominava il terreno utilizzando l'antico edificio preesistente come portico.

« L'hanno chiusa », disse Sangallo allo scultore, che fino a quel momento aveva mantenuto un ostinato silenzio.

« Perché? »

« Non lo so. Il Tempio di Romolo era una biblioteca. Forse cercano libri pagani. Si dice che l'abbia ordinato l'arciprete di San Pietro. »

Michelangelo scosse la testa meravigliato. « Come sono diverse queste due chiese! Come trattano diversamente l'eredità degli antichi! Mentre qui a sinistra l'antico tempio quasi stringe in una morsa la chiesa, sulla destra la chiesa domina l'antico edificio e lo riduce a una sorta di portinaio gobbo. Da una parte l'antico domina sul nuovo e dall'altra il nuovo sull'antico. La vita è estremamente incerta, non si può contare su nulla. »

Sangallo fece un sorriso compiaciuto. « E che nessuno dica che non hai il senso dell'umorismo! »

« Di umorismo non ne ho, ho soltanto amore. »

Davanti a loro sorgevano le vigne. Tennero la destra in direzione del Colosseo; poi, lasciandosi alle spalle la Basilica di Massenzio, che somigliava a un orso in agguato, procedettero decisi verso le Terme di Tito e le Terme di Traiano. Accanto alle rovine delle terme s'innalzava il colle Oppio, coperto di viti che ricordavano una chioma tagliata a spazzola.

Non dovettero cercare a lungo, perché nel terreno di Felice de Fredi si era già assembrata una piccola folla. Il viticoltore indossava un paio di pantaloni di lino gialli ed era avvolto in un mantello verde scuro; andò loro incontro tutto agitato, con la lunga barba rossa e grigia che ondeggiava al ritmo dei suoi passi. A metà strada chiese ad alta voce: «Voi siete messer Giuliano da Sangallo?»

«Sono io, accompagnato da messer Michelangelo», rispose l'architetto.

«Venite, onorevoli messeri, avvicinatevi e guardate in che cosa si sono imbattuti i miei lavoranti nella vigna!»

Tra le viti si apriva una buca, che permetteva di guardare dentro la cavità di un'antica opera muraria. Dalla terra spuntava una testa con una criniera leonina, una barba incolta e un braccio, come un uomo sepolto fino al collo. Con prudenza, Michelangelo e Sangallo si calarono nella buca, profonda quasi otto piedi. Lo scultore si tolse il mantello nero e cominciò a pulire delicatamente la statua. Sotto la polvere e i detriti degli ultimi millecinquecento anni comparvero dita possenti, che tenevano qualcosa di arrotondato. Pulito il braccio, l'oggetto arrotondato si rivelò con precisione: era un enorme serpente, che - s'intuiva - avvolgeva il corpo della spoglia. Il viso era segnato dal dolore. Cominciarono a disseppellire la scultura.

«Laocoonte?» sussurrò Michelangelo con la voce rotta dall'emozione, sentendo un brivido gelido lungo la schiena. Laocoonte aveva subito la propria rovina e, come se non bastasse, era stato testimone impotente della morte dei suoi amati figli. Gli dei avevano infierito su di lui e sulla sua stirpe.

«Mi sembra ancora di sentire la traduzione delle parole di Plinio. L'uomo, il serpente, il dolore, tutto fa pensare a lui!» confermò Sangallo col fiato sospeso.

«Il braccio e la posizione della testa indicano una vigorosa torsione del corpo.»

«Come se si stesse contorcendo!»

«Proseguiamo con cautela.»

Ci misero due ore per recuperare la scultura, e si trattava effettivamente di Laocoonte, un'opera realizzata dagli scultori dell'antichità Agesandro, Polidoro e Atanodoro. Un tempo la statua adornava il palazzo di Tito. In un'ultima torsione del corpo, il padre si opponeva al destino, sapendo di non poter vincere quella lotta. Si era messo contro gli dei, si era ribellato alla loro volontà, ammonendo i troiani di non fare entrare il cavallo di legno all'interno delle mura della città. Poiché era un sacerdote, e dunque tenuto a obbedire agli dei anche più degli altri, la loro collera era stata grandissima. L'uomo non poteva vincere contro gli immortali.

Estratta dalla cavità, adesso la statua era in mezzo al vigneto.

«Ecco cosa succede a chi si oppone a Dio», sussurrò tra sé Michelangelo, forse pensando a Baldassarre Peruzzi, in ogni caso già perso nella contemplazione della scultura. Lo commuoveva. Era come ricevere il saluto di artisti di un tempo lontano, che non volevano rappresentare nulla di diverso da ciò che voleva rappresentare lui, ovvero l'uomo, né più né meno, i cui pensieri, sentimenti, azioni, speranze e timori si esprimevano nei gesti del corpo. I corpi che si contorcevano, s'intrecciavano, si ribellavano e si piegavano potevano raccontare la storia del mondo, che era la storia di Dio, e che si manifestava nei destini degli uomini. E in coerenza con tale pensiero Michelangelo era convinto che esistesse unicamente il fato, non il libero arbitrio. Ciò che veniva definito libero arbitrio era soltanto alterigia e, a dir poco, un'illusione. L'uomo poteva fare soltanto ciò che sapeva fare, proprio come lui voleva soltanto creare ritratti, contro l'insensatezza che si sollevava con la stessa forza e urgenza di un uragano, perché il mondo sopportava a fatica il senso che gli veniva imposto e, a ogni occasione possibile, si rifugiava di nuovo nel caos.

La volta celeste ricca di stelle lo sovrastava come le mani protettive di un padre. Anche se gli brontolava lo stomaco e il suo palato desiderava l'effetto vivificante del vino, della gioiosa interazione degli aromi, Bramante lasciò il Vaticano in preda a una grande euforia. Giulio aveva approvato i suoi piani e fissato la data della posa della prima pietra. A Pasqua. Nella ricorrenza della passione, crocifissione e risurrezione di Cristo, lui avrebbe dato inizio ai lavori per la costruzione del più grande edificio mai realizzato. Per la precisione, il 18 aprile 1506. Neppure il querimonioso Michelangiolo di Lodovico di Leonardo di Buonarroti Simoni, con cui l'architetto aveva ingaggiato una seria battaglia per il favore del papa, aveva avuto da ridire.

Doveva sbrigarsi. Non restava molto tempo alla posa della prima pietra e doveva definire il progetto con maggiore precisione, scegliere i costruttori romani e suddividere i lavori in diversi stadi da affidare ai vari capomastri. L'unica punta d'amaro del suo trionfo era che Giacomo lo aveva raggiunto sulla grande scalinata e l'aveva invitato a fare un passo indietro, a favore di fra' Giocondo, minacciando terribili conseguenze se non avesse esaudito la richiesta. Che cosa aveva detto il cardinale? Che l'architetto avrebbe avuto molto di cui dispiacersi, se non avesse tenuto in conto il consiglio che lui gli dava con le migliori intenzioni. Ebbro com'era per la vittoria, Bramante gli aveva riso in faccia, replicando che si sarebbe pentito soltanto di una cosa: di non costruire la basilica. Lo sguardo pieno d'odio del domenicano gli aveva lasciato dentro un sentimento di vuoto, ma lo aveva scacciato in fretta con un'altra risata. Si convinse di aver reagito con superiorità. Can che abbaia non morde, si disse. Ma l'arciprete non aveva forse già dimostrato di sapere non solo minacciare ma anche colpire? Sì, e tuttavia Bramante non sentiva l'esigenza di continuare a pensarci. Al momento, quel che aveva in testa era di esultare per il trionfo immergendosi in una festa sontuosa. Lasciò il rione Borgo dall'imponente Porta di Santo Spirito e camminò lungo il fiume, verso Trastevere.

Una buona mezz'ora più tardi era davanti al palazzo di Petronilla da Pecorino. Una luce calda filtrava da tutte le finestre e gli sembrava ancora più invitante, perché per strada faceva molto freddo. Dalla porta aperta fuoriusciva una musica promettente, fatta coi suoni stimolanti del liuto. E come le corde erano costrette a risuonare l'una dopo l'altra, quella sera anche un corpo dopo l'altro sarebbe stato costretto a emettere suoni di piacere, con flauti e tromboni chiamati a spingere il sangue nelle vene.

Petronilla sgranò gli occhi e gli andò incontro a braccia aperte nel vestibolo. « Sei davvero tu, Donato? » chiese socchiudendo gli occhi, come se non fosse sicura di averlo riconosciuto. « Non ti vedo da così tanto tempo! »

« Le cose buone sono rare, lo sai! » replicò Bramante sogghignando.

« E io, povera padrona di un bordello, che cosa posso offrire a una cosa buona come te? »

« Vino vecchio e ragazze nuove! »

Le pupille di Petronilla quasi s'incurvarono per l'allegria. « Più gli uomini invecchiano, più ragazze vogliono. »

« È perché miglioriamo col passare degli anni. Come il vino. »

« Ah, amico mio, io credo piuttosto che voi uomini con la vecchiaia abbiate bisogno di una molteplicità di progetti per illudervi, visto che non riuscite a portarne a termine nemmeno uno. » Prima che l'architetto potesse replicare qualcosa lo prese affettuosamente a braccetto, si alzò sulla punta dei piedi, gli infilò per un attimo la lingua nell'orecchio e sussurrò: « Credimi, io di esperienza ne ho: l'uomo non si misura da quanto ce l'ha dritto! E se una cortigiana la pensa così ha sbagliato mestiere ».

« E allora cos'è che conta? »

« Spirito, fascino, combattività e fortuna. E mio caro Donato, il mondo forse ama i vincitori, ma credimi, davanti alla corruttibilità del mondo, le mie ragazze sono rispettabili vergini. Solo chi non teme di combattere e vince o perde con grandezza è un vero uomo. Ne ho fin sopra i capelli di tutti quei funzionari repressi, col loro posto a vita nella curia, per quanto non posso negare che di fatto campo bene proprio grazie a loro. »

« Saresti dovuta diventare una filosofa », disse Bramante stringendola forte.

« L'hai capito, è il mio mestiere: l'eterno su e giù. Una volta un cliente mi ha raccontato che un antico filosofo diceva che non si può fare il bagno due volte nello stesso fiume. Quell'uomo si sbagliava. Credimi, si fa sempre il bagno nello stesso fiume. » Chiamò con un cenno due ragazze dai capelli rossi, una con gli occhi azzurri, l'altra con gli occhi castani. Erano robuste, come piaceva a Bramante, con incantevoli e sode rotondità che presto si sarebbero afflosciate. Ma era ben così che andava il mondo, chi lo sapeva meglio di lui? Ogni cosa perdeva forma. A volte si svegliava nella notte e aveva un odore di terra putrida nel naso, che non voleva saperne di andarsene. Ormai erano passati da parecchio anche i tempi in cui poteva scommettere sulla propria erezione.

Petronilla si staccò dal suo braccio e spinse gentilmente le due ragazze da lui. « È un brav'uomo, si merita di essere viziato », fece capire alle due giovani.

Bramante le lanciò un'occhiata riconoscente; lei ricambiò, poi si rivolse sorridendo a un crittografo del papa, uno di quei curiali dal posto garantito, irretendolo coi suoi sussurri. Lo accompagnò a un divano, sul quale l'uomo si accomodò, lanciando occhiate languide a un giovane liutaio con riccioli neri e occhi segnati. Mentre portava con sé le due grazie al piano di sopra, dalla scala l'architetto vide con la coda dell'occhio che il piccolo liutaio si passava la lingua sulle labbra con fare allusivo, sotto gli sguardi del crittografo. Si chiese se lui stesso, che teneva tra le braccia due fanciulle che avrebbero potuto essere sue figlie, fosse migliore di quel prelato. D'un tratto gli venne in mente che anche Imperia aveva cominciato così. « Vino, voglio del vino », disse ad alta voce.

« Salvatore, portaci delle ostriche fresche e una brocca di Greco di Ancona! » ordinò la ragazza con gli occhi castani a un giovane. Poi tutti e tre entrarono in una stanza di medie dimensioni, con un largo divano rosso, imbottito e signorile, e un tavolo rotondo con sontuosi intarsi dai motivi orientali: donne, un sultano e vari uccelli. Davanti al tavolo c'erano tre poltrone coi braccioli e uno sgabello. Sulla destra, vicino alla parete, c'era un'ampia tavola.

« A cosa serve lo sgabello? » chiese Bramante. La giovane dagli occhi azzurri fece un sorriso eloquente.

« Musica? » chiese l'altra. Lui borbottò il suo assenso, poi bussarono alla porta e Salvatore servì vino, bollito di manzo, pane e ostriche.

« Ah, il nostro redentore », scherzò Bramante, ma vide che le ragazze si guardarono brevemente con aria irritata. Pazienza, non era importante che capissero quella battuta, purché ci sapessero fare in altri modi.

« Mandaci Lautaro! » disse una delle due a Salvatore.

« Come vi chiamate? » chiese Bramante.

« Evangelista. »

« E io sono Ecclesia. »

Bramante si piegò in due dal ridere. « Ma è l'eterna beatitudine! Me la faccio con la buona novella e con la santa Chiesa allo stesso tempo! » Rise così forte che s'ingozzò e si mise a tossire. Evangelista gli porse un bicchiere di vino, che lui vuotò d'un sorso.

Poco dopo si presentò Lautaro. Indossava una sorta di grembiule bianco e aveva in mano un liuto. Ecclesia gli sciolse il nastrino che aveva sulla nuca; il grembiule cadde a terra e l'adolescente restò nudo, come Adone.

« E ora suona! » gli ordinò Evangelista.

« Devo anche cantare? »

« Se le tue canzoni non parlano di continenza canta pure, mio piccolo lucherino! » lo incoraggiò Bramante, che non capiva più perché mai avesse evitato per così tanto tempo quella casa di tolleranza. Forse perché credeva di aver trovato l'amore della sua vita e di averlo poi sacrificato per il progetto della sua vita? Nelle ultime settimane e negli ultimi mesi aveva vissuto volontariamente come un monaco. Baciò Evangelista e lasciò scivolare le mani sulle sue spalle, trascinando le spalline del vestito.

Lei lo bloccò dolcemente con la mano destra, si alzò e si tolse l'abito, sotto il quale non portava nulla. « Così la parola di Dio vi si mostra nuda. »

« E la Chiesa? »

Ecclesia seguì il suo invito e gli si sedette cavalcioni in

grembo, mentre Evangelista lo imboccava con la carne di manzo. Bramante grugnì di piacere e bevve un sorso di Greco. La risurrezione della carne, la vita. Mentre penetrava Ecclesia pensò che avrebbe costruito la più grande chiesa della cristianità. Lei si muoveva morbida su di lui, mentre il liutaio cantava: « ... la speranza è strana per colui che si scatena nel vento ». L'architetto chiuse gli occhi e vide il cielo aprirsi, come santo Stefano. In quel momento capì che la cupola celeste, che intendeva collocare sopra la più grande chiesa del mondo, non doveva essere costruita con la pietra, ma con le speranze degli uomini: doveva essere leggera e ariosa, e indistruttibile. Se l'umanità avesse abbandonato la speranza della redenzione, e se non ci fossero stati uomini e donne disposti a difendere quella speranza, a dispetto delle conseguenze incombenti, allora per lei, per l'umanità, sarebbe stata la fine. Poi fu sorpreso da un miracolo, che si manifestò senza dare nell'occhio, quasi incidentalmente: non ricordava di avere mai avuto un'erezione così lunga negli ultimi dieci anni. Quando riaprì gli occhi, Ecclesia era seduta su di lui e roteava il bacino, mentre Evangelista lo baciava facendo scivolare un'ostrica dalla sua bocca a quella di lui. Era come la vita: fresca, salata e inarrestabile.

33

Roma, Anno Domini 1506

Quando Bramante tornò in sé si ritrovò a casa, nel suo letto; Imperia lo scuoteva bruscamente per le spalle. Guardò verso la finestra, strizzando le palpebre. Il cielo aveva assunto il suo azzurro più bello, e a giudicare dalla luce il sole era a mezzogiorno. Si meravigliò e si sforzò di ricordare come e quando era ritornato al suo palazzo.

« Dov'è Lucrezia? » gridò Imperia col viso deformato dalla paura.

Bramante si sfregò gli occhi, cercando di schiarirsi le idee. Di che stava parlando? Gli passarono davanti le immagini della sera e della notte precedenti, il trionfo e il piacere. Ascanio lo aveva ricondotto a casa su una portantina, l'aveva spogliato, lasciandolo in camicia, e l'aveva steso sul letto. L'architetto si era speso in tutti i modi possibili e immaginabili. Si sentiva come se le avesse prese di santa ragione, o meglio: si sentiva spremuto fino al midollo. Si sarebbe riaddormentato volentieri, ma Imperia glielo impedì con un energico ceffone. « Maledetto disgraziato, dimmi dov'è mia figlia! » Era fuori di sé.

Pian piano Bramante cominciò a capire che doveva essere successo qualcosa di spaventoso e si sentì pervadere da un'inquietudine opprimente. Si mise a sedere sul letto e si sfregò le tempie con vigore. « Lucrezia? Perché, che è successo? »

« Questa mattina sono andata a trovarla al convento e mi hanno detto che il tuo servitore è andato a prenderla per portarla da te. »

« Il mio servitore? » Scosse la testa, esterrefatto. « Giorgio! » gridò, così forte che lo sentirono anche in strada.

Il servitore entrò nella stanza solo un attimo dopo, incespicando per la rapidità con cui si era precipitato. « Sì, signore? » disse stringendosi nelle spalle, spaventato.

L'architetto corrugò la fronte. « Questa mattina sei stato al convento di San Silvestro? »

« Né a San Silvestro né in nessun altro convento, signore », balbettò Giorgio, con un'espressione così sbigottita da fugare qualsiasi dubbio sulla sua affermazione.

Imperia si lasciò cadere sul letto come una marionetta. « Allora è stata rapita! Ma per quale motivo? » chiese con voce fiacca. Chi poteva avere delle mire su sua figlia, e perché? Lucrezia non aveva mai fatto del male a nessuno.

In preda a un attacco di nausea, Bramante si alzò di scatto, corse alla finestra, la spalancò e rovesciò sulla strada. Continuò a vomitare finché la mistura di carne di manzo, ostriche e vino non lasciò il posto alla bile. Poi si asciugò la bocca con la manica della camicia e si voltò, bianco come un cencio, senza guardare Imperia. Il cuore gli batteva all'impazzata e sembrava sul punto di scoppiare. Sentiva milioni di piccoli aghi nel corpo. E se quel crimine avesse avuto a che fare con lui? Se Lucrezia fosse stata in pericolo perché qualcuno voleva colpire lui? Se fosse stata sua la colpa di ciò che le avrebbero fatto? Strinse le mani a pugno e guardò il cielo. « Questo è il tuo tipico modo di fare, Dio. Prendertela con gli innocenti! » mormorò cupo. Poi abbassò gli occhi sul povero Giorgio. « Figlio d'un cane, portami subito le mie cose e anche la spada, e non dimenticare i due pugnali », ringhiò. Sentì montare nelle vene una collera che non aveva mai provato in vita sua.

S'infilò i vestiti a casaccio sopra la camicia sporca; il volto da pallido si era fatto paonazzo, le orecchie viola. « Tornerò con Lucrezia o mai più! » disse infine, e si precipitò fuori dalla stanza.

Nel corridoio, Ascanio gli si pose accanto con lo stesso passo; ma ciò che aveva in mente Bramante non rientrava nei doveri della guardia del corpo. « Tu non devi venire con me », gli disse secco.

« Invece sì », rispose Ascanio sorridendo e inclinando la testa da un lato.

« Tu non hai davvero nulla a che fare con tutto questo! »

« La mia lama ha a che fare con tutte le scaramucce del mondo. »

«E va bene, ma devo avvertirti: se le cose vanno storte ci ritroveremo sulla ruota o all'inferno», lo ammonì Bramante.

«Quantomeno sarò in buona compagnia», replicò Ascanio.

Era il momento di saldare un vecchio conto.

In silenzio e pieno di meraviglia, il papa girò attorno un paio di volte al gruppo di Laocoonte, che era nella Stanza della Segnatura, sul grande tavolo di legno di quercia. Negli occhi di Giulio brillava un fuoco silenzioso, ma intenso. Indossava soltanto un mantello bianco e il pileolo dello stesso colore, non si era messo la mozzetta. Così l'udienza assunse un carattere non ufficiale, quasi privato.

«Senza Laocoonte noi non saremmo qui», disse infine, commosso. «Gli dei avevano deciso la distruzione di Troia. Il sacerdote Laocoonte ammonì i troiani, ma loro non gli diedero retta. Ma poiché si era ribellato alla volontà degli dei, la collera e la vendetta non si fecero attendere. Mandarono i serpenti mortali, e quando Enea vide Laocoonte e i suoi figli subire una morte atroce, capì che Troia era destinata al declino. Enea aveva davanti agli occhi quest'immagine, immortalata dai creatori della scultura; lui fu testimone di questa scena crudele. Poi s'imbarcò insieme coi suoi e lasciò una Ilio ormai votata alla rovina. Approdò nei pressi di Ostia, e suo figlio Iulo fondò la gens Iulia.» Pronunciando le ultime parole accennò un sorriso, come se volesse commemorare il suo avo, e i suoi occhi azzurri infossati s'illuminarono. Michelangelo constatò con stupore quanto il papa, pur essendo anziano, potesse sembrare giovane. «Perciò ho acquisito la scultura, perché ho il massimo interesse nei suoi confronti», concluse Giulio II. Poi guardò negli occhi i due artisti e li pregò di raccontargli tutto ciò che avevano scoperto sulla statua.

Michelangelo mostrò due giunture quasi invisibili sulla parte posteriore. «Qui e qui sono state unite le parti del gruppo.»

Giulio osservò attentamente i punti indicati dallo scultore. «Quindi Plinio si sbaglia quando afferma che la scultura è un pezzo unico?»

Michelangelo alzò le mani. « Santo Padre, non si può biasimare il grande erudito per questo, perché le giunture sono nascoste così bene che anche Giuliano e io abbiamo fatto fatica a scoprirle. »

« Questo si può affermare con tutta certezza », disse Giulio imbronciato. « I miei vecchi occhi, almeno, non le vedono già più. » In quel momento il suo cameriere personale entrò nella stanza e s'inchinò. Quando gli fece cenno di avvicinarsi, l'uomo ottemperò all'invito con passo lesto. Giulio porse l'orecchio, e mentre il domestico gli sussurrava qualcosa il suo volto si rabbuiò. Poi mise una mano sulla spalla di Michelangelo e lo guardò come un padre. « Devi andare al porto, figlio mio. Presto! »

Lo scultore restò impietrito. Che cosa gli avevano fatto ancora? Si sentiva perseguitato. Qualcuno gli causava danni continui per ostacolarlo, per indurlo a cedere. « Seguimi al porto », disse con piglio nefasto a Francesco, che lo aveva aspettato fuori. Nella piazza antistante alla basilica di San Pietro, vicino alla chiesa di Santa Caterina, incontrarono Bramante, seguito da un tizio dall'aspetto temerario. Michelangelo pensò che quel furfante venisse dal porto di Ripetta, dove aveva appena commesso una qualche infamia. Gli sbarrò la strada con l'intenzione di costringerlo a dare spiegazioni. Bramante lo fissò senza capire, e anche, almeno secondo Michelangelo, con ostilità.

« Che cosa avete fatto al mio marmo? » chiese con gesto sgarbato lo scultore.

« Che c'entro io col vostro marmo? » ribatté Bramante, e fece per passargli accanto.

Se Michelangelo avesse mai avuto bisogno di una prova, la fretta con cui l'architetto cercava di sottrarsi gliela fornì chiara e tonda: a provocarla non poteva che essere la coscienza sporca. Lo afferrò per un braccio. « Fermo, non ho ancora finito con voi! »

« Io sì invece », gridò Bramante divincolandosi con un brusco strattone.

Prima che Michelangelo potesse afferrarlo di nuovo, Ascanio lo spinse da parte. « È meglio che lasciate in pace il mio padrone, che ha cose più importanti da fare. E vi avverto: la prossima volta non sarò così riguardoso nei vostri confronti.»

Lo scultore guardò il volto truce della guardia del corpo. Non conosceva Ascanio, e quindi non poteva sapere che di solito era sorridente e mostrava una certa aria di sconsideratezza; in tal caso, l'espressione feroce del suo viso l'avrebbe forse intimidito ancora di più. Francesco si guardò bene dall'intervenire; si teneva un po' in disparte e guardava spaventato il suo padrone. Con riluttanza, Michelangelo lasciò perdere la questione e s'incamminò in fretta verso il porto, seguito dal suo servitore. Ma era furioso, e strada facendo lanciò grida di vendetta.

Quando raggiunsero il Tevere, non riuscì a trattenere le lacrime. Quei maledetti avevano gettato nel fiume il maggior numero possibile di blocchi di marmo, compresa l'enorme pietra già in parte modellata da cui voleva ricavare il Mosè. Incaricò Francesco di procurargli una carrozza e un cocchiere, poi, con rinnovata risolutezza, si mise a dare disposizioni precise ai portuali già impegnati a recuperare dall'acqua i quadroni bagnati. Decise di stoccare il marmo in piazza San Pietro, davanti alla chiesa di Santa Caterina. Il suo laboratorio era solo una strada più in là. Sotto il suo sguardo e quello del papa, nessuno avrebbe più osato toccare quel materiale!

Fuori aveva ripreso a piovere. Nella basilica si fece buio tutto d'un tratto, perché i nuvoloni scuri avevano coperto il sole e quindi dalle piccole finestre del cleristorio filtrava poca luce. *Buia come la fede*, pensò Bramante adirato. Ma lui presto avrebbe trasformato radicalmente quello spazio: il suo progetto prevedeva un tempio non solo grande ma anche bello e luminoso, perché se quello era davvero il centro del mondo allora bisognava che la sublime struttura irradiasse tutt'attorno il senso più alto della serenità e dell'armonia. Seguendo il modello degli antichi. Sotto la sua cupola celeste sarebbe iniziata una nuova epoca. Era quello il motivo per cui il domenicano vi si opponeva con tanta forza: perché voleva conservare la vecchia chiesa, ovvero un luogo buio e stantio!

L'odore dell'incenso che fluttuava nella basilica gli diede una stretta allo stomaco, come se avesse inghiottito del cibo amaro. Molti pellegrini stavano confessando i propri peccati e pregando Dio, nella speranza di ottenere indulgenza e intercessione. Bramante si diresse verso il confessionale nell'area nordoccidentale, dove in passato si era seduto col cardinale nel tentativo di ordire con lui un complotto contro il mausoleo di Michelangelo. Corse da un confessionale all'altro cercando Giacomo, aprendo le tende o le porte senza nessun riguardo. Si guadagnò una bella fila di sguardi sorpresi o adirati da parte di sacerdoti e penitenti, ma non trovò il domenicano. Tuttavia aveva la sensazione che si trovasse proprio lì, all'interno della basilica. Si domandava febbrilmente dove, poi d'un tratto ebbe un'intuizione. Ma certo! Perché non ci aveva pensato subito? Doveva essere nel cuore della basilica, sotto la *Confessio*, presso la tomba di Pietro. «Vieni, so dove si nasconde quel demonio», disse ad Ascanio.

Raggiunsero alla svelta l'altar maggiore, aprirono la porticina di ferro battuto e si precipitarono giù per la stretta scalinata.

Poi la videro. Lucrezia era seduta davanti alla tomba del principe degli apostoli, le mani legate dietro la schiena, gli occhi bendati. Bramante sentì quel gracile corpo tremare per la paura; fece per raggiungerla di slancio, ma due uomini armati gli si pararono davanti. Ascanio sguainò la spada.

«Non ci provare nemmeno, Donato», disse Giacomo il Catalano spuntando dalla semioscurità. Schioccò le dita e comparvero altri dieci uomini armati. A giudicare dall'aspetto, erano soldati esperti.

«Qui Dio pone un limite alla mia arte», sussurrò Ascanio con spaventoso realismo.

«È una bambina innocente! È cristiano, questo? È gradito a Dio?» gridò furibondo Bramante.

Lucrezia girò la testa versò di lui.

«Ferma, se non vuoi uno schiaffone!» le ringhiò uno dei suoi sorveglianti con una cicatrice sul volto.

«Attento, brutto ceffo!» lo minacciò Bramante. La sua voce era carica di minaccia. L'uomo fece un sorriso sordido.

Il cardinale rimase impassibile, come se quella schermaglia

non lo riguardasse affatto. «Veniamo al motivo per cui ci siamo radunati qui, più o meno spontaneamente», disse gelido. «Il fine giustifica i mezzi e la funzione colui che la ricopre. Sapete che cosa voglio. Andate dal papa, dichiarate il vostro ritiro e proponete fra' Giocondo come architetto capo per la ricostruzione della basilica di San Pietro. Se lo farete, alla bambina non verrà torto un capello, e non appena il mio confratello sarà nominato responsabile dei lavori dal Santo Padre vi sarà riconsegnata.»

Bramante aveva gli occhi stretti a fessura. «Perché dovrei fidarmi di voi?»

«Perché giuro su Dio che rispetterò questo accordo. E allo stesso modo giuro che in caso contrario lascerò la bambina per dieci giorni a questi dieci uomini affinché ciascuno possa disporne a piacimento per una giornata intera, prima che io le tagli la gola di persona. A voi la scelta.»

Bramante si sentì raggelare. Voleva costruire la cupola celeste lassù, sopra la tomba del primo vicario di Cristo, ed ecco che invece quel posto si rivelava come la fossa dell'inferno. Nell'istante in cui rischiava di scoppiare, sentì la mano di Ascanio sulla spalla. Quel gesto fece sì che il pensiero razionale riprendesse il sopravvento, e ne fu così consapevole che lanciò un'occhiata riconoscente alla sua guardia del corpo. Avventatezza e ira avrebbero causato la morte di Lucrezia. «Bene», disse digrignando i denti. «Domattina presto chiederò un'udienza urgente al papa.»

«Non datevi pena, ho già informato il Santo Padre che abbiamo qualcosa d'importante da discutere. L'udienza si terrà oggi dopo vespro. Volete riavere la piccola alla svelta, quindi siate puntuale. Sapete che cosa succederà se non lo sarete o se cercherete di ingannarmi», aggiunse sottovoce, ma con tono minaccioso. «Ormai dovreste conoscermi abbastanza bene da sapere che non userò nessuna indulgenza. È tutto nelle vostre mani: vita o morte, felicità o disperazione.»

Bramante non si era mai sentito così impotente e inerme in vita sua. Ma non aveva scelta. «D'accordo», mormorò amaramente, e si avvicinò a Lucrezia.

L'uomo con la cicatrice sguainò la spada e gliela puntò al petto.

« Lascialo fare », gli ordinò il cardinale.

Bramante s'inginocchiò davanti alla bambina, la abbracciò e le sussurrò all'orecchio: « Ti porterò via di qui, Lucrezia. Non ti succederà nulla. Scaccia l'angoscia e fidati di me! » Poi si alzò. « Se le sarà torto anche solo un capello, la mia vendetta su ciascuno di voi sarà spaventosa e atroce! Anche se doveste uccidermi, non troverete pace. La mia vendetta mi sopravvivrà. » Lo disse con grande calma e sobrietà, come se stesse dando istruzioni a un costruttore, guardando i rapitori a uno a uno. Alla fine pose lo sguardo su Giacomo. Nei suoi occhi divampava la stessa insanabile ostilità che era presente in quelli del cardinale. Si voltò e fece per andarsene.

« Un momento, Donato », disse Giacomo. « Avete ancora una cosa che mi appartiene. Siate gentile e lasciatelo qui! »

Bramante si tolse l'anello e lo gettò verso la tomba dell'apostolo. Inorridito, il domenicano balzò sull'altare, ma non riuscì ad afferrare l'anello, che s'infilò nella grata sottostante e cadde tintinnando nell'abisso. Si voltò e trafisse Bramante con uno sguardo che esprimeva odio infinito.

« Mi spiace », ringhiò l'architetto già sui primi gradini della scalinata, seguito da Ascanio.

Risalire fino alla navata fu come scalare una montagna, come se l'intera basilica di San Pietro gravasse sulle sue spalle. E una volta fuori, lungo la strada di casa, la sua mente fu tempestata da migliaia di pensieri incontrollabili, che sembravano girare in tondo. Doveva cedere? Cos'altro poteva fare, se non esaudire le richieste del domenicano? Sul fatto che mettesse in pratica le minacce non c'era da dubitare, era senza scrupoli a sufficienza. A un tratto Ascanio gli chiese di scusarlo per circa un'ora. Bramante annuì, confuso.

Nella sua abitazione trovò ad attenderlo Imperia e Agostino Chigi. Quando ebbe finito di riferire l'accaduto, Imperia chiese con un'espressione angosciata che cosa intendesse fare.

« Esaudire la richiesta del domenicano, naturalmente! » esclamò Chigi. Il banchiere, solitamente molto controllato, picchiò il pugno sul tavolo con una tale violenza che per un attimo gli si rizzarono i lunghi capelli. « Una trama diabolicamente sottile! Potremmo informare il papa, ma non abbiamo prove. Sarebbe la sua parola contro la nostra. »

Bramante appariva snervato, senza vigore. « Sicuramente avrà considerato questa possibilità. E non credo che nasconderà Lucrezia ancora a lungo nella basilica, quantomeno non dove l'abbiamo trovata. » Sospirò rassegnato. « Se non abbiamo la benché minima prova, Giulio non ci crederà. E comunque, anche se avessimo le prove lui metterebbe tutto a tacere. Il papa costringe un cardinale a rendere conto soltanto se lo deruba o se architetta un complotto contro di lui. »

« Non se compie un misfatto contro la figlia di una cortigiana », aggiunse amareggiata Imperia.

« Contro qualunque figlia o figlio di qualsiasi donna », corresse il banchiere con l'intenzione di consolare la sua amante.

Lei non lo sentì neppure. Si mangiava le unghie e tremava leggermente. « Il cardinale manterrà la parola? » chiese tremante.

« Presumibilmente sì », rispose Bramante abbassando la testa. Quantomeno lo sperava.

« Allora fallo, Donato, esaudisci le sue richieste! Già una volta volevi rinunciare a questo progetto per me, adesso fallo per tutt'e due, per me e per Lucrezia! »

Bramante annuì tristemente. In quell'istante, Ascanio fece irruzione nella stanza. Diede un'ultima occhiata al corridoio e chiuse la porta alle proprie spalle. Era madido di sudore e aveva i vestiti in disordine, era evidente che aveva corso, e l'espressione del suo viso tradiva una grande tensione. Raggiunse Bramante e gli sussurrò qualcosa all'orecchio. L'architetto sgranò gli occhi e lo guardò incredulo. Ascanio annuì come a conferma di quanto appena detto.

« Giorgio! » Bramante non fece in tempo a chiamare che questi si presentò davanti a lui. Ascanio chiuse la porta, mise il catenaccio e sguainò la spada. Il servitore si voltò spaventato; la paura invase il suo viso grassoccio, stirando il doppio mento.

« Dobbiamo parlare », disse Ascanio asciutto. « Non osare mentire o cercare scuse. Finirebbe male per te. Che cosa ti ha offerto Ranuccio, quel tizio con la cicatrice in faccia, per fare la spia? »

Gli occhi di Giorgio guizzarono per la stanza in preda al panico. Per un momento sembrò ponderare se negare, poi si gettò ai piedi di Bramante. « Pietà, signore, pietà! Vi ho servito fedelmente per così tanti anni. »

« È proprio questo il problema! » disse Bramante, deluso e rattristato. Quel tradimento lo feriva profondamente. Giorgio, milanese, era al suo servizio da trent'anni.

Il traditore si giustificò dicendo che Ranuccio lo aveva ricattato, perché aveva ucciso un monaco nel corso di una lite scoppiata per una donna, in una delle taverne a buon mercato del rione Regola.

« Perché non me l'hai detto? » chiese Bramante.

« Perché ero già nel carcere di Tor di Nona e sua eminenza il cardinal Catalano mi ha fatto mostrare gli strumenti. Ha detto che nessuno mi avrebbe potuto aiutare, neppure voi. Soltanto lui. »

L'architetto chinò il capo. Ormai gli era chiaro in che modo l'arciprete avesse scoperto il suo punto debole. Gli venne un pensiero spaventoso. « Sei andato tu a prendere Lucrezia al convento? »

Il servitore annuì imbarazzato. Gli sguardi di Bramante e Ascanio s'incrociarono.

« Devi incontrare ancora quella gentaglia? » indagò l'architetto.

« Sì, questa sera al Colosseo, per ritirare il mio compenso. »

« Ti taglieranno la gola », disse Bramante asciutto.

Calò un silenzio perfido e insidioso. Per tutti, tranne che per Giorgio, si stavano delineando i contorni dello spaventoso piano dell'arciprete.

Chigi strabuzzò gli occhi. « Non appena avrai fatto un passo indietro, Donato, non godrai più del favore di Giulio. Considererà un tradimento il fatto di averlo piantato in asso nel bel mezzo di questo grande progetto. »

« In fin dei conti, però, sono stato io a convincerlo della sua necessità. »

« Appunto. Non saresti potuto diventare più pericoloso di così, per un cardinale. »

« Non ci ridarà Lucrezia viva », disse Ascanio sottovoce. « Non ci saranno più testimoni, e l'unico che potrebbe sporgere denuncia sarà considerato a sua volta un traditore. »

Il domenicano aveva ordito una trama diabolica, senza via di scampo per tutti coloro che sarebbero caduti nella rete. In preda a un dolore atroce, Imperia si mise a urlare fino a consumare del tutto le forze.

34

Roma, Anno Domini 1506

In vita sua, Bramante non aveva mai promesso nulla senza poter garantire di essere in grado di mantenere la parola. L'unica cosa che lo consolava era che soltanto la morte avrebbe potuto impedirgli di attuare il suo piano. Era riuscito a convincere tutti, persino Imperia. In realtà non c'era alternativa. Considerando la situazione in modo concreto, avevano soltanto due vantaggi su Giacomo: da una parte non sapeva che appurando il tradimento del servitore lo avevano smascherato, e dall'altra ignorava che Ascanio intratteneva ottimi contatti col *demi-monde* dei bassifondi. A Bramante non restava molto tempo, e dunque una preparazione minuziosa del piano era da escludersi; avrebbe dovuto improvvisare, e confidare nella fortuna. Del resto non era una novità: tutta la sua vita consisteva in una combinazione d'intelligenza, combattività e fortuna.

Avevano concordato che Bramante si sarebbe presentato puntuale dal pontefice, dopo vespro. Poi si sarebbe trattato di prolungare l'udienza, prima di dichiarare il ritiro dal progetto. E poiché Giacomo nel vedere Bramante prendere tempo avrebbe cominciato subito a nutrire sospetti, avevano messo a parte della situazione Egidio da Viterbo. Questi aveva libero accesso al papa in ogni momento, ed era famoso - o piuttosto famigerato - per le sue prediche lunghe e fiorite. Giacomo si sarebbe sorbito il profluvio di parole dell'agostiniano senza nutrire sospetti.

Ascanio sapeva di avere poco tempo a disposizione. Per proteggersi da eventuali tradimenti, chiese aiuto a tre amici che conosceva da molto tempo e di cui sapeva di potersi fidare. Li conosceva dall'epoca maledetta in cui erano stati al soldo di Cesare Borgia.

Il primo e più importante compito consisteva nello scoprire

dove i rapitori nascondessero Lucrezia. In ogni caso, le possibilità di liberare la bambina viva erano scarse. Innanzitutto, Ascanio non doveva destare il minimo scalpore nella ricerca, e in secondo luogo non gli restavano neppure cinque ore per portare a termine l'impresa.

Quante volte, nelle settimane precedenti, aveva osservato l'architetto nelle sue conversazioni con la bambina, dopo la preghiera del mattino, nella chiesa del convento di San Silvestro in Capite. E quante volte quell'immagine, l'uomo anziano che conversava rilassato con la graziosa fanciulla, lo aveva commosso. Sembravano padre e figlia. Senza rendersene conto, pian piano il mercenario si era affezionato a Lucrezia. Ed ecco che un uomo, le cui mani non avrebbero dovuto spargere sangue ma piuttosto dispensare benedizioni, minacciava di ucciderla. Ascanio aveva sperimentato a lungo la violenza, a lungo aveva messo a disposizione la sua spada come lanzichenecco o guardia personale, e in virtù del suo mestiere - della sua arte - aveva molto viaggiato, spostandosi di città in città e da un regno all'altro, e aveva compreso innanzitutto una cosa: la violenza proveniva dai potenti e dai forti, e colpiva gli impotenti e i deboli soltanto perché erano indifesi e perché la loro vita valeva assai poco, talora niente del tutto. Data la sua professione, contare di raggiungere una veneranda età sarebbe stato stupido. Nondimeno, dopo essere stato testimone di numerosi saccheggi e atrocità quando era al seguito di Cesare Borgia, aveva deciso di usare la spada soltanto per difendere i più deboli dai soprusi dei grandi signori. Non aveva imparato nient'altro, nella vita, oltre al mestiere delle armi, ma era un mestiere importante, e voleva metterlo a frutto contro il dispotismo. Forse in questo si manifestava l'eredità di suo padre, che lui non aveva mai conosciuto. Era un sacerdote e persino, a quanto si diceva, un uomo quasi santo, eccezion fatta per il passo falso cui Ascanio doveva la propria vita.

Dopo che lui e i suoi amici furono andati a informarsi in giro nei bassifondi romani, s'incontrarono come d'accordo sull'Isola Tiberina. Non avevano scoperto molto, se non che Ranuccio viveva presso una prostituta a Trastevere, vicino alla via Portuense. Per non dare nell'occhio, comprarono un po' di stracci da un rigattiere ebreo, vicino al mercato del pesce nel rione Sant'Angelo, e nascosero sotto gli ampi abiti i pugnali e le spade. Infine si sfregarono sul volto e sulle mani un po' di sporcizia raccolta dalla strada, cosa che diede loro un odore inconfondibile.

Quando raggiunsero la casa bassa a due piani, che si appoggiava inclinata all'edificio attiguo, Ascanio si guardò attorno con cautela. Nessuno li seguiva e non c'erano nemmeno spie davanti alla casa. Due dei suoi amici, Baccio ed Eugenio, si appostarono a una certa distanza, mentre Ascanio e Gustavo, un pisano altissimo e nemico di tutti i fiorentini, s'infilavano rapidamente e senza dare nell'occhio nella bassa porta d'ingresso. Il corridoio buio conduceva in un cortile. Sulla sinistra, una scala stretta e oscura portava al primo piano. I due uomini salirono i gradini il più silenziosamente possibile. Poi si fermarono davanti a una porta fatiscente, con assi marce e sgretolate sia in alto sia in basso. Le pareti scure luccicavano per l'umidità e producevano un forte odore di muffa. Con un calcio vigoroso e secco, Gustavo spalancò la porta. All'interno, una donna, probabilmente l'amante di Ranuccio, si portò le mani alla testa, spaventata; Ascanio la spinse bruscamente da parte ed entrò nella stanza. C'era anche un'altra donna, molto più giovane, coi capelli lunghi e unti; stava tagliando dell'aglio, seduta su uno sgabello. Era più facile che l'amichetta del rapitore fosse lei invece che l'altra, ma la cosa aveva poca importanza, le avrebbe interrogate entrambe.

«Se sarete ragionevoli non vi succederà nulla», disse in modo sgarbato, estraendo il pugnale.

Le donne sgranarono gli occhi. La più anziana lanciò un'occhiata a un grosso paiolo sulla cucina di pietra.

Ascanio riusciva comodamente a seguire l'andatura lenta dei suoi pensieri. «Se fossi in te, non mi sognerei nemmeno di fare una cosa del genere», l'ammonì. «Dov'è quel brutto ceffo con la cicatrice?»

Le due donne si scambiarono uno sguardo spaventato. «Non conosco nessun brutto ceffo con la cicatrice. Dovete avermi scambiata per un'altra, signore!» dichiarò la più anziana.

Ascanio andò impassibile verso il fornello, guardò nel paiolo, nel quale bolliva della pasta, tirò su un grumo di catarro e sputò nell'acqua. Le due donne non reagirono. In ogni caso quel cibo non sembrava destinato a loro. « Per chi cucini così tanta pasta? » chiese con tono gentile.

« Mi occupo della cucina per i marinai. »

Ascanio scoppiò in una fragorosa risata, come se avesse sentito la più bella barzelletta della sua vita. Poi il suo volto s'impietrì. « Quel brutto ceffo è praticamente già morto. Almeno voi salvatevi la vita. Non ho nessun interesse a farvi fuori. Non ho niente contro di voi. »

Ancora una volta, le due donne si guardarono. Poi fu la più giovane a rispondere, quella coi capelli lunghi e unti. « Perché dovremmo fidarci di voi? »

« Perché in un modo o nell'altro scoprirò ciò che voglio sapere », replicò Ascanio. « Potete uscire da questa storia illese e con una piccola ricompensa, oppure costringermi a torturarvi e poi a uccidervi. E posso assicurarvi che durante il penoso interrogatorio la morte sarà il vostro desiderio più grande. La decisione spetta soltanto a voi. »

La pacatezza di Ascanio, la calma che irradiava, diede alle due donne l'impressione che non le stesse ingannando, e che avrebbe fatto esattamente ciò che aveva esposto. Avendo a che fare di continuo con mascalzoni, avevano imparato a distinguere d'istinto uno specialista da uno smargiasso qualsiasi. La più anziana fece un cenno del capo alla ragazza.

« Che cosa ci guadagniamo, se ti consegno il mio uomo? » chiese la giovane.

« Due scudi d'oro. »

Sul viso sporco della ragazza si dipinse un sorriso sghembo. Non aveva mai visto tanti soldi in vita sua. Il prezzo per il tradimento del suo uomo andava bene, era dieci volte superiore al normale costo di un omicidio su commissione.

« Noi due cuciniamo per lui e i suoi compagni. »

« Dove dovete portare il cibo? »

« Nella chiesa dei Santi Cosma e Damiano. »

« Quella che si trova al Foro? » chiese Ascanio. Le due donne lo guardarono con un'espressione inebetita. Era evidente che non sapessero cosa e dove fosse il Foro. « Al Campo Vaccino », si corresse lui.

« Proprio quella, sì! Quella che è chiusa! » gracchiò la più anziana.

« E chi deve portare il cibo? »

« Noi due. »

Ascanio e Gustavo guardarono scettici le due donne.

« Volevamo assoldare due giovanotti per aiutarci », precisò quella coi capelli sporchi.

« Li avete trovati », disse Ascanio rivolgendo un ghigno soddisfatto a Gustavo. « Vi seguiremo a breve distanza. Vi avverto: fate un solo passo falso e farete immediata conoscenza col mio pugnale. »

Non molto più tardi, il gruppetto si avvicinò alla chiesa dedicata ai due medici santi di Bisanzio. Era una strana processione. Davanti c'erano le due donne, seguite da Ascanio con un cesto di pane bigio sottobraccio. Con l'altra mano teneva il pugnale, nascosto dentro la manica. Indossava una benda nera su un occhio e si era calato sul viso un logoro cappello piumato. Portava un paio di pantaloni lunghi fino al ginocchio e una mantellina di tela da sacco marrone. Era seguito da Baccio ed Eugenio, ciascuno con un berretto di feltro in testa e in mano un grosso bastone di legno col quale reggevano il pesante paiolo di ferro con la pasta, che ondeggiava tra l'uno e l'altro. La retroguardia era costituita dallo spilungone Gustavo, che portava in spalla una gerla intrecciata, con brocche di vino diluito.

Ascanio notò che venivano osservati dalla finestra di un edificio annesso al lato destro del tempio. « Adesso, quello che conta per voi è non fare sciocchezze », sussurrò alle due donne.

« Sì, signore », risposero entrambe all'unisono, la voce intrisa di paura. Ascanio guardò il cielo, nel punto in cui intuiva la presenza del sole dietro un assembramento di nuvole. Non avevano molto tempo: era già quasi all'orizzonte.

Sul tavolo a muro, davanti a Giacomo il Catalano, c'era un tino di legno pieno d'acqua. Si lavò la faccia, il torace asciutto e le ascelle, poi si guardò allo specchio. Vide un viso particolare, con la carnagione bruna e grandi occhi neri espressivi. Le guance non erano cadenti e non c'era neppure un principio di doppio mento. Nel complesso, il volto appariva sodo e giovanile. Solo qualche filo d'argento tra i capelli color dell'ebano mostrava l'avanzare dell'età, ma gli conferiva un fascino nuovo, di maggiore autorevolezza. Negli ultimi tempi, nei suoi occhi si era insinuata una certa tristezza. O forse quella che lui considerava malinconia era in fin dei conti soltanto freddezza? La morte che aveva dato a così tante persone si era forse annidata nei suoi occhi?

Alla parete alle sue spalle era appeso il progetto della nuova basilica di San Pietro realizzato dal suo confratello, l'architetto fra' Giocondo. Gli diede una rapida occhiata, poi immerse il viso nell'acqua fredda, si costrinse ad aprire gli occhi e guardò il fondo del tino. Il liquido gli premeva sulla retina. Il fondo gli sembrava vicino e lontano allo stesso tempo. Sotto la superficie, le distanze si confondevano.

D'un tratto si sorprese a desiderare ardentemente che una mano gli afferrasse con vigore la nuca, lo tenesse sott'acqua e gli impedisse di ritornare a galla anche dopo che avesse esaurito il fiato. *Raggiunta un'età in cui ci sono abbastanza ricordi a cullarti nella morte, annegare non è la cosa peggiore,* pensò. D'altronde, nostalgia e desiderio erano sinonimi del ricordo. Naturalmente l'essere umano sapeva cosa cercava, anche se non riusciva a dargli un nome. Era solo che le persone tendevano a confondersi, a pensare di non conoscere qualcosa soltanto perché non ne avevano una definizione. Non importava. A volte lo struggimento si nascondeva dietro cose semplici, un odore, un suono.

Ma non era così per Giacomo. Negli abissi della sua memoria sonnecchiava un'immagine sfocata, come se fosse in fondo all'acqua. Un tavolo, attorno al quale erano sedute diverse persone: un uomo con la barba nera, un viso particolare, la fronte alta, non molto diverso da lui a guardar bene, e poi un ragazzo, una ragazza, una donna con grandi occhi azzurri e un bel sorriso, beffardo e al contempo bonario, due qualità che avrebbero dovuto escludersi a vicenda, ma non nel suo caso. L'uomo con la barba nera cominciò a cantare con voce armoniosa.

Quale gioia, quando mi dissero:
'Andremo nella casa del Signore!'
Già sono fermi i nostri piedi
alle tue porte, Gerusalemme!
Gerusalemme è costruita
come città unita e compatta.
È là che salgono le tribù,
le tribù del Signore,
secondo la legge d'Israele,
per lodare il nome del Signore.
Là sono posti i troni del giudizio,
i troni della casa di Davide.
Chiedete pace per Gerusalemme:
vivano sicuri quelli che ti amano;
sia pace nelle tue mura,
sicurezza nei tuoi palazzi.
Per i miei fratelli e i miei amici
io dirò: 'Su te sia pace!'
Per la casa del Signore nostro Dio,
chiederò per te il bene.

Il corpo voleva che la testa riemergesse, ma lo spirito voleva sprofondare ancora di più nel tino. Le mani stringevano il bordo del contenitore di legno. Giacomo irrigidì il collo e spinse la faccia più giù, vicino al fondo, con tutte le sue forze. Era una lotta silenziosa e accanita tra spirito e corpo, quella che imperversava dentro di lui. Poi sentì l'acqua penetrargli in bocca e cominciò a vedere nero. L'istinto scagliò la testa verso l'alto. Si ritrovò per terra, tremante, a sputare e tossire. Ci volle un po' prima che si calmasse.

Poi allo specchio vide un viso pallido e affannato. Chi era quello? Prese un asciugamano e si asciugò il viso e il busto. Era lui. Un soldato di Dio. Forse addirittura il demonio di Dio. Ma gli agnelli avevano bisogno del lupo. Senza di lui, nelle loro anime la presunzione avrebbe avuto il sopravvento, distruggendo l'ordine di cui avevano bisogno per vivere. Lui era colui che nessuno voleva, ma di cui tutti avevano bisogno. Aveva combattuto e sofferto per la vera fede, era vero, ma dopotutto aveva anche ottenuto molto. Presto avrebbe assestato l'ultimo colpo mortale ai Fedeli d'Amore e al paganesimo rinvigorito che minacciava di distruggere la Chiesa di Cristo dall'interno. Se i sacerdoti fossero tornati all'umiltà cristiana, alla purezza e alla devozione, rinunciando nelle parole e nei fatti al peccato, ecco, allora la sua missione sarebbe stata compiuta.

S'infilò la tonaca monastica e s'incamminò per andare all'udienza dal papa. Fra' Giacomo, servitore di Dio e cardinale della Chiesa di Roma, era soddisfatto della propria astuzia. A essere precisi non gl'importava di fra' Giocondo, ma soltanto di Donato Bramante, che voleva distruggere. Col suo ritiro l'architetto avrebbe umiliato Giulio, e questo il papa non avrebbe mai potuto perdonarglielo. Una volta tolto di mezzo l'architetto eretico, Giacomo aveva intenzione di dedicarsi con tutta calma al caparbio scultore. A differenza di Bramante, Michelangelo non era un eretico; dentro di lui albergava la vera fede, anche se l'arte l'aveva alterata e distorta. Sarebbe potuto giungere alla devozione più pura, se avesse rinunciato alla superbia dell'arte. Ebbene, fra' Giacomo l'avrebbe costretto a farlo. Una cosa alla volta, però. Prima di tutto doveva rendere l'artista confuso e insicuro, poi lo avrebbe preso tra le sue braccia. Al momento, lo scultore stava conducendo una battaglia sfiancante e stava anche consumando pian piano la pazienza del papa, perché lui, Giacomo, coi suoi continui attacchi, lo rendeva nervoso e talora persino isterico.

35

Roma, Anno Domini 1506

Il cardinale attraversò a passo svelto l'atrio della basilica, diretto al passaggio tra San Pietro e il Palazzo Vaticano. Come sempre, pellegrini affamati d'indulgenze confluivano nella basilica, mentre altri, già sazi, ne defluivano. La bambina che era in suo potere non aveva nulla a che fare con tutto ciò. Era dispiaciuto per lei, perché non si era macchiata di nessuna colpa e nessun peccato, ma sarebbe dovuta morire comunque. Salendo al cielo da innocente, la sua morte avrebbe assunto il rango di un martirio e Dio l'avrebbe ricevuta come una santa. Il cardinale l'avrebbe confessata, l'avrebbe assolta dai suoi peccati e le avrebbe prestato gli estremi conforti. Poi l'avrebbe uccisa con le sue mani risparmiandole sofferenze inutili. Sapeva come fare: le avrebbe trafitto il cuore, conosceva il punto esatto in cui affondare la lama. Una morte istantanea; era l'unica cosa che potesse fare per lei. La fanciulla sarebbe stata accolta in cielo come un nuovo angelo, su questo non c'era dubbio, perciò forse in quel modo le stava addirittura facendo un favore: date le sue origini, era fin troppo probabile che, crescendo, diventasse una peccatrice, giocandosi la propria beatitudine.

Il domenicano sentiva la tensione impadronirsi di lui. Un architetto eretico, capo dei nuovi pagani, sarebbe caduto trascinando con sé i suoi seguaci. E quello stesso giorno una fanciulla innocente sarebbe salita al cielo, diventando un angelo. Il suo sguardo si posò sui flussi dei pellegrini che si muovevano in due direzioni opposte. Che ne sapevano loro dei metodi equivoci con cui veniva conquistato il bene che veniva dispensato loro all'interno della basilica?

Il piccolo corteo aveva raggiunto la chiesa. La porta si aprì e un uomo basso e corpulento fece loro cenno di entrare. «Ci avete portato finalmente qualcosa da mettere sotto i denti?» chiese malamente ai nuovi arrivati con una voce roca.

Entrarono nella rotonda di Romolo, con le sue pareti lisce e disadorne. Evidentemente gli affreschi erano stati raschiati. Ascanio si mantenne a breve distanza dalle due donne. Teneva gli occhi puntati a terra, guardando i resti di un prezioso mosaico e sbirciando qua e là senza farsi notare. A destra e a sinistra c'erano due piccoli altari con semplici croci. Di fronte a lui, l'ingresso della chiesa era aperto per metà, con un solo battente.

«Mettete la sbobba qui e poi sparite», ringhiò l'uomo. Gli uomini eseguirono l'ordine evitando qualunque sguardo d'intesa tra loro, al contrario, guardavano il pavimento con aria ingenua, interpretando appieno il ruolo dei sempliciotti. Si conoscevano così bene da non avere bisogno del contatto visivo; ciascuno percepiva l'istinto degli altri.

«Posso vedere il mio uomo?» chiese la giovane.

Il tizio basso e grassoccio si guardò attorno. «Ehi, Ranuccio, hai voglia di vedere la tua vecchia?»

L'uomo con la cicatrice in faccia uscì dalla porta. La tensione degli uomini aumentò. Sapevano di dover agire molto rapidamente. Ranuccio si avvicinò alle due donne con un ghigno che metteva in risalto ancora di più la cicatrice. Quando fu a una decina di piedi di distanza, Ascanio notò che la giovane scuoteva quasi impercettibilmente la testa; evidentemente stava dando un qualche segnale al suo uomo, con lo sguardo. E infatti Ranuccio si fermò, lo sguardo subito furente. Ascanio spinse il pugnale contro la schiena della donna, trafiggendole il cuore. Poi, mentre l'altra si gettava a terra urlando, si mosse con la rapidità di un felino: estrasse il pugnale dalla schiena della giovane, lo afferrò per la lama insanguinata e lo scagliò contro Ranuccio. Il furfante cercò di scansarlo buttandosi di lato, e in parte ci riuscì: la lama lo ferì all'orecchio per poi finire tintinnando sul pavimento di pietra, lontano. Urlò per il dolore e si portò le mani alla testa. Nello stesso istante, Baccio trafisse il compare basso con la spada passandolo da parte a parte, e un attimo dopo Eugenio e Gustavo piantarono un coltello nel torace di un altro farabutto accorso ad aiutare. Poi presidiarono la porta, in modo che nessuno la potesse chiudere dall'interno. Ranuccio tirò fuori un pugnale.

« È giorno di paga », disse Gustavo andando verso l'uomo. E passando accanto ad Ascanio sussurrò: « Tu vai a prendere la bambina, io intanto mando questa carogna all'altro mondo ». Poi caricò il rapitore, che tuttavia si difese ostinatamente.

Ascanio fece irruzione nella chiesa. Di fronte a lui, davanti all'abside, il Cristo apocalittico teneva le braccia aperte su uno sfondo blu. Sotto l'abside e sotto la protezione del figlio di Dio c'era Lucrezia, minacciata da un uomo calvo che le teneva un coltello alla gola. A destra e a sinistra del bruto con la fanciulla, sotto gli affreschi dei santi Pietro, Paolo, Cosma, Damiano, Teodoro, e del fondatore della chiesa, papa Felice IV, si erano schierati sei bravi con le spade sguainate. *Che bizzarro contrasto,* pensò Ascanio. Accanto alla porta, un uomo colpito da Baccio mentre cercava di chiuderla stava esalando gli ultimi rantoli.

« Neanche un passo di più, altrimenti è morta! » gridò l'uomo calvo.

« Lasciala andare, Coltellino », gli replicò Ascanio. « E poi combattiamo da uomini. È arrivata l'ora. » Conosceva quell'uomo dai tempi in cui era un mercenario. Coltellino non era uno che si distingueva in battaglia, ma piuttosto quando si trattava di saccheggiare, trucidare e violentare innocenti. « Torcile soltanto un capello, e ti taglio a strisce da vivo! » aggiunse con un tono gelido.

La minaccia dovette funzionare, perché l'uomo guardò indeciso i suoi compari. Ma poi riprese coraggio. « Sono solo in tre, attaccate! »

I sei uomini avanzarono verso gli intrusi. Coltellino aveva sperato di poter scappare da un'uscita laterale, mentre gli altri erano impegnati a battersi. Ma aveva fatto i conti senza Ascanio. Eugenio e Baccio tennero testa ai sei aggressori, facendo saettare le spade ed eliminandoli l'uno dopo l'altro. Ascanio si lanciò su Coltellino, lo strappò da Lucrezia, gli tolse il coltello, glielo puntò alla gola e parlò con calma. « Credimi, farabutto, aspetto questo momento dal giorno in cui hai appeso il prete per i testicoli e hai violentato le due monache in quella cittadina che avevamo conquistato.»

La paura della morte fece venire gli occhi lucidi all'assassino, che sudava e puzzava come una bestia. «Ti prego, ti prego, sono pentito della mia vita...» balbettò. Ma l'acciaio che penetrava senza pietà nella sua gola trasformò le sue suppliche in rantoli. Dalla ferita traboccò un sangue spesso e quasi nero. Ascanio fece un passo indietro. L'uomo cadde in ginocchio, il coltello conficcato nel collo fino all'impugnatura. Poi crollò in avanti, restando inerme nel suo sangue, nelle sue feci e nella sua urina.

Spetta ad altri, a uomini migliori, condurre il mondo verso il bene, pensò Ascanio. A quelli come lui restava il compito di togliere di mezzo i malvagi. Si asciugò rapidamente le mani insanguinate, poi prese tra le braccia la bambina impaurita. «È finita, Lucrezia, ora sei al sicuro», sussurrò, accarezzandole la testa per confortarla. «È finita.»

Mentre attraversavano la navata della chiesa, Ascanio lanciò un'occhiata riconoscente ai suoi amici. Eugenio e Baccio avevano fatto un ottimo lavoro. Giunto davanti alla porta, si guardò attorno un'ultima volta. Guardò il Cristo, che aveva ancora le braccia aperte, i due medici santi, Cosma e Damiano, e poi i bravi, riversi davanti all'altare e nella navata. Neppure i medici dei miracoli avrebbero potuto aiutarli. Poi vide la più anziana delle due donne che singhiozzava, in ginocchio, accanto al cadavere della più giovane. Ma quando rialzò lo sguardo e lo pose davanti a sé gli si gelò il sangue: Ranuccio non solo era ancora in piedi, ma stava per lanciare un pugnale verso Lucrezia. D'istinto si mise davanti alla bambina; sentì un dolore lancinante, ma seppe immediatamente che era il dolore dei giusti: Lucrezia era illesa. Estrasse il coltello dalla spalla destra. Poi mise il manico della spada nella mano sinistra e quello del pugnale nella destra. La ferita avrebbe ridotto la forza del braccio destro, ma sapeva combattere bene anche col sinistro, cosa che più volte, in passato, gli aveva consentito di riservare brutte sorprese agli avversari.

«Forse lo spilungone vuole dirti qualcosa, prima di crepare», lo schernì Ranuccio gettandogli qualcosa sui piedi. Una lingua, recisa di netto, sanguinolenta. La morte di Gustavo, del vecchio compagno d'armi con cui aveva condiviso così tante battaglie, per Ascanio fu un colpo terribile. Quante volte si erano ritrovati insieme in situazioni senza via d'uscita, salvandosi la vita a vicenda? Gustavo avrebbe voluto diventare medico. Nel profondo del suo cuore non voleva uccidere, ma aiutare le persone. Non era destino, evidentemente. Era nato sotto un'altra stella: non Mercurio, bensì Marte splendeva sulla sua culla.

Ascanio aveva combattuto e soprattutto superato troppe battaglie per lasciare che i suoi riflessi restassero offuscati dal lutto o dalla rabbia. Sarebbe arrivato anche il momento per quei sentimenti, ma dopo. Andò incontro a Ranuccio. «Perdonami, ma mi serve la tua cicatrice. La manderò al cardinale», disse come se gli stesse chiedendo una ciocca di capelli.

«Va bene, allora vieni a prenderla», replicò rilassato Ranuccio. «Ma non metterti a piagnucolare come il tuo amico se poi le cose vanno diversamente.»

A sentire i due uomini combattere con le spade si sarebbe potuto pensare che fosse tutto un gioco. Il suono argentino delle lame che si scontravano echeggiava con forza nella chiesa. Baccio abbracciò la tremante Lucrezia, che affondò il viso nel suo petto. «Fa' presto, Ascanio. Questa povera bimba ha già sofferto abbastanza», gridò all'amico dall'altro lato della navata. Ma Ranuccio si difendeva con colpi vigorosi; penalizzato dalla ferita, l'esperto spadaccino Ascanio sembrava tutt'altro che superiore.

Tra una parata e un fendente, Ranuccio si permise addirittura un ghigno beffardo: «Tra poco ti avrò e ti caverò il cuore, e lo getterò ai piedi di quella piccola puttana, prima di godermi il suo bel corpicino».

Ascanio si trovò costretto a retrocedere, e inciampò, e cadde sulla schiena con un grido di dolore. Il coltello gli cadde di mano. Ranuccio sogghignò ancora, sicuro della vittoria, e lanciò una stoccata verso il cuore dell'avversario, ma raschiò a vuoto il pavimento di pietra. Fulmineo, Ascanio sfruttò lo slancio della schivata per balzare in piedi, e con la punta della spada gli fracassò la tempia giusto sopra l'orecchio. Spinse la lama dentro il cranio, finché non sfondò anche la parete opposta e la vide uscire come una lingua tesa, sanguinolenta e impertinente. Poi con uno strattone estrasse la spada, trascinandosi dietro sangue e pezzi di cervello. Ranuccio si voltò verso Ascanio e lo guardò fisso con due occhi sgranati, che si raffreddavano a vista d'occhio. Quando il cadavere sbatté a terra, Ascanio era già corso fuori e si era inginocchiato accanto al suo amico, riverso nella pozza del suo stesso sangue. Gustavo lo guardò con gli occhi semichiusi e lucidi, pieni di una tristezza infinita, e forse avrebbe voluto dire qualcosa a mo' di addio, ma aveva la bocca piena di sangue e della lingua restava soltanto un moncone. Trovò comunque la forza di strizzare l'occhio al compagno, e di sorridergli con lo sguardo, come a dire: hai visto, ce l'abbiamo fatta un'altra volta. Pose la sua grossa mano ormai priva di forza in quella del suo compagno d'armi e morì in silenzio, con discrezione e un sorriso rassegnato sulle labbra. Aveva combattuto la sua battaglia sino in fondo.

Ad Ascanio vennero le lacrime agli occhi. Non sapeva di essere ancora capace di piangere. Poi recitò la preghiera per i defunti che aveva recitato così tante volte per altri uomini valenti, nei molti anni in cui aveva vissuto del suo pericoloso mestiere.

Dal profondo a te grido, o Signore;
Signore, ascolta la mia voce.
Siano i tuoi orecchi attenti
alla voce della mia supplica.
Se consideri le colpe, Signore,
Signore, chi ti può resistere?
Ma con te è il perdono:
così avremo il tuo timore.
Io spero, Signore.
Spera l'anima mia,
attendo la sua parola.
L'anima mia è rivolta al Signore
più che le sentinelle all'aurora.
Più che le sentinelle l'aurora,
Israele attenda il Signore,

perché con il Signore è la misericordia
e grande è con lui la redenzione.
Egli redimerà Israele
da tutte le sue colpe.

Era ciò che avrebbe voluto Gustavo. Sottovoce, Ascanio aggiunse: « Signore, prendilo con te. Era un brav'uomo. Amen ». Si fece il segno della croce, si alzò e si asciugò le lacrime. Poi si schiarì la voce e disse: « Baccio, per prima cosa portiamo Lucrezia da messer Chigi, ma poi daremo una sepoltura decorosa al nostro amico. Era il migliore di tutti noi ».

Eugenio e Baccio assentirono imbarazzati; Lucrezia s'inginocchiò accanto al morto e gli pose un bacio sulla fronte, poi si tolse la croce che portava al collo e la mise attorno a quello di Gustavo. Osservando quel gesto, gli uomini si commossero. Dalla porta aperta e dalle finestre laterali della rotonda penetrò la luce del sole ormai quasi al tramonto, che con la sua forza dissolse le nuvole. Sì, stava arrivando la primavera, che avrebbe cacciato le giornate buie. Ascanio ebbe l'impressione che Dio avesse mandato personalmente quei raggi di luce a prendere l'anima di Gustavo, per scortarla in cielo. Inspirò profondamente, poi disse: « E tu, Eugenio, taglia la guancia di quella bestia con la cicatrice e portala al cardinale Catalano. Ma mi raccomando, sii prudente. Abbiamo già avuto fin troppe perdite ».

36

Roma, Anno Domini 1506

Il cardinale era seduto impaziente su una poltrona e non vedeva l'ora che il verboso eremita agostiniano terminasse finalmente il suo prolisso intervento. Persino il papa, che apprezzava il brillante predicatore, cominciava a essere sopraffatto da un'evidente inquietudine. Giacomo voleva sentire soltanto una cosa: che Bramante si ritirava. Dopo due lunghi incisi, Egidio giunse finalmente a una conclusione.

« Stimato Egidio, oggi ti sei superato nell'eleganza della tua relazione », disse Giulio II, e Giacomo ebbe l'impressione di sentirlo emettere un sospiro dentro di sé. « Che cos'hai da riferire sull'avanzamento dei preparativi per la costruzione della nuova basilica, Donato? »

Gli occhi di Giacomo erano praticamente incollati sul volto dell'architetto, che si alzò lentamente, molto lentamente, e in quella flemma il cardinale ritenne di vedere in modo chiaro quanto gli riuscisse difficile il riscatto della bambina.

« La pianificazione in sé procede bene, Santo Padre », iniziò Bramante. « Non ci sono ostacoli alla posa della prima pietra il 18 aprile... »

Il papa annuì soddisfatto. Gli sguardi del cardinale e dell'architetto s'incrociarono come lame affilate.

« ... ma... » disse il primo.

« Ma... » gli fece eco il secondo.

« Ma? » chiese impaziente Giulio. Detestava quella piccola parola, indubbiamente avversativa, e lasciata sospesa in quel modo poi! « Ma cosa? »

« Be'... » Bramante cercò disperatamente di guadagnare tempo. « Ci sarebbe da discutere un argomento importante, che non consente ulteriori dilazioni, un argomento che, con tutta umiltà e nella consapevolezza della nullità della mia persona davanti a Dio e naturalmente anche davanti a voi, Santo Padre, e davanti a sua eminenza Egidio degli onorevoli agostiniani e naturalmente anche davanti a voi, fra' Giacomo, un argomento, dicevo, che deve essere assolutamente affrontato, perché, come dire, non si può più rimandare, perché sarebbe un peccato rimandarlo ulteriormente, anche se d'altro canto io sono consapevole che forse in questo modo potrei offendere le vostre illustri orecchie. Ma che sciocco, come potrebbe la verità offenderle? Chiedo ripetutamente scusa perché forse vi ho offeso credendo di potervi offendere con ciò che ho da dirvi. In questo momento, non parlare di ciò che è necessario sarebbe profondamente sbagliato, per così dire un abisso di falsità, e dunque tanto più riprovevole, per tutti questi motivi, appunto, ma non fraintendetemi, Santo Padre, io sono figlio di contadini, mio padre e anche mio nonno, che vivevano alle pendici del soave monte Asdrualdo, sapete... Capite? Proprio lì dove... »

« Finora non ho capito proprio nulla, figlio mio. Ti senti bene, Donato? » chiese il pontefice con un tono brusco e preoccupato al contempo, scrutando severamente l'architetto.

Un suono di passi vicino alla porta deviò l'attenzione dei presenti verso l'ingresso della sala. Vestito solennemente di nero, Agostino Chigi entrò, s'inchinò davanti al papa, s'inginocchiò e gli baciò le pantofole.

« Alzati, figlio mio », disse il pontefice. « Arrivi giusto a proposito, il nostro figliolo Donato sembra leggermente impazzito. »

Il potente banchiere aveva un'aria funesta. « Anch'io devo riferire di una follia. »

Giacomo intuì che qualcosa era andato storto.

« Che c'è, Agostino? » chiese Giulio II corrugando la fronte.

« Santo padre, ho adottato una devota fanciulla, Lucrezia, la figlia di Imperia, che noi tutti stimiamo. Ebbene, la bambina è stata rapita! »

Il viso del vicario di Cristo cambiò subito colore. « Chi ha osato compiere un tale atto di violenza sotto i nostri occhi? » gridò indignato.

« Si sa già chi c'è dietro questo atto ignobile? » chiese Giacomo.

Chigi si voltò verso di lui e lo trapassò con lo sguardo. « Alcuni uomini in gamba sono riusciti a liberare la piccola, grazie a Dio! »

« Che Dio sia lodato », sospirò ipocritamente l'arciprete. Si sentiva male. Il suo piano era fallito per la stupidità degli uomini che aveva assoldato. Ma la colpa era anche sua: aveva risparmiato dove non avrebbe dovuto. A quel punto doveva stare molto in guardia; doveva in ogni modo evitare che l'intrigo si ripercuotesse su di lui.

« Non hai risposto alla domanda di fra' Giacomo, caro Agostino. Sai chi c'è dietro il rapimento? » chiese il papa.

« Un vescovo o un cardinale », rispose Chigi guardando di nuovo l'arciprete.

Giacomo sostenne lo sguardo con un'espressione impenetrabile. Come sempre, in presenza del pericolo il suo cervello funzionava con freddezza e precisione.

Il papa picchiò il pugno così forte sul tavolo che le piume d'oca saltarono fuori dal calamaio, spruzzando inchiostro lì attorno. « Questo è inaudito! Portate i mascalzoni a Castel Sant'Angelo, in modo che possano essere interrogati sui loro mandanti. »

Chigi fece una smorfia e spiegò che purtroppo erano stati uccisi tutti per liberare la bambina. Il domenicano tirò un sospiro di sollievo e ringraziò in silenzio Dio. Aveva perso, ma non era perduto. Una battaglia persa non significava che non potesse ancora vincere la guerra, e alla fine avrebbe vinto chi aveva maggiore resistenza.

« Possiamo fare qualcosa per la nostra figliola? » chiese il papa.

Il banchiere s'inginocchiò e chinò il capo. « Santo Padre, chiedo la vostra protezione per mia figlia Lucrezia. » Poi si rivolse al cardinale: « E anche la vostra protezione, pregiatissima eminenza. Giurate su Dio che la proteggerete sempre ».

Il domenicano rimase di sale. Quell'ultima frase gli suonava come un ricatto. Sembrava che dopotutto avessero in mano qualcosa; non abbastanza per distruggerlo, ma a sufficienza per recargli danno. Ma non era saggio sondare la situazione in quel momento, davanti al papa.

« Ebbene, la coraggiosa giovinetta avrà la mia protezione », annunciò il vicario di Cristo. « E tu che dici, Giacomo? »

« Giuro su Dio e su tutto ciò che mi è sacro che la proteggerò da ogni iniquità e che da oggi al mio ultimo giorno sulla terra sarà sotto la mia protezione », rispose solennemente il cardinale.

Chigi sorrise soddisfatto.

« E ora, che cos'era quel 'ma'? Che cosa ci volevi comunicare, prima, Donato? Di che cosa dobbiamo parlare? »

Tutti guardarono il papa allibiti. Bramante dovette fare uno sforzo di concentrazione per riprendere il filo del discorso, tanto era il suo sollievo. « Dobbiamo parlare dei finanziamenti, Santo Padre. »

Il volto di Giulio divenne un punto di domanda. Era evidente che non riusciva a collegare le chiacchiere confuse dell'architetto con la sua ultima risposta. Ma prima che potesse fare altre domande, Chigi venne in soccorso di Bramante. « Il rispettabile Donato ha ragione, perché non possiamo permetterci sia la basilica sia il mausoleo. »

« Inoltre... Vostra Santità, mi permettete di parlare apertamente? » chiese l'architetto.

« Avanti! » lo incoraggiò il papa.

« Il popolo dice che porta sfortuna costruire il proprio mausoleo quando si è ancora in vita. »

Giulio guardò scettico il suo architetto, poi si rivolse all'arciprete: « Tu che dici, Giacomo? »

Il cardinale ribolliva dalla rabbia, che tuttavia restava segreta. « Messer Donato ha ragione. »

Il papa dondolò la testa leonina, indeciso. « E il tuo parere, Egidio? »

« Non ha importanza se sia così o meno. Il popolo lo crede. E secondo il popolo, in questo modo vi attirate la sciagura. In una situazione difficile, nella quale avessimo bisogno del popolo, esso potrebbe abbandonarci proprio per questo. Io lo sconsiglio. »

« Saggio come sempre, amico mio », disse il papa annuendo.

« Riguardo ai finanziamenti ho un piano », annunciò Chigi.

« Illustracelo », lo esortò Giulio.

Il banchiere si rivolse direttamente al domenicano. « I vostri confratelli dell'ordine dei predicatori sarebbero in grado di organizzare il commercio delle indulgenze in modo professionale ed esteso a tutto il territorio? »

L'onta bruciava come zolfo nell'animo di Giacomo. Volevano coinvolgerlo, in tal modo rendendolo innocuo, e umiliarlo, facendo di lui un procacciatore di denaro! « I miei confratelli e io assumeremo volentieri un compito così onorevole. »

Sua eminenza il cardinale Giacomo Catalano, principe della Chiesa con l'abito da monaco, asceta, seguace degli zelanti e uomo dalla profonda religiosità, non aveva mai dovuto subire una sconfitta peggiore in vita sua. Che cosa voleva fargli capire Dio? Perché dava la vittoria al pagano e non a lui, figlio suo fedele? Tuttavia non si permise di dubitare dell'Onnipotente, ma soltanto del suo piccolo intelletto umano, che non sapeva interpretare a sufficienza la volontà del Signore.

Il sole al tramonto immergeva l'atrio della basilica in una luce calda. Lucherini e pettirossi cantavano. La pigna di bronzo risplendeva della luce della stella dispensatrice di calore. L'arciprete non percepì tutti quei doni divini, mentre attraversava l'atrio; era troppo assorto nei suoi pensieri. Aveva appena raggiunto il proprio palazzo, dove intendeva raccogliersi in preghiera e flagellarsi, quando un uomo dall'aspetto avventuroso gli sbarrò la strada.

« Devo consegnarvi qualcosa da parte di amici benevoli, vostra eminenza », disse Eugenio con un inchino, e mise nella mano dell'ecclesiastico una pezza di lino, umida. Dopo un altro inchino, l'uomo si dileguò nel chiostro, lasciando un esterrefatto Giacomo con quel piccolo fagotto in mano. Non aveva un buon odore. Quando lo aprì, vacillò e fu sopraffatto da un attacco di nausea. Sulla pezza di lino c'era la guancia incrostata di sangue di un uomo, attraversata da una cicatrice rigonfia. Il cardinale sapeva a chi era appartenuto quel pezzo di carne, e non nutriva nessun dubbio sulla serietà dell'avvertimento.

Per Bramante i giorni successivi passarono come in preda a un'ebbrezza. Poco prima si era visto davanti le macerie della propria esistenza e non osava più neppure sperare che la sua vita potesse prendere una piega positiva. Per la sua brama di gloria aveva messo in pericolo le persone che amava, e aveva rischiato di dover abbandonare il progetto della sua vita, per il quale, oltretutto, aveva sacrificato l'amore; tutto si era impigliato in una rete d'intrighi. E invece quella tela tessuta con tanta astuzia era stata strappata, grazie a un'azione decisa e all'assistenza della dea Fortuna. Bramante fece un sorriso amaro. A volte la felicità dell'uomo dipendeva da un eccellente colpo di spada assestato da un bravo schermidore! Che errore credere che l'arte e la cultura conquistassero le persone solo in virtù della bellezza e della morale. Non era così. L'arte e la cultura necessitavano della protezione dei combattenti, perché i loro avversari non prediligevano la libera disputa bensì la lingua delle spade, e all'argomentazione preferivano di gran lunga i pugni. Per il momento, però, tutto ciò era passato.

Bramante non sarebbe potuto stare meglio. Aveva costretto il suo nemico ad appoggiarlo. E il papa sembrava incapace di fare a meno di lui anche per un solo giorno; lo sommergeva di lavoro: strade da costruire, chiese da ristrutturare, condutture idriche da posare. Tutto quanto doveva avvenire sotto la diretta supervisione dell'architetto. Giorno dopo giorno, si stava trasformando nel ministro dell'edilizia del papa. Sebbene Giacomo avesse fatto tutto il possibile per rovinarlo, per uno strano rovesciamento delle sue intenzioni non aveva fatto altro che accrescere la sua posizione.

Non solo. Se osava sognare un po', aveva addirittura una figlia: Lucrezia ormai viveva da lui, perché restare al convento sarebbe stato troppo pericoloso. L'arciprete aveva subito un duro colpo, ma non era ancora sconfitto. Tuttavia Bramante non si faceva illusioni: Agostino Chigi aveva adottato la piccola nel momento del pericolo, davanti al papa, ed era solo per riguardo verso la moglie morente che non poteva ancora farla trasferire da lui. Non che per Margherita Saracini facesse una qualche differenza, anzi forse lei l'avrebbe addirittura voluto. Chigi però voleva evitare le chiacchiere malvagie dei molti invidiosi. Essendosi fatto strada partendo dal basso, aveva ben presente ciò che invece alcuni grandi signori, nell'ebbrezza della loro vanità, imperdonabilmente sottovalutavano: l'opinione pubblica, per quanto potesse essere innocua, nei momenti di crisi poteva risultare fatale. Perciò Chigi si comportava in modo saggio, facendo attenzione a non sfidarla.

Bramante invece dell'opinione pubblica se ne fregava. E c'era un momento della giornata che gli piaceva particolarmente, quando al mattino, mentre era già immerso nel lavoro insieme col giovane e solerte Antonio da Sangallo, Lucrezia entrava all'improvviso nello studio e con la sua voce squillante li chiamava per la colazione. Per la prima volta in vita sua mangiava regolarmente la mattina, e la cosa gli faceva bene. Sì, amava quel momento prezioso, non se lo sarebbe perso per niente al mondo.

Costituivano una famiglia davvero strana, quando si riunivano attorno al tavolo di legno di pino nella sala da pranzo: Bramante, il suo allievo Antonio, Ascanio e Lucrezia. Lo divertiva vedere il giovane e il guerriero nel fiore degli anni competere per il favore della ragazzina. Ma lei voleva bene soltanto all'architetto, che vedeva sempre di più come un padre. A volte, pieno di tristezza, Bramante pensava a quante soddisfazioni avrebbe potuto dargli la vita se a tempo debito avesse scelto di formare una famiglia, invece di correr dietro alla gloria per così tanti anni e con l'accanimento di un... Be', la sua vita era andata diversamente.

Tuttavia, al tramonto della sua esistenza, Dio gli aveva regalato una figlia, e la cosa lo riempiva di profonda riconoscenza. La convivenza con Lucrezia, che aveva rischiato di morire per la sua ambizione, cambiò lentamente e in modo impercettibile la sua vita e anche il suo modo di pensare. Non viveva più in una casa vuota, in un porto di mare, in cui artisti e puttane andavano e venivano, ma in una casa perbene. E non volendo rischiare neppure uno sguardo di rimprovero da parte della ragazzina si guardava dal pronunciare parole volgari e bestemmie, il che gli riusciva particolarmente difficile, ma era uno sforzo che valeva la pena di fare. Gioia, serenità e innocente allegria riempivano la sua casa, che gli sembrava più luminosa rispetto a prima, più pulita.

Lucrezia aveva rappresentato per lui anche un motivo per diventare religioso. Continuava ad andare al convento di San Silvestro, con Lucrezia e Ascanio, per la preghiera del mattino. A volte, quando il suo sguardo si tratteneva un po' più a lungo negli occhi puri di lei, cominciava addirittura a vergognarsi di alcune delle cose che aveva fatto. Allora si recava da solo in una chiesetta dove nessuno lo conosceva e nessuno lo osservava, e lì pregava insistentemente Dio di perdonare i suoi peccati, che non si potevano cancellare.

Bramante si meravigliava di se stesso. Era l'età a renderlo più sensibile e sentimentale, oppure aveva capito qualcosa che a molti restava precluso? Il confronto con la vita, col vero amore, gli aveva regalato la fede, perché per la prima volta si sentiva responsabile. Se in passato aveva sentito la responsabilità come una catena, adesso lo liberava. Per tutta la vita era stato prigioniero della sua avidità e delle sue passioni, dell'impulso irrefrenabile di dar loro uno sfogo. Ma quella non era libertà, era solo depravazione e dominio del corpo sullo spirito. Cominciava a intuire cosa intendeva il veggente Giovanni quando, nell'Apocalisse, parlava della bestia. Ciò che lui in passato aveva considerato libertà, come molti altri, gli appariva ormai come il predominio della bestia.

Cominciò a leggere la Bibbia e ricordò le parole scritte sulla piccola pergamena custodita nell'anello di Giacomo: « Osserva tramite me il cosmo, come giace davanti ai tuoi occhi e comprendi esattamente la sua bellezza: è un corpo indenne e nulla sarà mai più vecchio di lui eppure è nel fiore della sua forza, è giovane e fiorisce di continuo. Vedi anche i sette mondi distesi, il cui ordine è regolato in modo eternamente valido e che nei loro diversi corsi costituiscono l'eone; tutto è ora divenuto piena luce, che riceve dall'alto una forza luminosa dalla potenza dell'azione di Dio, il creatore di tutto ciò che è buono e di tutti gli ordini dei sette... »

Rifletté a lungo sul modo in cui doveva iniziare la nuova costruzione. In passato aveva creduto fermamente che, una volta che avesse iniziato, nulla gli avrebbe impedito di portare a termine la nuova basilica di San Pietro. Tutto dipendeva dall'iniziare i lavori, e ciò valeva ancora. Ma gli eventi delle ultime settimane, e l'esperienza dell'amore, avevano reso l'architetto più umile, facendo maturare dentro di lui una valutazione realistica del progetto. Le cose richiedevano tempo, e lui non avrebbe certo vissuto ancora per decenni.

37

Roma, Anno Domini 1506

E poi iniziò. Bramante scelse i capomastri e i maestri scalpellini. Affidò le trattative al suo allievo e l'osservò all'opera. Antonio da Sangallo, che veniva da una famiglia di architetti e costruttori e aveva trascorso l'infanzia tra un cantiere e l'altro, gli fu di grande aiuto nella scelta.

Alla fine la ricerca li condusse a muratori del rione Regola, che si trovava lungo il Tevere. Passarono l'ultimo dei cinque imponenti archi della casa medievale di via di San Bartolomeo e giunsero nel vicolo del Melangolo, dove si erano già radunati alcuni capomastri. Seduto su una pietra, col berretto spinto sulla nuca che gli dava un'aria sfrontata, c'era un giovanotto coi capelli arruffati di un colore biondo cenere. Aveva probabilmente la stessa età di Antonio e masticava un filo d'erba. «Se avete bisogno di un bravo capomastro, prendete me», disse con tono deciso. I capomastri più anziani brontolarono o mostrarono il pugno minacciosi. Trovavano inaudito che quel giovanotto si facesse avanti a loro discapito.

«Ho bisogno di capomastri esperti, non di ragazzini. Asciugati la bocca, che è ancora sporca di latte», lo rimproverò Bramante.

Il giovane capomastro saltò giù dalla pietra su cui era seduto, infilò le mani nelle tasche dei pantaloni color sabbia lunghi fino al ginocchio e sorrise con occhi azzurri raggianti. «Ah, capisco: non costruite la basilica di San Pietro, ma un cimitero!» Non superava in altezza Bramante, che era di statura modesta, e tuttavia, nonostante la corporatura snella, aveva l'aspetto di un lavoratore energico.

«Come ti chiami?» chiese Antonio. L'interesse del suo allievo incuriosì Donato.

« Maffeo Maffei, messere! » Sputò il filo d'erba e si piazzò a gambe larghe davanti ai due architetti.

« Quante persone puoi procurare? » s'informò Antonio.

« Cinquanta », rispose tranquillamente il giovane.

« È un bugiardo, un fanfarone! » gridò uno dei capomastri più anziani.

Maffeo estrasse impassibile il coltello e si avvicinò al suo concorrente. « Di' un'altra volta che sono un bugiardo e ti mando all'altro mondo. » Poi si guardò attorno con freddezza e un accenno di disprezzo. « Solo perché sono giovane non vuol dire che sono peggio di voi! »

Quegli uomini erano muratori esperti, abituati alle maniere rudi dei cantieri, non erano certo agnellini. Conoscevano la follia che a volte s'impossessava dei muratori più ambiziosi, che puntavano a qualcosa di più elevato. Be', quasi tutti cadevano da un'impalcatura o in una fossa, e sparivano dalla circolazione. Di certo la sorte cui stava andando incontro quello sbarbato. In quel momento, però, nessuno osò mettersi contro di lui. Sapevano che se l'avessero contraddetto, lui per farsi rispettare avrebbe dovuto accoltellare uno di loro. Ne andava del suo prestigio.

« Cinquanta, hai detto? » chiese Bramante grattandosi il mento.

« Cinquanta e non uno di meno! » ribadì l'ambizioso imprenditore, rivolgendosi a entrambi gli architetti. Nei suoi occhi c'era una scintilla d'intelligenza e convinzione assoluta.

A Bramante, quel giovane così sicuro di sé, così spavaldo e senza il minimo dubbio di potersi affermare nel duro mestiere di costruttore, non poteva non piacere: gli ricordava la sua gioventù. « Che cosa ne pensi, Antonio? » chiese senza togliere gli occhi dal giovane.

« Penso che dovremmo provarlo. »

« Bene, ragazzo. Vieni da me domani coi tuoi cinquanta operai, ho un incarico particolare per te. »

« Certamente, messere », rispose Maffeo senza batter ciglio. Mentre si salutavano, Antonio gli sorrise. All'anziano architetto piaceva che i due giovani s'intendessero.

Poco dopo, Bramante e Antonio erano sul campanile di Santa Maria in Turri e guardavano l'atrio con la pigna di bronzo, il nartece dell'antica basilica, il tetto pericolante. «Questo orribile casermone deve sparire», disse il maestro. «Deve diventare una chiesa luminosa, un'architettura di luce, della luce di Dio. Capisci, Antonio?» L'allievo annuì. Poi Bramante si animò di fervore. Spiegò di voler rendere evidente la grandezza della nuova costruzione, e indicò una piazza dietro le cappelle laterali di sinistra, Santa Petronilla e Santa Maria della Febbre. «È lì che poserò la prima pietra!»

Antonio lo guardò sorpreso. «Non volete iniziare dal coro, come desidera il Santo Padre?»

«Inizieremo allo stesso tempo con la costruzione del coro occidentale, naturalmente, dove Giulio vuole collocare il suo mausoleo. Ma la prima pietra la poseremo presso il pilastro sudoccidentale del quadrato, fuori della basilica. Lavoreremo a pieno ritmo per accelerare la costruzione di quel pilastro e di quello nordoccidentale!»

«Ma perché? Non c'è tutto il tempo?»

Bramante pose un braccio attorno al collo dell'allievo. «Guardami. Io sono vecchio. Non vedrò la fine dei lavori. Forse finirai tu la costruzione. Ma coi quattro pilastri del quadrato posso stabilire le dimensioni della nuova chiesa e spazzare via tutta la vecchia basilica. Il mio quadrato sarà il cuore della nuova chiesa, che si conquisterà il resto del suo corpo. La carne deve crescere dove lo decide lo spirito!»

Nell'immaginazione di Bramante, i quattro possenti pilastri collegati dai pennacchi dovevano essere paragonabili a possenti braccia, intrecciate tra loro per portare sulle spalle il tamburo sul quale si sarebbe sviluppata la più grande cupola mai vista sulla terra. Nel suo progetto si era spinto ai limiti della resistenza fisica delle pietre. Aveva sfruttato all'estremo i margini della statica. Che a est del quadrato fosse annessa una navata a pianta longitudinale o si decidesse per la croce greca, ormai gli era indifferente. In ogni caso non avrebbe assistito alla realizzazione di quella parte del progetto. Ma grazie a quel quadrato, al *suo* quadrato, avrebbe conferito un'impronta decisiva alla basilica, subito e per sempre, con la cupola che dominava su tutto. Era l'unica cosa che contava, per lui. Nessuno avrebbe potuto più sottrargli quella conquista. Era l'obiettivo che doveva raggiungere, poi sarebbe stato soddisfatto.

Michelangelo si sentiva perseguitato. Aveva stoccato il marmo al sicuro, vicino a casa sua, e le perdite erano contenute entro limiti sopportabili, per quanto sempre dolorosi. Ma adesso i marinai, i cocchieri e i facchini pretendevano le loro retribuzioni, denaro che lui non aveva più perché era confluito nell'acquisto di tenute e ville. E il papa voleva finalmente vedere qualche scultura. Dopotutto aveva già pagato abbastanza, cosa che Michelangelo dentro di sé era costretto ad ammettere. In aggiunta, Bramante era di nuovo in ascesa: stava costruendo al Belvedere e in via Giulia, lavorava a un acquedotto e stava già assumendo capomastri, operai, manovali e apprendisti per la costruzione della nuova basilica di San Pietro. Bramante era l'acclamato protagonista di sontuose feste e lucrosi cantieri, un mago cui sembrava riuscisse ogni cosa, un nuovo re Mida, al cui tocco tutto diventava oro. E lui, Michelangelo? Lui sembrava fallito: in povertà e perseguitato. Disperato, giunse alla sofferta decisione di chiedere ancora una volta soldi al papa. Una sfacciataggine che dentro di sé riusciva persino a giustificare: di fronte a un artista come lui, badare al denaro era una specie di eresia. E comunque, un artista del suo calibro era sempre, per un verso o per l'altro, sottopagato.

Quando andò in Vaticano per parlare col papa, Giulio II lo congedò ancora prima che potesse esporre la sua richiesta dicendogli di tornare il giorno successivo, perché doveva occuparsi di urgenti questioni di Stato. Mai, prima di allora, aveva fatto ricorso a un simile pretesto. Con una sensazione sgradevole, Michelangelo fece ritorno al suo laboratorio e lavorò per il resto della giornata alla prima scultura del mausoleo, uno dei prigionieri.

Nella tarda mattinata del giorno successivo si presentò come concordato alla Torre Borgia, davanti agli appartamenti del pontefice.

« Sua Santità è occupata », gli fece sapere concisamente il capo delle guardie, uno svizzero spigoloso quanto la sua pronuncia, negandogli l'accesso.

«Ma abbiamo un appuntamento!» protestò sorpreso Michelangelo.

«Io non ne so nulla, so soltanto che oggi voi non avete udienza presso il Santo Padre. Tornate domani.»

Michelangelo lasciò il Vaticano in preda a un misto di rabbia e preoccupazione. Quegli sviluppi lo inquietavano. Cercò di lavorare, ma presto lasciò perdere perché non riusciva a concentrarsi e si mise a leggere la Divina Commedia. Il giorno successivo gli fu negato nuovamente l'accesso. «Tornate domani!» E andò avanti così per diverso tempo.

Il settimo giorno, Giacomo il Catalano fu testimone del rifiuto e dell'umiliazione dello scultore. «Non sai chi è messer Michelangelo?» chiese con tono di rimprovero al capo delle guardie.

L'ufficiale alzò le spalle. «Certo che lo so, ma il mio compito è eseguire gli ordini e non riflettere sul perché.»

Michelangelo deglutì, ma il cardinale continuò a indagare. «Vuoi dire, figlio mio, che il papa ti ha ordinato personalmente di respingere messer Michelangelo?»

«Esatto, eminenza.»

In fin dei conti, Michelangelo lo sapeva già, quantomeno lo aveva intuito, ma non aveva voluto credere che il papa, dopo averlo appoggiato così tanto, d'un tratto lo avesse piantato in asso.

«Aspetta qui, parlo io con Sua Santità.» Così dicendo, il cardinale si allontanò con passo silenzioso eppure deciso.

Michelangelo rimase sulla porta, esitante. Dentro di lui montava la paura, ma anche la collera. Perché il papa lo trattava così? Era perseguitato dalla sfortuna, certo, ma la sua qualità artistica non ne aveva mai sofferto. Aveva promesso di costruire per Giulio II il più bel mausoleo mai costruito e avrebbe mantenuto la sua promessa. Il pontefice era in ristrettezze finanziarie? E allora che si facesse seppellire in una semplice cassa e non in un mausoleo del grande Michelangelo! Era sul punto di andarsene, quando vide l'arciprete che tornava.

« Venite con me, pranzeremo col Santo Padre, ma a tavola lui non vuole parlare di soldi », disse il domenicano.

Lo accompagnò in una piccola sala da pranzo, nella quale, attorno a un tavolo rotondo, erano seduti il gioielliere Crivelli, l'architetto Bramante e Giuliano da Sangallo. E naturalmente Giulio II, che alzò la testa. « È bello che tu mangi con noi. Siediti lì », disse con una gentilezza un po' sforzata. Michelangelo aveva la sensazione che dietro la durezza del papa si nascondesse una coscienza sporca, ma era un'impressione che non sapeva spiegarsi. Si sedette tra Bramante e Crivelli. Un cameriere servì un brodo chiaro di manzo nei piatti dei due nuovi arrivati.

Bramante riprese la conversazione interrotta, che riguardava lo svolgimento della posa della prima pietra. Michelangelo non credeva alle proprie orecchie: l'architetto non voleva posare la prima pietra nella zona del coro, ovvero dove esistevano già le fondamenta e le pareti dell'ampliamento di Niccolò V e dove sarebbe sorto il mausoleo, ma a grande distanza, e fuori della chiesa! Quell'idea lo lasciò sconcertato. Era così assurda da fargli presumere che ci fosse dietro qualcosa di negativo. Se i lavori fossero iniziati davvero dal quadrato, il suo mausoleo sarebbe stato pronto prima del luogo in cui doveva essere collocato. E con la morte del papa sarebbe decaduto anche l'obbligo di costruirlo laddove era stato previsto. Era alquanto dubbio che il nuovo pontefice si sentisse tenuto a rispettare i desideri del suo predecessore. Michelangelo capì dove voleva arrivare Bramante: voleva creare fatti compiuti e tenere il mausoleo fuori della nuova basilica di San Pietro. Ecco qual era il suo scopo! Quel maledetto non l'aveva forse ostacolato di continuo, ogni volta che poteva, con attacchi e sabotaggi? Fin dal loro primo incontro, quella vecchia volpe combatteva con tutti i mezzi contro di lui. Michelangelo aveva sottovalutato il suo avversario. Ma perché poi lo odiava in modo così spietato e inesorabile?

Comunque i motivi non avevano importanza. Quello che contava erano i fatti. « Perché non posate la prima pietra nel coro di Niccolò? » chiese con un tono marcatamente amichevole.

L'architetto fece un ampio sorriso. « Se v'interessa venite a trovarmi, amico mio, e ve lo spiegherò. Non credo che ci sia consentito sprecare il prezioso tempo del Santo Padre discutendo noiosi dettagli della progettazione.»

Nel silenzio che era subentrato, il gioielliere Crivelli pensò che fosse giunto il suo momento. «Pregiatissimo Santo Padre, e se per festeggiare la posa della prima pietra aggiungessimo alcune pietre preziose alla tiara? Chiamiamole 'gemme di Pietro'... Ho appunto...»

«No!» replicò il papa con un tono inaspettatamente brusco. «Non spenderemo altro denaro, né per pietre piccole né per pietre grandi.» Michelangelo ebbe l'impressione che nel pronunciare le ultime parole Giulio gli avesse lanciato un'occhiata gelida, prima di rivolgersi di nuovo con fare gentile all'architetto. «Quanto tempo impiegherete per completare il nostro appartamento nel Palazzo Vaticano?» chiese. Era universalmente noto che per il papa era un tormento e una fonte d'irritazione quotidiana alloggiare negli appartamenti del suo predecessore e arcinemico Rodrigo Borgia, che aveva preso il nome di Alessandro VI.

Michelangelo smise di ascoltare. Si era aperta una voragine che minacciava d'inghiottirlo. D'altra parte nessuno notò che da quel momento in poi lui non disse una parola. Era come se non esistesse più. Stava scoprendo come ci si sentiva quando si cadeva in disgrazia. Era ancora tollerato, ma non più amato. Si era trasformato in aria. Avrebbe voluto alzarsi, ma sarebbe stato un affronto. Riuscì a costringersi a non gettare olio sul fuoco, ma l'ira bruciava le catene del suo intelletto. Rischiava di scoppiare. Cominciò ad avere caldo, molto caldo. Sangallo gli aveva insegnato che non bisognava far trapelare nulla e non si doveva mostrare a nessuno ciò che si pensava. Il pensiero di quella lezione gli faceva male dentro.

Alla fine il papa levò le mense e i convitati si congedarono.

«Accettatelo con compostezza», sussurrò Bramante allo scultore con un tono allegro. «La ruota della fortuna gira continuamente e presto tornerà a girare a vostro favore. L'importante è restare a tavola.»

Per Michelangelo, quelle parole, pronunciate dall'uomo che

lui riteneva la causa di tutte le sue sventure, non potevano essere altro che pura derisione.

Da quel momento in poi, lo scultore non ebbe più notizie dal papa. I suoi creditori minacciavano di portarlo in tribunale. Una notte venne aggredito e pestato nel suo laboratorio. Solo grazie a Francesco, che corse subito a chiamare aiuto, se la cavò con qualche livido e senza grossi danni. A quel punto, Michelangelo era certo che Bramante volesse addirittura attentare alla sua vita, e disperato andò a cercare il cardinale Catalano, del quale aveva sempre desiderato la vicinanza. Sperava di trovare in lui forza e conforto, per quanto ciò fosse assurdo, visto che l'arciprete gli aveva manifestato chiaramente il suo disprezzo.

Incontrò il cardinale nello studio della canonica. Giacomo lo ascoltò con un'espressione serissima, e infine disse: « Apri il tuo cuore a Dio e andrà tutto bene. Metti Dio al di sopra dell'arte e troverai la vera arte. Diventa umile, Michelangelo ».

« Voglio ancora dipingere il vostro ritratto. »

Giacomo accennò un sorriso. « Col tempo forse arriverà il momento anche per quello. »

« In ogni caso volevo salutarvi. Se resto a Roma, sarà la mia tomba a essere costruita per prima, non quella del papa. Devo partire. »

Il cardinale gli porse la mano e lo scultore la baciò a lungo e teneramente. Giacomo lo lasciò fare. Era un addio.

Sulla strada del ritorno, Michelangelo si sentì in preda a una paura che non gli era sconosciuta. Era come in passato, quando era fuggito da Firenze, perché dopo la morte di Lorenzo il Magnifico i Medici rischiavano la pelle. Non aveva avuto ragione anche quella volta? Neppure una settimana dopo i Medici erano effettivamente caduti e Piero, Giovanni e Giuliano erano fuggiti. Che fine avrebbe fatto, lui, in quanto seguace dei Medici, se fosse rimasto? Dopo dieci anni, provava per la prima volta la stessa paura. Sentiva già le mani grossolane che lo avrebbero strangolato, i randelli che lo avrebbero pestato a morte, il coltello che gli avrebbe tagliato la gola. Era un miracolo che fosse sopravvissuto a quell'aggressione notturna; sperare in un altro miracolo sarebbe stato non solo presuntuoso ma anche stupido.

Entrò di fretta nel suo laboratorio. «Francesco, andiamo a casa, a Firenze», disse con voce stentorea.

Il servitore uscì dalla cucina con uno sguardo incredulo. Ma poiché aveva la bocca piena di cibo non riuscì a rispondere in nessun modo. Si sforzò d'inghiottire il più in fretta possibile, asciugandosi le mani unte sui pantaloni blu.

«Vendi il laboratorio e tutto ciò che ci appartiene, poi raggiungimi col denaro.»

«E voi, maestro?»

Lo scultore si sentiva stanco morto, ma il panico lo spingeva ad andare avanti. «Io parto subito, per mettermi al sicuro. Ogni minuto in più in questa città per me potrebbe significare la morte.»

«E il papa?»

«Se in futuro Giulio avrà bisogno di me, dovrà mandarmi a cercare.»

Con quelle parole, Michelangelo indossò il mantello nero, si mise un cappello tondo e si recò alla più vicina stazione della posta, a Porta di Santo Spirito. Lì affittò un cavallo bianco, montò in sella e lasciò la città di Roma.

D'un tratto provò una gioia irrefrenabile. Avrebbe rivisto Firenze, avrebbe potuto riabbracciare suo padre e i suoi fratelli, soprattutto il suo preferito, Buonarroto! Non riusciva a capire come avesse fatto a resistere così tanto a Roma, un luogo corrotto fino al midollo. Una volta messosi in cammino verso nord, cominciò a provare una travolgente nostalgia e allo stesso tempo la sensazione che non ci sarebbe voluto molto perché rivedesse la sua città natale. Era venerdì santo, 17 aprile 1506.

38

Roma, Anno Domini 1506

E all'improvviso l'inverno finì. La primavera viziava i romani con temperature quasi estive. Quasi contemporaneamente ai bucaneve, nel campo che si estendeva per circa settanta piedi tra il gruppetto di uomini e la cappella di Santa Petronilla, dietro cui sorgeva la basilica di San Pietro, sbocciavano i crochi e addirittura qualche mughetto. Era come se la natura avesse aspettato con impazienza i primi caldi raggi di sole per liberarsi dal sonno mortale della stagione gelida e festeggiare la risurrezione.

Una lieve brezza sfiorava i capelli di Bramante, che nel frattempo erano diventati completamente grigi. La mano destra gli faceva di nuovo male. Afflitta dalla gotta, era lucida e arrossata. Ma ormai non nascondeva più la malattia portando i guanti, non ne aveva più bisogno: nessuno poteva più scuotere la sua posizione.

Si sentì pervadere da un'eccitazione giovanile, che lo rendeva quasi inerme. Di lì a poco sarebbe sorto il primo dei quattro possenti pilastri che, in un giorno non molto lontano, avrebbero spazzato via la vecchia basilica di San Pietro, quello spettro del passato fattosi pietra. Entrambe le prospettive, costruzione e demolizione, gli davano un piacere incontenibile. Da lì, dal punto della posa della prima pietra, pietra dopo pietra la nuova costruzione avrebbe penetrato la vecchia basilica sino a farla crollare.

Attorno a lui c'erano il giovane imprenditore edile Maffeo Maffei, Antonio da Sangallo, assistente di cui ormai non voleva più fare a meno, lo zio Giuliano e tre muratori di Maffei. Bramante non aveva mai visto il suo vecchio confratello Sangallo così pallido; sembrava quasi che il pallore si estendesse fino all'estremità della barba.

« La senti, Donato? » gli sussurrò l'anziano architetto. « La senti la mano di Dio che agisce tramite noi? »

Seguendo un'ispirazione improvvisa, Bramante abbracciò forte l'amico e antico confratello, e con un sorriso e un lampo beffardo negli occhi gli sussurrò: « Non dirlo a nessuno, ma quella che agisce qui è la mia sporca manaccia. Che gli altri la considerino pure la mano di Dio. A ciascuno la sua superstizione ».

« Non peccare! » lo ammonì Sangallo.

« Voler costruire è peccato, mio caro vecchio Giuliano, ma iniziare a costruire sana il peccato. Nessuna chiesa è stata costruita da santi. Se avessero osato farlo, i loro miseri mucchi di pietra non sarebbero sopravvissuti neppure a un *Te Deum.* »

Sangallo si sciolse dall'abbraccio e si fece segretamente il segno della croce. Bramante decise che non era proprio il caso di lasciarsi contagiare da quell'atmosfera solenne e reverenziale. Comunque non correva pericolo: sarcasmo e imprecazioni lo avrebbero tenuto al riparo. Sapeva di dover mantenere la mente lucida in qualsiasi circostanza, altrimenti sarebbe stato un cattivo architetto e avrebbe commesso errori. Guardò giù con fare dimostrativo. Nel mezzo del terreno si apriva un ampio scavo profondo venticinque piedi; dal bordo, un'ampia scala consentiva di scendere comodamente nelle viscere della terra.

Bramante si voltò. A qualche passo da lui c'erano Ascanio, Lucrezia, Imperia e Agostino Chigi, oltre agli operai del cantiere. Poi il suo sguardo si posò sulla schiera sterminata e brulicante di curiosi che, dietro di loro, aspettavano impazienti l'inizio della cerimonia. Maffeo Maffei aveva mantenuto la parola e, nonostante il disprezzo dei capomastri veterani, era riuscito a convocare cinquanta operai. Da una portantina che quattro servitori avevano posato accanto al banchiere, la coraggiosa Margherita Saracini assisteva alla scena. A dispetto della salute gravemente compromessa, aveva insistito per partecipare alla posa della prima pietra della chiesa del principe degli apostoli. Bramante le lanciò un'occhiata amichevole, lei gli sorrise dolcemente.

D'un tratto gli giunse all'orecchio un Kyrie cantato a più voci, lontano, ma chiaro. Il canto diventava più forte ogni secondo: « Christe eleison ». E come se gli uccelli avessero convenuto di unirsi al coro, nelle pause si sentiva il cinguettio allegro di pettirossi e lucherini. Il Kyrie si avvicinava sempre di più; ben presto, dietro la cappella di Santa Petronilla, Bramante scorse la croce di mogano a misura d'uomo portata dal cardinale Giacomo Catalano, seguita dalla figura slanciata del papa, dai nani di corte e dai nobili delle grandi famiglie della Città Eterna, gli Orsini, i Colonna e i Conti. Poi c'erano i commercianti del rione Borgo, romani di tutti gli strati sociali e anche svariati pellegrini, che avevano scoperto la processione proprio nel momento in cui stavano entrando o uscendo dalla chiesa e vi si erano accodati. A sinistra e a destra del vicario di Cristo camminavano due cardinali diaconi, che tenevano rami di palma sopra la sua testa.

Gloria in excelsis Deo
Et in terra pax
Hominibus bonae voluntatis...

Bramante si chiese se lui fosse un uomo di buona di volontà. Dietro il papa riconobbe il fabbricante di medaglie Cardosso, che teneva un contenitore di terracotta davanti al corpo. La processione si avvicinava, lenta e solenne.

Quoniam tu solus Sanctus,
tu solus Dominus,
tu solus Altissimus,
Jesu Christe,
cum Sancto Spiritu:
in Gloria Dei Patris. Amen.

Lui solo è il Santo... Bramante ripensava alle parole del Gloria. La gloria spettava soltanto al Padre, il creatore del cielo e della terra, ma anche all'architetto del tempio, quindi anche a lui. E naturalmente al pontefice, quel Giulio II così energico e guerriero, che con la sua casula intessuta d'oro sulla sottana bianca, i capelli argentati che risplendevano nella luce del sole e il possente triregno sembrava davvero un nuovo Cesare, un nuovo

Augusto. A ragione portava la triplice corona, il segno del triplice regno, considerò Bramante guardandolo, perché gli era attribuito un triplice potere, in quanto padre dei re, rettore del mondo e vicario di Cristo.

Arrivato allo scavo di fondazione, il papa s'inginocchiò e con lui tutti coloro che si erano radunati lì, Bramante compreso. Insieme recitarono il credo, così com'era stato definito dai padri della Chiesa al Concilio di Calcedonia:

Credo in unum Deum,
patrem omnipotentem, factorem caeli et terrae...
et exspecto resurrectionem mortuorum,
et vitam venturi saeculi. Amen.

E da molte bocche risuonò un commosso amen, in risposta al « E così sia! » del Santo Padre.

Bramante voleva che la basilica di San Pietro risorgesse, pietra dopo pietra: *vitam venturi saeculi*, una risurrezione della vita. Il papa pregò, chiedendo aiuto per il grande progetto che stavano iniziando. Poi scese agilmente dalla scala coi due cardinali diaconi; il prete con l'acquasanta fece altrettanto, ma con vistose difficoltà. Cardosso, Maffei e infine Bramante seguirono il pontefice dentro lo scavo. L'architetto non aveva mai sentito una così grande distanza tra sé e Giulio II come in quello spazio ristretto. In realtà quasi si toccavano, ma il papa, tutto compreso nella sua funzione sacerdotale e di vicario di Cristo impegnato in un rito, profondamente assorto nel dialogo con Dio, non guardò Bramante e non ne avvertì la presenza. L'architetto pensò che quell'uomo era più della persona che conosceva, era davvero il vicario di Dio in terra, cui era conferito il potere di sciogliere e di legare. Era quella l'aura che lo circondava.

Nello scavo era già stata posata la pietra di fondazione, una lastra di marmo bianco lunga poco più di un cubito, larga poco meno e dello spessore di tre dita. Nel marmo erano incise le parole: Papa Giulio II dalla Liguria, nel 1506, terzo anno del suo pontificato, ha fatto restaurare questa basilica in rovina. Giulio benedisse la pietra e uno dei due cardinali diaconi l'asperse con l'acqua santa. Poi l'orafo inserì il contenitore con le monete nel foro appositamente preparato nella pietra. Le monete recavano sulla faccia anteriore il ritratto del papa e su quella posteriore un'immagine di come sarebbe dovuta essere la nuova basilica: una cupola incorniciata da due campanili slanciati e che dominava un tempio in stile antico. Dopo essere riemerso dallo scavo, Giulio benedisse i presenti, che erano ancora in ginocchio, e concesse loro l'indulgenza plenaria dai peccati.

Sanctus, sanctus, sanctus
Dominus Deus Sabaoth
Pleni sunt caeli et terra gloria tua.
Hosanna in excelsis.

Poi pregò nuovamente davanti alla croce; infine si alzò e con straordinaria leggiadria – o almeno così parve a Bramante – s'incamminò verso il Palazzo Vaticano cantando:

Benedictus qui venit in nomine Domini.
Hosanna in excelsis.

L'architetto seguì il papa con lo sguardo, un po' velato adesso, per via degli occhi lucidi. Quante volte aveva dubitato di poter vivere davvero quella giornata! Poco prima che Giulio II passasse accanto al possente obelisco, sulla cui sommità, in una sfera, erano conservate le ceneri del suo omonimo pagano, il rettore del mondo Giulio Cesare, la processione intonò con lui l'Agnus Dei.

Agnus Dei, qui tollis peccata mundi, miserere nobis.
Agnus Dei, qui tollis peccata mundi, miserere nobis.
Agnus Dei, qui tollis peccata mundi, dona nobis pacem.

Donaci la pace. *E una forza sufficiente a sostenere l'odio che un'opera di queste dimensioni deve necessariamente evocare,* pensò Bramante. Forse aveva fatto un torto al vecchio che stava lassù in cielo, perché dopotutto Egli aveva provveduto a lui, a preservare la sua persona e la sua fortuna anche se non rispettava i precetti di Dio e non conosceva moderazione nel vizio, almeno finché Lucrezia non era entrata a far parte della sua vita. Forse Sangallo aveva ragione e non era lui a costruire, ma Dio tramite lui. Decise di accrescere ulteriormente l'atmosfera solenne creata dal papa, perché i romani amavano cullarsi in sentimenti sublimi, come in una buona ebbrezza. Con circospezione, si voltò verso i visitatori, i muratori e i curiosi. Sollevò un braccio e subito calò il silenzio. Dalla gioia, quasi gli faceva male il cuore.

Si schiarì la voce e iniziò il discorso che gli competeva. « Amici, romani, cristiani. Il passo più difficile è stato compiuto. Il Santo Padre non può più tornare indietro e non lo desidera affatto. Perché qui prendono forma Dio e la sua volontà. Creeremo altre motivazioni per i suoi successori, affinché la costruzione prosegua, e così arriverà un giorno in cui avrà cambiato noi e la nostra vita. Dio lo vuole! Costruiamo bene e vivremo bene. Oggi qui inizia una nuova epoca. La Gerusalemme celeste rinasce a Roma. È iniziata l'epoca giuliana! » Come un abile attore, si guardò attorno e poi si sfregò gli occhi, fingendosi sorpreso. « Vedo bene, o i miei occhi m'ingannano? Voi, costruttori, eroi di questa nuova epoca, perché ve ne state lì a far nulla come sciocchi? Rimboccatevi le maniche, sputatevi sui palmi delle mani, è il momento di demolire e di costruire. Nasce la Roma eterna! »

Si levarono grida di giubilo. Bramante sentì l'amore nello sguardo di Imperia, e avvertì una fitta al cuore, perché insieme alle fondamenta della basilica di San Pietro aveva sepolto anche la felicità di vivere con lei. Con un sorriso doloroso, riconobbe d'un tratto come la provvidenza avesse fatto in modo che nelle fondamenta del nuovo tempio dei templi non mancasse l'amore: era il suo amore, quello che lui aveva sacrificato.

Roma gemeva sotto il sole cocente, che dominava il cielo color azzurro acciaio con la stessa superiorità con cui Bramante governava i cantieri della Città Eterna. In giornate come quella, nessuno credeva che potesse piovere di nuovo o tornare a fare freddo. Tantomeno Bramante, che ormai percepiva a malapena il mondo esterno, perché si muoveva in un cosmo tutto suo. Quando si costruiva, era come se le montagne si aprissero e gli uomini tenessero il cielo tra le mani. Costruire era un'avventura esistenziale.

L'architetto si godeva la sua nuova e vecchia vita di tutto cuore e con tutta l'anima. Trafelato, faceva la spola tra un cantiere e l'altro. C'era un'infinità di persone che si rivolgeva a lui; chi gli chiedeva consiglio, chi un posto, chi attendeva sue istruzioni, chi cercava una raccomandazione, chi proponeva un favore. Da via Giulia andava alla basilica di San Pietro, da lì al Palazzo Vaticano, che doveva essere interamente trasformato, poi al Belvedere e infine al nuovo Palazzo del cardinale Riario, che s'innalzava, un piano alla volta, vicino al Tevere. Poi doveva andare a ispezionare i lavori a un acquedotto che doveva essere urgentemente restaurato.

E la sera non si perdeva nessuna delle feste che cardinali e vescovi davano nei loro palazzi. Poiché aveva raggiunto un'età cui poteva seguire soltanto la morte, tanto valeva non risparmiarsi. Persino gli Orsini, i Conti, i Colonna e gli altri grandi nobili romani lo invitavano gentilmente a pranzi e feste. Così Bramante sviluppò un'onnipresenza quasi inquietante.

Pur considerando il sudore dell'architetto un afrodisiaco, si era fatto un bagno rinfrescante e aveva indossato abiti costosi, per poi recarsi al palazzo del cardinale Giovanni de' Medici a Sant'Eustachio, a un quarto d'ora dalla sua abitazione.

Nelle ultime settimane, la casa di Bramante si era trasformata nel quartier generale mondiale dell'architettura. Sebbene Ascanio fosse diventato un abile maggiordomo e cerbero, che regolava in modo rigoroso l'afflusso dei visitatori, la casa era gremita da scoppiare quasi tutto il giorno. La sua famiglia un po' strana, invece, era di dimensioni contenute e lui l'amava così com'era. Antonio aveva assunto quasi automaticamente la funzione di suo sostituto e capo dello studio. E Lucrezia si stava gradualmente trasformando nella dama di casa. A loro si aggiungevano cinque domestici, una cuoca, un paio di disegnatori e uno scrivano. In sostanza erano solo le circostanze esteriori a costringerlo a considerare di trasferirsi in un palazzo più grande. L'assurdità si manifestava sempre più evidente di giorno in giorno: stava costruendo il più grande tempio del mondo e lui viveva in una sorta di cuccia migliorata. Eppure non riusciva a trovare il tempo di guardarsi in giro e di prendere i provvedimenti necessari. Almeno così diceva. Segretamente si nascondeva dietro i numerosi lavori. Dentro di lui c'era una voce sommessa, ma penetrante, che gli suggeriva di non trasferirsi in un'abitazione più pomposa. Adorare Fortuna e fidarsi ciecamente di lei erano due cose del tutto diverse. La prima era necessaria, la seconda sventata.

La serata allietata dal frinire delle cicale regalò ai romani un lieve refrigerio e quindi anche un po' di sollievo. L'aria era pesante e satura della giornata trascorsa. Le persone si sedevano davanti alle loro case o alle taverne e osterie, bevevano, mangiavano, si raccontavano storie, cantavano e ballavano. La rilassata allegria della serata coinvolgeva tutti quanti. Musicisti con liuti e strumenti a fiato si spostavano da soli o in gruppetti dalle locande a piccole compagnie createsi per caso, per offrire i loro servizi. E se le loro canzoni erano abbastanza sfrontate e le melodie da ballo erano abbastanza vivaci, venivano ingaggiati volentieri. I buffoni facevano a gara con le donne nell'audacia delle danze. Dopo una giornata torrida, tutti volevano soltanto divertirsi e godersi la vita, che sembrava iniziare soltanto con l'avvicinarsi del tramonto.

39

Roma, Anno Domini 1506

Anche se splendeva ancora il sole, l'antico palazzo del cardinale de' Medici era già illuminato dalle torce. Bramante ebbe l'impressione che il tremolio delle fiamme, e le suggestive ombre da esse generate, conferissero all'edificio una tracotante intimità. All'ingresso, accanto a un grande paiolo di bronzo nel quale bruciava della carbonella, si erano piazzati alcuni musicisti che canticchiavano canzoncine irriverenti, sollevando il morale a chi entrava.

Nel vestibolo incontrò Imperia. Il suo sguardo cadde sulla sottoveste di seta bianca che spuntava dalla scollatura leggermente aperta sul petto, come se il corpo caldo e sensuale volesse traboccare dagli abiti. Come gli sarebbe piaciuto baciarle il seno. E provò una punta d'irritazione nel dover ammettere con se stesso che lei lo eccitava ancora, e che probabilmente non avrebbe mai smesso di eccitarlo. Ma si dominò e fece un inchino galante. «Dov'è Agostino?» chiese poi col tono più freddo possibile.

«Ci dobbiamo incontrare di sopra. Lo sai che non ci presenteremo mai insieme finché... Ma speriamo di poter andare alle feste separatamente ancora per molto tempo!» sospirò Imperia.

Bramante sapeva quanto riguardo il banchiere riservasse alla sua consorte gravemente malata. «Margherita Saracini è una donna magnifica», si affrettò a rispondere.

«Oh sì, lo è senz'altro. Ed è anche generosa.» Imperia lo squadrò dalla testa ai piedi con un sorriso compiaciuto. Il suo sguardo scivolò sul mantello rosa con l'orlo dorato, sul farsetto di raso bianco con ricami di pietre preziose e sugli eleganti pantaloni di velluto scuro. Senza contare la simpatica disinvoltura del gran berretto piumato. «Sei vestito come un bellimbusto, ma ti si addice», commentò sorridendo. E subito, prima che lui potesse replicare qualcosa, abbassò pudicamente lo sguardo e aggiunse: «Accompagneresti una signora al piano nobile?»

Bramante le porse il braccio e lei vi posò la mano con una tale leggerezza che lui ebbe l'impressione di tenere in equilibrio una piuma sull'avambraccio. Una grande scalinata conduceva al piano superiore, e sul pianerottolo intermedio c'era un altro gruppetto di musicisti a procurare intrattenimento.

Mentre salivano, un uomo basso e grassoccio, con un farsetto, un paio di variopinti calzoni al polpaccio e un berretto a punta provvisto di campanelle all'estremità, li superò con passo affrettato. Il viso tondo e morbido era coperto da una barba grigia e ispida, e il naso, che sembrava un peperone, cancellava l'impressione sgradevole suscitata dagli occhi piccoli e maligni.

Gonella era il buffone del cardinale. Mentre camminava si batteva di continuo la testa, gridando: «Santo cielo, dove hai scovato tutta questa gentaglia ingorda? Fatemi arrivare alle mie pentole, fatemi arrivare alle mie pentole prima che le svuotino!» Le battute pesanti di Gonella erano apprezzate, gli ospiti ridevano volentieri di lui. In effetti nessuno poteva batterlo in quanto a rapidità nel mangiare e alla quantità di cibo che era in grado di divorare. Era capace d'infilarsi nella bocca enorme galletti interi, e a vederlo si aveva l'impressione che lo stomaco iniziasse appena sotto le fauci, come se fosse del tutto sprovvisto di esofago.

«E stai buono, vecchio avvinazzato!» gli gridò dietro Bramante, ridendo.

Gonella, che era già qualche gradino più avanti, si fermò come se fosse stato colpito da un fulmine, si voltò, gli lanciò un'occhiataccia e si gonfiò d'aria. «Vai al diavolo! Io sono divino!»

L'architetto scoppiò in una fragorosa risata. «Tu? Divino? Ti stai confondendo, vecchio mio, tu sei *di vino*!»

«Che razza di buffone sei, tu?» gracchiò Gonella con un tono compassionevole. «Divino o di vino non fa differenza, visto che Bacco era mio padre.»

Attorno a loro si era formato un gruppo di ospiti curiosi, che risero della risposta di Gonella, il quale continuò a schernire Bramante senza lasciargli il tempo di replicare. « Tu, piuttosto... Vieni da San Pietro, eppure non hai ricevuto la chiave della saggezza. » Così dicendo si lasciò alle spalle l'architetto e si precipitò su per le scale, spintonando bruscamente gli ospiti e annunciando: « Sì, sì, mie care pentolone, smettetela di lagnarvi, papà Gonella sarà subito da voi con la sua bocca gigante! »

« Solo un buffone litiga con un buffone », disse Imperia.

« E un buffone innamorato? » chiese Bramante abbozzando un sorriso innocente, che gli uscì molto tenero.

« Un buffone innamorato farebbe meglio a immergere il suo pezzo migliore nell'acqua gelata, per tornare a pensare con chiarezza », replicò severa Imperia. « Non c'è bisogno che cerchi di fare colpo su di me, Donato. »

Raggiunsero il piano nobile ed entrarono nella grande sala abbellita da preziosi intarsi. Davanti ai loro occhi ondeggiava un mare di persone. Imperia diresse Bramante con una leggera pressione del braccio e in tal modo si fecero strada nella calca, raggiungendo il centro della sala. Lì c'era una pedana sulla quale, per la gioia degli spettatori, due poeti si misuravano in una gara d'improvvisazione. Mentre Bramante si divertiva ad ascoltare una delle poesie, sentì Imperia sciogliere il braccio dal suo. Un attimo dopo udì la voce di Agostino Chigi.

« Amico mio, mi permetti di rubarti questa bella signora, vero? »

Il banchiere non attese una risposta e scomparve con la sua amante tra la folla. Bramante chiuse gli occhi per un attimo.

« Messere, volete seguirmi, per cortesia? » gli sussurrò un domestico in livrea. « Sua eminenza vi attende. »

Condusse l'architetto fino a una parete della sala e aprì una porta quasi invisibile, nascosta dalla tappezzeria. Percorrendo un corridoio stretto e buio, raggiunsero un intimo studiolo privo di finestre. Alle pareti erano appesi quadretti con immagini oscene, ma disegnate con grande abilità.

Il cardinale Giovanni de' Medici troneggiava su un'imponente poltrona rossa. Davanti a lui c'era un tavolino, sul quale erano posati un prezioso manoscritto e una lente da lettura.

Accanto all'ecclesiastico, ma in piedi, c'era Giuliano da Sangallo. E nell'angolo più lontano della stanzetta Bramante notò un vescovo scarno, col viso allungato, le mani dietro la schiena. Dava l'impressione di essere un uomo senza scrupoli e capace di farsi valere, e tuttavia era chiaro dal suo atteggiamento che non doveva partecipare alla conversazione, ma era stato invitato soltanto come ascoltatore. Quello spettatore silenzioso inquietava l'architetto, ma non lo diede a vedere; s'inchinò davanti al cardinale e baciò l'anello con la croce di diamanti che l'ecclesiastico portava sull'anulare destro.

Giovanni de' Medici indicò con un cenno del capo una stretta mensola alla parete, sulla quale erano posati una brocca d'argento e alcuni bicchieri. «Se vuoi prendi pure del vino.»

Bramante declinò l'offerta ringraziando e chiese cortesemente in che cosa potesse essere utile al cardinale. Sul volto brutto e grassoccio di Giovanni balenò un sorriso amichevole, che fece subito dimenticare i tratti sgradevoli del viso. Sebbene lo incontrasse spesso, ogni volta l'architetto si meravigliava di come riuscisse splendidamente a cancellare gli svantaggi del suo aspetto grazie alla sua natura gentile.

«Amo le feste, ma non le organizzo a caso: c'è sempre un'occasione segreta.»

Come prima cosa, l'architetto si sarebbe informato volentieri sullo sconosciuto nell'angolo, ma era interamente a discrezione del padrone di casa presentarlo. «Allora vi chiedo di essere benevolo e di mettermi al corrente del motivo della festa. Manterrò il silenzio!» disse Bramante.

«Giuratelo.»

«Lo giuro.»

«Sui Fedeli d'Amore!»

L'architetto esitò. Che cosa sapeva il cardinale dell'antica società segreta? Ricordava vagamente che Pico una volta aveva detto che il figlio di Lorenzo il Magnifico vi apparteneva. Il suo sguardo si spostò involontariamente sull'uomo silenzioso nell'angolo. Giovanni de' Medici ripeté la sua richiesta. L'inquietante ospite restò impassibile. A Donato ricordava un inquisitore. «Sui Fedeli d'Amore», giurò con voce tremante.

« Davvero non sai che giorno è oggi? » chiese il cardinale accennando un sorriso. « La cosa mi deluderebbe. »

Sembrava che la risposta fosse a portata di mano e collegata ai Fedeli d'Amore. Bramante rifletté, e all'improvviso gli venne in mente la soluzione. Era così evidente che da solo non ci sarebbe arrivato. « Il compleanno di Dante! »

« Suvvia, non era così difficile. Il compleanno di Dante, sì! » Giovanni de' Medici si alzò faticosamente dalla poltrona. Con un'occhiata fugace, Bramante riconobbe il manoscritto sul tavolo: era un'edizione del Convivio di Dante. Giovanni continuò quasi bisbigliando. « Mio caro fratello, il *Princeps Concordiae* m'iniziò all'ordine. Non venni mai agli incontri perché ero troppo giovane, ed ero anche già cardinale; essere membro dei Fedeli d'Amore non si confaceva a un principe della Chiesa. Anche il mio buon padre avrebbe disapprovato, perché un Medici può sostenere molte cose, ma non deve legarsi a nulla. In breve, voglio che l'ordine riprenda il suo lavoro! »

Poi Bramante venne a sapere che Giovanni de' Medici era favorevole alla ricostruzione di San Pietro come basilica a pianta centrale, con una possente cupola. Poiché nessuno però poteva sapere per quanto tempo Giulio o Bramante sarebbero rimasti in vita, era necessario prendere provvedimenti affinché l'opera venisse portata a termine nel modo giusto. L'architetto si avvicinò alla mensola e versò del vino rosso in un bicchiere. Le molte novità gli avevano seccato la gola.

« Viene dalla mia terra », commentò Giovanni de' Medici posando lo sguardo sulla brocca del vino. « Quando vogliamo iniziare? »

Bramante propose Peruzzi e Antonio da Sangallo, e quando Giuliano da Sangallo citò Michelangelo, si oppose con vigore. « No, no, assolutamente no », disse alzando una mano; con l'altra si portò il bicchiere alle labbra e lo svuotò d'un fiato. Il cardinale e Sangallo lo guardarono sorpresi.

« Michelangelo è un bravo scultore », disse Sangallo.

« E un pittore di talento », aggiunse Giovanni de' Medici indicando le immagini oscene appese alle pareti. « Questi li ha fatti lui. »

Accidenti, pensò Bramante. Non se lo sarebbe mai aspettato da quel moralista di Michelangelo. « Bravo scultore e bravo pittore, senza dubbio. Ma pensa soltanto a se stesso. Non conosco nessun uomo sulla terra, eminenza, che sia più inadatto di Michelangelo a diventare membro di un ordine segreto. »

Il cardinale annuì. « Purtroppo non è capace di nessuna fedeltà. Ha piantato in asso me e Piero e, una settimana prima della nostra caduta, è scomparso segretamente dalla città. »

« A questa stregua potremmo invitare anche l'arciprete della basilica di San Pietro », disse l'architetto ridendo.

« Ma quello fa già parte di una società segreta, l'*Archiconfraternita de Perfecti in Segreto*, che si è posta l'obiettivo di difendere la vera dottrina della Chiesa. »

Bramante si meravigliò. « E voi come lo sapete? »

« Ah, ho le mie fonti. »

« Allora sapete anche che il cardinale Giacomo Catalano ha assassinato il conte Pico della Mirandola? »

L'ecclesiastico impallidì. « Hai delle prove? » Bramante scosse la testa. « Ma ne sei sicuro? »

« L'ho quasi colto sul fatto a Firenze. E poi me lo ha confessato lui stesso. »

Per un secondo il volto del cardinale si rabbuiò, poi tornò privo di espressione. Il figlio di Lorenzo aveva ereditato dal padre la capacità di non lasciar trapelare ciò che pensava, sentiva e pianificava. I veri obiettivi di Giovanni erano imperscrutabili per chiunque, persino per i suoi migliori amici. « Allora il catalano ha anche il libro dell'alleanza. »

« No, quello ce l'ho io », annunciò orgoglioso Bramante.

« Bene! Allora prepara tutto quanto per l'ammissione di Antonio e Baldassarre. A quanto ho saputo, a Firenze c'è un uomo di talento che viene da Urbino. Un tuo conterraneo, Donato. Si chiama Raffaello. Dagli un'occhiata e mettilo alla prova. Dopo l'iniziazione, il libro deve essere affidato a me. In ogni caso, per quanto riguarda le faccende della confraternita non sarete in contatto direttamente con me ma col mio uomo di fiducia. » Si voltò verso il vescovo, che era sempre in piedi nell'angolo, immobile come una statua. « Bernardo Dovizi da Bibbiena. » L'interpellato fece un lieve inchino. « E mantenete il più rigoroso silenzio sulla mia appartenenza ai Fedeli d'Amore, se avete cara la vita», concluse Giovanni de' Medici.

Bramante non aveva mai sentito l'uomo corpulento e fiacco pronunciare una minaccia. Era dunque da prendere doppiamente sul serio.

La mattina dopo, Bramante fu sorpreso da una decisione del pontefice che impresse un certo dinamismo ai piani per la ricostruzione della società segreta. I Baglioni di Perugia e i Bentivoglio di Bologna avevano intenzione di staccarsi dal dominio del papa e separare le proprie città dallo Stato Pontificio. Giulio II voleva mettersi alla guida delle truppe pontificie e scacciare quei tiranni locali. Nella curia si mormorava da tempo di quella possibile campagna militare, ed erano anche state avviate alcune iniziative diplomatiche mirate a ottenere appoggi, ma non avevano condotto agli esiti sperati perché né il re di Francia né l'imperatore avevano interesse a rafforzare il papa. Inoltre la loro politica era dominata dalle reciproche gelosie nella lotta per la posizione di supremazia in Europa. Quindi un giorno l'energico pontefice aveva perso la pazienza. Per lui il tempo stringeva, non soltanto nella costruzione della basilica, ma anche nel ripristino dell'antica grandezza dello Stato Pontificio.

«Se vogliamo liberare la Terra Santa, innanzitutto dobbiamo ricostruire lo Stato Pontificio e scacciare i ladri dalle nostre terre!» aveva dichiarato concisamente Giulio II. In quanto primo architetto del papa, e di conseguenza responsabile anche delle fortezze, Bramante ebbe l'ordine di seguire il Santo Padre nella campagna militare.

Poiché una campagna militare era sempre un'impresa rischiosa, anche se al fianco del vicario di Cristo, Bramante doveva mettere ordine nei suoi affari con la massima urgenza. Diede istruzioni ad Antonio di iniziare la costruzione del secondo pilastro del quadrato, a nord-ovest, e gli delegò tutti i poteri per la direzione dei lavori. Ma che cosa avrebbe potuto fare un Antonio da Sangallo contro uno scaltro cardinale come Giacomo il Catalano? Bramante riuscì comunque a tutelarsi su due fronti. Da una parte espose a Egidio da Viterbo i suoi timori, e l'eremita agostiniano trovò un rimedio: convinse Giulio II che fosse saggio ordinare a tutti i cardinali, tranne quelli che erano troppo anziani o malati, di seguire il papa nella campagna militare. Dall'altra nominò Ascanio padrone di casa per tutto il periodo della sua assenza, una posizione che l'uomo peraltro accettò malvolentieri: avrebbe preferito accompagnare Bramante, anziché restare a Roma.

Mentre Giuliano da Sangallo conduceva una conversazione riservata con Baldassarre Peruzzi su argomenti riguardanti i Fedeli, l'architetto parlava con altrettanta discrezione con Antonio. Così iniziava la giornata del 25 agosto 1506.

40

Roma, Anno Domini 1506, 25 agosto

La mattina, Bramante accompagnò Lucrezia alla preghiera. Pregarono a lungo a San Silvestro in Capite, davanti alla reliquia della testa di San Giovanni Battista. Ascanio si manteneva alla dovuta distanza. In quanto guardia del corpo doveva anche tenere d'occhio i dintorni, ma il suo sguardo tornava di continuo a posarsi su Lucrezia, che di giorno in giorno diventava sempre più bella. Nel suo viso era scritta una saggezza che lei ancora non riusciva ad afferrare. Sotto l'abito bianco fornito di strascico azzurro s'intuiva il profilo del suo seno giovane e sodo.

« Che il buon Dio ti protegga, Donato », sussurrò la giovane, dopo aver concluso la sua preghiera.

« Poiché tu lo preghi in questo modo, mi manderà legioni di angeli custodi. »

« Non peccare », lo rimproverò lei con benevolenza.

L'architetto la guardò con tenerezza e notò una lacrima nei suoi grandi occhi. Commosso, le accarezzò i capelli sottili. « Niente paura, sarò a fianco del papa. »

Lucrezia si sforzò di sorridere. « Quando siamo soli, ti posso chiamare papà? »

Ebbe la sensazione che quella richiesta rompesse le ultime catene che imbrigliavano il cuore. « Sì e mille volte ancora sì! »

Mentre tornavano a casa tenendosi sottobraccio, Lucrezia gli chiese all'improvviso: « Hai mai chiesto a mia madre se ti vuole sposare? »

Che cosa doveva rispondere a quella domanda? La verità, naturalmente. Che però era molto confusa. « Sì, ma per lei la mia posizione era troppo incerta. Inoltre è stato proprio allora che ci siamo imbarcati nella grande avventura di costruire la basilica. »

«Ma esiste forse un'avventura più grande dell'amore?» chiese Lucrezia con tono serio, tanto che Bramante la guardò irritato. La ragazza lo notò e rise. «Papà, non sono più una bambina. Comunque non intendo l'amore fisico, ma l'amore di cui parla il Cantico dei Cantici. L'amore che proviene da Dio e che ci riconduce a lui.»

Lui voleva chiederle che cosa la rendesse così sicura che nel Cantico dei Cantici non si parlasse anche dei piaceri della sessualità. Ma nutriva dubbi giustificati sul fatto che lei fosse abbastanza grande per quella discussione.

«Mamma ti ama», proseguì Lucrezia con la massima naturalezza. «Però ama anche Agostino.»

«Più di me?» chiese lui spaventato. Aveva sempre creduto a Imperia quando lei ribadiva che il suo rapporto col banchiere era rivolto esclusivamente a garantire un futuro a Lucrezia, e che non avrebbe mai potuto provare sentimenti più profondi per Chigi.

«In modo diverso rispetto a te», rispose Lucrezia svicolando e stampandogli un bacio sulla fronte. Poi d'un tratto finse di essere una giovane dama presa da un gran daffare. «Devo preparare la colazione per mio padre e i miei uomini!»

«I tuoi uomini?» chiese Bramante sbalordito.

«Messer Ascanio e Antonio. O forse dovrei chiamarli fratelli?» chiese lei ridendo e rovesciando la testa all'indietro.

Dopo una colazione abbondante a base di pane, uova, prosciutto e pancetta, l'architetto trascorse tutta la giornata visitando i cantieri col suo assistente. La sera, Giuliano da Sangallo, Antonio da Sangallo e Baldassarre Peruzzi si riunirono nello studio di Bramante. Le imposte delle finestre erano chiuse e la stanza era illuminata soltanto dalle candele, che le conferivano un'atmosfera solenne. Sul tavolo c'erano una brocca di vino e sette bicchieri di coccio rossi. In una scodella c'erano pezzi di pane farcito con la pancetta. Antonio e Baldassarre erano visibilmente agitati. Oscillavano da un piede all'altro e si scambiavano continuamente occhiate tese. Alla fine Bramante si schiarì la voce.

Raccontò com'erano andate le cose quando, quindici anni prima, era stato ammesso alla confraternita dal conte Giovanni

Pico della Mirandola. Si scusò coi due giovani perché la loro iniziazione sarebbe stata disadorna e prosaica, ma il tempo per andare a Ravenna e riunirsi a San Vitale a mezzanotte, purtroppo, non c'era. In fin dei conti però il luogo non aveva importanza; quello che contava non erano le cerimonie, né la solennità dell'ammissione, né i ricordi e l'amore per il passato, bensì esclusivamente il presente e il futuro dei Fedeli d'Amore.

Nondimeno, Bramante fu sopraffatto dalla malinconia. Si ricordò di San Vitale e di quei maledetti rituali, della paura che aveva provato, quasi da farsela sotto. Pensò a Pico, coi suoi grandi occhi blu, che aveva incontrato per la prima volta in quella chiesa e al quale si era affezionato subito, a dispetto del suo cuore solitamente infedele. Sentiva ancora la mancanza dell'amico, il più grande pensatore che avesse mai conosciuto, e anche della bella giovane in carne che aveva amato allo stremo nella sua stanza della locanda Dal possente Hiram, a Ravenna, quando ancora era un toro e non un triste cavaliere dalla verga pendente. A quell'epoca disponeva di molta forza e poche conoscenze, ma era pur sempre se stesso. E adesso? Be', aveva avuto successo. Si chiedeva come sarebbero diventati i due giovani che aveva davanti. Sarebbero stati passionali e irrefrenabili, non semplicemente irriverenti e con una visione del mondo presa in prestito, come imponeva il bon ton di quei tempi? Avrebbero davvero osato difendere le proprie convinzioni davanti a chiunque? Bramante poteva soltanto sperarlo. Ne aveva fin sopra i capelli di tutti quegli opportunisti che non si assumevano mai nessuna responsabilità, che non sapevano fare nulla, di quei talenti mediocri che ormai avevano voce in capitolo ovunque. In confronto a quelle persone, farabutti come Giacomo Catalano gli risultavano addirittura simpatici, perché si assumevano un rischio personale. Certo, lui avrebbe dato battaglia al cardinale sino alla fine dei suoi giorni. Nessuno dei due si sarebbe arreso, sino alla morte dell'altro. Ma era proprio tale aspetto ciò che Bramante apprezzava di Giacomo: non si sarebbe arreso, sarebbe rimasto fedele ai suoi principi, sempre. Soltanto degli idioti smidollati decadenti e disposti alla prostituzione intellettuale potevano credere di dover fare qualsiasi cosa per la pace. Era la guerra la madre di tutte le cose, e soltanto chi era disposto a combattere avrebbe conosciuto la pace! Perciò lui, Donato Bramante, avrebbe combattuto fino all'ultimo giorno della sua vita, avrebbe combattuto affinché in quel mondo meschino e schifoso s'innalzasse la cupola celeste! In un improvviso impeto sentimentale, prese i due giovani architetti tra le braccia possenti e se li strinse al petto. «Non smettete mai di combattere!» gridò nelle loro orecchie. «Noi siamo i Fedeli d'Amore, perciò conosciamo anche l'odio! Mi capite? Il mondo si fonda sul principio della lotta tra gli opposti. Tesi e antitesi, gamba d'appoggio e gamba libera, è la tensione degli opposti. Soltanto chi sa padroneggiare la tensione è un architetto, perché la tensione è il principio di base dell'architettura. Che cos'è una cupola?»

«Una struttura curva?»

«Sbagliato! Tensione pura, calcolata correttamente! Perciò la cupola è l'espressione più pura e sublime dell'architettura. Tutto è in tensione: persino la superficie dell'acqua più calma ha bisogno della tensione, perché senza di essa l'acqua crollerebbe. Ma come hanno origine le tensioni, qual è la causa?»

Sul viso di Antonio si leggeva chiaramente lo sforzo, mentre rifletteva sulla risposta. D'un tratto sorrise, credendo di aver capito il suo maestro. «La forza! Voglio dire, le forze che agiscono l'una contro l'altra.»

«Agire è troppo poco, figlio mio. Così nascerebbe un'architettura di cortesia. La vera architettura nasce laddove le forze, spinte all'estremo, si scontrano l'una con l'altra.» Estrasse un foglietto e lesse ad alta voce: «Osserva tramite me il cosmo, come giace davanti ai tuoi occhi e comprendi esattamente la sua bellezza: è un corpo indenne e nulla sarà mai più vecchio di lui eppure è nel fiore della sua forza, è giovane e fiorisce di continuo. Vedi anche i sette mondi distesi, il cui ordine è regolato in modo eternamente valido e che nei loro diversi corsi costituiscono l'eone; tutto... è ora divenuto piena luce, che riceve dall'alto una forza luminosa dalla potenza dell'azione di Dio, il creatore di tutto ciò che è buono e di tutti gli ordini dei sette mondi.»

Il beffardo Baldassarre si era fatto serio tutto d'un tratto. «Che cosa significa, maestro?»

« Che non dovete mai pensare di costruire case, palazzi o chiese. Chi costruisce un palazzo costruisce un canile, chi costruisce una chiesa costruisce un capanno. È troppo poco. Dovete costruire interi mondi! Allora riuscirete a creare anche case, palazzi e chiese. »

« Capisco. E i mondi si costruiscono con la luce, con la luce di Dio, alla quale i materiali si devono assoggettare », disse Baldassarre pensieroso.

Bramante sospirò tra sé: il pensiero non era stato espresso dal suo allievo Antonio da Sangallo. « Non ammassate mai calcestruzzo su calcestruzzo, pietre su pietre, ma bilanciate i materiali nella luce, create dei mondi! »

« Gli uomini vivono, gli animali vivono, le piante vivono, quindi devono vivere anche gli edifici in cui si trovano », disse lentamente Baldassarre. Antonio lo guardò pieno di ammirazione.

Bramante però si era intristito; l'allievo cui si era affezionato disponeva di un talento modesto, non poteva non vederlo. Antonio sarebbe divenuto un bravissimo architetto, perché era diligente e portato per il mestiere. Tuttavia non avrebbe mai raggiunto la massima consacrazione, ciò che distingueva il vero artista dall'artigiano di talento. Che peccato. Ma allontanò quel pensiero. Doveva portare a termine la cerimonia. « Sapete quando finisce la lotta degli opposti, la guerra che genera la vita? »

I due novizi scossero il capo.

« Nella morte. Se accumuliamo pietre morte siamo morti anche noi, anche se chiamiamo vita la nostra esistenza, così come la maggior parte delle persone al mondo, che sono morte da tempo, e se non se ne accorgono è solo perché sono sempre state morte, perché non hanno mai vissuto. Non smettete mai di cercare, non accettate mai nessuna pace, lottate, generate audacemente scontri di forze, perché soltanto così nasce la vera tensione che è la vita. Perché credetemi, ciò che vale per l'architettura vale anche per i corpi animati e inanimati e la tensione più forte che sperimentiamo è quella tra la nascita e la morte. È tra questi due poli che si estende la vita, come la superficie dell'acqua, costantemente minacciata, costantemente in movimento e in equilibrio, fino all'ultimo dei nostri giorni sulla terra. L'equilibrio non è un punto morto, bensì il momento di massima tensione tra forze di pari intensità.»

Ordinò loro di studiare con zelo Dante durante la sua assenza, osservando le illustrazioni di Botticelli e consultando i commenti di Landino. Poi fece loro giurare di servire sempre con fedeltà la confraternita e di mantenere il segreto sulla sua esistenza e sui suoi membri. Incise loro il petto e li abbracciò come Pico un tempo aveva fatto con lui. Poi bevvero e mangiarono e parlarono di architettura.

Più tardi, quella sera, Ascanio e Antonio erano davanti al palazzo di Bramante, e Lucrezia era in mezzo a loro. Dalla porta d'ingresso aperta trapelava la luce delle candele, che immergeva le loro sagome in un caldo chiarore. Per la prima volta nella sua vita, Bramante trovò difficoltoso l'addio. Si era sempre considerato un viaggiatore, che si sentiva a casa soltanto quando era in movimento, un nomade spinto dalla sete di gloria e dall'impulso creativo. Ma quelle tre persone che adesso lo salutavano con la mano avevano trasformato l'edificio alle loro spalle in un vero focolare; con loro, il posto in cui quasi casualmente abitava era diventato la sua vera casa. Il suo cuore batteva a tempo col triste ritmo degli zoccoli del cavallo. Era seguito dal suo servitore, che, anch'egli a cavallo, teneva la cavezza dell'asino che portava i loro bagagli.

Alla messa celebrata nella cappella Sistina prima della partenza del papa, l'architetto era seduto in fondo. Tra lui e Giulio II c'erano i cardinali e alcuni vescovi, impegnati nella preghiera. Fu Egidio da Viterbo a celebrare la messa, e Bramante fece fatica a seguirlo. Il suo sguardo si posò sull'affresco alla sua destra, che mostrava Cristo nell'atto di consegnare le chiavi a Pietro. Sullo sfondo si ergeva un tempio, la cui pianta era una croce greca, sovrastata da una cupola dorata. Sembrava un sole nel cielo azzurro. Sulla destra e sulla sinistra due archi di trionfo celebravano papa Sisto IV e il saggio re Salomone.

Il papa e il re venivano lodati in quanto costruttori della chiesa! Bramante capì che quell'immagine parlava dell'architettura. E infatti vicino a Pietro notò due architetti, uno teneva in mano una squadra, l'altro un compasso. Poi sentì la voce di Egidio: « E così dice Pietro: 'Deposta dunque ogni malizia e ogni frode e ipocrisia, le gelosie e ogni maldicenza, come bambini appena nati bramate il puro latte spirituale, per crescere con esso verso la salvezza, se davvero avete già gustato come è buono il Signore. Stringendovi a lui, pietra viva, rigettata dagli uomini, ma scelta e preziosa davanti a Dio, anche voi venite impiegati come pietre vive per la costruzione di un edificio spirituale, per un sacerdozio santo, per offrire sacrifici spirituali graditi a Dio, per mezzo di Gesù Cristo. Si legge infatti nella scrittura: ecco, io pongo in Sion una pietra angolare, scelta, preziosa e chi crede in essa non resterà confuso. Onore dunque a voi che credete; ma per gli increduli la pietra che i costruttori hanno scartato è divenuta la pietra angolare, sasso d'inciampo e pietra di scandalo. Loro v'inciampano perché non credono alla parola; a questo sono stati destinati. Ma voi siete la stirpe eletta, il sacerdozio regale, la nazione santa, il popolo che Dio si è acquistato perché proclami le opere meravigliose di Lui che vi ha chiamato dalle tenebre alla sua ammirabile luce; voi, che un tempo eravate non-popolo, ora invece siete il popolo di Dio; voi, un tempo esclusi dalla misericordia, ora invece avete ottenuto misericordia'.

« Tanto il tempio quanto il corpo di Gesù – dice Origene secondo un'interpretazione possibile – mi sembrano essere tipo della Chiesa, per il fatto che anch'essa ha il nome di tempio, perché è edificata con pietre vive, quale edificio spirituale, in un sacerdozio santo, edificata sul fondamento degli apostoli e dei profeti, essendo lo stesso Cristo Gesù la chiave di volta ».

Alle parole « chiave di volta », Bramante inconsapevolmente trasalì; il suo sguardo si era posato sulla chiave che Gesù consegnava a Pietro, la chiave della Chiesa, la chiave del regno dei cieli. Il collegamento era evidente.

Egidio proseguì: « Lottiamo per questa Chiesa viva, perché dalla *ecclesia militans* nasce la *ecclesia triumphans*. Partiamo quindi oggi col vicario di Cristo per combattere per la Chiesa, siamo pietre vive che costituiscono una nuova Chiesa! »

La Chiesa si costruiva con pietre vive. Bramante guardò per

un attimo il soffitto, che era costituito da un cielo di stelle dipinte e appariva semplice, quasi primitivo rispetto agli artistici affreschi che adornavano le pareti. Quando abbassò di nuovo gli occhi, il suo sguardo incrociò quello del cardinale Catalano. Grazie a Egidio, anche lui sarebbe stato costretto ad accompagnare il papa, e quindi non avrebbe potuto sfruttare l'assenza di Bramante per i propri scopi. Quando uscì dalla cappella, l'architetto pensò che gli affreschi alle pareti richiedevano un pendant sul soffitto. Ma chi avrebbe potuto dipingerlo? Il giovane pittore di Urbino? Avrebbe dovuto dare un'occhiata ai suoi lavori a Firenze.

I combattenti montarono a cavallo davanti al Palazzo Vaticano, guidati dal papa sessantaduenne in persona. Dietro di lui c'erano nove cardinali a cavallo e cinquecento cavalieri pesantemente armati, seguiti dalle salmerie. Il corteo si mise in movimento. Alla Porta Flaminia, il Santo Padre si accomiatò dal popolo di Roma, che aveva accompagnato fin lì la colonna, e lo benedisse. Poi l'esercito lasciò la città. Non pochi, in seguito, avrebbero trovato scandaloso che il vicario di Cristo guidasse personalmente i guerrieri, ma a Giulio II ciò non importava affatto. Con audacia e perseveranza, avanzò cavalcando nell'oscurità.

41

Firenze, Anno Domini 1506, novembre

Picchiava il ferro sulla pietra con tale forza che persino l'aria cominciò a sbriciolarsi. Michelangelo era scontento di sé e del mondo. Avrebbe dovuto lavorare alle statue dei prigionieri per il mausoleo papale, invece aveva cominciato a scolpire i dodici apostoli per il Duomo di Firenze. La sagoma sembrava scaturire dalla pietra come dalle tenebre della Storia. Il dolore di Matteo, che rendeva testimonianza di ciò che aveva visto, si trasferiva nel movimento angosciato del corpo. Cristo soffriva sulla croce, Matteo soffriva in quanto testimone oculare. Ma era un lavoro che Michelangelo si costringeva a portare avanti, e di conseguenza il risultato gli sembrava estraneo, sbagliato, diverso da ciò che avrebbe dovuto fare. Non era così che poteva manifestarsi l'ebbrezza della creazione; a tenerlo vicino al marmo era soltanto la sua ferrea disciplina, nient'altro. Poiché stava sfidando il papa, non poteva allo stesso tempo guastare anche i rapporti coi suoi committenti fiorentini. Stranamente, il pontefice aveva cercato di indurre il recalcitrante scultore a tornare, tramite alcuni brevi e con la mediazione del governo cittadino di Firenze. Gli sarebbero stati garantiti perdono e sicurezza, ma lo scultore era trattenuto da un timore che faticava a dissolversi. Dopotutto aveva sfidato il papa. Non poteva e non voleva credere che sarebbe finita così. Inoltre non poteva sapere cosa stesse ancora tramando contro di lui il suo rivale Bramante.

D'un tratto si accorse di non essere più solo nel suo laboratorio. Chi osava disturbarlo? Ma la tensione si dileguò all'istante, non appena riconobbe nel visitatore il vecchio amico Giuliano da Sangallo. I due uomini si abbracciarono con affetto. Poi Sangallo riferì che il papa aveva liberato Perugia e conquistato Bologna, e che al momento risiedeva proprio nella seconda città dello Stato Pontificio. Aggiunse che Giulio II ordinava a Michelangelo di raggiungerlo.

Irritato, lo scultore contrasse il viso in una smorfia.

« Angiolo, vieni con me! » lo scongiurò Sangallo. « Giulio ti è venuto incontro più di quanto tu potessi aspettarti. Non serba nessun rancore nei tuoi confronti. Il Santo Padre vuole soltanto che tu riprenda il tuo lavoro a Roma. Se lo sfidi anche stavolta guasterai per sempre i tuoi rapporti con lui. Fidati di me! Se volesse, potrebbe porre fine alla tua libertà o alla tua vita anche a Firenze. Che cosa rischi? »

« Va bene, vengo, ma soltanto perché ho un laccio al collo », brontolò lo scultore.

Bologna, Anno Domini 1506

Due giorni dopo, Michelangelo arrivò a Bologna. Faceva freddo e la pioggia schizzava il fango che riempiva le strade. Il mese di novembre faceva onore alla sua triste fama. Prima di presentarsi dal papa, lo scultore volle andare alla chiesa di San Petronio, la principale della città, per rivolgere una preghiera al patrono della basilica e dell'intera città. Aveva bisogno di un po' d'intercessione, perché temeva l'imminente incontro. Aveva oltrepassato un limite pericoloso: lo aveva offeso, aveva offeso il potente pontefice Giulio II, di questo era consapevole.

Stando alla volontà dei bolognesi, San Petronio avebbe dovuto essere ancora più grande di San Pietro, ma il papa, in quanto autorità suprema della città, aveva imposto il suo veto alla signoria locale. Si trattava comunque di una chiesa di dimensioni impressionanti. Dalle finestre istoriate filtrava una luce variopinta e giocosa, nonostante l'atmosfera cupa di novembre, come se i colori possedessero una luminosità propria capace di rafforzare la scarsa luce diurna. Fermo al centro di quell'alto edificio gotico, Michelangelo sentiva pienamente la nullità dell'uomo davanti a Dio. Le costole della struttura, che si stagliavano rosse sulle pareti bianche, s'innalzavano con grazia verso il cielo. Si sentì risucchiare da quello straordinario movimento verso l'alto, e avrebbe ceduto volentieri a quella sensazione, se il suo sguardo non fosse stato catturato d'un tratto dall'affresco del Giudizio Universale di Giovanni da Modena. La sofferenza dei dannati trovò immediata risonanza nella sua anima.

Era indubbiamente l'opera di un grande pittore, che tuttavia restava piuttosto sconosciuto. Chi poteva essere quel Giovanni, che cosa poteva aver visto, per riuscire a realizzare una tale rappresentazione della miseria umana? Michelangelo conosceva soltanto rappresentazioni del Giudizio Universale incentrate sulla giustizia divina. Ebbene, lì non si proponeva il tema della giustizia, ma solo quello della sofferenza umana. Ed era dunque il Giudizio Universale più terrificante che avesse mai visto, perché il tormento era immotivato.

D'un tratto qualcuno gli toccò la spalla. Si voltò e vide un capitano e due soldati in uniforme bianca e gialla.

«Michelangelo Buonarroti?»

«Sì?»

«Devo condurvi subito da Sua Santità.»

Papa Giulio II era seduto al tavolo del salone del Palazzo della Signoria di Bologna e stava pranzando. Stava staccando la carne da una coscia di pollo, quando il capitano fece entrare Michelangelo. Lo guardò con un'espressione imperscrutabile. Soltanto gli occhi avevano un'aria indagatrice. Pose il cosciotto e si pulì le dita con un tovagliolo. «Hai aspettato finché non siamo venuti noi a cercarti!»

Poiché Bologna, rispetto a Roma, era molto più vicina a Firenze, quella constatazione aveva una certa fondatezza. Ma il papa non era certo arrivato fin lì per lui, considerò Michelangelo, bensì per via delle recalcitranti famiglie dei Baglioni e dei Bentivoglio. Be', forse un po' anche per lui, perché anche lui, come quei tiranni, si era comportato da ribelle nei confronti del pontefice. Non gli era sfuggita la rabbia repressa nella voce di Giulio, e sapeva di dover usare estrema cautela. Una parola fuori posto e la sua collera, nonostante tutte le rassicurazioni e le garanzie, avrebbe potuto annientarlo.

Cautela dunque. Un contegno caparbio non gli avrebbe recato nessun vantaggio, ma del resto nemmeno un atteggiamento di totale sottomissione. «Santo Padre, perdonate un peccatore come me», disse inginocchiandosi lentamente e con orgoglio. «Credetemi, non volevo né offendervi né oltraggiarvi. Sono partito a malincuore, ma che cosa mi restava da fare, dopo essere stato offeso, deriso e cacciato?» Era una mossa più che temeraria. Umile nei gesti, lo scultore lanciava una sfida con le parole, attribuendo a lui, a Giulio II in persona, la colpa della sua fuga a Firenze.

Il capo della Chiesa guardava davanti a sé con un'espressione cupa, quasi in attesa che la collera giungesse al punto di saturazione. I suoi tratti energici s'indurirono come pietre di un vulcano sul punto di eruttare. Ma un attimo prima che tale sciagura si manifestasse, un vescovo, che Michelangelo non conosceva, prese la parola con una voce conciliante. «Santo Padre, perdonate questo sbaglio a quest'artigiano. Non è colpa sua. È la mancanza di educazione e cultura. Sapete com'è la plebaglia degli artisti: persone senza istruzione, che sanno parlare soltanto quando si discute delle loro opere. Altrimenti i loro discorsi sono pieni di vanità, sciocchezze ed errori.»

Giulio II alzò la testa e fissò con occhi gelidi il vescovo, un uomo basso e ben pasciuto. Poi si alzò e gli si pose davanti, così vicino che la punta del naso dell'ometto quasi gli sfiorava il petto. «Come ti permetti?» ringhiò. «Osi dire a quest'uomo cose che noi stessi non gli diremmo? *Tu* sei un uomo senza istruzione, *tu* sei un povero diavolo, non lui. Sparisci, tu e la tua inettitudine!»

Dentro di sé, Michelangelo emise un profondo sospiro. Il papa aveva trovato un modo di scaricare la collera senza indirizzarla su di lui. Il povero vescovo rimase immobile, come se fosse stato colpito da un fulmine. Irritato, il papa chiamò con un cenno due servitori, che accompagnarono fuori della sala il religioso impietrito.

Poi Giulio puntò l'indice contro lo scultore. «E tu, mettiti subito al lavoro e facci una statua. Deve essere grande, molto grande, e deve incutere timore. La vogliamo collocare davanti a San Petronio, in modo che questa città non dimentichi mai più chi è il suo padrone. E tu nemmeno.»

Non era ciò che Michelangelo avrebbe voluto, ma in fondo se l'era cavata a buon mercato. Non aveva ottenuto il perdono, che d'altra parte non poteva aspettarsi, ma una sospensione condizionale della pena. Si sarebbe subito messo al lavoro.

Firenze, Anno Domini 1506

Allo stesso tempo, a Firenze, Bramante stava guardando le opere di un giovane pittore in un confortevole atelier nel quartiere di Santa Croce. E ne era colpito. Come Sangallo, anche il suo vecchio amico Leonardo, nelle sue lettere, non aveva esagerato lodando il talento del giovane artista. Raffaello da Urbino aveva ricevuto dagli dei tutto ciò che potevano dargli: bellezza, grazia, intelligenza e talento. E un giorno avrebbe preso il posto di Bramante nella confraternita. Sì, aveva trovato il suo successore! A ciò si aggiungeva il fatto che il giovane era l'opposto del terribile Michelangelo. L'architetto decise di fare in modo che Raffaello ottenesse l'incarico di dipingere il soffitto della Cappella Sistina. E non solo! Bramante si sentiva pervaso da una profonda felicità. Nella sua mente vedeva risorgere davanti a sé la *Roma aeterna*, e tutto accadeva in base a progetti da lui realizzati, dalle strade agli acquedotti, dai palazzi alle chiese, per arrivare al Vaticano e alla nuova basilica di San Pietro. Giulio era un nuovo Salomone e lui un nuovo Hiram. La nuova Gerusalemme stava prendendo forma, e Raffaello, col suo talento pittorico fenomenale, avrebbe aggiunto alla grande impresa ciò che nessun altro avrebbe potuto offrire. Oltretutto, grazie a lui avrebbe potuto tenere lontano Michelangelo. Senza contare che erano anche conterranei, quindi si sarebbero capiti a meraviglia!

« Finite con calma i vostri lavori, ma non accettate nuovi incarichi. Presto ci sarà bisogno di voi a Roma », disse congedandosi. Poi montò a cavallo e fece ritorno dal papa, a Bologna.

Roma, Anno Domini 1506

Porte che si spalancavano e si chiudevano, domestici che gridavano qualcosa o imprecavano, la risata argentina di Lucrezia: i suoni quotidiani del mattino lambivano le orecchie di Antonio come onde; e fecero sì che si rendesse conto all'improvviso di essere rimasto addormentato e di essere l'ultimo a svegliarsi. Muovendosi in fretta, prese dallo sgabello di legno accanto al letto i pantaloni grigi lunghi fino al polpaccio, v'infilò la camicia con la quale aveva dormito, si mise le scarpe di cuoio e, mentre lasciava la stanza, indossò anche un farsetto blu. E mentre scendeva di corsa le scale si calcò in testa il berretto fiorentino di feltro rosso.

Nel corridoio, Ascanio stava tenendo aperta la porta per Lucrezia. Aveva un semplice vestito di velluto nero, indossato per la preghiera del mattino a San Silvestro, ed era meravigliosa. Antonio fece un sospiro di sollievo: sarebbe riuscito a raggiungerla prima che uscisse di casa. Ma proprio sull'ultimo gradino pose male il piede, o forse inciampò in qualcosa, in ogni caso cadde malamente ai piedi della ragazza. Batté forte la fronte, ma si alzò subito lo stesso, imprecando tra sé, rosso in viso come un peperone. Ascanio estrasse il coltello e gli si avvicinò; Antonio indietreggiò esterrefatto, ma poi si rese conto che voleva solo premergli la lama di piatto sulla fronte. L'acciaio raffreddò gradevolmente il punto dell'impatto, impedendo che si formasse un bernoccolo.

«Il buon Dio punisce subito il fervore fuori luogo», disse Lucrezia con un sorriso compiaciuto. Poi con piglio beffardo prese atto dell'abbigliamento del giovane, alquanto avventuroso negli accostamenti. «È ancora un po' presto per il carnevale, caro Antonio!»

«Carnevale? Io voglio accompagnarti alla preghiera del mattino!» Con la coda dell'occhio, il giovane architetto notò una smorfia di rabbia sul volto di Ascanio. Già da qualche tempo si era accorto che il soldato faceva la corte alla giovane, cosa che riteneva del tutto inopportuna.

«Ma certo, con questa tenuta così timorata di Dio! Come ho fatto a non capirlo subito?» esclamò Lucrezia ridendo e scuotendo la testa avvolta dal velo.

«È una buona azione cristiana deridere qualcuno che il ravvedimento spinge alla preghiera?»

«Il ravvedimento? Il ravvedimento!» La giovane scoppiò in

una fragorosa risata. « Allora venite, devoto messere, e andiamo a contemplare Cristo e la nostra anima. Ma guai a te, Antonio, se parli di qualcosa di diverso da Dio! »

Da quel giorno in poi, Antonio accompagnò Lucrezia in chiesa ogni mattina, anche se doveva alzarsi molto presto, pur lavorando fino a tardi la sera. D'altro canto c'era tempo nella vita per dormire, e ogni istante che trascorreva con lei era sublime. Per lui, la preghiera del mattino e la successiva colazione erano i momenti culminanti della giornata. Poi andava ai cantieri, controllava i lavori, discuteva dell'occorrente coi capomastri degli scalpellini e dei muratori, trattava coi carpentieri, coi falegnami e coi fabbri sulla costruzione di gru, impalcature e casseforme, e prendeva appunti sui materiali di cui c'era un fabbisogno urgente. Le forniture di marmo, calce, pozzolana e legno erano affidate per lo più agli imprenditori edili. Maffeo Maffei e i suoi operai stavano erigendo il pilastro di sud-ovest, mentre un capomastro più anziano, che tutti chiamavano « il Baggio con un braccio solo », perché molti anni prima un blocco di pietra gli aveva schiacciato l'avambraccio sinistro, si occupava della costruzione del corrispondente contropilastro con un'altra squadra di muratori.

Quando Antonio arrivò al cantiere, gli operai stavano colando il calcestruzzo nei paramenti. Lui guardò la massa di color grigio chiaro e v'infilò brevemente la mano. La sua espressione s'incupì. « Fermatevi subito! » ordinò.

I muratori guardarono il giovane meravigliati. Il Baggio con un braccio solo, chiamato da un operaio, arrivò di corsa dalla postazione dove veniva miscelato il calcestruzzo. Anche Maffeo si avvicinò, incuriosito.

« Chi osa dare ordini nel mio cantiere? » gridò Baggio, scostando con un movimento stizzito della mano le ciocche di capelli grigi dalla fronte bassa.

Antonio aspettò che gli fosse vicino. « In primo luogo non è il vostro cantiere ma quello del papa e dell'architetto Bramante, del quale, in sua assenza, io sono il sostituto. In secondo luogo, spiegatemi che cosa dovrebbe essere questa roba. »

« Perché, non lo conoscete? *Opus caementicium.* » Antonio annuì. Baggio si stirò e lo guardò con presunzione. « Voi non riconoscete la migliore colata di pozzolana vulcanica e pietra calcarea mescolate a cocciopesto, neppure quando l'avete sotto gli occhi e sulle mani! »

Il giovane architetto infilò la mano destra nella sostanza, ne sollevò una piccola quantità e la lasciò scivolare nuovamente nella massa densa. « Qualsiasi cosa sia, qui dentro non ci sono né cocciopesto né pozzolana! »

Per tutta risposta Baggio tolse di mano la pala a un operaio e la sollevò in aria per sferrare un colpo sul cranio di Antonio. Con prontezza di spirito, Maffeo, che era alle spalle del collega, afferrò con entrambe le mani la pala e la tirò indietro con un vigoroso strattone. Baggio perse l'equilibrio e finì col sedere per terra.

Antonio lanciò un'occhiata riconoscente a Maffeo, poi si rivolse al capomastro riottoso. « Raduna i tuoi operai e raccogli i tuoi attrezzi, e poi sparisci da questo cantiere! »

Baggio si alzò. « Protesterò con la corporazione edile. Venite con me e vi mostrerò che colata eccellente producono i miei operai! »

L'uomo con un braccio solo si allontanò con fatica, seguito da Antonio e Maffeo. Nella piazzola dove veniva miscelato il calcestruzzo c'erano grossi mucchi di pozzolana e pietre. La massa grigio scura, però, era nettamente diversa da quella che veniva colata tra i paramenti. Antonio lanciò un'occhiata perplessa a Maffeo. Non riusciva a vederci chiaro. Il giovane capomastro gli indicò con lo sguardo un capanno di legno; lui capì e si diresse verso la struttura, e quando aprì la porta scoprì operai che mescolavano pietre, terra e sabbia. Si voltò e guardò Baggio, che aveva un'espressione impassibile. « Capisco: una carretta di pozzolana e due o tre carichi di melma. Un affare redditizio! » disse digrignando i denti.

« Quanto vuoi? »

Antonio non capì la domanda. Baggio fece un sorriso sordido. « Sei un tipo scaltro, perciò non far finta di nulla, tutti prendete soldi! »

« Sparisci! » gridò Antonio, rosso di collera. E poiché il capomastro lo guardò meravigliato aggiunse: « Sei licenziato! »

Baggio sputò per terra con fare sprezzante. « Un giorno o

l'altro potrebbe caderti per caso una pietra in testa. Vuoi davvero rischiare che ti succeda? Pensaci bene. Ricco e sano, oppure povero e morto! »

Antonio impallidì e parve esitare, ma poi, con voce tremante, disse: « Da oggi in poi prega, Baggio. Prega per la mia salute, perché documenterò con testimoni la tua minaccia, e se mai dovesse succedermi qualcosa verrai squartato a Campo dei Fiori. Prega per la mia sicurezza! E adesso fila! »

L'imprenditore rise beffardo, scoprendo neri monconi di denti. « Bramante te le darà di santa ragione quando scoprirà che cacci i costruttori esperti! Come pensi di realizzare quest'opera in questo modo? Non capisci niente di edilizia! Eppure tuo zio è un grande architetto. »

« E tu questo lavoro abborracciato lo chiami edilizia? »

« Chiacchiere da sbarbatelli! Abbiamo sempre fatto così. Non conosco nessun architetto che s'interessi delle pietre, dell'*Opus incertum* o dell'*Opus caementicium*. E perché mai? Hai ancora tanto da imparare, imbecille! Davvero tanto. » Chiamò Jacopo, il suo primo lavorante, e gli diede istruzioni. I suoi uomini dovevano raccogliere gli attrezzi e lasciare il cantiere. Il capanno doveva essere smontato e la pozzolana, le pietre, la sabbia e il cocciopesto dovevano essere caricati. « Pensa alle mie parole! Verrai da me strisciando in ginocchio a pregarmi di ritornare! » Sparse attorno uno sguardo funesto e lasciò il cantiere.

A cena, nel piccolo palazzo di Bramante, Antonio si esprimeva a monosillabi. C'era pasta con erbe fresche e pancetta, che gli piaceva parecchio, ma non riusciva a mandarla giù. La paura gli aveva chiuso lo stomaco. Baggio era una vecchia volpe, uno che si muoveva nel duro settore dell'edilizia da un mucchio di tempo. Non era uno da inimicarsi. Conosceva tutte le malizie e aveva ben pochi scrupoli. E Antonio non poteva chiedere consiglio né allo zio né a Bramante, perché uno era impegnato a costruire in Toscana e l'altro era ancora a Bologna a fare compagnia al papa.

« Scusami Antonio se ho cucinato così male », disse alla fine Lucrezia. Non sopportava più di vederlo piluccare pieno di malumore.

«Il problema non è il cibo», rispose lui, senza alzare lo sguardo.

«E allora qual è?»

Antonio evitò gli occhi di lei e continuò a fissare il piatto.

«Sei tenuto a rispondere quando Lucrezia ti chiede qualcosa!» lo rimproverò Ascanio.

Era troppo. Ormai la guardia del corpo osava addirittura istruirlo! Si alzò di scatto, con l'intenzione di lasciare la tavola.

Ascanio però gli si parò davanti - in confronto a lui era quasi un gigante - e lo spinse di nuovo sulla sedia. «Apparteniamo tutti alla famiglia di messer Donato. Che tu e io ci piacciamo o no non importa. L'unica cosa che importa è che una famiglia rimanga unita. Che cosa è successo?»

Antonio gli lanciò uno sguardo maldisposto, ma poi cominciò a raccontare, seppur con esitazione e controvoglia.

«Non so se sia stata un'idea saggia iniziare questa battaglia. Ma siccome ormai è fatta, devi vincere», constatò conciso Ascanio, quando Antonio ebbe finito.

«Ce la farai anche senza l'aiuto di Donato», disse Lucrezia con tono persuasivo. «Ce la farai, Antonio!»

A quelle parole, il giovane fu pervaso da una sensazione di calore. Lei credeva in lui, e ciò aveva un significato enorme.

Ascanio gli consigliò di sfruttare la concorrenza tra i capomastri, soprattutto tra i più anziani già affermati da tempo e i giovani che volevano farsi strada. «Non dar retta a quelli che hanno qualcosa da perdere, ma alleati con quelli che vogliono guadagnare qualcosa! I primi guardano al passato, gli altri al futuro. Tu sei giovane, quindi scegli anche tu il futuro. E ricorda: la miglior difesa è l'attacco!»

42

Roma, Anno Domini 1506

Quando Antonio arrivò al cantiere la mattina dopo, non credeva ai suoi occhi. Nessuno lavorava al pilastro di nord-ovest, non c'erano muratori a lavorare al coro occidentale e nemmeno al contropilastro del pilastro di sud-ovest. Gli scalpellini se ne stavano in ozio, perché non sapevano per chi spaccare le pietre o cuocere i mattoni. Anche le tre enormi fornaci che s'innalzavano nel cielo come piccoli vulcani di muratura sembravano prossime a spegnersi. Soltanto gli operai di Maffeo erano al lavoro al pilastro di sud-ovest, come al solito.

Antonio capì subito che cosa significava. Baggio aveva convinto i quattro colleghi suoi coetanei a lasciare a loro volta il cantiere. Voleva dargli una lezione, fargli fare una figuraccia e addomesticarlo. L'imprenditore con un braccio solo supponeva che il giovane architetto sarebbe davvero ritornato in ginocchio, oppure che Bramante sarebbe rientrato e lo avrebbe cacciato. E anche se non fosse arrivato a tanto, il ragazzo si sarebbe buscato una strigliata da cui non si sarebbe ripreso per un bel po'. Considerando le fosche prospettive, Antonio si scoraggiò e fu preso dall'indecisione. D'un tratto ebbe la sensazione che la testa si fosse svuotata del tutto: non riusciva più a formulare un solo pensiero chiaro.

Poi gli tornarono in mente le parole di Lucrezia. Non poteva deludere la fiducia che lei gli aveva dimostrato a tavola. E ricordò anche le parole di Ascanio. Andò da Maffeo, che stava verificando una cassaforma.

« Mi dispiace, messer Antonio », disse Maffeo con uno sguardo empatico.

« Meno male che almeno tu ci sei ancora! » replicò Antonio.

« Non voglio concedere un trionfo a quel vecchio furfante, ma anch'io non so per quanto resisterò. » Solo in quel momento Antonio notò che Maffeo aveva un livido sull'occhio sinistro. «I miei uomini vengono minacciati e infastiditi dagli altri capomastri e dai loro operai. Li pestano, anche. Dei miei centocinquanta operai, oggi settanta non si sono presentati al lavoro. Preferisco non pensare a quanti ne verranno domani.»

Antonio da Sangallo capì di dover agire alla svelta. Se fino a quel momento aveva avuto un'autorità presa in prestito da Bramante, adesso doveva guadagnarsi rispetto da sé. «Tu non sei certo l'unico capomastro giovane in città, vero?»

«No, conosco bene Paolo, Bindo, Clemente e Michele. Lavorano al Palazzo di Agostino Chigi, in via Giulia, e al corridoio del Belvedere.»

L'architetto incaricò Maffeo di assumere il maggior numero possibile di uomini. Per facilitare quella difficile impresa, promise di raddoppiare la retribuzione. In quel momento gli era indifferente il fatto che Bramante potesse chiedergli conto delle spese aggiuntive. Quello che contava era vincere una battaglia decisiva per il suo futuro di architetto a Roma. Aveva fatto scoppiare una guerra? Bene, doveva vincerla a ogni costo.

Dopo aver discusso tutti i dettagli con Maffeo, tornò di corsa a casa. Fu sollevato di trovarvi Lucrezia e Ascanio. La ragazza ricamava, lui stava leggendo un libro. Antonio non si dilungò in preamboli. «Puoi trovare qualche uomo d'arme affidabile, Ascanio?»

«Niente di più facile!»

«Bene. L'imprenditore edile Maffeo Maffei ha bisogno di una guardia del corpo e anche gli altri capomastri che spero di assumere.»

Ascanio stava già per uscire in tutta fretta, ma Antonio lo trattenne. «Prima accompagna Lucrezia da sua madre, per favore.»

«Che cosa vuoi che le dica?» chiese la ragazza.

«Tua madre deve chiedere ad Agostino Chigi di consentire al capomastro Paolo e ai suoi operai di lavorare per qualche giorno o qualche settimana al cantiere di San Pietro, e di non assumere nessun altro capomastro. Io parlerò con Baldassarre Peruzzi, l'architetto responsabile.»

Lucrezia acconsentì e uscirono di casa tutt'e tre insieme.

Ascanio e Lucrezia presero per il rione Borgo, Antonio da Sangallo s'incamminò invece verso Trastevere. Il cielo si stava rannuvolando, sembrava che stesse per piovere, il che non era insolito per il mese di novembre. Tanto meglio, il maltempo lo avrebbe addirittura aiutato. Come ogni anno, i muratori e gli operai erano costretti a guadagnare il più possibile prima dell'inizio dell'inverno, ovvero prima che il gelo bloccasse i lavori, e ciò faceva sì che la fedeltà nei confronti dei capomastri fosse più precaria rispetto al resto dell'anno, perché era ben più importante trovare il modo di far superare l'inverno alle loro famiglie. La prospettiva di una retribuzione doppia avrebbe fatto la sua parte.

Antonio trovò il capomastro Paolo davanti a una piccola casa che i suoi operai stavano demolendo, perché ostacolava l'ampliamento della tenuta di Agostino Chigi. Lo chiamò per nome.

« Messer Antonio! » lo salutò stupito Paolo.

« Domattina voi e i vostri uomini lavorerete alla basilica di San Pietro! »

Paolo fece una smorfia. « Per mettermi contro Baggio? No! »

« Pagherò un salario doppio a ciascuno di voi », disse Antonio a voce alta, in modo che tutti i presenti potessero sentire. Poi, sottovoce, facendosi sentire soltanto dal capomastro, aggiunse: « Tu avrai una guardia del corpo. Non ti succederà nulla ».

Paolo corrugò la fronte, indeciso.

« Deciditi! » disse Antonio interrompendo la sua riflessione. « Ma ricordati: se mi pianterai in asso non avrò pietà! » Senza dire altro lasciò il capomastro e si diresse verso i cantieri al Palazzo Vaticano e al Belvedere, dove però non riuscì a convincere gli altri capomastri ambiziosi, che restarono indecisi esattamente come Paolo. Scoraggiato, fece ritorno a casa.

A cena, Lucrezia annunciò la lieta notizia del consenso del banchiere, poi Antonio raccontò la sua giornata. Ascanio corrugò la fronte; infine, con fatica, giunse a una decisione. « Dobbiamo mandare un messaggio. Non uscite di casa, sbarrate la porta, non lasciate entrare nessuno. E armate i servitori », disse alzandosi.

« Dove vuoi andare? » chiese Lucrezia. L'architetto lo intuiva.

«È meglio che tu non lo sappia», rispose Ascanio, e uscì dalla stanza.

A tarda notte, Antonio, che non riusciva a dormire, sentì la guardia del corpo ritornare.

La mattina dopo rinunciò alla preghiera e alla colazione e andò subito al cantiere ancora avvolto dall'oscurità. Inspirò la nebbiolina umida e il freddo e si strinse nel mantello. Al sorgere del sole si sarebbe decisa la battaglia.

Arrivò il primo chiarore, e poi, da uno squarcio a est nel muro di nuvole, filtrò un raggio di sole giallo che scivolò sulle acque luccicanti del Tevere. Antonio ebbe l'impressione che la luce allargasse la fessura, come una leva. Si sfregò gli occhi, faticando a credere a ciò che vedeva: con la luce, da est arrivarono anche i giovani capomastri. Paolo e Bindo, Clemente e Michele, e infine, accompagnato dallo spadaccino Eugenio, Maffeo Maffei. Li seguivano gli operai e gli apprendisti. Come un esercito. Centinaia di uomini pronti a lavorare. Antonio fu pervaso da una sensazione di profondo sollievo, che finalmente gli distese i tratti e gli disegnò in faccia un ampio sorriso.

I capomastri lo attorniarono. «L'incantesimo è spezzato, messer Antonio. Posso proseguire i lavori al pilastro di sud-ovest?» chiese Maffeo con un inchino.

«Sì, Maffeo. Paolo e Bindo, voi e i vostri uomini andate al coro occidentale. E tu, Clemente, e tu, Michele, continuate i lavori al pilastro di nord-ovest. Al lavoro, gente, c'è molto da fare! Il Santo Padre sta ricostruendo lo Stato Pontificio, noi non dobbiamo essere da meno. Facciamo in modo che quando torna veda che abbiamo dato il nostro contributo!»

Soddisfatto e orgoglioso, Antonio osservò gli operai distribuirsi nelle diverse postazioni del cantiere e riprendere il lavoro. Credeva di sognare, perché aveva la sensazione che la vittoria gli fosse caduta in grembo come una mela matura.

E di lì a poco, il trionfo. Anche i capomastri ribelli stavano tornando! E pareva stessero strisciando, tanto il loro atteggiamento era umile. Un uomo coi capelli grigi, gli occhi azzurri come l'acciaio e un viso che ricordava il marmo marrone si schiarì la voce e cominciò a parlare, in modo goffo, cercando le parole. « Perdonatemi, messere. Vorremmo riprendere il lavoro. »

Antonio si guardò attorno. Mancava qualcuno. « Dov'è Baggio? »

I costruttori si scambiarono sguardi sorpresi. « Volete scherzare, messer Antonio? Baggio è annegato ieri sera nel Tevere », rispose l'uomo canuto con un tono di rimprovero.

« Chi ha un solo braccio non va a nuotare », osservò un altro.

Ascanio! Come gli era riconoscente! Il messaggio che aveva lanciato era arrivato a destinazione. La guardia del corpo aveva tagliato la testa all'idra e il corpo della rivolta era crollato senza vita. *Ma anche gli altri infedeli devono pagare per le loro azioni,* pensò Antonio. Dovevano essere umiliati e puniti per bene, in modo che si spargesse la voce e che nessuno osasse mai più opporsi a lui in un cantiere. « Con la vostra superbia vi siete giocati l'onore di lavorare a San Pietro. Però potrete lavorare in via Giulia, al Palazzo Vaticano e al Belvedere. Per metà del compenso! »

Seguì un silenzio glaciale. I muratori lo fissavano e lui sostenne gli sguardi, impassibile. Poi, seguendo un'improvvisa intuizione, sollevò lentamente la mano destra con l'anello d'oro e la protese davanti a sé. Abbassò lo sguardo a terra e aspettò.

Gli uomini capirono: ciò che il giovane architetto Antonio da Sangallo chiedeva era la loro sottomissione. Il capomastro dai capelli grigi s'inginocchiò e gli baciò la mano.

« Ti riprendo al mio servizio », disse Antonio ad alta voce.

Gli altri cinque costruttori seguirono l'esempio del primo. Nessuno di loro voleva finire morto nel fiume. Poi Antonio prese in disparte Paolo e gli fece sapere che il giorno seguente lui e i suoi uomini avrebbero potuto riprendere i lavori nella villa di Agostino Chigi, e che da quel momento in poi avrebbe goduto del suo favore.

Anche l'inverno sembrò piegarsi al volere di Antonio, perché fu così mite che i lavori poterono proseguire senza interruzione. Ben presto i pilastri del quadrato superarono l'altezza di due uomini e furono armati. Due gru sollevavano i pesanti secchi con la colata di pozzolana, ma anche pietre e malta. Grazie alle battaglie che aveva vinto e alla durezza che aveva dimostrato, il giovane Antonio da Sangallo era diventato un uomo. Soltanto in un ambito rimase riservato, quasi timido: nell'avvicinarsi a Lucrezia, che amava ogni giorno di più. Cominciò a desiderare le sue tenerezze. Quando Baldassarre Peruzzi voleva portarlo in un bordello o lo invitava a un'avventura amorosa, lui rifiutava con decisione, perché sentiva che si sarebbe sporcato e si sarebbe reso indegno della ragazza che gli riempiva il cuore. E gioiva quando le loro mani si toccavano casualmente, perché magari a tavola si allungavano verso lo stesso piatto o lo stesso bicchiere, oppure verso la maniglia di una porta. Attimi fugacissimi, eppure sufficienti perché sulle labbra di entrambi balenasse un sorriso, e un rossore incantevole illuminasse il bel viso della ragazza. Ascanio invece diventava sempre più di poche parole. Era evidente che soffriva, ma nessuno avrebbe saputo trovare rimedio a quella sofferenza.

43

Roma, Anno Domini 1507

La primavera arrivò presto quell'anno, e con un grande caldo. Sui rami sottili degli oleandri erano già spuntati i graziosi fiori dai petali allungati, trasformando le strade in viali rossi e rosa, quando una notizia mise in subbuglio tutta Roma provocando un'ondata di operosa attività. Persino i lavori di costruzione della basilica di San Pietro furono interrotti, perché gli operai servivano per abbellire la città.

Nelle prime ore del mattino del 27 marzo, Antonio, Lucrezia e Ascanio, accompagnati da Baldassarre Peruzzi, si misero in cammino verso Ponte Mollo. Prima ancora di arrivare a Campo Marzio, però, si ritrovarono in mezzo a una folla densa, tutta diretta nello stesso posto. Ma infine, eccolo! Giulio II, il trionfatore, fece il suo ingresso a Roma vittorioso come un secondo Cesare, accolto calorosamente da tutti i romani. Era seguito dai cardinali, anch'essi a cavallo, con le mozzette rosse gonfiate dalla brezza primaverile. Il papa era interamente ammantato di bianco, come un angelo della pace. Era uno spettacolo magnifico!

Lucrezia si era sollevata in punta di piedi, e quando finalmente riconobbe Bramante tra i molti cavalieri lanciò uno strillo di gioia. Poi, nella ressa di persone esultanti, fu spinta addosso ad Antonio, che nel sentire la dolce pressione del suo giovane corpo restò quasi senza fiato. Non osò guardarla negli occhi, eppure sentiva che quel contatto, quel sentire il corpo dell'altro contro il proprio, piaceva anche a lei. Le loro mani si cercarono, timide, furtive, le dita si accarezzarono e anche un po' lottarono, per gioco, per sublime tensione, finché Lucrezia infine non liberò la sua mano, e lo guardò, e lo baciò, e gli sussurrò all'orecchio: «Non tradirmi mai!»

« Mai », rispose lui con un filo di voce, sopraffatto dalla felicità, e si abbracciarono per un istante.

Mentre la folla intonava il *Laudate*, Antonio intravide il viso cupo di Ascanio. Poi però tornò a guardare Lucrezia; davanti alla bellezza del suo sorriso, tutto il resto svaniva nella polvere dell'irrilevante. *Devo proteggerla dal sudiciume del mondo*, pensò. E giurò a se stesso che lo avrebbe fatto per sempre.

A tarda sera, e completamente sconvolti di stanchezza, Lucrezia, Antonio e Ascanio tornarono a casa. Di andare a dormire però non se ne parlava, perché di lì a poco sarebbe rientrato anche Bramante, e quando finalmente si presentò alla porta, i saluti scoppiarono impetuosi. Lucrezia si gettò al collo del « padre » mille volte, dichiarando a gran voce che era felice che fosse ritornato sano e salvo. Poi il vecchio architetto strinse forte al petto il suo sostituto Antonio e sorrise ad Ascanio, pieno di riconoscenza perché aveva custodito bene la sua casa. I domestici vennero svegliati e ricevettero l'ordine di portare in tavola pane, prosciutto, verdure, carne arrostita e vino. Tutti avevano un grande appetito, e soprattutto era bellissima l'idea di poter conversare profusamente, dopo la lunga separazione.

Ma nel corridoio, Antonio si scontrò con Ascanio. « L'amiamo tutti e due », disse. Ascanio non rispose e fece per proseguire, ma l'altro lo trattenne. « A prescindere da chi di noi l'avrà, vogliamo comunque proteggerla come una sorella minore, senza rancori tra noi? »

Lo schermidore lo guardò negli occhi per un istante, come per metterlo alla prova; poi, con voce velata, disse: « È vero che mi sono affezionato a lei. È vero anche che deve essere preservata dal sudiciume del mondo. Ma è meglio che sia tu a renderla felice. Che c'entra un guerriero come me con una ragazza così giovane? Prima o poi sarò infilzato dalla punta di una spada o abbattuto da un fendente. Tu invece puoi darle una vita felice, perché avrai una grande casa. È per questo che ti ho aiutato, no? »

Antonio lo guardò, dapprima stupito, poi riconoscente. Ritornarono insieme nella piccola sala dove nel frattempo era stata apparecchiata la tavola. Durante il pasto, Bramante si fece riferire nei minimi dettagli tutto ciò che era accaduto in sua assenza.

Il giorno successivo, Antonio e Bramante andarono direttamente al cantiere di San Pietro. Ascanio e Lucrezia decisero invece di andare a vedere il corteo di trionfo del papa, che aveva pernottato nel convento presso Santa Maria del Popolo. La città era addobbata in modo quasi pagano. Ovunque erano stati eretti archi di trionfo di legno, sui quali era scritta la celebre frase di Cesare: *veni, vidi, vici.*

Bramante e Antonio avevano percorso metà del Ponte Sant'Angelo, quando l'architetto indicò al suo assistente un carro trionfale con quattro cavalli bianchi davanti a Castel Sant'Angelo. Sul carro c'erano dieci giovani donne travestite da numi, che accoglievano il papa con rami di palma. Sulla parte anteriore del carro troneggiava un globo, dal quale s'innalzava al cielo una quercia con frutti dorati. La quercia era il simbolo dei della Rovere, la famiglia del pontefice.

Poco dopo, Bramante e Antonio erano nella basilica di San Pietro, vicino al passaggio che conduceva alla cappella di Santa Petronilla. Seguito da ventotto cardinali, Giulio II entrò nella basilica e raggiunse con passo solenne l'altare maggiore. S'inginocchiò davanti alla tomba del principe degli apostoli e tutti i presenti seguirono il suo esempio.

Il papa fece una lunga conversazione con Dio, infine si alzò e si voltò. « Ora, dopo che siamo ritornati incolumi, abbiamo più che mai motivo di intonare il *Te Deum* », annunciò, e cominciò a cantare: « *Te Deum laudamus. Te Dominum confitemur. Te aeternum patrem omnis terra veneratur...* »

Il canto, intonato da centinaia di voci, s'innalzò fino al soffitto dell'antica basilica, riempiendola, come se quell'intero spazio fosse fatto soltanto di suono. Bramante tirò Antonio verso di sé. « E ora piazzeremo gli altri due pilastri del quadrato! » gli gridò all'orecchio per sovrastare il canto.

Antonio sgranò gli occhi esterrefatto. « Ma per farlo dovremo demolire la basilica! » gridò a sua volta.

« È proprio ciò che faremo. Butteremo giù questo vecchio

rudere e costruiremo un vero tempio!» Il vecchio architetto era fuori di sé dalla gioia. «Sarà il mio *Te Deum.*»

Neppure un mese dopo, Antonio assisteva alla posa della prima pietra per i due pilastri orientali del quadrato. Il giorno dopo incaricò gli imprenditori Clemente e Maffeo di demolire le pareti del transetto orientale e della navata occidentale. Bramante aveva dato istruzione di far proseguire i lavori rapidamente e senza riguardo. Rinunciò fin dall'inizio e senza pensarci due volte a riutilizzare le grandi colonne che, oltre milleduecento anni prima, Costantino aveva preso dal mausoleo di Adriano per la costruzione della basilica. Finissero pure in pezzi per essere utilizzate come macerie per le fondamenta, con buona pace di Adriano e Costantino. Doveva far posto alla sua opera, e nel farlo si muoveva con la violenza di un imperatore vittorioso che spazza via tutto il ciarpame antico.

Un pomeriggio, sul tardi, Bramante stava facendo un sopralluogo al cantiere, quando si presentò il cardinale Catalano. I capomastri esitarono. «Avanti!» gridò Antonio da Sangallo, e circa cento uomini cominciarono a tirare le lunghe funi legate alle preziose colonne che papa Niccolò V aveva fatto trasportare nel coro di San Pietro. I punti di appoggio delle colonne erano già stati frantumati.

«No!» urlò il cardinale spaventato, quando si rese conto di ciò che sarebbe successo un istante dopo. «Fermatevi subito!»

«Continuate!» ordinò Bramante impassibile. Dopotutto era il suo cantiere.

Con un fragore assordante, la prima colonna cadde e si frantumò in cinque pezzi. Il cardinale aveva le guance rigate dalle lacrime. Per lui era come se fosse caduta una quercia millenaria, o persino come se Dio stesso fosse morto. In un certo modo, su quelle colonne poggiava il regno dei cieli. Il crollo della prima fece tremare la terra, così tanto che tutti gli operai del cantiere restarono colpiti; ma Bramante non consentì nessuna riflessione e li spronò a continuare. «Avanti! Avanti! Avanti!» gridò.

Gli uomini tirarono ancora le funi, e anche la seconda colonna precipitò con grande frastuono. La travatura cedette e cadde un pezzo del soffitto; la luce del sole penetrò dallo squarcio, filtrando attraverso la polvere. Poi una grossa pietra si staccò dal cleristorio ormai inclinato, cadde sull'altare e lo fracassò.

Giacomo era rimasto impietrito, con gli occhi sgranati. Alla fine si riprese e s'inginocchiò accanto alla memoria del principe degli apostoli, ormai in pezzi. Accarezzò teneramente i frammenti, rovistò con entrambe le mani nella polvere e poi se le passò lentamente sul viso. Quello strato grigio scuro sulla fronte, sulle guance, sul naso e sul mento gli conferì un'espressione di estrema tristezza, ma i suoi occhi esprimevano odio puro. Lasciò il cantiere col gelo nel cuore, senza proferir parola.

Bramante aveva assistito con grande appagamento alla sofferenza del cardinale. Sul suo volto si dipinse un ampio sorriso trionfante. Non poteva ancora demolire l'intera basilica, ma quando abbatteva muri e colonne faceva in modo che fossero atti definitivi e irreversibili. In realtà non gli era ancora chiaro quale sarebbe stata la forma definitiva della nuova basilica. Fino a quel momento aveva pensato soltanto alla struttura a pianta centrale, di cui il quadrato era il cuore. Non aveva ancora deciso se poi da lì si dovesse sviluppare una navata longitudinale. Alle richieste pressanti della corporazione edile della basilica rispondeva dicendosi intenzionato a sostituire l'esistente struttura a cinque navate con una basilica a tre navate; a tempo debito avrebbe presentato i progetti concreti. Costruiva in modo da conquistarsi la libertà di continuare a costruire a suo piacimento e distruggeva per erigere qualcosa di nuovo. Con l'enorme quadrato stava realizzando fatti compiuti che nessuno avrebbe potuto più ignorare. Era quella l'unica cosa che contava.

Giulio II voleva che il coro occidentale sorgesse sui muri della tribuna iniziata da Niccolò V. Così Bramante la fece ultimare, ma sapeva già che, dal punto di vista dell'organizzazione degli spazi, non avrebbe potuto tenere testa alla pressione dei possenti pilastri sul lato occidentale, e lo stesso valeva per la basilica sul lato orientale. Un giorno coro e basilica si sarebbero dovuti demolire, perché il quadrato della cupola avrebbe spazzato via tutto ciò che era stato pensato in piccolo.

Era come se Bramante stesse concependo un gigante, un golem che, una volta diventato grande abbastanza, sarebbe venuto alla luce. Antonio ammirava l'anziano architetto, per il coraggio e la noncuranza che dimostrava, e anche per la brutalità con la quale procedeva.

Ogni mattina, mentre andavano alla preghiera, il giovane architetto riferiva con entusiasmo a Lucrezia i progressi compiuti nel gigantesco cantiere, dove lavoravano duemilacinquecento persone. E poiché Bramante non si faceva vedere troppo spesso, era lui, Antonio da Sangallo, a dirigere i lavori, cosa che lo riempiva di orgoglio e di umiltà insieme. Lucrezia mostrava un vivace interesse, s'informava sui dettagli e si appassionava alle complicate questioni di statica. Una volta, nel bel mezzo di una spiegazione tecnica, Antonio s'interruppe all'improvviso, colpito dall'espressione rapita e concentrata della ragazza.

«Che c'è?» chiese lei disorientata.

«Niente. Pensavo soltanto che saresti una moglie straordinaria per un architetto.»

«E perché non potrei essere io stessa uno straordinario architetto, invece?»

Antonio deglutì e la saliva gli andò di traverso.

Lucrezia rise della sua espressione sbalordita. «Lo so, lo so, essendo una donna non potrei mai farmi valere in un cantiere, con tutti quegli uomini. Però, sul serio, insegnami tutto ciò che sai sull'architettura.»

«Ma poi vorresti ancora diventare mia moglie?» chiese lui con uno sguardo timoroso.

«Se voglio sapere tutte queste cose è proprio perché voglio diventare tua moglie», rispose lei, baciandolo sulla fronte.

A Bramante faceva bene sentire il braccio di Imperia sul proprio, anche se l'occasione era triste. Lei indossava un semplice abito nero e aveva il viso coperto da un velo scuro. Nessuno doveva supporre che l'addolorata signora Imperia fosse una delle cortigiane di Roma, e forse la più grande di tutte. Forse per le altre persone che erano presenti al funerale di Margherita Saracini Chigi quella poteva essere anche un'occasione di rappresentanza, ma Imperia voleva soltanto scortare la moglie del suo amante all'estrema dimora, possibilmente senza essere riconosciuta.

Nelle ultime ore, lei e Agostino si erano alternati nell'assistere la donna morente, che era in preda a grandi sofferenze. Persino il papa si era presentato al capezzale di Margherita; le aveva somministrato l'estrema unzione nello stesso modo in cui aveva appena celebrato la messa funebre, con fare serio e solenne. E l'aveva elogiata come grande cristiana e donna virtuosa.

Il lungo corteo funebre, di cui non s'intravedeva la fine, proseguì verso la cripta che Agostino Chigi aveva fatto costruire per la moglie al campo santo. Dopo che il corpo fu deposto nella bara, e il papa l'ebbe benedetto, tutti coloro che, per i motivi più disparati, volevano fare le condoglianze al vedovo ricco e potente gli sfilarono davanti.

Ci sarebbe voluto ancora un po' prima che toccasse a Bramante e Imperia. L'architetto sentiva quanto era scossa la donna che amava.

« Che cosa avrei dato perché Margherita Saracini avesse potuto assistere non soltanto alla posa della prima pietra per la nuova basilica di San Pietro, ma anche alla conclusione dei lavori », disse lei sottovoce. Bramante le strinse più forte la mano. Nessun estraneo poteva capire il particolare rapporto che legava la moglie e l'amante di Chigi. Era del tutto inconsueto, e tuttavia reale, perché Margherita Saracini era una donna straordinaria, che aveva preso provvedimenti per garantire il benessere del marito anche oltre la propria morte. Imperia lo sapeva, come del resto anche Bramante.

« Siamo realistici, nessuno di noi vedrà ultimata la nuova basilica », disse lui con un sorriso doloroso. Imperia gli lanciò un'occhiata spaventata, che lo indusse a correggersi con piglio faceto. « A meno che non diventiamo vecchi come Matusalemme! »

« Io non voglio diventare vecchia, io voglio vivere! » replicò Imperia.

« Lo vuoi sposare? »

Imperia ritrasse il braccio. Avrebbe voluto camminare più in fretta, ma non poteva uscire dai ranghi. « Mi trasferirò da lui tra qualche settimana, Donato. »

Bramante pensò alla villa alle porte di Roma, tra il rione Borgo e Trastevere, che Baldassarre Peruzzi stava costruendo per Chigi. Molto comodo, pensò Bramante, che peraltro, insaziabile com'era, invidiava al giovane collega quel lucroso incarico. Così Imperia e Agostino si sarebbero risparmiati di vivere nelle stesse stanze in cui lui aveva vissuto con la moglie. Potevano ricominciare da capo, senza doversi confrontare di continuo col passato. « Non mi hai risposto. Lo sposerai? » la incalzò.

« Perché non ti cerchi una moglie, Donato? »

La domanda lo ferì. Perché avrebbe dovuto sposarsi? E con chi, poi? Avrebbe dovuto prendersi una moglie purchessia? Di servizio? Una donna con cui passare qualche ora gradevole poteva trovarla quando gli pareva da Petronilla. L'amore era una faccenda ben più delicata del semplice prender moglie.

« Sei un buon partito, e un po' di tranquillità non guasterebbe affatto, nella tua vita », aggiunse Imperia.

« Perché mi vuoi far sposare a tutti i costi? » chiese lui stizzito. Per quale motivo lo tormentava? Sapeva bene che amava lei e soltanto lei.

« Perché qualcuno deve badare a te, in modo che tu gestisca meglio le tue forze. »

Bramante sentì di nuovo il braccio di lei sul suo. « Hai forse paura per me? »

« No, solo per il nostro progetto, per la nuova basilica di San Pietro. »

Lui represse una risata, che in quelle circostanze sarebbe stata di certo male interpretata. Ma in ogni caso, per quanto Imperia assumesse un atteggiamento modesto, per quanto si mantenesse in ombra e si nascondesse dietro il velo, i pettegoli di Roma l'avevano riconosciuta e ben presto avrebbero voluttuosamente diffuso la notizia che l'amante di Chigi aveva avuto la sfacciataggine di presentarsi al funerale della moglie di lui.

« Per quella non ti devi preoccupare, Imperia. Antonio da Sangallo raccoglierà la mia eredità e porterà a termine la grande opera », le rispose controvoglia. Poi arrivarono davanti alla tomba e ad Agostino Chigi. Entrambi sapevano di essere osservati con occhi d'Argo e che agli spioni non sarebbe sfuggito neppure il minimo dettaglio.

Appoggiandosi al braccio di Bramante, Imperia si avvicinò al suo amante. « Le mie più sentite condoglianze, messer Chigi. Il buon Dio e la Vergine Maria daranno personalmente il benvenuto a vostra moglie in paradiso. Ora il regno dei cieli è più ricco e la terra più povera. » Accennò un inchino.

Profondamente commosso, il banchiere ringraziò lei e il suo fedele amico Donato Bramante. Poi, rivolgendosi a Imperia, disse sottovoce: « Il regno dei cieli si occuperà di noi ».

44

Roma, Anno Domini 1507

Madre e figlia scorrazzavano spensierate per il palazzo, che non era ancora ultimato. Dalla scalinata della loggia, Imperia indicò il piazzale antistante. «Qui ci sarà un parco che si estenderà fino al Tevere, con una grande fontana e un padiglione. Che belle feste faremo d'estate!» Lucrezia notò quanto era felice sua madre; da tempo non la vedeva così spensierata. Imperia girò su se stessa allungando una mano per indicare le pareti e il soffitto della loggia. «E qui ci saranno allegri affreschi che racconteranno dei pericoli, ma soprattutto delle gioie dell'amore.»

«Quali sono le gioie principali dell'amore?» chiese la ragazza, seria.

La madre la guardò meravigliata e irritata allo stesso tempo. «Che cosa vuoi sapere? Alla tua età c'è ancora tempo per l'amore!» rispose con tono severo. Rientrarono nel vestibolo, dove trovarono Baldassarre Peruzzi.

L'architetto era come al solito di ottimo umore. «Buongiorno, belle signore. Mi avevano detto che vi avrei trovate qui.»

Imperia lo salutò cortesemente, ma gli fece notare che Agostino era fuori per affari.

«Non importa. Messer Agostino mi ha detto che posso rivolgermi alla padrona di casa per tutte le questioni riguardanti l'arredamento del palazzo.»

Lucrezia vide gli occhi della madre illuminarsi. Dietro la definizione usata dal banchiere si celava forse una proposta di matrimonio? In quel preciso momento intuì quanto Imperia desiderasse diventare la legittima consorte di Agostino.

«Guardati ancora un po' attorno con calma, Lucrezia», disse la *padrona di casa*, prima di seguire Baldassarre nella loggia. Dovevano parlare della collocazione degli affreschi.

La curiosità spinse Lucrezia a salire le scale. La porta di una delle camere era aperta. Entrò e osservò i colori e i tini coi pennelli sul pavimento; i pittori dovevano avere appena finito gli affreschi. Il suo sguardo si posò sul dipinto di un letto dorato, su cui era seduta una donna bionda, bella e formosa, con indosso una camicia trasparente e una sola scarpa. Un panno giallo oro le copriva le vergogne, ma gli angeli erano all'opera: stavano finendo di spogliarla. Una domestica nera teneva scostata la tenda rossa del letto a baldacchino e osservava la giovane donna con uno sguardo lascivo. Guardando con più attenzione, Lucrezia cominciò a domandarsi se quella sagoma nera rappresentasse effettivamente una donna, o non fosse piuttosto un uomo. Rimaneva un residuo di ambiguità. Davanti al letto c'era un giovane uomo, attraente; porgeva alla donna una corona, come se le offrisse il potere su di lui in cambio della sua innocenza. La donna però non lo guardava; la sua espressione non mostrava né piacere né avversione, solo una vaga tristezza, come se stesse preparandosi a un addio. Il viso di Lucrezia arrossì leggermente. Sentì divampare dentro di sé un calore che proveniva dal centro del suo corpo. La donna avrebbe avuto la corona e l'uomo l'innocenza di lei. Sotto gli occhi di tutti. Quell'idea la eccitava e la disgustava allo stesso tempo.

« Vi piace? »

La giovane si sentì colta sul fatto e abbassò lo sguardo sul pavimento. Sentiva avvicinarsi colui che le aveva rivolto la parola; raccolse tutto il proprio coraggio e si voltò.

Davanti a lei c'era un goffo spilungone, che indossava una camicia bianca e pantaloni di un blu intenso, lo stesso colore dei suoi occhi. I capelli neri ricci che gli ricadevano sulle spalle avevano un che di fanciullesco. Ma il grosso naso carnoso e l'accenno di una barba ispida attorno alla bocca e sul mento cancellavano qualsiasi impressione di effeminatezza. Lucrezia ne ricavò un insieme di sensazioni, tutte sfumate, poco distinguibili, ma che nel complesso suggerivano un atteggiamento chiaro: diffidenza. Ciò che la confondeva più di qualunque altro aspetto erano gli occhi, che sembravano umidi e inanimati.

« Vi eccita? » chiese ancora il giovane, con quello sguardo

privo di espressione incollato su di lei. «Guardate, vuole perdere la sua innocenza!» Indicò la mano sinistra della giovane del dipinto, che stava per scostare il panno giallo oro, scoprendo così le proprie vergogne. «Sono gli angeli che devono mettere in atto tutto quanto. Lei non guarda nemmeno l'uomo con cui andrà a letto, e tuttavia è lei stessa a compiere l'azione decisiva.» Intanto si era fatto più vicino a Lucrezia, così vicino che lei sentiva l'odore del suo desiderio. «Perché lo vuole, perché lo desidera ardentemente, perché cede al calore che proviene dal centro del suo corpo.»

Lucrezia fu presa dal panico, che le impediva di pensare. Voleva correre via, ma era ammaliata, stregata da quegli occhi spenti e privi di espressione.

«Tu conosci quel calore, ma ti fa soffrire. Abbandonati. Goditelo. È come una madre che ti accoglie tra le sue braccia.» L'uomo non le toglieva gli occhi di dosso; Lucrezia lottava con se stessa, incapace di decidere se sottrarsi al suo sguardo o abbandonarsi alle conseguenze. L'uomo proseguì con voce più bassa, persuasiva. «Sai perché Rossane guarda in basso, nel dipinto? Perché così trasmette all'uomo la sensazione di essere il primo. Eppure ha già pronto il più grande dono che una ragazza possa dare a un uomo: ha esperienza. Dietro la maschera dell'innocenza, lo vizierà e lo renderà felice. Il contrasto tra la mano sinistra e il viso ti rivela che la sua innocenza è soltanto una maschera. Tu sei innamorata, piccola Rossane?» Fece una pausa, ma non sembrava in attesa di una risposta. «Se vuoi rendere felice l'uomo degno del tuo amore, prendi lezioni da me, adesso. Non avere paura. Ti mostrerò la strada verso una lunga felicità...» Mentre il suo sguardo spento continuava a penetrare negli occhi della fanciulla, le sue mani toccarono il vestito all'altezza del ventre. Lei trasalì e chiuse gli occhi. Lui continuò inflessibile. «Fidati del tuo sangue, perché è da lì che proviene il calore, un calore buono e meraviglioso...»

«Giù le mani da mia figlia!» gridò Imperia dall'ingresso, la voce potente come le trombe di Gerico.

Lucrezia non aveva mai sentito quella forza primordiale nella voce della madre. Spaventata, aprì gli occhi e indietreggiò. E per la prima volta vide un'emozione negli occhi dello sconosciuto: disappunto, che subito si trasformò in rabbia. L'espressione tolse all'uomo qualunque fascino; adesso le appariva insignificante, e soprattutto sporco, bieco, scaltro. Si sentì male. Come aveva potuto farsi abbindolare da quello sfrontato?

« Chi sei? » chiese Imperia furente.

« Il pittore Sodoma! »

« Un nome confacente a uno come te. Sparisci, non ti voglio più vedere qui! »

Sodoma sogghignò in modo spudorato. « Roma ama le commedie. Una madre puttana che fa la custode della virtù! Questa è bella davv... »

Non fece in tempo a finire: il pugno di Imperia, sferrato con forza insospettabile, gli chiuse la bocca. Barcollò, poi sputò sangue, e un dente. Prese un secchio di pittura, ma poi, sotto lo sguardo severo di Imperia, lo posò di nuovo a terra.

« E adesso sparisci, se hai cara la vita! »

Il pittore era chiaramente riluttante a darla vinta alla cortigiana, ma alla fine, seguendo un ultimo residuo di ragionevolezza, si convinse ad andarsene.

Imperia si rivolse a Peruzzi: « Lasciatemi indovinare. Viene da Siena, come Agostino e come voi, giusto? »

Peruzzi annuì. « È un bravo pittore, madonna. Guardate il dipinto. »

« Ed è anche un porco », ribatté lei guardando la figlia, che si stringeva nelle braccia come se stesse congelando. La raggiunse e le sussurrò all'orecchio: « Quando Agostino mi avrà sposata, tutti questi insulti cesseranno. Allora saremo una famiglia rispettabile. Nessuno oserà più dirmi cose del genere e comportarsi in modo così insolente con te ». La prese tra le braccia e la strinse forte. « Ma credo che dobbiamo parlare. »

« Di che cosa? »

« Di uomini e donne. La figlia di una cortigiana non può essere così ingenua », scherzò con un tono tetro.

Bramante aveva seguito controvoglia il suo assistente al sondaggio del terreno. Guardando nella fossa che era stata scavata vicino al pilastro di nord-ovest, profonda diversi piedi, vide ciò che si aspettava. Maffeo Maffei era dentro la fossa e indicava livelli distinti. La stratificazione rivelava un terreno sabbioso e instabile.

« In realtà questo non è un terreno adatto alla costruzione », osservò Maffeo.

Antonio propose di rafforzare le fondamenta. Bramante non era sorpreso di quel risultato, ma non voleva perdere tempo, non voleva soffermarsi su miglioramenti e ritocchi che, oltre ai costi, avrebbero potuto comportare facilmente un ritardo di un anno intero. I suoi attacchi di gotta erano in aumento; a volte si svegliava in piena notte e non riusciva più a addormentarsi, tormentato dalla tachicardia. No, non aveva tempo da perdere! Doveva accelerare i lavori di costruzione.

Le migliorie avrebbe potuto farle in seguito qualcun altro. A lui, i pilastri non sembravano soggetti a un rischio immediato. « Non perdete tempo in cose marginali! Ho bisogno di ogni uomo in cantiere », annunciò deciso.

Antonio non ebbe il tempo di obiettare nulla, perché un anziano muratore arrivò di corsa gridando a gran voce. Nel suo entusiasmo saltava come un uccellino. Maffeo uscì rapidamente dalla fossa. « È un maschio, è un maschio e sta bene! » gridava il vecchio tossendo, ma con gli occhi lucidi. Lui stesso faticava a capacitarsi della notizia. « Un maschio, figlio mio. »

Lo sfacciato Maffeo non riuscì a spiccicare parola. Si asciugò gli occhi, vergognandosi, e lasciando una traccia di sporco sulle guance.

« Come si chiamerà il tuo primogenito? » chiese Antonio.

« Arnoldo, come suo nonno », balbettò Maffeo abbracciando l'anziano.

Bramante gli posò una mano sulla spalla. « Vai a casa da tua moglie e da tuo figlio, amico mio. I tuoi capisquadra potranno portare avanti il lavoro anche senza di te. Oggi festeggia, ma mi raccomando: domani fatti trovare di nuovo qui. »

« Messer Donato e messer Antonio, posso farvi una richiesta? » chiese Maffeo.

« Avanti, parla! » lo incoraggiò Bramante.

Maffeo guardò i due architetti con aria solenne e anche un po' timida. « Farete da padrini a mio figlio? »

«Sì, amico mio», rispose il più anziano per entrambi. Il fatto che Maffeo glielo avesse chiesto lo faceva sentire orgoglioso, ma pensò anche con tristezza che a suo ricordo sarebbero rimasti soltanto fabbricati, e non persone. A parte Lucrezia. Già, a parte Lucrezia.

Donato Bramante aveva fatto in modo che il battesimo del figlio di Maffeo avesse luogo nella nuova chiesa di Santa Maria della Pace, perché il chiostro di quella chiesa era stato il suo primo lavoro a Roma. Antonio teneva il neonato nudo, avvolto in una coperta, sopra il fonte battesimale. Accanto a lui c'era Bramante, davanti a loro il sacerdote. Il giovane architetto era pervaso da sensazioni di paura e orgoglio. Paura di poter lasciar cadere quella piccola creatura fragile o di stringerla troppo forte, e orgoglio perché era il padrino di una persona che poteva iniziare il proprio cammino di vita in Cristo. Guardò il visino, che si contrasse in una smorfia di pianto.

«Arnoldo di Maffeo, rinunci a Satana?» chiese il sacerdote.

Bramante rispose a nome del battezzando: «Rinuncio!»

«Arnoldo di Maffeo, rinunci a tutta la sua malvagità?»

«Rinuncio», mormorò Antonio imbarazzato.

«Arnoldo di Maffeo, rinunci a tutte le sue tentazioni?»

«Riuncio!» rispose Bramante.

Il prete pronunciò una preghiera, poi chiese ancora: «Arnoldo di Maffeo, credi a Dio, padre onnipotente?»

«Credo», disse Antonio.

Ottenuta la professione di fede, il sacerdote prese il bimbo dalle mani del padrino e lo immerse per la prima volta. «Arnoldo di Maffeo, credi a Gesù Cristo, figlio di Dio, nato...»

Nello stesso momento in cui il piccolo Arnoldo di Maffeo riceveva il battesimo in nome di Dio, il papa s'inginocchiava disperato al capezzale di un giovane. Alzò lo sguardo verso il medico Bonet de Lattes. «Non c'è più possibilità di salvarlo?»

Il medico scosse il capo. « La febbre lo sta consumando. »

« Ma da dove viene la febbre? »

« È proprio questo il problema! Non lo so. » L'ebreo era visibilmente rattristato dal fatto di non saper dare una risposta.

« Veleno? » chiese il papa.

« Non si può mai escludere, ma lo ritengo improbabile. È più verosimile un'infezione che si è infiammata. Non possiamo spegnere il focolaio, perché non sappiamo dove si trovi. »

Giulio II sentì un singhiozzo accanto a sé e vide un grande viso tondo con gli occhi azzurri pieni di lacrime. Il dolore era autentico, non recitato; i due, Galeotto della Rovere, prossimo alla fine, e il cardinale Giovanni de' Medici, amante dell'arte e della letteratura, erano realmente amici fraterni.

L'agonizzante mosse quasi impercettibilmente le labbra: « Ah, zio... » disse con un filo di voce. Poi smise di respirare.

Giulio non ricordava di aver mai provato un dolore così forte. Galeotto era figlio di sua sorella, ma lui l'aveva amato come se fosse suo. Aveva finanziato la sua istruzione, favorito la sua carriera e infine l'aveva ordinato cardinale. Galeotto avrebbe dovuto portare a termine la sua opera, erigere la nuova Gerusalemme a Roma, nuova capitale del Santo Regno di Cristo. Ma ora Dio gli aveva tolto quella speranza. Che cosa c'era di così sbagliato nel volerlo glorificare? Perché Dio lo puniva in modo così duro? Sentì il crollo di un mondo intero, dentro. Ma non poteva consentirlo. Dio voleva fargli capire che non poteva riposare finché non avesse raggiunto il proprio obiettivo. Che non doveva contare su nessuno, all'infuori di se stesso.

Si alzò faticosamente. Giovanni de' Medici, che era in ginocchio al capezzale di Galeotto e piangeva senza freni, alzò lo sguardo verso di lui. Giulio gli posò una mano sulla spalla. « Adesso devi essere molto forte, figlio mio! » Poi lo benedisse e lasciò la stanza. In corridoio diede disposizioni affinché il feretro del nipote fosse esposto nella Cappella Sistina. Non si poteva rendere un onore maggiore di quello, a una persona.

A Santa Maria della Pace, il sacerdote concluse il rito battesimale ponendo l'ultima domanda: « Credi nello Spirito Santo, nella santa Chiesa e nella risurrezione della carne? »

« Credo », rispose Antonio a nome del battezzando.

Dopo aver celebrato la messa funebre per il nipote nella Cappella Sistina, il papa comunicò a Bramante di voler finalmente far dipingere il soffitto. In onore della famiglia della Rovere, in memoria di Galeotto e a gloria di Dio. Poi si chinò verso l'architetto e gli chiese sottovoce: « Ti viene in mente un pittore adatto per questo? »

« Potrei... » iniziò Bramante, ma il pontefice lo interruppe bruscamente.

« È meglio che tu porti a termine la basilica di San Pietro! »

« Perdonatemi, Santo Padre, voglio dire solo che avrei in mente un giovane pittore, che ha tutta Firenze ai suoi piedi. »

Giulio lo guardò per qualche istante, poi decise: « Va bene, fallo venire. Vogliamo dargli un'occhiata! »

45

Roma, Anno Domini 1508

Michelangelo e Francesco tornarono a Roma con una carrozza. La città li accolse con un'abbondanza di sontuose fioriture. La primavera aveva ormai indossato i panni dell'estate. Dopo due anni di assenza, iniziati con una fuga, Michelangelo era contento di riprendere il lavoro nella Città Eterna, perché il soggiorno nella sua città natale lo aveva convinto di una cosa: soltanto a Roma sarebbe potuto diventare il più grande artista del mondo, e guadagnare molto denaro. Di fatto, in Vaticano si spendeva esclusivamente denaro altrui, che vi giungeva da tutto il mondo sotto forma di tributi; e le finanze altrui venivano trattate più generosamente di quanto si tendesse a fare con le proprie. La città sull'Arno era rimasta nettamente indietro rispetto al rapido sviluppo di quella sul Tevere. All'ascesa di Roma come centro del mondo si accompagnava il declino di Firenze a realtà provinciale.

Certo, per Michelangelo non erano solo rose e fiori. Doveva innanzitutto riconquistare la posizione di un tempo, che aveva perso con la sua arrogante fuga. In ogni caso era lì che avrebbe dovuto affermarsi, nel centro, non nella periferia. Sì, aveva creato per il papa un'enorme statua di bronzo, che aveva lo scopo evidente di ricordare alla città ribelle di Bologna chi fosse il padrone; ma sapeva fin troppo bene di essere ancora sotto osservazione. Aveva comunque di che essere soddisfatto. Con la sua precipitosa fuga aveva sfidato il papa, ma Giulio non solo aveva rinunciato ad annientarlo, lo aveva anche riaccolto con clemenza e gli aveva affidato nuovi incarichi. Era molto di più di ciò che avrebbe potuto desiderare e sperare.

Per prima cosa, doveva trovare una casa grande abbastanza da ospitare anche il suo laboratorio e che inoltre non costasse praticamente nulla. Aveva rifiutato persino case offerte a un prezzo irrisorio nei rioni Regola, Sant'Angelo e Trastevere. Per fortuna, mentre continuava a cercare un nuovo domicilio, trovò alloggio nella casa del cardinale Alidosi, che era ancora a Bologna come legato pontificio. A Francesco facevano male le gambe per gli innumerevoli giri, e aveva la testa confusa dalla sfilza di trattative serrate condotte abitualmente da Michelangelo coi proprietari. Date le aspettative del suo padrone sul prezzo, aveva già abbandonato la speranza che avrebbero mai trovato una casa. Invece a un tratto Michelangelo gli ordinò divertito di fare i bagagli, dicendo che li aspettava una casa spaziosa con un ampio laboratorio.

La casa spaziosa si rivelò una misera baracca a due piani nella zona poco raccomandabile tra il Foro di Traiano e il Quirinale, che veniva chiamata Macello dei Corvi; si trovava in mezzo alle rovine dell'antica Roma, come il Colosseo, l'Arco di Tito, i templi ormai crollati che spuntavano dalla terra come ceppi di alberi, a ricordare silenziosamente la transitorietà delle cose. Di giorno gli allevatori facevano pascolare capre pecore e vacche, di notte la stessa zona si popolava di soggetti equivoci di ogni genere, tra cui sicari, protettori, ladri e bari.

La casa era stretta tra i resti delle mura dell'antico foro. Francesco teneva il naso tappato, perché c'era un puzzo orrendo. I macellai, che risiedevano in gran numero da quelle parti, gettavano regolarmente i rifiuti in strada, ma vi si trovavano in abbondanza anche teste di pesce putride e torsoli di cavolo marci. Entrarono nella casa buia, Francesco angosciato, Michelangelo invece di buon umore. Voleva allestire il laboratorio al piano terra e gli alloggi di sopra, senza una vera separazione tra l'uno e gli altri, in modo che anche quando si ritirava nelle sue stanze private potesse continuare a vivere in mezzo al fragore dell'arte. Poteva essere sempre nei paraggi quando i suoi assistenti mescolavano colori, o quando i suoi collaboratori portavano a termine sculture da lui iniziate. Come la intendeva lui, quella casa era in sostanza un luogo di lavoro con possibilità di vitto e alloggio. Lesse negli occhi del suo servitore quanto questi sentisse la nostalgia della vecchia abitazione nel rione Borgo. Gli diede qualche colpetto sulla spalla e a mo' d'incoraggiamento gli disse che in effetti sì, quella casa non era un palazzo, ma era comunque un alloggio regolare.

Michelangelo sorvegliò personalmente l'allestimento del laboratorio e il trasporto del marmo. A sua volta, Francesco si occupò dell'organizzazione degli spazi abitativi, e si sforzò di farlo nel modo migliore possibile pur col poco denaro che Michelangelo gli aveva messo a disposizione per quello scopo. Per quanto si dimostrasse parsimonioso, il suo padrone lo tacciava sistematicamente di essere uno scialacquatore, ma ormai c'era abituato.

Da quando era tornato a Roma, lo scultore non vedeva l'ora di proseguire il lavoro al mausoleo per Giulio II. Così, quando una mattina un messo lo convocò urgentemente dal papa, montò subito in groppa al mulo che si era comprato e si mise in cammino. Si diresse verso Campo dei Fiori, poi proseguì in direzione nord-ovest fino al Tevere, attraversò il Ponte Sisto e continuò al trotto lungo la strada che conduceva al rione Borgo, tra giardini e piccole ville estive. Curioso, diede un'occhiata al grande palazzo che sorgeva alla sua sinistra, sulla sponda del Tevere, e mezz'ora dopo raggiunse il Vaticano. Con sua grande meraviglia, fu condotto direttamente nella Cappella Sistina.

Attorniato da Egidio da Viterbo, Giacomo Catalano e Bramante, il papa era in piedi al centro della cappella. Quando vide lo scultore, gli fece cenno di avvicinarsi e gli indicò il soffitto. «Ti piace?»

«No», rispose Michelangelo. «Questo cielo stellato è insignificante. Inoltre è stato deturpato ulteriormente dalle riparazioni compiute.»

«Proprio così», disse Giulio II annuendo. «E perciò devi dipingere questo soffitto!»

«Ma messer Michelangelo è uno scultore, non un pittore! Non ha nessuna esperienza negli affreschi», protestò Bramante, visibilmente sbigottito.

Michelangelo provò una certa gioia maligna. Evidentemente l'architetto aveva discusso col papa di qualcos'altro, che in quel momento però veniva smentito.

«Secondo te chi lo dovrebbe fare?» chiese Giulio.

« A Firenze ho visto le opere di un giovane pittore che nonostante la giovanissima età dispone di una maggiore esperienza nella pittura murale, perciò pensavo che... »

« E ci vuoi rivelare il nome di questo bambino prodigio? »

« Raffaello. Raffaello da Urbino. »

Il vicario di Cristo pose una mano sulla guancia e rifletté. Michelangelo, dibattuto, non sapeva come comportarsi. Non c'era nulla che desiderasse di più che proseguire il mausoleo, e inoltre, per quanto gli pesasse dare ragione al suo rivale, doveva riconoscere che in effetti nella pittura murale aveva poca esperienza. Ma se avesse respinto la richiesta del papa si sarebbe probabilmente giocato in maniera definitiva il suo favore. In più, non voleva e non doveva lasciare campo libero a Bramante, che cercava di fare a pezzi la proposta del pontefice.

Sebbene in quel caso gli interessi dell'architetto coincidessero coi suoi, non sentiva affatto la necessità di allearsi con lui, ovvero con un individuo scaltro e infido che non solo lo perseguitava coi suoi intrighi ma trattava la basilica di San Pietro senza nessun riguardo. Subito dopo il suo arrivo a Roma aveva dato un'occhiata ai lavori di demolizione; pur provando rispetto per la gigantesca struttura del quadrato e soprattutto per il coraggio che vi stava dietro, ne era rimasto disgustato.

Giulio, impaziente, si rivolse proprio a lui. « E tu che cosa dici? »

Michelangelo alzò di nuovo lo sguardo verso il soffitto a volta e d'un tratto sentì la voce di Contessina che lo pregava di costruire la cupola celeste per lei. Come se fosse successo solo il giorno prima, se la rivide davanti, nel momento del loro addio nel Duomo di Firenze, l'addio al loro amore. Non avrebbe potuto costruire una cupola per la sua amata – quella la stava già costruendo il suo nemico Bramante –, ma avrebbe potuto darle il cielo!

Da quando l'architetto aveva fatto demolire l'antica basilica nell'area della tomba di San Pietro, le messe solenni non venivano più celebrate lì, bensì nella Cappella Sistina. Fatta costruire da Sisto IV, lo stimatissimo zio del papa, era diventata il luogo di preghiera principale di Giulio II. Michelangelo si rese conto di trovarsi proprio nel centro del potere spirituale e mistico del vicario di Cristo. Prima ancora che potesse lucidamente decidere di farlo, cadde in ginocchio davanti al papa a una tale velocità che i capelli neri gli cascarono sul viso. « Se il mausoleo può attendere, Santo Padre, accetto con riconoscenza il vostro incarico! »

Il papa batté le mani per la gioia.

« E Raffaello? Santo Padre, non potete lasciarvi sfuggire un talento del genere! » obiettò Bramante, ma ormai era rassegnato.

« Non ne abbiamo nessuna intenzione. Lui affrescherà i nuovi appartamenti del Palazzo. »

Michelangelo capì l'intenzione e la stoccata: l'incarico prestigioso era assegnato a lui, ma Giulio gli aveva messo alle costole un pericoloso concorrente. Lavorando entrambi contemporaneamente in Vaticano, tra i due artisti si sarebbe senza dubbio accesa una competizione accanita.

« E che cosa dipingerete, se mi permettete di domandarvelo? » chiese Bramante socchiudendo gli occhi con un'espressione scaltra.

« L'amore. »

« L'amore? »

« L'amore che proviene da Dio e che chiamiamo la creazione », rispose solenne Michelangelo. Lo sguardo scettico del papa e il sogghigno dell'architetto gli fecero capire che nella sua ingenuità aveva commesso un errore. Sentiva di dover difendere la propria ispirazione, ma vi rinunciò, in mancanza di un'idea adeguata.

« Straordinario! Semplicemente straordinario! Michelangelo, siete divino! » esclamò Egidio da Viterbo, lasciando tutti sbalorditi. Aprì le braccia in un gesto teatrale e attese di avere l'attenzione di tutti i presenti. « Non si dice forse che il papa è un papa guerriero? Non si dice forse, Santo Padre, che vi manchi l'amore per una gestione degna della vostra carica? Sì, l'amore, il potere dell'amore per come si manifesta nella creazione, che voi, Vostra Santità, in quanto successore di Pietro e vicario di Cristo, dovete proteggere. »

Michelangelo si meravigliò della saggezza dell'eremita agostiniano, e dal muso lungo di Bramante capì che l'architetto non avrebbe osato contraddirlo. Come poteva lo scultore sospettare che nel momento di maggior bisogno Egidio aveva aiutato l'architetto?

Egidio proseguì: «Santo Padre, vi ricordo l'omelia che il vostro grande zio Sisto IV scrisse quando era ancora il giovane francescano Francesco della Rovere, per il vescovo di Padova, Fantino Dandolo, nel 1448. L'argomento era il *Liber de Concordia Novi ac Veteris Testamenti*».

Il viso del papa si rilassò. I suoi lineamenti si ammorbidirono e il suo sguardo si fece quasi tenero.

«Ma l'opera dell'abate Gioacchino da Fiore non fu condannata dal Quarto Concilio Lateranense e dichiarata eretica?» intervenne con tono severo Giacomo, che fino a quel momento era stato in silenzio.

«Vattene, Giacomo! Fuori! Non ti posso più vedere! Ne ho abbastanza di te! I tuoi continui attacchi, i tuoi sospetti! A volte mi chiedo se tu sia un cristiano. Levati di torno! Non ti voglio più vedere!» gridò Giulio II, il viso rosso di collera. Sembrava quasi sul punto di picchiarlo. Mettendo in relazione suo zio e un'eresia, il Catalano si era spinto decisamente troppo in là e lui l'aveva percepito come un attacco personale. Il domenicano, che di certo non era un vigliacco, per la sorpresa strinse la testa nelle spalle e s'inchinò leggermente, pronto a baciare la mano del pontefice, che però non gliela porse e lo fulminò di nuovo con lo sguardo. Turbato, Giacomo cadde in ginocchio e baciò le pantofole, poi lasciò la cappella camminando a ritroso e inchinandosi ancora verso il pontefice. Era in effetti quanto prevedeva il protocollo, anche se Giulio II, considerandola una cerimonia che sottraeva tempo prezioso, vi rinunciava regolarmente.

Seguì un breve silenzio. Michelangelo era dispiaciuto per Giacomo, perché i suoi alti principi gli erano valsi un'improvvisa caduta. Ma insinuare un sospetto di eresia nei confronti dell'amato zio del papa era stata una mossa sciocca. Egidio si sforzava di nascondere la propria gioia, mentre Bramante, a giudicare dalla sua espressione, le stava dando libero sfogo.

«Tutti coloro che conoscono la storia sanno che la condanna si fondava su un malinteso», riprese l'eremita agostiniano. «Inoltre quel libro, che tratta degli avi di Gesù e quindi anche dei vostri avi, Santo Padre, è al di fuori di ogni sospetto. Nel grande affresco vogliamo dispiegare lo splendore della creazione divina! » concluse commosso.

« Fatelo. Tu progetterai l'affresco insieme con Michelangelo, sulla base dell'omelia del nostro caro zio e del saggio scritto da Gioacchino da Fiore, e ci presenterai la bozza. Se ci parrà buona, Michelangelo la realizzerà. »

Neppure un anno dopo, le proposte elaborate da Michelangelo ed Egidio erano approvate, tutti i preparativi erano conclusi, i cartoni erano pronti, e sotto la volta erano stati collocati i ponteggi per realizzare l'affresco.

Roma, Anno Domini 1510

Trascorse un altro anno di preparativi, poi Michelangelo iniziò finalmente i lavori del soffitto della Cappella Sistina. Aveva fatto venire pittori da Firenze, tra cui anche vecchi amici come Francesco Granacci. Ma ben presto gli vennero a noia. Non lavoravano abbastanza alla svelta, né abbastanza bene, e in più, a suo modo di vedere, pretendevano troppi soldi. In ogni caso aveva disposto che nessuno, neppure lo stesso papa, potesse guardare gli affreschi prima che fossero ultimati.

Una sera, tornando alla cappella, sorprese alcuni cardinali che erano saliti sulle scale e stavano esaminando gli affreschi in via di realizzazione. Evidentemente gli assistenti si erano lasciati corrompere e avevano consentito quella visita. Come se ciò non bastasse a suscitare la sua smisurata collera, Michelangelo si spaventò a morte quando vide le condizioni degli affreschi. C'erano delle efflorescenze sulle pareti! L'umidità e il freddo facevano affiorare la calce, distruggendo il suo lavoro. Si mise a scuotere le scale, furibondo; gli alti prelati scesero lesti come coleotteri e fuggirono dalla cappella bersagliati da oggetti vari che Michelangelo gli scagliava contro. Poi il pittore rivolse la sua ira verso gli assistenti, arrivando anche a malmenarne un paio, e sbatté fuori anche loro, licenziati in tronco.

E ora? Era rimasto solo. Avrebbe fallito, come Bramante aveva previsto e sperava? Uno sguardo allo stato pietoso dell'opera consentiva soltanto una risposta. Tuttavia non voleva e non poteva arrendersi, non poteva ammettere la sconfitta. S'inginocchiò davanti all'altare e s'immerse in una profonda, ardente, infinita preghiera. Quando infine si alzò, con le membra intorpidite, la mattina stava già cominciando a filtrare titubante dalle alte finestre del cleristorio. In preda a una concitazione rabbiosa prese a staccare l'intonaco dal soffitto. Infine, esausto, pensò che la miscela fiorentina non andasse bene per l'intonaco. Sì, doveva trattarsi di quello. Evidentemente la pozzolana di Roma aveva altre caratteristiche.

Nelle giornate successive chiese consiglio a Giuliano da Sangallo, che si trovava di nuovo in città, e s'informò presso altri pittori e costruttori, finché non trovò la miscela giusta per l'intonaco umido sul quale intendeva stendere la prima mano, per poi realizzare gli affreschi. All'infuori di due assistenti che seguivano meticolosamente le sue istruzioni per mescolare i colori, nessun altro poteva entrare nella cappella.

In cima a un'impalcatura, supino, muovendo il pennello col braccio teso verso l'alto, Michelangelo continuò a dipingere coi colori e la calce che gli gocciolavano in faccia. Ben presto gli occhi iniziarono a bruciare, infiammati. In più lavorava costantemente in mezzo a correnti d'aria, d'inverno al freddo e all'umido, d'estate in una calura insopportabile. Non sapeva se l'opera sarebbe riuscita. Non vedeva ciò che accadeva attorno a lui. Completamente rapito dal lavoro, dipingeva per dodici o anche quattordici ore al giorno e mangiava in modo irregolare, quando capitava. La sera, quando esausto si lasciava cadere sul letto e si addormentava subito, era tormentato da sogni in cui i suoi motivi – Dio, la creazione di Adamo, gli avi di Cristo e le sibille – venivano distorti in maniera grottesca. A volte nel sogno rischiava d'impazzire, poi però, come per miracolo, gli appariva Contessina, che con un sorriso scacciava le sue visioni cupe. A volte nelle sue allucinazioni notturne si vedeva davanti anche Giacomo, con le labbra protese nell'atto di baciare, le guance truccate e uno sguardo sconveniente, nella posa eccitante che un tempo aveva assunto il suo Bacco ubriaco. Poi gli veniva un'erezione, si svegliava e se ne vergognava. Dopo sogni come quello, il giorno successivo dipingeva particolarmente a lungo, come se volesse mortificarsi per i suoi peccati.

Un'altra volta Giacomo assomigliava all'Adamo che Michelangelo stava dipingendo sulla volta della cappella. Era disteso nel mondo deserto e tendeva la mano a Dio, come un innamorato in attesa, speranzoso e allo stesso tempo sicuro di sé. Dio però non esitava. L'Onnipotente non sembrava libero nella sua opera creativa, perché con la sua bellezza seducente Adamo addirittura estorceva l'azione di Dio. Con gli angeli, circondato dalla vita, sorretto da un'apparizione serafica, il Creatore arrivava e toccava l'indice di Adamo col proprio, per risvegliarlo così alla vita, per conferirgli energia divina, che poi era un altro modo per definire la vita.

Dio creava. Allo stesso tempo, però, nel modo in cui l'aveva dipinto Michelangelo, Adamo gli estorceva la creazione. Entrambi, l'Onnipotente e l'uomo, nel muoversi l'uno verso l'altro, raccontavano di un amore che raggiungeva il culmine nel contatto. Scosso, Michelangelo guardò ciò che aveva dipinto, mentre l'acqua di calce gli gocciolava sul viso e negli occhi. Non poteva essere un caso: nella sua opera, Dio si appoggiava a una figura angelica coi capelli biondi. L'artista conosceva i grandi occhi scettici che aveva ritratto. Li conosceva bene: erano quelli di Contessina. Dio era un artista, che col cenno di un dito risvegliava ogni cosa alla vita.

Ciò che il pittore creò nella propria solitudine non era niente di meno che il vangelo secondo Michelangelo, perché in principio non c'erano né il verbo né l'azione, bensì il gesto. La vita era un gesto di Dio. Michelangelo non poteva sapere che allo stesso tempo un monaco agostiniano della città tedesca di Wittenberg era venuto a Roma per ottenere un'indulgenza e che poi, una volta ritornato in patria, si era posto interrogativi analoghi ai suoi e aveva trovato la stessa risposta. L'agostiniano però non definiva il motivo della vita un gesto di Dio, bensì la grazia di Dio. La grazia di Dio, che si esprimeva nel gesto, animava il mondo e creava l'uomo.

La grande allegoria della vita che Michelangelo dipinse sulla volta, un arto dopo l'altro, un corpo dopo l'altro, l'aveva estorta a Dio. A volte s'insinuava in lui la sensazione di creare un compendio dell'esistenza come quello che Dante era riuscito a realizzare nella sua Divina Commedia, solo che lui non lo faceva con parole e versi, ma con corpi e colori. Pian piano si rese conto che era per quell'opera che aveva rinunciato all'amore. E più gli risultava chiaro quel fatto, più lavorava con accanimento e passione. Pur con tutta la sofferenza e i tormenti che s'infliggeva, era lui il Dio che creava il mondo nella Cappella Sistina.

In quel periodo, Michelangelo intratteneva rapporti soltanto con le creature della sua arte. Percepiva a malapena la presenza di Francesco. E mentre lui lottava con la solitudine e con Dio in quel modo, Raffaello dipingeva con la massima allegria la Disputa del Sacramento nella Stanza della Segnatura. E i pilastri del quadrato di Bramante per la nuova basilica di San Pietro si protendevano a vista d'occhio nel cielo, come quattro possenti braccia, come se volessero reggere il firmamento. Nonostante l'inimicizia e la concorrenza che regnavano tra gli artisti, Giulio non poteva fare a meno di avere l'impressione che attorno a lui stesse effettivamente sorgendo la nuova Gerusalemme.

46

Roma, Anno Domini 1510

Lontano dal dominio degli artisti e delle battaglie che essi combattevano con colori e pietre e con un fragore più o meno intenso, assoggettando sempre di più la vita alla loro forza creativa in quanto veri padroni della Città Eterna, il cardinale Catalano cominciava ad armarsi per il contrattacco. Aveva subito una dolorosa sconfitta. Dopo la sua gaffe, il papa lo riceveva soltanto quando era inevitabile. Era un miracolo che Giulio non gli avesse sottratto la carica di arciprete di San Pietro per conferirla al libero pensatore Francesco Alidosi. Giacomo era abbastanza saggio da comportarsi in modo tranquillo e non opporsi a Bramante, per non provocare il papa.

Sperava che il tempo giocasse a suo favore. L'Arciconfraternita doveva cambiare, doveva ritornare potente. Da quando la memoria del principe degli apostoli era a cielo aperto, in mezzo alle rovine che pullulavano di operai e gentaglia di ogni genere, radunarsi lì era diventato impossibile. Così Giacomo aveva convocato i confratelli in un altro luogo sicuro.

La città era avvolta dal manto caldo e scuro della notte. Le stelle brillavano in cielo e c'era odore di erba bruciata e anice selvatico. Di quando in quando si sentivano canti di ubriachi barcollanti e strilli acuti di donne. Per non dare nell'occhio, Giacomo aveva rinunciato all'abito da domenicano; indossava un paio di pantaloni neri di velluto, un farsetto di pelle dello stesso colore e in testa portava un berrettone scuro. Superò il Pantheon a passo sostenuto e si fermò davanti all'ingresso del convento dei domenicani, che si trovava accanto alla chiesa di Santa Maria sopra Minerva. Sotto la protezione del suo ordine, la discrezione era assicurata.

Gli uomini avevano intenzione di riunirsi in una sala accanto alla biblioteca. Con tristezza, Giacomo pensò all'esiguità delle loro schiere. L'Arciconfraternita non contava più dodici membri, come era stato stabilito inizialmente, sulla base del numero degli apostoli, ma soltanto quattro: il predicatore Prierias e i cardinali Oliviero Carafa, Alessandro Farnese e lui stesso, Giacomo Catalano. Incappucciati, entrarono l'uno dopo l'altro nella sala illuminata da due candelabri collocati sul grande tavolo rotondo. Dopo aver pregato insieme, si tolsero i cappucci e si sedettero al tavolo.

« Siamo in pochi », iniziò Giacomo. « Negli ultimi anni, molti dei nostri distinti fratelli sono scomparsi. Ricordo ancora con cordoglio papa Pio III, il magnifico Roberto da Lecce e tutti gli altri uomini eccellenti. »

« Davvero siamo rimasti in pochi », lo interruppe il cardinale Farnese, il quale doveva la sua carica a una relazione tra sua sorella Giulia e papa Alessandro VI, fatto che cercava di far dimenticare con la sua devozione. I suoi occhi piccoli, ma estremamente mobili nel viso sottile, dal quale sporgeva un naso appuntito, gli conferivano un'aria scaltra. « Abbiamo bisogno di persone devote! »

Decisero all'unanimità di ammettere alla confraternita il vescovo di Chieti, Gian Pietro Carafa, nipote di Oliviero. L'ascetico sacerdote aspettava in corridoio. Gli chiesero di entrare. I suoi occhi scintillanti tradivano un certo fanatismo. Quando Giacomo intraprese l'iniziazione del suo coetaneo, si ricordò della propria ammissione all'Arciconfraternita, oltre quindici anni prima. Dopo il giuramento e la lavanda dei piedi, parlò di quanto fosse necessario difendere l'ortodossia di fronte al rafforzarsi del paganesimo, dell'eresia e dell'oscenità, persino tra le cariche sacerdotali più elevate. « Si comportano come pagani che celebrano una festa eterna, per schernire il nostro Signore », inveì. Poi chiese al nuovo fratello, Gian Pietro Carafa, quale fosse la sua opinione.

« Così come il tuo ordine esegue processi di inquisizione nelle province, noi abbiamo bisogno di un'autorità nel cuore della nostra Chiesa, presso la sede del successore di Pietro. Il nostro fratello Tomás de Torquemada, grazie al lavoro perseverante delle autorità dell'inquisizione che egli ha rafforzato e centralizzato, ha conseguito buoni successi», rispose il vescovo di Chieti.

«Esatto! Abbiamo bisogno di un'inquisizione universale, ma non per una diocesi, non per una provincia, non per una nazione sola, ma per tutte le nazioni; un'inquisizione centralizzata per tutta la cristianità!» aggiunse il cardinale Farnese.

«Anche per riportare alla ragione questa città riottosa e pagana!» annunciò il corpulento domenicano Silvestro Mazzolini, detto Prierias, dal nome del suo luogo natale.

«Per creare una tale autorità ci vuole un papa che provenga dalle nostre file», osservò il cardinale Farnese.

«Se tu fossi papa, creeresti quest'istituzione, fra' Alessandro?» chiese Giacomo con grande serietà.

«Perché non vuoi diventarlo tu, fra' Giacomo?» chiese a sua volta l'interrogato.

«Perché io, essendo spagnolo, non ne ho alcuna possibilità, lo sai. Tu invece discendi dalla migliore nobiltà romana, potremmo riuscire a farti passare!»

Sì, c'è bisogno di un papa che provenga dalle nostre file, pensò l'arciprete. In tal modo avrebbero potuto accendere il grande falò purificatore. Ed era convinto che Alessandro Farnese avesse buone possibilità di conquistare la Cattedra di Pietro, dopo la morte di Giuliano della Rovere.

Procedendo senza dare nell'occhio, usando sempre la massima discrezione, avrebbero agito in maniera costante per ampliare l'Arciconfraternita, che avrebbe fatto da precursore e modello di una futura inquisizione universale. Del resto non c'era da sprecar tempo: la morte di Giulio II non sembrava più molto lontana.

Imperia era nella loggia e guardava il parco. Una lieve brezza si levava dal fiume. Da un paio di giorni sgorgava acqua nella fontana, che era composta da due bacini di grandezze diverse. Avrebbe potuto essere felice. Viveva con l'uomo più ambito di Roma in uno dei palazzi più belli del mondo. E dopo il matrimonio avrebbe preso con sé sua figlia. Col tempo, la sua storia di cortigiana più desiderata di Roma sarebbe stata acqua passata. Ce l'aveva quasi fatta; aveva quasi raggiunto il suo obiettivo di diventare una vera signora romana. Se solo non ci fosse stato quel maledetto *quasi*. Alla sua felicità mancava quella sillaba che doveva essere pronunciata davanti all'altare: sì. Fece un profondo sospiro, poi, vedendo Chigi e il pittore Raffaello attraversare il giardino, provenienti dalle sponde del Tevere e diretti verso la casa, assunse un'espressione allegra. Da lontano sembravano due amici che passeggiavano l'uno accanto all'altro con gesti rilassati. Senza distogliere lo sguardo dai due uomini, Imperia ordinò al cameriere di servire succo di fragola.

Del giovane pittore di Urbino erano tutti entusiasti. Coi suoi capelli neri lucenti, gli occhi scuri ardenti sotto la fronte alta, il mento pieno e la bocca espressiva, appariva gentile, bello e perfetto nelle forme come le sue opere d'arte. Raffaello sembrava in effetti una figura dei suoi dipinti. Non senza orgoglio, Imperia pensò che il suo uomo faceva una bella figura anche accanto a quell'Adone. I due erano arrivati all'altezza della fontana e la salutarono con un cenno. Lei ricambiò il saluto, poi si sedette su una delle poltrone della loggia. I due uomini salirono i gradini.

« Raffaello ha avuto un'idea meravigliosa per la decorazione della loggia. Un po' azzardata forse, ma bella », disse Chigi ad alta voce, rivolgendosi a lei.

« Non mi aspettavo nulla di diverso. Adesso però non lasciatemi sulle spine, illustratemela! »

Raffaello allargò le braccia in un gesto tanto teatrale quanto aggraziato. « Sulle pareti non ci sarà nulla », dichiarò. « Tranne le decorazioni consuete, naturalmente. Ma nei pennacchi, nelle unghie e sul soffitto io e alcuni miei amici realizzeremo dipinti di un colore blu luminoso e pieno di speranza. Tutti i dipinti avranno un solo tema: Amore e Psiche. »

« La storia dell'amore, quindi », disse Imperia. L'idea le piaceva.

« Sì, ma la storia dell'amore terreno, l'amore tra donna e uomo! » esclamò allegramente Chigi, soffiandole un bacio.

Il pittore propose inoltre di tingere anche le pareti e i pavimenti di diverse sfumature luminose di blu.

« Nella loggia sembrerà di essere sospesi in aria », disse Chigi entusiasta.

« Come nella felicità dell'amore », aggiunse Imperia sottovoce. Lei stessa, in quel momento, emanava una luce interiore: quella tutta terrena della felicità umana. Né Agostino Chigi né Raffaello si stancavano di guardarla.

Nella notte, Imperia e Agostino si amarono a lungo e con tranquillità. La mattina lei gli sussurrò all'orecchio che sognava di prendere con sé sua figlia.

« Allora fallo », disse lui con un sorriso.

« Davvero? »

« Certo. »

Imperia non stava quasi nella pelle dalla gioia. Tutto ciò che aveva sognato si sarebbe realizzato. Gli baciò il lobo dell'orecchio, poi lo prese tra le labbra e lo morse coi denti aguzzi, piacevolmente e dolorosamente allo stesso tempo, poi si alzò e si girò davanti a lui come una regina davanti allo specchio. Infine si avvicinò alla finestra e guardò fuori.

« Vorrei che ci sposassimo nella tarda primavera o verso la fine dell'estate. Così potremmo mettere i tavoli lungo il Tevere e festeggiare all'aperto. E al canto del ciuffolotto ci ritireremo discretamente per la prima notte di nozze. Tu fingerai che io sia ancora vergine e io fingerò di non avere nessuna esperienza. Poi sarai il mio primo uomo, e il mondo tornerà in ordine. »

Agostino si alzò e si avvicinò. Lei prese il suo viso tra le mani e cercò di leggere il suo sguardo. Lo trovò pensieroso. « Non vuoi? »

« Fai venire tua figlia da noi. »

« Dopo il matrimonio. Voglio offrirle una vera famiglia. »

« Aspettiamo, per il matrimonio. Non sono ancora pronto », disse lui sciogliendosi da lei e andando alla porta. « Vieni, facciamo colazione. » E poi fece quella sua risata affabile e cortese che Imperia odiava, perché era la risata dell'uomo d'affari.

Bramante vide il pomposo trasferimento di Imperia alla tenuta di Chigi soltanto da lontano. Sebbene non fossero sposati, erano considerati la prima coppia di Roma, una coppia da sogno.

Una ricchezza straordinaria e una bellezza da favola: il re dei banchieri e la regina delle cortigiane. Davano feste sfarzose, che nobilitavano con la loro presenza. La gente - quella che contava, naturalmente - faceva a gara per essere loro gradita, e per poter accogliere la coppia a casa propria. Bramante, al contrario, si teneva a distanza e si asteneva sempre più spesso dal presenziare a quelle feste. Amava la sua piccola e stramba famiglia, ma continuava a sentire la mancanza di Imperia. Anche dopo tutti quegli anni. Gli mancava lei e gli mancavano le sue tenerezze, che non voleva ricevere da nessun'altra donna. Giorno dopo giorno diventava sempre più pensieroso e anche, mentre vedeva Lucrezia diventare una donna, sempre più umile e credente. E sempre più spesso si domandava in quale mondo avrebbe vissuto la ragazza.

Riguardo all'architettura non nutriva dubbi: era fermamente convinto che le opere che stava creando, e le modifiche che stava imprimendo alla città, avrebbero reso la vita migliore. Ma per quanto riguardava i valori? Aveva preso l'abitudine di leggere un'edizione italiana della Bibbia; lo faceva ogni sera, prima di addormentarsi. Soprattutto ristudiava di continuo i dieci comandamenti, ma anche il libro della verità e il veggente Giovanni, che non gli dava più pace.

Alla fine, Giulio II gli offrì la carica di *piombatore pontificio*, ovvero guardasigilli. Secondo un'antica usanza, per rivestire tale incarico bisognava appartenere all'ordine dei cistercensi. Per doveri d'ufficio, assai limitati - consistevano più che altro nel sigillare le bolle papali -, gli spettava un redditizio stipendio di ottocento scudi all'anno. Ma vi rinunciò. Quel che lo stimolava era la vicinanza spirituale all'ordine dei cistercensi, fratello di quello dei templari. I Fedeli d'Amore avevano intrattenuto rapporti stretti con l'ordine dei cavalieri, fino al suo scioglimento; dopotutto, i templari avevano costruito la propria casa sulle rovine del tempio di Salomone a Gerusalemme, e i Fedeli d'Amore facevano riferimento a Salomone e a Hiram, l'architetto del tempio. Inoltre, il famoso cistercense san Bernardo di Clairvaux si era distinto come protettore dei templari.

Erano quelli i motivi che spinsero Bramante a entrare nell'ordine dei cistercensi e a indossare da quel momento in poi il loro abito bianco. Alcuni la consideravano una mania, una stravaganza di un artista testardo, che dalla demolizione delle colonne della basilica di San Pietro veniva soprannominato « il Ruinante », ma solo alle sue spalle. Altri commentavano scherzando che evidentemente era troppo avaro per comprarsi abiti decenti. Quando gli giungevano all'orecchio quei discorsi, Bramante si limitava a ridere. Si sentiva un monaco dell'architettura. Ai lavori in via Giulia, al Belvedere e alla basilica di San Pietro si erano aggiunti quelli al Cortile di Damaso in Vaticano, al Palazzo dei Tribunali, al coro di Santa Maria del Popolo e alla ricostruzione della chiesa dei Santi Celso e Giuliano in Banchi. Inoltre stava conducendo una trattativa col protonotario Adriano Caprini per la costruzione di un palazzo nel rione Borgo. E quelli erano soltanto i progetti principali. Il tempo che gli rimaneva lo dedicava a Lucrezia.

Sul finire di un bel pomeriggio estivo, dopo una conversazione con Raffaello, Bramante stava rientrando a casa. Il pittore gli aveva mostrato le parti della Disputa che erano ormai in fase di rifinitura, e lui ne era rimasto sopraffatto. Raffaello era riuscito ad andare istintivamente al cuore del pensiero dei Fedeli, alle idee di Pico sul crollo della saggezza pagana e sulla rivelazione cristiana. A destra, sullo sfondo, c'era un tempio luminoso e accogliente, mentre sulla sinistra veniva costruita una chiesa. Sebbene l'affresco fosse ancora da completare, Bramante era riuscito a riconoscere Dante e Bernardo di Clairvaux, e anche, con sua grande sorpresa, se stesso. Era in primo piano, sulla sinistra; si sporgeva da una balaustra e spiegava a un'angelica creatura coi lineamenti di Lucrezia qualcosa che era scritto in un libro. Ma l'angelo, in blu e oro, si limitava a indicare con grazia l'ostensorio consacrato, simbolo del miracolo dell'amore.

Bramante era rimasto così profondamente colpito da quell'immagine che aveva raccontato a Raffaello dei Fedeli. Voleva ammetterlo nella società segreta. Il pittore si era mostrato sorpreso, ma si era subito detto disponibile e onorato. Congedandosi, avevano concordato che l'iniziazione avrebbe avuto luogo nell'arco delle successive due settimane.

Così, lungo la strada del rientro, Bramante si sentiva di umore allegro e festoso. Ma quando entrò in casa, percepì subito una strana tensione. Sentì rumori indistinti e bisbigli gioiosi. Percorrendo l'apposito passaggio, entrò di soppiatto nel grazioso giardino segreto che aveva fatto allestire. Sulla panchina di marmo, sotto la possente volta stellata, scoprì una grossa ombra, che a uno sguardo più attento si rivelò essere formata da due persone che si baciavano e parlottavano sottovoce. A dispetto delle tenerezze che si scambiavano, sembravano innocenti, come se si cercassero e si avvicinassero l'uno all'altra con cautela, non nel modo brutale in cui lui aveva preso le donne in passato. La cosa lo commosse e si avvicinò in silenzio per osservare di nascosto quelli che pensava fossero un servitore e una domestica. Ma poi li riconobbe: i due spasimanti erano Lucrezia e Antonio!

Uscì subito dai cespugli, spaventando i due giovani, che si staccarono all'istante. Era senza parole, per la rabbia, ma anche per il dolore. Lucrezia abbassò lo sguardo.

Antonio invece si alzò. «Voglio sposare Lucrezia, messer Donato!» disse con voce decisa.

«Lei non è per te!» ringhiò Bramante. «È destinata a un uomo facoltoso o a un nobile, non a un semplice architetto!»

«Ma voi non avete sempre detto che noi architetti siamo i padroni del mondo?» replicò Antonio coraggiosamente, senza lasciarsi intimidire dalle urla del suo maestro. Ma non fece che rinfocolare la sua collera.

«Lo capisci da solo che non puoi più vivere in questa casa, vero? Torna da tuo zio Giuliano!»

«Maestro...»

«Vattene!» disse Bramante gelido, indicando il passaggio con la mano protesa. «Subito!»

Lucrezia fece per protestare, ma lui le ordinò di andare in camera sua. Poi istruì Ascanio di impedire qualsiasi contatto tra lei e Antonio.

PARTE TERZA

LA CADUTA DEGLI DEI

«La loro ricchezza si è sparsa su tutta la terra,
la loro gloria fino ai confini della terra.
Sono stati innalzati fino alle stelle,
dicevano che non sarebbero certo caduti,
e a causa dei beni che possedevano
sono divenuti superbi: non hanno capito [...]
Quando il peccatore insuperbiva,
con un ariete abbatteva forti mura
e non lo hai trattenuto.
Salirono al tuo altare genti straniere,
e lo calpestarono orgogliosamente con i loro calzari,
in quanto i figli di Gerusalemme
avevano contaminato le cose sante del Signore,
profanato con illegalità le offerte del Signore.
A causa di ciò, ha detto: «Gettatele via,
lontano da me, non mi sono gradite».
La maestà della sua gloria è stata disprezzata da Dio,
è stata per sempre disonorata.
I suoi figli e le sue figlie si trovano in penosa schiavitù,
il loro collo è marchiato con un segno distintivo
in mezzo ai pagani.»

Salmo di Salomone, 1, 4-6 e 2, 1-6

47

Roma, Anno Domini 1512

Imperia soffriva. Da circa sei mesi sentiva che Agostino si stava allontanando da lei. Sempre più di rado si tratteneva a casa, e spesso stava fuori Roma. Inoltre aveva smesso di incoraggiarla a prendere con sé Lucrezia. Lei percepiva dolorosamente la spaccatura che c'era dentro di lui. A volte si sentiva osservata, scrutata con uno sguardo freddo, e subito dopo Agostino tornava a essere affettuoso, tenero in maniera persino esagerata, come se si pentisse del suo comportamento distaccato. A lei riusciva quasi più facile gestire la freddezza piuttosto che l'esuberanza, perché la prima era autentica, la seconda artefatta; *una tenerezza che sa di compassione*, pensò un giorno, e quel pensiero continuò a tormentarla, a stillare veleno nella sua anima. Sì, Agostino sembrava provare compassione, come se lei soffrisse di un male incurabile. Ma perché? Per quali motivi? Non riusciva a darsi risposte.

Sempre più spesso Chigi viaggiava o passava la notte nello studio, usando il lavoro come un pretesto. In modo discreto, tramite Petronilla, Imperia aveva indagato in un certo ambiente, con risultati confortanti: Agostino non se la spassava con altre donne, quantomeno non donne di mestiere. Nessuno comunque era al corrente di un'amante segreta, e a Roma, per quanto si agisse con prudenza, una tresca non restava mai nascosta a lungo. Più di una volta fu sul punto di confidarsi col suo vecchio amico Donato, ma all'ultimo momento l'orgoglio glielo impediva. Le risultava insopportabile confessare il proprio fallimento all'anziano architetto, che amava in modo diverso rispetto a Chigi. Lei e Bramante avevano rinunciato l'uno all'altra a favore dei propri obiettivi: lei voleva diventare la moglie del potente banchiere, lui costruire la basilica di San Pietro. Lui almeno stava facendo progressi.

Un giorno il banchiere era in viaggio a Venezia, o almeno così aveva detto, e Imperia era seduta ancora una volta nella sua stanza, assorta in pensieri cupi, quando il cameriere le annunciò un'ospite. « Accompagnala nella loggia », disse lei. Si alzò, rivolse una rapida occhiata al suo riflesso nello specchio, scostò un ricciolo dal viso, chiuse brevemente gli occhi e fece un respiro profondo. Poi scese con compostezza nella loggia, imponendo a se stessa di non far trapelare nulla del suo malumore. Ma grande fu la sua sorpresa quando vide l'ospite in questione: donna Lucrezia d'Este, dama dell'alta nobiltà. Cosa mai poteva volere da lei la contessa?

Come lei, anche donna Lucrezia aveva avuto un passato movimentato. Era la figlia della cortigiana Vanozza de' Cattanei, che era stata amante di papa Alessandro VI, Rodrigo Borgia, e sorella di Cesare Borgia. Alessandro aveva avuto l'ammirevole sfacciataggine di non ricorrere alla finzione di chiamare i propri figli nipoti, ma di riconoscerli ufficialmente. Per quel motivo, il nome da nubile della nobildonna era Lucrezia Borgia.

« È un piacere ricevere la vostra visita, madonna. Ma a che cosa debbo questo grande onore? » chiese Imperia dopo che si furono accomodate su un ampio divano di velluto color sabbia.

La contessa sembrava molto delicata, quasi diafana. Non senza una certa invidia, Imperia pensò che lei ce l'aveva fatta. Sebbene si raccontassero le cose peggiori sulla sua gioventù – sembrava non si fosse fatta mancare nulla, dall'omicidio per avvelenamento all'incesto –, la virtù che si sforzava di mantenere e la dedizione come madre testimoniavano sempre di più a suo favore. « Dovete sapere che nutro la massima stima nei vostri confronti », cominciò con garbo. « Ma qualche volta dobbiamo rinunciare anche a ciò che amiamo. »

Imperia sentì tutti i suoi istinti insorgere, ma continuò a fissare Lucrezia ostentando pacatezza.

« Agostino vi ama e voi amate lui, ma è uno degli uomini più ricchi del mondo. La sua posizione lo obbliga a dare una base familiare solida alla sua impresa. E niente, mia cara, è più solido del legame tra denaro e nobiltà. »

Imperia si sentì raggelare. Intuiva già dove la sua ospite sarebbe andata a parare.

« In breve, dovete rinunciare ad Agostino. Completamente. In modo che lui possa sposare Margherita, figlia del conte Gonzaga. »

La contessa tacque e diede a Imperia il tempo di riprendersi. Lei appoggiò i gomiti sui braccioli della poltrona e nascose il viso tra le mani. L'intero edificio delle sue speranze stava crollando all'improvviso, e poteva vederlo: era soltanto un castello di carte, fatto d'illusioni. Margherita era la figlia del signore di Mantova e apparteneva all'alta nobiltà. La posizione raggiunta da Agostino gli imponeva di fondare una dinastia, di assicurare alla sua impresa un futuro all'interno di una famiglia solida e importante. Lei stessa aveva giurato a Margherita Saracini, quando era in punto di morte, che non avrebbe mai recato danno ad Agostino e lo avrebbe appoggiato in tutte le sue imprese commerciali. Ebbene, quel matrimonio in qualche modo lo era: non sarebbe stato motivato dall'amore, ma da considerazioni legate agli affari. Cosa contava la felicità di una cortigiana di fronte al destino dell'impresa più grande e più ricca del mondo? Soltanto i Fugger a nord delle Alpi potevano misurarsi con Agostino Chigi. La felicità di Imperia non contava niente.

Per quanto io agisca con intelligenza, il mio passato continuerà sempre a sbarrarmi la strada. Resterò sempre una cortigiana. Alzò la testa. « Lo capisco », disse calma. « Ma perché non me lo dice lui in persona, tutto questo? » Era la cosa che la feriva di più.

Lucrezia d'Este le prese la mano. « Ah, mia cara! Lo sapete, gli uomini sono così vigliacchi, soprattutto quando amano. »

All'inizio Imperia trovò consolante che Lucrezia le tenesse la mano, e avrebbe voluto abbandonarsi a quel sentimento sotto lo sguardo compassionevole della contessa. Ma la cortigiana che era in lei, la donna che aveva imparato il mestiere da giovane e da una delle migliori maestre del mondo, ovvero sua madre, d'un tratto si accorse della trappola. Perché una contessa doveva trattare una puttana con tanta gentilezza? Forse per via del suo passato altrettanto equivoco? No di certo, anzi, in quel caso ciò rappresentava un motivo in più per non farlo.

Così Imperia ritrasse delicatamente la mano, senza far trapelare nulla. « Che cosa posso fare per Agostino? » chiese comprensiva.

« Dovete uscire dalla sua vita. »

« Uscire dalla sua vita? Va bene. E lui cosa farà per me? »

« Chiedete ciò che volete, Agostino Chigi è un uomo generoso. Un palazzo, una rendita vitalizia. Qualsiasi cosa vogliate. »

« Qualsiasi cosa? »

La contessa annuì.

L'espressione di Imperia si fece dura. Sentiva maturare una decisione, e le piaceva sempre di più. Del resto avrebbe recato vantaggio a tutti. « Non vedrò mai più Agostino », disse con tono piatto e sobrio. « Riceverete una prova inconfutabile in questo senso. In compenso, Agostino adotterà legalmente mia figlia Lucrezia, e le darà un marito adeguato al suo rango e a lei stessa gradito. Ventimila ducati saranno depositati per mia figlia presso la banca dei Fugger. L'amministratore fiduciario sarà messer Donato Bramante, architetto in Roma. Se tali condizioni saranno rispettate, io uscirò di scena per sempre. »

La contessa la scrutò sbalordita per qualche istante, poi acconsentì. Imperia ebbe l'impressione che intuisse la vera dimensione dell'accordo. Lucrezia d'Este la salutò con un bacio sulla guancia e le sussurrò all'orecchio: « Vi ammiro. È davvero la cosa migliore. Tutto avverrà in base ai vostri desideri, vi do la mia parola di madre ».

Una settimana dopo, nella banca dei Fugger a Roma vennero depositati ventimila ducati d'oro per Lucrezia, figlia di Imperia. Poco tempo dopo, il papa certificò personalmente l'adozione della giovane da parte di Agostino Chigi. Il potere discrezionale sul patrimonio di Lucrezia rimase però escluso dall'adozione, così come era stato indicato dalla madre; venne anche espressamente riconosciuta la necessità del consenso della giovane per qualsiasi decisione da parte del padre adottivo in merito a un eventuale matrimonio. Inoltre, per il momento Lucrezia avrebbe continuato a vivere presso Bramante.

Qualche giorno dopo, Imperia era in piedi nella loggia e osservava i ciuffolotti e i lucherini sguazzare nella fontana che lei amava così tanto. Il sole del pomeriggio immergeva il giardino in una luce dorata. Non si muoveva un filo d'aria e c'era profumo di erba secca. Bevve un lungo sorso di vino rosso dal bicchiere che teneva nella mano destra, mentre con la sinistra si reggeva alla balaustra. Nei suoi occhi c'era una profonda calma. Tutto il suo viso esprimeva una sorta di soddisfazione per il suo ultimo affare. Conosceva la sua fama di etera divina, di cortigiana più desiderata e più cara di Roma. Nessuno gliel'avrebbe più potuta sottrarre.

Nel mezzo della notte, Bramante sentì qualcuno bussare con violenza alla porta di casa. Posò la Bibbia. A cena aveva cercato di parlare con Lucrezia, che però non si era dimostrata disposta a recepire argomentazioni ragionevoli. Ancora di cattivo umore per via di quella lite, saltò giù dal letto e mugugnando malamente si avvolse in un mantello. Sulla scala incontrò Ascanio con la spada in mano. Nel vestibolo c'era il cameriere di Imperia, completamente senza fiato. E sembrava scosso.

«Che cosa è successo?» chiese Bramante, sentendo una stretta al cuore per la paura.

«Venite, venite subito! Madonna Imperia è in punto di morte!»

La notizia gli arrivò addosso come un colpo di scure nel petto. Ritrovato il fiato a fatica, prese il messaggero per le spalle e lo scosse violentemente. «Come in punto di morte? Dimmi che cosa è successo, farabutto!»

«Messere... Ha preso del veleno, messer Donato!»

«Veleno? Sei sicuro che è stata lei a bere il veleno? Non sarà che è stata avvelenata?»

«No, è stata lei stessa, ne sono sicuro!»

«Ma perché? Perché non è venuta da me? Non era felice?» Poi si rivolse ad Ascanio: «Sveglia subito Lucrezia! E poi vieni con lei alla villa di Chigi!»

Si precipitò fuori. Mentre correva per le strade, il vento fischiava e ululava attorno ai pignoni delle case. Grosse nuvole nere si addensavano sulla Città Eterna con velocità impressionante. Mezz'ora più tardi Bramante saliva di corsa l'elegante scalinata che conduceva al primo piano dell'edificio, dove si trovava la camera da letto. Davanti alla porta aperta, nel corridoio, c'era Agostino. Sembrava un'ombra di se stesso, e nei suoi occhi c'era una disperazione che rasentava la follia. Guardò Bramante, ma non lo riconobbe.

Bonet de Lattes uscì dalla camera da letto di Imperia. Fece un breve cenno all'architetto, poi si rivolse al banchiere. «Ora dovete essere molto forte. Le mie arti non possono nulla contro questo potente veleno. Non posso fare più nulla per lei.»

«E se la facciamo vomitare?»

«Troppo tardi. Il veleno imperversa già nei liquidi purpurei sotto la pelle e le divora il cuore.»

«Non è stato il veleno, ma il mio tradimento a ucciderla», mormorò Chigi, afflosciandosi ancora di più.

«Adesso entrate. Vi vuole vedere entrambi.»

Dopo Chigi, che si stringeva nelle spalle come un cane bastonato, anche Bramante entrò nella stanza. In quel frangente, l'affresco di Sodoma con la Rossane seminuda sembrava particolarmente fuori luogo. Imperia era distesa sul letto, diafana. Non se n'era ancora andata, ma ormai non era più di questo mondo. Bramante sentì un dolore così violento al cuore da credere che gli si sarebbe fermato.

«I miei due uomini...» sussurrò Imperia con un sorriso tenero. Con la sua bella mano affusolata indicò il bordo del letto.

I due uomini erano disorientati: ciascuno voleva dare la precedenza all'altro; Bramante perché sapeva che Chigi era quasi il marito, Agostino perché si sentiva in colpa nei confronti dell'architetto. «Non abbiamo tempo per le formalità», disse infine Bramante sedendosi alla sinistra della donna, mentre il banchiere si sedeva alla sua destra.

Lei si portò un dito alle labbra, esortando entrambi al silenzio, con dolcezza e fermezza allo stesso tempo. La sua voce era un filo sottile, e tuttavia resistente. «Giurate che farete tutto ciò che è in vostro potere per Lucrezia. Giuratelo su Dio! Sulla vostra eterna beatitudine!» I due uomini alzarono la mano e prestarono giuramento. «Non ti crucciare, Agostino, e sposa la contessa. Abbiamo trascorso bei momenti insieme. Sono stata molto felice. Molto felice! » Il dolore le deformava i lineamenti, ma andò avanti. « Non sapete che bisogna andarsene prima di avere svuotato il fondo del bicchiere? » Poi i suoi occhi semichiusi si spostarono verso la porta e per un attimo si aprirono, e le spuntò un sorriso sulle labbra. « Lasciateci sole », disse con un filo di voce.

Sulla porta c'era Lucrezia, pallida come un cencio, gli occhi sgranati per il terrore. I due uomini uscirono dalla stanza e rimasero a guardarsi senza parlare davanti alla porta chiusa. L'architetto non sapeva se abbracciare o picchiare il banchiere; avrebbe fatto volentieri entrambe le cose. Di quando in quando, dalla stanza giungeva un lieve bisbiglio, come uno scambio giocoso tra due ragazzine. Bramante temeva di perdere il senno. Poi l'urlo acuto di Lucrezia squarciò il silenzio.

Nello stesso istante, il papa in persona comparve in cima alle scale. Passò davanti ai due uomini salutandoli appena, entrò nella camera e con poche lunghe falcate raggiunse il letto. Chiuse gli occhi a Imperia e col pollice fece il segno della croce sulle palpebre. Poi prese la mano di Lucrezia. « Su, figliola, preghiamo! » S'inginocchiarono, mano nella mano, una quindicenne e il sessantanovenne vicario di Cristo. S'inginocchiarono e pregarono insieme per una cortigiana. Il papa non era mai stato più vicino di così al suo Dio, che aveva perdonato Maria Maddalena.

Quella notte su Roma si scaricò uno spaventoso temporale e una grandinata con chicchi grandi come uova di colombe. Due giorni dopo, un epigramma del poeta Gian Francesco Vitale stava facendo il giro della città. L'aveva commissionato Agostino Chigi: « Gli antichi persero un regno, noi abbiamo perso il nostro cuore », recitava, in un ingegnoso gioco di parole tra impero e Imperia.

Agostino Chigi portava il lutto. Organizzò pompose onoranze funebri e fece tumulare la sua amata in Santa Maria del Popolo. Inoltre acquistò una cappella nella stessa chiesa, perché anche lui, a suo tempo, venisse sepolto vicino a lei. Il matrimonio con Margherita Gonzaga non si fece. Per salvare le forme, fu annunciato che Margherita aveva cambiato idea all'ultimo minuto.

Poco tempo dopo la morte di Imperia, Bramante pregò Antonio di trasferirsi di nuovo da lui e di aiutarlo a consolare Lucrezia. Prima però gli fece giurare di non sedurla e non disonorarla. In ogni caso Antonio dovette accontentarsi di una camera nel sottotetto, mentre la stanza di Lucrezia era adiacente a quella di Bramante. L'architetto si fidava ciecamente del suo assistente, ma non delle forze del suo corpo.

Vedere Antonio ogni giorno, anche se brevemente, recava a Lucrezia un po' di conforto. I lavori per la basilica di San Pietro lo tenevano col fiato sospeso per quattordici ore al giorno e anche più, perché per diretto volere del papa doveva costruire il più rapidamente possibile il coro occidentale. Quello stesso coro occidentale che Bramante - ma anche lui stesso - riteneva superfluo. Così i lavori di costruzione del quadrato si bloccarono, cosa che irritò molto Antonio, e che depresse Bramante così tanto da fargli perdere ogni interesse per l'avanzamento dei lavori. Preferiva vagare per gli altri cantieri, lasciando quindi che l'intera responsabilità di quello della basilica di San Pietro gravasse sulle spalle di Antonio. Il poco tempo che gli restava, il giovane architetto lo trascorreva con Lucrezia. Era bello e difficile allo stesso tempo, perché il loro amore cresceva di giorno in giorno e la promessa di continenza era sempre più vissuta da entrambi come una tortura.

48

Roma, Anno Domini 1512

All'inaugurazione della Cappella Sistina presenziarono tutti coloro che a Roma possedevano un rango e un nome, tutti felici di ammirare quel prodigio di forme e colori. Michelangelo tuttavia si teneva in disparte, maldisposto, lo sguardo fisso davanti a sé. Che cosa gli importava della gente! Si sentiva vuoto e stanco. Aveva messo in quella volta tutto ciò di cui era capace ed era esausto, come Dio il settimo giorno; e come Lui, desiderava finalmente riposare.

Giovanni de' Medici gli andò incontro con uno sguardo raggiante. «Ti sei superato Michelangelo!»

«I miei più umili ringraziamenti», rispose freddo, sperando che Giovanni non notasse che l'angelo col braccio sinistro di Dio attorno al collo aveva i lineamenti di Contessina e quindi lo guardava con gli occhi di sua sorella.

Il cardinale fece un sorriso ambiguo, poi si chinò verso l'artista con fare da compagnone. «Quando vedo tutti questi bei corpi nella loro perfezione, ho la sensazione che dobbiamo ricordarci di Piero e ringraziarlo.»

«Perché Piero?» Il pittore non aveva capito l'allusione.

Giovanni era molto divertito per aver preso in giro Michelangelo. «Molto semplice! Come avresti fatto a dipingere tutti questi corpi nudi con tanto realismo, se non avessi realizzato tutti quei disegni per me e se Piero non ti avesse trascinato in tutte quelle case chiuse a tale scopo? Dio è grande ed è ovunque!» disse ridendo, e si allontanò dall'artista perché nel frattempo aveva notato il cardinale Petrucci, col quale voleva assolutamente scambiare qualche parola.

Michelangelo ribolliva di rabbia. Come osava il cardinale de' Medici trascinare nel fango la sua creazione, paragonando Dio e gli uomini, e i profeti e le sibille, con le puttane e i ragazzi di strada dei bordelli fiorentini? Temeva di perdere il controllo, quando gli giunse all'orecchio una voce ben nota.

« Non ti senti bene, figlio mio? » gli chiese Giulio II.

Si sforzò di ricomporsi. « Sì, Santo Padre, va tutto come dovrebbe andare. »

« L'opera ti è riuscita, Michelangelo, hai rappresentato la vita vera e autentica. E adesso che è compiuta è il momento di occuparsi finalmente del nostro mausoleo! »

« Pensavo che aveste abbandonato il progetto », disse Michelangelo sbalordito.

« Naturalmente no. Ma prima doveva essere completata quest'opera. E ora sbrigati, figlio mio. »

« Messer Donato sta procedendo regolarmente coi lavori oppure il vostro mausoleo dovrà sorgere all'aperto? » chiese l'artista, cogliendo al volo l'occasione di sfogare sull'odiato concorrente la rabbia che aveva dentro per la malvagità di Giovanni de' Medici.

« Gli abbiamo ordinato di lasciar stare il quadrato e di completare prima di tutto il coro occidentale. Ora tu non indugiare, però! Sai che non abbiamo tempo. L'orologio segna le dodici meno cinque! »

Michelangelo voleva obiettare qualcosa, ma il papa gli fece cenno di no. Non voleva sentire lodi smodate sulla sua salute. Sentiva troppo chiaramente che stava peggiorando.

Michelangelo avrebbe voluto riposare, ma la sera stessa riprese a lavorare al mausoleo di Giulio II. Non voleva concedere a Bramante il gusto di chiedere dove fosse il mausoleo, una volta che avesse terminato il coro occidentale. Ma non riusciva a fare progressi. La scultura non lo entusiasmava più; non lo ispirava, lo annoiava soltanto. Dopo aver affrescato la volta della Cappella Sistina, tornare a lavorare a quel mausoleo gli sembrava una barzelletta. Avrebbe accettato volentieri un altro incarico, e del resto le richieste arrivavano a frotte, una più allettante dell'altra. Ma mettersi contro la volontà del papa era impensabile, anche perché il mausoleo era l'ultima commissione che voleva vedere realizzata. Così lavorò sino allo sfinimento, e aveva l'impressione di essere finito all'inferno, perché il mestiere e l'esperienza dovevano sostituire l'ispirazione, che non voleva saperne di arrivare. Sentiva che il lavoro lo prosciugava, e che non avrebbe potuto reggere ancora a lungo.

Roma, Anno Domini 1513

La sera del 20 febbraio 1513, il cardinale Giovanni de' Medici venne convocato d'urgenza al Palazzo Vaticano. Accompagnato da Bibbiena e da due guardie, andò a piedi al rione Borgo. Sapeva che il papa era in punto di morte.

Quando entrò nella stanza da letto trovò gli altri cardinali già riuniti. Giulio gli lanciò un'occhiata severa. «Giovanni! Mi fa piacere sia venuto anche tu, figlio mio», disse in italiano, poi proseguì in latino: «*Mea culpa, mea culpa, mea maxima culpa*. Pregate per me, perché sono stato il più grande peccatore di tutti: non ho gestito come avrei dovuto l'alta carica che Dio mi ha conferito. C'è stata troppo poca pace. Ho fatto troppa politica, e nonostante ciò, o forse proprio per questo, non ho liberato la Terra Santa! Voi però guardatevi dalla superbia e dall'inerzia nella fede. Pregate con solerzia e rispettate rigorosamente i comandamenti. Temete soltanto Dio e siate davvero timorati di Lui! Per la scelta del nuovo vicario di Cristo, attenetevi alla mia bolla e astenetevi dalla compravendita delle cariche e dalla corruzione. Lasciatevi guidare soltanto dallo Spirito Santo. Convocate tutti i cardinali nel conclave. Non è il concilio, ma il conclave a eleggere il papa. Sono esclusi soltanto i cardinali scismatici. Per quanto io possa perdonare di cuore come uomo, noi come papa non possiamo. Perché in quanto vicario di Pietro dobbiamo rispettare rigorosamente il diritto canonico!»

Aveva parlato con tono risoluto e chiaro. Poi i suoi lineamenti si ammorbidirono e chiese in italiano di affidare il vicariato di Pesaro a vita a suo nipote, il duca di Urbino. Infine si lasciò cadere all'indietro, esausto, e mormorò con una voce quasi impercettibile: «*Locutus est Dominus ad Mosen dicens: Loquere Aaron et filiis eius: sic benedicetis filiis Israhel et dicetis eis: be-*

nedicat... Ti benedica il Signore e ti protegga; il Signore faccia brillare il suo volto su di te e ti sia propizio; il signore rivolga su di te il suo volto e ti conceda pace... Così porranno il mio nome sugli Israeliti e io li benedirò».

Dopo che ebbe benedetto i cardinali, il suo cameriere gli diede una bevanda con oro liquido. Il suo medico personale sperava che quella medicina migliorasse le sue condizioni fisiche, ma la forza che lo aveva accompagnato per tutta la vita lo stava abbandonando. I cardinali rimasero a vegliare al suo capezzale. Giovanni de' Medici rifletté in silenzio sui capricci del destino.

Non era stato presente alla morte di suo padre, che aveva cambiato così tanto la sua vita e quella della sua famiglia, nonché quella degli amici e della bella città di Firenze. Non gli era stato concesso di dire addio a Lorenzo il Magnifico. Non ne aveva mai parlato con nessuno, neppure con Piero, il suo amato fratello maggiore, ma ne soffriva ancora. Quell'ultima conversazione mancata aveva cambiato la sua vita. Lo sentiva. E ciò che non gli era stato concesso allora, nel caso del suo genitore naturale, adesso gli veniva addirittura imposto per quell'uomo, quell'estraneo che tutti chiamavano Santo Padre. Aveva stimato Giulio, lo aveva anche temuto, ma non lo aveva né ammirato né amato. Giovanni de' Medici, l'uomo col viso tondo e paffuto da fanciullo, aveva ammirato e amato soltanto Lorenzo il Magnifico. Quella conversazione mancata gli aveva marchiato a fuoco l'anima. L'unica sua consolazione era che, anche senza quel colloquio, conosceva le ultime volontà del padre: riportare i Medici a Firenze, e farli tornare a essere i signori della città. Perché i Medici non potevano stare senza Firenze e Firenze non poteva stare senza i Medici. Lo aveva dimostrato il decadimento della città sotto Savonarola e il gonfaloniere Piero Soderini. Tuttavia c'era soltanto un modo per rispettare le ultime volontà di suo padre, e quel modo passava per la Cattedra di Pietro. Tali erano i pensieri di Giovanni, mentre scortava il pontefice all'estrema dimora insieme con gli altri cardinali.

Poco dopo mezzanotte, Giulio esalò l'ultimo respiro. L'uomo che era sempre sembrato un gigante appariva ormai piccolo e fragile. La mattina successiva, il suo feretro fu esposto nella fredda basilica di San Pietro, tra le correnti d'aria, ma in un punto in cui era almeno riparato dalla pioggia. Il popolo si accalcò nella basilica e tutti sfilarono col capo chino e le lacrime agli occhi. Per tutti loro, Giuliano della Rovere era stato un grande papa e un grande sovrano.

Dopo la veglia funebre, Giovanni de' Medici prese in disparte l'arciprete della basilica di San Pietro, il cardinale Catalano. «Per chi voterete al conclave?»

«Lo vedrete al conclave!»

Giovanni de' Medici sorrise e dondolò il capo. «Voterete per il nostro caro fratello Alessandro Farnese. E lui se l'è sicuramente meritato, perfetto com'è. Tuttavia i cardinali più giovani desiderano che sia io il successore del nostro caro Giulio. Ed è un desiderio cui io difficilmente mi posso sottrarre, per una questione di carità cristiana. E come i giovani, anche alcuni dei fratelli più anziani sentono lo stesso desiderio. Non dovreste precludervi questa saggezza.»

Il domenicano guardò Giovanni de' Medici esterrefatto. «Perché dovrei votare per voi?»

«Perché così potete espiare la colpa per la morte del conte Giovanni Pico della Mirandola. Dovete sapere che il *Princeps Concordiae* era uno dei miei insegnanti. L'ho stimato e amato molto.» L'arciprete fissava sbalordito il cardinale, il quale tuttavia continuò a parlare impassibile. «Credetemi, non l'avrei immaginato e vi avrei difeso contro chiunque, se non avessi prove valide che mi hanno fatto comprendere la portata della vostra peccaminosità e fallibilità.»

Giacomo squadrò Giovanni de' Medici, poi rifletté a lungo. Alla fine disse: «Se nominerete fra' Giocondo architetto responsabile di San Pietro, avrete il mio voto».

«Dopo la morte di Donato.»

«E sia, dopo la morte di Bramante.»

Astutamente, il figlio di Lorenzo il Magnifico aveva trasformato la pretesa dell'arciprete in una scommessa aperta. Fra' Giocondo era almeno coetaneo di Bramante. Nessuno poteva sapere quale dei due sarebbe passato a miglior vita per primo.

Quando Lucrezia giunse in piazza San Pietro accompagnata da Antonio, vi si era già riunita una folla sterminata. Dovettero fare attenzione a non essere travolti dalla ressa.

Allo stesso tempo, Ascanio stava prendendo congedo da Bramante. Dato che il suo servizio di guardia del corpo del grande architetto e del suo entourage era diventato pressoché superfluo, voleva andare in cerca di nuove avventure per il mondo prima che diventasse troppo vecchio e pigro per assecondare davvero la voglia di farlo. Ma c'era anche un'altra ragione che lo spingeva a lasciare Roma: la consapevolezza che il suo amore per Lucrezia cresceva incontenibile di giorno in giorno, di settimana in settimana. Così tanto che ormai temeva di cadere all'improvviso in un qualche gesto sventato. E se aveva scelto quel preciso momento, per andarsene, era proprio perché Lucrezia non era in casa: non sapeva se sarebbe stato in grado di dirle addio. I due uomini, che avevano superato così tanti pericoli insieme, si abbracciarono col calore dei vecchi amici e si dissero addio, praticamente certi che non si sarebbero mai più rivisti.

Lucrezia e Antonio avevano appena trovato un buon posto, quando il cardinale Alessandro Farnese annunciò con un'espressione impenetrabile che avevano un nuovo papa, lo stimatissimo cardinale Giovanni de' Medici, che prese il nome di Leone X. Il popolo esultò, perché Giovanni de' Medici era amato da tutti per la sua generosità e per la sua natura allegra.

Mentre tornavano al palazzo di Bramante sentirono già un epigramma che si stava diffondendo in un baleno: « Un tempo regnava Venere, poi toccò al Dio della guerra. Ora inizia il tuo giorno, augusta Minerva ». Il poeta alludeva agli amori di papa Borgia, Alessandro VI, e alle crociate del bellicoso Giulio II. Dal pontificato di Leone X i romani si attendevano soprattutto garbo, amore per la pace e saggezza. Il nuovo papa scelse come motto il salmo *Il Signore mi ascolta quando lo invoco.*

Rientrati a casa, però, la gioia dei due giovani si dissolse in fretta, appena scoprirono che Ascanio li aveva lasciati. Anche Antonio era addolorato; sebbene un tempo lo avesse considerato un rivale in amore, sapeva di dovergli tanto.

Lucrezia e Antonio riuscirono a convincere Bramante ad accompagnarli alla processione in cui il nuovo papa, come da tradizione, attraversava Roma, partendo dal Vaticano, per prendere solennemente possesso dell'Arcibasilica Laterana, che già dai tempi di Costantino fungeva da sede episcopale del papa. Quel corteo eclissò tutto ciò che si era mai visto fino a quel momento. Duecento lancieri guidavano la processione sotto un cielo blu immacolato e un sole raggiante. Seguivano i musicisti con le loro livree, nei colori bianco, rosso e verde. I sontuosi vessilli dei tredici direttori delle circoscrizioni di Roma risplendevano al sole e sulla bandiera dell'università risaltava un angelo dai colori fiammeggianti, come la sapienza che proveniva da Dio per conquistare la terra con la sua forza e la sua grandezza. La città era inondata di colori, perché a quelle insegne si aggiungeva la bandiera di Roma, sul cui sfondo rosso brillavano le lettere dorate *S.P.Q.R.*, *Senatus PopulusQue Romanus*, seguita dalla bandiera bianca con la croce nera dell'Ordine dei cavalieri teutonici. Poi veniva la croce bianca su seta rossa dei gerosolimitani. La processione di colori sfarzosi continuava: le pietre preziose con cui erano ornati i sontuosi abiti dei capi delle grandi famiglie di Firenze e di Roma - Farnese, Medici, Conti, Orsini, Colonna, Santa Croce, Strozzi e Pucci - scintillavano come lacrime angeliche.

Nella folla riunita in piazza San Pietro trovarono posto anche l'architetto con sua figlia e il suo assistente. Infine c'erano la corte ristretta del papa e i religiosi. Duecentocinquanta abati, vescovi e arcivescovi a cavallo, coi loro paramenti sacerdotali solenni, precedevano i cardinali. E il sole di aprile mandava riflessi accecanti dalle armature lucenti delle guardie svizzere.

Infine, sotto un baldacchino portato da cittadini di Roma, che simboleggiava il trono celeste, c'era il papa, in sella a un cavallo bianco turco. Il suo capo era ornato dalla tiara, la triplice corona tempestata di pietre preziose. Il camerlengo e altri ciambellani seguivano Leone X, gettando monete al popolo romano. Quattrocento cavalieri chiudevano il corteo. Non solo per il denaro che veniva distribuito, ma soprattutto per essere partecipe di quello sfarzo infinito, il popolo di Roma si accalcava ai lati della strada e riempiva ogni finestra o pertugio che si apriva lungo il percorso del corteo.

Dieci anni prima, Roma era ancora un labirinto tortuoso di case e rovine, nel quale serpeggiavano le strade della città. Le case si moltiplicavano in maniera incontrollata, mentre altre crollavano pian piano, trasformandosi nelle macerie su cui la città poggiava da oltre duemila anni. Dal groviglio di edifici s'innalzavano minacciose le torri difensive dei palazzi dei nobili romani, che rivendicavano così la loro ricchezza e il loro potere. In un certo modo, quelle fortezze urbane somigliavano a quartieri generali di cavalieri predoni. Tutti combattevano contro tutti, tutti diffidavano di tutti. Con le loro residenze urbane fortificate come isole di potere in mezzo al tortuoso labirinto fitto di costruzioni, le famiglie potenti controllavano i quartieri di Roma secondo una spartizione precisa. Fino al giorno in cui Giulio II ordinò all'architetto Donato Bramante di radere al suolo quegli acquartieramenti. E l'architetto, assistito da Antonio da Sangallo, aveva fatto un gran bel lavoro, come poteva constatare lui stesso in quel momento.

Il corteo pontificio percorreva la via Papale, che andava direttamente dall'antica basilica di San Pietro all'Arcibasilica Laterana, attraversando la città. E quando riconoscevano il nuovo papa, le persone che seguivano la processione dai lati della strada esultavano gridando: «*Palle, palle!*» riferendosi allo stemma mediceo e al grido di battaglia del casato. Il modo più diretto per professarsi seguaci dei Medici. Le palle dello stemma indicavano l'appartenenza della potente famiglia fiorentina al ceto dei farmacisti.

Per Bramante, l'intronizzazione di Giovanni de' Medici rappresentò una svolta epocale. L'architetto godeva della benevolenza del nuovo papa, ma Giulio II gli mancava molto. Così perse lentamente la voglia di tutto. Antonio cominciò a sentire la sua mancanza nei cantieri, che il maestro frequentava sempre meno. L'architetto un tempo insaziabile adesso addirittura rifiutava diversi incarichi. Sempre più spesso, Antonio lo trovava intento a pregare o a leggere. E aveva anche ripreso a scrivere sonetti. Dopotutto, poteva essere soddisfatto. Nessun concorrente osava sfidarlo, e papa Leone X lo riceveva a qualsiasi ora del giorno e della notte. Il suo protetto Raffaello aveva superato il concorrente Michelangelo, divenendo così il pittore più famoso di Roma, e s'inchinava davanti all'anziano maestro.

Una domenica, dopo la messa, Bramante invitò Antonio a fare una passeggiata. L'architetto rivelò al suo assistente di sentirsi solo e stanco, nonostante il favore del papa e la fama raggiunta. La morte di Imperia e quella del suo coetaneo Giulio II avevano rappresentato il crollo delle colonne portanti della sua vita. Più di ogni altra cosa desiderava poterli rivedere, un giorno, Giulio e Imperia e anche Giovanni Pico della Mirandola, sempre che, aggiunse con un sorriso amaro, Dio non lo cacciasse all'inferno, perché in fondo se l'era meritato. Non riuscivano a rasserenarlo neppure le visite del suo vecchio amico Leonardo, che in quel periodo si trovava a Roma. Pose un braccio sulle spalle di Antonio. «Sai quando ci si accorge che la fine si avvicina, figlio mio? Quando si sente più nostalgia dei morti che dei vivi. Mi aspettano. Mi chiamano. Li sento.»

Antonio avrebbe voluto replicare qualcosa, dissipare la tristezza dell'anziano maestro, perché le sue parole lo addoloravano, ma Bramante non lo lasciò parlare. «Credimi, va tutto bene, tranne una cosa che devo ancora sistemare. Mi sono accordato con Agostino Chigi e col papa. Dopo la mia morte tu diventerai l'architetto di San Pietro. Insieme con fra' Giocondo, sempre che a quel punto sia ancora vivo. Con lui si può andare d'accordo. Non parlarne mai con nessuno, ma sappi che il papa appartiene alla nostra confraternita. Devi saperlo, perché tu mi succederai come priore dei Fedeli d'Amore. Gli incarichi non ti mancheranno. E così sarai un uomo maturo, e potrai fondare una famiglia.»

«Anche se mi toglieste tutto, messer Donato, non sposerò mai nessun'altra all'infuori di Lucrezia!»

«Ed è Lucrezia che devi sposare! E se non dovessi renderla felice o se dovessi tradirla, ritornerò personalmente dall'aldilà e te le darò di santa ragione, figlio mio, tanto da farti desiderare di non essere mai nato!»

49

Roma, Anno Domini 1514

A marzo si tenne il matrimonio, un matrimonio magnifico, e ad aprile Donato Bramante si addormentò per l'ultima volta, esausto della vita, con un sorriso beato sulle labbra. Antonio intuiva che non era stata soltanto la gioia per la loro felicità a far comparire quell'espressione felice sul viso del suo maestro nel momento dell'ultimo respiro, ma non riusciva a capire di più. Come poteva un uomo come Bramante, che aveva sempre amato la vita con tutte le fibre del suo cuore, presentarsi alla morte con un'espressione di beatitudine anziché di rammarico? Per lui rimase un mistero, come il senso ultimo delle cose.

Bramante non sentiva più le parole del sacerdote, né quelle di Agostino, che gli disse addio in preda a una profonda commozione, né Raffaello, che s'inginocchiò tra le lacrime ai piedi del suo letto ed era inconsolabile, come se l'uomo in punto di morte fosse suo padre, che aveva perso precocemente. Non sentì neppure le parole di Lucrezia, l'unica persona che ancora amava sulla terra. A ognuno dei suoi respiri sempre più deboli, il mondo perdeva significato. Vedeva già attraverso i tempi e i mondi, dall'altra parte, un piccolo gruppo di persone che lo salutava allegramente, quasi con esuberanza; erano in tre, e sembrava lo stessero aspettando da tempo. Imperia rideva sonoramente e i suoi begli occhi erano raggianti per la felicità, Pico fece una capriola e Giulio – ah, era davvero incredibile! – Giuliano della Rovere, uomo duro e papa bellicoso, era seduto su un'altalena e rideva di gioia come un bambino.

Lucrezia gli prese la mano, e quando lui sentì la pelle morbida della giovane donna, la presa ferma, pensò che fosse stata Imperia a tendergli la mano. La sentiva già rimproverarlo: « Polentone! » Poi, con uno strattone vigoroso, lo trascinò dalla sua parte del mondo.

L'11 aprile 1514 moriva a Roma Donato Bramante, figlio di un contadino di Monte Asdrualdo, lasciando ai suoi successori, cioè fra' Giocondo, Raffaello, Baldassarre Peruzzi e Antonio da Sangallo, il più grande cantiere del mondo. Aveva innalzato i pilastri di sostegno per la cupola, senza poter costruire il firmamento sul quadrato. Alla fine, le due forze cui era sfuggito durante la vita, ovvero la morte e l'amore, lo avevano raggiunto.

Arrivò l'estate, e a metà di un pomeriggio di pioggia torrenziale Antonio fece un salto al cantiere per un sopralluogo, più per tranquillizzarsi che nella certezza di essere richiesto.

Già a metà strada tra il pilastro di sud-ovest e il coro occidentale, Maffeo gli andò incontro. «Messer Antonio, è pronto il riparo per la tomba di Pietro», disse. Il tono non era quello gioioso dell'annuncio di un successo, ma piuttosto quello di un palese rimprovero.

«Bene», replicò Antonio aspettando che proseguisse.

«Non è una bella cosa, se adesso devo dividere di nuovo i lavori al coro occidentale con gli altri costruttori!» E dato che l'architetto mostrava di non capire, allargò le braccia disperato. «Così sono costretto a licenziare metà dei miei operai!»

A quel punto finalmente Antonio capì il dilemma del suo più fedele capomastro. Assumendo sempre nuovi operai, e retribuendoli, grazie ad Antonio stesso, addirittura il doppio in certi periodi critici, era diventato il re degli imprenditori edili. Nei tempi pericolosi in cui era stato spezzato il cartello dei costruttori affermati grazie all'intervento di Ascanio, la piccola e ambiziosa impresa di Maffeo era diventata la più importante impresa edile di Roma. E la fiducia reciproca in quei momenti di pericolo era diventato il fondamento del loro successo. A quel punto, però, si trovavano di nuovo in acque difficili. Antonio capiva. Chi doveva licenziare muratori perché non riusciva a procurare abbastanza lavoro comprometteva la propria reputazione come imprenditore edile. L'impresa di Maffeo si espandeva, ma non era ancora così consolidata da poter assorbire senza danni una perdita di prestigio. Il settore dell'edilizia era e rimaneva una specie di guerra, in cui, come nell'amore, ogni mezzo era lecito.

Pose una mano sulla spalla di Maffeo, per placarlo. « Per ora non devi licenziare nessuno. Per qualche giorno possiamo resistere. Aspetto di parlare col Santo Padre da un giorno all'altro. »

Il capomastro sembrò essersi levato un peso dal cuore. Antonio si voltò per andarsene, ma lanciò un'ultima occhiata alle proprie spalle, pieno d'inquietudine.

Ciò che si vide davanti era caotico e fuori controllo. Per metà, l'antica basilica di San Pietro, dalla Loggia delle benedizioni al cortile interno, era ancora in piedi, sublime e imperterrita, come era stata per oltre mille anni e come se non fosse successo nulla negli ultimi sette. Poi però le antiche mura s'interrompevano, come se fossero state tagliate con una spada affilata, e si apriva un vuoto di diversi piedi, finché d'un tratto, come una possente torre, l'enorme quadrato s'innalzava nel cielo, accingendosi a superare in altezza il campanile di Santa Maria in Turri. I quattro pilastri erano collegati da pennacchi e archi di sostegno che li facevano sembrare giganti che si tenevano reciprocamente le braccia sulle spalle, come se stessero giurandosi l'un l'altro fedeltà prima di andare in battaglia. Erano seguiti dai contropilastri, che però non avevano ancora raggiunto l'altezza definitiva. Poiché erano necessari per puntellare il peso della possente cupola, pensare alla cupola prima che fossero finiti i contropilastri, e che fosse posato il tamburo sui pilastri e sui pennacchi che li collegavano, era del tutto escluso.

Dalla morte di Bramante, la situazione in cantiere si era sviluppata in modo disordinato. Prima di morire, l'architetto era riuscito a imporre Raffaello come nuovo responsabile dei lavori, ma il pittore non si faceva vedere né a casa di Antonio né in cantiere. Come tutti, anche lui attendeva il ritorno del papa dalla caccia in campagna, per consultarsi con lui, prima d'intraprendere la sua attività. Il fatto che Bramante non avesse nominato suo successore l'assistente – che così era rimasto tale – aveva ferito Antonio. Il maestro gli aveva consigliato di essere paziente, perché il suo momento sarebbe comunque arrivato. « Dopo la mia morte inizieranno le botte e le coltellate. Non devi finire in mezzo ai due fronti.» Sebbene quella motivazione sembrasse del tutto plausibile, Antonio si sentì comunque respinto e scavalcato, e la cosa lo logorava.

Giunto a casa, si sedette a tavola imbronciato. Lucrezia spostò il piatto che gli aveva appena messo davanti, gli prese le mani e lo fissò con uno sguardo indagatore. «Cos'è che ti tormenta?»

«Non è niente!» disse lui tra i denti, e fece per liberare le mani.

Lei non glielo permise. «Niente, certo, è per questo che sei di un'allegria contagiosa», disse seria.

Antonio si era proposto di tenerla lontana dai suoi guai e di non inquietarla, ma non voleva mentirle e non riusciva a sottrarsi alle sue domande. In ultima analisi, era un pessimo attore e non riusciva a darle a intendere nulla. Lucrezia era troppo intelligente o sensibile, o tutt'e due le cose, per non smascherare le sue manovre diversive, che peraltro erano così goffe da risultare commoventi. Così sgorgarono non solo le parole ma anche la rabbia e le preoccupazioni: Raffaello non si preoccupava del cantiere, e lui non aveva ancora avuto l'opportunità di parlare dell'avanzamento dei lavori col nuovo papa.

«Il Santo Padre non è un tuo confratello?»

«Taci!» le disse bruscamente lui, spaventato dalla naturalezza con cui lei aveva pronunciato quel grande segreto, per quanto soltanto in sua presenza. Poi si vergognò di essere stato così brusco. «Sì, e anche Raffaello. Ma la confraternita non esiste più. Non ci sono incontri, non ci sono obiettivi comuni. Leonardo, Pico della Mirandola, Ficino, Donato, Giuliano e gli altri architetti avevano obiettivi comuni. Ma che cosa dovrebbe legare il papa, Raffaello, Peruzzi, mio zio e me?»

«La costruzione della basilica di San Pietro», replicò lei.

Lui chinò il capo, pensieroso. In teoria aveva ragione, ma nella realtà le circostanze erano molto più complesse. Raffaello era soprattutto un pittore, Baldassarre Peruzzi era sommerso di incarichi come architetto, Giuliano da Sangallo era così preoccupato per la sua età avanzata da voler soltanto portare a termine i propri progetti. E Leone X? Giovanni de' Medici era entrato nella confraternita soltanto per un capriccio del destino, perché lo aveva voluto il suo tutore. Angelo Poliziano però non aveva previsto che il piccolo e cicciottello Giovanni un giorno potesse diventare Leone X. Inoltre il papa era innanzitutto un Medici e non si sentiva legato a nulla, se non alla posizione della sua famiglia, di cui era a capo dalla morte di Piero.

« Perché vuoi accelerare a tutti costi i lavori? Finché non avrai parlato col papa lascia che le cose vadano avanti come vanno. Formalmente è Raffaello ad avere la responsabilità primaria, non tu. »

Sul viso di Antonio spuntò un sorriso fugace. Amava la giovane moglie e ne ammirava la saggezza. Anche se gli riusciva difficile accettarlo, perché da così tanti anni era prevalentemente il suo cantiere, in quel caso aveva ragione lei. In effetti lui non aveva nessuna responsabilità ufficiale. « E che cosa dovrei fare nel frattempo? » chiese perplesso, guardandosi le mani come se fossero improvvisamente paralizzate.

Lucrezia scoppiò in una fragorosa risata. « È questo il problema, quindi. Tutta la tua rabbia si fonda sulla paura della noia. Be', io una bella idea ce l'ho: puoi ristrutturare la nostra casa! »

« Io? »

« Sì, tu! Non sei forse un architetto? »

« Ma perché dovremmo fare delle modifiche alla casa? »

« Perché? » gli fece eco lei, con un lampo di finta rabbia negli occhi, come se lui si fosse reso colpevole di qualcosa. Antonio però non aveva idea di quale fosse il delitto che gli veniva rimproverato. Lucrezia lo tenne sulla corda per un po', continuando a fulminarlo con lo sguardo, prima di abbassarsi a dare una risposta: « Perché? Te lo dico io perché! Perché questo palazzo, che andava bene per uno scapolo vivace, non è l'ambiente ideale per un bambino, per una famiglia vera ».

Antonio si sentì come colpito da un fulmine. « Vuoi dire che aspetti un bambino? »

« Non vedi come sono luminosi i miei occhi? Sono incinta! »

Lui balzò in piedi con una tale irruenza che rovesciò lo sgabello su cui era seduto, poi prese sua moglie e la fece volteggiare più volte per la gioia. Ma si fermò di colpo, serio e preoccupato; la rimise a terra con delicatezza. « Scusami, io... »

Lei rise. «Stai tranquillo, non è successo nulla al bambino. Al contrario, per la prima volta ha sentito la gioia di suo padre. Adesso sa di essere il benvenuto.»

Dopo che Lucrezia si fu addormentata, nel mezzo della notte lui si alzò in silenzio, andò nello studio al piano terra e cominciò a disegnare schizzi per la ristrutturazione della casa che Lucrezia aveva ereditato da Bramante e che sarebbe diventato il palazzo della famiglia Antonio da Sangallo. Quando il sole filtrò dalle finestre, non solo aveva completato il progetto, ma aveva anche stabilito la successione dei lavori, basandosi sul principio di fare in modo che la moglie incinta fosse disturbata il meno possibile.

Quando Lucrezia entrò nello studio ancora assonnata, sfregandosi gli occhi, Antonio, stanco ma felice, le presentò il disegno che illustrava come sarebbe stata la loro casa di lì a non molto. Il piano terra sarebbe stato destinato esclusivamente al lavoro, con studio e ufficio, oltre alla cucina, alla dispensa e alle stanze dei domestici. Al piano nobile era previsto un salone per le feste e una sala più piccola per i pasti quotidiani e i momenti di condivisione familiare. Al secondo piano, ancora da costruire, sarebbero state collocate le stanze da letto, la loro e quelle dei figli.

«Figli?» chiese lei sconcertata.

«Be', adesso sappiamo come si fa...» scherzò lui bonariamente. «Oppure devo ristrutturare questo vecchio casermone ogni volta che rimani incinta?»

Lei rise. Naturalmente no! Poi il suo sguardo si soffermò su un dettaglio che non riusciva a spiegarsi. Antonio sorrise orgoglioso. «Questi sono camini. Quando ero bambino, in inverno, nel tardo autunno e all'inizio della primavera morivo sempre di freddo quando l'umidità penetrava nelle pareti e spargeva il gelo in casa.» Poi le fece notare anche che intendeva alzare i soffitti e costruire una stanza da bagno.

Lei prima sgranò gli occhi sbalordita, poi lo guardò come se fosse uscito di senno. «Una stanza da bagno?»

«Esatto!» confermò lui abbracciandola dolcemente. «Come quella che Raffaello costruirà per il vescovo Bibbiena nel Palazzo Vaticano. Una *stufetta*.»

Due giorni dopo Antonio ricevette una visita da Maffeo, che condusse subito nello studio. Il costruttore sembrava di cattivo umore. Diversamente dal suo solito, cominciò il discorso con una certa prolissità. Disse di apprezzare il fatto di non dover licenziare nessun muratore, ma aggiunse che la situazione al cantiere era insostenibile, perché al coro occidentale gli operai si pestavano i piedi a vicenda e stava già nascendo cattivo sangue tra le imprese, perché si lavorava in spazi troppo ristretti. « Sappiamo tutti che questa situazione non durerà a lungo, e che due o tre capomastri perderanno il loro incarico. Lascia che continuiamo a lavorare ai contropilastri! » concluse Maffeo.

« Ma Donato ha ordinato, per conto del papa, di concludere il più rapidamente possibile il coro occidentale! » obiettò Antonio.

« Donato non è più in vita e il papa nemmeno. La decisione la devi prendere tu. »

Maffeo immaginava che le cose fossero di gran lunga più semplici di com'erano in realtà, perché Bramante aveva limitato di proposito la progettazione al quadrato. Non c'era nemmeno una versione definitiva del progetto per la costruzione della cupola. Antonio però non poteva dirlo al costruttore. Se si fosse venuto a sapere che lui e Bramante avevano lavorato senza un progetto, solo sulla base dell'ispirazione e delle idee del momento, la loro reputazione sarebbe andata a farsi benedire. Forse per Bramante era ormai indifferente, ma la carriera di Antonio sarebbe stata annientata. Doveva mantenere a tutti costi l'impressione che i lavori si stessero svolgendo sulla base di un progetto definitivo.

Bisognava decidere. Stabilire la conformazione della cupola e chiarire la questione determinante: se a est del quadrato, verso la città, dovesse essere annessa una navata longitudinale oppure se la nuova basilica di San Pietro dovesse diventare una chiesa a pianta centrale. Ciò avrebbe avuto ripercussioni quantomeno sui pilastri di nord-est e di sud-est e sui rispettivi contropilastri. Antonio aveva davanti un grosso dilemma.

« Io non sono Donato! » replicò in modo brusco. Che lo ritenessero pure un pusillanime, l'eterno assistente che non osava mettersi nei panni del maestro. Era meglio che lo credessero un codardo, piuttosto che far sapere loro la verità, e cioè che per tutti quegli anni avevano lavorato in modo arbitrario.

Maffeo picchiò il pugno sul tavolo, furente. «Invece sì, per noi tu sei Donato!»

«Dammi ancora un po' di tempo, Maffeo. Prima devo parlare col papa.»

Intanto, lo sguardo del capomastro si era posato sui disegni per la ristrutturazione della casa. «Sembra che tu abbia altro da fare», brontolò accigliato.

«Che cosa vuoi dire?»

Maffeo indicò i disegni. «Hai trovato un nuovo committente. Peccato che tu non coinvolga i tuoi amici.»

Antonio si mostrò irritato. «Se tu sapessi leggere un disegno sapresti di che cosa si tratta!»

«E sentiamo, di che cosa si tratta?» chiese Maffeo, che si era già voltato per andarsene. La domanda conteneva una minaccia: che Antonio non si facesse venire in mente di prenderlo in giro perché non sapeva leggere un disegno. Sì, non sapeva leggere in generale, e allora? Quale costruttore aveva imparato a leggere e scrivere? Come suo padre, tutti si erano fatti strada cominciando da muratori.

«Il committente sono io stesso. Voglio ristrutturare questo palazzo.»

Maffeo sorrise. «Lucrezia è incinta?»

«Come lo sai?»

«Non ti sarebbe venuta l'idea di ristrutturare la casa se la famiglia non si stesse allargando. Sempre che sia stata un'idea tua.» Si chinò con interesse sul disegno, anche se più che capirlo ne intuiva solo alcune parti. Poi sorrise ancora, e con fare cospiratorio aggiunse: «Ti conviene fare il lavoro una volta per tutte. Io adesso ho cinque figli e ho già ristrutturato tre volte».

«Ne ho tutta l'intenzione», dichiarò Antonio, e gli spiegò il progetto.

Maffeo fece qualche obiezione di natura pratica, ma in generale il progetto gli piacque. Divertito, diede una spintarella ad Antonio e picchiettò il disegno con un dito. «Ecco la soluzione dei nostri problemi. Ho troppi operai al cantiere. Ti manderò i miei uomini migliori e più affidabili. Tanto non dobbiamo strombazzarlo ai quattro venti.»

«Come trovo il materiale al prezzo più basso possibile?»

«Te lo porteranno i miei operai dal cantiere.»

«No, non si può fare!»

«Lo fanno tutti. Finché rimane una cosa ragionevole va bene. Basta non esagerare come si faceva prima.»

«Pagherò tutto.»

«Se proprio vuoi! Però adesso lasciaci iniziare. I miei operai faranno a gara col bambino. Quando nascerà dovrà essere tutto pronto!» rise il costruttore.

«Oh sì, davvero», sospirò Antonio sollevato.

Appena Maffeo se ne fu andato andò di corsa da Lucrezia, che era in cucina a dare disposizioni ai servitori per la giornata. La portò con sé nello studio e le annunciò che il giorno successivo sarebbero iniziati i lavori di ristrutturazione. Era felice e molto soddisfatto della soluzione trovata. Lucrezia gli consigliò di non annunciare con troppa decisione che avrebbe pagato tutto, prima di conoscere i costi effettivi. Tra l'onestà e la stupidità c'era una grande differenza, disse. Lo aveva imparato da Donato.

«Sei stato dal papa?» gli chiese.

«No, non è ancora tornato.»

«Allora devi parlare con Raffaello!»

Lui s'irritò. Doveva proprio strappare le croste alle sue ferite in quel momento? «Di che cosa dovrei parlare con Raffaello?»

«Lui è l'architetto capo.» Antonio strabuzzò gli occhi. «Lo so, ti fa male che Donato lo abbia fatto passare davanti a te, ma forse è meglio così. Donato sapeva quello che faceva.»

«Sì, perché non pensava che io fossi all'altezza. Anche tu la pensi così?»

Lucrezia sospirò. Quante volte ne avevano già parlato! Poi lo abbracciò. «Forse dovresti prendere le distanze dal cantiere di San Pietro e cominciare a cercarti altri incarichi.»

«È il mio cantiere!»

«Tonio, non è il tuo cantiere, è il cantiere del papa. Baldassarre Peruzzi si è candidato come architetto per San Pietro?»

«No, e in ogni caso ha già più incarichi di quelli che può svolgere!»

Lei sorrise. «Lui sa perché si tiene alla larga da questo progetto. E Raffaello? Si è buttato a capofitto in questo lavoro?»

Antonio scosse il capo, imbarazzato. Il pittore di Urbino non solo non si era fatto vivo neppure una volta al cantiere, ma non aveva mai preso contatto in nessun modo con lui per discutere sul proseguimento dei lavori. Un menefreghismo straordinario!

«Si dice che Raffaello stia lavorando per Agostino, che stia dipingendo un affresco nel suo palazzo e progettando la sua cappella a Santa Maria del Popolo.»

«Dove è sepolta tua madre?»

Lei annuì, con gli occhi velati dal dolore.

«È giovato a entrambi», disse Antonio pensieroso, e fece per abbracciarla.

Lucrezia indietreggiò. «Lui però è ancora vivo.» Poi lo guardò con aria di sfida. «Vai da Raffaello!»

50

Roma, Anno Domini 1514

Il sole era alto nel cielo quando Antonio s'incamminò verso la basilica di San Pietro. Dalle case emanavano profumi di cibo e l'accozzaglia di voci alte e basse delle persone sedute a tavola echeggiava nei vicoli. Non poteva esimersi dall'andare al cantiere, per quanto potesse essere un errore. Il senso di responsabilità lo trascinava lì come se fosse legato da mille corde. Tranne Maffeo, che era di buon umore perché metà dei suoi operai intanto lavorava al palazzo di Antonio, il malumore era generale e palpabile. Tutti sentivano l'indecisione sul futuro del cantiere di San Pietro. Di conseguenza, quasi tutti lavoravano lentamente, quando non erano impegnati a far sparire pietre e pozzolana per rivenderle altrove. Lui non poteva obiettare nulla, perché in quel momento si stava comportando allo stesso modo, anche se aveva intenzione di pagare il materiale in seguito. Mancava uno stimolo, uno spirito trascinatore che spronasse a guardare avanti. Tutti gli uomini che lavoravano al cantiere si sentivano come se fossero in lista d'attesa.

In difficoltà, Antonio aveva ordinato di completare la muratura del lato trasversale della basilica, che era ancora aperto. Si sapeva se quella parte dell'antica basilica sarebbe stata collegata alla nuova costruzione, in un momento successivo? No, non si sapeva. Non si sapeva assolutamente nulla! La sua indecisione si trasferiva sui lavoratori. I più esperti capivano che la chiusura del lato posteriore dell'antico edificio era soltanto un lavoro di ripiego, qualcosa che si poteva fare in qualsiasi momento, perché non portava da nessuna parte. Guardavano il giovane architetto a volte con disprezzo a volte con compassione, e in ogni caso lui riconosceva nei loro sguardi la delusione, la sensazione di combattere una battaglia persa. Il grande architetto Donato Bramante era ormai nella tomba, ora toccava al suo assistente dimostrare il proprio valore. Ebbene, il confronto era impietoso, la perdita di autorevolezza palpabile. Antonio se ne andò, anzi fuggì dal cantiere, perché non sopportava più quegli sguardi. Doveva accadere qualcosa.

Alla fine si convinse ad andare a cercare Raffaello al palazzo di Agostino Chigi. Lo trovò su un'impalcatura nella loggia orientale, intento a disegnare la testa di Galatea. Antonio intuiva la bellezza della figura; rimase qualche istante in silenzio, a guardare il pittore che guidava il pennello con un'affascinante facilità.

Raffaello si era accorto della presenza del visitatore con la coda dell'occhio. «Temo che dovrete aspettare finché non avrò finito questo lavoro.»

Per realizzare gli affreschi si ricopriva di malta fresca una superficie che si poteva dipingere nel giro di tre o quattro ore. Si dipingeva sulla malta umida, che asciugando si legava coi colori applicati. Perciò Antonio avrebbe dovuto avere pazienza ancora per un po'. Attese comunque con buona disposizione, perché non aveva nulla da fare né a San Pietro né al cantiere di casa sua, e osservare Raffaello all'opera, seguire le sue pennellate eleganti e leggere, quasi giocose, riempiva l'animo di un incanto sublime. Più che pittura sembrava magia. Come avrebbe voluto avere anche lui un talento del genere! Neanche Bramante avrebbe potuto vantarsi di essere pari a Raffaello, nella pittura.

Quando infine il pittore scese dal ponteggio, Antonio era così rapito che non avrebbe saputo dire quanto tempo fosse rimasto lì a guardarlo lavorare. Negli occhi neri di Raffaello, sotto la fronte alta, c'era un sorriso gentile. Indossava un paio di pantaloni scuri e un camice da pittore giallo. «Messer Antonio! A cosa debbo l'onore della vostra visita?» chiese cingendogli amichevolmente le spalle e conducendolo in giardino. L'allegro cinguettio degli uccellini lambiva le loro orecchie e l'aria trasportava un piacevole aroma di finocchio selvatico.

«Alla basilica di San Pietro.»

Raffaello alzò le spalle. «Temo che sia troppo presto per parlarne.»

«Sto tenendo impegnati gli operai con lavori di ripiego. È

necessario prendere una decisione sulla prosecuzione dei lavori. »

« Che cosa prevedono i progetti? »

« I progetti? Nulla. Messer Donato progettava per così dire passo dopo passo. »

Raffaello rise. « È proprio da lui. Caro il mio vecchio Donato! Non voleva svelare a nessuno le proprie intenzioni. Ma è meglio che non lo raccontiamo a nessuno. »

« No, naturalmente », si affrettò a rassicurarlo Antonio. « Qualcosa però deve succedere. E voi siete l'architetto responsabile. »

Raffaello alzò le mani in segno di rifiuto. « Non ancora: sono stato proposto, ma non ancora convocato e nominato. »

« Che cosa dobbiamo fare, allora? »

« Nulla. Solo aspettare che il papa ritorni. » Diede un'amichevole pacca sulla spalla dell'architetto. « La basilica di San Pietro non scapperà. È in piedi già da oltre mille anni. »

« Sì, ma adesso somiglia a una rovina », protestò Antonio, irritato dalla disinvoltura con cui Raffaello si sottraeva alla sua responsabilità. E nel frattempo si era anche pentito di essere andato a cercarlo. Un assistente andò loro incontro lungo il sentiero del giardino.

« Maestro, abbiamo applicato la malta », annunciò l'uomo, la voce resa roca dall'acquavite.

Raffaello annuì, poi alzò le mani in un gesto di rammarico. « Il lavoro mi chiama! Ma vi do un consiglio. Portate avanti tutti i lavori che vi premono, all'infuori della basilica. Trovatevi qualche altro incarico e non appesantitevi la coscienza e i pensieri con San Pietro finché il Santo Padre non sarà di ritorno. » E abbandonando il visitatore in mezzo al parco si diresse con passo rapido verso la loggia.

A casa, Lucrezia trovò parole di conforto. Il consiglio di Raffaello le sembrava buono. Antonio aveva energie in esubero? Allora doveva raccogliere nuovi incarichi. Doveva finalmente uscire dall'ombra di Bramante, cosa che alla basilica di San Pietro non gli sarebbe riuscita. Ciò che Lucrezia non sapeva era che le prospettive di Antonio in quanto a nuovi incarichi non erano buone. Quelli che non erano già assegnati venivano affidati di preferenza a Baldassarre Peruzzi, caricandolo ulteriormente di lavoro, piuttosto che darli all'assistente di Bramante. Tutti sapevano che era un bravo assistente, ma nessuno poteva dire se fosse davvero anche un buon architetto. Così Antonio si sfinì inutilmente, correndo di qua e di là in cerca di commissioni.

Poi giunse l'amaro risveglio. Una volta all'anno, andava a ritirare il denaro per il cantiere, per pagare i salari e i materiali. Quella volta, però, alla Camera Apostolica gli fu comunicato con freddezza che non avrebbe ricevuto denaro. Lui l'aveva sempre ritirato per conto dell'architetto responsabile Donato Bramante; essendo questi deceduto nel frattempo, era necessaria una nuova ordinanza. Antonio si mise le mani nei capelli, ma per quanto si sforzasse di spiegare la situazione, per quanto si mostrasse preoccupato per gli operai, che dovevano essere pagati, che *avevano bisogno* di essere pagati, fu tutto inutile. I funzionari capivano l'emergenza, certo, ma era comunque necessaria una nuova disposizione del papa. Antonio lasciò la Camera Apostolica con un nulla di fatto.

Sebbene il tempo fosse bello e l'aria calma e limpida, a lui sembrava di essere dentro l'uragano peggiore della sua vita. Sentiva alternativamente un caldo insopportabile e un freddo gelido. Pur non essendo lui il responsabile ufficiale del cantiere, i costruttori si sarebbero rivolti a lui e a nessun altro. Non erano persone che andavano troppo per il sottile. Perché avrebbero dovuto, d'altra parte? La vita delle loro famiglie dipendeva da quei pagamenti. Quando finalmente riuscì a formulare di nuovo un pensiero lucido, il primo che gli passò per la testa fu che doveva mettere al sicuro Lucrezia. Poi gli venne in mente che pure lui sarebbe rimasto a secco di denaro, perché Donato lo pagava come suo assistente. Anche a lui dunque, proprio come ai muratori, era stata negata la retribuzione. Camminava facendo meccanicamente un passo dopo l'altro. Aveva la sensazione che tutta la forza vitale di cui disponeva fosse sul punto di defluire dal suo corpo. Mai, in tutta la sua vita, si era trovato davanti a difficoltà esistenziali di quella portata. Proprio in quel momento poi, quando aveva delle responsabilità e stava diventando padre! Non sapeva più che pesci pigliare. Si chiese se fosse il caso di andare di nuovo da Raffaello. Ma il pittore si sarebbe dichiarato ancora una volta non responsabile e tutt'al più gli avrebbe offerto qualche scudo per lui e per la sua famiglia. No, era escluso: l'idea di chiedere denaro a Raffaello la trovava semplicemente ripugnante.

Avrebbe potuto rivolgersi ad Agostino Chigi, che però era a Venezia, mentre suo zio Giuliano era impegnato in progetti edilizi in Toscana. In sostanza, non osava neppure tornare a casa, perché non voleva inquietare Lucrezia. Doveva trovare una soluzione!

A malincuore, si presentò nella canonica di San Pietro, dove abitava il cardinale Giacomo Catalano. Fu fortunato: l'arciprete di San Pietro lo ricevette. Antonio lo odiava, perché l'uomo aveva fatto del male a Lucrezia; ma in quanto direttore della Fabbrica di San Pietro, il cardinale era corresponsabile del cantiere. A suo tempo Bramante era riuscito a tener fuori la commissione edilizia, e quindi anche il cardinale, da tutte le decisioni. Ma ora le cose stavano in maniera diversa; ad Antonio non restava altra scelta se non quella di chiedere aiuto proprio a lui, consentendogli d'influire di nuovo sulla direzione e sulla progettazione dei lavori. Era senza dubbio un grosso errore, se ne rendeva conto, ma non aveva altra scelta.

Il domenicano gli porse la mano con l'anello, che lui baciò, e con un'espressione impassibile indicò una poltrona di velluto rosso, dove Antonio si sedette. Giacomo era maldisposto nei confronti dell'architetto almeno quanto quest'ultimo lo era nei suoi. Dopo un breve silenzio, lo esortò a parlare liberamente e senza giri di parole.

Antonio tratteggiò in breve la situazione del cantiere, ma trascurando il fatto che non esistevano progetti di Bramante per la prosecuzione dei lavori; in ogni caso, in quel contesto la cosa non aveva nessuna rilevanza. Il cardinale lo ascoltò senza interrompere. Di quando in quando sul suo volto spuntava un fugace sorriso, e all'improvviso Antonio si rese conto che stava commettendo un errore molto più grande di quanto pensasse.

« Vedrò che cosa posso fare, ma finché il papa non sarà di ritorno, anch'io avrò le mani legate. Prego per te, figlio mio », disse Giacomo con gentilezza, cosa che non gli riuscì difficile data la soddisfazione che provava dentro di sé. Grazie all'ingenuità del giovane architetto, adesso era informato a dovere. Lo benedisse col segno della croce e lo salutò.

Tornato a casa, per tutta la sera Antonio cercò di evitare Lucrezia, e quando si coricarono si finse subito addormentato. In realtà rimase sveglio per ore, finché, verso il mattino, non gli venne l'idea risolutiva. Fece colazione insieme con la moglie con un'allegria artefatta, poi andò alla banca di Chigi, dove chiese e ottenne un prestito, garantito dal suo palazzo. In tal modo avrebbe quantomeno potuto pagare gli operai e gli sarebbe rimasto anche un po' di denaro, seppure non così tanto da pensare di andarci avanti a lungo.

Pochi giorni dopo era con Lucrezia nella stanza dei bambini, che era appena stata terminata. Lei indicò un punto sulla parete di fronte alla finestra e disse: « Lì metteremo la culla. E voglio che le pareti siano dipinte di azzurro ». Antonio la baciò. Lei gli prese la mano e la posò sul ventre dilatato. Sbalordito e commosso, l'architetto sentì i movimenti di suo figlio; ma dei passi rapidi e pesanti sulle scale gli annientarono all'istante il sorriso gioioso. Un attimo dopo, quattro uomini della Guardia svizzera erano già nella stanza.

« Messer Antonio da Sangallo? Dovete seguirmi a Castel Sant'Angelo », disse con tono brusco quello che sembrava il capo del drappello.

« Chi l'ha ordinato? »

« Sua eminenza il cardinale Catalano. »

Lucrezia lanciò un urlo e si strinse ad Antonio. Lui si sciolse dolcemente dalla sua presa, la baciò senza proferire parola e seguì gli uomini. Si sentiva malissimo, come non si era mai sentito in vita sua. Per proteggere la donna che amava, e che portava in grembo suo figlio, l'aveva esposta al peggior pericolo. E lei non sapeva nemmeno che il palazzo era impegnato, e che avevano soltanto debiti.

Lucrezia era in preda alla paura e alla preoccupazione. Restò sveglia tutta la notte, a rimuginare disperata. Ma per quanto si scervellasse, non trovava nessuna possibile imputazione a carico di Antonio. Ah, quel maledetto cantiere! Tutti si tenevano alla larga: Raffaello, Baldassarre Peruzzi, Giuliano da Sangallo. Persino il nuovo papa non sembrava ansioso di occuparsi della faccenda. Soltanto Antonio si comportava come se fosse responsabile di tutto e di tutti, offrendosi in tal modo come capro espiatorio per qualunque genere di pasticcio!

D'un tratto, una violenta tensione al basso ventre la gettò nel panico; pose entrambe le mani sull'addome, come per proteggere il bambino, poi chiamò a gran voce la cameriera e si fece preparare degli impacchi freddi. Pian piano, pregando e sudando, riuscì a calmarsi e a venir fuori dall'angoscia più nera.

Quando la luce del mattino cominciò a filtrare nella stanza, ormai si era ripresa ed era in grado di riflettere con la mente lucida. Si alzò e s'infilò una vestaglia, poi si sedette alla scrivania, che a causa dei lavori al piano terra era stata trasferita nella loro grande camera da letto. Prese carta e penna e scrisse due lettere: una ad Agostino Chigi, l'altra a Giuliano da Sangallo. Descrisse a entrambi la situazione come meglio poteva, e chiese consiglio e aiuto. Mentre la penna scivolava sulla carta, sentì dei rumori che provenivano dal cantiere sotto di lei. I primi muratori avevano cominciato a lavorare. Sentì anche i domestici, nel corridoio, il loro andirivieni per l'organizzazione della giornata. Quei suoni quotidiani le davano forza e fiducia. La vita continuava.

Sigillate le lettere, inviò due messi: uno a Venezia e l'altro a Siena. D'un tratto ebbe un'intensa voglia di brodo di pollo con le fragole, lo fece preparare e ne trangugiò con gusto due piatti. Poi si vestì e, accompagnata da una domestica e dal fattorino, si recò da Raffaello, che abitava in un piccolo palazzo al rione Borgo, peraltro costruito da Bramante in uno dei suoi primi incarichi a Roma.

Il pittore stava ancora dormendo. Lucrezia fu condotta in una piccola sala al piano nobile, dove lo aspettò. I quadri alle pareti, che raffiguravano rami e uccelli, le diedero la sensazione di trovarsi in una gabbia, al punto che quando Raffaello entrò nella sala si meravigliò che gli uccelli non volassero via. Si scusò per averlo disturbato così presto e gli raccontò ciò che era accaduto.

Raffaello la guardò coi suoi occhi lucenti pieni di compassione. « Madonna, quanto mi dite mi riempie di sconforto, ma temo di non potervi aiutare. Conosco a malapena l'arciprete. »

« Mi dispiace aver abusato del vostro tempo. Donato vi ripagherà sicuramente per questo in paradiso », disse Lucrezia con freddezza e alzandosi. Ma proprio finendo di parlare notò qualcosa che forse nessuno aveva mai visto in Raffaello: la sua espressione, invariabilmente lieta, s'incupì per una frazione di secondo.

« Perdonatemi, madonna Lucrezia, ma io avevo consigliato a vostro marito di stare alla larga dal cantiere, finché il papa non avesse ordinato in quale direzione procedere. »

« Che cosa c'è di male se si è assunto la responsabilità delle molte persone che vivono di quel cantiere? Gli operai, le loro mogli e i loro figli? » chiese lei. Non alzò la voce, né assunse un tono di rimprovero.

« Non c'è niente di male, è stato solo imprudente e ingenuo. Vedete da voi qual è il risultato. » Il pittore tacque e rifletté. La sua riluttanza a farsi coinvolgere in quella sgradevole faccenda era evidente. « Scriverò una lettera al vescovo Bibbiena e lo pregherò di adoperarsi affinché vostro marito venga liberato senza indugio. » Poi, vedendo lo sguardo deluso della giovane donna, aggiunse: « Il vescovo è il braccio destro del papa ».

Lucrezia pensò che non le rimanesse altro che pregare e tornò a casa. Ma lì l'attendeva una sorpresa: nel salone era seduto il cardinale Giacomo Catalano. Rimase di stucco. L'arciprete sorrise e la invitò ad accomodarsi, sebbene fosse lui il visitatore. Senza nemmeno accorgersi dell'incongruenza, lei si sedette.

« Indossi un bel vestito, figlia mia! »

« Vi siete scomodato a venire fin qui per farmi i complimenti, eminenza? »

« Naturalmente no. Sia benedetto il frutto del tuo ventre », disse Giacomo alludendo senza mezzi termini alla sua gravidanza.

«Sia benedetto anche colui che protegge il padre del bambino che cresce nel mio ventre», replicò lei bruscamente.

Il domenicano assunse un'espressione afflitta, suscitando in Lucrezia un pensiero preciso: pessimo attore. «Voglio essere franco con te. Fra' Giocondo ha fatto un sopralluogo dei lavori, dietro mia richiesta. Il pilastro di sud-ovest e quello di nord-ovest minacciano di crollare, perché le fondamenta si stanno sgretolando. Io non me ne intendo molto, ma gli esperti mi assicurano che è stato utilizzato materiale di cattiva qualità. O un eretico ha voluto mandare all'aria la costruzione sacra, per danneggiare Cristo e la Chiesa, oppure il materiale buono è stato venduto ed è stato usato materiale scadente. Nel primo caso si tratterebbe di eresia, nel secondo di appropriazione indebita. A ogni modo, commettere furti in quel cantiere equivale a commettere eresia.»

Lucrezia impallidì, ma si fece forza, non doveva diventare isterica, doveva mantenere la mente lucida. E intuiva che c'era anche dell'altro. Il cardinale non avrebbe mai fatto tutta quella strada per comunicarle soltanto quello. Se era lì, evidentemente voleva qualcosa da lei. «Veniamo al dunque», disse con freddezza.

Per un attimo Giacomo rimase disorientato dal tono impassibile della giovane; poi allargò le braccia. «È molto semplice. Devi semplicemente parlare con tuo marito, in modo che si adoperi affinché fra' Giocondo diventi l'architetto responsabile di San Pietro. Inoltre Antonio deve giurare di fare tutto il possibile, d'ora in poi, affinché il quadrato sfoci in una navata longitudinale e vengano dimenticati per sempre i progetti di Bramante, ovvero la realizzazione di una basilica a pianta centrale. Quei progetti devono essere fisicamente distrutti.»

Lucrezia dovette trattenersi per non scoppiare a ridere. I progetti di Bramante! Donato li aveva abbindolati tutti quanti! Tutti avevano dato per scontato che avesse progettato la costruzione per filo e per segno fino all'ultima pietra; in realtà, escluso il disegno iniziale del quadrato, della nuova basilica di San Pietro non esisteva neppure uno schizzo. Conoscendolo, era senz'altro possibile che ne avesse in mente una limpida visione, ma di sicuro non ne aveva mai parlato con Antonio, né messo nulla del genere sulla carta. «Giuro sulla Vergine Maria che mio marito si adopererà a favore di fra' Giocondo e che sosterrà tutti i progetti per la costruzione di una basilica a pianta longitudinale. Distruggeremo i progetti di Donato. In cambio, voglio riavere mio marito.»

Il cardinale si fece il segno della croce, poi si alzò. Lucrezia fece per alzarsi a sua volta, ma lui le pose una mano sulla spalla. «Riposati, figlia mia. Ricordi? Un tempo promisi di proteggerti.» Lei rabbrividì.

Nel pomeriggio Antonio ritornò a casa. Era sollevato, ma aveva ancora il terrore nelle ossa. Sussurrò all'orecchio della moglie - senza motivo, dato che erano soli nella stanza - che non sarebbe mai andato contro la volontà del cardinale Catalano. Gli avevano mostrato gli strumenti.

Un mese dopo, finalmente, il papa fece ritorno dalla caccia. Dopo aver conferito con Giuliano da Sangallo e Raffaello, nominò fra' Giocondo secondo architetto di San Pietro. Lucrezia rimproverò duramente il marito per aver ipotecato il suo palazzo, ma grazie a un colloquio col padre adottivo Agostino Chigi riuscì a ottenere la revoca del contratto. La Camera Apostolica rimborsò le spese che Antonio da Sangallo aveva sostenuto. Inoltre, grazie alla mediazione dello zio, Antonio ottenne i suoi primi incarichi: la chiesa di Santa Maria di Loreto, che lo costringeva a viaggiare di continuo anche se non voleva allontanarsi dalla moglie incinta, e poi una chiesa nel Foro di Traiano.

Fino alla sua morte, nel 1516, fra' Giocondo si occupò della riparazione delle fondamenta dei due pilastri occidentali del quadrato, che effettivamente stavano cedendo. Raffaello intanto costruiva e dipingeva per conto di Leone X e Agostino Chigi, assumendo un numero sempre maggiore di allievi per riuscire a stare dietro alle numerose commissioni. Finché, completamente esausto, seppure ancora giovane e bello, nel 1520, cinque giorni prima del suo mecenate Agostino Chigi, e un anno e mezzo prima del suo protettore Leone X, esalò l'ultimo respiro.

Dopo la morte di fra' Giocondo, il papa nominò architetto di San Pietro Antonio da Sangallo, e nessuno ne fu più felice di

Maffeo Maffei, al cui fianco spesso si trovava il figlio Arnoldo, quando non era al ginnasio. Maffeo aveva deciso che suo figlio doveva imparare a leggere e scrivere. Sia Antonio sia Maffeo guardavano con orgoglio le loro famiglie in espansione, anche se Maffeo, coi suoi sei figli, era decisamente in vantaggio rispetto ai quattro di Antonio.

Durante il pontificato di Leone X, comunque, il cantiere rimase pressoché fermo. Furono rafforzate le fondamenta ed eretti i contropilastri, ma niente di più. Ciò a dispetto del fatto che il papa avesse fatto levitare il commercio delle indulgenze. I soldi c'erano, dunque. Ma il vivace Giovanni de' Medici, che sosteneva generosamente poeti ed eruditi, li spendeva prima ancora che arrivassero, lasciandone pochissimi a disposizione del cantiere. I ceri per la sua veglia funebre dovettero essere presi in prestito. Le casse della Camera Apostolica erano vuote. Molti si arricchirono, ma la Chiesa s'impoverì.

Leone X lasciò anche qualcos'altro ai suoi eredi: ovunque c'erano cristiani che si staccavano dal papa. Un certo Calvino a Ginevra, un tale Zwingli a Zurigo e un certo Lutero a Wittenberg - il peggiore di tutti - promettevano alla gente il vero cristianesimo. Ben presto gli eretici radunarono attorno a sé vari apostati, tra cui addirittura alcuni principi, e intere province della Chiesa si staccarono da Roma. A quanto sembrava, a quegli eretici piaceva citare in modo emblematico la nuova basilica di San Pietro mai completata; per loro, il quadrato che s'innalzava nel cielo era una sorta di nuova Torre di Babele. La presentavano come una potente allegoria della corruzione del papa, che alcuni osarono addirittura definire l'Anticristo.

Antonio aveva troppo da fare per occuparsi di quei processi così vasti. A malapena si rendeva conto che erano in corso. Lui pensava al lavoro. Prendeva tutti gli incarichi che poteva e si teneva lontano da politica, filosofia e teologia, non soltanto perché non se ne intendeva, ma anche perché gli sembravano cose pericolose. L'unico ambito in cui si applicava era l'edilizia; il suo mestiere era quello e nessun altro.

Ma il lavoro a San Pietro ormai lo aveva stufato. Il cardinale Giacomo Catalano impediva qualunque avanzamento e bocciava sistematicamente i progetti che lui e Raffaello realizzavano con tanta audacia e passione. Continuare a sprecare energie era non soltanto inutile ma anche stupido.

E così passarono gli anni. Antonio era diventato un architetto richiesto, un affettuoso padre di famiglia e un apprezzato padrone di casa. Dal cantiere di San Pietro si poteva trarre un utile finanziario pur lasciandolo pressoché inattivo? Benissimo! Aveva imparato la lezione. Con la sua ingenuità e sventatezza aveva rischiato di far precipitare la sua famiglia nella disgrazia ed era anche stato sbattuto a Castel Sant'Angelo. Sì, aveva imparato la lezione e adesso le cose andavano per il meglio. Erano bei tempi. Ma a nord si addensavano già i nuvoloni scuri della sventura.

51

Governolo presso Mantova, Anno Domini 1526, novembre

Nell'aria risuonava il gracchiare roco dei corvi appollaiati sui rami spogli. Umido, freddo e pieno di spaccature, il terreno brullo tra Ferrara e Mantova ricordava ad Ascanio le croste della tigna. Il freddo di novembre gli penetrava da tutti i pori, insinuandosi nelle ossa. Poiché temeva di prendersi un reuma, sotto l'armatura e il farsetto indossava una spessa camicia di lana, che si era infilato nei pantaloni neri. Giurò a se stesso che quella sarebbe stata la sua ultima campagna militare. Dal suo cappello pendevano tristemente i nastri neri che lo identificavano come uno degli uomini del condottiero Giovanni dalle Bande Nere. Ormai aveva quarant'anni, era decisamente troppo vecchio per essere un soldato mercenario.

« Ehi, Ascanio, vieni con me. Andiamo a dare un'occhiata al nemico. Quel vecchio demonio di Frundsberg è riuscito ad aggirare i passi alpini bloccati », gli gridò il giovane condottiero di buon umore. Sebbene avesse soltanto ventotto anni, la sua audacia e i suoi successi gli avevano conferito un'aura leggendaria. Ad Ascanio piaceva quel Medici, coi folti capelli scuri e lo sguardo folle che contrassegnava alcuni uomini della sua famiglia. Dalla collina guardarono nell'avvallamento che pullulava di lanzichenecchi, quasi tutti tedeschi. Le truppe radunate attorno alle bandiere che sventolavano alte erano variopinte e abbigliate in modo stravagante. Giovanni indicò la collina che avevano di fronte. « Frundsberg ha piazzato i suoi cannoni lassù. L'avvallamento diventerà una trappola per noi. »

Ascanio osservò il condottiero avanzare di qualche passo, assorto nei suoi pensieri. Nello stesso istante vide una palla di cannone volare rumorosamente nell'aria, come un soldato ubriaco. Evidentemente il capo dei lanzichenecchi aveva fatto sparare un colpo di prova. Non fece in tempo ad avvertire Giovanni;

la palla di ferro informe lo colpì all'altezza del ginocchio, staccandogli una gamba. Con pochi passi, Ascanio fu da lui. Il ferito sembrava quasi un pupazzo cui un bambino avesse strappato una gamba. Dal moncherino però non sgorgava lana ma sangue in abbondanza. Il giovane Medici gridava per il dolore, mentre la morte già iniziava ad affacciarsi ai suoi occhi. Eppure si alzò, e con uno sguardo folle intonò una canzone dei soldati di ventura che parlava d'amore, onore e morte precoce. Il canto s'interruppe a metà del ritornello: « ... chi non può farne a meno, domani sarà morto, ma chi oggi ancora vive, al demonio fa un bel torto ». Il condottiero era crollato a terra, privo di conoscienza.

Pochi giorni dopo, Georg von Frundsberg venne informato della sua morte e le leggendarie truppe si sciolsero. In lutto, i soldati di Giovanni si tolsero le bande nere e si aggregarono ciascuno al capitano di ventura che più gradiva.

Ascanio stava pregando nel punto in cui quattro giorni prima era caduto Giovanni dalle Bande Nere, quando i suoi amici Baccio ed Eugenio gli si avvicinarono. Eugenio gli toccò lievemente la spalla, Baccio gli chiese: « Ora dove andiamo? »

In effetti Ascanio aveva deciso che quella sarebbe stata la sua ultima campagna militare e Giovanni il suo ultimo condottiero, ma dove poteva mai andare? Non aveva una casa o una famiglia. La sua patria era la guerra. D'accordo, ma da quale parte? Gli spagnoli non gli piacevano, li trovava troppo crudeli e arroganti. Né era attratto dai francesi. I tedeschi erano sempliciotti e ubriaconi, ma il loro capo, Frundsberg, era un combattente anziano ed esperto. Non per niente lo chiamavano il padre dei lanzichenecchi, perché faceva sempre in modo che i suoi uomini traessero un utile da quell'affare che si chiamava guerra e faceva attenzione a non esporli a pericoli superflui. Il denaro si poteva sprecare, il sangue no. Così Ascanio, accompagnato dai suoi due amici, scese dalla collina, attraversò l'avvallamento in cui si sarebbe dovuta tenere la battaglia che era stata mandata a monte da un solo colpo di prova e si mise al servizio di Frundsberg.

Italia settentrionale, Anno Domini 1527, primavera

Viaggiarono per l'Italia settentrionale per sei mesi, senza combattere grandi battaglie. L'imperatore di cui era al servizio aveva esaurito il denaro. Nel frattempo, Giulio de' Medici, cugino di Leone X, salito alla Cattedra di Pietro col nome di Clemente VII, si era inimicato tutte le grandi potenze. Dapprima si era alleato coi francesi contro l'imperatore, poi però, coi suoi continui espedienti, aveva irritato Francesco I, re di Francia, che aveva fatto un passo indietro lasciando così lo Stato Pontificio privo di adeguata protezione. L'imperatore Carlo V ne approfittò per chiedere immediatamente i costi della guerra a Roma. Tuttavia l'avarizia di Clemente ebbe la meglio sulla ragionevolezza, e si rifiutò di pagare.

Insomma i soldi non arrivavano e i mercenari diventavano sempre più inquieti, Ascanio compreso. Non solo dovevano mantenersi da sé per quanto riguardava le armi e l'abbigliamento, ma anche per il vitto. Così quasi tutti avevano ormai finito le proprie riserve finanziarie. La guerra era un mestiere, al pari di commercio e agricoltura. Ogni mercenario era un piccolo imprenditore. Tutti avevano messo sul mercato la propria pelle e adesso si ritrovavano con la prospettiva di morire di fame, perché i grandi sovrani avevano violato il loro contratto e non volevano pagarli. La guerra e l'inverno avevano fatto diventare più scarsi e più costosi i generi alimentari, ma anche la primavera non portò con sé un riscatto. Molti lanzichenecchi morirono di difterite, dissenteria o tifo. Persino Frundsberg, un gigante d'uomo, sembrava soffrire di mancamenti. Si mormorava che perdesse ripetutamente la lucidità, per brevi periodi.

Un giorno, mentre erano accampati vicino a Bologna, Eugenio entrò nella tenda barcollando; aveva le guance incavate e gli occhi lucidi per la febbre. Guardò Ascanio, che aveva lo sguardo perso davanti a sé. «Sono al verde e ho fame», ringhiò.

«In vita mia non mi era mai capitata una maledetta miseria come questa», disse Baccio, che stava giocando col suo coltello.

«Andiamocene, Ascanio», propose Eugenio, prendendo l'amico per una spalla.

«Per regalare i nostri soldi all'imperatore o a Frundsberg?» gridò Baccio adirato.

«Tanto qui di soldi non ne vedrai!» replicò Eugenio.

«Smettetela di litigare, non ci giova di certo», intervenne Ascanio. Ma non aggiunse altro. Che cosa poteva dire? Era perplesso quanto loro.

Un lanzichenecco infilò la testa nella tenda e li esortò ad andare con lui, dicendo che volevano uccidere i capitani che non avevano pagato loro il dovuto.

Ascanio si alzò di scatto. Aveva previsto l'ammutinamento, mancava soltanto la proverbiale scintilla. Ma sapeva benissimo che non sarebbe servito a nulla. La rabbia impotente dei lanzichenecchi si sarebbe scaricata sui capitani, che ai loro occhi stavano meglio di loro e che presumibilmente li avevano cacciati in quella situazione senza via d'uscita. Ascanio corse lungo il sentiero bordato di tende che conduceva al piazzale principale dell'accampamento e si ritrovò in mezzo a una ressa, perché gli uomini stavano confluendo lì da tutte le direzioni e da tutte le tende.

Su una pedana improvvisata c'era un uomo con la barba rossa. Indossava un paio di pantaloni blu a sbuffo, con gli spacchetti, e un ampio farsetto giallo; brandiva una spada possente, con fare minaccioso. «Quegli strozzini devono essere fustigati davanti a tutti! Fategli bere il liquame! E ci devono ringraziare se non gli diamo acqua marcia!» Alcuni si limitavano ad ascoltare con un'espressione cupa, ma la maggior parte incitava l'uomo con urla di rabbia. Alle orecchie di Ascanio, quelle parole urlate in tedesco suonavano come i latrati di lupi affamati. Come la maggior parte dei soldati di ventura, capiva e parlava discretamente tedesco, francese e spagnolo, nella misura in cui era riuscito a impararli casualmente nei lunghi anni di servizio.

D'un tratto un grido fece tacere tutti quanti. «Arriva il padre, arriva il padre! Fate largo, figli d'un cane!»

Gli uomini aprirono un varco attraverso il quale il gigantesco capo dei lanzichenecchi si avvicinava con lunghe falcate.

Dal cinturone pendeva una spada enorme, con l'impugnatura a due mani e il pomo dorato, sul quale brillava il sole primaverile. Il giaco - ornato da una pittoresca figura, una sorta di mandorla a metà - e i pantaloni di maglia di ferro indicavano che era pronto per una battaglia. Anche le mani robuste erano protette da guanti di ferro, e sul volto ampio dall'espressione austera sfoggiava un elmo fatto su misura, con un possente pennacchio rosso e la visiera alzata. La barba di Frundsberg diventava ogni giorno più grigia; gli uomini sapevano che si era fatto strada dal basso nel corso di molti anni, e lo rispettavano anche per tale motivo.

Quando Frundsberg salì sulla pedana, l'uomo con la barba rossa la lasciò a tutta velocità, come se l'aura dell'altro l'avesse spazzato via. Il massiccio capo dei mercenari si resse per un istante al pennone di una bandiera, poi cominciò a parlare con la sua voce profonda e potente. « Uomini! Non pretendo che andiate a fare l'elemosina per me. Le mie casse sono vuote come le vostre. » Fece una pausa, lasciando vagare il suo sguardo deciso tra le file dei suoi uomini. « Ma chiunque osi emettere anche un suono, lo ucciderò con le mie mani. » Tutti gli uomini che erano lì riuniti sapevano che non scherzava. Quel vecchio era una belva, un animale feroce. « Chi molla adesso, firma la propria condanna a morte. Il nemico ci spia. Non appena avrete ucciso i capitani, si avventerà su di voi e sbudellerà i vostri cadaveri. È questo che volete? Chi lo vuole si faccia vivo, così potrò chiedere a quel Giuda quanti soldi gli ha offerto il francese per tradire i suoi compagni. Perché volete rinunciare alle montagne d'oro, alla ricchezza favolosa che è a portata di mano, razza di cretini? Figli di puttana che non siete altro, feccia di Dio che non siamo altro, voi e io, perché non ci diamo da fare? Perché non andiamo semplicemente a prenderci quello che ci spetta? »

C'era un tale silenzio che sembrava avessero smesso di cinguettare anche gli uccellini sugli alberi. Frundsberg si guardò attorno un'altra volta. L'uomo con la barba rossa s'inginocchiò. « Signore, dove troveremo questa ricchezza? »

Negli occhi di Frundsberg sembrò balenare un ghigno tremendo. « A Roma! »

Ascanio si sentì venir meno. Sapeva che cosa significava: quella banda che radunava furfanti di tutta Europa sarebbe calata sulla Città Eterna come un enorme branco di lupi affamati. Quando una città veniva saccheggiata e messa a ferro e fuoco, per gli abitanti ciò comportava sofferenze inimmaginabili, ma faceva parte della guerra ed evidentemente era previsto dall'ordine cosmico di Dio. Ma Roma? La sua città? Non poteva accettarlo. Piantato in asso dall'imperatore, nella sua disperazione Frundsberg non aveva trovato altra via d'uscita se non quella di dirottare la furia dei lanzichenecchi su Roma.

«Soldi! Soldi! Soldi!» urlarono i lanzichenecchi, premendo sui loro capi. Non si lasciavano abbindolare con la speranza di un luogo lontano. Erano stanchi, avevano fame e volevano essere pagati subito. Quando Frundsberg vide che le sue parole non erano servite a nulla, gli uscirono gli occhi dalle orbite in un accesso di collera. Prima barcollò pericolosamente, poi cadde come un albero abbattuto.

Il terrore s'insinuò nelle membra dei mercenari. Avevano perso il loro padre? L'uomo con la barba rossa si chinò su di lui. «Un colpo apoplettico. È vivo, ma non riesce a parlare.»

Sei capitani presero il pesante condottiero e lo trascinarono alla sua tenda. I lanzichenecchi si guardarono confusi; non era ciò che volevano, stimavano davvero il loro capo. Uno dei capitani, un uomo ardito di nome Seidensticker, salì sulla pedana. «Vedete che cosa avete combinato! Se fate a pezzi i vostri capitani, raccomandatevi l'anima a Dio, perché il francese vi scorticherà vivi! Come stanno le cose? A volte l'imperatore, il papa e i re vanno d'accordo, a volte si fanno la guerra. In ogni caso il prezzo è sempre il nostro sangue. Io ne ho abbastanza, sono stufo di finire sul banco del macellaio per i grandi sovrani. Se ritorno a casa sano e salvo, questa sarà la mia ultima campagna. E perciò mi serve oro, oro, oro per non dover mai più combattere! E a Roma, dove il papa mangia in piatti d'oro e caca in una latrina d'oro, di oro ce n'è in abbondanza, perché tutta la ricchezza della cristianità finisce lì!»

«Andiamo a Roma a prenderci l'oro!» urlò l'uomo con la barba rossa.

Ascanio sentiva il terrore nelle ossa e pregava incessantemente Dio che uno dei due, imperatore o papa che fosse, si decidesse finalmente a pagare, impedendo la catastrofe. Che cosa doveva fare? Accodarsi a loro e partecipare, diventando parte attiva in un immane bagno di sangue? La cosa migliore sarebbe stata abbandonare quell'armata. Immaginava già la colonna dei lanzichenecchi affamati e traditi che marciava verso la Città Eterna, dove vivevano le uniche persone al mondo cui voleva bene. Era venuto a conoscenza della morte di Bramante. Ma Lucrezia? E Antonio da Sangallo? Si era fatto una famiglia, nel frattempo? In quel momento Ascanio capì che era per volontà di Dio che si era ritrovato nelle schiere dei lanzichenecchi. Prese la sua decisione: sarebbe andato con loro a Roma, per aiutare Lucrezia e Antonio. Anche se fosse stata la sua ultima battaglia, da tempo aveva un'età sufficiente per morire.

La mattina dopo, l'armata si era già messa in movimento in direzione sud. Come per un miracolo, Firenze fu risparmiata dalle schiere dei saccheggiatori, anche se per la fame i mercenari tagliavano la corteccia degli alberi e mangiavano mandorle acerbe.

A guidare le truppe era il conestabile Carlo di Borbone. In realtà era il comandante dell'esercito del re francese, un generale, ma dopo una lite insanabile con quest'ultimo era passato dalla parte dell'imperatore. Non poteva fermare o impedire nulla, ma soltanto condurre le truppe nell'attacco a Roma, in quanto comandante esperto.

Il generale non era certo un pusillanime, e tuttavia nei suoi occhi Ascanio notò l'insicurezza. Come ogni capitano e ogni mercenario, era alla mercé degli eventi. Tutti si trovavano in un vortice cui nessuno poteva sottrarsi.

Ascanio non si era mai neppure lontanamente immaginato che un giorno sarebbe tornato a Roma in quel modo, in piena notte, al termine di una campagna militare che era diventata una totale débâcle e in una compagnia che non aveva più nulla da perdere. La posta in gioco era l'oro. L'alternativa era la morte.

L'attacco al rione Borgo era previsto per le prime ore del mattino, da sud e da ovest. Molto saggiamente, il conestabile rinunciò al tentativo di superare le mura aureliane, dato che le sue truppe erano esauste. Il folto gruppo dei mercenari spagnoli, aggregati ai lanzichenecchi nella prospettiva del saccheggio, avrebbero attaccato la Porta Pertusa, antistante piazza San Pietro; i tedeschi invece avrebbero attaccato la famosa Porta di Santo Spirito, che dal rione Borgo dava accesso a Trastevere.

Ascanio e i suoi due amici appartenevano al drappello di Klaus Seidensticker.

« Che c'è, fratello? » gli chiese Seidensticker. « Paura? »

« Ho vissuto a lungo in questa città. »

Seidensticker fece spallucce. « Se Dio vuole, ci regalerà questa città. Altrimenti moriremo qui. »

« Il vicario di Dio risiede qui. Non lo permetterà », disse Ascanio, senza crederci lui stesso.

Seidensticker sputò. « Il nostro signore Lutero ci ha detto che in questa città non risiede il vicario di Dio, ma il suo avversario. »

« Sei un luterano? »

« E tu un papista? »

« Quasi tutti voi tedeschi siete luterani, mentre gli spagnoli a Porta Pertusa sono papisti. Eppure combattete insieme contro il papa. » Ascanio scosse il capo. Era tutta una follia.

« E tu? » gli chiese ancora il capitano con un ghigno.

Già, cos'era lui veramente? « Io sono italiano », rispose dopo una lunga pausa.

« Allora è tutto chiaro », disse ridendo Seidensticker.

52

Roma, Anno Domini 1527

La mattina del 6 maggio portò con sé una fitta nebbia. Avvolgeva gli uomini pronti a sferrare l'attacco e impediva ai soldati appostati tra i merli di Castel Sant'Angelo di vedere le orde fameliche in avvicinamento. Anche Seidensticker avanzò col suo drappello. Col loro abbigliamento variopinto, i lanzichenecchi sembravano ancora più grossi e pericolosi. Portavano spade corte e alabarde, mentre i capitani come Seidensticker avevano uno spadone a due mani. Ascanio aveva rinunciato all'alabarda; portava la spada corta al cinturone e quella da battaglia in mano. Eugenio e Baccio marciavano uno al suo fianco e l'altro dietro di lui.

Poi dalle mura cominciarono a piovere i colpi degli archibugi e delle colubrine. Le pallottole colpivano sempre qualche sfortunato, ma in fin dei conti non producevano un grosso effetto. Quando una scala d'assalto fu appoggiata al muro direttamente davanti a loro, Ascanio si fece il segno della croce e pregò Dio di tenerlo in vita almeno per il tempo necessario ad apprendere che Lucrezia era al sicuro. La scala venne subito respinta con stanghe e ganci; oscillò qualche istante e cadde fragorosamente sui mercenari che avanzavano. Poi fallì anche un secondo attacco. Forzare la Porta di Santo Spirito si stava rivelando un'impresa da rompersi i denti. Ascanio si guardò attorno, vide le facce deluse e frustrate dei lanzichenecchi, indeciso se arrabbiarsi o rallegrarsi. In ogni caso sperava davvero che la Città Eterna in qualche modo reggesse.

« Diavolo! » imprecò Seidensticker.

Poi accadde qualcosa che scosse profondamente Ascanio, e gli incusse una paura infernale. Un giovane mercenario, con una cicatrice trasversale sulla fronte e gli occhi di un azzurro intenso, come solo il cielo del Nord poteva produrre, si tolse l'elmo. I lunghi capelli biondi incorniciavano il suo viso, facendolo risplendere. Raccolse deciso lo spadone a due mani di un compagno morente e lo sollevò in alto. *L'angelo della guerra*, pensò Ascanio. Il giovane cominciò a cantare nella sua lingua barbara.

Forte rocca è il nostro Dio,
nostra speme in Lui si fonda...

Un po' alla volta, altri lanzichenecchi si unirono a lui, finché il canto che si levava dall'angoscia e dalla disperazione degli uomini non divenne così forte da lambire le mura del Vaticano.

Ne sostien benigno e pio,
nell'angoscia più profonda...

Tutti i lanzichenecchi che si erano seduti a terra senza speranza si alzarono. Tutti coloro che erano sul punto di abbandonare il proprio drappello tornarono al loro posto. Tutti coloro che sembravano ancora disperati ripresero coraggio. Ascanio si chiese rabbrividendo di che pasta fossero fatti quegli uomini. I drappelli si schierarono nuovamente, e il loro canto si fece sempre più forte e tracotante.

Il tristo tentator,
a noi fa guerra ogn'or.
Astuzia e frode
son l'armi sue tremende,
ma da lor Dio ne difende.

Seidensticker rise, in preda a una gioia sfrenata. « Potete imparare qualcosa », esclamò rivolgendosi ad Ascanio e ai suoi due amici. Ascanio pensò a ciò che si sarebbe abbattuto sulla città e sentì il cuore pesante. Se solo il papa e i romani avessero pagato, o quantomeno aperto le porte, senza opporre resistenza. Poi anche il capitano si unì al coro.

Se migliaia di demoni
ne volessero inghiottire,

le malefiche legioni,
non vedranci impallidire...

Intanto le colonne si erano messe in posizione, e il giovane biondo avanzò.

Con tutti i lor terror,
si mostrin pure il cuor.
No, non ci trema.
A un detto dell'Eterno,
Fia depresso il re d'inferno.

In quel momento, il conestabile Carlo di Borbone li superò con un'espressione cupa per mettersi alla testa dell'attacco. Il generale aveva intuito che quella era la loro unica occasione per superare le mura cittadine. Ascanio lo sentì imprecare tra i denti: « *Diables protestantes!* » Il generale non capiva la lingua degli uomini che comandava, e la cosa lo metteva a disagio. La nebbia si diradò. Gli archibugi fecero fuoco.

« Venite, voi italiani dovete essere tra i primi », gridò Seidensticker, e Ascanio, Eugenio e Baccio lo seguirono. Passarono accanto agli uomini con le lunghe scale d'assalto, scavalcarono feriti, morenti e cadaveri che erano stati colpiti da pallottole o frecce, e le cui grida erano sovrastate dal canto. Appena arrivarono in prima fila, tra il portabandiera e il giovane biondo videro il loro generale. Che, all'improvviso, si afflosciò.

L'esercito si fermò. Insieme coi suoi due amici e il capitano Seidensticker, Ascanio raggiunse di corsa il generale, che giaceva nel suo stesso sangue. « *Mon Dieu*, una pallottola mi ha attraversato il fianco. Copritemi. Il nemico non deve sapere che sto crepando! »

Seidensticker si tolse il mantello giallo dalla corazza di cuoio e lo stese amorevolmente sul francese, che era caduto in disgrazia presso il suo re perché si era rifiutato di sposarne la madre. Una faccenda sconcia, come la riteneva Ascanio.

« Eugenio e Baccio, portate il comandante dal chirurgo militare », ordinò Seidensticker.

«Non fatemi questo, ho bisogno dei miei due amici in città!» protestò Ascanio.

«Diavolo! Solo perché siete voi, Ascanio.»

Il capitano incaricò altri due lanzichenecchi. Intanto, in cima alle mura si erano levate grida di giubilo. Evidentemente i difensori della città si erano accorti che il generale era caduto. Potevano anche esultare e credersi in salvo, ma Seidensticker aveva sollevato di nuovo la spada, e come lui anche il giovane biondo. Si rimisero in marcia. La bandiera riprese a sventolare, come segnale per tutti che la battaglia continuava. Il suono vuoto delle scale di legno che sbattevano contro le mura diede il via al grido di battaglia degli uomini, che cominciarono ad arrampicarsi agilmente. I difensori riuscirono a far cadere due scale, ma alle grida di trionfo provenienti dalla cima delle mura fece eco un grido di battaglia ancora più inferocito.

Ascanio salì su una scala subito dietro Seidensticker. Il capitano raggiunse le merlature e trafisse con la sua lunga spada un soldato pontificio che voleva trapassarlo con la sua lancia. In un baleno, fu in cima alle mura.

Ascanio vide il grosso tedesco mietere vittime con la sua possente spada da battaglia. Come se fosse il nero mietitore in persona, spaccava crani, tagliava teste, infilzava un uomo e l'istante successivo spaccava la clavicola a un altro. Anche Ascanio brandiva la spada, e anche lui, come gli altri, uccideva chiunque gli si parasse davanti. Presto si formarono larghe pozze rosse e sudice. Era come se piovesse fango e sangue.

«Gli spagnoli!» gridò Eugenio senza fiato. A quel punto li vide anche lui. Evidentemente avevano preso Porta Pertusa. Tra loro e la basilica di San Pietro restava soltanto una compagnia delle guardie svizzere, che opponeva una fiera resistenza. In seguito Ascanio sarebbe venuto a sapere che gli spagnoli si erano introdotti nella città attraverso un'officina che un artigiano aveva costruito all'interno delle mura difensive, non lontano da Porta Torrione. Quando gli spagnoli erano entrati nell'edificio, avevano scoperto una finestra inchiodata alla meglio con alcune assi. Avevano strappato le tavole di legno, poi erano sgattaiolati nel varco e si erano ritrovati direttamente nel rione Borgo, per la precisione nel giardino del cardinale Cesi.

« Puntate le colubrine sul quartier generale del diavolo! » gridò Seidensticker ai suoi, dopo che i tedeschi avevano scacciato i soldati pontifici dal coronamento delle mura. In quel momento, un drappello di guardie svizzere avanzò minaccioso sul cammino di ronda. Un uomo scatenato sferrò un colpo al giovane biondo, spaccandogli la testa. I capelli dorati gli si tinsero di rosso. Ascanio fece in tempo a vedere il dolore negli occhi di Seidensticker, poi dovette difendere la propria pelle. I lanzichenecchi non temevano nessuno più degli svizzeri. Il capitano respinse l'assalitore, Ascanio guardò brevemente negli occhi il suo avversario: un giovane che era lì per volontà del cardinale Matthäus Schiner, e che lì avrebbe trovato la morte. Parò un colpo, gli deviò la spada di lato, riportò la propria in posizione di offesa e gli conficcò la lama in gola. Poi con un solo gesto estrasse la spada e la risollevò per abbatterla subito sullo svizzero che stava mettendo in difficoltà Seidensticker. Il capitano gli fece un breve cenno di riconoscenza, poi gridò: « E adesso fuoco alle colubrine! »

La palla di cannone scoppiò davanti al *tegurio*, la cappella fatta erigere da Bramante a protezione della tomba del principe degli apostoli. Il papa, che dalla sera precedente pregava senza posa nella cripta al piano inferiore, trasalì spaventato e restò incerto per un istante, poi riprese a pregare con un fervore ancora più grande. Dietro Clemente VII era inginocchiato Giacomo Catalano, che lo fissava con disprezzo. Avrebbe fatto meglio ad agire per tempo, anziché profondersi in suppliche quando ormai era troppo tardi, pensava adirato. Anche lui confidava nell'aiuto di Dio, naturalmente, ma nella sua vita aveva capito anche la profonda saggezza della frase: « Aiutati, che Dio t'aiuta ». Bisognava dare una mano al Signore, dargli un'occasione d'intervenire.

Giacomo odiava i Medici, che si sentivano nati con la camicia anche quando la sfortuna li conciava per le feste. Li odiava perché, a suo modo di vedere, alla Chiesa avevano recato soltanto danno. A partire dal Magnifico. Lorenzo de' Medici aveva sostenuto i Fedeli d'Amore, e suo figlio Giovanni, papa Leone X, con la sua mania dello sfarzo aveva scialacquato il patrimonio della Chiesa. La costruzione della nuova basilica di San Pietro non aveva fatto progressi e l'antica basilica era andata in rovina a vista d'occhio. Anche per mancanza di fondi, Raffaello aveva prodotto soltanto progetti e ben poca attività edilizia. Qua e là si lavoricchiava agli archi del quadrato o si costruiva un muro d'appoggio per i pilastri della cupola, ma dalla morte di Bramante era mancato il genio propulsore. Quanto al suo allievo, Antonio da Sangallo, non era riuscito a compiere progressi degni di nota. Così la basilica andava in rovina, e forse non era un caso, perché era l'intero mondo cristiano che si stava spaccando. Leone X non si era rivelato l'uomo adatto a opporsi all'eretico Lutero.

Il nipote di Lorenzo, Giulio, che in quel momento supplicava Dio di salvarlo, non aveva fatto danni per via dell'eccessiva prodigalità come il cugino, ma al contrario aveva aperto le porte dell'inferno a causa della sua smisurata avarizia. Quando si trattava dei Medici, c'erano di mezzo solo peccati mortali. Lorenzo era schiavo della *superbia,* che si manifestava come alterigia, vanità, orgoglio e presunzione. Nel caso di Giovanni, *luxuria* e *gula* facevano a gara: dissolutezza contro smodatezza e crapula. Mentre Giulio, con la sua avidità e taccagneria, era un perfetto esempio di *avaritia.* Giacomo odiava dal profondo del cuore i Medici, mediocri farmacisti fiorentini arrivati al potere.

D'un tratto sentì dei passi rapidi, come se qualcuno stesse scendendo le scale. Si voltò. Era arrivato il momento? I lanzichenecchi avrebbero fatto irruzione nel *Sancta Sanctorum* per saccheggiare, commettere omicidi e altre empietà, come d'altra parte era logico aspettarsi dagli eretici luterani?

Il capitano della Guardia svizzera, Herkules Göldli, entrò nella cripta. «Santo Padre», gridò ansimando. Il papa si voltò, visibilmente infastidito per essere stato disturbato nella preghiera. «Tutto è perduto, Santo Padre! Il nemico è nel rione Borgo e sta per attaccare la basilica. Venite, dobbiamo ritirarci a Castel Sant'Angelo. Affrettatevi, Santo Padre! Qui non c'è più possibilità di salvezza!»

«Abbiamo messo la nostra vita nelle mani di Dio», rispose il pontefice con tono blando.

Giacomo non lo sopportava più. Clemente VII era un uomo che posto di fronte a un'alternativa riusciva a fare sempre la scelta sbagliata. Non poté fare a meno di apostrofarlo: « Vostra Santità, quando gli eretici saranno qui avrete messo la vostra vita nelle mani del diavolo, non in quelle di Dio. Non dovete dare agli eretici la possibilità di farsi beffe del corpo inviolabile del vicario di Cristo! »

« Sua eminenza ha ragione, non abbiamo più tempo! » lo incalzò il capitano Göldli. « Possiamo ancora fuggire a Castel Sant'Angelo tramite il Passetto, ma è necessario fare in fretta. Il comandante Kaspar Röist sta combattendo eroicamente con cento uomini all'obelisco, ma non potrà resistere molto contro la superiorità numerica del nemico! Venite! »

Clemente VII indugiò ancora. Giacomo lo spinse quasi sgarbatamente verso Göldli. « Andate! Fatelo per la Chiesa! Fatelo per Dio. » E nessuno notò quanto gli costasse pronunciare la frase che disse dopo: « Voi siete il successore dell'apostolo. Non capite? Voi siete Pietro, Santo Padre! Andate. Ora il vostro corpo sorregge la Chiesa! »

Il papa annuì, turbato.

Che altro avrebbe potuto dire Giacomo? Odiava Giulio de' Medici, ma amava la Chiesa, che si fondava sulla successione ininterrotta sulla Cattedra di Pietro. Seguì il comandante e il papa nel *tegurio* e da lì nello spazio ancora scoperto all'interno del quadrato, dove c'erano circa ottanta guardie. Inoltre vi si erano radunate almeno duecento persone fuggite dal rione Borgo per la paura. Erano soprattutto ecclesiastici e pellegrini, sorpresi dall'invasione. Tra loro c'erano poche donne e pochi bambini: le famiglie abitavano a Trastevere e nei quartieri cittadini sull'altra sponda del fiume.

« Per cortesia, datemi la vostra spada e la vostra corazza », chiese il cardinale al capitano della Guardia svizzera.

« Che cosa avete intenzione di fare, eminenza? »

« Proteggere la mia chiesa! »

« Dagli ciò che chiede. Dio ti benedica, figlio mio », disse il papa con un profondo sospiro.

Göldli porse all'uomo con la semplice tonaca da domenicano la grossa spada da battaglia e la corazza. Mentre Giacomo se la infilava sopra l'abito bianco e nero, il capitano chiese ai suoi uomini chi di loro volesse unirsi al cardinale per difendere la tomba di San Pietro; si offrirono quasi tutti, costringendolo a sceglierne quaranta che facessero da robusta scorta al papa.

Mentre Clemente VII benediceva coloro che sarebbero rimasti col cardinale, una palla di cannone colpì con grande fragore un muro di rinforzo e lo danneggiò. Herkules Göldli non indugiò oltre, prese il vicario di Cristo per un braccio e lo trascinò via senza esitazione. Si trattava di raggiungere il Palazzo Vaticano e da lì fuggire a Castel Sant'Angelo tramite il passaggio segreto. Giacomo sperava vivamente che potessero farcela. Giulio de' Medici doveva vedersela con Dio, non coi lanzichenecchi luterani. Non sapeva se il coraggioso Kaspar Röist e i suoi uomini stessero ancora resistendo all'assalto oppure fossero già stati uccisi. Non poteva sapere che proprio in quel momento gli spagnoli stavano massacrando barbaramente l'uomo, già gravemente ferito, alla presenza della moglie.

Mentre ciò accadeva, Giacomo spingeva le persone in cerca di un rifugio ad andare nel *tegurio*, a nascondersi nella cripta e pregare. Poi guardò i volti dei giovani svizzeri. Bravi ragazzi di montagna. Chiese a ciascuno il nome e la provenienza.

«Johann, eminenza. Di Wallis», rispose il primo, un giovane dalle guance paffute.

«Lascia perdere l'eminenza, ormai non conta più nulla. Sono fra' Giacomo, vostro fratello in Cristo.» Poi guardò il successivo.

«Kaspar, emi... ehm, fra' Giacomo. Anch'io sono di Wallis.»

«Heinrich dal Canton Uri.»

«Mathias di Zurigo.»

«Huldrych di Berna.»

«Balthasar di Ginevra.»

«Jürg di San Gallo.»

«Joseph di Waadt.»

Giacomo si sforzò d'imprimere nella memoria i nomi dei suoi quaranta compagni combattenti. Poi si mise davanti a tutti loro e disse: «*Ego te absolvo a peccatis tuis in nomine patris et filii et spiritus sancti*». Li benedisse col segno della croce, allargò le braccia e aggiunse: «Vi benedica il Signore e vi protegga; il Signore faccia brillare il suo volto su di voi e vi sia propizio; il signore rivolga su di voi il suo volto e vi conceda pace. Così porranno il mio nome sugli Israeliti e io li benedirò». Forse Dio avrebbe fatto accadere un miracolo e sarebbero riusciti a difendere la basilica.

A causa della demolizione, trincerarsi dietro le rovine era diventato impossibile. In pratica, il nemico poteva arrivare da qualsiasi direzione. Così Giacomo piazzò gli uomini davanti all'ingresso della cappella. Non dovette aspettare a lungo.

Con sua grande sorpresa, non erano eretici tedeschi quelli che entrarono nell'area della basilica, ma suoi connazionali, spagnoli ortodossi. Sentì una pressione alle orecchie, come se stesse cadendo in un abisso senza fondo. Se ad attaccare il Santissimo fossero stati gli eretici, il fatto in sé, per quanto intriso d'inaudita violenza, sarebbe rientrato nell'ordine delle cose. Ma così... Era lo stesso popolo di Dio che se la prendeva con Dio. Era l'inizio della fine, un fatto talmente enorme che non poteva che preannunciare il declino del mondo. Giacomo perse ogni speranza, e al contempo si sentì pronto a tutto. Bello come l'arcangelo Michele, si parò davanti agli invasori con la spada, e in spagnolo, con voce potente, ordinò: «Inginocchiatevi! Pregate! Pentitevi dei vostri peccati!»

I soldati, beffardi, lo derisero e gli offrirono di mettersi al loro servizio. «Abbiamo bisogno di qualcuno che conosca il posto e ci mostri dov'è l'oro. In compenso potrai essere il nostro cappellano!»

«Vi escludo dalla comunità di Dio e dei fedeli. Siete maledetti ora e per sempre. Patirete tutte le pene dell'inferno e nessuno vi potrà redimere! Nel nome del Padre, del Figlio e dello Spirito Santo. Amen.» Per la fretta, e perché voleva che quella soldataglia lo capisse assolutamente, aveva pronunciato la dannazione in spagnolo e non in latino. Gli svizzeri si schierarono accanto a lui con alabarde, lance e spade.

«Il pretucolo vuole combattere!» esclamò un soldato sbellicandosi dalle risate.

«Ritira subito la scomunica!» pretese un altro, furente.

«Chi non ama il Signore sia maledetto! *Maranà tha*, Signore vieni!» disse Giacomo in aramaico, perché non gli importava più che lo capissero. Sentiva che era arrivato il suo ultimo giorno e che presto avrebbe dovuto scontare i suoi peccati, come quei mercenari un giorno avrebbero dovuto espiare i loro. Poi si buttò a capofitto nella battaglia.

Il macello durò due ore. Gli spagnoli, in superiorità numerica, riuscirono a trucidare gli svizzeri, che si erano battuti come leoni. Il cardinale Giacomo Catalano finì nelle mani dei mercenari ancora vivo, seppure ferito. « Ritira l'anatema e avrai una morte rapida! » pretesero ancora una volta. Giacomo tacque. Non voleva una morte rapida, voleva patire la punizione inflittagli da Dio. Da sacerdote aveva mentito, tradito, rubato, diffamato, rapito, torturato e assassinato. Lo aveva fatto per servire Dio e la sua Chiesa, certo, ma era comunque sceso all'inferno, sempre sapendo che un giorno sarebbe stato raggiunto dalla giusta punizione.

Gli spagnoli gli tolsero la corazza. Il saio luccicava, umido e rosso, intriso del sangue proprio e altrui. Glielo strapparono di dosso, lasciandolo completamente nudo. Come l'agnello che viene condotto al macello. *Agnus Dei*, pregò in silenzio. I soldati si guardarono attorno, poi trovarono una croce enorme, alta il doppio di loro. Con un'alabarda staccarono dalla croce la statua di legno del redentore sofferente, poi vi misero il corpo di Giacomo. Si sentì trafiggere da un dolore, poi ancora, poi ancora, poi ancora. Lo avevano inchiodato alla croce con colpi di balestra. Dentro di sé implorò di essere messo a testa in giù. *Non sono degno di morire come nostro Signore Gesù*, pensò.

« Allora, ci assolvi dai nostri peccati e ritiri l'anatema? »

Era troppo tardi. La sua mente ormai non era più con loro. Come aveva detto Ignazio di Antiochia: « Non voglio che voi siate accetti agli uomini, ma a Dio... Io non avrò più un'occasione come questa di raggiungere Dio ». Finalmente Giacomo capiva la sua vita. Stava facendo pace con la sua esistenza. Il martirio l'avrebbe purificato.

« Allora? Se non ti tiriamo giù in fretta dalla croce, sei morto! »

Gli giunsero all'orecchio le grida di sofferenza e di agonia delle persone che si erano rifugiate nel *tegurio*. Giacomo ripeté l'anatema, poi recitò il *mea culpa*.

Confiteor Deo omnipotenti
et vobis, fratres,
quia peccavi
nimis cogitatione, verbo, opere et omissione:
mea culpa, mea culpa, mea maxima culpa...

« Lasciatelo crepare », ordinò un mercenario.

Ancora una volta il dolore divampò come mille fuochi dentro Giacomo. Qualcuno gli tirò le gambe, come per estremo dispetto. Poi lo lasciarono in pace. Perse i sensi.

« Jaume. » Era la voce di una donna, che gli parlava in catalano, come attraverso uno strato di ovatta. Conosceva quella voce, che diventava sempre più chiara. Sì, la conosceva bene, anche se era passata una vita intera.

« Jaume, vieni, tuo padre ti vuole parlare. »

Giacomo vide sua madre: dopo tutti quegli anni in cui aveva dimenticato il suo volto e non riusciva a immaginarla più neppure in sogno, la vide chiaramente come se fosse davanti a lui. I grandi occhi scuri, il viso sottile, la figura slanciata, le mani affusolate che lo accarezzavano spesso; le labbra piene dalle quali veniva il soffio curativo, quando lui cadeva o urtava qualcosa. La seguì nel giardino, dietro la casa. Sotto i pini vide suo padre, medico ed erudito, che dava le spalle all'ingresso e leggeva un libro. Era seduto tra le rose. Jaume ci mise un po' a capire che cosa c'era di così diverso in lui: la testa era scoperta, mancava la kippah che indossava sempre.

« Tuo figlio, Jordi! » Vide per la prima volta chiaramente anche il viso di suo padre, dopo tutto quel tempo. Aveva la carnagione scura, ma gli occhi azzurri. Quando sorrideva, come in quel momento, l'iride assumeva il gradevole colore del cielo. Il padre allargò le braccia. C'era un dolce profumo di pino. Jaume si mise a correre, il padre si alzò, si chinò, prese il figlio sotto le ascelle e lo sollevò in aria. Poi lo posò con delicatezza sulle piastrelle del sentiero che, tra i fiori, conduceva al prato circolare. « Siediti, devo parlarti! »

« Dov'è la tua kippah, padre? »

« È proprio di questo che si tratta. » I giocosi zampilli nella fontana rotonda non si addicevano all'espressione seria del padre. «Ascoltami, figlio mio. E imprimi bene nella mente ciò che ti dico. Il re non tollera più che seguiamo la religione dei nostri padri. Ci siamo consultati all'interno della comunità e abbiamo deciso di convertirci a Joshua, che è chiamato anche Gesù, il Cristo.» Jaume voleva dire qualcosa, fare domande, perché gli sembrava inaudito. Ma il padre gli impose di tacere con un gesto della mano. «Quando sarai più grande ti spiegherò tutto. Adesso però verrai battezzato con noi, e andrai a lezione dal sacerdote Ignazio.»

E così fu. A dieci anni, Jaume fu battezzato e iniziò a prendere lezioni da un giovane e gentile sacerdote nella scuola della cattedrale di Tortosa. Ben presto, le nuove storie di Gesù e dei suoi apostoli, di Pietro e Paolo, cominciarono a piacergli così tanto che dimenticò quelle vecchie. Si dedicò con grande fervore allo studio. Ma il padre, che pure aveva voluto che suo figlio frequentasse quella scuola, invece di elogiarlo lo osservava con uno sguardo sofferente. Come se il suo zelo lo offendesse. Quanti più erano i successi del ragazzo nello studio, tanto più il padre si allontanava. Jaume aveva l'impressione che gli nascondesse dei segreti, che non si fidasse di lui. La cosa lo feriva, e lo allontanava a sua volta dal genitore un tempo amato.

Un giorno, durante la confessione, il sacerdote chiese a Jaume di parlargli di suo padre, di quali libri leggesse e di chi incontrasse. Il ragazzo fece come gli era stato chiesto, senza darvi peso, e fu come sempre assolto dai suoi peccati.

Trascorso del tempo, e dimenticata quella confessione, cominciò ad accarezzare l'idea di entrare in convento, dai domenicani, per dedicarsi interamente al Signore. Un giorno, tornando a casa dopo gli esercizi spirituali, trovò le porte e le finestre aperte. Dentro, la casa era devastata. Corse per tutte le stanze col cuore in gola, ma non trovò né il padre né la madre. Pur non sapendo spiegarsi la situazione, percepiva una fosca minaccia. Tornò di corsa in strada. Un gruppo di persone infuriate marciava verso il palazzo vescovile. Si unì a loro, e dai frammenti di conversazione che gli giungevano all'orecchio capì che gli ebrei battezzati continuavano a professare in segreto la propria religione e praticavano l'eresia e la magia. Perciò non doveva esserci pietà: i *marranos* sarebbero stati consegnati al fuoco purificatore.

Ciò che il ragazzo sentì andava di gran lunga oltre la sua immaginazione. Restò col fiato sospeso. Da un lato non credeva che il padre potesse venire accusato di simili colpe, dall'altro sapeva che riceveva spesso visite da estranei, anche in ore notturne. I genitori credevano che lui dormisse, ma Jaume si accorgeva di quelle visite segrete, e sentiva che parlavano in ebraico e talora in una lingua che non capiva, benché simile all'ebraico. Altre volte succedeva che quando lui entrava in una stanza in cui si trovavano il padre e la madre loro interrompevano subito la conversazione. La cosa lo feriva. Evidentemente non si fidavano di lui, o peggio: non gli volevano più bene.

Davanti al palazzo vescovile c'erano grandi roghi accesi, con pali cui erano legate delle persone. Le grida di dolore gli penetrarono nelle orecchie sino a fargli male. E non poté fare a meno di odiarle, quelle persone, per le indegne manifestazioni della loro sofferenza. Aveva letto che i martiri cristiani erano morti diversamente, in modo dignitoso, grazie alla loro fiducia in Dio. Nella consapevolezza di essere redenti dalla valle di lacrime e di essere prossimi a incontrare il Signore, finivano la propria vita con serenità e compostezza.

Mentre le fiamme imperversavano, notò che i corpi consumati dal fuoco erano avvolti in camici bianchi e indossavano cappelli gialli appuntiti. L'odore dolciastro di carne bruciata gli salì nel naso e lo colpì come un pugno nello stomaco. Non aveva mangiato nulla, altrimenti avrebbe rovesciato, ma ebbe comunque un conato e sputò bile. Poi sentì il cuore pulsare angoscia nelle vene del collo e nel cervello. Forse anche suo padre e sua madre stavano bruciando sul rogo? Provò ad avvicinarsi per vedere meglio, per scacciare quell'angoscia, o per annegare nel dolore; ma non riuscì a farsi largo, la ressa dei curiosi era uno sbarramento compatto di gente eccitata e disposta a ridere della sofferenza dei condannati.

Pian piano le fiamme si estinsero e la sera calò sulla città. La gente ballava, cantava e festeggiava in piazza, perché il vescovo aveva annunciato che l'aver bruciato i servi e le serve del demonio aveva messo le persone buone al riparo dal pericolo.

Jaume era corso di nuovo a casa, ma la trovò in preda al saccheggio. Terrorizzato, vide a più riprese estranei entrare e poi uscirne portando con sé mobili e vestiti. Presero anche la sua Bibbia e il suo vecchio cavallo a dondolo, il mantello buono di papà e l'abito della festa della mamma; era bella quando se lo metteva, come una principessa orientale, e ogni volta che il padre la vedeva così, con quel vestito, la chiamava Sulammita.

Quegli estranei gli rubarono la vita. Comprese che nessuno gliel'avrebbe più ridata. E che nessuno lo avrebbe protetto. Vagò a lungo per le strade, finché, senza sapere come, finì di nuovo nella piazza del palazzo vescovile. Le guardie che sorvegliavano i roghi se n'erano andate. Il dodicenne Giacomo si avvicinò al mucchio di fuliggine e cenere di colore grigio scuro, sopraffatto da un'acuta nostalgia dei genitori. Non riusciva a credere che sua madre, così bella, e suo padre, un uomo forte e intelligente, si fossero trasformati in quell'insignificante mucchietto di cenere.

D'un tratto notò qualcosa che rifletteva debolmente la luce delle stelle. In punta di piedi, per non calpestare nulla che un tempo era stato umano, raggiunse quel punto e con la massima cautela recuperò dalla cenere un anello d'oro, con una incastonatura a sua volta d'oro e una pietra nera. Quasi non osava, ma doveva arrivare a una certezza, per quanto potesse essere terribile; così sollevò l'anello e lo guardò in controluce, e vide brillare il monogramma del padre, che rivelava la sua carica di levita, sacerdote. Gli vennero le lacrime agli occhi, e singhiozzi così violenti che rischiarono di soffocarlo. Mise l'anello nella tasca dei pantaloni, poi si chinò e accarezzò la cenere e le ossa. Andò avanti a lungo, fino alle prime luci dell'alba, finché non venne cacciato da una pattuglia di soldati del vescovo. Aveva perso ogni senso del tempo. Nel suo animo si scontravano con violenza il dolore per la perdita e la consapevolezza che i genitori erano stati degli eretici, e già intuiva che quello scontro gli avrebbe costruito attorno un labirinto inestricabile. L'istinto e la volontà di sopravvivere lo spinsero a imbarcarsi su una nave, a scappare lontano da quella città che ormai, in un modo o nell'altro, lo avrebbe schiacciato sotto una montagna di dolore.

In seguito capì di essere stato lui a tradire e uccidere i genitori. Ma anche loro avevano tradito lui, perché erano rimasti eretici accaniti, invece di aprirsi al messaggio di Dio.

D'un tratto Giacomo vide una luce posarsi sulle rovine dell'antica basilica, davanti a lui. Poi si fece di nuovo buio e vide ancora i genitori. Questa volta però era molto piccolo. Stava imparando a camminare, incespicando tra le braccia aperte della madre e del padre. Lo prendevano ogni volta in tempo, in modo che non cadesse. E si sentiva al sicuro tra le loro braccia forti che lo sorreggevano, così come un giorno le quattro possenti braccia del quadrato avrebbero sorretto la cupola celeste.

Mentre si abbandonava completamente tra le braccia della madre, cominciò a cantare sottovoce, eppure in maniera assordante. «*Jitgadal vejitkadasch sch'mei rabah. B'allma di v'ra chir'usei v'jamlich malchusei, b'chjeichon, uv'jomeichon, uv'chjei dechol beit Jisroel, ba'agal u'vizman kariv, v'imru: Amein.* Lodato sia il suo Nome eccelso in perpetuo per tutta la durata dei secoli. Sia benedetto, lodato, glorificato, elevato, esaltato, riverito, celebrato ed encomiato il Nome di Dio santo e benedetto in modo superiore a tutte le benedizioni, i canti e le lodi, i rendimenti di grazie degli infelici consolati che dir si possano in questo mondo e tutti dicano: Amen, così sia.»

Dal profondo del suo spirito, che si stava staccando dal corpo, gli giunsero le parole ebraiche del Qaddish, le uniche che riusciva ancora a pronunciare, come se lo spagnolo, l'italiano e il latino lasciassero l'unico spazio legittimo all'ebraico. Che cosa importava che quella preghiera poteva essere pronunciata soltanto in presenza di un *Minjan*, cioè di dieci uomini ebrei? Non erano forse tutti presenti? Il suo magnifico padre, i suoi due dignitosi nonni, i suoi quattro zii, il saggio rabbino, l'allegro fornaio e l'austero macellaio kosher? Non gli stavano forse tendendo la mano con sollecitudine, mentre si liberava del corpo e del suo carico terreno? Non lo stavano forse accogliendo nella Gerusalemme celeste, malgrado il suo tradimento? Amen, così sia.

53

Roma, Anno Domini 1527

Attorno a lui venivano commessi saccheggi a tutto spiano. I lanzichenecchi facevano irruzione nelle chiese, nei palazzi e nelle abitazioni e rubavano tutte le pietre preziose, l'oro e l'argento che trovavano. Ascanio lasciò mano libera ai suoi due amici. Li capiva fin troppo bene e in effetti avrebbe dovuto comportarsi come loro. Avrebbe dovuto arraffare tutto ciò che gli capitava e premunirsi per la vecchiaia, perché altrimenti, una volta divenuto troppo vecchio per combattere, o persino prima, nella disgraziata ipotesi di rimanere storpio in battaglia, la prospettiva era quella di morire nella miseria, senza nessuno che si occupasse di lui.

Sì, racimolare un gruzzolo per i momenti del bisogno era una cosa più che sensata per un soldato di ventura, e di certo l'occasione di rapinare la città più ricca del mondo non si sarebbe mai più presentata. Ma in piazza San Pietro fu assalito subito da una serie di ricordi che lo paralizzò. Erano trascorsi quasi vent'anni da quel giorno in cui lui e Bramante erano scesi nella cripta della basilica e avevano visto la bambina incatenata, e si erano dovuti piegare alle richieste del cardinale Catalano, trattenendo a stento la rabbia. La vista dell'innocente fanciulla tenuta in ostaggio gli aveva quasi spezzato il cuore. Più assisteva alle violenze, più le trovava ripugnanti.

Salì con circospezione i gradini che conducevano alla chiesa. Scavalcò corpi deturpati, quasi tutti religiosi e persone di servizio, ma anche donne e bambini, che in alcuni casi avevano subito stupri. Conosceva fin troppo bene la follia sanguinaria che subentrava quando si erano trascorse ore a uccidere e a difendere la propria vita, vedendo cadere i compagni. Tutti i riflessi dell'uomo obbedivano soltanto a un semplice calcolo: uccidere o essere ucciso. Chi arrivava a quel punto non poteva più smettere, come se le urla e il sangue gli fossero necessari quanto l'aria per un uomo che affoga, finché non crollava esausto. Ascanio conosceva quell'ebbrezza. E conoscendola sapeva come sfuggirle.

Varcò la porta d'ingresso ed entrò nell'atrio. Il prato verde si era tinto di rosso. Gli insetti banchettavano a festa. Non guardò nessuno dei morti. Sapeva fin troppo bene di dover tenere lontano da sé il dolore. Se le vittime avessero assunto una personalità, sarebbe diventato pazzo. Dovevano rimanere astratte, a ogni costo. All'improvviso gli si presentò una scena cui non poté sottrarsi. Una donna mezza nuda stava fuggendo dalla Porta Ravenniana, con un bambino piccolo in braccio. Un mercenario con gli occhi che gli uscivano dalle orbite per il desiderio la inseguiva gridando: « Non voglio niente da te, ma dammi il marmocchio! »

Nei molti anni in cui aveva fatto il mestiere della guerra, Ascanio si era abituato a non immischiarsi mai, cosa che si era rivelata saggia e intelligente. Non bisognava diventare bestie come i compagni, ma nei momenti di follia omicida non si doveva nemmeno mettere loro i bastoni tra le ruote. Gli istinti sessuali che premevano per essere soddisfatti erano soltanto un'altra forma di follia omicida, di impulso assassino.

« È solo un bambino! Ti lascerò vivere », gridava il mercenario. Negli occhi della donna Ascanio vide la paura per il figlio. Era sola; probabilmente il marito era già stato massacrato nella prima chiesa della cristianità. Lei non lo guardò con occhi imploranti, ma con la faccia deformata dalla disperazione. Ascanio si sentì raggelare fino al midollo. Estrasse il coltello e sbarrò la strada all'uomo. Quello indietreggiò. « E tu che vuoi? Che t'importa del marmocchio? »

« T'interessano i fanciulli? » chiese Ascanio freddo.

« Sì, perché a te no? Non dirmi che non te ne sei mai fatto uno! Ah, non c'è niente di più bello. È tutto ancora così innocente e fresco! E la cosa migliore è che non c'è pericolo di prendersi il male francese! »

Ascanio strinse le palpebre. E si sentì stranamente calmo, prima di colpire con un violento pugno in faccia lo stupratore di bambini, che cadde a terra. Con gesti rapidi gli slacciò la corazza dal petto e la gettò lontano, poi s'inginocchiò sulle gambe dell'uomo. Questi tornò in sé e cercò di difendersi. Con due rapidi tagli, Ascanio gli recise i tendini della parte superiore delle braccia, in modo che non potesse più usarle, e lo mise seduto. Ora l'uomo sembrava una marionetta cui fossero stati tagliati i fili, e urlava di dolore come un maiale, gli occhi sgranati per la paura. Ascanio, insensibile, non si fermò lì. Con un taglio profondo aprì la parete addominale e cominciò a estrarre le interiora. Alcuni mercenari che uscivano dalla chiesa si fermarono sconcertati; lui alzò brevemente lo sguardo, e doveva essere lo sguardo di una bestia, perché gli uomini si levarono di torno alla svelta, senza immischiarsi affatto. Solo dopo che ebbe finito di sbudellare quell'essere disgustoso, alzandosi si accorse che Eugenio e Baccio erano accanto a lui. *I miei buoni e bravi amici*, pensò come intontito. « Vi prego, portate questa donna e il suo bambino al sicuro e datele del denaro », disse loro.

La donna voleva dire qualcosa per ringraziarlo; lui la bloccò alzando una mano insanguinata e procedette verso la basilica di San Pietro. C'erano fuochi e cadaveri ovunque, reliquie profanate, luoghi sacri saccheggiati. L'intera area dava l'impressione di essere stata devastata dalle schiere di Satana. Poi un'immagine catturò la sua attenzione.

Davanti a lui c'era un uomo nudo appeso a una grande croce. Era il cardinale Giacomo Catalano. Non lontano da lui c'erano il saio a brandelli e una spada. Tutto faceva pensare che si fosse battuto in modo eroico. Poi vide la trasfigurazione negli occhi senza vita, il sorriso infantile e beato fissato per sempre. Tolse il cadavere dalla croce, lo coprì col suo mantello e si mise in ginocchio per una breve preghiera. Aveva odiato profondamente quell'uomo, ma le circostanze della sua morte gli infondevano rispetto. Infine si alzò e puntò verso l'uscita. Ma quattro spagnoli gli andarono incontro con le spade sguainate.

Ascanio inclinò il capo da un lato e li guardò con un sorriso compassionevole. Volevano una battaglia? Bene, l'avrebbero avuta. Gli uomini indietreggiarono. Uno di loro, che aveva sulla testa un bernoccolo grande come un uovo di colomba, gli sibilò: « Non ti sentire così sicuro. Ti prenderemo. Hai mio fratello sulla coscienza ».

Ascanio lo guardò pacatamente. « Cercami pure, se vuoi trovare la morte. » Poi abbandonò la basilica di San Pietro, devastata, messa a ferro e fuoco, saccheggiata.

Nell'atrio incontrò Klaus Seidensticker, che gli fece un cenno. « Vieni, ci stiamo radunando per prendere Trastevere! »

« Chi ha il comando? »

« Filiberto di Chalon. »

« Il Principe d'Orange? Ma è un bambino. »

« Già, ma non c'è nessun altro. Il conestabile è morto. »

« Peccato per lui, e anche per Frundsberg. Erano uomini in gamba. »

« Lo sai, i migliori muoiono sempre. »

« E i peggiori bisogna ucciderli. Sì, lo so », rispose Ascanio stanco. Poi si ricordò della donna e pensò a Lucrezia. « Voglio combattere in prima fila! »

« Sarai accanto a me, vecchio bastardo! » rise Seidensticker.

Quando passarono accanto alla villa suburbana di Agostino Chigi, mentre si spostavano dal rione Borgo a Trastevere, Ascanio chiese al capitano di aspettare un attimo. Voleva dare un'occhiata al palazzo, perché gli era giunta voce che Imperia viveva lì. Ma a parte i saccheggiatori, nella tenuta non trovò nessuno. Con la coda dell'occhio vide che un tedesco stava facendo degli sgorbi sull'affresco di Peruzzi. Il lanzichenecco pronunciò a voce alta ciò che stava scrivendo: « Perché non dovrei ridacchiare, io che scrivo? Il papa abbiam fatto scappare col nostro arrivo! » Ascanio lasciò la casa alla svelta e proseguì con Seidensticker. Non aveva orecchie per il cinguettio agitato degli uccelli; il puzzo della morte che aleggiava nell'aria sembrava coprire persino i suoni.

Tutto avvenne rapidamente. Trastevere capitolò, ma l'armata rimase ancora unita, perché a quel punto i lanzichenecchi attraversarono i ponti sul Tevere e presero d'assalto i rioni della città vera e propria: Regola, Sant'Angelo, Sant'Eustachio, Parione, Pigna, Ponte e via dicendo. Il Senato di Roma si arrese e implorò clemenza. Tuttavia i senatori avrebbero anche potuto risparmiarsi quelle parole, perché nessuno le ascoltò. Le orde impazzite fecero irruzione nelle case e torturarono gli abitanti per estorcere loro anche ciò che presumevano avessero nascosto.

Ad Ascanio piangeva il cuore. Non riconosceva più la città fiera in cui aveva vissuto un tempo. Il fumo degli incendi oscurava il cielo. In ogni caso spronava se stesso e i suoi amici a raggiungere Ponte il più presto possibile. Poi arrivarono davanti al palazzo di Bramante, dove pensava di trovare Lucrezia. I battenti della porta erano spalancati. Come se fossero stati stuprati, venne in mente ad Ascanio, i cui pensieri erano strozzati dal panico. Al piano terra, che trovò completamente devastato, non c'era nessuno. Ma c'era odore di sudore, per la precisione del sudore della paura, un odore che sui mercenari aveva l'effetto di una droga, e li istigava a crudeltà ancora maggiori. Chi mostrava di avere paura aveva già perso. Entrò nello studio in cui lavorava Bramante, e la vista di vari schizzi strappati e in parte bruciati nel camino gli provocò un profondo dolore. I ricordi lo colpirono come un pugno, lasciandolo stordito. Ci volle qualche istante prima che si rendesse conto che qualcosa era cambiato. Nei suoi ricordi lo studio era più piccolo, e il soffitto più basso. « Qualcuno ha ristrutturato questo vecchio casermone », sussurrò a Eugenio e Baccio. Poi salirono di corsa le scale, fino al piano nobile.

D'un tratto, l'acuto grido di paura di una donna squarciò il silenzio. « No! »

Dopo tutti quegli anni, e persino in quell'orribile straniamento, Ascanio riconobbe quella voce senza nessuna indecisione. Era Lucrezia. Sguainò la spada e si affrettò, senza nemmeno accorgersi di quanto fosse cambiato l'intero primo piano rispetto ai suoi ricordi. Si fiondò nella sala dalla quale era venuto l'urlo.

La scena che vide gli paralizzò il cuore per un istante, poi nelle vene sentì scorrere sangue ghiacciato. Quattro bambini tra i tre e quattordici anni erano seduti a terra, legati e con gli occhi sgranati per il terrore. Antonio, mezzo nudo, le mani legate dietro la schiena, era in ginocchio davanti a un mercenario. Lucrezia era in piedi, addossata alla parete di destra della stanza; aveva in braccio un bambino piccolo e non era legata. D'altra parte non era necessario: non sarebbe fuggita, non avrebbe mai abbandonato i figli e il marito. Era un ritratto di famiglia per niente idilliaco.

Il mercenario spagnolo col grosso bernoccolo sulla fronte teneva il pugnale verso l'occhio destro di Antonio. Riconobbe subito Ascanio, che sapeva di avere davanti il fratello dell'uomo che aveva sbudellato a San Pietro. Lo spagnolo lo fissava con un ghigno sordido. Due dei suoi compari erano alla sua destra, e altri due alla sua sinistra. Poiché i mercenari spagnoli avevano attraversato il ponte sotto Castel Sant'Angelo, senza passare da Trastevere come avevano fatto i lanzichenecchi tedeschi, erano arrivati lì più in fretta.

Ad Ascanio balenò nella mente un pensiero: doveva impedire a tutti i costi che Lucrezia o Antonio lasciassero trapelare di conoscerlo, perché in quel caso gli spagnoli li avrebbero uccisi ancora prima che lui potesse muovere la spada. « Non conosco queste persone, ma mi piacerebbe conoscerle », disse ad alta voce, e sentì addosso gli sguardi esterrefatti di Lucrezia e Antonio.

« Come... » fece Antonio, completamente disorientato, ma fu interrotto subito bruscamente dalla moglie, che evidentemente aveva capito le intenzioni di Ascanio: « Non vorrai mica collaborare con questo sconosciuto! Pensi forse che sia meglio di questi altri? »

« Basta con le chiacchiere! Questa casa la saccheggio io. Togliti dai piedi! » ringhiò lo spagnolo, senza spostare di un'unghia il pugnale dalla faccia di Antonio.

Mentre Eugenio e Baccio facevano un passo verso destra, Ascanio gli andò incontro. « Pensi che non ci sia abbastanza per tutti, qui? » chiese affabile, come se si stesse rivolgendo a un vecchio amico. Ma prima ancora di finire di parlare vibrò un colpo di spada mirando al collo; la testa dell'uomo si staccò dal corpo e cadde con un tonfo sul pavimento. Allo stesso tempo Eugenio e Baccio proteggevano Lucrezia e i bambini, che cominciarono a piagnucolare.

Uno degli spagnoli sputò per terra, furente. « Che diavolo

fai, ancora? Credi che ti lasceremo passare anche questa? » Sollevò la spada, mentre un altro corse via a cercare rinforzi.

Così erano tre contro tre. Ma Ascanio sapeva che non avevano tempo da perdere: presto la casa sarebbe stata piena di lanzichenecchi. Si lanciò deciso sullo spagnolo più vicino, lo prese e lo gettò fuori fracassando la finestra chiusa. Per qualche istante il mercenario rimase stordito sul selciato, poi tornò in sé e se la diede a gambe. Rimasti in minoranza, e valutata in fretta la situazione, anche gli altri due se la svignarono alla svelta.

Ascanio liberò Antonio, Baccio fece lo stesso coi bambini e prese in braccio quello di tre anni. Antonio prese la figlia più piccola, che era il ritratto sputato di Lucrezia.

« Venite, non abbiamo tempo da perdere », disse Ascanio cercando di non far notare la tensione. Lui e Antonio fecero strada, seguiti da Lucrezia, dai bambini e da Eugenio e Baccio. Scesero al pianterreno e uscirono dal retro giusto qualche attimo prima che i rinforzi dei mercenari irrompessero in casa. Superarono il giardino, per poi raggiungere la strada attraverso un cancelletto nel muro di cinta.

Attorno a loro c'erano solo morte, devastazione, saccheggi e terrore, e nessuno che vi ponesse un freno. Davanti alla casa di un artigiano, uno spagnolo gridò ad Ascanio di affidargli i prigionieri. Lui replicò con un ringhio che si facesse gli affari suoi. Evitando per quanto possibile le vie principali e le piazze, da un vicolo all'altro si fecero strada verso nord. Ma ovunque andassero, la scena era sempre la stessa: cinquantamila romani abbandonati senza difese alla brutalità di una soldataglia senza guida.

Al crepuscolo, esausti, raggiunsero finalmente Porta Flaminia, che conduceva alla strada per Firenze. Si accamparono nel rudere della casa di un artigiano, non distante dalla Porta. Ascanio consigliò a tutti di riposare e di dormire un po'. Antonio voleva ringraziarlo, ma lui rifiutò con un cenno. « Concediti un po' di riposo, Antonio. Presto dobbiamo rimetterci in cammino. »

Poi si consultò con Eugenio e Baccio. Decisero che Eugenio avrebbe cercato di scovare un cavallo e un carro. Ma se non fosse tornato entro mezzanotte sarebbero partiti a piedi senza di lui. Allo stesso tempo, Baccio avrebbe dovuto procurare un po' di provviste per il viaggio.

Ascanio lanciò un'occhiata furtiva a Lucrezia, che era appoggiata alla spalla di Antonio e allattava il figlio più piccolo; attorno alla coppia c'erano gli altri figli, tutti addormentati, tranne il quattordicenne. Quella vista gli diede una stretta al cuore. Invidiava Antonio, perché aveva una famiglia, una casa, persone che lo amavano accanto a sé. Che cosa avrebbe dato perché fosse concessa anche a lui una tale felicità! Per la prima volta avvertì l'amara consapevolezza di aver vissuto la propria vita nel modo sbagliato, di averla sprecata. Sentì gli occhi inumidirsi. E affinché nessuno se ne accorgesse si schiarì la voce e brontolò che voleva fare un breve giro di ricognizione lì attorno.

Quando uscì dalla rovina, la volta del cielo serale di Roma risplendeva in tutte le sfumature del rosso. Si sedette su una pietra e lasciò che le lacrime si sfogassero. Da quanto tempo non piangeva? Gli fece bene. D'un tratto non vide l'ora di essere in cielo per poter rivedere i suoi genitori. Come sarebbe stato bello essere di nuovo bambino, essere nuovamente affidato alle loro cure! Si sforzò di soffermarsi su quei primi momenti di felicità, senza pensare al giorno in cui quella beatitudine era stata distrutta.

I nitriti dei cavalli lo distolsero dai suoi pensieri. Alzò lo sguardo. Quel satanasso di Eugenio era riuscito a trovare una carrozza con quattro cavalli. Quasi nello stesso momento arrivò anche Baccio, con un sacco bello pieno sulle spalle. Ascanio svegliò Antonio, Lucrezia e il ragazzo più grande. «È ora.» Portarono con cura gli altri bambini alla carrozza e lasciarono Roma un'ora prima di mezzanotte, sollevati di essere sfuggiti a quell'inferno.

Cinque giorni dopo raggiunsero Firenze e trovarono alloggio presso alcuni parenti, nei dintorni di Porta San Gallo, dalla quale prendeva il nome la famiglia Sangallo.

Alla fine lo sfortunato Clemente VII aveva pagato un riscatto e il 17 febbraio 1528 le truppe che avevano terrorizzato per sei mesi i romani lasciarono la Città Eterna. In aprile Antonio ritornò, accompagnato da Eugenio. Prima ispezionò il palazzo devastato e pensò con riconoscenza che lui e i suoi familiari erano scampati alla morte; per quanto riguardava il palazzo, niente che non si potesse riparare o ristrutturare era stato distrutto. Poi andò alla basilica di San Pietro.

La nuova costruzione e l'*antica* basilica si somigliavano spaventosamente: i lanzichenecchi, di provenienza tedesca o spagnola che fossero, avevano mandato in frantumi le finestre, distrutto gli altari, rubato le reliquie dai loro contenitori e le pietre preziose dai reliquiari. La situazione peggiore era quella del *tegurio*: l'altare che sovrastava la memoria del principe degli apostoli era completamente distrutto, il ciborio ridotto a una strana carcassa, dalla quale era stato staccato o segato via ogni elemento prezioso. L'architetto non osava scendere nella cripta, perché non voleva vedere che cosa avessero combinato con la tomba dell'apostolo. Accese una candela che aveva portato con sé, la posò sulla memoria e ringraziò Dio di averli salvati con una lunga preghiera. Riconobbe subito una cosa: prima che potessero continuare a costruire, sarebbero stati necessari intensi lavori di sgombero e riparazione.

La tappa successiva di Antonio fu al rione Regola, a casa dell'amico Maffeo Maffei. Strada facendo vide una città violata. I lanzichenecchi avevano saccheggiato e devastato sia i palazzi dei ricchi sia le baracche dei poveri, avevano preso qualsiasi cosa su cui potessero mettere le mani. Le strade erano coperte di oggetti domestici rovinati o in frantumi, parti di mobili, cocci di stoviglie e brocche, traverse di finestre, porte abbattute, vestiti e brandelli vari, carta, fatture, disegni, lettere, libri e quant'altro. Il vento soffiava tra le mura degli edifici, che spesso erano privi di porte e finestre e quindi esposti alle intemperie. Negli occhi delle persone si era insinuata la diffidenza. Antonio si chiese dove fossero finite la sicumera e la sfacciataggine del popolo. Poi si ritrovò davanti alla casa a tre piani di Maffeo. Una volta terminati i lavori di ristrutturazione al suo palazzo, si erano dedicati subito all'ampliamento della casa di Maffeo, naturalmente a spese del cantiere della basilica di San Pietro e con materiali da costruzione provenienti da lì.

Da quando Antonio era stato rilasciato da Castel Sant'Angelo ed era venuto a conoscenza del prezzo pagato per la sua salvezza, aveva perso qualsiasi inibizione. E aveva cominciato a odiare il più grande cantiere della cristianità.

Guardò attraverso la porta e vide Arnoldo, il figlio maggiore di Maffeo. Era diventato un uomo di bell'aspetto, ormai doveva avere una ventina d'anni. Stava montando nuove finestre, aiutato da un paio dei suoi fratelli. A quanto sembrava, la famiglia del costruttore era riuscita a sopravvivere. Antonio si tolse un peso dal cuore. « Arnoldo, dov'è tuo padre? » chiese entrando.

Il giovane prima lo guardò, poi lo salutò con un'espressione seria. « I lanzichenecchi l'hanno torturato per scoprire dov'erano i soldi. Li avevamo sepolti. Lui ha taciuto fino alla morte. Quel testardo! » Nei suoi occhi c'erano sentimenti contrastanti: amore, lutto e riprovazione.

Antonio chinò il capo. Scoprire che il suo amico e compagno era morto lo rattristò in modo indicibile.

« Poi hanno minacciato mia madre di fare a brandelli il cadavere di mio padre e di darlo in pasto ai cani, allora lei gli ha dato i soldi. »

« E dov'è tua madre, adesso? »

« È morta di crepacuore. »

« E i tuoi fratelli? »

« Mangiano a sbafo sulle mie spalle. No, grazie a Dio sono vivi. Ma non so come farò a mantenerli. »

« Col mestiere di tuo padre, naturalmente! »

Arnoldo guardò a lungo l'architetto. « Volete prendermi in giro? Mio padre mi ha mandato al ginnasio. Poi mi ha insegnato un po' il mestiere del muratore, ma non sono certo un capomastro. »

Antonio cinse le spalle del giovane. « Sai, figlio mio - perché è questo che sarai d'ora in poi -, cercherò di farti da padre meglio che posso. Quando conobbi tuo padre lui sosteneva di essere un capomastro, ma non lo era. Però era un imprenditore, intelligente e scaltro, e aveva coraggio, molto coraggio. » Arnoldo emise un lieve gemito. « E io penso che tu abbia preso da lui. »

L'architetto aiutò il giovane, che in effetti aveva ereditato dal padre il talento per l'edilizia, a ricostruire l'impresa familiare. Mentre Arnoldo e i suoi muratori riparavano le devastazioni subite dal palazzo di Antonio, lui poté osservare il giovane alla guida dei suoi operai e dargli qualche consiglio.

Lo studio però volle ristrutturarlo da sé. Passò una giornata a stuccare le pareti, che mostravano i segni dei colpi di alabarda e di spada. Senza dubbio, dopo che lo spagnolo fuggito era tornato indietro coi rinforzi, ma solo per trovare il palazzo vuoto, i mercenari avevano sfogato la rabbia sui mobili e sulle pareti. Su una parete trovò anche un piccolo foro; infilò l'indice e scoprì che dietro c'era una cavità. Prese martello e scalpello e spaccò l'intonaco attorno al foro, finché non gli si aprì davanti una nicchia profonda circa due spanne e alta oltre due piedi, nella quale si trovavano due libri. Li prese entrambi e ne portò uno alla finestra per vedere di che cosa si trattava. Deluso, constatò che uno dei due libri era un esemplare della Divina Commedia di Dante.

Perché Donato l'aveva nascosto? L'opera godeva di un'ottima reputazione, non c'era motivo di tenerla occultata. Cominciò a sfogliare il volume, e a un certo punto arrivò alla seconda parte, scritta in una lingua che non conosceva. Poi si rese conto che il secondo volume, spesso soltanto la metà del primo, conteneva la traduzione della seconda parte. Restò senza fiato. Quello che aveva in mano era il Libro degli architetti, il libro della confraternita dei Fedeli d'Amore. L'elenco dei priori della confraternita alla fine dell'originale lo impressionò. Poi s'immerse nella lettura della traduzione. Quando l'oscurità penetrò nella stanza, prese una brocca di vino e qualche candela. Dato che nessuno gli metteva fretta, studiò il libro a fondo. Del resto non era forse lui l'ultimo priore dei Fedeli d'Amore? Donato l'aveva nominato poco prima di morire, anche se non aveva fatto in tempo a svelargli dove aveva nascosto il libro.

Per qualche istante Antonio prese in considerazione l'idea di ridar vita alla confraternita. A quale scopo, però? Erano rimasti soltanto due membri, lui e Baldassarre Peruzzi. Entrambi non avevano nessun interesse per la politica, né per speculazioni filosofiche e teologiche. Erano tutte cose che rovinavano gli affari e creavano soltanto difficoltà. Inoltre il sacco di Roma aveva messo crudelmente in ridicolo tutte le grandiose aspettative circa la natura divina ed eterna dell'arte. Bastava camminare per Roma e dare un'occhiata alle chiese profanate e alle opere d'arte distrutte per capire che i Fedeli si erano sbagliati di grosso. L'amore era soltanto un inganno e l'arte era vulnerabile quanto l'uomo. Non erano i filosofi, gli artisti e i poeti a dominare il mondo, non le loro idee e le loro opere d'arte, ma semplicemente la violenza e il caso.

Antonio da Sangallo aveva imparato la propria lezione. Quello che contava era affermarsi nel mondo, per assicurarsi di che vivere - possibilmente bene - per sé e per i propri familiari. Ebbene, per la famiglia Sangallo forse era arrivato il momento di dominare il settore dell'edilizia a Roma. Dopo il sacco c'erano incarichi e lavoro a sufficienza. Nondimeno continuò a leggere con grande curiosità il Libro degli architetti, perché sapeva che Bramante era ancora di gran lunga superiore a lui. Fino a quel giorno non aveva capito tutte le idee del suo maestro, ma studiando la sapienza segreta, forse un giorno sarebbe stato sul suo stesso piano.

Antonio trascorse così una settimana buona. Alla fine quasi non ne poteva più delle molte speculazioni teoriche, ma era riconoscente per alcuni nuovi metodi di calcolo che il libro gli aveva insegnato. Pur essendo un architetto in gamba, esperto nel trattare con gli imprenditori edili, nessuno dei quali aveva nulla da insegnargli per quanto riguardava la soluzione di problemi pratici, non avrebbe mai potuto capire davvero il genio di Donato Bramante. Dio ha posto un confine tra zelo e ispirazione; Antonio era diligente e anche dotato, ma non aveva ispirazione. Così, terminata la lettura, ripose entrambi i libri nella piccola libreria del suo studio. Se i Fedeli d'Amore non fossero stati già morti, il sacco di Roma li avrebbe fatti fuori.

All'inizio dell'autunno, ancora prima che cadessero le foglie e cominciasse a fare freddo, Ascanio riportò Lucrezia e i figli a Roma. Solo Eugenio, che aveva trovato una vedova e l'aveva sposata, restò nella città sull'Arno. I due mercenari si dissero addio con grande commozione, come se fossero sicuri di non rivedersi più.

Nel frattempo Antonio aveva sistemato completamente il palazzo e ripreso il lavoro alla basilica di San Pietro. La morte del cardinale Catalano gli aveva tolto un peso. Era sollevato dalla minaccia che gli aveva fatto passare la voglia di lavorare a quel cantiere. Finalmente poteva ricominciare da dove era arrivato Donato Bramante. Si tornava alla pianta centrale!

Tuttavia la carenza di denaro impedì di riprendere i lavori in grande stile, e papa Clemente VII, umiliato e rovinato, non riuscì più a prendere nessuna grande decisione. Ad Antonio stava bene, perché guadagnava molto con altri progetti; un palazzo qui, una chiesa là, e intanto poteva lavorare con calma al progetto della basilica. Giurò una cosa a se stesso: non avrebbe mai proceduto con la leggerezza di Bramante. Voleva elaborare progetti dettagliati e costruire un preciso modello in legno, in modo che il procedere fosse stabilito in maniera chiara. Mentre ci lavorava, nel suo cuore si moltiplicavano i rimproveri che muoveva al suo maestro di un tempo, ritenendolo sempre di più il responsabile della difficile situazione che si era creata. Con una progettazione regolare, la nuova basilica di San Pietro sarebbe già stata in piedi! Di questo era convinto.

Ma anche quando finalmente il denaro riprese a fluire, Antonio non avanzò nella costruzione. I soliti lavori di ripiego - migliorare le fondamenta qui, tirare su una parete là - occultavano la verità. Non si facevano progressi per un motivo preciso.

Antonio non osava mettere mano alla cupola. Per quanto si sforzasse, i calcoli non gli riuscivano e ormai dubitava del vecchio progetto al quale aveva addirittura collaborato lui stesso. Il suo profondo scetticismo nasceva da un unico motivo, che però non osava confessare a se stesso: gli mancava il coraggio. Se avesse fatto posare la cupola e poi fosse andata in pezzi, o se i pilastri non ne avessero retto il peso, la cupola stessa avrebbe sepolto sotto di sé anche lui e la sua famiglia. Era quella la sua grande paura, ma ingannava se stesso per non ammetterla.

Con la morte di Baldassarre Peruzzi, si isolò sempre di più come architetto. Anche se Baldassarre non si era mai occupato molto del progetto, lui ne sentiva comunque la mancanza. Il papa non vedeva nessuna necessità d'incaricare un secondo architetto e Antonio difficilmente poteva chiedergli di farlo. Sarebbe stato come confessare di non essere all'altezza.

Di anno in anno, Antonio continuò a percepire quel progetto sempre più come un buco nero dalla profondità abissale, che minacciava di inghiottirlo; oppure come una grande palla al piede che lo trascinava lentamente ma inesorabilmente sul fondo del Tevere, mentre lui annaspava nel tentativo di tenersi a galla.

PARTE QUARTA

IL FUOCO DELL'INQUISIZIONE

« Anche se il mio stesso padre fosse eretico,
raccoglierei le legne per farlo abbruciare. »

Gian Pietro Carafa,
grande inquisitore e in seguito papa Paolo IV

54

Firenze, Anno Domini 1533

La città giaceva davanti a Michelangelo come un'amante infedele cui lui non riusciva a rinunciare, per abitudine, e perché nessuna poteva offrirgli più di lei. Mentre Roma veniva saccheggiata e martoriata, lui grazie a Dio si trovava a Firenze, e si meravigliò di vedere realizzate le profezie che l'abate Gioacchino da Fiore, condannato come eretico, aveva formulato nel suo *Liber de Concordia Novi ac Veteris Testamenti*. L'abate calabrese aveva scritto che un giorno Roma, la nuova Babilonia, sarebbe stata punita per la sua superbia. E così era stato. Tutti loro, i papi, gli umanisti e gli artisti, nella loro superbia e vanità avevano creduto di divenire immortali grazie alle proprie opere. Ma le loro sculture erano state distrutte, i loro libri e quadri erano stati bruciati dall'orda sanguinaria e i loro palazzi erano rimasti vittime dei colpi delle colubrine.

Anche lui era stato schiavo di quelle credenze presuntuose, che i venti impetuosi della realtà avevano spazzato impietosamente, per poi disperderle del tutto. Nulla al mondo era eterno, solo Dio. Michelangelo aveva dovuto riconoscerlo, e ne era rimasto profondamente turbato. Persino l'arte era transitoria come l'uomo. L'eternità apparteneva soltanto a Dio, e Dio non se ne faceva sottrarre neppure un grammo.

Un tempo Michelangelo aveva voltato le spalle con fierezza alla corte di Leone X e si era messo a disposizione della Repubblica di Firenze, prima come artista e in seguito, quando Clemente VII voleva assoggettare di nuovo la città ai Medici, come architetto delle fortezze, perché riteneva di dover difendere l'ordine repubblicano. Poi però l'imperatore Carlo V, dopo il tremendo sacco di Roma per mano delle sue truppe non pagate, si era riconciliato col papa e gli aveva per così dire regalato la fiera città sull'Arno. A quel punto, i repubblicani erano fuggiti o erano stati cacciati.

Nei disordini di quel rivolgimento, Michelangelo, in quanto rappresentante della Repubblica, temette per la propria vita e si nascose nella chiesa di Santa Maria del Carmine. Era la chiesa in cui, mezzo secolo prima, voleva mostrare gli affreschi di Masaccio a Contessina e un allievo scultore mediocre gli aveva spaccato il naso. Ah, Torrigiani! Anche lui era già morto da molti anni, in un carcere dell'inquisizione in Spagna, o almeno così aveva sentito dire da qualcuno. Com'era strana la vita. I buoni francescani lo proteggevano dalla vendetta dei Medici e lui lottava per non essere sopraffatto dal ricordo del suo primo amore. « Se tu dovessi mai costruire, crea l'edificio più perfetto del mondo, fallo per il nostro amore, perché per me esso è un pezzo del paradiso », gli aveva detto allora Contessina al momento dell'addio, sotto la cupola di Brunelleschi, nel Duomo di Firenze.

Poco dopo, per la paura di essere preso per un seguace dei Medici e nemico dei repubblicani, era fuggito da Firenze. Tanti anni dopo, invece, Michelangelo si nascondeva perché temeva di essere ritenuto un avversario dei Medici, un repubblicano. *Il mondo è in preda a un delirio folle.* Alessandro de' Medici riuscì a fare ciò che non era riuscito a Cosimo e Lorenzo: divenne duca della Repubblica di Firenze e quindi suo sovrano assoluto. Non si sarebbe potuta immaginare una situazione più assurda.

Dopo alcuni giorni trascorsi scomodamente nelle cripte dell'antica chiesa, Michelangelo ricevette il messaggio di Clemente VII, che diceva di non serbare nessun rancore all'artista e che lo avrebbe volentieri ripreso al proprio servizio. S'incontrarono nel settembre 1533 a San Miniato al Tedesco, nel territorio della città di Siena, perché il papa si rifiutava di mettere piede nell'infedele Firenze. Alla fine del loro lungo colloquio, il pontefice lo incaricò di decorare la parete dietro l'altare della Cappella Sistina con un enorme affresco, il Giudizio Universale. Dopo le esperienze che Clemente VII aveva fatto personalmente durante il sacco di Roma – prima assediato a Castel Sant'Angelo, poi prigioniero dei lanzichenecchi e infine emigrante –, il furore dei mercenari doveva essergli sembrato un vero giudizio universale, una punizione impartita alla Città Eterna e al vicario di Cristo per la loro peccaminosità e superbia. Quindi non c'era niente di più ovvio che incaricare l'artista che aveva dipinto sulla volta la storia della creazione di affrescare la parete dietro l'altare con la storia del castigo divino.

Michelangelo rimandò quell'incarico, perché non voleva più sottoporsi a uno sforzo così immane. Ormai aveva quasi sessant'anni. Ma d'altro canto, rifiutare la commissione del papa, che lo aveva riaccolto con clemenza, non era cosa possibile. Così viaggiava indeciso tra Firenze e Roma, finché il papa non morì e la tiara andò a ornare il capo di Alessandro Farnese, che prese il nome di Paolo III. L'Arciconfraternita aveva votato per il cardinale Farnese, ed erano stati soprattutto il vescovo Gian Pietro Carafa e i cardinali appartenenti al gruppo degli Zelanti a ottenere infine quella decisione al conclave.

Per Michelangelo il dado era tratto. A Firenze dominavano per la prima volta in modo assoluto i Medici, mentre l'ultimo papa della loro famiglia era morto e gli era subentrato un pontefice che corteggiava intensamente l'artista. A ciò si aggiungeva il fatto che quell'anno era morto suo padre, e si era dunque reciso anche il suo ultimo legame con la città. Lasciò Firenze sentendosi quasi liberato, ma la città sull'Arno, nella quale non avrebbe mai più fatto ritorno, rimase una ferita aperta nel suo cuore. Come se la città lo sapesse, quasi fosse una madre amorevole in un ultimo disperato tentativo di trattenerlo, mentre attraversava a cavallo la Porta di San Pietro Gattolini lo tormentò con le immagini dei ricordi dei suoi primi anni. Si rivide a tavola con Lorenzo il Magnifico, quando erano ancora tutti dei ragazzi, Piero, Giovanni, Giuliano – il più gentile di tutti, che poi sarebbe divenuto il duca di Nemours –, e il loro cugino Giulio. Nessuno di loro era più in vita, neppure Ficino e Poliziano, né Landino, che lo aveva introdotto alla Divina Commedia.

Michelangelo si trasferì nuovamente al Macello dei Corvi con Francesco; e mentre i suoi assistenti allestivano i ponteggi presso la parete dell'altare nella Cappella Sistina lui si mise subito a produrre gli schizzi. Iniziò con riluttanza la fase dell'esecuzione, ma poi il lavoro lo ammaliò sempre di più, con una forza dolce e al contempo irresistibile. Lasciò sgorgare tutte le sue perplessità in un'eruzione di colori. Al centro c'era un giovane Cristo, che più che il Gesù cristiano ricordava il pagano Apollo. Michelangelo eseguì il gesto della dannazione con una tale forza che il movimento semicircolare attivava tutte le figure, tanto che la stessa Maria, la madre di Dio, distoglieva lo sguardo dal figlio, non riuscendo a sopportare di assistere al dolore e alla sofferenza dei condannati.

Tutte le persone che Michelangelo dipinse, giusti e peccatori, cercavano di fuggire in paradiso il più velocemente possibile, come se cercassero rifugio in una fortezza di fronte all'arrivo di forze militari nemiche. Se fossero stati ammessi in cielo si sarebbero potuti salvare! Ma a molti non era consentito l'accesso, e venivano afferrati da demoni che li trascinavano all'inferno. Come se non bastasse, gli angeli li prendevano a pugni e a calci coi loro piedi possenti, ricorrendo alla forza bruta per impedire loro l'ingresso. Michelangelo non era Raffaello: i suoi angeli non emanavano nessuna soavità, perché lui non conosceva la grazia ma solo l'espressione delle tribolazioni del mondo, che si manifestavano nei movimenti dei corpi e nella feroce contrazione dei muscoli.

A tarda notte, quando era sul punto di crollare per la stanchezza e osservava il lavoro svolto durante la giornata, gli diveniva sempre più chiaro che era Dante a guidare il suo pennello. Michelangelo dipingeva rapito le immagini dell'anima che lo spaventavano e lo tormentavano. Dolore, ira e paura erano prevalenti. Nella sua anima la gioia non esisteva, dunque non esisteva neppure in cielo. L'intero dipinto rappresentava solo tensione, la pace non era presente affatto, nemmeno in paradiso. Anche lì, infatti, dominava un'insopportabile agitazione. I beati e i santi costituivano in ultima analisi una massa di persone spaventate, prive della sicurezza che il giudizio le avrebbe risparmiate. In palio c'era tutto quanto, cioè l'eternità. Il Giudizio Universale era l'ultimo giudizio. La resa dei conti finale. Dio non conosceva revisioni, perché era infallibile. Perciò l'artista aveva dipinto l'inferno all'altezza degli occhi degli osservatori, affinché il loro sguardo si posasse direttamente sui castighi.

Al termine delle lunghe giornate di lavoro, Michelangelo

riusciva a malapena a camminare. Faticava persino a pensare, in preda al terrore di impazzire nella marea delle visioni che lo assalivano. Una sera, in quello stato, si ricordò della Pietà che aveva realizzato quasi quarant'anni prima. Era ancora alla basilica di San Pietro e, come per miracolo, era sopravvissuta al vandalismo dei lanzichenecchi. Mentre l'anziano asino lo riportava a casa trotterellando nella buia notte romana in modo pressoché autonomo, gli apparve all'improvviso nella mente l'immagine della scultura. Maria teneva in grembo il Cristo morto, che sembrava suo coetaneo. Aveva scolpito quell'immagine col cuore, e ciò che rappresentava non era nient'altro che il suo amore per Contessina. Aveva imparato che bisognava vincere l'amore terreno per guadagnare quello celeste, che Dio si manifestava soltanto nella bellezza.

Anche nell'affresco nella Cappella Sistina Cristo e Maria apparivano coetanei. Il Cristo risorto, tuttavia, era il Cristo castigatore, non più colui che si faceva carico dei peccati del mondo, ma colui che giudicava duramente e senza pietà gli uomini. Che dipendesse dai suoi nervi sovreccitati o dall'eccesso di lavoro, per Michelangelo era indifferente: d'un tratto non sapeva più che cosa credere. Come poteva Dio permettere il male? E se corrispondeva ai suoi piani e alla sua flemma, e ne era quindi corresponsabile, allora come poteva poi punirlo, il male?

Infine tornò a chiedersi perché fosse tormentato proprio da quei pensieri. Dio lo aveva abbandonato? O era lui ad avere abbandonato Dio? Cosa lo tratteneva dal commettere peccato, amore sincero verso Dio o solo la paura delle pene dell'inferno? Era fede o amor proprio? Timore o decisione consapevole? Il Cristo morto della Pietà nella basilica di San Pietro, quello che Maria teneva in grembo, e il Dio giudice severo del Giudizio Universale nella Cappella Sistina erano così diversi che lui non riusciva più a riconciliare le due immagini.

Gli sembrava di perdere il senno. Non sopportava più l'affresco al quale stava lavorando, perché metteva in dubbio la sua intera vita e il suo modo di pensare. Che cosa rimaneva quando la certezza di sé si dissolveva davanti ai propri occhi sgranati per lo stupore? Vedere se stessi attraverso l'arte poteva essere letale!

Condusse l'asino nella stalla. Poi, nonostante la stanchezza, fece il giro dei sette santuari di Roma, l'uno dopo l'altro, a pregare davanti alle reliquie. In ginocchio, implorò disperatamente il Signore di illuminarlo. Per tutta la vita era stato un cristiano devoto, e d'un tratto non sapeva più che cosa fare per sfuggire al castigo. Sì, gli angeli avrebbero preso a calci anche lui. Dipinse il proprio terrore nella figura del ragazzo che lentamente e consapevolmente sprofondava all'inferno, con un occhio aperto. Il volto era quello del ragazzo che l'artista aveva visto morire nelle cave di marmo di Colonnata, molti anni prima.

La mattina dopo era davanti al *tegurio*, in mezzo al quadrato della basilica di San Pietro. I transetti stavano prendendo forma e gli operai di Antonio da Sangallo stavano realizzando i paramenti per la colata della volta. La prima chiesa della cristianità era un cantiere, così come la sua fede era un cantiere, o meglio, un rudere. La superbia degli anni del pontificato di Giulio II, col quale tutto sembrava possibile e controllabile, aveva rovinato la Chiesa e le sue certezze. Si chiese se in quanto artista agisse ancora quale strumento di Dio, come aveva sempre pensato e come aveva sostenuto con troppa certezza davanti a Giacomo Catalano, anni prima. Perché il dubbio atroce era che fosse diventato, da tempo, uno strumento del diavolo.

« Volete visitare la vostra Pietà, messer Michelangelo? » gli chiese Arnoldo di Maffeo.

Michelangelo si voltò e vide un giovane sconosciuto, con pantaloni neri e un farsetto blu dal quale spuntavano le punte del colletto di una camicia gialla. Un abbigliamento un po' troppo elegante per un cantiere. E considerando anche il pizzetto curato sembrava piuttosto un cavaliere. Lo guardò stizzito. « Che t'importa? » disse con un brontolio, e se ne andò in fretta. Non voleva parlare con nessuno. Vagò a lungo senza meta per Roma, finché non si fermò davanti alla chiesa del convento di San Silvestro in Capite, nel rione Colonna. Entrò nella basilica, e rimase incantato a osservare i granelli di polvere sospesi nell'aria, che riflettevano la luce. C'era forse un'altra espressione dell'amore di Dio, oltre alla materia che danzava nell'energia degli angeli? Poi, quasi sussultando, si accorse della presenza di una donna; era davanti alla *fenestella* di Giovanni, in ginocchio, e pregava sottovoce, con una profondità di sentimento che lo commosse. Restò a osservarla, perdendo la cognizione del tempo.

Alla fine la donna si alzò, e quando lo vide, lo scrutò con curiosità. « Perché non avete pregato con me, messere? » gli chiese con una voce soave e sonora.

Non era bella, era rotondetta, matronale, senza però apparire corpulenta; e allo stesso tempo era bella in una maniera che lo confondeva. Non aveva nulla a che vedere con uomini e donne e con l'eterno desiderio. Era come se l'amore avesse creato la propria manifestazione fisica. La sua voce lo avvolgeva e lo cullava nella fiducia, e fu proprio per questo, forse, che osò dare libero sfogo ai sentimenti che aveva dentro, meravigliandosi lui stesso, uomo sempre diffidente, di quanto in fretta fosse disposto ad abbassare la guardia, a svelare i propri pensieri più profondi, anche quelli così reconditi che non aveva mai osato confessare neppure a se stesso. « Perché non so più pregare », disse, e le sue parole lo spaventarono.

« Ho presente. Vi chiedete a chi si rivolgano le vostre mani alzate. »

« Come lo sapete? » Michelangelo sentiva l'impulso di andarsene, ma era come se i suoi piedi fossero inchiodati a terra.

« Dio è giusto o ingiusto? È colui che ama e che perdona o è il sovrano che castiga? Con quali opere posso ottenere il suo amore e la beatitudine eterna? »

Michelangelo vacillò. La donna stava esprimendo ciò che lui non osava neppure pensare. « Chi siete? »

Lei fece un sorriso beffardo. « Avete bisogno di dare un nome e un indirizzo a questo pensiero? »

Michelangelo guardò imbarazzato le proprie mani macchiate di colore, il blu e il rosso, il verde e il giallo croco che coprivano anche la parete della Cappella Sistina.

« Non avete forse già dato una risposta a questa domanda nella vostra Pietà, messer Michelangelo? » chiese la donna.

« L'amore? » chiese lui a sua volta, incerto.

« Poiché Lui ci ama, noi crediamo di vivere non per nostro

merito, ma per la sua clemenza. Dio non è un commerciante, Dio dona. Sta a noi accettare il suo dono.»

«Volete dire che tutto dipende solo dalla fede?»

«Dobbiamo finalmente imparare ad apprezzarla come un bene prezioso, perché non la trattiamo nel modo giusto. Anche saper credere è una grazia, un dono dell'Onnipotente.»

Gradualmente, Michelangelo capì che cosa aveva dipinto. Il gesto della dannazione aveva anche un secondo significato: respingeva il modo di pensare sbagliato, l'idea sbagliata della fede. L'inquietudine dei santi e dei martiri, che esibivano quasi disperati le loro opere, le testimonianze dei tormenti di cui si erano fatti carico per la fede, nasceva dal rifiuto di Cristo. Anche in cielo, Cristo era ancora il predicatore nel deserto. Era come se dicesse: «Non venite a me con le sofferenze che avete patito per me, venite a me con la vostra fede pura, come quella di un bambino. È sufficiente. È poco eppure è così tanto».

«Io sono Vittoria Colonna», disse la donna, interrompendo la tempesta di pensieri e associazioni che imperversava nel cervello dell'artista.

Lui restò sbalordito. Aveva sentito parlare molto di lei. «La marchesa di Pescara!» sussurrò. Sapeva che era una poetessa, e che era al centro di una cerchia di principi della Chiesa che volevano riformare la fede cattolica e lavoravano a una riunificazione coi protestanti. Uomini influenti come i cardinali Morone, Contarini e Pole intrattenevano contatti assidui con lei. I teorici della cerchia, come Juan de Valdés, Bernardino Ochino o Pietro Martire Vermigli venivano definiti Spirituali, perché vivevano una fede talmente interiorizzata da avvicinarsi a quella degli eretici del Nord.

Vittoria gli sorrise con gentilezza bonaria. «Abito di sopra, nel nostro palazzo, ma mi trattengo spesso qui nel convento, quando voglio meditare, oppure a San Silvestro al Quirinale. Venite a trovarmi ogni volta che volete.» Disponeva di un'autorizzazione scritta del papa, grazie alla quale poteva pernottare nei conventi, pur non essendo una suora consacrata.

Michelangelo s'inchinò davanti alla marchesa e la osservò mentre usciva dalla chiesa. Poi s'inginocchiò e ringraziò Dio per l'illuminazione, e per la donna che gli aveva mandato.

55

Roma, Anno Domini 1533

Michelangelo non era il solo a capire il messaggio più profondo dei suoi affreschi, l'inquietante visione di una Chiesa disperata, che doveva ritrovare se stessa. Anche un religioso scarno e quasi calvo, con gli occhi infossati e lo sguardo fanatico, vedeva quel nesso. A causa della barba appuntita, il suo viso sembrava ancora più lungo di quanto già non fosse. Saliva a grandi passi le scale del Palazzo Vaticano, con le labbra sottili serrate, per raggiungere lo studio del papa. Fu ricevuto subito.

Poiché erano soli, Paolo III rinunciò ai consueti gesti di devozione. « Accomodati, Gian Pietro. » Indicò un posto sul divano arcuato e gli si sedette accanto, col busto poggiato nell'angolo e voltandosi verso di lui. « Che cosa ti ha mandato così in collera, mio vecchio amico? »

« È un'eresia, Santo Padre! »

« Di che cosa stai parlando? »

« Dell'affresco che quel Michelangelo ha dipinto sulla parete dietro l'altare della Cappella Sistina. »

Il papa si mostrò indignato. « Come ti viene in mente che sia un'eresia? »

« I santi e i martiri sono rappresentati come una banda di loschi e meschini prepotenti. E per di più sono tutti nudi! » Il cardinale aveva l'orrore stampato in volto.

Paolo III accennò un sorriso. Il naso adunco sporgeva più appuntito che mai dal suo viso. « Abbiamo visto l'affresco e non vi abbiamo scorto nessuna eresia. La nudità rappresenta l'eternità. E i santi hanno una vita eterna, Gian Pietro, o no? »

Carafa intuì che in quel modo non avrebbe fatto progressi. Conosceva Alessandro Farnese dal giorno in cui Giacomo Catalano, che in seguito sarebbe morto da martire nella basilica di San Pietro, lo aveva ammesso all'Arciconfraternita. Sapeva fin troppo bene che nel nobile romano il senso dell'arte e l'ortodossia si equivalevano. E comunque, per quanto rigorosa, la fede di un romano non poteva mai avere la profondità vera di quella di un meridionale, di un napoletano per esempio, come lui. Parlò con un tono appassionato: « I frutti dell'eresia stanno spuntando in tutta Italia. Persino a Napoli! Eretici come Vermigli e Ochino girano per le nostre terre come lupi e sbranano i nostri agnelli. »

« Allora fai qualcosa per fermarli! »

« Ma che cosa, Santo Padre? Vescovi come Morone li lasciano fare, nelle loro diocesi. E l'inquisizione dipende dai vescovi locali. »

« E l'Arciconfraternita? »

« Ah, l'Arciconfraternita è un'associazione del passato. Ormai siamo tutti cardinali. Perché dovremmo incontrarci di nascosto nelle catacombe, come un tempo, se uno di noi è addirittura papa? Sarebbe più che sciocco! » Vide il sorriso scaltro negli occhi del papa e capì che aveva già intuito dove voleva arrivare.

« Avanti! » disse Paolo III ben disposto.

« Dobbiamo trasformare l'Arciconfraternita segreta in una istituzione ufficiale, in una spada affilata che combatta per la fede! »

« Che cosa hai in mente? » La domanda era retorica. La proposta doveva provenire dal cardinale, in modo che il vicario di Cristo potesse considerarla con benevolenza.

« Un'inquisizione universale e generale, la cui azione sia diretta da Roma, da un'autorità responsabile per tutte le diocesi e al di sopra dei vescovi, capace di imporre in modo incondizionato la supremazia dottrinale del Santo Padre contro i numerosi eretici nella nostra Chiesa. »

« Una congregazione di cardinali? »

Dagli occhi di Carafa prorompeva con forza il temperamento meridionale. « Sì. E gli affidabili membri del Sacro Collegio li conoscete già, Santo Padre, sono i fratelli dell'*Archiconfraternita de Perfecti in Segreto*! »

Paolo III si portò una mano alla guancia, pensieroso. « Voglio pensarci su, Gian Pietro. Ma l'affresco di Michelangelo è al di sopra di ogni dubbio! È sempre stato e sarà sempre un buon artista cattolico. Pensa che errore spaventoso sarebbe spingere il più grande artista del nostro tempo tra le braccia degli eretici o farne un martire dei protestanti! Dio ce ne scampi! »

In sostanza, Gian Pietro Carafa aveva ottenuto ciò che voleva. Il papa l'aveva incaricato di riflettere sulle facoltà e sulla struttura dell'inquisizione e di presentargli una proposta. Per quanto riguardava Michelangelo, continuava a considerarlo un eretico mascherato. Ma non era riuscito a far cambiare idea in merito ad Alessandro Farnese, e giocarsi il proprio rapporto col papa a causa di un artista sarebbe stato ben poco saggio.

Arnoldo di Maffeo e i muratori, gli scalpellini e i capomastri interruppero il lavoro meravigliati. Nel coro occidentale, ormai completato, stavano facendo il loro ingresso i falegnami. Allestirono un'enorme scrivania alla quale Antonio da Sangallo avrebbe potuto disegnare i suoi progetti e dare istruzioni ai capi di muratori, scalpellini, falegnami e pittori su come realizzare ciascun modello ed eseguire i lavori in cantiere. In tal modo, la lavorazione del modello complessivo proseguì più rapidamente, e presto assunse dimensioni enormi: era lungo quattordici cubiti e transitabile, in modo che ci si potesse fare un'idea diretta del progetto in via di realizzazione. Tutta la disperazione che aveva assalito Antonio si era come volatilizzata.

Era bastata un'udienza dal papa, e la pressione che aveva sentito così a lungo era svanita come un brutto sogno. Paolo III lo aveva rimproverato perché non faceva progressi. Il cantiere della chiesa più importante della cristianità era diventato uno scandalo e offriva ai luterani una facile opportunità di prendersi gioco di Roma. Bisognava porre un freno a tutto ciò, una volta per tutte. Così il pontefice aveva promesso all'architetto di mettergli a disposizione gli strumenti finanziari necessari. In cambio, lui avrebbe dovuto fare avanzare speditamente i lavori di costruzione.

« Santo Padre, la soluzione migliore e più rapida sarebbe una basilica a pianta centrale », aveva proposto umilmente Antonio.

« Allora costruiscila, figlio mio », aveva replicato il papa.

Quell'esortazione aveva cancellato anche l'ultima ombra di Giacomo Catalano che ancora pesava sulle spalle di Antonio. Nella sua mente, le idee di Bramante si mescolavano con quelle di Raffaello e con le proprie. Ne veniva fuori un'enorme chiesa a pianta centrale, il cui cuore era rappresentato dal quadrato con la cupola. Aveva progettato anche un avancorpo affiancato da due campanili gotici, che sembravano i custodi della cupola stessa.

Proprio la realizzazione della cupola di Bramante, tuttavia, era ciò che ancora lo lasciava perplesso e guardingo. Alla fine ebbe l'idea risolutiva: avrebbe ridotto le dimensioni della cupola vera e propria: sul quadrato avrebbe posto un deambulatorio con colonnati, e su quello un deambulatorio più piccolo. Grazie al tamburo a due livelli, che si rastremava gradualmente, riuscì a ridurre in maniera sensibile il diametro della calotta. E la grande lanterna che voleva collocare sulla cupola lo liberò dalla necessità di realizzare una volta completa. In quel modo riduceva la superficie delle curvature e con essa anche la tensione e il peso, ovvero quello che prima lo aveva giustamente spaventato.

Antonio sentiva crescere nuove forze dentro di sé. Anche Lucrezia e i suoi figli, e l'intera massa dei lavoratori del cantiere, tutti notarono con gioia che si stava sbarazzando dei crucci degli ultimi anni, e che stava tornando a essere il giovanotto allegro e vivace di un tempo. Arnoldo gli chiese come mai i disegni non fossero sufficienti e per quale motivo fosse necessario realizzare in parallelo un modello di quelle dimensioni. In effetti poteva sembrare uno spreco: col denaro speso per realizzarlo si sarebbe potuta erigere una piccola chiesa. Antonio cinse le spalle di Arnoldo con fare amichevole, assicurandosi che anche i suoi figli Giuliano e Bartolomeo capissero ogni parola della sua risposta. « È molto semplice, Arnoldo. Nessuno sa per quanto tempo io vivrò ancora. Tutti noi però sappiamo chiaramente che i lavori si protrarranno ancora per un bel po', anche perché devono mantenere le nostre famiglie il più a lungo possibile! » Fece un sorriso furbo e compiaciuto, poi continuò. « Alla morte di Donato, io non avevo idea di come proseguire. Ebbene, per voi non sarà così. Anche dopo la mia morte potrete sempre trovare nel modello le istruzioni su come proseguire la costruzione.» Antonio era raggiante, e la sua gioia infantile creava uno strano contrasto coi capelli ormai incanutiti. «La basilica di San Pietro è finita. Dovete soltanto realizzarla, pezzo per pezzo, in una scala superiore. Ma con tutta calma.»

Il modello aveva ottenuto persino le lodi del rigoroso cardinale Carafa, cosa che aveva riempito Antonio di soddisfazione. Al napoletano non era nemmeno venuto in mente di criticare la struttura a pianta centrale, perché l'avancorpo dall'aspetto gotico coi campanili gli aveva quasi fatto venire le lacrime agli occhi per la commozione. «Sì!» aveva esclamato davanti al modello. «È proprio così che la nostra Chiesa deve tornare a essere: fiera e rigorosa, mentre s'innalza verso Dio!»

Era il momento culminante della vita di Antonio. Il più grande cantiere della cristianità non nascondeva più rischi e difficoltà. Era riuscito a pianificare tutto in anticipo: i suoi progetti stabilivano come piazzare una pietra dopo l'altra e un muro dopo l'altro. E i deambulatori crescevano uno alla volta attorno alle absidi dei transetti, come un mantello.

Roma, Anno Domini 1542, primavera

In quel pomeriggio inondato dal sole, nel chiostro di San Silvestro al Quirinale i mandorli dispensavano un po' d'ombra e le piccole fontane regalavano un senso di frescura. Un gruppetto di persone si era radunato sul prato, sotto il fogliame degli alberelli, e sembrava una cerchia di giovani e intimi amici. Tuttavia il dolce tempo della giovinezza era ormai trascorso da diverso tempo per ognuno di loro; coi suoi quarantadue anni, il cardinale Reginald Pole era il più giovane del gruppo. Quasi un anno prima, suo cugino, re Enrico VIII - quel maiale in calore - aveva fatto giustiziare sua madre, Margaret Pole, ottava contessa di Salisbury. Da allora, se mai il cardinale avesse fatto ritorno in patria avrebbe trovato ad attenderlo la tortura e la morte.

Su un lenzuolo bianco c'erano un cesto con del pane, qualche bicchiere e una caraffa con del vino bianco allungato. Nessuno, in quel sereno pomeriggio estivo, pensava a tormenti e persecuzioni. Chini su uno schizzo che Michelangelo aveva appena completato con tratti rapidi e precisi, i convenuti si deliziavano riflettendo sull'amore di Dio; lo schizzo raffigurava una Pietà che li entusiasmava, perché parlava in termini umani della sofferenza e al contempo del superamento del dolore terreno. Perciò anche di quanto di più sublime Dio avesse donato agli uomini: lo spirito, l'unico capace di vera libertà, libero dalle pretese dei potenti e da ogni vanità.

Mentre tutti guardavano il figlio di Dio sofferente, che aveva trionfato senza pathos, Michelangelo disse con grande serietà: « A mio giudizio la pittura migliore, e in un certo senso divina, è quella che riproduce con la massima fedeltà possibile un'opera dell'eterno, che sia una figura umana, un animale selvatico esotico, un semplice pesce, facile da raffigurare, o uno degli uccelli del cielo. E tutto questo realizzato non con oro, argento o colori raffinati, bensì unicamente disegnato a penna o a matita, o in bianco e nero col pennello. Ricreare perfettamente ciascuna di queste cose così come sono, a mio modo di vedere significa niente di meno che ripetere l'atto creativo del Dio immortale ». Chinò il capo e guardò con la coda dell'occhio Vittoria, il cui consenso contava molto per lui. Poteva stare tranquillo: lei stava sorridendo.

« Eppure non può che rimanere imperfetto », intervenne Contarini, accarezzandosi lentamente la lunga barba. Non approfondì oltre la sua riflessione, perché tutti rivolsero l'attenzione verso un uomo che li stava raggiungendo attraverso il prato, con un vistoso mantello nuovo da cardinale. Portava con sé un'inquietudine, anzi, un vero e proprio disagio. A Michelangelo bastò vedere la ruga di sdegno ormai quasi permanente sul suo viso lungo. Non aveva ancora trentatré anni, ma la fresca furbizia che di solito balenava nei suoi occhi, che il buon Dio aveva fatto un po' storti, da qualche tempo sembrava svanita. Tuttavia restava pur sempre un uomo sanguigno e dalla battuta pronta. Dio non avrebbe potuto scegliere un messaggero di sventura più eloquente di lui.

« Ah, il dottor Morone », esclamò Pole beffardo, per scacciare il malumore che emanava dall'uomo nominato cardinale solo un mese prima.

« Unisciti a noi, Giovanni », lo invitò Contarini. Era un invito piuttosto assurdo, perché non c'era nessun dubbio che Morone fosse andato lì per incontrare proprio loro.

Michelangelo scorse subito lo sgomento negli occhi del cardinale. « Che cos'è successo? » chiese.

« Che cos'è successo? » gli fece eco Morone ansimando. Dovette fare qualche respiro profondo per tranquillizzarsi. « Il Santo Padre ha fondato la *Sacra Congregatio Romanae et Universalis Inquisitionis* come commissione cardinalizia, presieduta da Carafa; ne fanno parte tutti i suoi compari. »

« Carafa come custode supremo della fede! È come mettere il lupo a pascolare le pecore! » fece Contarini indignato.

« Adesso abbiamo anche noi un Enrico! » gemette Pole.

« Ma perché Alessandro fa questo? » chiese costernata Vittoria Colonna, che conosceva bene Paolo III perché come lui discendeva da una delle grandi famiglie della nobiltà romana.

« Perché ha paura che i luterani conquistino l'Italia e spazzino via la Chiesa », rispose Morone.

« Ma noi coi protestanti possiamo metterci d'accordo, non ci divide poi così tanto. Al contrario, sotto alcuni aspetti ci sono più vicini di... » Pole fece un vago gesto, perché non voleva fare nomi.

« Sstt, Reginald, non dirlo troppo forte, da oggi questi pensieri possono essere mortali », lo ammonì Morone.

« Ma che cosa possiamo fare? » chiese Vittoria contorcendosi le mani.

Michelangelo sentì la mancanza di una parete con l'intonaco fresco o di un blocco di marmo, perché la conversazione aveva preso una brutta piega. Quelle cose non gli interessavano e non poteva contribuire in alcun modo alla discussione. Non era un teologo e neppure un politico, ma soltanto un artista; non voleva essere nulla di più, ma neanche nulla di meno. Al contrario, non c'era nessuna professione grazie alla quale ci si potesse avvicinare di più a Dio. Che gli importavano quindi quelle lotte di potere, che erano superflue e soprattutto rubavano molto tempo?

«In un modo o nell'altro, dobbiamo essere prudenti, molto prudenti. C'è puzza di bruciato nell'aria. Carafa vuole vedere qualcuno sul rogo!» li mise in guardia Contarini.

Michelangelo si strinse nel mantello, perché d'un tratto sentì freddo. Giovanni Morone bevve due bicchieri di vino bianco allungato l'uno dopo l'altro. Mentre versava il vino la sua mano tremava, ma non per l'alcol, perché era abituato a bere con moderazione. «Abbiamo bisogno di un papa», annunciò deciso dopo aver vuotato il bicchiere. Tutti lo guardarono esterrefatti. «Paolo III rimarrà moderato, ma Carafa non deve assolutamente salire sulla Cattedra di Pietro. Sarebbe la nostra fine e la fine della Chiesa! Non più un luogo di carità, ma un luogo di interrogatori e torture, non più la sorgente della fede, ma un pozzo avvelenato dalla delazione! Dobbiamo fare in modo che il prossimo papa provenga dalle nostre file, con qualsiasi mezzo!»

Contarini trasalì, inorridito, portandosi la mano al collo come un cappio. «Io non posso. Sono un teologo!»

Morone non poté fare a meno di sorridere. «Nessuno se lo aspetta da te. Anch'io non posso diventare papa, sono troppo giovane e ho troppi pochi meriti pastorali. No, c'è soltanto uno di noi che ha l'autorità e la levatura necessaria: Reginald!»

Michelangelo guardò Giovanni Morone con ammirazione: un politico perfetto, ma con una coscienza e delle convinzioni.

«Santa Maria Vergine!» esclamò Pole, che alle parole di Morone era sbiancato. «Se possibile, allontana da me questo calice!»

Giovanni Morone si fece il segno della croce prima di riprendere a parlare. «Non è possibile, Reginald. Seriamente, quello che vedo davanti a me è il nuovo papa. Tu sei stimato e rispettato. Hai carisma e sai bene che il carisma è un dono di Dio. Tu e la tua famiglia avete fatto sacrifici per la nostra buona causa cattolica, pagando anche col sangue. Il martirio di tua madre getta una luce favorevole anche su di te. A ciò si aggiunge il fatto che sei un predicatore di grande talento e un eccellente teologo. Tu sei il nostro papa!»

«Giovanni ha ragione», concordò Vittoria.

« Dobbiamo essere prudenti e preparare il terreno per Reginald in vista del prossimo conclave », disse Contarini, maltrattando ancora la sua lunga barba, come faceva spesso e volentieri.

Mentre i riformisti parlavano del futuro della Chiesa nel chiostro di San Silvestro al Quirinale, Ascanio si recava dalla sua amante, una locandiera di Trastevere. Stava per entrare in casa, quando si vide circondato da numerosi uomini armati, che l'avevano aspettato al varco.

« Ascanio Romano? » gli chiese brusco un uomo imponente con una folta barba nera.

« Chi vuole saperlo? »

« L'inquisizione romana. Ci dovete seguire. Il cardinale Carafa desidera parlarvi. »

Ascanio aggrottò la fronte. Non si era mai pronunciato su questioni di fede. Che cosa volevano dunque da lui? « Sono in arresto? »

L'uomo con la barba fece un ampio sorriso. « Solo invitato a un colloquio. »

Opporre resistenza sarebbe equivalso ad ammettere di avere la coscienza sporca e Ascanio non ne aveva motivo. Inoltre il cardinale era uno dei frequentatori di casa Sangallo. Senza proferire parola, seguì gli uomini armati al rione Borgo. Davanti a loro c'era il cantiere della basilica di San Pietro. Sulla sinistra il quadrato, che s'innalzava nel cielo, poi uno spazio vuoto nel mezzo, prima dell'antica basilica, che al confronto sembrava bassa, persa davanti alla nuova costruzione che le spuntava davanti e si faceva strada pericolosamente verso di lei; gli unici sostegni alle sue spalle erano l'atrio, nascosto dalla canonica, il campanile di Santa Maria in Turri e l'antistante Loggia delle benedizioni. Davanti alla canonica era stato costruito un palazzo fortificato che proiettava un'immagine di sicurezza e di inespugnabilità. Come divenne noto quel giorno, il lungimirante Gian Pietro Carafa l'aveva fatto costruire perché diventasse la sede dell'inquisizione romana.

Le guardie condussero Ascanio in un gradevole cortile interno, attraverso un cancello fortificato a due battenti. Quattro sentieri attraversavano il prato e si riunivano al centro del cortile, dove c'era una fontana a due vasche. Il gruppo procedette sulla destra ed entrò nell'edificio. Su entrambi i lati c'erano corridoi luminosi con finestre alte. Se Ascanio avesse proseguito lungo il corridoio, continuando a tenersi sulla destra, sarebbe arrivato a un'ala ancora in costruzione, con piccole finestre che facevano entrare poca luce, nella quale dovevano essere collocate le celle per gli eretici. Per il momento, venivano ancora incarcerati a Castel Sant'Angelo. In ogni caso, le celle al piano terra del palazzo dell'inquisizione erano concepite soltanto come carcere giudiziario e attesa della morte, perché una condanna al rogo portava con sé una rapida esecuzione del giudizio.

L'uomo con la barba folta accompagnò da solo Ascanio sulla scalinata che conduceva al primo piano, dove si trovavano gli uffici e le sale per le riunioni degli inquisitori. Al secondo piano c'erano gli alloggi. In una sala delle udienze con tappezzerie di velluto rosso di grande effetto, la guardia si fece consegnare le armi da Ascanio e poi si tornò nell'anticamera. Non fu una lunga attesa. Il cardinale Carafa entrò da una porticina sul lato opposto e andò incontro ad Ascanio, che s'inchinò. Il principe della Chiesa gli porse l'anello d'oro, nel quale era incastonata una croce blu oltremare. « Alzati, figlio mio », gli disse benevolo, poi lo invitò ad accomodarsi su una poltrona e lui si sedette su una chaise-longue con imbottiture di velluto rosso. Ascanio aspettò in silenzio, con un'espressione d'indifferenza.

« Sicuramente ti stai chiedendo, figlio mio, che cosa voglia da te l'inquisizione e ti starà venendo in mente questo e quel peccato », iniziò il cardinale.

« Peccati sì, ma solo del tipo che richiede una confessione, non un interrogatorio », ammise Ascanio. Intuiva che il grande inquisitore aveva in mente qualcos'altro.

« Quindi non sei consapevole di nessuna colpa? »

« La mia coscienza è pulita, eminenza. »

Gian Pietro Carafa annuì con un'espressione impenetrabile. Ascanio aveva avuto troppe esperienze nella vita per lasciarsi intimidire. Come diceva sempre Bramante? Tutto ciò che accade è già scritto in cielo.

«Allora fai tutto il possibile perché rimanga così, figlio mio», proseguì il guerriero della fede. «Noi te ne diamo l'occasione, perché abbiamo bisogno del tuo aiuto. E non te lo chiediamo, ma ti comandiamo in nome di Dio di sostenerci nella nostra battaglia, che richiede grande abnegazione. La nostra Chiesa è minacciata dagli eretici. Certamente dagli eretici al suo esterno, ma quelli al suo interno sono anche più pericolosi, perché col pretesto delle riforme vogliono instaurare il regno di Satana dentro la Chiesa. Sono nemici di Cristo e dell'uomo. Combatterli è un sacro dovere di ogni credente. Un uomo ha motivo di rifiutarsi di farlo soltanto se è a sua volta un eretico. Capisci che cosa ti voglio dire, figlio mio?»

Ascanio si chiese come Antonio potesse intrattenere rapporti amichevoli con quel fanatico, che odorava di fuoco e tortura.

«Mi capisci?» lo incalzò il cardinale.

«Certo, eminenza, alla perfezione.»

«Bene. Pena la scomunica, ti vieto di parlare di tutto ciò che sentirai ora. Una parolina a una terza persona e ti ritroverai prima sul rogo e poi all'inferno. Giura su Dio e sulla salvezza della tua anima che manterrai il più stretto riserbo su tutto ciò che ti dirò!»

«Lo giuro su Dio e sulla salvezza della mia anima.»

«In eterno. Amen. A quanto ne so, sei stato al servizio del condottiero Ferrante Francesco d'Avalos, marchese di Pescara, come soldato di ventura.»

«Sì, un brav'uomo. E Dio l'ha chiamato a sé precocemente, come fa con tutti gli uomini valorosi.»

Ascanio non era riuscito a risparmiarsi quella frecciata contro Carafa. Il cardinale aveva dieci anni in più del condottiero, che era morto per una ferita già nel 1525. Ascanio ricordava che allora si mormorava anche che ci fosse di mezzo il veleno.

Il grande inquisitore non lasciò trasparire se avesse notato o meno l'allusione e proseguì imperterrito. «Lasciate pure che sia il Signore a preoccuparsi di chi chiama a sé e quando. A quanto ne so, per un certo periodo hai fatto da latore di messaggi d'amore per il marchese, portando le sue lettere alla marchesa e a lui le risposte di lei.»

Ascanio trasalì. L'inquisitore era sorprendentemente bene informato. Traditori e delatori ce n'erano sempre.

«Quindi la marchesa ti conosce bene. Vai da lei! Dille che hai bisogno di un lavoro e vuoi essere assunto al suo servizio. È una donna presuntuosa e non te lo rifiuterà. Si è attorniata dei peggiori nemici di Cristo: Pole, Morone e Contarini. Inoltre, a quanto ne so, gira per casa sua anche quel pittore diabolico, che, come per una beffa, si chiama Michelangelo. Sarebbe assai più appropriato che si chiamasse Micheldiavolo.»

«Perdonatemi, eminenza, io sono un semplice e ingenuo soldato di ventura. Non so che cosa vogliate da me!» In realtà lo aveva capito fin troppo bene: il cardinale gli stava chiedendo – o piuttosto ingiungendo – di diventare un traditore, un delatore, una spia. Mai! Avrebbe preferito morire.

«Per essere un semplice e ingenuo lanzichenecco hai procurato considerevoli difficoltà al cardinale Catalano, un sant'uomo che voleva soltanto proteggere la fede e la Chiesa. Non t'illudere, figlio mio! Non te lo sto chiedendo! Tu farai come ti dico! E tieni presente che un'eventuale indagine sulla tua ortodossia comprenderebbe anche il tuo ambiente, le tue amicizie. Per esempio l'intera famiglia Sangallo: Lucrezia, Antonio, i figli...» Lasciò che il ricatto, per nulla celato, facesse effetto su Ascanio per un momento, poi proseguì: «Hai già conosciuto Manfredo. Una volta alla settimana gli farai rapporto su tutto ciò che quei diavoli combinano a casa Colonna. In casi urgenti non aspettare, rivolgiti subito a lui. E non osare tacermi qualcosa: ho anche altri occhi e orecchie». Si alzò, l'udienza era conclusa. «Ora vai e fa' ciò che ti ho detto.» I suoi occhi brillavano. Senza pretendere nessuna riverenza, ma anche senza la consueta benedizione, volse le spalle ad Ascanio e si diresse verso la stessa porta da cui era entrato.

Dopo la conversazione col grande inquisitore, Ascanio non si sentiva più di andare dall'amante. Doveva riflettere. Per gran parte della sua vita aveva protetto quella famiglia, prima Imperia, poi Lucrezia. Li aveva salvati dai lanzichenecchi durante il sacco di Roma. Non poteva metterli in pericolo. D'altra parte non poteva neppure spiare la marchesa, avrebbe significato tradire il suo defunto marito. Doveva trovare una via d'uscita!

Quando ritornò al palazzo della famiglia Sangallo, fu colpito dall'operosità che animava l'edificio, più turbolenta del solito. Fervevano i preparativi per il matrimonio di Bartolomeo, il figlio minore di Lucrezia. Doveva sposare Esmeralda, la sorella più giovane di Arnoldo di Maffeo. Ascanio chiese a Lucrezia di fare una passeggiata con lui.

Si diressero verso piazza del Popolo, dove si trovava anche la chiesa di Santa Maria. Raffaello vi aveva realizzato la cappella dove era sepolto Agostino Chigi, accanto all'estrema dimora di Imperia. In silenzio, Lucrezia ascoltò il resoconto di Ascanio sino alla fine. Lui intuiva che lei stava riflettendo intensamente.

« La famiglia deve essere protetta! » disse infine Lucrezia con le lacrime agli occhi. « È la cosa più importante. Perciò, Ascanio, ti prego, non causare sventure alla nostra famiglia. Altrimenti il sacrificio di mia madre sarebbe stato vano. »

« No, naturalmente no! » Amava ancora quella donna, non avrebbe mai potuto farle del male.

« Quando prendi congedo da Antonio, non rivelargli il vero motivo. Sarebbe capace di andare a lamentarsi dal papa. Gli uomini e il loro concetto dell'onore! » sospirò amaramente Lucrezia, strabuzzando gli occhi. « Lui è un bravo architetto, ma non è un genio come Bramante o Raffaello o quel fosco Michelangelo. Io sono felice che sia così, perché si vive meglio con un uomo che con un genio; ma proprio perché non è un genio ha bisogno di protezione, e anche della benevolenza di Carafa! »

Ascanio aveva capito. Si presentò da Vittoria Colonna, le ricordò i vecchi tempi e il suo consorte, che aveva cantato le sue lodi in versi e al quale lei si era mantenuta fedele sino a quel giorno, perché era ancora una vedova. Dopo che ebbero parlato per qualche tempo del lontano passato, Ascanio le chiese di essere assunto al suo servizio. Lei lo fece volentieri, anche solo perché lui gli ricordava il marito.

Ascanio partecipò ai festeggiamenti per il matrimonio di Bartolomeo, poi disse a malincuore addio ad Antonio e ai suoi familiari. L'architetto non capì la decisione dell'anziano veterano, ma dovette accettarla. Chi li capiva, i guerrieri? Erano persone strane, che vivevano sul filo del rasoio.

Ascanio non poteva confidarsi con Vittoria, perché non sapeva come avrebbe reagito. Perciò decise di tenere a bada Manfredo raccontandogli banalità e finte notizie, per scoprire chi altri lavorasse per l'inquisizione all'interno del personale della casa. Soprattutto voleva guadagnare tempo. Più a lungo fosse rimasto al servizio di Vittoria, più sarebbe stato difficile per Carafa coinvolgere la famiglia Sangallo in un procedimento contro di lui. Inoltre il cardinale non era giovanissimo. Prima o poi il diavolo avrebbe pur dovuto prenderselo.

Era un gioco sul filo del rasoio. Ascanio doveva fornire un certo numero d'informazioni per non sembrare reticente, e allo stesso tempo il materiale doveva essere inutile per gli inquisitori. Riuscì a scoprire due delatori nel personale di Vittoria. Era il momento di parlarne con la marchesa. Vittoria lo ringraziò, informò i suoi amici, Michelangelo compreso, che l'inquisizione stava indagando su di loro e parlò col papa. Paolo III convocò Gian Pietro Carafa. Lodò il suo zelo nel combattere gli eretici, ma poco prima della fine dell'udienza cancellò ogni bonarietà dal suo viso e guardò il grande inquisitore con occhi severi. « Ricordati, Gian Pietro, queste persone sono intoccabili: la marchesa di Pescara, i cardinali Morone, Pole e Contarini, e anche Michelangelo. »

Carafa dovette prestare sacro giuramento di non indagare sulle persone menzionate. Da quel giorno, Manfredo non prese più nessun contatto con Ascanio. Tuttavia il grande inquisitore proseguì le indagini, anche se con una cautela decisamente maggiore. Riteneva Vittoria Colonna una diavolessa, e la sua cerchia un focolaio infetto in seno alla Chiesa. E a volte sognava che Dio lo castigava con verghe incandescenti perché non trovava abbastanza eretici.

56

Roma, Anno Domini 1546

Il clima sembrava opera degli angeli: faceva caldo, ma non troppo. La famiglia allargata dei Sangallo aveva celebrato a Santa Maria del Popolo il battesimo dell'ultimo discendente. Esmeralda, la moglie di Bartolomeo da Sangallo, aveva messo al mondo una figlia, cui venne dato il nome di Isabella. L'orgogliosa nonna Lucrezia era riuscita a ottenere che il potente cardinale Carafa facesse da padrino alla nipotina e celebrasse la messa battesimale. Alla festa che seguì, il palazzo era gremito all'inverosimile. Era una riunione della corporazione edilizia romana. Erano venuti tutti i membri della famiglia Sangallo, e Arnoldo di Maffeo coi suoi fratelli, figli e nipoti, e Nanni di Baccio Bigio col suo parentado e tanti altri. Tutti gli imprenditori edili e i capomastri che si rispettavano portarono dei doni.

Lucrezia guardava fiera la sua famiglia. Una famiglia potente e borghese. Poi sentì montare la tristezza dentro di sé, perché sua madre non aveva potuto assistere a tutto ciò. Quanto sarebbe stata felice Imperia, quanto sarebbe stata contenta e orgogliosa allo stesso tempo! Antonio la prese per mano, sottraendola alla malinconia e coinvolgendola in una vivace danza, un salterello. Lei lo guardava raggiante come una ragazzina innamorata. Era incanutito, sì, ma ancora capace di certi salti da fare invidia a qualsiasi giovane. Le mise le mani sui fianchi e la sollevò, la fece volteggiare e la posò di nuovo a terra.

«Non scatenarti troppo, Antonio», disse lei senza fiato.

«Scatenarmi?» le fece eco lui ridendo. «Finora sono stato mansueto. Vedrai quando mi scateno davvero!» Poi si lasciò cadere in ginocchio. Immediatamente si formò un cerchio di persone attorno a loro. Antonio allargò le braccia. «Sono ancora pazzo di questa giovane donna. È un peccato che non la possa sposare seduta stante, dato che siamo già sposati.» Poi balzò in piedi e fece due salti. «Ehi!» gridò rivolgendosi agli altri uomini. «Pensate alle vostre donne! Questa è già presa e chi la pensa diversamente dovrà assaggiare il mio pugno!»

Tutti risero alle battute di Antonio e continuarono a danzare. Lucrezia ringraziò in silenzio Dio, poi si abbandonò al ritmo sfrenato della musica. Quando posò di nuovo lo sguardo su Antonio, lui era ancora una volta in ginocchio. «Antonio, basta», lo redarguì. Stava cominciando a esagerare. Lui però non rispose. E cadde in avanti senza nemmeno proteggersi con le braccia. Lei si sentì raggelare. «Antonio! Basta con questi scherzi!» Si chinò su di lui. I suoi occhi la fissavano. La gioia per la bellezza del mondo si era conservata nel gelo della morte. Antonio da Sangallo era letteralmente morto di felicità.

«Fermatevi! Aiutatemi!» gridò Lucrezia fuori di sé, come se ci fosse ancora un modo per riportarlo indietro intervenendo in fretta. Gli ospiti smisero un po' alla volta di ballare, la musica s'interruppe. Il figlio maggiore di Antonio prese in braccio il padre morto e lo portò in casa.

Lucrezia non riusciva a capacitarsene. Aveva trascorso quasi tutta la sua vita con lui, nella buona e nella cattiva sorte. Come poteva andarsene e lasciarla sola, quel traditore? Poi le giunse all'orecchio un vagito stridulo. Guardò nella culla, dove c'era la nipotina Isabella. «Che hai? Ti lamenti perché non ti si presta abbastanza attenzione?» disse con un misto di riprovazione e commozione. *Il mondo non finisce con noi, continua con ogni bambino che nasce*, pensò. *Se vogliamo che il mondo diventi migliore, dobbiamo far stare bene i bambini.* Prese la nipotina dalla culla ed entrò in casa con lei. Bartolomeo le si avvicinò. «Una volta eri piccolo così anche tu», disse la madre singhiozzando, e consegnò la bimba alla madre Esmeralda perché sentiva che le ginocchia stavano per cederle. Si lasciò cadere su una sedia e cercò di ricomporsi. Aveva paura a entrare nella stanza in cui era esposto il feretro di Antonio. La vita era fatta di momenti definitivi che si superavano. Non si poteva tornare indietro. Qualcuno le porse il braccio. Lei non guardò chi fosse, ma andò nella sua stanza e si cambiò. Vestita di nero e con un velo scuro sul viso disse addio al marito.

Era diventata vedova.

Due mesi dopo si trasferì a Firenze, vicino alla Porta di San Gallo, nel luogo di origine della famiglia Sangallo, presso il figlio secondogenito che era diventato un architetto di successo nella città sull'Arno. Si era lasciata alle spalle l'epoca del matrimonio con Antonio, la parte della sua vita passata a Roma. Avrebbe trascorso gli anni che Dio le avrebbe ancora concesso a Firenze, la città che aveva scelto come luogo della sua vedovanza. Non avrebbe sopportato di vivere a Roma, che d'un tratto si era trasformata in un cumulo di ricordi che la ferivano continuamente.

Visse per altri dieci anni, senza più rivedere Roma. La sua salma fu però traslata nella Città Eterna, per essere seppellita accanto a quella di Antonio.

Roma, Anno Domini 1546, gennaio

L'inverno attanagliava Roma in una morsa fredda e umida. Dopo la morte dell'architetto Antonio da Sangallo, i lavori al cantiere si limitavano alla prosecuzione degli incarichi già assegnati. Non furono avviati nuovi lavori. Gian Pietro Carafa aveva tentato d'imporre l'ultimo figlio di Antonio, Bartolomeo, come nuovo architetto responsabile della Fabbrica di San Pietro. Invano.

Michelangelo percepì ben poco di ciò che accadeva, perché era a letto, gravemente ammalato, assistito con abnegazione da Francesco e dagli amici. Una volta al giorno, il medico ebreo Isaac di Bonet de Lattes andava a visitarlo. Anche il pittore e architetto Giorgio Vasari, originario di Arezzo e residente a Firenze, con cui aveva fatto amicizia negli ultimi tempi, si occupava di lui in modo commovente. Vasari aveva promesso a papa Paolo III di dipingere il salone della Cancelleria in soli cento giorni. Pur essendo occupato giorno e notte per mantenere la sua ambiziosa promessa, andava regolarmente a trovare Michelangelo. A quest'ultimo piaceva l'artista di Firenze, perché sebbene avesse circa la metà dei suoi anni era posato e si comportava sempre con la ponderazione tipica di un uomo più anziano, e lo idolatrava in un modo gradevole, non servile. Anche Vittoria Colonna andava a trovare Michelangelo, ma lui la pregò di desistere e di curarsi a sua volta, perché sentiva che anche la sua salute era minacciata. La nobildonna tossiva molto e aveva occhiaie scure, e il suo viso aveva perso quella sana pienezza che lo caratterizzava, era diventato spigoloso, ossuto. « A primavera nuova vita fluirà dentro di noi e risorgeremo come la natura », le disse lui salutandola, prima di scivolare di nuovo nel delirio della febbre.

Appena poté alzarsi dal letto fu convocato dal papa. Si meravigliò di non essere stato convocato in Vaticano, bensì nel Palazzo della Cancelleria. In un salone al piano nobile trovò il pontefice in compagnia dei cardinali Giovanni Morone e Gian Pietro Carafa. Giorgio Vasari, che aveva mantenuto la parola, stava spiegando il suo affresco, nel quale era raffigurato Paolo III che ordinava il completamento della basilica di San Pietro. Il contrasto tra la condizione desolante del cantiere e l'energia del papa induceva alla speranza. Il contenuto dell'affresco era di carattere quasi propagandistico: la nuova basilica di San Pietro sarebbe sorta grazie a Paolo III.

Quando entrò Michelangelo, gli occhi di Vasari s'illuminarono. Quella reazione indusse il vicario di Cristo a voltarsi. « Ah, Michelangelo! Venite, venite! » lo accolse. Anche Morone, col suo viso gentile e sorridente, e Carafa, che come sempre aveva l'espressione di uno che ha morso un limone, si girarono verso di lui.

Coi capelli arruffati e già in parte incanutiti, e la barba incolta, e un paio di pantaloni neri, una giacca nera e, come sempre, una camicia bianca, Michelangelo s'inginocchiò davanti al papa. Paolo III gli porse la mano con l'anello del pescatore; l'artista baciò l'anello, poi si alzò e diede un'occhiata all'affresco. Pensò che Vasari non era un grande artista, ma era comunque un abile pittore che conosceva il mestiere. Nel suo caso, l'impegno sostituiva l'intuizione. In compenso aveva una capacità che era appannaggio di pochi: sapeva vedere l'arte.

«Che ne pensi dell'affresco?» chiese il papa.

«È riuscito», rispose Michelangelo, che da una parte non voleva ferire troppo Vasari e dall'altra non voleva mentire.

«Questo lo vediamo anche noi», replicò Paolo III. Anche se suonava come un rimprovero, Michelangelo capì che l'intelligente papa Farnese stava scherzando. «E che ne pensi del cantiere che ogni giorno ci procura soltanto lo scherno degli eretici?»

«Bramante avrebbe dovuto portarlo a termine.» Il suo vecchio avversario era morto da oltre trent'anni, ma lui lo odiava ancora.

«È vero, ma questo non si può cambiare. Tuttavia deve essere portato a termine. Da altri! E cioè da te, Michelangelo!» Il papa non aveva ancora finito di pronunciare quelle parole che Michelangelo e il grande inquisitore Carafa si trovarono silenziosamente d'accordo.

No, pensarono entrambi. Non io! Non lui!

«Sono troppo vecchio per questo, Santo Padre!»

«È davvero troppo vecchio», lo appoggiò Carafa.

«Inoltre non sono un architetto.»

«In effetti non è un architetto.»

«Cercate qualcuno più giovane!»

«Non offuschiamo gli ultimi anni di vita di quest'uomo meritevole, rischiando di condurlo alla tomba precocemente.»

«Avete finito?» chiese laconico Paolo III. «Anch'io. Michelangelo è nominato unico architetto responsabile della Fabbrica di San Pietro.» I suoi occhi brillavano di un intimo piacere. Si rivolse al cardinale Morone con un sorriso. «Volete accompagnarci al Palazzo?»

Il papa e il cardinale lasciarono la sala. Il grande inquisitore lanciò un'occhiata furente a Michelangelo, poi uscì a sua volta.

L'artista cadde in ginocchio e alzò le mani al cielo. «Perché mi fai questo, Dio?»

Vasari accorse e lo aiutò ad alzarsi. «Perché voi siete l'unico in grado di farlo.»

Michelangelo tornò a casa sorretto da Vasari. Si sentiva completamente a terra. Dopo aver dipinto la Cappella Paolina, con un Paolo anziano e dubbioso, voleva ritirarsi dal mondo e cercare Dio disegnando e facendo sculture. Niente gli era più gradito della solitudine; ciò che odiava di più era il fragoroso caos del mondo. Della sua posizione nel mondo dell'arte non doveva più preoccuparsi: aveva creato abbastanza, e persone come il giovane Vasari avrebbero diffuso la sua fama. Era invece il momento di preoccuparsi della sua posizione nell'eternità, di mettere ordine nei suoi rapporti con Dio. E in questo Vasari non poteva aiutarlo. Nessuno poteva, tranne forse Vittoria.

Spesso parlavano, e si scambiavano lettere e sonetti; a volte lui le regalava dei piccoli disegni, che però erano un regalo grande, perché per lui stavano diventando la cosa più importante del mondo. Senza accorgersene, aveva cominciato ad amarla profondamente. Ma la primavera non voleva arrivare. Con quanta ansia l'aspettava, sognando di sedersi ancora a parlare con Vittoria nel chiostro. Poi, il 25 febbraio, un messo andò da lui. Aveva un messaggio molto breve: un'ora prima, Vittoria Colonna era passata a miglior vita. Con un urlo silenzioso, Michelangelo guardò in alto, verso Dio, incapace di dire o di pensare qualsiasi cosa. Qualche ora dopo si mise a scrivere ininterrottamente, versando inchiostro anziché lacrime. Il suo viso era duro come la pietra e allo stesso tempo morbido, come se l'avesse scolpito lui stesso.

Quand'el ministro de' sospir mie tanti
al mondo, agli occhi miei, a sé si tolse,
natura, che fra noi degnar lo volse,
restò in vergogna, e chi lo vide in pianti.

Ma non come degli altri oggi si vanti
del sol del sol, c'allor ci spense e tolse,
morte, c'amor ne vinse e farlo il tolse
in terra vivo e 'n ciel fra gli altri santi.

Così credette morte iniqua e rea
finir il suon delle virtute sparte,
e l'alma, che men bella esser potea.

Contrari effetti alluminan le carte
Di vita più che 'n vita non solea,
e morto ha 'l ciel, c'allor non avea parte.

Non fu l'unica poesia che scrisse per capire la sua morte. Non poteva tacere. Gli sembrava che lei rimanesse con lui, finché scriveva. Coi primi raggi caldi del sole primaverile, che Vittoria aveva atteso con ansia ma non aveva potuto vedere, arrivò dal Nord un messo con un pacchetto. Il mittente lo sorprese: Lucrezia da Sangallo. Diede al messo una mancia così modesta che, mentre lasciava la casa, l'uomo lo maledisse ad alta voce. Poi l'artista aprì il pacchetto, che conteneva due libri e una lettera. Il suo sguardo si posò sulla calligrafia femminile, bella e regolare. *Deve avere studiato dalle suore*, pensò. Per qualche motivo indefinito, non aveva dubbi che l'avesse scritta lei di suo pugno. S'immerse nella lettura di quelle poche righe.

Messer Michelangelo,

sono venuta a sapere che sarete il successore del mio amato marito alla Fabbrica di San Pietro. Vi voglio dire la verità. Avrei preferito che il papa affidasse l'incarico a mio figlio, l'illustre architetto Bartolomeo da Sangallo. Tuttavia è andata diversamente.

Quindi vi prego, non comportatevi come un cattivo direttore dei lavori, non sottraete le commesse alla mia famiglia, ma abbiate la grandezza di stimare e rispettare ciò che è stato realizzato negli ultimi trent'anni a costo di grandi battaglie e abnegazione. Io ho avuto la fortuna di poter chiamare Donato, che tutti chiamavano Bramante, mio padre, e l'eccellente Antonio da Sangallo mio marito. Sappiate perciò che tutta la mia vita è stata legata a questo cantiere, che ha dispensato dolore e gioia, pericoli e felicità.

Ora io sono una donna anziana e approfitto di ogni giorno che Dio mi concede per gioire dei miei nipotini, pur desiderando ardentemente ricongiungermi presto con mio marito in cielo. Quanto è stolto il nostro volere, che si contraddice da sé.

Nella speranza di trovare in voi un uomo giusto e un degno

prosecutore dell'opera di Donato e Antonio, vi invio il libro, completo di traduzione, che significò così tanto per entrambi.
Firenze, primavera 1547

LUCREZIA DI IMPERIA DA SANGALLO

Rilesse la lettera molte volte, perché ne era rimasto colpito e non riusciva a staccarsene. Michelangelo non ricordava di aver mai visto quella donna. Sfogliò entrambi i libri e constatò che uno era costituito per metà da una bella edizione della Divina Commedia e per l'altra metà consisteva nel Libro degli Architetti, la cui traduzione era allegata. Dal libro Michelangelo venne a sapere di un'antica società segreta, che oltre a Dante annoverava tra i suoi membri anche il suo tutore Landino, Angelo Poliziano, Pico della Mirandola e addirittura Giovanni de' Medici, quel ragazzino rotondetto che lo aveva sorpreso diventando papa. Aveva avuto a che fare di continuo coi Fedeli d'Amore nella sua vita, senza essere al corrente della loro esistenza. Così come non aveva mai saputo dell'Arciconfraternita, per la quale combatteva il bel cardinale Giacomo Catalano. Non aveva mai saputo di tutto ciò, ma ormai non aveva più nessuna importanza. Erano molto più importanti le cose che erano scritte nel libro a proposito dell'architettura. Fu colpito già dalle prime pagine, che stabilivano un'analogia tra il corpo umano e l'architettura. Lo pensava anche lui: la struttura del corpo corrispondeva all'architettura degli edifici, delle chiese e dei palazzi. Quel matto di Leonardo l'aveva disegnato. Michelangelo dimenticò il proprio dispiacere e si dimenticò persino di mangiare, prendendo appena un po' di vino col miele.

D'un tratto ebbe un'intuizione folle. Con indosso soltanto la camicia e i pantaloni, andò di fretta alla basilica di San Pietro. Pioveva a dirotto, eppure sentiva a malapena l'acqua e il vento che soffiava sul Ponte Sisto. Mentre camminava parallelamente al Tevere, verso la Porta di Santo Spirito, lungo la strada che conduceva al rione Borgo, non toglieva gli occhi dal possente quadrato che s'innalzava nella basilica di San Pietro, e la pioggia e la fretta di arrivare gli giocavano un brutto scherzo: aveva la sensazione che la strada si allungasse all'infinito, come se per ogni passo che faceva se ne aggiungessero due. Si mise quasi a correre. Se il suo sospetto fosse stato confermato, si sarebbe trovato di fronte al più grande e più tragico malinteso mai sentito al mondo.

Quando si avvicinò al cantiere, generò un'enorme laboriosità. I muratori, che erano seduti e si passavano la brocca del vino, balzarono in piedi come se li avesse morsi una tarantola e si misero a sgobbare. Gli assistenti corsero a chiamare i loro capomastri latitanti. A lui però non importava, non era lì per loro. Con passi svelti attraversò il quadrato e raggiunse il coro occidentale, o Cappella Giulia, come veniva anche chiamato, dove un tempo era previsto il suo mausoleo per Giulio II, che un anno prima aveva collocato in una forma decisamente ridotta a San Pietro in Vincoli.

Forse il segreto della vera arte consiste nella riduzione, pensò Michelangelo. *Nel prendere coscienza di una verità in fondo semplice: non risiedono nell'apparenza la forza e la grandezza di Dio, ma nell'essere.* Per questo, lui che aveva affrescato enormi soffitti e grandi pareti con colori intensi, o meglio li aveva popolati con una moltitudine di individui - solo nel suo Giudizio Universale gli ammiratori avevano contato cinquecentoventi figure –, adesso era portato ad amare i disegni semplici. La grandezza si trovava soltanto nell'intensità.

Davanti a lui si ergeva il modello transitabile della basilica di San Pietro, che era alto il doppio di lui e che Antonio da Sangallo, colto da una sorta di ansia dell'eternità, aveva fatto costruire in sette anni di lavoro minuzioso, con l'ossessione per i dettagli. E che cos'era quel modello? Una barzelletta! La crudele beffa di Dio ai danni di un uomo che nella sua vita si era dato un gran daffare, ma non aveva capito l'essenziale. Michelangelo cadde in ginocchio. I capomastri accorsero, pensando evidentemente che il loro nuovo architetto responsabile fosse pazzo. Sebbene facesse molto freddo, Michelangelo, coperto soltanto da pantaloni e camicia, era accovacciato davanti al modello di Sangallo e scuoteva in modo incessante la testa. Dio non si era mai preso gioco di un uomo con tanta malignità come dell'architetto Antonio da Sangallo. Antonio aveva imparato da Bramante, che a Michelangelo non era mai piaciuto ma era pur sempre un genio, come lui stesso doveva ammettere. Per tutta la vita, Antonio aveva voluto proseguire l'opera di Bramante e aveva lavorato alla basilica di San Pietro, ma non aveva mai capito il suo maestro. Gli mancava l'organo necessario per capire il pensiero di Bramante. Antonio da Sangallo, che nella vita era stato vicino al grande architetto forse più di chiunque altro, era rimasto lontanissimo dal suo spirito.

« Oh, Antonio, Antonio, Antonio », esclamò Michelangelo con un misto di compassione e amarezza, scuotendo ancora il capo. « Povero Antonio! Come hai potuto lasciarti sfuggire l'evidenza? »

« Che cosa sta succedendo? » ringhiò Arnoldo di Maffeo, che, avvisato dal suo assistente, era accorso in tutta fretta. Era vestito con le stoffe più raffinate, mentre l'architetto responsabile di San Pietro era coperto di stracci come un mendicante.

Ancora sbalordito per la portata del dilettantismo che gli si era rivelato, Michelangelo si alzò piano e si voltò verso Arnoldo. « Non lo vedete? Portate via questa sciocchezza, questo ridicolo giocattolo di legno! »

Le vene delle tempie di Arnoldo si gonfiarono. « State attento, maestro. Quello che voi chiamate un giocattolo è il modello in base al quale stiamo costruendo la casa di Dio! »

Michelangelo scoppiò a ridere. « La casa di Dio, messer Attaccapanni, è una puttana attempata, che si agghinda con abiti costosi e spera di poter trovare così un cliente pagante. »

« Come vi permettete? » gridò Arnoldo fuori di sé.

« Ma guardatela! Una grande quantità di pietre ammassate l'una sopra l'altra, che partoriscono altre pietre. Ovunque solo corridoi bui e angoli scuri, dove è più facile soccombere alla lussuria della carne che raccogliersi in preghiera! Ma lasciamo perdere l'interno, già all'esterno vediamo un susseguirsi di piccoli elementi, che nell'ansia di creare una struttura generano soltanto caos. Per farla breve, signor muratore, qui ci sono tante piume, ma nessun volatile. Che significano queste stupide torri qui davanti, questa ridicola e penosa imitazione di una pianta centrale? E questo pene floscio messo di traverso, come dentro i pantaloni? Cos'è, il paletto che collega le due torrette?

Questa è una formazione senza forma. E sapete qual è la cosa peggiore? È zelo senza un'idea. È questo che sta mandando in rovina il nostro mondo! Sono tutti gli zelanti che non hanno scrupoli, perché sono troppo stupidi per farsene, perché esistono soltanto perché appartengono a una famiglia, a una banda, a una setta! Già, una setta! La setta dei Sangallo. Siete tutti licenziati! »

Arnoldo lo fissò con uno sguardo truce; poi, non senza una punta di minaccia, dichiarò: « State attento, messer Michelangelo. Il modello che voi denigrate è un prato rigoglioso in cui tutti noi possiamo pascolare ».

Michelangelo non rimase affatto impressionato, al contrario, lasciò esplodere l'ira. « Sì, è vero, è un prato rigoglioso per buoi e montoni che non capiscono nulla di architettura e di arte! Ma io li caccerò da questi prati e dal tempio! »

Tra coloro che assistettero alla sfuriata, non pochi furono quelli che si spaventarono. Abbigliato miseramente, gesticolante, gli occhi fiammeggianti, la voce potente, sembrava un predicatore penitenziale o addirittura un profeta dell'Antico Testamento.

Leggendo il Libro degli architetti, Michelangelo aveva capito qual era l'idea di base di Bramante. Niente di frammentario o composto. Il primo architetto di San Pietro puntava a grandi forme chiare. Un quadrato come le colonne della terra e una cupola che somigliava alla volta celeste. Tutto il resto erano accessori. E quello sciagurato di Sangallo aveva invece elevato gli accessori a elementi essenziali, perdendosi completamente negli aspetti secondari! *Ci sarebbe arrivato anche un bambino!* pensò furente. Era molto semplice: bastava ritornare all'idea di Bramante. Lo aveva sempre odiato e non avrebbe cambiato idea su di lui, ma una cosa la riconosceva senz'altro: possedeva uno spirito affine al suo.

Fu sopraffatto dalla tristezza e dal risentimento, perché Bramante non lo aveva iniziato ai Fedeli d'Amore. Sì, si erano odiati e combattuti, con tutta l'invidia e la perfidia di cui erano capaci gli artisti, ma una cosa li accomunava: l'amore per il loro mestiere e lo spirito dell'arte, che si elevava al di sopra dell'artigianato. Bramante era morto trentaquattro anni prima, eppure Michelangelo si sentiva attorniato dal suo spirito fresco e giovane. Nessuno, in tutti quegli anni che erano trascorsi dalla sua morte, aveva capito l'architetto. Nessuno tranne lui, Michelangelo. In quel momento il cantiere divenne il *suo* cantiere. In quel momento capì che era Dio stesso ad affidargli l'incarico. E gli tornarono in mente ancora una volta le parole di Contessina, nel suo addio: « Se tu dovessi mai costruire, crea l'edificio più perfetto del mondo, fallo per il nostro amore, perché per me esso è un pezzo del paradiso ».

57

Roma, Anno Domini 1547

A Gian Pietro Carafa batteva forte il cuore per la gioia, perché finalmente aveva in mano delle prove. Un sacerdote della diocesi di Morone si era consegnato spontaneamente all'inquisizione e aveva raccontato di incontri segreti tra membri di ordini religiosi e sacerdoti a Modena e Lucca, coperti dal cardinale Morone. Carafa doveva riferirlo immediatamente al papa!

Trovò Paolo III nella Cappella Paolina. Assorto nei suoi pensieri, il papa era davanti all'affresco di Michelangelo che raffigurava la conversione di Saulo.

« È sbagliato! » esclamò Carafa andando verso di lui con passo svelto. « Paolo era molto più giovane quando si convertì sulla via di Damasco! »

Paolo III si voltò. « Ah, Gian Pietro. Non è questo il punto! Non è bello vedere che anche un uomo anziano può cambiare strada e riconoscere i propri errori? Mi mette allegria, e sai perché? » Guardò il grande inquisitore con un sorriso compiaciuto e si picchiettò la tempia con l'indice. « Dimostra che questa meravigliosa macchina funziona sino all'ultimo. Non siamo condannati alla demenza senile. Possiamo appurare la volontà di Dio sino alla fine. Sino alla fine, Gian Pietro. »

« Santo Padre, ho qui la confessione di un eretico, secondo la quale i luterani si radunano nella diocesi di Morone sotto la sua protezione! »

Il papa squadrò a lungo il suo collaboratore. « Ti ringraziamo, Gian Pietro. Sei un valoroso soldato di Cristo. Arresta gli eretici e manda al rogo chi non vuole convertirsi o si è già convertito in passato ed è recidivo. Ma non toccare Giovanni Morone! È un uomo timorato di Dio. » Con lo sguardo indicò Saulo che diventava Paolo. « È sulla via pericolosa della verità. Gli può giungere l'illuminazione. Quindi non commettere peccato! »

Il cardinale Carafa capì che nonostante tutto non si era rallegrato invano: poteva mettere a ferro e fuoco l'eresia a Lucca e Modena, e Morone non poteva impedirglielo. Anche se il papa continuava a proteggere il suo odiato collega, si stava avvicinando a lui sempre di più. Un giorno, un giorno... Un rumore proveniente dall'ingresso lo strappò ai suoi pensieri.

« Che succede? » chiese il pontefice aggrottando la fronte. Entrò il suo cameriere personale, annunciando che il pittore Michelangelo voleva parlargli e non c'era verso di allontanarlo. Con un cenno, Paolo III ordinò di fare entrare l'artista. Il cardinale scrutò il vicario di Cristo con uno sguardo indagatore, ma il suo volto era imperscrutabile.

Michelangelo fece irruzione nella cappella. Era furente, agitato, e anche, nell'opinione di Carafa, scandalosamente trascurato nell'abbigliamento. Fece un breve inchino cominciò a parlare ancora prima che il papa lo invitasse a farlo. « Santo Padre! Con rammarico sono costretto ad abbandonare il mio lavoro di architetto! »

« Per quale motivo? »

« Perché non sono un servo della commissione edilizia. I deputati della Fabbrica di San Pietro credono di potermi imporre qualsiasi cosa. Non posso costruire in questo modo! »

Paolo III ordinò di convocare il più rapidamente possibile i rappresentanti della commissione edilizia. Mentre aspettavano, s'intrattenne col pittore sulla conversione di Saulo, l'erudito e persecutore di cristiani che, nella versione di Michelangelo, viveva l'esperienza travolgente di vedere Cristo quando era già un uomo anziano. Disarcionato dal grande destriero che cavalcava, cadeva a terra e lì gli giungeva l'illuminazione. Intanto arrivarono Bartolomeo da Sangallo e l'imprenditore edile Arnoldo di Maffeo, a rappresentare la commissione edilizia.

« Quali sono le vostre rimostranze nei confronti di quest'uomo? » chiese il papa con calma, indicando Michelangelo.

Bartolomeo fece un profondo inchino prima di iniziare. « Santo Padre, mio padre Antonio ha stabilito per sempre, tramite il modello che vi piace tanto, come deve proseguire la costruzione. »

«Già, per sempre! È proprio il tempo che ci vorrà per costruire quel mostro!» intervenne Michelangelo.

«Lo sentite anche voi, Vostra Santità. Quest'uomo vuole che il modello venga portato via dalla basilica di San Pietro. E poi dovremmo costruire in base ai suoi capricci, sebbene lui non sia neppure un architetto!» protestò Bartolomeo.

Paolo III guardava Michelangelo con curiosità. Anche il grande inquisitore fissava l'artista, ansioso di sentire quali argomentazioni avrebbe addotto a propria difesa. Sebbene non gli piacesse e diffidasse di lui, nutriva una certa stima per le sue competenze tecniche.

Michelangelo scosse il capo. «È molto semplice: dobbiamo tornare alle idee di Bramante e ridurre la pianta della nuova basilica. Solo allora potremo portarla a termine. Risparmieremo un decennio e almeno trecentomila ducati. Ritorniamo al santo progetto di messer Donato: una cupola così bella e così limpida nelle sue forme da simboleggiare il cielo. Grandi forme chiare, non quegli inquietanti e frammentari ammassi di pietra, pietre che partoriscono altre pietre. Finestre nel tamburo, finestre nella cupola, e in cima un oculo, l'occhio di Dio, e lesene sull'intera lunghezza delle pareti laterali, e poi ancora finestre che lascino filtrare liberamente la luce di Dio, con la sua bellezza e la sua limpidezza, nella Sua casa. E se è vero ciò che dicono i santi, che Dio è luce, allora dobbiamo invitarlo nella Sua casa, non chiuderlo fuori, con assurdi orifizi che chiunque sia in possesso delle proprie facoltà mentali non definirebbe mai finestre. All'interno, un unico grande spazio, con quattro bracci, non tutte quelle piccole cappelle scure, dove le puttane possono svolgere di nascosto il loro vergognoso mestiere. E infine, a che servono i deambulatori? E le torrette? E quella ridicola traversa davanti alla casa di Dio? Il modello deve sparire dal mio cantiere, la cappella di Giulio deve essere demolita e io costruirò la basilica in scala più ridotta, sulla base delle idee di Donato e delle mie. Chi lavora al mio cantiere si deve rimettere alla mia volontà. Nessuno deve metter bocca nelle questioni artistiche. La commissione edilizia esiste esclusivamente per procurare il denaro di cui ho bisogno», concluse Michelangelo senza fiato. «Queste sono le mie richieste, se devo assumermi la responsabilità di portare a termine la costruzione della casa di Dio! »

Gian Pietro Carafa dovette ammettere, pur con riluttanza, che le richieste e le idee dell'artista erano audaci, ma non rifiutabili.

« Si faccia come ha detto Michelangelo », decise Paolo III con un sorriso gentile. « Lo sanciremo tramite un *Motu Proprio*, cui andrà aggiunta una cosa: Michelangelo non dovrà rispondere legalmente di eventuali danni! » Con quell'aggiunta, il papa bloccava qualsiasi tentativo di danneggiare l'artista.

« E tu, Arnoldo di Maffeo, sei licenziato. Prendi i tuoi operai e vattene! » disse Michelangelo con calma. Per lui l'esito di quell'udienza non era un trionfo, ma una cosa ovvia.

Michelangelo aveva ottenuto tutto ciò che voleva, ma al cantiere dovette continuare ad affrontare una guerriglia condotta dai sostenitori, palesi o nascosti, di Bartolomeo da Sangallo e Arnoldo di Maffeo. C'era un costruttore di cui si fidava, ma un giorno venne incarcerato per aver ucciso un locandiere che aveva una relazione con sua moglie. Mentre cercava un nuovo costruttore di fiducia, Michelangelo non riusciva a togliersi di dosso la sensazione che quel fatale dramma della gelosia fosse in realtà frutto delle trame di Arnoldo.

Roma, Anno Domini 1549

E poi giunse il giorno in cui morì Paolo III. Era il 10 novembre. Quando era ancora cardinale, Alessandro Farnese aveva concepito una figlia e due figli con l'amante Silvia Ruffini, e una volta divenuto papa li aveva riconosciuti, per evitare che la dinastia dei Farnese si estinguesse.

All'inizio Michelangelo era di buon umore, perché sembrava che il successore di Paolo III sarebbe stato Reginald Pole, raccomandato dallo stesso pontefice sul letto di morte. Gli mancavano ancora due voti. Ma prima della votazione decisiva Gian Pietro Carafa presentò al collegio cardinalizio pratiche volte a dimostrare che Reginald Pole non solo proteggeva eretici nella sua residenza di Viterbo, ma era lui stesso un luterano camuffato. Alla fine fu raggiunto un accordo su Giovanni Maria Ciocchi del Monte, uno specialista dell'amministrazione, che salì sul trono papale col nome di Giulio III ed era come creta nelle mani di Carafa. Dopo la sua morte, e il breve pontificato intermedio di Marcello II, nel 1555 Gian Pietro Carafa fu eletto a sua volta vicario di Cristo. Finalmente poteva perseguire gli eretici liberamente e senza riguardo per nessuno. Non governò tramite il collegio cardinalizio, bensì tramite l'inquisizione che lui stesso aveva creato. Per un'inspiegabile sentimentalismo, in memoria di Alessandro Farnese, suo compagno ai tempi dell'Arciconfraternita, scelse il nome di Paolo IV.

La notizia raggiunse Michelangelo al cantiere, dove Ascanio gli descrisse l'accaduto. Dopo la morte di Vittoria Colonna, Ascanio era entrato al servizio di Michelangelo. Era retribuito dagli amici dell'artista, che sapevano quanto fosse in pericolo la sua vita. Senza fiato, l'anziano guerriero gli riferì che il cardinale Giovanni Morone era stato arrestato dall'inquisizione romana e gettato in una delle carceri più dure di Castel Sant'Angelo, San Marocco. Michelangelo prese a tremare dalla testa ai piedi. Si fece accompagnare a casa e si coricò, scosso da attacchi di febbre. Quando non dormiva per lo sfinimento, pregava. Ormai nessuno era più al sicuro.

Poco tempo dopo, quando Michelangelo si era appena ripreso, Paolo IV gli ridusse ingiuriosamente lo stipendio, per dimostrargli che cosa ne pensava di lui. Tuttavia non accadde nulla di più. Per quanto fosse grande l'avversione che Carafa provava nei confronti di Michelangelo, evidentemente un residuo di raziocinio gli suggeriva che l'artista era l'unico in grado di portare a termine la basilica di San Pietro. E lo scandalo del cantiere eterno doveva essere risolto al più presto, perché era ancora una fonte di fastidi.

Quando Michelangelo ebbe trovato un costruttore di fiducia, i lavori di costruzione del semicerchio absidale vennero svolti in maniera talmente inadeguata, a seguito di vari intrighi, che si rese necessario abbatterlo interamente. Per l'architetto fu una catastrofe, che gli fece perdere un anno. Alla sua età - ormai aveva ottantadue anni -, un anno ne valeva dieci. Non ne poteva più, ma non poteva neppure abbandonare il lavoro. Per lui la costruzione di San Pietro era diventata un ufficio divino, e realizzare la cupola celeste era un'opera d'amore. Persino quando Paolo IV gli fece riferire che non sopportava più i numerosi nudi e i genitali dei santi nella Cappella Sistina, l'artista accettò l'umiliazione. Chiamò l'amico e assistente Daniele da Volterra e gli chiese di dipingere vestimenti per coprire le parti scandalose. « Daniele, figlio mio, è meglio che lo facciamo da noi, piuttosto che permettere a qualcuno che odia la nostra arte di fare un lavoro abborracciato. » Seppure a malincuore, Daniele diede seguito alla richiesta del maestro, cosa che gli valse il soprannome di Braghettone.

Ogni mattina, che ci fosse il sole, piovesse o nevicasse, Francesco andava a prendere il vecchio asino alla stalla. Michelangelo montava in sella e si metteva lentamente in viaggio. Attraversava il Ponte Sisto e percorreva la lunga strada da Trastevere al rione Borgo. Il passo dell'asino era così lento, e lui così stanco, che per andare dal Macello dei Corvi alla basilica di San Pietro ci metteva un'ora. Tuttavia la perseveranza fu ripagata. Completò il braccio meridionale, portò avanti il braccio settentrionale e fece posare i muri di fondazione di quello occidentale. Lo zoccolo del tamburo era pronto e finalmente poteva cominciare la costruzione del tamburo stesso, sul quale sarebbe poi sorta la cupola.

Certi giorni, Michelangelo faceva ritorno a casa già nel pomeriggio e lavorava fino a tarda notte a una nuova scultura, che lo raffigurava nelle vesti di Nicodemo che reggeva Cristo morto, oppure a un disegno. Spesso leggeva la Divina Commedia di Dante o la Bibbia, prima di addormentarsi. Il suo sonno era breve, ma ricco di sogni. Talora sognava se stesso da giovane che realizzava la cupola, completa di oculo all'apice della calotta concava, e intanto la giovane Contessina gli leggeva i versi del Paradiso di Dante:

Così la mia memoria si ricorda
ch'io feci riguardando ne' belli occhi
onde a pigliarmi fece Amor la corda.

E com'io mi rivolsi e furon tocchi
li miei da ciò che pare in quel volume,
quandunque nel suo giro ben s'adocchi,

un punto vidi che raggiava lume
acuto sì, che 'l viso ch'elli affoca
chiuder conviensi per lo forte acume;

e quale stella par quinci più poca,
parrebbe luna, locata con esso
come stella con stella si collòca.

Forse cotanto quanto pare appresso
alo cigner la luce che 'l dipigne
quando 'l vapor che 'l porta più è spesso,

distante intorno al punto un cerchio d'igne
si girava sì ratto, ch'avria vinto
quel moto che più tosto il mondo cigne;

e questo era d'un altro circumcinto,
e quel dal terzo, e 'l terzo poi dal quarto,
dal quinto il quarto, e poi dal sesto il quinto.

... *come gli anelli della volta,* pensò lui, *la sua nervatura...*

Sopra seguiva il settimo sì sparto
già di larghezza, che 'l messo di Iuno
intero a contenerlo sarebbe arto.

Così l'ottavo e 'l nono; e chiascheduno
più tardo si movea, secondo ch'era
in numero distante più da l'uno;

e quello avea la fiamma più sincera
cui men distava la favilla pura,
credo, però che più di lei s'invera.

La donna mia, che mi vedea in cura
forte sospeso, disse: « Da quel punto
depende il cielo e tutta la natura... »

Spesso Michelangelo si svegliava con in mente le parole pronunciate da Contessina alla fine del suo sogno: « Da quel punto depende il cielo e tutta la natura ».

Roma, Anno Domini 1559

In quei giorni, papa Paolo IV cominciava a organizzare il proprio lascito per la battaglia per la fede. Si occupò personalmente dell'educazione della sua figlioccia Isabella, figlia di Bartolomeo da Sangallo ed Esmeralda di Maffeo, che studiò al convento di San Silvestro in Capite. La istruì personalmente nella giusta fede. Nei suoi ultimi giorni, introdusse nell'inquisizione Giulio Antonio Santori, un giovane sacerdote che si era dovuto nascondere dai luterani a Napoli e che per questo motivo li odiava. In quel giovane fanatico, il papa rivedeva se stesso. A tempo debito gli fece conoscere la figlioccia Isabella.

La morte del papa, il 18 agosto 1559, salvò la vita al cardinale Giovanni Morone e portò al potere un Medici di Venezia. Il nuovo pontefice prese il nome di Pio IV e concesse a Michelangelo l'amore che era abituato a ricevere dai papi. L'anziano artista concentrò tutte le sue energie su un obiettivo, quello di portare a termine la cupola celeste. Data l'età avanzata, del fabbricato non gliene importava più; lo completassero pure altri, dopo la sua morte. Lui voleva soltanto lasciare ai posteri la cupola, come sua ultima opera; per Contessina, per Vittoria, per Dio e per se stesso, per la sua pace interiore.

58

Roma, Anno Domini 1564, febbraio

Michelangelo era privo di sensi. Dopo essere stato infilzato da uno degli sgherri dell'inquisitore Giulio Antonio Santori alla basilica di San Pietro, la vita lo stava abbandonando. Giorgio Vasari e Daniele da Volterra lavarono la ferita e chiesero all'anziano Francesco di andare a chiamare il medico Isaac di Bonet de Lattes. Era un ebreo, ma era anche il figlio del famoso Bonet de Lattes e un eccezionale conoscitore del corpo umano. Dio non aveva ancora inviato sulla terra un suo pari.

Isaac visitò Michelangelo e poi mandò Francesco da sua figlia con un elenco di erbe, unguenti e tinture. Quindi uscì nel corridoio coi due uomini e chiuse la porta alle proprie spalle. Si passò la mano destra sulla lunga barba grigia; i solchi sulla sua fronte si fecero più profondi e nei suoi occhi si fece strada lo sconcerto. «Non posso darvi grosse speranze. Ha perso troppo sangue. Credo anche che le lesioni interne siano considerevoli. Se fosse un ebreo, a questo punto reciterei il Qaddish.» Aveva smesso di accarezzarsi la barba e teneva lo sguardo rivolto a terra. Per Vasari era evidente che faticava a scendere a patti coi limiti del suo sapere.

«Dove siete? Venite da me! Venite!» li chiamò Michelangelo con voce debole, che tuttavia si sforzava di assumere un tono energico. I due uomini entrarono di corsa nella stanza.

«Non fate quelle facce. Lo so che è arrivato il momento. Daniele, mio caro amico, vai a chiamare il cardinale, e tu, Giorgino, siedi qui accanto a me.»

Entrambi sapevano che si riferiva al cardinale Giovanni Morone, eroe del Concilio di Trento e intimo amico di Michelangelo. Sette anni prima, quell'amicizia aveva messo in serio pericolo l'artista, quando papa Paolo IV aveva fatto incarcerare Giovanni Morone a Castel Sant'Angelo con l'intenzione di ucciderlo. Soltanto la scomparsa del papa aveva salvato il cardinale. Daniele uscì di fretta dalla stanza, Vasari si sedette sul letto del Divino. Michelangelo gli prese la mano.

«I pazzi sono di per sé un tormento, ma quando credono in Dio diventano come la peste! Così adesso mi impediscono di portare a termine la basilica a gloria del Signore. Ascolta, amico mio: soltanto quando la cupola celeste sarà ultimata, sarà compiuta la parte essenziale. Giura che porterai a termine il lavoro! Giuralo! Altrimenti non avrò pace.»

«Ma voi avete fatto già così tanto! Tanto quanto nessuno prima di voi sia mai riuscito a fare e più di quanto sarà concesso a chiunque altro dopo di voi. Perché vi tormentate così?»

«Perché la cupola celeste è la mia penitenza, per chiedere perdono a Dio per i miei peccati, prima del Giudizio Universale. Giorgino, la mia beatitudine è nelle tue mani. Solo tu puoi salvarmi dalla dannazione eterna! L'avevo giurato a Dio e adesso non potrò più adempiere al mio giuramento, se non lo farai tu al mio posto...» Il dolore gli tolse quasi la voce e gli fece venire le lacrime agli occhi. «I miei peccati, oh, i miei peccati...»

«Ma dove avete peccato, maestro?»

«Tu che ne sai, Giorgino? Lui che sta lassù lo sa e io lo so. Messer Dante ha descritto ciò che devono patire i poveri peccatori che l'antico nemico tormenta nei gironi dell'inferno.» Chiuse gli occhi per un attimo, poi cercò di raddrizzarsi ma era già troppo debole. Lottò per un momento contro la forza di gravità della morte, prima di cedere e lasciarsi ricadere sul letto. «Adempi al mio giuramento, Giorgino. Fallo per la salvezza della mia anima. Ti supplico!»

Quelle parole appena sussurrate ricordarono a Vasari le povere anime condannate alle pene eterne degli inferi e i loro occhi sgranati per il terrore indicibile. Rivide nella mente l'affresco del Giudizio Universale che il Divino aveva dipinto sulla parete dietro l'altare della Cappella Sistina, rivide gli uomini che speravano di poter raggiungere la beatitudine ed erano persino disposti a lottare per arrivarci, ma venivano fermati dai demoni che li abbrancavano per le gambe e li strattonavano e li tiravano e li prendevano a morsi sui polpacci. Non solo:

se dal basso i diavoli li trascinavano nell'abisso, dall'alto gli angeli li tempestavano di calci e pugni sulla testa per negare loro l'accesso al paradiso. La lotta per la redenzione era violenta, e vana. Il giudizio divino era chiaro: tutte quelle anime erano dannate! Cristo le aveva condannate alle pene eterne.

A Giorgio Vasari, l'espressione timorosa dell'artista morente ricordò san Bartolomeo, che teneva in mano la propria pelle. Michelangelo aveva dato a quella pelle i tratti del viso di un uomo sofferente, cioè i suoi. Ecco che cosa sarebbe rimasto di lui un giorno: la sua paura. Soltanto in quel momento Vasari capì le dimensioni della paura che il Divino aveva raffigurato sulla parete della Cappella Sistina, e quanto quella paura lo avesse perseguitato. Si spaventò, anche, perché dovette dare ragione a Santori: era eresia! Nella Cappella Sistina, dove venivano eletti i papi e dove il pontefice celebrava le messe solenni, Michelangelo aveva realizzato un affresco che parlava della dannazione degli uomini, delle loro paure e delle loro sofferenze. E della crudeltà degli angeli e della freddezza dei santi. Era inutile cercare la carità nelle loro espressioni presuntuose. Come bottegai, rimarcavano i propri meriti e non si preoccupavano degli uomini. Per loro, l'unica cosa che contava era dimostrare la propria santità. Persino davanti al giudice del mondo, ciascuno era il prossimo soltanto di se stesso. Vasari cercava di cogliere nei propri pensieri il messaggio complessivo dell'affresco. Gli tornò alla mente l'immagine di quel giovane con le trombe del Giudizio Universale che gli squillavano quasi nell'orecchio e che due diavoli trascinavano nell'abisso, prendendolo per le ginocchia e per i piedi, mentre un demone verde col volto giallo gli mordeva la coscia. Il povero giovane si stringeva nelle spalle terrorizzato. Aveva la mano destra sulla spalla sinistra, il braccio sinistro piegato e la mano sinistra a coprire l'occhio sinistro per proteggerlo da ciò che altrimenti avrebbe visto. Ma l'occhio destro era sgranato per il terrore e fissava l'inconcepibile, incapace di distogliere lo sguardo.

Quel giovane nell'affresco sapeva già cosa lo attendeva; era completamente sopraffatto dalla paura, come lo stesso Michelangelo di fronte alla morte. Vasari sapeva chi era quel ragazzo. Francesco gli aveva raccontato ciò che era accaduto alle cave di Carrara. Proprio come la figura del dipinto, il ragazzo era fermo su uno sperone roccioso, impietrito dal rimorso, prima che un altro giovane, suo coetaneo e un tempo il suo migliore amico, lo uccidesse per vendicare la sorella disonorata.

Vasari si chiese se gli uomini sapessero vivere senza diventare colpevoli. Il primo peccato, il peccato originale, aveva messo in moto un ciclo eterno di delitti e castighi. E solo la grazia, dicevano gli eretici, ma anche Michelangelo, solo la grazia poteva liberare gli uomini dall'eterna ridda di delitti. Nessun merito, nessuna opera, solo la grazia. «Farò ciò che è in mio potere», promise. Cos'altro avrebbe potuto rispondere al suo maestro?

«Di più, fai di più! Se mi hai mai voluto bene, Giorgino...» lo supplicò Michelangelo tenendogli stretta la mano. Ma s'interruppe a metà frase, la presa si allentò e i suoi occhi esausti si spostarono piano su un uccellino che si era posato sul davanzale della finestra. Stava espirando la vita, ma le sue labbra si mossero ancora. Vasari si chinò su di lui e pose l'orecchio vicinissimo alla bocca. «Dammi un foglio di carta, Giorgino... E una matita. Voglio dipingere l'innocenza. Con nessun essere umano, neppure la Vergine Maria o nostro Signore...» Mandò un gemito, poi si sforzò di proseguire. La sua voce era appena una vibrazione, roca e sfilacciata. «Neppure con Dio sono riuscito ad azzeccare l'espressione dell'innocenza, anche se ci ho provato così tante volte. A Colonnata ci sarei potuto riuscire... la figlia di Fritz il Rosso... ma lei non volle. Lei era l'innocenza in persona, macchiata forse, ma pura... Sbrigati, posso... forse per la prima volta nella mia vita posso...» D'un tratto l'uccellino sul davanzale si alzò in volo. «Finisci la basilica... la cupola celeste. Solo così la mia anima troverà pace...»

Michelangelo sciolse la mano da quella di Vasari. Poi serrò i pugni e la sua espressione assunse una tensione dolorosa. Le lacrime gli rigavano il viso rugoso, che nella paura sembrava quasi infantile. Sembrava un fanciullo che aveva paura di una cantina buia o di un grosso cane. O dell'inferno tenebroso. «Perdonami! *Mea culpa, mea culpa, mea maxima culpa,* perdona il tuo misero servitore!» esclamò ad alta voce consumando per intero le ultime forze. Poi spirò. Il maestro era morto. Era il 18 febbraio 1564.

Come intontito, Vasari rimase seduto sul letto, accanto al Divino, perdendo del tutto la cognizione del tempo. Per lui, la grande anima di Michelangelo si era raccomandata a Dio lasciando dietro di sé, sulla terra, soltanto tenebre. Chissà se Dante l'avrebbe accolto alle porte del paradiso, dicendogli gentilmente: « Vieni, Michelangelo! Vieni, mio caro. Il signore ti aspetta. È il momento di ritornare a casa! » A Vasari piaceva crederlo. Se Michelangelo non avesse ottenuto la grazia divina, allora nessuno l'avrebbe mai conosciuta, allora tutti erano dannati.

Venne scosso da un rumore di vetro infranto. Si voltò e vide Francesco che guardava immobile il suo padrone. Aveva trascorso con lui tutta la sua vita, da quando, cinquant'anni prima, ancora ragazzo, l'aveva implorato di prenderlo con sé. Il servitore aveva lasciato cadere il cesto coi medicinali, e le fiale e i barattoli di vetro erano ai suoi piedi, alcuni in frantumi, altri ancora interi. I liquidi rinvigorenti, che avrebbero dovuto restituire la forza vitale al Divino, si stavano riversando sul pavimento sporco.

« Troppo tardi, Francesco », disse Vasari. « Ma consolati: era già troppo tardi quando sei partito. »

Quando Daniele da Volterra tornò col cardinale Giovanni Morone, Vasari e Francesco erano inginocchiati accanto al letto di morte dell'artista.

« Lasciatemi solo con lui. Voglio impartirgli l'ultima benedizione, anche se non ne ha bisogno, perché è già nella grazia del Signore », disse il cardinale. Quando gli uomini lasciarono la stanza, il principe della Chiesa aveva già cominciato a pregare.

Giorgio Vasari, Daniele da Volterra e Francesco andarono in cucina, si misero in ginocchio e pregarono a lungo per il loro maestro e padrone. Pregarono e cantarono salmi fino allo sfinimento. Infine li raggiunse il cardinale, e subito dopo il medico. Bevvero insieme un bicchiere di vino, in silenzio.

« È morto a casa sua. E l'età l'aveva », disse infine Daniele.

« Vuoi lasciare che gli assassini se la cavino così? » chiese Vasari indignato.

« Se qualcuno scopre che è stato ucciso dall'inquisizione, siamo morti. Scaricheranno la colpa su di noi. »

« Ma Daniele, tu e io abbiamo visto Santori e i suoi bravi! »

« Lo ribadiresti anche sotto tortura? »

« Messer Daniele ha ragione », intervenne Morone, che aveva sperimentato dolorosamente sulla propria pelle l'operato dell'inquisizione. « Non potete spuntarla con Santori. Aspettate ancora un giorno, poi mandate a chiamare Isaac. » Guardò il medico. « Voi constaterete la morte e confermerete che Michelangelo Buonarroti è morto di vecchiaia. Daniele manderà a chiamare gli altri amici di Roma, io verrò a dare l'estrema unzione e voi diffonderete la voce che Michelangelo è ammalato e non vuole vedere nessuno. Giorgio, voi però tornate a Firenze, per la vostra sicurezza. E aspettate lì la notizia della morte del maestro. E non dimenticatevi che dovete esaudire le sue ultime volontà! »

Sulla strada verso Firenze, poco dopo Acquapendente, gli andò incontro Ascanio. Vasari riconobbe già da lontano il messaggero di sventura che lo aveva chiamato da Michelangelo. Evidentemente non si era trattenuto nella sua casa di Firenze per più di una notte. Sembrava che non avesse potuto fare a meno di ritornare a Roma. Poco dopo si trovarono uno di fronte all'altro e si guardarono in silenzio.

All'anziano maestro di scherma bastò uno sguardo agli occhi di Vasari per sapere che il suo padrone era morto. Ma aveva già visto morire troppe persone per poter mostrare una reazione di qualsiasi tipo. Alzò le spalle, non per indifferenza, ma perché comprendeva l'immutabile corso del mondo. « Anche per me è arrivato il momento », disse poi con tono freddo e obiettivo, senza la minima autocommiserazione.

« Che cosa vuoi fare adesso? » gli chiese Giorgio Vasari.

« Sono stufo della vita. Andrei in convento, ma lì difficilmente sarei spedito nell'aldilà dalla punta di una spada, e qualsiasi altra morte per me non sarebbe giusta. Capite cosa voglio dire, messer Giorgio? Quasi tutti i miei amici sono stati uccisi da una spada o da una palla d'archibugio. Quasi nessuno è morto in un letto.»

Vasari capiva fin troppo bene ciò che provava l'anziano guerriero, che però era ancora vigoroso. «Mettiti al mio servizio», disse. «Quando non dipingo o costruisco, scrivo libri sui grandi pittori e scultori. Perciò devo andare a vedere le loro opere, che siano a Napoli o a Milano o altrove. Insomma, sono spesso in viaggio, e un accompagnatore in grado di difendermi mi farebbe comodo. Ne hai voglia? Hai l'ardimento necessario?»

Ascanio non poteva andare in pensione. Non voleva che la morte lo sorprendesse in un letto, indifeso e implorante. Al contrario, non doveva essere la morte a scovarlo, era lui che voleva cercarla e guardarla negli occhi gelidi, con audacia e senza lasciarsi impressionare. Solo chi riusciva a decidere anche della propria morte era davvero libero. «Sono a vostra disposizione, messere.»

Roma, Anno Domini 1574

Due architetti si erano sforzati di completare la basilica di San Pietro, con modesto successo e senza capire affatto l'idea dell'oculo che avrebbe dovuto coronare la cupola. Ma poi, nel 1573, papa Gregorio XIII aveva nominato Giorgio Vasari architetto responsabile. Finalmente poteva accingersi a esaudire le ultime volontà di Michelangelo.

La sera portò sorprendentemente a Roma l'odore della neve. L'aria sembrava ovatta bagnata e fredda. Per calmare il nervosismo, Vasari stava facendo una lunga passeggiata per la città. Il pensiero che alla sua età si stava comportando come un ragazzino alle prese con le prime esperienze amorose fece balenare un sorriso sulle sue labbra circondate da una folta barba nera.

Dalle finestre e dalle fessure delle porte, le fiaccole e le lampade a petrolio gettavano furtivamente la propria luce sulle piazze e sui vicoli, che sonnecchiavano deserti. In compenso, le taverne, le bettole e i bordelli erano gremiti da scoppiare. Vasari pensò che anche i suoi assistenti probabilmente si stavano divertendo in una di quelle osterie. E il giorno dopo avrebbero di nuovo fatto a gara nel dimostrarsi zelanti, perché avevano contratto debiti e avrebbero dunque dovuto chiedergli un anticipo. Non gli importava. Non era gretto, ma non poté fare a meno di scuotere il capo. Il carnevale era appena finito, ma il popolo era ben lungi dall'essere sazio di divertimenti. La Città Eterna era come sempre un ginepraio in cui tutti erano in movimento, ma nessuno andava avanti, perché le speranze e le azioni degli uomini ruotavano da sempre attorno al Vaticano. Sull'argomento avrebbe potuto cantare una canzone che passasse dal modo maggiore al minore, per poi ritornare al maggiore e magari finire come uno scherzo o un requiem.

Intanto cadeva in fiocchi grossi e pesanti la neve, che a Roma era un'ospite alquanto rara. In tutti quegli anni, da fiorentino aveva dovuto constatare che i romani credevano davvero che Dio avesse collocato la loro città al centro della terra, e quindi anche dell'universo. E come il sole girava attorno alla terra, così gli abitanti di Roma ruotavano attorno al papa e a San Pietro, la cui nuova costruzione incompiuta si stagliava nel cielo della sera, sopra la tomba dell'apostolo, senza neppure sfiorare il firmamento. La struttura principale, coi pilastri del quadrato che avrebbero dovuto sorreggere la cupola, con la sua incompiuta rotondità, ricordava davvero la Torre di Babele. A chiunque, non soltanto ai luterani. Davanti all'ambizione di erigere la più grande chiesa della cristianità, l'antica basilica costruita dall'imperatore Costantino oltre milleduecento anni prima sembrava rannicchiata come un vecchio bastonato.

Giorgio Vasari, l'architetto responsabile del grande cantiere, tornò rinfrescato, ma non tranquillizzato, dalla sua passeggiata al Belvedere.

« Ha nevicato, messer Giorgio, avete visto? Solo per voi. Che miracolo », disse Ascanio aiutandolo a togliersi il mantello.

« È un onore eccessivo per me. Io sono soltanto un povero ragazzo di Arezzo. »

L'architetto si sedette su uno sgabello di legno e si fece togliere i pesanti stivali di pelliccia d'agnello dal suo servitore.

Poi gli ordinò di accendere fiaccole, candele e lampade a petrolio nell'intero edificio, perché voleva che risplendesse nell'oscurità dell'inverno come un sole estivo.

Lanciò un'occhiata fuori della finestra. La neve scintillava sotto la luce della luna, come se fosse fatta di oro bianco lavorato a sbalzo e per giunta cosparso d'innumerevoli piccoli brillanti; bella e sublime, ma anche gelida e senza vita. Le ossa di Vasari però desideravano sole e calore, la vita e l'amore. Eccitato come un ragazzino in vista del primo appuntamento, preparò i suoi utensili da pittore in attesa della sua ospite.

La villa che papa Gregorio XIII gli aveva messo a disposizione come residenza era di fronte a Torre Borgia, all'interno delle mura vaticane, e chiudeva il cosiddetto Cortile del Belvedere, dove talvolta si tenevano rappresentazioni e tornei, cosa che spingeva molti a chiamarlo semplicemente teatro.

Mentre sceglieva con cura lo stilo di piombo e le sanguigne nello studio, i suoi pensieri correvano continuamente a lei. Per prima cosa avrebbe fatto il disegno che doveva poi fungere da modello per il ritratto vero e proprio. Avrebbe usato soltanto le sanguigne migliori! Da artista esperto qual era, sapeva a quale rischio andava incontro ritraendola: se non fosse riuscito a cogliere la sua bellezza l'avrebbe offesa, avrebbe offeso la donna amata, facendo una figuraccia davanti al mondo intero. Ormai godeva di grande fama ed era diventato un'istituzione, tanto che i molti invidiosi aspettavano soltanto un'opportunità per denigrarlo. Si sentiva di nuovo come un assistente che doveva ancora consegnare il proprio capolavoro. Non sarebbe mai cessata quell'inquietudine?

Fece la punta alle sanguigne col coltello. Avevano un vago odore di terra bagnata. Lui amava il loro profumo, così come non poteva fare a meno di immergersi nell'odore dei colori, perché gli ricordavano un altro mondo, un mondo migliore, creato da lui. Mentre esaminava le punte delle sanguigne in controluce, lei gli apparve davanti come un'allucinazione, in modo così intenso che credette di sentirne anche la voce sussurrata, e il profumo seducente...

Era davvero passata soltanto una settimana da quando si erano incontrati per la prima volta? Aveva la sensazione di conoscerla da sempre, anche se lei lo sorprendeva di continuo. Gli ultimi giorni erano trascorsi come in preda a un'ebbrezza e avevano scacciato le paure che lo perseguitavano. Era come un miracolo. Credeva davvero che stesse iniziando una nuova vita. Si vedevano ogni giorno, pur senza darsi appuntamento, come se una forza misteriosa li facesse confluire di continuo negli stessi luoghi. Come se Amore congiungesse le estremità di un ferro di cavallo. Il figlio di Venere era al servizio del destino o della dea Fortuna, che faceva girare costantemente la sua ruota affinché nulla potesse durare? Ma poiché la ruota della dea Fortuna non si fermava mai, bisognava prendere ciò che si poteva prendere, afferrare ciò che si poteva afferrare, perché un attimo dopo avrebbe ripreso inesorabilmente a girare e si sarebbe ripresa ciò che aveva dispensato per donarlo a qualcun altro.

E Vasari aveva rischiato di respingere il favore della dea Fortuna! Se ci ripensava, non poteva fare a meno di scuotere la testa. All'inizio non aveva avuto voglia di accettare l'invito del cardinale Morone e di partecipare al suo ricevimento serale, poi però si era imposto di andarci, perché il principe della Chiesa godeva di grande prestigio tra gli artisti e gli intellettuali della Città Eterna. Era molto semplice: chi era invitato a quei ricevimenti apparteneva alla buona società di Roma. Se non ci fosse andato, gli invidiosi avrebbero congetturato che era caduto in disgrazia. Avrebbero trasformato la sua assenza volontaria in un'assenza forzata, diffondendo voluttuosamente la voce che la sua stella era in caduta libera. Ah, in quella città le persone erano schiave della maldicenza come se fosse una passione. E in nessun altro luogo al mondo le parole si trasformavano così rapidamente in fatti. Non poteva permettersi una fama negativa. I suoi affari si fondavano sulla sua irreprensibile reputazione. E i più solerti a spettegolare, tra l'altro, sarebbero stati proprio coloro che avevano ottenuto un invito con un raggiro. Così Vasari si era costretto ad accettare l'invito, volente o nolente. Inoltre, mancare di rispetto a un uomo come Giovanni Morone non era proprio cosa possibile.

Come sempre, il principe della Chiesa aveva fatto decorare le due sale centrali del piano nobile del suo palazzo in maniera splendida e al contempo con moderazione. Nella prima sala era stato allestito il buffet. C'erano sedie e poltrone posizionate accanto a tavolini, dove ci si poteva appartare per una conversazione confidenziale, rosicchiando una coscia di fagiano o piluccando qualche sardina. La seconda sala era riservata alle esibizioni di cantanti, ballerini, attori e musicisti, ma se uno degli illustri ospiti aveva voglia di recitare una poesia o di tenere una piccola predica, benissimo, poteva tranquillamente esibirsi, e il raffinato pubblico lo avrebbe ringraziato riservandogli la propria attenzione e un applauso particolare.

Al centro dell'interesse c'era, senza ombra di dubbio, l'eroe del Concilio di Trento in persona, il padrone di casa Giovanni Morone. Mentre un giovane poeta cantava i suoi madrigali accompagnato dal liuto, l'architetto sentì all'improvviso l'affascinante aura di una donna accanto a sé. Il suo profumo di rose, cannella e mandorle tostate, avvolto come un diamante in un velo di muschio, gli penetrò nelle narici e lo eccitò subito. *Tenerezza animale*, pensò. Osò a malapena guardarla. Inarcando con ironia un sopracciglio, lei ricambiò lo sguardo. « Abile, ma insulso », disse indicando il cantante con un cenno del capo.

« Padroneggia la forma alla perfezione », disse Vasari prendendo le difese del giovane.

« Ma a che serve, se non ha nulla da dirci? Se almeno rinunciasse alle parole potremmo goderci la melodia. Così invece non fa che seccarci con un mazzo di banalità appassite! »

Vasari si voltò verso la sconosciuta. Lo scintillio dei suoi occhi marroni scuri rimandava ad abissi in cui un uomo avrebbe potuto perdersi. Le sopracciglia arcuate, gli zigomi alti, il naso raffinato e la bocca graziosa le conferivano un aspetto nobile. La fronte alta aggiungeva al viso aristocratico un'inquietante nota d'intelligenza. I capelli bruni ma tendenti al rossiccio erano divisi da una scriminatura netta e probabilmente erano raccolti a crocchia sulla nuca, ma l'acconciatura era nascosta da un foulard di seta del colore delle perle luccicanti, che era ripiegato all'indietro e le ricadeva sulle spalle.

« Credo che non siamo stati presentati », disse Vasari. Poi si schiarì la voce e aggiunse: « Cavaliere Giorgio Vasari ».

« Cavaliere? Ce ne sono così tanti. Posso chiamarvi messer

Giorgio? » Il suo sorriso compensava abbondantemente il piccolo schiaffo che aveva sferrato alla vanità di Vasari.

« Voi potete, madonna... »

Un leggero rossore ravvivò la sua carnagione raffinata. « Oh, non sono una madonna. Marchesa Isabella di Vignola. Ma chiamatemi pure Isabella, messer Giorgio, visto che ci sono anche così tante marchese. »

Vasari fece un inchino. « È un onore conoscervi, Isabella. »

« È meglio che sia un piacere. Il piacere è più umano dell'onore. »

Si era innamorato di lei in un baleno, anche se di certo non era più un ragazzino focoso. E lei sembrava ricambiare il sentimento. Vasari non riusciva a capacitarsi della propria fortuna. Sì, certo, un uomo della sua età poteva trovare una grande quantità di puttane - e se era benestante anche cortigiane - che gli dicessero qualsiasi cosa volesse sentire e che facessero qualsiasi cosa desiderasse, producendosi in gemiti acuti o bassi, rapidi o lenti, infarciti da gridolini striduli o con un sottofondo di respiri affannosi a seconda delle preferenze; ma trovare una giovane donna che lo amasse davvero per quello che era, be', era un'ipotesi del tutto inverosimile, perché l'alito di un uomo della sua età ormai odorava talmente di morte e decomposizione da disgustare persino lui stesso. Ebbene, lui, Giorgio Vasari, nonostante l'età aveva incontrato una vera signora, più giovane di lui di trent'anni e per nulla interessata al suo denaro o alla sua protezione. Voleva soltanto l'uomo, un anziano pittore di bassa statura.

La sera prima, mentre passeggiavano, d'un tratto lei gli aveva chiesto se volesse dipingere il suo ritratto. La richiesta gli procurò gioia e spavento in ugual misura. Aveva realizzato grandi affreschi, quadri enormi per palazzi e altari, allestimenti per feste di Stato e cortei, costruito edifici, ma i ritratti non rientravano nelle sue specialità.

Come per ogni nuovo dipinto, innanzitutto voleva realizzare uno schizzo, e solamente poi avrebbe fissato il ritratto con colori a olio su una tavola di legno di faggio. Per lo schizzo era stato indeciso a lungo tra carta e cartone; alla fine aveva scelto la seconda soluzione. Normalmente era compito degli assistenti fabbricare il cartone e mesticarlo, ma quella volta lo aveva preparato lui stesso, lo aveva cosparso di polvere di ossi, usando la saliva per renderlo aderente, e poi lo aveva spazzolato con una zampa di lepre fino a ottenere una superficie abbastanza liscia da recepire e conservare senza difficoltà le pennellate. Quando accarezzava la superficie mesticata del cartone, sul cui sfondo bianco come la neve danzavano le luci gialle e rosse delle candele, gli sembrava di toccare la pelle liscia della sua amata.

Aveva fatto disporre candelabri in tutta la casa, fatti d'argento e oro, nuovi e vecchi, tutti quelli che era riuscito a trovare. Poi aveva mandato Ascanio a comprare candele, spendendo un piccolo patrimonio. La casa doveva essere illuminata a giorno quando messer Giorgio avrebbe dipinto la signora del suo cuore. Esultava dentro di sé, pensando che quel ritratto avrebbe generato un intimo incontro di Amore e Psiche. Il fatto che l'anziano si paragonasse al giovane dio dell'amore non era privo di una certa comicità, di cui Vasari era senz'altro consapevole. Aveva una dose di autoironia sufficiente a mitigare la sua abbondante sicurezza di sé. Ma se l'amore sapeva vincere la forza di gravità, si diceva, sicuramente poteva vincere anche l'età. *Amor vincit*. Inoltre gli dei non invecchiavano, quindi perché lui avrebbe dovuto?

Vasari riteneva il disegno, che precedeva sempre il dipinto, la vera opera dell'artista, mentre il colore ne costituiva la trasposizione da parte dell'abile artigiano. Era nello schizzo che lo spirito creava la propria opera. Da anni i suoi scritti lo dichiaravano a tutto il mondo. E aveva riversato il suo scherno pungente sui veneziani, primi tra tutti i maestri ritrattisti Sebastiano e Giorgione, perché sperimentavano coi colori come bambini, invece di convalidare prima l'idea attraverso un disegno. E lui che cosa avrebbe fatto?

Non gli restava che pasticciare proprio come loro. Nessuna idea reggeva alla sua critica. Dipingeva da cinquant'anni, ma non gli era mai capitata una cosa del genere. Quando pensava a Isabella, perdeva ogni sicurezza. Nessuna idea gli sembrava buona per realizzare il suo ritratto. Doveva ritrarla in una stanza chiusa o accanto a una finestra aperta? Davanti a un immaginario paesaggio montano o in un giardino segreto? O forse con in braccio un animale, per esempio un cagnolino? Respinse anche quel pensiero: nulla doveva distrarre dal soggetto del ritratto. Come si rappresentava la pura bellezza? Non attraverso la simmetria, quello era sicuro. Ci si poteva riuscire soltanto cogliendo il lato nascosto della persona, che era sempre sfuggente, perché la vita esisteva soltanto in virtù di un movimento senza posa.

Come diavolo avrebbe fatto a catturare il suo fascino? Lei gli era familiare e allo stesso tempo estranea. Come poteva osare anche solo pensare di dipingerla, se non sapeva neppure com'era veramente? L'amava, ma amava un mistero. Come si dipingeva un mistero? Aveva già dipinto persone immerse nell'adorazione di un mistero, ma mai il mistero in sé. Anche il tratto di pennello più fine gli sembrava troppo grossolano.

Stava posando sul tavolo, accanto al cartone, l'inchiostro di seppia, che in realtà non aveva intenzione di usare, quando Ascanio annunciò Isabella di Vignola. Poco dopo lei entrò nello studio con un'aria seria e solenne, come se si fosse decisa a compiere un grande passo, un sacrificio. Come sempre, lo salutò inarcando il sopracciglio sinistro. Poi lo guardò fisso negli occhi, come se volesse chiedergli in silenzio di non abusare della sua fiducia.

La sua tenuta era la stessa che aveva indossato una settimana prima dal vescovo di Ostia: un pesante mantello orlato di pelliccia di ermellino e un abito nero, il cui décolleté era coperto da un fine velo dello stesso colore del foulard che portava sulla testa, forse per attrarre gli sguardi ancora di più; la vita stretta era cinta da un cordoncino dorato.

« Sono onorato che sacrifichiate il vostro tempo per me, vostro indegno servitore », disse Vasari inchinandosi con galanteria.

Isabella sciolse il foulard e lo pose con grazia su uno sgabello di legno; una ciocca di capelli le cadde sulla tempia. « Assicuratevi che non veniamo disturbati, messer Giorgio », lo pregò. Poi, notando stupore nello sguardo di Vasari, aggiunse: « Volete dipingermi, no? »

Lui si affrettò a confermare. « Oh, sì, certo! » Andò alla porta, chiamò Ascanio e gli ingiunse di non importunarlo per nessun motivo. Quindi chiuse la porta e si voltò verso di lei. E rimase di stucco.

59

Roma, Anno Domini 1574, febbraio

Si trovò davanti il suo corpo senza veli: le spalle, la schiena, il fondoschiena tondo, le lunghe gambe. Per un attimo Vasari si soffermò a contemplare i popliti. Come gli sarebbe piaciuto gettarsi a terra per baciarli umilmente. Ai piedi della donna c'erano l'abito e la sottoveste, e lì accanto il mantello. Vedendola tra quelle stoffe preziose gli ricordò la Venere di Botticelli, che emerge nuda e al contempo pudica da una conchiglia. Vasari trovava eccitante la pelle bianca e immacolata di Isabella. Le puttane che conosceva esponevano la pelle al sole senza riguardo. E anche agli uomini, naturalmente. La loro pelle era bruna, quasi come le pelli animali dopo la concia! Che rozzezza!

Da dietro, Isabella sembrava quasi un fanciullo, se non si consideravano i glutei tondeggianti e la vita un po' più morbida. Vasari la guardava quasi con le vertigini. La sua carnagione così lattea e nobile gli faceva perdere la testa. *Sembra fatta di porcellana*, pensò senza fiato. Non era ingenuo, sapeva che le dame raffinate disponevano di ricette per sbiancare la pelle, ma Isabella sembrava poter rinunciare a tali grossolani rimedi. Lentamente, riprese il controllo di sé.

«Iniziate, messer Giorgio, presto mi verrà freddo», gli comandò lei.

Vasari aveva disegnato spesso dal vero, anche nudi con uomini, donne e fanciulli come modelli. Aveva disegnato persino cadaveri scuoiati, per studiare le funzioni dei muscoli. Senza lo studio dell'anatomia la pittura non esisteva. Era stato Leonardo a introdurlo e da allora lo facevano tutti coloro che avevano un'alta opinione del proprio talento.

Perciò quella situazione non presentava niente di nuovo o di speciale, almeno sul piano artistico e della tecnica; eppure gli tremavano le mani. Girò attorno a Isabella quasi furtivamente, sforzandosi di non fissarla. Poi guardò un'altra volta il cartone, vi passò sopra una mano come se accarezzasse direttamente la modella e prese lo stilo di piombo. Solo allora lasciò che i suoi occhi si posassero su di lei dal davanti.

Non aveva mai visto seni più belli: appena più grandi delle sue mani, si facevano beffe della forza di gravità ed erano intatti, non sciupati come quelli delle puttane. E il delta di Venere gli fece sgorgare il sudore da tutti i pori.

« Come siete bella! » esclamò.

« Vi ho commissionato un ritratto, messer Giorgio, non un madrigale! » replicò la donna con una tale freddezza che d'un tratto fu lui a sentirsi nudo davanti a lei. « Dipingetemi così come sono, come trionfo sul tempo che fa appassire ogni cosa. »

Ecco dunque cosa voleva da lui: conquistare l'eternità. All'infuori di Dio, soltanto gli artisti e i poeti potevano farlo. Ed era esattamente il motivo per cui i sovrani del mondo si contendevano i migliori tra essi, pagandoli con munificenza, perché soltanto i poeti e i pittori potevano donare l'eternità, perché trasmettevano la gloria alle generazioni successive. Senza un dipinto o una poesia, una cronaca o un'allegoria che raccontasse le sue gesta, anche il migliore degli uomini un attimo dopo la vita restava soltanto un morto.

Vasari avrebbe esaudito il desiderio di Isabella con estremo piacere. La sua bellezza doveva lasciare sbalorditi gli osservatori sino alla fine dei tempi. La temerarietà di quel compito lo spronava. Doveva essere più bella della Gioconda di Leonardo e più sensuale della Fornarina di Raffaello, e al contempo più innocente della Venere di Botticelli.

Era uno scherzo o un premio del destino? La sua più grande opera non sarebbero stati gli affreschi nella Sala Regia o nel Salone dei Cinquecento del Palazzo della Signoria di Firenze, ma un quadro grande forse due cubiti per tre, il ritratto di quella che forse era la donna più bella che lui avesse mai visto, dipinta dal vero. Vasari era sulla soglia dell'eternità.

I suoi occhi si posarono sul corpo di Isabella, palpando ogni rotondità e ogni sottile piega della pelle. Con ogni sguardo, con ogni linea che prendeva dal suo corpo, s'impossessava di lei. Non aveva mai amato una donna come in quel momento stava amando la sua modella. In preda a una grande esaltazione, cominciò a muovere sempre più velocemente lo stilo di piombo sul cartone bianco vergine, e i suoni raschianti giungevano alle sue orecchie come gemiti di piacere. La testa ovale, le spalle, i seni ben fatti, le braccia, man mano l'intera figura quasi fanciullesca prese vita, come se stesse passando attraverso la pelle bianca del cartone per entrare nella realtà. Per la prima volta nella sua vita, Vasari intuì che il pittore non è il creatore dell'opera d'arte, ma soltanto il mezzo per la sua creazione. Sì, Isabella aveva ragione: nella battaglia contro il tempo lui stava creando un fortilizio che racchiudesse per sempre un momento, proteggendolo puro e intatto per l'eternità.

Strepiti e fracasso, un catenaccio che si spezzava, legno che andava in frantumi, grida; una successione di rumori che si avvicinava inarrestabile come l'onda di un maremoto lo strappò violentemente dall'ebbrezza della creazione. Ben presto la porta si spalancò, cedendo alla violenza di quattro uomini che fecero irruzione nella stanza con le spade sguainate. Isabella s'infilò rapidamente i vestiti. Due degli uomini la afferrarono con forza. Lei non si oppose, lasciò che accadesse, con dignità e disprezzo per quegli sgherri prezzolati. Doveva forse accapigliarsi con loro come una donna di strada? Vasari non capiva che cosa stesse succedendo, ed era come paralizzato. Mentre i due uomini la trascinavano fuori dallo studio tra risate allusive, gli occhi di Isabella incontrarono ancora una volta i suoi, e il suo sguardo lo colpì come una freccia. È finita, amico mio, sembravano dire i suoi occhi. Tutto di lei era un mistero, il modo in cui era entrata nella sua vita e il modo in cui adesso gli veniva sottratta. Avrebbe voluto seguirla, liberarla, ma glielo impedivano due spade puntate contro il petto. « Fuori dai piedi! » urlò, ma i due intrusi rimasti continuarono a scrutarlo imperterriti, senza minimamente abbassare le spade. Allora agitò minaccioso lo stilo di piombo che aveva ancora in mano, e nello stesso istante si rese conto di quanto fosse vano e ridicolo quel tentativo.

« Fai pace con Dio! » gli consigliò uno dei due uomini, quasi annoiato.

« Non osate! La vendetta del papa vi colpirà! Sarete squartati vivi a Campo dei Fiori! » li minacciò Vasari, con una voce che si faceva sempre più acuta.

« Il papa? » grugnì l'altro, beffardo. « Mi vuoi prendere in giro? Il papa! » Il tagliagole non riusciva a contenere l'ilarità, come se Vasari avesse appena fatto la battuta migliore che avesse mai sentito.

D'un tratto l'architetto sentì divampare dentro di sé la paura, un panico folle che gli divorò ogni pensiero. Giunse le mani come per pregare. « Risparmiatemi la vita! Vi darò tutto ciò che volete! »

« E che cosa potresti darci? » replicò uno dei due, facendo cenno di no.

« È tempo di dare spazio ad altre persone », disse l'altro.

Il pittore stava già per raccomandare l'anima all'Altissimo, quando entrò nello studio Ascanio con la spada in mano. Doveva essere ferito, perché barcollava e aveva il volto insanguinato. « Tradimento! Fuggite, messer Giorgio! Fuggite! »

Il vecchio soldato di ventura si gettò con un grido disperato su uno dei due uomini, ma fu subito trafitto dalla spada dell'avversario. Un tempo, quando era ancora giovane ed era un eccellente schermidore, nessuno avrebbe mai potuto infilzarlo così facilmente, e quei due bravacci qualsiasi li avrebbe mandati all'altro mondo persino con un braccio legato. Questo pensò Vasari di sfuggita vedendo il fiero combattente cadere a terra sconfitto, ma non aveva tempo per piangerlo. Spronato da una paura mortale corse nella stanza accanto, aprì una porta nascosta dalla tappezzeria e scese una ripida scala quasi sfracellandosi, convinto di sentire il fiato degli inseguitori sul collo. Non aveva mai apprezzato quel genere di avventure, e ormai era decisamente troppo vecchio. Si ritrovò in un vestibolo, con una porta a due battenti. Mentre armeggiava frenetico per aprirla decise che la cosa migliore era senza dubbio quella di correre verso gli alloggi del papa passando per il cortile, ma una volta fuori vide che proprio da lì stavano arrivando due uomini armati, e altri due sbarravano il corridoio a sinistra e a destra del cortile stesso.

Che cosa significava? Non riusciva a scorgere nessuno dei legionari della Guardia svizzera che di regola pattugliavano quell'area. Capì di essere completamente in balia dei suoi assassini. Li vide uscire con calma dalla porta della villa. Ormai non avevano più fretta. E perché avrebbero dovuto averne? I loro compari bloccavano ogni via di fuga nel cortile e nei corridoi. Potevano dar tempo al tempo. La loro vittima era in trappola.

I fiocchi di neve cadevano a terra come piume e ricoprivano il terreno di una bianca lanugine. Vasari aveva indosso una mantellina gialla di lino, di quelle usate per il lavoro nello studio; sentiva il freddo penetrargli nelle ossa, e gli venne una strana sonnolenza, forse come fuga dall'idea che la sua vita dovesse finire in una maniera così pietosa. Tutto avrebbe potuto essere così pacifico. Provò compassione per se stesso, e intanto sentiva svanire la forza di opporsi all'inevitabile. Se doveva morire, che almeno finisse tutto alla svelta e senza tormenti. Il dolore più acuto, in quel momento, fu il pensiero di non poter ultimare il quadro più importante della sua vita. Com'era ingiusto il mondo!

Voleva sentire la neve tra le mani per l'ultima volta. Si chinò. Era una bella neve farinosa, non quella robaccia bagnata e crostosa che solitamente si trovava al di qua delle Alpi, sempre che nevicasse. Affondò entrambe le mani dolcemente in un cumulo di neve e attese il colpo mortale, che sarebbe arrivato dall'alto, sfondandogli l'atlante e penetrando nel cuore. Ma no, non arrivava ancora. Si sollevò lentamente e disse addio alla neve. Ne gettò un po' in aria e osservò i fiocchi saltellare nella notte, con un sorriso rassegnato. Chissà, forse anche la sua anima sarebbe stata così leggera, priva di gravità come i cristalli della neve. Presto l'avrebbe scoperto.

Un suono vuoto di zoccoli sul marmo lo strappò ai pensieri. Alla sua destra, all'inizio degli estesi giardini pontifici, dalla foschia emerse all'improvviso un cavallo bianco. Sembrava fatto interamente di neve, dalle zampe al corpo, dalla testa alle orecchie ritte e al vapore del fiato; il contributo della notte si ravvisava soltanto nella criniera e nella coda, entrambe scure. All'inizio ciò che vide gli apparve irreale, come un'allucinazione provocata dai sensi obnubilati dalla paura. Come per confermare di essere effettivamente davanti a lui, il cavallo nitrì.

Vasari si riscosse dalla sua paralisi, corse verso l'animale, montò in sella ansimando e fuggì al galoppo, lungo le mura interne. Era rosso per lo sforzo e gli venne un attacco di tosse; riuscì a fatica a tenersi in sella, scosso com'era dagli spasmi. I sicari, mandati da chissà chi, si lanciarono all'inseguimento, ma a piedi e senza speranza. « Diavolo! » e « Merda! » li sentì imprecare Vasari mentre li distanziava.

Alla sua sinistra si estendevano i giardini in stile francese, con alberi, cespugli e prati. Lì si trovava anche il Palazzo di Pio V con la fontana e la vasca dei pesci. L'artista aveva la fronte madida di sudore, ma grazie all'aria fredda presto riprese fiato. Le guardie che sorvegliavano la distante Porta di Belvedere lo riconobbero e gli aprirono subito il passaggio. Che si meravigliassero pure della sua tenuta inadatta a una cavalcata, e del fatto che avesse scelto di uscire verso le campagne romane anziché verso la città. Ma non c'era nemmeno da aspettarsi che si scervellassero troppo sul comportamento dei signori. Per un attimo valutò se affidarsi alla loro protezione e farsi portare dal papa, ma rinunciò: non conosceva la portata dell'intrigo ordito contro di lui e preferì dunque non correre rischi. Chiunque fosse il mandante, di certo deteneva molto potere, dato che arrivava a tendere trappole mortali all'interno del Vaticano. Poteva appartenere soltanto alle cariche più alte della curia. Il papa stesso? Allontanò in fretta dalla mente quella supposizione terribile; se il Santo Padre avesse davvero stabilito la sua morte, allora poteva abbandonare qualunque speranza di salvarsi. Ma ripensandoci: che motivo avrebbe avuto, il papa? Vasari soggiaceva al volere di Gregorio XIII in tutto e per tutto e gli era estremamente utile. Non lo avrebbe mai preso in giro o tradito.

Una volta superata la Porta di Belvedere voltò a sinistra e avanzò restando quasi a ridosso delle mura leonine. Sulla destra il sentiero era delimitato da un lieve pendio sul quale si estendevano i vigneti. L'oscurità gli consentiva soltanto di andare al passo o al trotto. Il galoppo, che sarebbe stato più consono al suo stato d'animo, era fuori discussione.

Pensò con riconoscenza che era salvo. Poi gli venne in mente che aveva lasciato il Libro degli architetti. Imprecò, ma l'idea di tornare a prenderlo non lo sfiorò neppure. Quel libro era già abbastanza macchiato di sangue; si sarebbe aggiunto anche il suo, del tutto inutilmente.

Più ritrovava la lucidità, più era tormentato dall'incertezza sul destino di Isabella. Tuttavia, finché non avesse trovato una spiegazione a quanto era successo - finché lui stesso si fosse trovato in pericolo di vita - non avrebbe nemmeno potuto cercarla. E si convinse che non le avrebbe certo reso un servizio se avesse reagito, ovvero se fosse stato assassinato nel tentativo di liberarla. Ma era ancora in vita? Respinse subito quel dubbio. Era viva, e l'avrebbe ritrovata! Ma da dove avrebbe dovuto cominciare a cercarla? Non aveva nessun indizio. Maturò l'idea di pagare un esercito di spie, qualcosa sarebbe emerso per forza. E avrebbe anche mandato qualcuno a cercare il libro. Forse era proprio quello il motivo dell'attacco notturno. Forse in quel volume c'era qualcosa che lui non avrebbe mai dovuto sapere. L'istinto gli diceva che nel cercare il Libro degli architetti avrebbe dovuto procedere con una cautela persino maggiore di quella necessaria per ritrovare viva la donna amata.

Un quarto d'ora più tardi stava girando attorno alla basilica di San Pietro. I pilastri del quadrato si ergevano sul più grande cantiere dell'Occidente; nella loro solitudine, gli sembrarono giganteschi bambini abbandonati. Come architetto, quantomeno era riuscito a posare sul quadrato il tamburo della cupola. In quel momento, la costruzione incompiuta era ornata da un anello di neve argentea, che le conferiva un carattere giocoso. Ah, la magia della neve fresca! Addolciva le forme del mondo smussandone i contorni spigolosi.

Si chiese se avrebbe mai potuto coronare il quadrato con la cupola di Michelangelo; in realtà, in quel momento non sapeva neppure se avrebbe mai più rimesso piede all'interno delle mura del Vaticano. Ai lavori di costruzione avevano contribuito i sei più grandi architetti degli ultimi sessant'anni, morendo l'uno dopo l'altro e lasciando in eredità soltanto un caos maggiore. Vasari si sentì invadere da una sensazione di inutilità, come una violenta nausea che partiva dallo stomaco e generava un malessere diffuso. Un attimo dopo avvertì sulla lingua il gusto amaro del fallimento.

Sì, era riuscito a fuggire, ma non era ancora salvo! Cominciava a sentire un freddo tremendo. Doveva trovare al più presto un luogo caldo e vestiti pesanti, altrimenti il gelo avrebbe compiuto l'opera che non era riuscita ai sicari. Ma dove? Non poteva fidarsi più di nessuno. Forse del cardinale Morone? Forse. Vasari ormai non era più sicuro di nulla. E in ogni caso, se Morone era davvero come lui lo riteneva, allora non doveva in alcun modo comprometterlo. La salvezza - o almeno la sua speranza - stava nella fuga. Decise di andare a Firenze e di mettersi sotto la protezione di Francesco I, granduca di Toscana. Era successo proprio ciò che aveva sempre temuto succedesse da quando era venuto a conoscenza, peraltro non in modo volontario, del segreto. Evidentemente, qualcuno, senza dubbio un uomo molto potente, non poteva tollerare che lui fosse a conoscenza di tale segreto.

Vasari aveva raggiunto la strada che costeggiava la sponda del Tevere e collegava il rione Borgo con Trastevere. Superò le casematte di Castel Sant'Angelo, attraversò il ponte e si diresse verso Campo Marzio. Il suono degli zoccoli del suo cavallo echeggiava sperduto sul selciato. Due straccioni volevano sbarrargli la strada, ma poi vi rinunciarono per paura di finire sotto gli zoccoli del possente destriero bianco che avanzava al trotto. Chi teneva alla propria vita evitava di girare per Roma a quell'ora; di notte le strade erano dominio di ladri, assassini e pervertiti, e le loro vittime venivano regolarmente ripescate il giorno dopo nel Tevere. All'architetto non restava che chiedere l'aiuto di Dio, spronare il cavallo e scaldarsi coi suoi stessi pensieri.

Nel febbraio del 1574, a tarda notte, Giorgio Vasari, Cavaliere dello Speron d'Oro, lasciò Roma da Porta del Popolo e si diresse a nord. Giunto a Ronciglione mezzo congelato e più morto che vivo, tirò giù dal letto l'oste di una locanda e si fece servire un brodo grasso di pollo e del vino caldo. Poi provò a dormire per qualche ora.

La stanza era piccola. Le finestre erano state chiuse con assi di legno per via del freddo, perciò c'era puzza di sudore stantio e di qualcos'altro che era meglio non sapere. Le coperte distese sul giaciglio erano luride e puzzavano di muffa. Ma Vasari non aveva altra scelta. Si girò e rigirò nel piccolo letto di legno in un sonno leggero e inquieto forse per un paio d'ore, finché la sensazione di essere morso dalle cimici non lo fece balzare in piedi esasperato. Alla fine disturbò un'altra volta l'oste, comprò da lui una spada e un mantello di pelliccia che non corrispondeva minimamente alle sue idee in fatto di moda, si fece portare il cavallo e mentre albeggiava riprese il cammino.

Smise di nevicare, e il gelo del primo mattino, anche più intenso di quello notturno, rassodò il manto bianco che rivestiva il paesaggio. E si levò il vento. L'aria ghiacciata attanagliava il corpo di Vasari, sovraffaticato e non più in grado di generare calore a sufficienza. Mentre già iniziava a sentire la ruvida carezza della morte, l'ultimo architetto responsabile della Fabbrica di San Pietro si fece una promessa: se fosse arrivato vivo a Firenze, per prima cosa si sarebbe fatto un bagno caldo con lavanda, cardamomo, melissa ed essenza di pino mugo.

60

Sulla strada tra Roma e Firenze, Anno Domini 1574

In mattinata Vasari raggiunse la città di Viterbo. Fece un'abbondante colazione e bevve molto vino caldo con miele e chiodi di garofano. Poi si fece consegnare del denaro nella piccola filiale della Banca Bardi, comprò vestiti invernali decenti, cambiò cavallo e si rimise in viaggio. Si accorse di essere alquanto brillo, ma se non altro l'alcol gli toglieva dalle ossa il freddo accumulato durante la fuga. Almeno per un po'.

Verso mezzogiorno arrivò a Montefiascone, cambiò di nuovo cavallo e proseguì al galoppo. In passato, viaggiando tra Roma e Firenze aveva sempre fatto sosta al lago di Bolsena, godendosi la vista dell'acqua e delle montagne circostanti, ma adesso mancava la tranquillità necessaria. Vasari era prudente per natura, e la prudenza gli vietava di cullarsi nell'ingenua illusione che i sicari avessero lasciato perdere l'idea d'inseguirlo.

La tappa successiva fu San Lorenzo. Spronato da un'inquietudine interiore, anche lì si fece dare soltanto una nuova cavalcatura e nel tardo pomeriggio riprese il viaggio. Si era messo in testa di raggiungere quel giorno stesso Acquapendente e quindi il confine dello Stato Pontificio. In ogni caso non sarebbe riuscito ad arrivare in Toscana in una sola cavalcata, perché non voleva attraversare le montagne di notte, nell'oscurità. Non soltanto a causa dei rapinatori, ma anche per via degli spiriti malvagi che vi dimoravano. Nella sua vita aveva sentito un numero sufficiente di storie di poveri viaggiatori rimasti vittima di esseri infernali, né vivi né morti, spettri tornati in vita. Una volta, per esempio, il corpo di uno dei suoi assistenti, che lui aveva inviato a Firenze con alcune lettere, era stato ritrovato dopo diversi giorni sulla china di una montagna; era privo della testa, che non fu mai rinvenuta. Perciò di notte Vasari preferiva evitare le montagne. D'altra parte tutti sapevano che a mezzanotte l'inferno apriva i battenti, e le sue porte si trovavano proprio tra le montagne. Nelle foreste, per la precisione, come aveva scritto il divino Dante. Vasari conosceva a memoria i versi:

Mi ritrovai per una selva oscura,
ché la diritta via era smarrita.
Ahi quanto a dir qual era è cosa dura
Esta selva selvaggia e aspra e forte...

Lentamente lo shock venne meno e cominciò a riflettere con calma sugli eventi delle ultime ore e degli ultimi giorni. Per spiegarsi quell'esplosione di violenza, doveva darle un senso. Gli assassini non sarebbero potuti entrare nel palazzo ben sorvegliato, e soprattutto non avrebbero avuto mano libera, se non corrompendo qualcuno o tramite un ordine venuto dall'alto. D'altra parte il cavallo sellato faceva pensare che gli fosse stata concessa un'opportunità per fuggire. Per quale motivo? Volevano veramente ucciderlo, oppure quell'aggressione doveva essere soltanto un avvertimento? Era possibile che dietro l'attentato e il soccorso ci fossero le stesse persone? Chi era il mandante di quell'audace attentato che aveva dato la morte al suo buon vecchio Ascanio? Il ricordo dell'anziano schermidore gli mise malinconia. *D'altro canto Ascanio sapeva che non sarebbe morto in un letto, ma trafitto da una spada,* pensò. Poi la preoccupazione per Isabella prese di nuovo il sopravvento. Era ancora viva? Era tenuta prigioniera o nel frattempo era stata uccisa?

D'un tratto gli venne in mente un'ipotesi nuova. Fino a lì era sempre partito dal presupposto che l'obiettivo dell'aggressione fosse lui, vittima di un qualche complotto, oppure il libro. Forse però si sbagliava. Per un attimo prese in considerazione che dietro l'attentato potesse banalmente nascondersi un amante geloso. In tal caso, gli unici spasimanti possibili erano il cardinale grande inquisitore, il vicecancelliere della Chiesa, il datario, il vicario di Roma, il Capitano Generale o il papa stesso. Tuttavia, per una semplice questione di gelosia sembrava un dispendio di forze eccessivo. La cosa si sarebbe potuta gestire in modo più semplice.

Sotto un altro punto di vista, invece, la faccenda si presentava molto peggiore. In quanto Cavaliere, Vasari sarebbe stato tenuto a combattere per la signora del suo cuore, anche a costo della vita. Così prevedeva il codice d'onore. Invece si era dato vigliaccamente alla fuga lasciandola al suo destino, un destino che per giunta era stato causato da lui. Fermò di colpo il cavallo, smontò e vomitò. Poi si mise a tossire, tenendosi il petto. Gli si oscurò la vista e si sedette a terra per non cadere. Rimase così per svariati minuti, in attesa che il malessere passasse; infine si rialzò pian piano. Avvertiva ancora un lieve capogiro, ma si costrinse ad allontanarlo. Erano solo fantasticherie! Il tempo dei cavalieri e della cavalleria era passato da tempo, si disse per tranquillizzarsi. Non esisteva più neppure nella poesia!

Sì, ammirava gli uomini coraggiosi come Giovanni Morone, ma lui non disponeva della stessa audacia. Mentre si puliva la bocca, prese la decisione di chiedere aiuto al cardinale. Poi rimontò in sella, spronò il cavallo e per un po' si convinse che sì, certo, lo avrebbe fatto, avrebbe incrociato le spade per Isabella molto volentieri, se solo al momento giusto avesse avuto a portata di mano un'arma e non uno stilo di piombo. Ma in realtà ormai non gli restava che abituarsi al sapore aspro che aveva in bocca, perché non voleva andarsene, e lui non aveva nulla per sciacquarlo via.

La mezzaluna era sospesa sopra la strada, come una lanterna danneggiata. Aveva viaggiato più lentamente di quanto sperasse. A quell'ora avrebbe voluto essere già ad Acquapendente. Così si addentrò tra le montagne, anche se era sera. Si fece il segno della croce, pregando insistentemente Dio di aiutarlo. La strada ripida era fiancheggiata su entrambi i lati da pioppi spogli. Senza le foglie, gli alberi sembravano bastoni induriti, fragili e soprattutto morti, come se dal legno vuoto non potessero più germogliare foglie e frutti. Più l'aria gelida penetrava attraverso il mantello, i pantaloni e la mantellina da pittore, più la stanchezza pesava come piombo sulle sue palpebre. Che cosa poteva contrapporre al sonno? Più si allontanava da Roma, più i rimorsi di coscienza si facevano dolorosi. Scacciò i sensi di colpa che provava per Isabella sognando il suo corpo bianco e sodo; e l'immagine di lei completamente nuda al lume di candela, così com'era stata nel suo studio solo poche ore prima, lo eccitò. Nel freddo e nell'oscurità che lo circondavano, lasciò che una lenta e malinconica erezione gli donasse l'illusione di un po' di calore. Ah, come sarebbe stato piacevole, in quel momento, penetrare un corpo caldo... Trascurò l'immagine di Isabella per lasciare spazio alle procaci fattezze della cortigiana Pippa, alle sue calde mammelle, alla sua... Il cavallo s'impennò all'improvviso, lanciando un nitrito che gli penetrò nelle ossa. Solo per miracolo Vasari riuscì a restare in sella. D'un tratto era di nuovo più che sveglio.

Sulla strada fiancheggiata dagli alberi come un tunnel, in un anello di luce argentata proiettato dalla luna, c'era un lupo. Immobile, come una statua; squadrava l'uomo a cavallo con occhi gialli e impassibili. La sua staticità aveva un che di triste. Era un esemplare magnifico, alto forse più di due cubiti, tutto nervi e muscoli. In quanto pittore, Vasari aveva occhio per l'anatomia, sapeva distinguere la forza. Sguainò con cautela la spada; non aveva intenzione di provocare la bestia, ma voleva essere preparato per un eventuale attacco. Gli balenò l'idea che gli altri esemplari del branco fossero nel folto della boscaglia, ai lati della strada, in attesa del momento adatto per aggredirlo. Nessuna creatura del regno animale cacciava con intelligenza maggiore di un branco di lupi. Ma tra i cespugli scuri non luccicava il giallo affamato dei loro occhi. A quanto sembrava, aveva davanti un cacciatore solitario.

La moglie di Vasari, che non immaginava neppure che lui fosse in viaggio per andare da lei, gli avrebbe riservato un'accoglienza entusiastica. Pensò a lei con un senso di noia e allo stesso tempo con la consapevolezza di quanto ciò fosse ingiusto, ma non poteva farci niente: aveva lasciato il cuore a Roma. Solo pochi giorni prima, in effetti, aveva scoperto di possedere ancora un cuore capace di amare. Sì, aveva trovato l'amore, e lo aveva perso subito. Così come aveva perso il desiderio, e la speranza, e una possibilità di morire con decoro. Tuttavia, per quanto fosse veloce la sua fuga dagli assassini, il mietitore lo avrebbe aspettato alla fine dei suoi giorni, proprio come il lupo che era davanti a lui. Vasari era riluttante a ucciderlo. In quel momento, data la solitudine che li accomunava, provava per l'animale un sentimento che avrebbe anche potuto definirsi amore. « Dov'è il tuo branco? » chiese a mezza voce. Il lupo fece un ringhio sommesso, amichevole.

D'un tratto sentì uno scalpiccio di cavalli che si avvicinavano alle sue spalle. Il lupo alzò la testa e puntò il muso: l'esperto cacciatore fiutava il pericolo. Vasari si voltò e vide due uomini coperti di stracci che sguainavano le spade. Spostò più volte lo sguardo dal lupo ai due sicari. Il cavallo cominciò a muoversi irrequieto, percepiva l'indecisione del suo padrone.

Però non sembravano affatto gli stessi uomini che lo avevano aggredito nel suo studio. Erano due straccioni, due disgraziati. Evidentemente i suoi nemici avevano ingaggiato due ordinari grassatori. Inseguitelo e massacratelo, dovevano aver detto loro. Di lì a pochi giorni, quei farabutti si sarebbero bevuti ciò che rimaneva della sua vita. Valeva davvero così poco?

Chi dei due era il più pericoloso? Su chi si doveva gettare per primo? Alla fine non fu Vasari a decidere, bensì il lupo: si mise a correre verso di lui, preparandosi a saltare. L'architetto rimase paralizzato dal terrore, e lo sguardo indifferente dell'animale gli fece gelare il sangue nelle vene. In quel momento capì che a tendergli l'agguato su quella strada non c'era una qualche bestia pericolosa, ma la morte. Soltanto il mietitore poteva compiere la propria opera con tale distacco. Raccomandò la propria anima a Dio. « *Mea culpa, mea culpa, mea maxima culpa*... Signore, liberami dal male che sono io stesso... e perdonami per non aver portato a termine la costruzione della tua casa... »

Quando si riebbe dalla propria paralisi, Vasari si rese conto di non avere davanti la propria morte, bensì quella dei suoi inseguitori. Il lupo gli era passato accanto con un balzo e si stava scagliando sui due bravi. Allo stesso tempo, dal folto dei cespugli sbucarono gli altri animali del branco. Spronò il cavallo, che s'impennò e partì al gran galoppo. Vasari si era sbagliato, il lupo non era solo. Com'era riuscito a ingannarlo, simulando la solitudine?

Sentiva alle proprie spalle le grida di dolore degli uomini, i nitriti spaventosi dei cavalli che venivano sbranati dai lupi e il rumore dei denti aguzzi che spezzavano le ossa. *Cavalli, uomini, lupi, maiali, alla fine i suoni dell'addio alla vita sono sempre uguali,* pensò amaramente. Ma anche con liberatoria leggerezza.

Tirò le redini e fece procedere il cavallo al trotto, perché proseguire al galoppo su quella strada buia di montagna sarebbe stato letale. Sentiva in lontananza l'ululare eccitato dei lupi. Immaginò i loro musi grondanti di sangue. Lo avevano risparmiato. Ancora una volta, all'ultimo secondo qualcuno lo aveva salvato dalla morte. Ma chi? Dio? Eppure tradimento e perfidia avevano fatto fuori uomini di gran lunga migliori di lui, primo tra tutti il suo maestro Michelangelo!

Certo, sono un uomo di prestigio, noto come pittore, scrittore e architetto, e sono anche consulente del granduca di Toscana; ma in realtà non sono forse una bestia, un adultero e un traditore? Non era forse un uomo sposato che nei frequenti viaggi se la faceva regolarmente con serve e puttane? Sì. Non più di quanto facessero gli altri, però. Anzi, semmai di meno. Era normale, era un bisogno fisico, come respirare, mangiare, bere e andare alla latrina. Ci aveva messo quasi tutta la vita a trovare l'amore, ma ora poteva dire di conoscerlo, ed era un sentimento magico, perché da uomo esperto lo aveva trasformato per la prima volta in un fanciullo. Sì, proprio lui che bambino in fondo non era mai stato, perché rimasto orfano presto aveva dovuto farsi carico dei suoi fratelli, sebbene le sue spalle fossero ancora deboli. Da quando aveva cominciato a pensare, per lui l'intelligenza e l'ambizione erano sempre state le uniche cose importanti. Mantenere i fratelli e arrangiarsi a sua volta, quelle erano state le sue uniche preoccupazioni.

D'un tratto, però, il suo enorme zelo non contava più nulla. Era stata l'età a paralizzare la sua energia? O piuttosto la passione che lo aveva travolto improvvisamente? Quello sciocco sentimento che chiamavano amore lo aveva disorientato, lo ammetteva lui stesso, ma allo stesso tempo se lo stava gustando a più non posso. Né l'ironia né il calcolo reggevano il confronto. Se solo avesse potuto ricominciare tutto daccapo! Assorto e malinconico, Vasari provò rincrescimento per gli anni trascorsi vanamente a rincorrere la fama e la ricchezza. Il lupo in fondo lo aveva ferito: gli aveva attaccato la malattia della morte! Quando si ama, si muore anche un po'. Nella sua clemenza, Dio gli aveva mandato l'amore, anche se tardi. E lui che cosa ne aveva fatto di quel grande dono? C'erano momenti, nella vita, in cui agire in modo sciocco e sventato contava più di qualsiasi riflessione e decisione ponderata. Per la prima volta da quando aveva cominciato a pensare, Giorgio Vasari non provava più nessun rispetto per se stesso. Avrebbe voluto soltanto saltare giù dal cavallo e gettarsi contro la propria spada.

Nel pomeriggio del giorno successivo scorse finalmente all'orizzonte il profilo di Firenze, che si spalmava in un'ampia vallata. Pensò che quella città era l'unico luogo al mondo in cui non gli sarebbe potuto accadere nulla di male, come se le possenti mura della Repubblica si ergessero soltanto per proteggere lui. Tirò il fiato. Sebbene si sentisse come se fosse stato preso a bastonate, quel panorama unico, che amava profondamente, riuscì a rinfrancarlo e a rasserenarlo un po'. Fermò il cavallo, lasciò che lo sguardo s'immergesse con calma in quel mare di pietra e finalmente si sentì a casa.

Circondato da una corte di palazzi, case ricche e belle chiese, il maestoso Duomo con la cupola dell'architetto Filippo Brunelleschi svettava sul panorama cittadino. Il campanile rivestito di marmi bianchi, verdi e rossi era appostato davanti a Vasari nella posa di un araldo. Le tegole rosse della cupola di Santa Maria del Fiore risplendevano malgrado il cielo fosco. I puntoni bianchi che le suddividevano guidavano lo sguardo dell'osservatore alla lanterna, che come una freccia indicava il globo dorato e la croce che su quello s'innalzava, visibile anche in lontananza. Così tutto terminava in Dio, che regnava sugli uomini e sul mondo. La cupola ricordò a Vasari che aveva promesso al granduca di decorare con affreschi l'interno che Brunelleschi aveva lasciato bianco. Finalmente avrebbe potuto completare i progetti, per poi avviare speditamente la realizzazione con gli assistenti e gli apprendisti del suo laboratorio.

Poco dopo attraversò la possente Porta di San Pietro Gattolini, che con le sue imponenti ante di legno di quercia rinforzate in ferro ricordava un orso nella posizione eretta. Nei suoi numerosi viaggi in diverse città, raramente Vasari aveva varcato una porta che non fosse animata da un operoso andirivieni. Ma quella era indubbiamente la più caotica. Arrivavano i commercianti, che sostavano per il dazio, e i contadini coi loro prodotti. E viaggiatori di ogni genere attraversavano di continuo l'ingresso in entrambi i sensi. C'erano anche alcune puttane che cercavano di procurarsi clienti già alle porte della città. I pigri e assonnati soldati fingevano di tenere d'occhio tutto ciò che accadeva. Un tizio dall'ossatura grossa si dava un gran daffare per riacciuffare i polli che un buontempone aveva liberato dalla gabbia mentre lui trattava con le guardie. Gli schiamazzi dei volatili erano accompagnati dalle sonore imprecazioni del contadino e dalle risate degli spettatori maligni, alcune stridule, altre di pancia e grasse, e l'intera cacofonia della vita si alzava molesta verso il cielo. *È un miracolo se Dio non diventa sordo, lassù,* pensò Vasari.

Poi il suo sguardo si posò su una casa a forma di parallelepipedo, che si estendeva su tre piani e nella sua imponenza faceva pensare a un palazzo ben difendibile. Una serva affacciata alla finestra osservava l'andirivieni alla Porta. Sotto di lei, sulla strada, c'era un cavallo sellato e provvisto di briglie riccamente decorate, con la cavezza legata a uno degli anelli di ferro arrugginito infissi nell'edificio. Il servitore stava riempiendo la bisaccia di provviste, mentre il padrone, che portava un mantello rosso e un cappello tondo nero, si chinava amorevolmente verso la figlioletta per darle un bacio d'addio. La mano della piccola era posata sulla spalla dell'uomo, mentre la madre le accarezzava la nuca con le dita per consolarla.

Quella scena, di cui era casualmente divenuto testimone, gli riaccese un antico rammarico: lui non aveva figli. Ed era convinto di una cosa: se il suo matrimonio fosse stato benedetto dalla nascita di discendenti, la sua vita avrebbe preso un corso assai diverso. Solo in quel momento si accorse del ventre gonfio della donna. Era incinta, e il suo volto lasciava trapelare il timore di non rivedere più il marito. Vasari poteva comprendere il suo stato d'animo. Lui che aveva viaggiato in lungo e in largo sapeva bene, forse meglio di chiunque altro, che ogni viaggio era un rischio. Chi andava in giro per il mondo metteva la propria vita direttamente nelle mani di Dio. Non solo sciacalli e briganti di mestiere, ma anche nobili presuntuosi, e traditori, e borghesi rosi dall'invidia, moltissime erano le persone che non si mostravano schizzinose nella scelta dei mezzi per conseguire il proprio tornaconto. Dopo così tante guerre, saccheggi e devastazioni, non c'erano più autorità morali capaci di farsi ascoltare. Rimaneva soltanto il diritto del più forte e l'astuzia di chi non aveva scrupoli.

Vasari non voleva continuare a pensarci, ma il mondo in cui viveva non era più quello che conosceva. Spronò il cavallo. L'odore acre di carne e urina che lo investì mentre si avvicinava al Ponte Vecchio gli sembrò un profumo di rose e violette. I conciatori e i macellai si erano insediati nelle minuscole casette sul ponte e gettavano senza esitare i loro rifiuti nell'Arno.

Dopo il ponte girò a destra e proseguì lungo la sponda del fiume, lanciando un'occhiata pensierosa, ma piena di orgoglio, agli Uffizi da lui costruiti. Poi svoltò a sinistra e giunse infine a Borgo Santa Croce. La sua casa dava sulla strada con una facciata di dimensioni lesinate: c'era posto solo per tre finestre tonde l'una accanto all'altra. In compenso, i muri laterali si estendevano per una profondità insospettabile e racchiudevano un allegro cortile interno, che lui amava sopra ogni cosa. Smontò da cavallo e chiamò Giuseppe.

Il domestico uscì in strada sgranando gli occhi. «Messer Giorgio! Non vi aspettavamo affatto!»

Subito dopo, Vasari sentì il fruscio di un vestito nell'atrio.

«Giorgio?» Sua moglie sembrava incredula, tanta era l'incertezza nella sua voce. Nei quasi venticinque anni di matrimonio non era mai successo una sola volta che lui tornasse a casa senza preavviso. In ogni caso, era raggiante come una ragazzina davanti a una bellissima sorpresa.

Niccolosa, che lui chiamava teneramente Cosina, a dispetto del soprannome era una donna vigorosa, pur senza perdere garbo femminile, e superava leggermente in altezza il marito. I suoi occhi neri avevano un che di penetrante, anche se negli anni vi si era insinuata una sottile tristezza, che ormai era ospite fissa del suo sguardo. Vasari sapeva fin troppo bene di pretendere troppo da lei. Non resisteva mai a lungo a casa, c'era sempre qualcosa che lo portava lontano: i progetti, gli amici, le opere d'arte che voleva vedere coi propri occhi, la vita presa come se non ci fosse un domani. Per la maggior parte dell'anno, Cosina si adattava a condurre la vita solitaria di una vedova. Eppure non glielo rinfacciava, non lo tormentava mai con rimproveri. Non era stata lei ad avvelenare pian piano i sentimenti che Vasari nutriva per la moglie, ma i suoi stessi rimorsi di coscienza.

«Giorgio!» esclamò di nuovo Cosina, e gli si gettò al collo.

Lui la lasciò fare, poi si sciolse dolcemente dall'abbraccio. «Ho bisogno di un bagno.»

«Non startene lì impalato! Il signore ha bisogno di un bagno!» ripeté lei, apostrofando il domestico tra il serio e il faceto.

«Di quelli che scacciano il freddo dalle ossa e risvegliano lo spirito vitale», aggiunse stanco Vasari.

Cosina si guardò attorno, cercando qualcosa. «Dov'è Ascanio?»

«Morto», rispose lui laconico.

«Morto?» Il suo viso tondo e ancora bello s'incupì. «Già, l'età...»

«Siamo stati aggrediti. Mi ha salvato la vita», replicò bruscamente Vasari, ma si pentì subito di avere usato quel tono. «Ah, Cosina, lasciami arrivare a casa, prima. Poi ti racconterò tutto. Adesso ho bisogno di un bagno, se non voglio fare a gara con Ascanio a chi arriva prima in paradiso. La sua anima ha un piccolo vantaggio, ma potrei sempre raggiungerlo.»

61

Firenze, Anno Domini 1574

«Giorgio?» L'amico Vincenzo Borghini reagì al ritorno di Vasari a Firenze con una sorpresa ancora maggiore di quella di Cosina, anche se era l'unica persona al mondo che sapesse sempre dire con una certa sicurezza dove si trovasse l'architetto. Era anche colui che escogitava le idee e i motivi dei grandi affreschi che l'artista poi disegnava e dipingeva. Inoltre Borghini era il priore dell'Ospedale degli Innocenti, che si trovava di fronte alla basilica della Santissima Annunziata; fissava l'amico fermo sulla porta del suo studio come se fosse uno spettro. Vasari l'aveva sorpreso mentre lavorava a uno scritto.

«Ti devo parlare urgentemente», cominciò l'architetto.

Borghini si alzò, lo abbracciò e poi lo invitò ad accomodarsi. «Che cosa è mai successo, amico mio?»

«No, non qui», replicò Vasari. Aveva fretta e si voltò verso il corridoio. Borghini prese un mantello e si mise un berrettone, poi seguì l'amico.

Da una delle sale provenivano voci squillanti di fanciulli che cercavano di superarsi a vicenda nel Kyrie della *Missa de Beata Virgine* di Josquin. Poco dopo, i due uomini stavano attraversando la piazza. Aveva cominciato a piovigginare, ma la cosa non li disturbava. A chi li avesse osservati in modo sommario, i due uomini barbuti sarebbero sembrati due eruditi immersi in un dibattito filosofico. Tuttavia, quanto più il religioso apprendeva dei destini dell'amico, tanto più la sua espressione appariva inorridita. Alla fine si fermò, dando le spalle alla chiesa del convento dei serviti, e scosse il capo preoccupato. «Dunque la nostra chiesa deve avere per fondamenta soltanto menzogne, inganni, sangue e peccati?» Vasari sentiva fisicamente il dolore dell'amico. D'un tratto il priore scoppiò in un'amara risata. «I luterani hanno vita facile: portano

Dio nel cuore e non hanno bisogno di chiese. » Il suo sguardo vagò inquieto per la piazza e aggiunse: « Anche gli eretici non hanno una chiesa! » Poi prese Vasari per le spalle, come per richiamarsi all'ordine. « Devi scrivere tutto quanto, Giorgio. Così come hai scritto di Michelangelo e Raffaello e Leonardo e di tutti gli altri, i pittori e gli scultori, gli orafi e gli architetti. Scrivi un libro sulla costruzione della basilica di San Pietro. »

Vasari guardò il suo amico erudito senza capire. « E a chi dovrebbe servire? »

« Ai veri credenti, e a te. Ai primi perché solo così possiamo mettere in pratica il Concilio di Trento, perché il terreno su cui sorge la Chiesa deve essere saldo. E a te perché nessuno cercherà di perseguitarti e di ucciderti se tutti sapranno ciò che tu sai. Perché qualcuno dovrebbe volerti mettere a tacere, se avrai già parlato? »

« E Isabella? La devo salvare! »

« Hai già perso la testa, non perdere anche la vita! Ho un uomo in gamba a Roma che mi deve qualcosa. La cercherà lui. Inoltre sfrutterò l'occasione per informarmi sulla disposizione del papa nei tuoi confronti. Tu però scrivi. Scrivi a più non posso, amico mio! »

Vasari non aveva raccontato nulla del libro che era rimasto a Roma e che voleva assolutamente riavere, il Libro degli architetti. Non sapeva perché, ma una voce interiore lo aveva dissuaso dal menzionarlo.

Dopo aver fatto visita al granduca ed essersi assicurato di avere la sua protezione, andò a casa e raccontò vagamente alla moglie dell'aggressione, tacendole l'esistenza di Isabella. Già la tradiva, non voleva anche ferirla. La feriva già a sufficienza non andando più a letto con lei. Lei non fece altre domande, anche se sembrava aver intuito che nel racconto del marito mancavano dettagli importanti.

Quella notte, per la prima volta dopo dieci anni, Vasari si rifugiò tra le forti braccia della moglie. Non fu il desiderio a spingerlo, ma la brama di vivere. Chiuse gli occhi, perché non voleva vederla, né il suo viso né il suo corpo, ma soltanto trovare l'oblio nell'atto. Il coito non lo rendeva felice, era quello che lui chiamava un ranocchio bagnato. La mattina si svegliò depresso e gli vennero in mente le parole di Aristotele: *post coitum omne animal triste est*, tutti gli animali sono infelici dopo la copula.

Vasari temeva la morte, di cui aveva visto la brutta faccia. Per precauzione, mandò al papa una lettera di scuse per essere partito così precipitosamente. Attribuì tutto all'età.

Questa volta, Santo Padre, sono seriamente sfinito. Ormai ho oltre sessant'anni e non reggo più gli enormi strapazzi e le grandi difficoltà cui si va incontro durante questi lavori così difficoltosi e pieni di avversità.

Che il papa lo ritenesse pure un artista difficile o addirittura uno smidollato, purché non scoprisse il vero motivo della sua fuga. Scrisse però anche una seconda lettera, scelse il suo lavorante più affidabile e gli promise un ricco compenso se avesse consegnato personalmente l'epistola al cardinale Morone.

Eminenza, avrei molto da confessare e sarebbe un grande piacere oltre che la soddisfazione di un profondo struggimento poter riparare presso di voi a questa mancanza. Tuttavia, circostanze che esulano dal mio potere e che io stesso non comprendo mi costringono a evitare Roma e a trattenermi presso il mio buon signore Francesco I. Non serve che vi spieghi. Voi avete sperimentato di persona, eminenza, con quanta rapidità la ruota della dea Fortuna possa girare e come ci si possa sentire all'improvviso disconosciuti e perseguitati, come Dio ci metta alla prova nel momento in cui meno ce lo aspettiamo. Ma basta parlare di me!

A casa vostra ho conosciuto madonna Isabella di Vignola. Mi è venuta a cercare, chiedendomi di dipingere il suo ritratto. Io sono un uomo d'onore e lei, Dio lo sa, non si è resa colpevole di nulla di cui debba rendere conto al confessore. Lo giuro sulla Santa Vergine Maria! Ma il mio studio nella villa del Belvedere è stato attaccato e madonna Isabella è stata rapita. Se avete notizie dell'irreprensibile signora, vi prego di comunicarle al latore della lettera. Siate prudente, tuttavia. Tenete presente che non si sono fatti scrupolo di compiere un attentato all'interno delle sacre mura. Non voglio scrivere altro, voi sapete bene che cosa significhi. Mi raccomando alla vostra benevolenza.

In profonda ammirazione

CAVALIERE GIORGIO VASARI

Pur essendosi limitato ad allusioni, aveva affidato alla missiva più di quanto fosse saggio scrivere. Ingiunse al lavorante di attendere una risposta e nel frattempo di convocare i suoi assistenti rimasti a Roma. Con loro avrebbe dovuto portare via dalla casa al Belvedere tutte le sue proprietà e cercare in tutto il palazzo un particolare volume, il Libro degli architetti. Poiché il lavorante non sapeva né leggere né scrivere, Vasari gli disegnò i caratteri del titolo, in modo che potesse confrontarli con quelli della copertina del libro. Lo scongiurò di non dire a nessuno, per la sua stessa sicurezza, che cercava quell'opera o che la portava con sé, e tantomeno avrebbe dovuto mostrarla a chicchessia, se aveva cara la vita. Con timorose speranze seguì il lavorante con lo sguardo finché non scomparve dietro l'angolo. Poi rimase con gli occhi fissi nel vuoto.

«È tutto a posto?» chiese Cosina preoccupata.

«Come? Ah... Sì, sì», rispose lui in modo poco convincente. Poi la guardò con aria triste e inerme. «Ah, Cosina! Se solo non avessi mai accettato l'incarico di lavorare al cantiere della basilica. Sarà la mia tomba.»

Cosina si fece il segno della croce spaventata, ma tutti i suoi tentavi di scoprire qualcosa di più furono vani.

«È meglio che tu non sappia nulla. Ma non essere preoccupata, non ti succederà niente. Il buon Francesco ti proteggerà e forse proteggerà anche me.»

Da quando il lavorante era partito, Vasari attendeva con trepidazione il suo ritorno. Fino a quel momento era stata un'attesa vana, il ragazzo e la risposta del cardinale non arrivavano. Era sul punto di redigere un'altra lettera, ma non si arrischiò. Invece cominciò a prendere lezioni di scherma.

Ogni mattina, dopo le lezioni, Vasari saliva sul ponteggio nella cupola del Duomo e lavorava come un ossesso per popolare la lanterna di santi, profeti e re. Vi dipinse anche i quattro evangelisti. Spronava inesorabilmente se stesso e i suoi lavoranti e apprendisti a continuare. Era un lavoro carico di tensione e sconfortante, perché Vasari era perseguitato dagli sguardi diffidenti, e talora anche ostili, di molti fiorentini che consideravano un sacrilegio il fatto che venisse cancellato con colori forti l'effetto sublime della volta bianca di Brunelleschi. Lui scacciava quel pensiero, ma nel profondo sapeva fin troppo bene che quella gente aveva ragione.

E rifugiarsi nel lavoro per rimuovere la sgradevole realtà quella volta non si rivelò una tattica efficace. L'infelicità era sempre lì, a un passo da lui, ovunque andasse e qualsiasi cosa facesse. Era in agguato persino nel lavoro, pronta a ucciderlo in qualsiasi momento. Per la prima volta nella sua vita la gente non lo acclamava, al contrario, percepiva ciò che faceva come un'empietà, come un attacco personale a Filippo Brunelleschi. Aveva la sensazione che tutto gli andasse storto e che si stesse impastoiando sempre di più nelle tagliole del pericolo. La fortuna l'aveva abbandonato, la dea gli aveva dato l'addio e la sua ruota aveva ripreso crudelmente a girare.

Non gli riusciva di trovare una scintilla di speranza di salvezza in nessun luogo. Se... Già, se... Se solo avesse saputo se esisteva ancora la società segreta dei Fedeli d'Amore, cui erano appartenuti Dante e in seguito anche Leonardo! Allora si sarebbe rivolto ai suoi fratelli, e loro lo avrebbero sicuramente aiutato, se agivano ancora nell'ombra. Nonostante ciò che era riuscito a scoprire su di loro, non aveva conosciuto personalmente nessuno dei membri della confraternita. Sembrava che il loro potere si fosse dissolto, e che l'associazione segreta fosse da tempo distrutta.

Così a Vasari non restava che chiedere quotidianamente a Borghini se avesse saputo qualcosa di Isabella. Ogni sera si affrettava a raggiungere l'amico con una speranza quasi dissennata, ma poi ogni volta se ne andava quasi strisciando per la depressione. Era come se Isabella di Vignola fosse stata inghiottita dalla terra. Tornava a casa imbronciato, mangiava in silenzio con Cosina, beveva del vino, si ritirava nel suo studio e prendeva carta e penna per lavorare al libro che gli aveva suggerito Vincenzo Borghini.

La prima sera si era chiesto da dove iniziare. Da due uomini che erano sul monte del tempio a Gerusalemme e guardavano giù, verso un grande cantiere? Da un grande re e dal suo leggendario architetto, cui Mosè aveva comunicato i segreti della buona architettura, che il profeta aveva ricevuto personalmente da Dio? Perché era davvero infantile credere che Dio avesse avuto bisogno di quaranta giorni solo per dettare i dieci comandamenti a Mosè sul Monte Sinai. No, gli aveva rivelato molto di più: l'intera architettura del mondo, con tutti i suoi principi. I Fedeli d'Amore credevano che Mosè avesse nascosto nella Bibbia, negli apocrifi e nei testi ormai dispersi o dichiarati eretici la parte segreta della conoscenza che Dio gli aveva annunciato. E come i Fedeli, anche molti altri cercavano gli ultimi segreti: gli alchimisti, gli astrologi e i cabalisti.

Giorgio Vasari però non era né un teologo, né uno storico, né un filosofo. L'interpretazione e la decifrazione delle fonti e le vie della speculazione gli erano precluse. Poteva soltanto riferire ciò che aveva visto e sentito e in ogni caso soltanto nelle categorie dell'arte. Di tutti i linguaggi di Dio ne capiva soltanto uno, quello dell'arte, che in compenso padroneggiava alla perfezione.

Quando, dopo le numerose riflessioni infruttuose, si ricordò del proprio mestiere, seppe all'improvviso di cosa scrivere, su che cosa concentrarsi. Avrebbe scritto di tutti coloro che erano stati assaliti dalla follia di costruire quella chiesa, di tutti coloro che erano stati spinti in quel cantiere - in quella tana del diavolo - dalla loro passione e dalla loro vanità. Di una cosa infatti era ormai certo: in quel luogo, angeli e diavoli si giocavano scherzi a vicenda e combattevano le loro lotte eterne usando gli uomini come marionette. Doveva scriverlo per tutti coloro che avevano dato la propria vita per quella grande impresa: il povero Bramante, il grande Michelangelo, il *Princeps Concordiae*, la bella Imperia e anche, naturalmente, il miserevole Giacomo il Catalano.

Dalle prime ore della sera fino a tarda notte stava in piedi al suo scrittoio, intingeva la penna nell'inchiostro e apponeva lettera dopo lettera sulla pergamena, come un ossesso, come se ogni parola che completava potesse prolungargli la vita e procurargli oblio e perdono. Ogni mattina nascondeva gli scritti del giorno prima nella cupola di Santa Maria del Fiore, nell'affresco del Giudizio Universale, in una nicchia nascosta da una pietra mobile, ai piedi della Vergine Maria, che aveva dipinto come regina dei cieli. Sulla prima pagina appose il titolo:

> *La storia vera e letale della basilica di San Pietro, raccontata sulla base delle fonti, delle testimonianze del Divino Michelangelo e delle esperienze proprie di messer Giorgio Vasari, Cavaliere dello Speron d'Oro, architetto della basilica di San Pietro e pittore di Arezzo, che vive a Firenze sotto il buon governo di Francesco I de' Medici e che ha trascorso molti anni a Roma; una storia rappresentata non per tutti, ma nell'amore per Dio, nel timore della Santa Inquisizione, a memoria dei Fedeli d'Amore.*

Giorgio Vasari posò la penna. Si sentiva stanco. Era invecchiato troppo, forse più del suo tempo? Che cosa poteva ancora scrivere? Davanti a lui aveva il libro della confraternita dei Fedeli d'Amore, che era passato di mano così tante volte. Il servitore alla fine era riuscito a riportarglielo, anche se non aveva saputo dargli nessuna notizia della sua amata Isabella. Lo aprì e lo sfogliò, sino alla pagina dei priori. Ecco i nomi: Meister Eckhart, Dante, Boccaccio, Brunelleschi, Pico della Mirandola, Bramante, Raffaello, Antonio da Sangallo. Mentre pensava all'avversario di Michelangelo, la porta del suo studio si aprì.

«Sono davvero io», disse Isabella.

Vasari si sfregò gli occhi, poi la invitò a entrare.

«Avete qualcosa che mi appartiene. Lo rivoglio!» Indicò con lo sguardo il libro della confraternita dei Fedeli d'Amore. Si tolse il mantello. Solo allora lui si rese conto che indossava abiti da uomo: pantaloni, camicia e farsetto, stivali. Si tolse il berretto fiorentino, che era molto pratico quando si cavalcava a lungo al freddo e sotto la pioggia.

Lui le offrì una sedia. «Volete qualcosa da mangiare, qualcosa da bere?»

Lei scosse il capo e si sedette. «Vi devo una spiegazione, messer Giorgio.» E prese a raccontare, mentre lui sprofondava nei suoi occhi come nella morte. Suo nonno era Antonio da Sangallo, che aveva sposato Lucrezia. Suo padre si chiamava Bartolomeo da Sangallo, ma il cardinale Carafa era diventato suo padrino. Aveva cominciato a lavorare per l'inquisizione. «Dammi il Libro degli architetti. Dovrai riconoscere che deve essere distrutto, così come qualsiasi ricordo dei Fedeli d'Amore deve essere cancellato per sempre.»

Vasari le porse il libro. Come avrebbe fatto un uomo anziano come lui a opporsi senza attirare su di sé e su sua moglie l'attenzione dell'inquisizione? Isabella mise il libro in una borsa di cuoio e se ne andò.

Giorgio Vasari rimase seduto come se fosse paralizzato, come se l'energia vitale defluisse dal suo corpo. La sua sola consolazione era la certezza che la storia dei Fedeli sarebbe comunque sopravvissuta, grazie al manoscritto che era nel suo scrivimpiedi e di cui Isabella non sapeva nulla. Nei giorni successivi dormì a lungo, andò a passeggio, lesse, conversò con Cosina, ed evitò il lavoro. Sette giorni più tardi fu assalito da nausea e vertigini. Doveva reggersi per non cadere. Verso mezzogiorno si mise a letto. Cosina voleva chiamare il medico, ma lui rifiutò. «Nessuno può trattenere la vita», disse. Poi chiuse gli occhi. «Chiama un prete.»

Cosina mandò a chiamare Vincenzo Borghini. Dopo averlo confessato, il suo vecchio amico gli impartì gli estremi conforti.

Nelle sue ultime ore, Vasari pensò a Michelangelo. Presto si sarebbe trovato davanti a lui e avrebbe dovuto ammettere di non essere riuscito a portare a termine la basilica, e in ogni caso nemmeno la cupola. Era comunque profondamente convinto che sarebbe finito in paradiso, dove Michelangelo e Raffaello già dimoravano. Su Bramante e Leonardo, non era altrettanto sicuro.

Il 27 giugno 1574, il pittore e architetto Giorgio Vasari morì per uno stato di debilitazione. Si dice che sulle labbra avesse un sorriso.

EPILOGO

Nel maggio 1590, sedici anni dopo la morte di Vasari, il suo successore Giacomo della Porta posò la chiave di volta per la cupola celeste. Senza oculo, però. Nessuno capiva più la singolare idea di Michelangelo di far confluire la cupola in un grande foro di luce, come i raggi di una ruota nel vuoto del mozzo. Nessuno più capiva le idee del Divino sulla conduzione della luce, sullo sguardo diretto di Dio sul suo popolo nella basilica. Gli architetti avevano dimenticato da tempo i pensieri di Dante e Ficino, Pico e Landino, anche Leonardo, anche Bramante e anche Michelangelo.

Alla fine gli avversari della pianta centrale si imposero sui progetti di Bramante e Michelangelo. Sotto papa Paolo V, l'architetto Carlo Maderno fu incaricato di costruire una navata longitudinale da anteporre alla struttura a pianta centrale. Nel 1612 fu completata la facciata della struttura a pianta longitudinale. La cupola celeste divenne prigioniera della nuova basilica di Pietro.

Ormai non è più possibile scoprire se lo scultore e architetto Gianlorenzo Bernini appartenesse ai Fedeli d'Amore e se, quando aprì piazza San Pietro al mondo col colonnato in stile antico, la confraternita esistesse ancora oppure fosse stata consegnata alle fiamme nel 1600, insieme con Giordano Bruno, l'ultimo priore di cui si sia a conoscenza.

James M. Tabor

ABISSO NERO

DOVE TUTTO È BUIO,
IL PERICOLO È OVUNQUE

Afghanistan. Tutto è iniziato col ferimento di un soldato. Ricoverato in ospedale, l'uomo ha ben presto mostrato i sintomi di un'infezione e, dopo una notte passata tra atroci sofferenze, è morto. Poi, nel giro di poche ore, un altro soldato è andato incontro alla stessa, tragica sorte. E poi un altro, e un altro ancora...

Washington. *È la più grande minaccia dai tempi di Pearl Harbor*. Con queste le parole, il presidente degli Stati Uniti convince la biologa Hallie Leland a unirsi a una task force della BARDA, l'autorità governativa istituita per fronteggiare attacchi batteriologici. Perché esiste un unico modo per fermare la misteriosa epidemia che sta decimando le forze armate di stanza in Afghanistan: scendere nella grotta di Cueva de Luz, la più profonda della terra, e raccogliere alcuni campioni del rarissimo batterio da cui sarà possibile ricavare il vaccino. E Hallie è già stata laggiù. Ma lei non può immaginare che questa volta sarà tutto diverso: nella sua squadra, infatti, c'è qualcuno che vuole sabotare la missione...

Cueva de Luz. Quattro chilometri sottoterra, regna l'oscurità. Tuttavia, quel labirinto di tunnel mai esplorato dall'uomo, in cui si aprono baratri senza fondo e laghi di acqua acida, è anche il regno di qualcosa di molto più pericoloso del buio...

EDITRICE NORD

Susana Fortes

IL CAMMINO DEL PENITENTE

DOPO IL SUCCESSO DI *QUATTROCENTO*
IL GRANDE RITORNO DI SUSANA FORTES
AL THRILLER STORICO

Lois Castro è sconcertato. Lavora in polizia da molti, troppi anni, eppure non si è mai trovato di fronte a una scena simile: una ragazza giovanissima, nemmeno ventenne, barbaramente uccisa nella cattedrale di Santiago de Compostela. La vittima viene subito identificata come Patricia Palmer, studentessa di archeologia nonché appassionata attivista per la difesa dell'ambiente. In particolare, Patricia aveva partecipato a una manifestazione contro una grossa fabbrica della zona e la cosa le aveva procurato non pochi nemici. Ma perché assassinarla? E perché farlo in uno dei luoghi più sacri del mondo?
Laura Márquez è al colmo della gioia. Il direttore del giornale per cui collabora l'ha finalmente incaricata di occuparsi di un caso vero: la sparizione di un manoscritto dalla biblioteca dell'università di Santiago. Messi da parte i bollettini del traffico e i necrologi, Laura si getta a capofitto nel suo primo lavoro sul campo, anche perché ha la netta sensazione che, dietro quel furto, si nasconda una storia ben più interessante: quella stessa mattina, infatti, l'arcivescovo ha diramato un appello per esortare il ladro a restituire l'antichissimo testo. E, poco dopo, i sospetti di Laura trovano una drammatica conferma: l'ultima persona ad aver consultato quelle carte è stata Patricia Palmer, la ragazza uccisa nella cattedrale...

EDITRICE NORD

James Rollins

IL RISVEGLIO DELLA SFINGE

Oltre i confini dell'avventura...

Valle dei Re, Egitto. Una violentissima tempesta infuria tra le rovine, eppure Nassor Khouri, curatore del museo del Cairo, non ha scelta: deve introdursi nello scavo finanziato dalla Bledsworth Sundries & Industries - una multinazionale famosa per i suoi generosi contributi all'archeologia - e impadronirsi di un enorme rubino incastonato in una statua raffigurante un cobra. Tuttavia, non appena Nassor afferra la preziosa gemma, un dolore lancinante si diffonde in tutto il suo corpo e, in breve, di lui non rimane che un'effigie di pietra...

North Hampshire, Connecticut. Di ritorno dalla palestra, Jake Ransom capisce subito che qualcosa non va: una finestra della casa è in frantumi e, dallo studio, arrivano strani rumori. Ma non si tratta di comuni ladri: nel vedere il ragazzo, infatti, uno di loro estrae una pistola e gli ordina di consegnargli l'orologio del padre. Una richiesta che spaventa Jake più dell'arma puntata contro di lui: quell'oggetto apparentemente senza valore è infatti l'unica chiave in grado di aprire le porte di Calipso, il mondo in cui il re Teschio tiene prigionieri i suoi genitori. E Jake non può permettere che un simile tesoro cada in mani sbagliate, soprattutto perché ha il forte sospetto che quegli uomini siano stati mandati dal miliardario Oliphant Bledsworth, il cui destino pare indissolubilmente legato al re Teschio...

EDITRICE NORD